Jörg von Bargen · Rattenpack

Bibliografische Information der Deutschen Nationalbibliothek

Die Deutsche Nationalbibliothek verzeichnet diese Publikation in der Deutschen Nationalbibliografie; detaillierte bibliografische Daten sind im Internet über http://dnb.ddb.de abrufbar.

ISBN 978-3-89969-158-0

www.principal.de

Printed in Germany

Jörg von Bargen

Rattenpack

Kriminalroman

PRINCIPAL VERLAG

Der Autor:

Der promovierte Diplom-Kaufmann Jörg von Bargen studierte in Hamburg Betriebswirtschaft und Soziologie. Als Cuxhavener, der mehrere Jahre in Bremerhaven zur Schule gegangen ist und dort gelebt hat, verbinden ihn Elbe und Weser gleichermaßen. Schließlich münden beide in die Nordsee. Zuletzt arbeitete er als Pressesprecher einer Konzernholding, bevor er sich als Unternehmensberater selbstständig machte. Heute lebt er mit seiner Familie in Buchholz in der Nordheide.

In einem Gespräch über die Brutalität von Kriminalromanen meinte ein befreundeter Psychotherapeut: »Du wirst die Realität mit deiner Fantasie nicht toppen können.«

Wie recht du hast, Ernst-August. Nach Cleveland weiß ich, dass ich das auch nicht will.

Jörg von Bargen

Zum Buch:

Die Entführung eines jungen Mannes endet tragisch mit dessen gewaltsamen Tod, obwohl das geforderte Lösegeld gezahlt und die Polizei nicht eingeschaltet worden war. Was anfangs wie die Aktion von Amateuren wirkt, stellt sich bald als das Ergebnis einer perfiden Planung von Profis heraus. Hilpert, mittlerweile als Sicherheitschef eines Konzerns tätig, wird von seinem Arbeitgeber gebeten, das Verbrechen aufzuklären, da das Opfer eng mit ihm verwandt ist.

Wie in alten Zeiten arbeitet Hilpert dabei eng mit seinen früheren Kollegen von der Kripo zusammen. Sie können dennoch weitere Morde nicht verhindern. Vielmehr drohen sie an den scheinbar irrationalen Umständen der Tat zu scheitern. Verzweifelt suchen sie nach dem Drahtzieher des Verbrechens. Egal, welche Mutmaßungen sie anstellen, die Faktenlage überholt sie ein ums andere Mal.

Was zufällig erscheint, stellt sich im Nachhinein als akribisch durchdacht heraus. Hilpert braucht eine Weile, dies zu erkennen. Er recherchiert ohne Ausnahme auch bei der Familie des Unternehmers, deckt über Jahre sorgsam gehütete Geheimnisse auf und bewegt sich dennoch nur in kleinen Schritten vorwärts. Selbst die Mutter des Ermordeten gerät in den Fokus seiner Ermittlungen.

Mehrere Mordanschläge auf ihn erschweren seine Arbeit. Er benötigt einige Zeit, bis er begreift, es mit zwei Gegnern zu tun zu haben, die ihm nach dem Leben trachten. Doch nur einer scheint direkt in die Morde verwickelt zu sein. In dieser Phase ist er auf die Zusammenarbeit mit einem Freund angewiesen, der selbst von seinen ehemaligen Kollegen wegen diverser Kapitalverbrechen gesucht wird. Er kommt nicht drum herum, Mittel anzuwenden, die ihn auf die falsche Seite des Gesetzes zu drängen drohen. Und dennoch sind es gerade die unbedeutenden Details, die ihn auf den richtigen Weg bringen.

Prolog

Von dem Kinderkarussell klang ein Lied von Rolf Zuckowski herüber. Die Eltern standen mit ihrem Nachwuchs davor, der unruhig von einem Bein aufs andere hüpfte und gar nicht schnell genug ins Feuerwehrauto oder den Polizeiwagen einsteigen konnte. Die weiter hinten aufgebaute ›Rasende Maus‹ setzte dagegen mehr auf aktuelle Hits. Madonna, Guns 'N' Roses waren angesagt. Im Rund standen die Jugendlichen des Ortes und aus der Umgebung. Sie sahen zu, wie die Wagen im Rückwärtsgang an ihnen vorbeirasten. Viele trugen die klassische Uniform der Schützen. Manche der Hüte waren entweder verschwunden oder wohlweislich im Schützenhaus verstaut worden. Auf diesen Festen wurde gern und viel getrunken. Bewegliche Gegenstände verschwanden da schon mal ab einem bestimmten Alkoholpegel.

Ein Mädchen stach aus der Gruppe der jungen Leute heraus. Sie trug ihre langen blonden Haare offen und lachte übers ganze Gesicht. Ein etwas älterer, gut aussehender Mann um die zwanzig hatte seinen Arm um ihre Schulter gelegt. Ihren unterschiedlichen Uniformen war anzusehen, dass sie verschiedenen Klubs angehörten. Das hatte allerdings keinen Einfluss auf ihr inniges Miteinander. Er flüsterte ihr etwas ins Ohr. Wieder lachte sie schallend und zog an seinem Arm. Gemeinsam verließen sie das Fahrgeschäft. Die bohrenden Blicke des Jugendlichen in ihrem Rücken nahmen sie nicht wahr. Vermutlich wären sie ihnen gleichgültig gewesen. Es war klar, was sie vorhatten, als sie sich in die Büsche schlugen. Jugendliche Dynamik gepaart mit zu viel Alkohol führte oft zu Entscheidungen, die man wenig später bereits bereute. Das interessierte nicht an diesem Tag. Die Vernunft sparte man sich für den Montag auf, wenn der Alltag wieder Einkehr hielt.

Der junge Bursche folgte dem Paar in gebührendem Abstand. Er war groß gewachsen und von kräftiger Statur. Obwohl er erst sechzehn Jahre alt war, wäre er durchaus für achtzehn durchgegangen. Gleichaltrige blieben lieber auf Distanz zu ihm, wenn es Ärger gab. Das galt mittlerweile auch für Ältere.

Plötzlich schienen die beiden wie vom Erdboden verschluckt. Das sorgte ihn nicht. Er kannte sich in dieser Gegend aus wie kein zweiter. Sie hatten einen schmalen Trampelpfad ins Gehölz genommen und waren nicht die Einzigen, die ihn während des Schützenfestes nutzten. Vorsichtig setzte er seine Verfolgung fort. Bevor er einen Blick auf das Paar erhaschen konnte, vernahm er das Lachen des Mädchens und dann einen spitzen Schrei von ihr. Ihm musste niemand erzählen, dass es zur Sache ging. Er drückte die Zweige störender Büsche zur Seite und machte einen weiteren Schritt nach vorn. Mit Tränen in den Augen stierte er auf ein nacktes Männerhinterteil und eine heruntergezogene Hose. Von dem Mädchen unter ihm war kaum etwas wahrzunehmen. Sein Unterleib bewegte sich in schnellem Rhythmus auf ihr. Nun war sein Keuchen ebenfalls zu hören, während ihr Stöhnen anschwoll. Einen Wimpernschlag später war alles vorbei. Es war nur noch ein heftiges Keuchen der beiden zu vernehmen. Befriedigt grunzend erhob sich der junge Mann. Er zog seinen Slip und seine Hose hoch. Das Mädchen blieb mit geschlossenen Augen liegen. Ein Geräusch in seinem Rücken ließ ihn herumfahren.

»Lutz!«, bellte er den Jungen an. »Was suchst du hier?« Wütend warf er das gebrauchte Kondom, das er abgezogen hatte, nach ihm. »Verpfeif dich, bevor ich dir die Fresse poliere.« Mit geballten Fäusten ging der Jüngere auf ihn zu. »Was willst du von mir?!«

»Hau ab!«, schrie ihn das Mädchen an. »Und halt gefälligst die Schnauze, wenn du zu Hause bist!«

Sie war mittlerweile aufgestanden und war dabei, ihre Kleidung zu richten. Er starrte sie an, wandte sich, ohne ein Wort von sich zu geben um und ging.

»Scheiße!«, sprach sie ihren Freund an. »Wenn der bei meinem Alten plaudert, gibt es Ärger. Den kann ich momentan nicht gebrauchen. Hast du 'ne Idee, was ich tun kann?«

Er grinste sie an. »Mir kommt da was in den Sinn, das kriegst du geregelt. Bis dein Stiefbruder schnallt, was ihn erwartet, hast du gewonnen.«

»Erzähl, was geht dir durch den Kopf?«

Lachend hörte sie ihm zu. »Du bist genial, dein Plan ist einfach, aber wirksam. Das krieg ich geregelt.«

Wenig später standen sie am Bierstand und ließen es sich munden. Der Jugendliche, der sie beobachtet hatte, stand abseits von ihnen. Wut und Enttäuschung zeichneten sich in seinem Gesicht ab. Er liebte seine Stiefschwester, seit sie bei ihnen eingezogen war. Sie dagegen brachte ihm nicht einmal den Anflug von Interesse entgegen. Und diesen Typen aus Stade hasste er, seit er ihn das erste Mal mit ihr zusammen gesehen hatte. Der würde sich bereits am nächsten Tag mit einem anderen Mädchen in die Büsche schlagen. Mit geballten Fäusten in der Tasche konnte er den Blick nicht von den beiden abwenden. Er spürte eine Hand auf der Schulter. Er drehte sich um und erkannte die dreizehnjährige Nachbarstochter, die ihm ständig hinterherlief. Diesmal ignorierte er sie nicht wie sonst, sondern griff nach ihrer Hand.

»Komm.«

Ohne zu widersprechen folgte sie ihm dorthin, wo er zuvor seine Schwester überrascht hatte. Sie wehrte sich nicht, als er ihren Rock hochschob und sie entblößte. Sie tat, was er von ihr wollte. Als er kurz darauf mit dem Mädchen auf dem Platz stand, kam ihm alles wieder hoch, als er seine Schwester Arm in Arm mit diesem Typen aus Stade sah. Sein Zustand hatte sich trotz des Abstechers in die Büsche nicht verändert. Ohne ein Wort zu verlieren, überließ er das Mädchen sich selber und machte sich vom Acker. Nach wie vor zerrten Wut und Eifersucht an ihm.

An der Bundesstraße traf er auf einen Betrunkenen, der nach Hause wankte. Er sah sich um, niemand war in ihrer Nähe. Er konzentrierte all seinen Hass und seine Frustration auf den Unbekannten. Ein passender Ast war am Straßenrand schnell gefunden. Er hob ihn auf und schlug damit mehrfach von hinten auf den Mann ein. Der fiel, bevor er begriff, wie ihm geschah. Bis auf eine Gehirnerschütterung blieb er glücklicherweise unversehrt. Neugierig durchsuchte er seine Jacke. Seine Beute war spärlich. Er fand in dessen Brieftasche gerade mal fünfzig Mark. Da er mehr oder minder pleite war, passten sie.

Dies war sein erstes Verbrechen, sollte aber beileibe nicht sein letztes gewesen sein. Künftig bedurfte es keines besonderen Auslösers mehr. Er hatte einen Weg gefunden, wie er seine Kasse aufbessern konnte. Und dann ging es um mehr als um einen Fünfziger. Clever genug, sich nicht erwischen zu lassen, war er ebenfalls.

Als er endlich am frühen Morgen nach Hause kam, empfing ihn sein Vater wie ein Racheengel.

»Was hast du versucht, mit Heike anzustellen?!«, schrie er ihn an. »Sie ist total verzweifelt. Sie ist deine Schwester, kapierst du das nicht?!«

»Ich?«, fragte er überrascht. »Gar nichts hab ich ihr angetan. Die hat sich mit irgendeinem Typen aus Stade in die Büsche verzogen.«

Er hatte nicht ganz ausgesprochen, als er sich von seinem Vater eine Ohrfeige einfing. »Und lügen tust du auch noch wie gedruckt.«

Dies war das letzte Mal, dass der junge Mann von seinem Vater geschlagen wurde. Er strich sich über die Wange und schlug mit der Faust zurück. Sein Vater taumelte einen Schritt nach hinten und konnte sich im letzten Augenblick am Küchentisch abstützen. Sein Sohn erhob den Zeigefinger und fauchte erbost in seine Richtung: »Du nennst mich nie wieder einen Lügner! Ich bin Heike nicht zu nahe gekommen.« Er drehte sich um und ging in sein Zimmer. Dort warf er sich auf sein Bett und begann zu weinen. Später gesellte sich seine Tante zu ihm, die bei ihnen lebte.

»Lass gut sein, Junge. Ich weiß, Heike ist ein Aas. Die lügt, ohne rot zu werden.«

Er hatte nicht mehr lange unter seiner Stiefschwester zu leiden, denn schon bald verließ sie das Haus. Er hielt es dort auch nur noch wenige Jahre aus. Hamburg lockte.

Zwanzig Jahre später

Überrascht vernahm er die Stimme seiner Schwester am Handy. Nach langer Funkstille rief sie ihn an. Woher sie wohl seine Nummer hatte? Sie umsäuselte ihn, als sei er immer ihr Typ gewesen. Er kannte sie zur Genüge, als dass er als Erwachsener auf sie reinfiel. Aber ihr Angebot klang interessant.

»Klar können wir uns sehen. Für so viel Kohle treff ich mich selbst mit dem Teufel.«

Er rieb sich die Hände. Sollte Heike tatsächlich nach so vielen Jahren für ihn Interessantes im Köcher haben?

1

Der Mann verließ zögernd sein Fahrzeug nachdem er sich durch den Hamburger Verkehrsbrei gequält hatte. Trotzdem hatte er sein Ziel relativ pünktlich erreicht. Er hatte sich in den letzten Jahren angewöhnt, sich durch die Hansestadt ausschließlich mit öffentlichen Verkehrsmitteln oder im Taxi zu bewegen. Doch in diesem spezifischen Fall hielt er das eigene Gefährt für angebracht. Vorsichtig blickte er sich um, als befürchtete er, dass hinter dem nächsten Wagen jemand hervortrat, der ihm seine Brieftasche abnehmen oder mit dem Finger auf ihn zeigen könnte. Nichts dergleichen geschah. Er hielt sich allein in der kleinen Tiefgarage auf. Nervös atmete er durch und ging mit ausladenden Schritten auf eine Brandschutztür zu. Er bedeckte sein Gesicht mit der Hand, als ihn die automatische Kamera zu erreichen suchte. Wie ihm angeraten worden war, verzichtete er darauf, den Aufzug zu nehmen. Stattdessen benutzte er das Treppenhaus, um in den zweiten Stock zu gelangen. Es war kahl geblieben, als sei es noch im Rohbauzustand. Er ging auf blanken Betonstufen. Die Wände waren weiß verputzt. Alles, was das im strahlenden Weiß gehaltene Patrizierhaus von der Straßenseite her versprach, wurde hier konterkariert, als befände er sich hinter den Kulissen eines Theaters. Anscheinend benutzte man die Treppe nur in Ausnahmefällen. Er drückte mit der Schulter gegen eine schwere Sicherheitstür und gelangte auf einen Korridor. Er begegnete niemandem. Hier sah die Welt anders aus. An den Wänden hingen Fotos mit maritimen Motiven. Der Bodenbelag verschluckte seine Schritte, als sollte er verhindern, dass seine Anwesenheit die fleißigen Angestellten störte. Der Mann gab sich allerdings keinerlei Illusion hin. Seine Ankunft war garantiert registriert worden. Endlich hatte er sein Ziel erreicht. Er klopfte dreimal und betrat ohne Aufforderung das Büro durch den Nebeneingang. Man meinte, seine Nervosität greifen zu können.

»Ist sichergestellt, dass mich niemand gesehen hat, als ich hochgekommen bin?«, fragte er den Mann hinterm Schreibtisch, ohne sich groß mit einer Begrüßung aufzuhalten.

Dieser blickte ihn erstaunt an. »Glauben Sie ernsthaft der Erste zu sein, der mich hier aufsucht und später nicht identifiziert werden möchte? Mann, Diskretion ist das oberste Gebot meines

Geschäfts. Sonst kann ich mich gleich gehackt legen. Deshalb sind Sie bei mir gelandet und nicht in irgendeiner Absteige auf dem Kiez.« Er wies auf einen Sessel. »Setzen Sie sich zu mir und atmen erst einmal tief durch. Hier beißt Sie niemand.« Sie reichten einander die Hand. »Herzlich willkommen. Was kann ich für Sie tun?«

Die selbstbewusst vorgetragenen Worte verfehlten nicht ihre Wirkung. Der Besucher wurde zusehends ruhiger. Kaum saß er, schossen die Worte aus ihm heraus. Er sprach ohne Punkt und Komma, als habe er Angst, etwas zu vergessen oder nicht ausreden zu dürfen. Tatsächlich wollte er diesen Ort so schnell wie möglich wieder verlassen. Man spürte, er fühlte sich nicht wohl. Sein Gegenüber wippte kaum wahrnehmbar in seinem Sessel. Konzentriert folgte er den Ausführungen seines Besuchers. Seine gefalteten Hände ruhten auf der Tischplatte. Er unterbrach ihn nicht, er stellte keine Fragen, er kommentierte nichts. Seinem Mienenspiel war keine Regung zu entnehmen.

Das Büro, in dem das Gespräch stattfand, war karg eingerichtet. Bis auf ein Highboard, auf dem diverse Flaschen mit alkoholischen Getränken und die notwendigen Gläser standen, gab es weder Einbauschränke noch Regale. Keine Aktenordner oder Bücher hatten den Weg hierher gefunden. Man suchte vergeblich nach einem PC oder Notebook, nach Schreibmaterialien oder Geschäftspapieren. Vier Beine aus Edelstahl trugen eine durchsichtige Acrylplatte. Das Ganze nannte sich Schreibtisch. Davor hatte man zwei Ledersessel für Besucher gestellt. An den Wänden hingen die Reproduktionen bedeutender und unbekannter Künstler. Deren kuriose Auswahl und exakte Ausrichtung an den Wänden ließen den Verdacht aufkommen, dass jemand ohne Sinn und Verstand für Stilrichtungen oder ästhetisches Empfinden ein paar Farbtupfer in den ansonsten kahlen Raum bringen wollte. Wer in diesem Geviert residierte, hatte entweder kein Herz oder hielt sich dort nie über Gebühr auf.

Endlich endete der Redeschwall des Besuchers. Der Hausherr hatte seinen Kopf mittlerweile auf beide Hände gestützt und starrte seinen Gast über den Schreibtisch hinweg an. »Sie meinen wirklich, es geht um so viel Geld? Das hätte ich auf den ersten Blick gar nicht vermutet. Selbstredend bin ich interessiert. Gute Idee, mich anzusprechen.«

»Ich habe das Vermögen konservativ geschätzt. Echte Hanseaten protzen nicht mit ihren Millionen. Das unterscheidet sie von manch anderen wohlhabenden Menschen in unserem schönen Land. In Hamburg kannst du gern den Faktor zwei verwenden, in Düsseldorf musst du 'ne Null abstreichen, wenn über Einkommen oder Vermögen fabuliert wird.«

»Umso besser. Ich habe nichts dagegen, wenn's mehr wird. Was die Pfeffersäcke betrifft, muss ich Sie enttäuschen. Die Hamburger sind auch nicht mehr das, was sie mal waren. Das mit dem Handschlag ist längst vorbei. Niemand schickt mehr Segler nach Indien, Gewürze abzuholen. Hier werden genauso viele Verträge gebrochen wie in München oder Stuttgart.« Er lachte glucksend auf. »Wer bin ich, dass ich mich darüber ereifere. Schließlich lebe ich davon, dass die Welt schlecht ist.« Er beruhigte sich schnell wieder. »Ich stimme Ihnen zu, für diesen Topf lohnt sich der Einsatz allemal. Dafür bin ich gern bereit, von meinen sonstigen Prinzipien abzuweichen. Ich muss in Ruhe darüber nachdenken, wie ich die Angelegenheit am besten geregelt kriege. Aber das lassen Sie meine Sorge sein.« Er lehnte sich mit gerunzelter Stirn zurück, als sei er bereits dabei, das Problem, das ihm sein Gast auf den Schreibtisch gelegt hatte, zu durchdenken.

Sein Gesprächspartner hob beschwörend die Hände. »Wichtig ist, dass die Angelegenheit so diskret wie möglich erledigt wird. Sonst explodiert uns das Ding in der Hand und wir machen 'ne lange Nase. Das kann keiner wollen.«

»Halten Sie mich für einen blutigen Anfänger? Sie haben noch in die Windeln geschissen, als ich die ersten Geschichten abgezogen hab. Und die Bullen haben sich bei mir ständig 'ne blutige Nase geholt.«

»Schon gut, ich meinte ja nur.«

»Geschenkt, wir wollen Kohle machen und uns nicht streiten. Der Topf ist so prall gefüllt, dass wir beide was davon haben werden.«

Er warf einen Blick durch das Panoramafenster. Sie hatten direkten Elbblick. Den konnte man von hier aus schon genießen, lange bevor man über die HafenCity und eine Elbphilharmonie nachdachte. Die Frühlingssonne gewann zusehends an Kraft und brachte das graue Wasser zum Strahlen. Wie die Wiesel rasten

Ausflugsboote und kleine Sportflitzer über den Strom. An einem Tag wie diesem brachte er nur Freude über die Menschen. Dabei konnte er auch anders. Bei Sturm war er eine Bedrohung für alle, wenn die Wassermassen von der Nordsee in den Fluss gedrängt wurden und über die Begrenzungsmauern schossen. Aber diese Überlegungen machte sich heute niemand, weder die Anwohner, die an dieser privilegierten Adresse arbeiteten, noch die ersten Touristen, die in Blankenese an der Promenade spazieren gingen oder einen Blick nach Finkenwerder hinüber zu Airbus warfen. Der Hausherr erhob sich, ging zwei Schritte vor und blickte interessiert hinaus.

Fast schien es, als führe er ein Selbstgespräch. »Ich bin in einem Alter, in dem man beginnt, übers Altenteil nachzudenken. Dass ich noch im Geschäft bin, liegt daran, dass ich mich auskenne. So schnell laufen mir die jungen Leute nicht den Rang ab. Erfahrung und Routine fliegen einem nicht zu.« Er drehte sein Gesicht wieder seinem Gast zu. »Dieses Geschäft passt mir gut in den Kram. Ich frage mich nur, wie Sie an die große Kohle rankommen wollen?«

Der Angesprochene hatte sich freigesprochen. Seine Hektik hatte sich gelegt. »Das lassen Sie meine Sorge sein. Jedem das, was er am besten kann. Halte ich alle Karten in der Hand, bestimme ich das Spiel und Sie kommen zu Ihrem Geld. Sie müssen zeigen, was Sie draufhaben. Wir können nur einmal zuschlagen und glauben Sie mir, das wird schwer genug werden.«

»Keine Angst, ich weiß, wovon wir reden und mit wem wir es zu tun bekommen. Selbst ich lese gelegentlich Zeitung.«

Er ging zum Highboard. »Trinken wir einen darauf. Ich habe einen exzellenten Rum aufgetan. Dafür lassen Sie manchen Whiskey stehen.«

Eigentlich war es dem Besucher für Alkohol zu früh am Tag. Aber ein Drink hatte noch niemanden getötet und er wollte nicht unhöflich erscheinen. Er kannte seinen Geschäftspartner bisher nur vom Hörensagen. Er galt als diszipliniert und betrank sich garantiert nicht am frühen Nachmittag. Damit sollte er recht behalten. Sie beließen es bei einem Glas. Der Rum war tatsächlich vorzüglich. Danach trennten sie sich. Wenig später stand er in der Tiefgarage des Gebäudes. An der Palmaille ließ es sich arbeiten. Allein die gepflegten hellen Putzfassaden des Häuserensembles ließen das Herz höherschlagen. Es wetteiferte mit dem unweit davon gelegenen Altonaer Rathaus um den Preis für Hamburgs schönste Ansicht. Egal, wer den Wettstreit gewinnen würde, es gab schlechtere Büroadressen in der Stadt. Seine künftigen Pläne hatten allerdings wenig mit Arbeit oder mit Hamburg zu tun. Er sah sich in einem netten Haus irgendwo am Mittelmeer, umgeben von Luxus und hübschen Mädchen. Wo man im Sommer schwitzte und seinen Regenschirm beruhigt zu Hause lassen konnte, es sei denn, man benutzte ihn als Schutz gegen die Sonne. Vor der Terrasse freute er sich über seinen Bootsanleger, von wo aus er mit tausend PS und mehr das Wasser durchpflügte. Dafür benötigte er Geld, viel Geld! Egal, wie hart er arbeitete, es würde nicht annähernd langen, seine Träume zu erfüllen. Es musste eine andere Konzeption her. Das einzige Problem war, diese ließ sich nur mit Unterstützung Dritter umsetzen. Mit einem hatte er gesprochen. Der sollte ihm den Rücken freihalten. Er definierte sich im Grunde als Einzelkämpfer und begab sich ungern in die Hände anderer. Und dieser Typus von Geschäftsmann sagte ihm nicht unbedingt zu. Aber gelegentlich musste man sich mit Leuten wie ihm umgeben, wollte man an das große Geld. Und er galt als professionell. Er hoffte, den richtigen Kooperationspartner aufgetan zu haben. Dieser war in einer Branche tätig, in der einem eine Bankauskunft nicht wirklich weiterhalf. An solche Adressen gelangte man ausschließlich über individuelle Kontakte. Wenn das Fell des Bären zur Verteilung anstand, konnte man immer noch sehen, wie man es anstellte, nicht zu viel davon abzugeben. Doch sie mussten ihn erst einmal vor die Flinte bekommen, den Bären. Er galt als schreckhaftes und vor allem als gefährliches Tier. Aber er hielt sich für einen guten Schützen. Sein künftiger Partner war es hoffentlich auch. Dieser war nicht der Einzige, auf den er sich verlassen musste. Er hatte diverse Unwägbarkeiten zu bedenken. Das war unmöglich allein zu schaffen. Er plante weit voraus, versuchte jegliches Risiko zu berücksichtigen.

Sein Gesprächspartner saß nachdenklich in seinem Sessel und ließ das Gespräch an seinem geistigen Auge vorbeilaufen. Der Mann, der ihn gerade verlassen hatte, war nicht zu unterschätzen. Das sagte ihm sein Gefühl, auf das er sich jahrzehntelang verlassen konnte. Der Plan, den er ausgeheckt hatte, verriet den

Profi. Dessen Umsetzung barg diverse Risiken. Trotzdem hatte er sich entschieden mitzumachen. Und er wollte nicht zu lange warten. Entschlossen stand er auf. Diesmal gönnte er dem Geschehen auf dem Wasser keinen Blick, verließ den Raum und winkte einen bulligen Mann zu sich, der sich im Nachbarzimmer einen Kaffee einschenkte.

»Ich muss mit dir reden, Behrens. Es gibt eine heikle Aufgabe für uns zu erledigen.«

Der Angesprochene griff sich seine Tasse und folgte seinem Boss, der bereits in sein Büro zurückging. »Was kann ich für Sie tun, Herr Kuschel?«

»Wir müssen mit unseren Prinzipien brechen.«

Der kräftige Mann machte nicht den Eindruck, als würde er etwas verstehen. Zehn Minuten später war er schlauer. Er schluckte mehrfach, bevor er seine Stimme wiederfand. »Wir sollen Hilpert umlegen, den Exbullen? Da haben schon ganz andere in die Scheiße gefasst. Der ist gefährlicher als 'ne Kobra.«

»Ich weiß. Aber da kommt richtig was bei rum. Wir dürfen nur keine Fehler machen.«

»Wollten wir uns nicht aus solchen Geschäften raushalten?«

»Keine Regel ohne Ausnahme.«

»Das ist leicht gesagt. So viele kenne ich nicht, die wir darauf ansetzen könnten. Was soll's, Sie sind der Boss. Wann legen wir los?«

»Wir warten nur auf die richtige Gelegenheit. Bis dahin müssen wir bereit sein.«

Kuschel starrte seinem Mitarbeiter nachdenklich hinterher, als der ihn verließ. Er hatte in seinem Leben gelernt, seine Gegner ernst zu nehmen. Und dieser ehemalige Hauptkommissar der Hamburger Mordkommission war nicht zu unterschätzen. In der Vergangenheit hatten sie keine Berührungspunkte. Was ihm als Ruf vorauseilte, reichte. Andererseits hieß es, er würde sich mittlerweile als Bürohengst beweisen. Da setzte man leicht Fett an und wurde unvorsichtig. Kuschel strich über seinen stattlichen Bauch. Schließlich wusste er, wovon er sprach. Im Endeffekt kam es auf den Kopf an, der musste geschmiert bleiben. Das galt allerdings nur so lange, wie keine Bedrohung von außen zu befürchten war. Wofür hatte man seine Leute? Er wusste, Hilpert hatte keine Bodyguards um sich gescharrt, die auf ihn achteten. Das vereinfachte ihr Vorhaben ungemein.

2

Im gleißenden Sonnenschein strahlten die neuen Gebäude der HafenCity, als hätten sie sich für die Besucher landfein gemacht. Selbst die Elbphilharmonie erweckte den Eindruck, als sei es bis zu ihrer Fertigstellung allenfalls eine Frage von Tagen. Sah man genauer hin, erkannte man schnell, einem Trugschluss aufzusitzen. Es gab noch genug zu tun und vor allem viel Geld in die Hand zu nehmen. Die Menschen flanierten die Kais entlang und nahmen erstaunt zur Kenntnis, in welcher Geschwindigkeit Hamburg zu einem neuen Stadtteil gekommen war. Der eine oder andere kreisende Kran signalisierte, dass die Expansionswut der Investoren längst nicht zum Erliegen gekommen war. Unverkennbar drängte es nach wie vor Unternehmen wie Privatleute danach, sich in der Gegend niederzulassen. Das Ganze zu Preisen, die sich gewaschen hatten. Kaum war ein Standort in Mode gekommen, schon versagten die Prinzipien ordentlicher Kaufleute. Jeder, der es sich leisten konnte, wollte dabei sein. Diejenigen, deren Brieftaschen zu dünn waren, mussten es bei einer gelegentlichen Sightseeingtour belassen. Damit war nicht gesagt, dass sie auf Dauer das kürzere Stück zu fassen bekamen. Der Hafen, die Schiffe mit ihren Emissionen nahmen keine Rücksicht auf das Wohlbefinden der neuen Anlieger. Dem Vernehmen nach wurde die Gilde der Gebäudereiniger ausgesprochen glücklich gemacht. Dreck und Dieselreste suchten sich als Ablage gerne die Fensterflächen der Gebäude.

Missgelaunt schlenderte das junge Paar am Wasser entlang. Man musste kein ausgebildeter Psychologe sein, um ihren Gesichtern anzusehen, dass zwischen ihnen dicke Luft herrschte. Das Mädchen wies ihren Begleiter lautstark in barschem Ton zurecht. Offensichtlich hatte er sich erlaubt, ihr zu widersprechen.

»Hier könnten wir uns ein geiles Appartement mit Elbblick leisten, wenn deine versoffene Alte nicht so geizig wäre. 'ne anständige Anzahlung sollte für die kein Problem darstellen. Wollen wir allein sein, muss meine winzige Bude herhalten. Und da rumpelt Tag und Nacht die Bahn vorbei. Über den Straßenverkehr wollen wir gleich gar nicht reden.« Ihre Augen funkelten, als sie weitersprach: »Stattdessen wohnst du immer noch bei ihr in ihrem alten Schuppen in Blankenese. Darin haben doch schon die Fischer gehaust, die das Dorf gegründet haben. Wenn du zu Fuß bei euch oben am Berg angelangt bist, stehst du kurz vor einem Herzinfarkt.«

»Alter Schuppen ist gut«, erwiderte er gereizt. »Du hast keine Ahnung, wovon du redest. Das Teil ist erst vor zwei Jahren vollständig renoviert worden. Von dem Geld hätte man beinahe ein neues Haus bauen können. Immerhin hat man ihr unlängst fünf Millionen Euro dafür geboten.«

»Fünf Millionen«, stöhnte sie auf. »Was kann man damit alles anfangen. Und deine Alte, was hat die dazu gesagt?«

»Du kennst ja das Ergebnis. Klar hat meine Mutter abgelehnt. Häuser in dieser Lage verkauft man nicht, man behält sie, um sie irgendwann zu vererben.«

»Das ist völlig abartig. Man lebt jetzt und nicht in der Erinnerung anderer.«

»Tradition nennt man das. Sie hat ihren Stellenwert in unserer Familie. Dem kann und will ich mich nicht entziehen.«

»Leck mich mit deiner Scheißtradition. Außerdem erbst du die Villa doch eh.«

»Nicht nur ich, auch meine Schwester.«

»Dann teilt ihr euch irgendwann die Kohle«, entgegnete sie spitz.

»Meine Schwester und das Haus in Blankenese verkaufen?! Glaubst du an den Weihnachtsmann?«

»Auch gut, dann lässt du dich auszahlen.«

»Hör auf mit der Scheiße! Meine Mutter ist keine fünfzig. Die hat vor, noch ein bisschen zu leben. Wenn ich erbe, bin ich alt.«

Sie nickte heftig zu seinen Worten. »Und ich ebenso. Das ist der Mist. Sonst wäre es mir egal.«

Genervt blieb er stehen und schaute in Richtung des neuen Unilever-Bürogebäudes. Links davon behaupteten sich die Aufbauten eines Kreuzliners.

Irgendeine Aida, dachte er. Vielleicht sollten wir ein, zwei Wochen ausspannen. Mittlerweile hatten diese und andere Schiffe nahezu alle attraktiven Teile der Welt als Reiseziele entdeckt, die Ostsee wie den Amazonas, das Mittelmeer wie die Karibik. Aber damit durfte er seiner Freundin nicht kommen. Die gierte nach ihrem Appartement. Selbstredend nicht in zweiter Reihe. Die überließ sie gerne dem Plebs. Angefressen schüttelte er den

Kopf. Das Geld, das er dafür benötigte, konnte er unmöglich beschaffen. Und richtiger Luxus begann erst bei einigen Millionen. 10.000 Euro den Quadratmeter und mehr waren schon mal angesagt. Und eingerichtet werden musste solch ein Appartement ebenfalls. Mit Ikea konnte er bei ihr nicht punkten. Er grinste in sich hinein. Am besten, er bemühte sich um ein Objekt im Obergeschoss der Elbphilharmonie, vorausgesetzt sie würde irgendwann fertiggestellt. Aber dafür langte es nicht, sein Sparschwein zu schlachten. Da war wesentlich mehr Geld angesagt. Und eigentlich wollte er nicht dorthin ziehen. Ihm war der Einfluss des Hafens zu stark und die Unmengen an Touristen, die während der warmen Jahreszeit hier entlangdefilierten, störten ihn ebenso. Dort wo er lebte, fühlte er sich wohl. Manch einer hätte sich für diese Adresse ein Bein ausgerissen. Nur seine Freundin hatte andere Vorstellungen.

An sich gab es für ihn keinen Anlass, sich zu beschweren. Er erhielt aus den Firmen seiner Familie je nach Ertragslage im Jahr zwischen zweihundert- und dreihunderttausend Euro ausgeschüttet. Die musste er nicht einmal versteuern. Das erledigte die AG. Ein Mini zum persönlichen Gebrauch fiel zusätzlich mit ab. Von solch einem Einkommen und weniger machte mancher Alleinverdiener eine ganze Großfamilie satt und konnte sich trotzdem noch einen Jahresurlaub leisten. Manchmal fragte er sich, was sie mit dem ganzen Geld anfingen. Am Monatsende blieb nie etwas übrig. Er musste ständig Anleihen bei seiner Mutter aufnehmen. Trotz der Nörgelei seiner Freundin ging es ihnen gut. Sein BWL-Studium an einem privaten Hamburger College hatte er im Griff, ohne besonders zu glänzen. Lief alles nach Plan, so machte er im nächsten Jahr seinen Abschluss als Bachelor. Ginge es nach ihm, würde er in den Staaten seinen Master draufsatteln. Aber schlimmer als die Herausforderungen eines Studiums empfand er die Vorstellung, Tag für Tag pünktlich in einem Büro aufschlagen zu müssen, um seinen Lebensunterhalt zu verdienen. Und er kannte seine Familie. Irgendwann konnte er sich dieser Erwartungshaltung nicht mehr entziehen. Unversehens fasste er sich an den Hals und vermeinte bereits die Krawatte zu spüren, die man ihm garantiert aufnötigen würde. Mit seinen gerade mal 22 Jahren fühlte er sich dafür eindeutig zu jung. Warum sollte man auf die Jagd gehen, wenn der Tisch reichlich gedeckt war und im Keller genügend Vorräte lagerten? Es wäre für ihn kein Problem, auf Arbeit und Verpflichtungen zu verzichten. Ein schlechtes Gewissen wollte da bei ihm nicht aufkommen. Seit er denken konnte, war seine Familie wohlhabend. Wovon andere träumten, besaß sie im Überfluss. Um sich vorzustellen, dass sich diese Bedingungen einmal ändern könnten, fehlte es ihm an Fantasie. Er war nie sonderlich strebsam. Es mangelte ihm an Ehrgeiz für höhere Ziele. Er war mehr als zufrieden mit dem, was er besaß oder nutzen durfte. Und im Gegensatz zu seiner Freundin liebte er das Haus in Blankenese. Käme sie besser mit seiner Mutter hin, gäbe es von deren Seite keine Widerstände, ihnen die obere Etage zu überlassen. Die erforderlichen Umbauten wären ein Klacks. Seine ältere Schwester lebte seit Längerem in der Innenstadt. Die hätte sicherlich nichts dagegen einzuwenden. Doch diese Tür war zurzeit zugeschlagen. Pia und seine Mutter mieden einander. Und das empfand er als vernünftig. So gingen sie jeglichen Streitereien aus dem Weg.

Die USA kamen ihm erneut in den Sinn. Ein nettes College in Florida oder Kalifornien passte da gut in sein Konzept. Tot machte man sich dort ebenfalls nicht. Aber seine Freundin würde ihn wohl kaum begleiten. Er wiederum wollte sie keine Sekunde allein lassen. Sie war auf Hamburg fixiert und suchte in der Hansestadt ihr Glück. Die Arbeit in einem Supermarkt, der sie momentan nachging, sah sie als lästigen Übergang an. Was sie dort verdiente, reichte kaum für ihren Klamottentick, sah man davon ab, dass er da bereits kräftig aushalf. Ihre Wohnung durfte er erst vor einem guten Vierteljahr neu ausstaffieren. Das kostete den größten Teil seiner Reserven. Der letzte gemeinsame Urlaub fraß den Rest. Das nahm er gelassen hin. Im Zweifelsfall half seine Mutter aus. Die verfügte über anständige Rücklagen. Würde er darüber Pia informieren, hätte er keine ruhige Minute mehr. Sie war fordernd und ehrgeizig, verlangte ungeduldig nach allem, was ihr gefiel. Glücklicherweise waren ihr Autos bislang relativ gleichgültig. Ein Porsche Cabrio hätte auf ihrer Wunschliste gerade noch gefehlt. Vielleicht kam das irgendwann. Sie waren erst seit knapp einem halben Jahr zusammen. Soviel ihm bekannt war, gab es wesentlich teurere Automarken.

Er hatte die temperamentvolle Frau mit ihren kolumbianischen Wurzeln durch Freunde kennengelernt. Es dauerte seine

Zeit, bis sie sich für ihn entschied. Er war von Anbeginn an Feuer und Flamme für sie. Sie war zwei Jahre älter als er und wusste ihn für sich einzunehmen. Ihr schmales Gesicht, die filigrane sanft geschwungene Nase, ihre dunklen langen Haare, ihre schlanken Beine, die nicht enden wollten, ihr kräftiger Busen, egal, worauf er sich bei ihr konzentrierte, er erblickte seine Traumfrau. Er durfte sie streicheln, gelegentlich fasste sie ihn an und verschaffte ihm Befriedigung - mehr ließ sie nicht zu. Noch am selben Tag wäre er mit ihr zum nächsten Standesamt gefahren, um sie zu heiraten, hätte sie zugestimmt. Aber sie besaß klare Vorstellungen. Davon wich sie keinen Millimeter ab. Sie wollte alles und glaubte zu wissen, wie sie es bekam.

Wieder setzte sie mit ihrem Lieblingsthema an. Entgegen seines gewohnten Verhaltens ihr gegenüber machte er sich gerade und fauchte genervt zurück: »Wenn du so teuer wohnen willst, besorg dir gefälligst selber die Kohle! Ich muss nicht in dieser Gegend leben, um anderen zu zeigen, wer ich bin. Und im Winter stell ich es mir hier sowieso langweilig vor. Außerdem verpesten die Schiffe und die Industrieanlagen die Luft.«

Sie spürte seine Verärgerung und hielt sich gegen ihre sonstigen Gewohnheiten zurück. Sie durfte nicht überziehen und damit den Plan gefährden, den sie im Kopf bewegte. Ihre Tonlage veränderte sich übergangslos. »Komm«, drängelte sie, »fahren wir nach Hause. Ich will keinen Streit mit dir. Ich hab andere Bedürfnisse. Ich bin richtig geil.«

Sie strich über seinen Arm und fuhr sich mit der Zunge über die Lippen. Achselzuckend folgte er ihr. Von dieser Seite kannte er sie sonst überhaupt nicht. Sie betraten die Tiefgarage bei den Landungsbrücken und saßen wenig später in seinem Wagen. Er wollte den Zündschlüssel drehen, als er ihre Hand zwischen seinen Beinen spürte. Mit einem Ruck öffnete sie seinen Hosenstall und griff hinein. Mit flinken Fingern zog sie seinen Penis heraus. Genüsslich lehnte er sich zurück und schloss die Augen. Nicht jeden Tag kümmerte sie sich so liebevoll um ihn wie heute. Und das ohne Aufforderung von seiner Seite. Doch diesmal wusste sie alles zu toppen, wovon er bislang nur geträumt hätte. Sie beugte ihren Kopf herunter und nahm ihn mit dem Mund auf. Nie wäre es ihm in den Sinn gekommen, ihr dies abzuverlangen. Und nun tat sie es freiwillig, ohne dass er sie bitten musste. Sie wusste, welche Knöpfe sie bei ihm zu drücken hatte, um zum Ziel zu gelangen. Dafür war ihr jedes Mittel recht. Ihm mangelte es an der erforderlichen Lebenserfahrung, um das zu begreifen. Er benötigte anschließend ein paar Minuten, bis sich sein Blutdruck wieder normalisierte, ehe er seinen Wagen startete und zur Schranke fuhr. Er war glücklich. Sie schaute zu ihm herüber und wusste, sie war auf der Überholspur.

In ihrer Wohnung in Altona setzte sie sich herausfordernd auf die Couch in dem kleinen Wohnzimmer. Wer das Haus von außen gesehen hatte, hätte nie erwartet, solch eine geschmackvolle, vor allem teure Innenausstattung vorzufinden wie die, die sie sich auf seine Kosten gegönnt hatte. Allein für die über Eck gehende Couch hätte man einen Kleinwagen mit diversen Extras erwerben können. Sie klopfte auf das Polster neben sich. Ihr Rock war weit über Gebühr hochgerutscht. Ihr weißer Slip schien ihn locken zu wollen.

»Setz dich zu mir.«

Abermals fasste sie ihm zwischen die Beine und spürte ihn. »Heute bist du wohl gar nicht zufriedenzustellen. Wer weiß, vielleicht komme ich später darauf zurück.«

Er fühlte sich neben ihr so gut wie lange nicht. Sie musste nur über seinen Arm streifen und erzielte umgehend eine Reaktion bei ihm. Erneut kam sie auf ihr Thema zu sprechen, nur dass sie es diesmal mit kleinen Massageeinheiten kombinierte.

»Glaubst du nicht, dass dir deine Mutter ein wenig entgegenkommen könnte?«

Er schüttelte entschieden den Kopf, auch wenn er damit Gefahr lief, dass sie aufhören würde, ihn zu streicheln. Stattdessen ließ sie sich nicht beirren und löste seinen Gürtel.

»Dann müssen wir einen anderen Weg finden, wie wir deiner versoffenen Alten die Kohle aus den Rippen leiern können.«

»Wie meinst du das?«

»Lass dich überraschen. Aber jetzt zieh deine Hose aus.«

Verwundert folgte er ihrer Aufforderung. Man konnte nie wissen, ob sie nicht schon bald ihre Meinung änderte.

Sie stand auf, schob ihren kurzen Rock hoch und zog ihren Slip aus. Anschließend hockte sie sich auf ihn. Er spürte, wie sie ihn aufnahm. Sie hörte seinen keuchenden Atem und wusste, sie hatte gewonnen. Er war in ihren Händen wie ein Stück Knetmasse, die man beliebig formen konnte. Und das galt beileibe nicht nur für seine sexuellen Bedürfnisse. Er liebte diese Frau mit jeder Faser seines Körpers, mit jeder Schwingung seiner Seele. Und jetzt hatte sie ihm seinen größten Wunsch erfüllt. Für eine Wiederholung dieses Tages hätte er vermutlich das Rathaus angezündet oder in Hagenbeck ein Gnu erschossen.

Nach einer aufregenden gemeinsamen Nacht hatte er zu allem genickt, was sie vorschlug. Den darauffolgenden Tag belohnte sie ihn abermals reichlich. Sie war erfahren genug, um zu wissen, wie man einen Zweiundzwanzigjährigen an sich band. Sie kannte sich aus mit Männern, und zwar deutlich besser als er sich mit Frauen. Ihr Aussehen, ihr Körper waren ihr Kapital. Das wusste sie bereits in jungen Jahren. Es hieß pfleglich, aber dennoch zielgerichtet damit umzugehen. Klaas musste sie ebenso hegen und pflegen. Reiche Erben liefen nicht in Massen durch die Innenstadt und warteten darauf, von ihr einkassiert zu werden. Sie waren schwer zu finden. Männer, die mit ihr ins Bett wollten, hatte sie genug gekannt, reiche und mittellose, junge und alte. Manch einer war bei ihr zum Ziel gekommen. Mit Klaas hatte sie jemanden getroffen, der sie liebte und bereit war, ihr zu geben, wonach sie verlangte. Sie hasste es, das Geld zusammenkratzen zu müssen, wenn sie sich etwas leisten wollte. Mit seiner Unterstützung würde sie es schaffen. Diesmal wollte sie nach den Sternen greifen. Sie spürte es, sie war auf einem guten Weg. Sie fuhr ihm mit beiden Händen durchs volle Haar, als er sich auf sie rollte und ließ ihn gewähren, als er abermals den Weg zu ihr suchte. Wer weit springen wollte, musste einen langen Anlauf nehmen.

3

Entgegen ihrer eigentlichen Planung schafften sie es an diesem Abend nicht, gemeinsam das Büro zu verlassen. Überraschend hatte ihr gemeinsamer Chef Wellner seine Freundin Christina auf ein Gespräch zu sich gebeten. Hilpert verspürte wenig Lust, auf sie zu warten. Also fuhr er am frühen Abend zu seiner Wohnung. Sie wollte nachkommen. Als Erstes entledigte er sich seiner Geschäftskleidung. Zuweilen kamen ihm Anzug oder Kombination vor wie die Uniform des Managers. Noch waren sie nicht bei den Sitten amerikanischer Internetfirmen angelangt, wo man in Turnschuhen und Sweatshirt den Arbeitstag einläutete. Dieses Privileg stand ihm allerdings als Privatmann zu. In Jeans fühlte er sich ungleich wohler. Er wartete auf Christina bis nach zwanzig Uhr. Danach bereitete er sein Standard-Omelette zu. Es war schnell gemacht und es schmeckte. Was wollte man mehr? Verwendete man eine ausreichende Anzahl an Eiern, sättigte es sogar und man konnte aufs Brot verzichten. Wer dachte mit Mitte dreißig über so irrelevante Fragen wie Cholesterin und verstopfte Blutgefäße nach? Dieser Problematik durfte man sich nähern, wenn einem der Kalender klarmachte, dass man in die Jahre gekommen war. Kombiniert mit einer Flasche Bier, die im Kühlschrank die richtige Temperatur erhalten hatte, schlug dieses eher frugale Abendessen manche edel zubereitete Mahlzeit. Er räumte die Kochutensilien beiseite und widerstand der Versuchung, das wenige Geschirr in die Spülmaschine zu verbannen. Gäbe es einen Führerschein für qualifizierte Eheanwärter, er würde ihn mit Bravour bestehen. Zumindest, wenn es um die Arbeit in der Küche ging. Trotzdem begriff er, dass er sich in den letzten Monaten daran gewöhnt hatte, die Wohnung mit einem weiblichen Wesen zu teilen. Sie kam ihm ohne Christina merkwürdig leer vor. Der Fernseher wollte nicht wirklich Abhilfe schaffen. Also surfte er eine Weile im Internet. Ansonsten langweilte er sich. Was Wellner wohl von Christina wollte? Es war nicht seine Art, Mitarbeiter mit unbedeutenden Forderungen oder Wünschen abends zu sich zu bestellen.

Kurz nach zehn stand seine Lebensgefährtin vor ihm. Sie wirkte aufgekratzt und motiviert, keineswegs angespannt oder erschöpft, wie man es nach einem langen Arbeitstag hätte erwarten mögen. Ihre Wangen glühten.

»Na, was wollte unser Boss von dir?«, begrüßte er sie interessiert.

»Er hat mir ein unerwartetes Angebot gemacht«, antwortete sie mit erregter Stimme. Neugierig blickte er in ihre Richtung. »Ich soll die neue Zweigniederlassung in Sydney reorganisieren.«

»Aha.«

Mit wütenden Augen funkelte sie ihn an. »Mehr hast du dazu nicht zu sagen?«

»Was erwartest du von mir?«, reagierte er gelassen. »Soll ich dir gratulieren oder eine Szene machen? Wie hättest du es gern?«

»Du wirst dir doch eine Meinung zu dem Angebot bilden können.«

Er blieb unbeirrt. »Wie lange soll der Job dauern?«

»Zwei Jahre bei doppelten Bezügen.«

»Das ist 'ne lange Zeit.«

Sie hatte sich mittlerweile ihm gegenüber gesetzt. Er kannte sie zu gut, als dass er glaubte, sie suche bei ihm Unterstützung für die richtige Entscheidung. Er wusste, sie hatte sie längst getroffen. Im Zweifelsfall suchte sie in ihrem Kopf nach den geeigneten Argumenten für ihn, für ihre Beziehung. Sie würde in jedem Fall gehen. Und er? Ihm blieb nichts anderes übrig, als es zu akzeptieren. Stockend versuchte sie, sich zu erklären. Ihre Bemühungen versandeten nach den ersten Worten.

Er grinste sie an und winkte schließlich ab. »Hör auf, mir etwas schmackhaft machen zu wollen, was ausschließlich nach deinem Sinn ist. Ich weiß ziemlich genau, wie du tickst. Du bist gewohnt zu tun, was du für richtig hältst. Und das ist in Ordnung so. Ich würde dich nie anders wollen.«

»Du musst das verstehen. Wer sonst gäbe mir mit 29 Jahren solch eine Chance, mich zu beweisen?«

Er verzichtete darauf, weiter auf sie einzugehen. »Wann geht es los?«

»In drei Wochen. Wir werden das schon gemeinsam schaffen.«

»Das glaubst du doch nicht wirklich?!«, widersprach er sanft lächelnd.

»Wieso bist du so gemein? Man muss etwas nur wollen, dann funktioniert es auch.«

Er schob seine leere Bierflasche von sich weg. Anschließend faltete er seine Hände, stützte sich mit den Ellbogen auf seinen Oberschenkeln ab und beugte sich vor. »Das ist die Theorie, ich nenne es Ideologie. Verbinde sie mit der Weisheit des Lebens. Du bist keine Seemannsbraut und ich bin kein katholischer Priester. Selbst die sind unberechenbar.«

Sie blitzte ihn wütend an. Vermutlich weil sie wusste, dass er recht hatte. An diesem Abend wollte keine gewogene gemeinsame Stimmung mehr aufkommen. Später lagen sie nebeneinander im Bett und hingen ihren Gedanken nach. Hilpert war Realist.

Ihre Beziehung war längst aus dem siebten Himmel auf der Erde aufgeschlagen. Es kriselte seit geraumer Zeit zwischen ihnen, ohne dass es zu nennenswerten Streitigkeiten gekommen wäre. Es waren eher die scheinbaren Kleinigkeiten, die sich zwischen sie stellten. Seine Unlust, bei Polospielen mit ihm unbekannten Leuten Champagner zu trinken. Ihr Unverständnis, wenn es ihn in die Fußballarena trieb. Solange sie die Schmetterlinge im Bauch spürten, war die Problematik ihrer unterschiedlichen sozialen Bedürfnisse unerheblich. Im Alltag war der Spagat zwischen Hardrock und Bach schon beträchtlicher. Vor allem musste er nicht sehen oder gesehen werden. Dieses Rollenspiel hatte in seinem bisherigen beruflichen und sozialen Verständnis keine Bedeutung gehabt. Und er würde nicht zulassen, dass es sich änderte. Für sie gehörte es zum Leben dazu, beruflich wie privat. Dabei klappte es mit ihnen im Bett noch am besten. Aber eine Beziehung ließ sich schwerlich auf Sexualität reduzieren, selbst wenn man verhältnismäßig jung war. Zwischen ihnen standen die klare materielle Orientierung Christinas und seine relative Bescheidenheit. Nach ihrer Auffassung verlangte er zu wenig vom Leben. Sie fing gerade mal dort an, wo er längst aufgehört hatte. Er begriff, es bedurfte keiner Versetzung nach Australien, um das Scheitern ihrer Beziehung vorherzusagen. Mit dieser Erkenntnis schlief er ein. Er wollte es ihr in den nächsten Wochen nicht allzu schwer machen. Eine gewisse Fairness war er ihr schuldig. Allein wegen der schönen Stunden, die sie gemeinsam erlebt hatten. Gleichwohl stimmte ihn dies nicht glücklich. Wer blieb schon gern allein auf der Insel der Glückseligen zurück?

Die Zeit lief schneller dahin, als ihnen lieb sein mochte. Tatsächlich aber begann bereits in dieser Phase der erste Teil einer sich ständig steigernden Entfremdung zu greifen. Vermutlich wollte es keiner von ihnen wahrhaben. Doch ein gnadenloser Automatismus zwang sich ihnen auf. Es galt einiges vorzubereiten. Glücklicherweise bezog sie ein möbliertes Appartement. Ansonsten hätte sie es nicht geschafft, einen Möbelcontainer vorab zu schicken. Sie suchte ihn seltener in seiner Wohnung auf. Er verlangte es nicht von ihr und verzichtete darauf, ihr eine Szene zu machen. Hilpert war sich darüber im Klaren, dass diese Entfremdung insbesondere an seinem Verhalten lag. Er ließ Christina nicht mehr an sich heran und verzichtete auf eine letzte Liebesnacht mit ihr. Er machte sich und ihr damit den Abschied leicht und schwer zugleich. Er blieb am Ende allein zurück. Er war der Verlassene. Wieder einmal war er froh darüber, seine Wohnung in der Isestraße nicht aufgegeben zu haben. Er musste nicht umziehen. Christina schaffte ihre eigenen Sachen in wenigen Stunden in das Haus ihres Vaters zurück. Das Leben ging weiter und sein Leidensdruck hielt sich in Grenzen. Die nächsten Wochen überstand er ohne größere Blessuren. Er war alt genug, um sich vom Liebeskummer nicht unterkriegen zu lassen. Davon abgesehen war er in diesen Fragen mehr als geschult. Alexandra, seine ehemalige Kollegin, kam ihm in den Sinn, die sich seiner nach Belieben bedient und mit ihm kurz vor ihrer Hochzeit geschlafen hatte. Er hatte dieses Dilemma überstanden und würde auch die neue Entwicklung meistern. Trotzdem nagte die Trennung an ihm, obwohl er es sich nicht eingestehen wollte. Es war ein unterschiedlicher Gefühlsbrei, der ihn bewegte, garniert mit einer gehörigen Portion an gekränkter Eitelkeit.

* * *

Zu Beginn des neuen Monats bestellte ihn sein Chef, Dr. Wellner, zu sich ins Büro. Das milde Frühjahr hatte sich zu einem warmen Sommer gemausert. Wie sich herausstellte, hatte ihr Gespräch nichts mit laufenden Projekten zu tun. Er empfing ihn freundlich wie immer und kam überraschend auf das Angebot für Christina zurück.

»Erst nach einem Gespräch mit meiner Tochter Petra ist mir aufgegangen, dass ich mich ohne Absicht in Ihre gemeinsame Beziehung eingemischt habe. Ich bitte das, wenn auch verspätet, zu entschuldigen. Da habe ich nicht zu Ende gedacht.«

Hilpert winkte entspannt ab. Wellner war der Letzte, den er für seine private Situation verantwortlich machen konnte. »Hätte sie bleiben wollen, wäre sie bei mir geblieben. Sie hat sich anders entschieden. Christina ist eine tüchtige Managerin, die Ihr Vertrauen sicher nicht enttäuschen wird. Schaun Sie mich an. Sie ist fort und ich lebe, ohne dass meine Haare grauer geworden wären. An den Suff bin ich ebenso wenig geraten.«

»Kann diese relativ lange Trennung nicht problematisch werden?«

Hilpert blieb weiterhin nach außen gelassen. »Garantiert wird sie das. Aber Christina hat ihre Prioritäten gesetzt. Ich respektiere das. In diversen Berufen müssen private Opfer gebracht werden. Was meinen Sie, wie viele Ehen von Kriminalbeamten geschieden werden. Und das ohne doppeltes Gehalt.«

Der Vorstandsvorsitzende nickte zustimmend. »Da kennen Sie sich ja aus alten Zeiten bestens aus.«

Übergangslos wechselte er das Thema. Er war zu lange im Geschäft, als dass er der Gefühlswelt zweier Menschen zu viel Zeit widmen mochte. Jeder trug seine Last und musste damit fertig werden. Diese Anforderung stellte er gleichermaßen an sich.

»Weshalb ich Sie hergebeten habe: Meine Cousine, Doris Lüders, macht sich Gedanken um ihren Sohn. Er ist seit Kurzem verschwunden. Ich möchte Sie bitten, sie heute im Verlauf des Tages aufzusuchen. Ich weiß, sie neigt leicht zur Hysterie. Aber manchmal ist das Gefühl einer Frau mehr wert als alle Analysen unserer EDV-Abteilung.«

»Wo ist das Problem? Meine Schreibtischplatte biegt sich momentan nicht gerade durch. Ich schau bei ihr vorbei und rede mit ihr.«

»Klasse.« Er reichte ihm einen Zettel mit dem Namen und der Adresse seiner Verwandten. »Wir sollten uns mal wieder auf eine gemeinsame Flasche Wein treffen. Sie sind herrlich direkt und so unkompliziert.«

»Man immer zu. Ich weiß Ihren Weinverstand zu schätzen. Ob ich tatsächlich unkompliziert bin, wage ich zu bezweifeln.«

Lachend gingen sie auseinander. Hilpert dachte über Wellners Worte nach. Er empfand sich im Umgang nicht einfacher als viele andere Menschen auch. Was ihn möglicherweise von anderen unterschied, war sein Gespür für das Machbare. Er weigerte sich, an Dingen festzuhalten, die glitschig versuchten, sich seinem Griff zu entziehen. Das galt insbesondere für sein Gefühlsleben. An einem Strick zu ziehen, an dessen Ende ein Elefant hing, war vergebliche Liebesmüh. Man hatte verloren, egal, wie kräftig man sich ins Zeug legte. Der machte nur einen Schritt nach vorne und man lag auf der Nase. Da war es vorteilhafter, frühzeitig aufzugeben und sich auf die Herausforderungen des Lebens zu konzentrieren, immer in der Hoffnung, eine realistische Chance zu haben, sie zu meistern. Trotzdem tat es zuweilen weh, wenn er an Christina dachte. Verlassen zu werden, gehörte zu den Erfahrungen, auf die man herzlich gerne verzichtete. Wenn schon, dann umgekehrt. Das war allemal besser fürs Selbstwertgefühl und für die Seele.

Die Villa in Blankenese, die Wellners Cousine bewohnte, bewies das Vorhandensein ausreichender Geldmittel und den erlesenen Geschmack eines kompetenten Innenarchitekten. Die Dame des Hauses empfing Hilpert auf einer hellen Couch sitzend. Sie erhob sich etwas unsicher, als er das Wohnzimmer betrat, in das ihn eine Hausangestellte geführt hatte, und bedachte ihn mit einem freundlichen Lächeln wie einen gern gesehenen Gast. Er wagte einen Rundblick und entdeckte an den Wänden vielfältige Grafiken von Janssen. Unter Garantie ausschließlich Originale. Sie interpretierte seinen Blick richtig. »Sie mögen Janssen?«

»Ich bin eher ein Kunstbanause«, erwiderte er, »aber seine Arbeiten gefallen mir.«

Er schätzte die Frau vor sich auf Mitte, Ende vierzig. Sie hatte sich auf den ersten oberflächlichen Blick gut gehalten und verstand es, sich vorteilhaft zu kleiden. Ein angedeuteter Ausschnitt versprach einen attraktiven Busen. In ihrem von blonden Haaren eingerahmten Gesicht entdeckte er kaum Falten. Mit dem Gebrauch von Botox kannte er sich wahrlich nicht aus. Hätte er genauer hingeschaut, wären ihm die dunklen Schatten unter den Augen der Hausherrin nicht entgangen. Den Rest schaffte die Kosmetik, die eine feste Liaison mit der reiferen Frau eingegangen war. Wäre sie einige Jahre jünger, hätte er sich um ihre Handynummer bemüht. Sie reichte ihm die Hand und forderte ihn auf, sich ihr gegenüber in einen der Sessel in dem großzügig geschnittenen Raum zu setzen. Er folgte ihrer Einladung, während sie sich an einen geöffneten zweiflügeligen Barschrank begab. Er wirkte auf ihn wie ein Greifvogel, der seine Schwingen ausgebreitet hatte und zum Sturzflug ansetzte. Zielstrebig griff sie nach einer Karaffe und schenkte in zwei Schwenker ordentlich ein. Ohne ihn um seine Zustimmung zu bitten, reichte sie ihm ein Glas, setzte sich wieder auf die Couch und schlug ihre wohlgeformten Beine übereinander. Die beiden prosteten einander zu. Hilpert ließ sich nach einem kurzen Nippen den vorzüglichen Cognac auf der Zunge zergehen. Sie nahm einen kräftigen Schluck. Bei dem Tempo würde sie sich schon bald nachschenken müssen, während er Probleme bekam, mitzuhalten. Kurz darauf lehnte er dankend einen weiteren Drink ab. Der hätte garantiert seinen Führerschein gefährdet. Davon abgesehen, war er nicht auf ein nachmittägliches Trinkgelage eingestellt. Sie dagegen überredete sich selbst im Verlauf des Gesprächs zu einem dritten Glas. Ihre Wangen begannen zu glühen. Ihre Sprache wurde undeutlicher. Er spürte, wie sie sich konzentrierte, um sich noch einigermaßen verständlich zu artikulieren. Mit Sicherheit hatte sie bereits vorher getrunken. Mit zunehmendem Genuss zerfiel ihre Maske. Mit jeder Minute schien sie zu altern und wurde im erbarmungslosen Takt zusehends unattraktiver. Er nahm es mit einem Schulterzucken zur Kenntnis, denn er hatte keineswegs die Absicht, ihr Avancen zu machen. Mit wackeligen Beinen stakste sie abermals an den Barschrank. Ab einem gewissen Alkoholspiegel waren High Heels eher hinderlich. Das Klirren signalisierte ihm, dass das Einschenken problematischer zu werden begann. Er verzichtete darauf, zu ihr herüberzublicken. Geschah ein Malheur, wollte er es großzügig übersehen können. Glas in zittrigen Händen konnte durchaus heikel werden. Die ganze Veranstaltung begann peinlich zu werden. Es war wohl angebracht, sich langsam nach einem Fluchtweg umzusehen. Er fragte sich, was sie von ihm wollte, denn bis auf ein paar Belanglosigkeiten hatten sie es bislang nicht geschafft, zum eigentlichen Zweck seines Besuchs zu kommen. Als sie ihm wieder gegenübersaß, schien ihm, als fiele ihr Dekolleté mittlerweile großzügiger aus als kurz zuvor. Fraglos hatte sie einiges zu bieten. Im nüchternen Zustand wäre er möglicherweise auf ihre Signale eingegangen. So nahm er lediglich zur Kenntnis, dass auch ihr Rock inzwischen über Gebühr hochgerutscht war. Es wollte ihn nicht anregen. Eher empfand er die Situation als skurril. Solange sie auf Distanz zu ihm blieb, wollte er sie hinnehmen. Er war kein Pennäler mehr, der sich so ohne Weiteres aus der Ruhe bringen ließ.

Zu seinem Erstaunen kam sie endlich auf ihr Anliegen zu sprechen. »Es dreht sich um meinen 22-jährigen Sohn Klaas«, begann sie überraschend konzentriert. »Er ist seit zwei Tagen verschwunden.«

»Haben Sie inzwischen die Polizei eingeschaltet?«, fragte er.

»Sind Sie des Teufels? Bloß keinen Skandal! Den können wir alle nicht gebrauchen. Schließlich ist es nicht das erste Mal, dass er sich eine Auszeit nimmt.«

»Und warum haben Sie mich dann zu sich gebeten? Er ist volljährig. Er kann machen, was ihm in den Sinn kommt.«

»Irgendetwas stimmt da nicht«, erwiderte sie mit Nachdruck. Das Thema beschäftigte sie so intensiv, dass sie ihr Glas mehrere Minuten verwaist stehen ließ. »Wissen Sie, es geht auf den Monatsletzten zu, da nimmt er bei mir regelmäßig eine Anleihe auf. Er hat zurzeit eine Freundin, die ihm finanziell viel abverlangt.«

»Kennen Sie das Mädchen näher?«

Unsicher bewegte sie den Kopf hin und her. »Ich hab sie einmal flüchtig gesehen. Ich muss gestehen, dass es sich um eine ausgesprochen attraktive Frau handelt. Dessen ungeachtet ist sie nicht der richtige Umgang für ihn. Das habe ich ihm bereits deutlich erklärt. Aber er will ja nicht auf mich hören.«

Hilpert verzichtete darauf, sie zu befragen, was sie gegen die Freundin ihres Sohnes einzuwenden hatte oder welcher Umgang der richtige sei. Mütter neigten gelegentlich dazu, einen individuellen Geschmack zu entwickeln, der nicht zwangsläufig die Zustimmung der eigenen Brut finden musste und umgekehrt. Er kannte sich aus. Schließlich war er ebenfalls Sohn. Aber er war ein Dutzend Jahre älter. Da nahmen sich Mütter eher etwas stärker zurück.

»Wie viel Geld kassiert er denn so am Ultimo bei Ihnen ab?«

»Einen Tausender, manchmal auch zwei.«

»Und Sie rücken die Mäuse so ohne Weiteres raus?«

»Es gibt eine Vereinbarung zwischen uns. Solange er sein Studium erfolgreich durchzieht, bin ich großzügig. Bislang klappt das ordentlich.«

»Und was stellt er damit an?«

»Keine Ahnung, es interessiert mich nicht sonderlich. Vermutlich verwendet er es für seine Freundin. Ich kann es mir leisten. Er ist ein guter Sohn. Und ich will ihm seine große Liebe nicht miesmachen. Irgendwann kommt er von allein zur Vernunft und begreift, dass sie der falsche Umgang für ihn ist.«

Die Frau vor ihm war zwar angetrunken, trotzdem wusste sie genau, was sie wollte. In Gelddingen machte sie einen wachen

Eindruck auf ihn. Inzwischen fragte er sich, ob sie der richtige Umgang für ihren Sohn war. Er beließ es bei seinen kritischen Gedanken. Ruhig ging er auf ihr Anliegen ein. »Haben Sie an seiner Hochschule angerufen?«

»Das erübrigt sich. Momentan sind Ferien und es steht keine Hausarbeit an, die Klausuren sind geschrieben.«

»Und sein Handy?«

»Abgeschaltet.«

»Einen Namen, eine Adresse des Mädchens haben Sie nicht?«

»Da muss ich passen. Leider ist meine Tochter momentan nicht im Haus. Die könnte Ihnen weiterhelfen. Sie versteht sich gut mit ihrem Bruder.« Wie von der Tarantel gestochen sprang sie auf. »Ihr Glas ist leer, ich bin eine schlechte Gastgeberin.«

Hilpert legte abwehrend die Hand auf seinen leeren Schwenker und bekam dennoch keine Chance von ihr. Sie griff sich kurz entschlossen ein frisches Glas. Wenig später hielt er einen weiteren strammen Drink in Händen. Unter Garantie würde sie dafür sorgen, dass er zulangte. Also tat er ihr den Gefallen und nahm einen Schluck. Im Zweifelsfall konnte er den Wagen stehen und sich von der Fahrbereitschaft abholen lassen. Davon abgesehen war es der Cognac wert. Dann machte er halt früher Feierabend.

»Ich schlage vor, wir warten den Tag ab, bevor wir die Pferde scheu machen«, versuchte er das Gespräch wieder in seriöse Bahnen zu lenken. Er hatte die Frau nicht aufgesucht, um mit ihr Party zu machen. Und wenn er sie sich so anschaute, schien sie mittlerweile Geschmack an ihm zu finden. Ihr Busen lief Gefahr, aus dem Ausschnitt zu purzeln. Den Schlitz ihres Rockes hatte sie so weit geöffnet, dass er die dunklen Strapse bewundern durfte. Das fehlte ihm in dieser Familie gerade noch, dass er sich mit der alkoholgefährdeten Cousine seines Chefs vergnügte. Nach jeder Trunkenheit folgte die Ernüchterung. Jeder Kater war mit einem schlechten Gewissen verbunden. Auch wenn Christina gegangen war, musste er keinen sexuellen Notstand verkünden, der ihn auf das letzte Angebot gehetzt hätte. Behände sprang er auf und verabschiedete sich mit dürftigen Worten.

»Aber Ihr Glas ...«, versuchte sie ihn hilflos zurückzuhalten.

Er ließ es besser halb voll und konnte so den eigenen Wagen nehmen. Zumindest redete er es sich ein. Er verzichtete auf eine schlechte Ausrede und sie blieb vorsorglich unangetastet. Das galt zumindest für ihn. Betrunkene Frauen musste man vor sich selber schützen und sich selbst vor frustrierten Frauen mittleren Alters, die zu lange allein lebten.

Am frühen Abend traf er sich mit seinem Chef, der ihn interessiert nach seinem Gespräch befragte. Hilpert antwortete offen: »Momentan sehe ich eher eine alkoholbedingte Überreaktion als erste Anzeichen für ein Verbrechen.«

»Ja, ja, meine liebe Cousine«, ging Wellner auf seine Bemerkung ein. »Der Alkohol ist seit vielen Jahren ihr größtes Problem. Nur gelegentlich gibt es Phasen der Abstinenz. Leider werden diese zusehends kürzer. Ich möchte Sie bitten, am Ball zu bleiben, sollten sich in dieser Angelegenheit neue Aspekte ergeben.«

»Keine Sorge, ich bin zu lange Polizist gewesen, als dass ich ernsthafte Hinweise nicht einzuschätzen wüsste.«

»Das freut mich. Doris ist nicht einfach zu nehmen. Achten Sie in jedem Fall auf sich. Wenn sie zu viel getrunken hat, neigt sie dazu, sich jüngere Männer zu greifen. Sie kann sehr unangenehm werden, wenn man ihr verwehrt, was sie begehrt.«

»Das reimt sich sogar. Keine Angst, ich bin in Nahkampftechniken vorzüglich ausgebildet worden. So leicht lasse ich mich nicht aufs Kreuz legen. Außerdem kann ich schnell laufen.«

»Dann muss ich mir ja keine Gedanken machen.«

Lachend trennten sie sich. An diesem Tag hielt Hilpert nichts mehr im Büro. Er versuchte ohne sichtbaren Erfolg seinen Schreibtisch aufzuklären. Er hatte die unglaubliche Gabe, innerhalb kürzester Zeit den Zustand des absoluten Chaos darauf zu verbreiten. Demnächst war wohl angesagt, eine ordentliche Aufräumaktion zu starten. Jetzt reichte es ihm, die einzelnen Vorgänge aufeinanderzupacken. Hätte ihn seine Sekretärin bei diesem Tun erwischt, vermutlich würde sie mit ihm schimpfen. Sie war ein Muster an Ordnungsliebe und Organisationstalent. Er griff sich seine Mappe und fuhr hinunter in die Tiefgarage. Der Alkohol zeitigte seine Wirkung. Er fühlte sich nicht betrunken, wohl aber spürte er, wie er müder wurde. Eine geniale Idee kam ihm dennoch. Er wollte seine Mitarbeiterin bitten, ihm beim Aufräumen behilflich zu sein. Im Gegensatz zu ihm war sie perfekt darin, Dinge zu beseitigen, die nicht mehr benötigt wurden und Wichtiges zu ordnen, nach dem er schon bald wieder rufen würde.

4

Vorerst stellte sich der betriebliche Alltag ein. Die EDV einer Tochtergesellschaft in Italien stand auf dem Prüfstand. Für eine Fabrikation in Irland wurden mehrere qualifizierte Security-Mitarbeiter gesucht. Hilpert brauchte sich nicht um jedes Detail zu kümmern. Vor allem für die Technik standen mehrere Informatiker zur Verfügung. Ihnen musste nur klargemacht werden, welche Ziele verfolgt wurden, in welche Richtung sie zu arbeiten hatten. Hilpert kümmerte sich um Dinge, für die er bezahlt wurde. Vor allem sein Schreibtisch glänzte am nächsten Tag, als sei er die Ordnungsliebe in Person. Seine Mitarbeiterin hatte sich nicht zweimal bitten lassen. Seine Unordnung war ihr seit geraumer Zeit ein Dorn im Auge. Die Freude darüber währte nur kurz. Wellners Cousine hatte ihn nicht vergessen. Zwei Tage später saß er ihr am Nachmittag gegenüber. Sie wirkte auf ihn, als sei sie in der kurzen Zeit spürbar gealtert. Von dem sexuellen Reiz der reiferen Frau war wenig übrig geblieben. Ihre Haare saßen schlecht, das Make-up war nachlässig aufgetragen. Ihre Alkoholfahne vermeinte er bereits an der Eingangstür des Wohnzimmers zu riechen. Mit einem Achselzucken tat er es ab. Er war nicht ihr Hausarzt. Einem Alkoholiker etwas über die gesundheitlichen Risiken seines Tuns erklären zu wollen, war so schwierig, wie einem jungen Mädchen klarzumachen, dass ihr Rock zu kurz war. Für beides fehlte ihm jegliches Talent. Und Klugscheißer liefen auf dieser Welt genügend herum. In diese Liga musste er sich nicht aufnehmen lassen.

Doris Lüders hatte ihn völlig aufgelöst vor wenigen Stunden angerufen und um seinen Besuch gebeten. »Klaas ist immer noch nicht zurück. Da muss etwas faul sein!«, empfing sie ihn mit brüchiger Stimme. Vor ihr stand ein Glas mit einer hellen Flüssigkeit. Er vermutete Wodka, das Lieblingsgetränk des durchschnittlichen Trinkers. Es hieß, er roch nicht so stark nach Sprit wie andere Alkoholika. An den Stellen ihres Gesichts, die von der Kosmetik nicht optimal erreicht worden waren, traten die ersten Sendboten ihrer Sucht auf. Geplatzte Kapillargefäße, eine gerötete Nase verrieten sie ebenso wie ihre fahrigen Bewegungen, als sie versuchte aufzustehen, um ihn zu begrüßen. Sie blieb letztlich entschieden sitzen und griff gleich nach ihrem Glas, nachdem sie ihm die Hand gereicht hatte. Wie eine Verdurstende nahm sie einen großen Schluck. Diesmal verzichtete sie darauf, ihm ein Getränk anzubieten. Vermutlich traute sie sich den Gang an den Barschrank nicht mehr zu. Oder er wurde für die edlen Getränke nicht mehr für würdig befunden. Schließlich war er nach seinem ersten Besuch gegangen, ohne zu schwanken. Frauen waren oft sehr nachtragend.

»Haben Sie versucht, seine Freundin zu erreichen?«, fragte Hilpert.

»Sie wissen doch, ich habe keine Telefonnummer oder Adresse von ihr.«

»Ach richtig, beim letzten Mal meinten Sie aber, Ihre Tochter könnte uns da weiterhelfen.«

»Genau, Sie müssen unbedingt mit ihr reden.«

»Sie lebt hier in Ihrem Haus?«

»Gelegentlich. Sie verfügt über eine Wohnung am Mittelweg, kurz vor der Milchstraße.«

»Ist wohl das Beste, ich treffe mich mit ihr, soweit möglich, noch heute. Ich wohne in der Isestraße. Die ist gerade einen Steinwurf davon entfernt.«

»Ich rufe Sarah an und erkläre ihr, wie wichtig das Treffen ist.«

Mit zittrigen Fingern bekam sie eine Verbindung zustande. An ihrem Gesichtsausdruck vermeinte er zu erkennen, dass die Tochter mit ihrer Mutter schimpfte. Wahrscheinlich war ihr die lallende Sprache aufgefallen. Kurz darauf war das Gespräch beendet. »Sie erwartet Sie um halb sieben bei dem Italiener in der Milchstraße. Kennen Sie den?«

»Klar doch.«

Trotz ihres Alkoholkonsums war ihr die Sorge um den Sohn im Gesicht abzulesen. Sie litt ganz offensichtlich. Im Gegensatz zum letzten Mal unternahm sie keinen Versuch, Hilpert in ihre Fänge zu bekommen. Ihn lockten keine heißen Brüste oder tiefe Schlitze im Kleid. Diesmal trug sie eine Hose und einen am Hals geschlossenen Pulli, Kleidungsstücke, die für sittsames Auftreten garantierten. Er nahm es wohlgefällig zur Kenntnis. Erfreulicherweise gab es für ihn diesen für sie wichtigen Termin, sodass er Viertel vor sechs ohne Alkoholfahne das Haus verlassen konnte. Er fuhr die Elbchaussee hoch. Der Verkehr hielt sich einigermaßen in Grenzen. Zu dieser Zeit durfte man sich in der Gegenrichtung nach Hause quälen. Erst als er in die Max-Brauer-Allee einbog, kam er schleppender voran. Endlich erreichte er die Hallerstraße, von der aus er problemlos in den Mittelweg gelangte. Im Parkhaus am Brodersweg, parallel zur Milchstraße, fand sich zu dieser Zeit ein freier Stellplatz. Was wollte er mehr? Pöseldorf war seit Langem nicht mehr der Hit. Die Karawane der Betuchten und Prominenten war längst weitergezogen.

Das italienische Restaurant im Hinterhof war zu diesem Zeitpunkt spärlich gefüllt. Als er sich hier zuletzt aufgehalten hatte, waren die Räumlichkeiten deutlich kleiner gewesen. Man hatte zur Seite hin expandiert. An der Theke saß ein einzelner Gast vor einem dampfenden Nudelgericht. Der Wirt polierte gedankenverloren ein Weinglas. Erwartungsfroh sah er ihm entgegen.

»Ich bin mit Sarah Lüders verabredet«, sprach Hilpert ihn an.

Der Wirt wies auf einen kleinen Tisch in der Nähe des Eingangs. »Dort hat sie reserviert. Sie hat gerade angerufen und wird sich um ein paar Minuten verspäten.«

Er ließ sich einen trockenen Roten bringen und trank in kleinen Zügen. Der Wein war erstaunlich gut. Sarah Lüders betrat kurz darauf den Raum. Freundlich grüßte sie zu dem Wirt herüber und ging auf Hilpert zu. Sie war durchaus ein nochmaliges Hinschauen wert. Mit ihren 25 Jahren verfügte sie über die Frische der Jugend. Ihre langen schwarzen Haare fassten das zarte kleine Gesicht wie ein wertvoller Rahmen ein. Sie war schlank, groß gewachsen und verfügte über eher zierliche weibliche Formen.

»Du bist also Christinas Freund«, begrüßte sie ihn und blickte mit leicht geneigtem Kopf auf ihn herunter. »So übel siehst du doch gar nicht aus. Solche Typen wie du laufen nicht gerade im Dutzend rum. Warum hat sie dich in Hamburg allein zurückgelassen?«

Er zuckte mit den Achseln, verzichtete auf eine Antwort und nahm ihre Bemerkung als Kompliment auf. Was erwartete sein Ego mehr? Er wollte sich erheben, aber sie winkte ab und reichte ihm die Hand.

»Wenn man den Richtigen gefunden hat, muss man ihn festhalten.«

»Vielleicht bin ich der Falsche für sie.«

Sie nickte zu seinen Worten. »Dann ist sie ganz schön blöd. Nun ja, sie ist alt genug, um zu wissen, was ihr guttut und was ihr schadet.«

»Setz dich bitte«, forderte er sie auf. »So von unten nach oben redet es sich nicht so gut. Und umgekehrt ist wahrscheinlich auch nicht der Hit.«

»Was willst du von meinem Bruder?«, schoss sie die nächste Frage ab, ohne auf seinen Vorschlag einzugehen.

»Ich?! Gar nichts. Es ist eher deine Mutter, die ihn vermisst. Ich hatte bislang nicht einmal das Vergnügen, ihn kennenzulernen.«

Sie blickte zweifelnd zu ihm herunter. Dann hellte sich ihre Miene auf. »Richtig, du warst ja mal Bulle, bevor du bei Onkel Paul eingestiegen bist.«

Sie rückte sich einen Stuhl zurecht und saß ihm kurz darauf gegenüber. »Was kann ich für dich tun?« Bevor er sich äußern konnte, redete sie bereits weiter: »Ich hab dich vorher schon mal gesehen. Du bist der Polizist, der im Kosovo die Kinder aus dem brennenden Haus gerettet hat, stimmt's? Damals wurde darüber breit in der Presse und im Fernsehen berichtet.«

»Daran erinnerst du dich? Das ist bestimmt zwei Jahre her, als das über den Sender lief.«

»Du hattest Tränen in den Augen, als die Kinder auf dich zugingen. Du scheinst ein Held mit Herz zu sein, kein Rambo. Es gefiel mir.«

»Das ist alles Geschichte und interessiert keinen Menschen mehr. Jetzt geht es um deinen Bruder. Deine Mutter macht sich ganz verrückt.«

»Das ist sie eh längst, so viel wie sie trinkt. Aber wenn du dich mit ihr normal unterhalten konntest, muss sie halbwegs nüchtern gewesen sein.« Ein Lächeln huschte über ihr Gesicht. »Hast du sie gefickt? In ihrem augenblicklichen Zustand ist sie geil wie eine rollige Löwin.«

»Und du meinst, ich würde dir das erzählen?«

Sarah Lüders schüttelte den Kopf. »Du bist nicht der Typ dafür und ein Witwentröster scheinst du mir auch nicht zu sein.«

»Da könnte was dran sein.«

»Wie lange ist mein Brüderchen denn weg?«

»Drei oder vier Tage.«

»Dann ist er bestimmt bei Pia.«
»Pia?«
»Ja, seine Freundin.«
»Du kennst sie?«
»Ja, wir verstehen uns ganz gut.«

Sie griff in ihre Umhängetasche, nahm ein Stück Papier und einen Kugelschreiber heraus, schrieb etwas auf und schob ihm den Zettel zu. »Hier hast du ihren Namen, die Adresse und Telefonnummer. Nimm dich in Acht vor ihr. Sie ist ein scharfes Luder.«

»Sieht das dein Bruder ebenso?«

»Er fährt voll auf sie ab. Behalte die Daten für dich. Meine Mutter sollte sie nicht in die Finger bekommen.«

»Warum das?«

»Die knallt sich einen und sucht das arme Mädchen heim, das es wagt, sich ihren Kronprinzen zu greifen. Pia hat es faustdick hinter den Ohren. Die weiß genau, was sie will. Ein Treffen gäbe nur Stress.« Sie winkte ab. »Er wird es lernen, sich abzunabeln. Hoffen wir, seine Freundin zieht ihn nicht über den Tisch. Klaas ist alt genug.«

Er warf einen Blick auf den Zettel. »Danke, du kannst dich auf mich verlassen.«

»Da bin ich mir sicher. Hast du dir inzwischen was zu essen ausgesucht? Ich weiß, was ich nehme.«

Sarah Lüders gefiel ihm. Sie war direkt, spontan und schien sich auf ihr gutes Aussehen nichts einzubilden. Sie hatte Betriebswirtschaft studiert und lag in den letzten Zügen ihrer Masterarbeit. Auf seine Frage, ob sie die Absicht habe, nach Abschluss ihrer Ausbildung im Familienunternehmen anzufangen, grinste sie und zeigte ihm einen Vogel. »Bin ich bescheuert?«

Unter Garantie trank er mit ihr ein Glas zu viel. Sie verstanden sich. Als er kurz vor elf in seinen Wagen stieg, lag ein unterhaltsamer Abend hinter ihm. Man sah Sarah gerne an. Doch das Gespräch mit ihr stand eindeutig darüber. Diese Familie hatte manch kluge Frau hervorgebracht. Sie gehörte zweifelsohne dazu. Der Weg zu seiner Wohnung war kurz. Dafür war die Suche nach einem Parkplatz etwas aufwendiger. Man hatte die U-Bahn auf Stelzen gestellt und darunter Abstellmöglichkeiten geschaffen. Leider hatte niemand an ihn gedacht und eine Lücke freigehalten. Wichtiger war hingegen, dass ihn auf seiner Fahrt kein Exkollege angehalten hatte. Mit Sicherheit hatte er zu viel Alkohol im Blut. Oder je nach Sicht der Dinge zu wenig Blut im Alkohol. Er brauchte seinen Führerschein. Einen Chauffeur leistete sich in seinem Unternehmen nur der Chef. Jedes Mal nahm er sich vor, vernünftig zu bleiben. Oft genug war das Fleisch - wie an diesem Abend - zu schwach. Endlich wurde sein Suchen belohnt und er konnte seine Limousine einparken. Mit schnellen Schritten erreichte er den Eingang seines Hauses. Er war müde und sehnte sich nach seinem Bett.

5

Hilpert war es aus alten Zeiten gewohnt, seinen Dienst zeitig anzutreten, obwohl er nicht zu den bekennenden Frühaufstehern gehörte. Die Erfahrung hatte ihn gelehrt, dass man am Vormittag das größte Pensum beseitigte, das sich vor einem auf dem Schreibtisch auftürmte. Je nach Lust und Laune gönnte er sich ein Frühstück. Gegen die Brötchen in der Kantine kam kein ihm bekannter Bäcker an. Die frisch zubereiteten Salate waren ebenso unschlagbar wie das Schweinemett. Der Küchenchef kochte und backte nicht nur gut, offensichtlich tat er es mit Herz und guter Laune. An diesem frühen Morgen gesellte sich Wellner zu ihm.

»Die Mettbrötchen sind gut, stimmt's? Ich bin gleich wieder zurück.« Mit leuchtenden Augen biss er kurz darauf herzhaft in sein Mettbrötchen hinein, das er sich wie alle anderen an der Essensausgabe besorgt hatte. Vorsorglich verzichtete er auf die Zwiebeln. Ihr Geruch war zu verräterisch und störte bei Arbeitsgesprächen ähnlich wie Knoblauch.

Spätestens beim Kaffee schaute ihn Hilpert mit hochgezogener Augenbraue an. »Na, Chef, was würde Ihre Tochter zu Ihren Essgewohnheiten sagen?«

»Sie würde mit mir schimpfen. Sie petzen hoffentlich nicht, oder?!«

»Sehe ich so aus?«

»Glücklicherweise nicht.« Kritisch blickte er zu ihm herüber. »Aber kann man dem anderen hinter die Stirn schauen?«

»Ein Restrisiko lässt sich nie vermeiden. Da müssen Sie durch.«

Zufrieden wischte sich Wellner den Mund mit seiner Serviette ab. »Allein wegen dieser Brötchen hätte der Küchenchef eine regelmäßige monatliche Gehaltserhöhung verdient.«

»Dann geben Sie sie ihm.«

Er winkte ab. »Irgendwann würde er mehr verdienen als ich. Das wäre der Disziplin in unserem Laden nicht dienlich. Und es wäre ein Affront gegen mich als Vorstandsvorsitzender.«

»Das kann ich nachvollziehen.«

»Nun, wie sieht es bei meiner werten Cousine aus? Gibt es inzwischen erste Informationen über Klaas?«

Hilpert schüttelte den Kopf. »Nichts dergleichen. Ich habe mittlerweile mit Sarah gesprochen. Die sieht seine Abwesenheit ziemlich gelassen. Ich habe mir vorgenommen, heute Nachmittag mal bei seiner Freundin vorbeizuschauen. Sarah meint, er hält sich dort auf.«

»Sie machen das schon.«

Unruhig spielte er mit seinen Fingern auf der Tischplatte.

Hilpert schaute ihn grinsend an. »Das sind eindeutig Suchtsymptome.«

»Glauben Sie? Was tut man da am besten?«

»Man gibt ihnen nach.«

»Da könnten Sie richtig liegen.« Er hatte sich fast schon in die Höhe geschraubt, ließ sich dann aber in den Stuhl zurückfallen. »Das ist zu gefährlich. Um diese Zeit taucht möglicherweise meine Tochter auf. Die ist imstande und macht mir eine Szene, wenn sie mich mit einem Mettbrötchen erwischt.«

»Doch nicht etwa hier in der Kantine?!«

»Schlimmer, sie folgt mir in mein Zimmer. In der Öffentlichkeit hätte ich sie im Griff.«

Er grinste den Vorstandsvorsitzenden frech an. »Ich werde mich bei Ihnen einschleimen und den gefährlichen Auftrag für Sie erledigen.«

»Das gibt 'ne fette Weihnachtsgratifikation.«

»Darauf können Sie gern verzichten. Noch ein Brötchen und Sie sind erpressbar. So komme ich dann zu meinem Learjet.«

»Und ich dachte, Sie haben Angst vorm Fliegen.«

»Glück gehabt.«

Hilpert stand auf und begab sich an den Tresen, um ein weiteres Mettbrötchen für seinen Chef zu holen. Dieser hatte den letzten Bissen gerade verzehrt, als Petra Wellner tatsächlich Kurs auf sie nahm. Auf ihrem Tablett stand selbstredend ein frischer Salat. Sie setzte sich zu den beiden Männern. Über ihrer Nasenwurzel bildete sich eine steile Falte, als sie die beiden leeren Teller sah.

»Was hast du gegessen, Papa? Nach gesunder Nahrung sieht das nicht aus.«

»Nichts«, erwiderte Hilpert. »Das sind beides meine Teller.«

»Du bist ein verfressener Kerl, Fabian. Und trotzdem setzt du kein Gramm Fett an. Wie sind denn deine Blutwerte?«

»Vorzüglich, ganz vorzüglich. Vielleicht weil ich viel Sport treibe.«

»Demnächst sehe ich dich beim Hanse-Marathon«, antwortete sie kurz, um dann das Thema zu wechseln. Beim Sport hatte sie ihre Achillesferse. Je nach Lust und Laune joggte sie gelegentlich. Dafür achtete sie auf ihre Ernährung.

»Papa, hast du Fabian von der Konferenz erzählt?«

»Nein, das habe ich tatsächlich vergessen. Also, Herr Hilpert, nächste Woche Donnerstag treffen wir uns im Haus. Christina fliegen wir ebenfalls ein.«

»Ich werde mir diesen Termin vormerken.«

»Davon gehe ich aus. Einzelheiten folgen.«

So schnell hätte er nicht geglaubt, Christina wiederzusehen. Er musste sich eingestehen, in letzter Zeit wenig an sie gedacht zu haben. Eigentlich waren seine Gefühle zwiespältig. Je nach Tagesform schwankte er zwischen Traurigkeit und Gleichgültigkeit. Wobei letztere Empfindung dabei war, die Oberhand zu gewinnen. Kurz darauf verließ er Vater und Tochter.

Wellner blickte ihm hinterher. »Verdammt, ich mag den Kerl.«

»Nicht nur du, alter Herr. Er ist gradlinig. Er ist treu.«

»Sollte man ihn fördern, um ihn nicht irgendwann zu verlieren?«

»Womit willst du ihn ködern, mit Geld?«

»Nein, mit Verantwortung.«

»Dann musst du ihn zu deinem Nachfolger machen. In wenigen Jahren ist der so weit.«

Er griff nach ihrer Hand. »Der Job ist vergeben. Der gehört dir.«

»Frag mich doch mal gelegentlich, ob ich den will.«

»Was ist los mit dir, Kleine?.«

»Ach zwischen Dennis und mir läuft es nicht mehr so wie früher.«

»Hat er etwa eine andere?«

»Nein, wenigstens nicht dass ich davon wüsste. Es liegt an mir.«

»Willst du mir etwas beichten? Wie heißt der Kerl?«

Sie lachte hell auf. »Kennst du mich so schlecht? Nein, da ist kein anderer.« Sie schnippte mit den Fingern. »Das brennende Gefühl ist weg. Ich bin noch keine dreißig und langweile mich in der Beziehung.«

»Aha«, erwiderte Wellner wenig intelligent. Da sollte man sich bei seinen erwachsenen Kindern auch noch in Liebesdingen auskennen. Er fühlte sich damit einfach überfordert. Vermutlich hätte ihm eine Ehefrau oder Lebensgefährtin zur Unterstützung gut zu Gesicht gestanden. Dennis Thiems war bei ihnen als Justiziar angestellt. Er machte einen ordentlichen Job, obwohl er keine Bäume ausriss. Als Schwiegersohn hätte er ihn durchaus akzeptiert. Er nickte Richtung Ausgang, wo er gerade Hilperts breiten Rücken verschwinden sah.

»Doch nicht etwa ...?«

»Warum nicht?«

»Er gehört zu Christina.«

»Das ist bereits Geschichte, sie hat einen Neuen.«

Erschrocken legte er die Hand vor den Mund. »Tatsächlich? Die wichtigsten Dinge im Leben scheinen an mir vorbeizurauschen. Das ging ja schnell bei ihr.«

Wieder lachte sie auf. »So ist sie halt. Und du tu nicht so. Dein Interesse gehört dem Unternehmen. Wer mit wem, kommt für dich nicht vor.«

»Das mag so sein. Nur weshalb lässt sie ihn laufen und stürzt sich in ein neues Abenteuer?«

»Sie beklagt seinen mangelnden Ehrgeiz.«

»Ehrgeiz?! Worüber beschwert sie sich?«

»Ganz einfach. Er giert nicht nach deinem Platz oder dem eines anderen. Er ist zufrieden mit dem, was er hat. Und das füllt ihn aus.«

»Ich verstehe. Christina möchte ihren eigenen Pool, ihr eigenes Pferd, ihren eigenen Blick auf die Elbe oder die Seine. Und sie will ganz nach oben.« Er nickte zu seinen eigenen Worten. »Und sie wird es schaffen. Er dagegen gibt sich mit einem getunten Golf zufrieden. Im Zweifelsfall landet er in einem Reihenhaus in der Nordheide, ohne Pferd, ohne Pool. Und es kommt kein Wort der Beschwerde über seine Lippen. Warum? Weil diese Dinge für ihn nicht so wichtig sind. Lass dir gesagt sein, er ist der Klügste von uns allen. Er weiß, dass man nur ein, vielleicht zwei Steaks am Tag essen kann und sich schnell nach einer Frikadelle sehnt. Man braucht keinen halben Ochsen im Gefrierschrank und fünf Autos in der Garage, um ordentlich zu leben.« Langsam erhob er sich von seinem Stuhl. »Ich sollte mich ebenfalls an meine Arbeit begeben. Wenn du Christina sprichst, sag ihr, sie irrt sich kolossal in diesem Menschen. Der geht seinen Weg. Ich betone: seinen. Den beschreitet er voller Ehrgeiz und sehr erfolgreich. Du weißt, ich kenne den Innensenator gut. Hilpert ist einer der jüngsten Ersten Hauptkommissare Deutschlands gewesen. Für den würden die sogar das Beamtenrecht ändern, käme er zurück.«

Er war im Gehen, als sie ihm hinterherrief: »Sollte Fabian mal an mir vorbeiziehen, hättest du blind meine Zustimmung. Für ihn mache ich gern meinen Platz frei.«

Er nickte ihr mit einem zufriedenen Lächeln zu. Was gäbe er dafür, käme ein Mann wie Hilpert in seine Familie. Wie hieß es so schön, Geld kommt zu Geld. Nur davon hatten sie mehr als genug. Dagegen konnte man nicht genügend loyale, kompetente Menschen um sich scharen. Da fehlte es ihnen an allen Ecken. Aber Schwiegersöhne kaufte man nicht bei Aldi ein und nahm sie hübsch verpackt mit nach Hause. Die kamen freiwillig oder nicht. Musste man sie mit Geld locken, waren es die falschen.

Gedankenverloren hatte sich Hilpert auf den Weg zu seinem Büro gemacht. Nun saß er hinter seinem Schreibtisch und fragte sich, was er mit der letzten Information anfangen sollte. Das geplante Wiedersehen mit Christina stand ihm stärker vor dem Kopf, als er sich anfangs eingestanden hätte. Sie hatte ihm vor gut zwei Wochen per Mail mitgeteilt, dass sie einen anderen Mann kennengelernt habe. Er akzeptierte es ohne großen Schmerz, weil es ihn letztlich nicht überraschte. Trotzdem wäre es ihm lieber gewesen, sie würden sich vorerst nicht treffen.

Frisch verheilte Wunden platzten leicht wieder auf. Andererseits musste er sich über kurz oder lang einem Wiedersehen stellen. Je schneller es auf ihn zukam, desto schneller konnte er es hinter sich bringen. Er brauchte einen Tapetenwechsel. Er griff in eine Schublade seines Rollboys, zog eine Einladung hervor und las sie nochmals durch, bevor er eine Telefonnummer ins Handy tippte. Kurz darauf hörte er die Stimme von Carsten Freyberger, einen Freund aus alten Buchholzer Zeiten. »Du kannst mit mir rechnen. Ich bin bei der Hochzeit dabei.«

Seiner Reaktion entnahm er, dass der sich tatsächlich über seine Zusage freute. Über ein Geschenk machte er sich keine Gedanken. Geld konnten Frischvermählte stets gebrauchen. Mit Tischdecken, Porzellan oder einer Küchenmaschine punktete er vermutlich weniger. Carsten war kein reicher Mann. Er wusste, die beiden trainierten fleißig auf ein Kind. Auf Dauer hieße es, auf ein zweites Einkommen zu verzichten, da es bei einem nicht bleiben sollte. Und sie waren konservativ. Ein Elternteil sollte in den ersten Jahren bei dem Kind über den Mutterschaftsurlaub hinweg bleiben. Moderne Familien planten ihre Zukunft. Sie überließen nichts dem Zufall. Selbst wenn viele ihre Entscheidung als unzeitgemäß bezeichnet hätten.

* * *

Wütend traktierte Kuschel mit der Faust seine Schreibtischplatte und fuhr den Mann, der vor seinem Schreibtisch saß, an: »Das kann ja wohl nicht so schwer sein, ein paar ausgeschlafene Typen zu finden, die diesen Hilpert ausschalten! Mein Auftraggeber ist schon ganz nervös und fragt, ob wir noch dabei oder aus dem Spiel ausgeschieden sind. Ich kann ihn gut verstehen. Am besten, ich greif mir selbst 'ne Knarre und blas diesem Knaben das Lebenslicht aus!«

Sein Gegenüber versuchte sich trotz seiner Muskelmasse in dem Sessel so klein wie möglich zu machen, allerdings ohne erkennbaren Erfolg. »Das ist gar nicht so einfach, Boss. Die einen haben Angst vor ihm, die anderen machen sich in die Hose, weil man die Albaner hinter ihm weiß«, rechtfertigte er sich.

»Die Albaner! Was hat er mit denen zu tun?«

»Er hat doch irgendwelchen Kindern im Kosovo das Leben gerettet und dafür einen Orden gekriegt.«

»Tatsächlich?!« Kuschel lehnte sich nachdenklich zurück. Die Albaner musste man weiß Gott ernst nehmen. Derer entledigte man sich nicht so ohne Weiteres. Sich mit denen anzulegen, war ihm zu heiß. Sein Ton verlor an Schärfe. »Orientier dich außerhalb.« Er kramte in einer Schublade seines Rollboys. »Ruf diese Nummer in Frankfurt an. Der schuldet mir einen Gefallen. Bestell ihm Grüße von mir und sag ihm, über den Preis werden wir uns einig. Mach ihm klar, dass unsere Zielperson nicht ganz ohne ist. Nicht dass er ins offene Messer rennt. Damit ist uns nicht geholfen.« Wieder geriet er in Rage. »Verdammt noch mal, das muss klappen! Es geht um zu viel!«

Behrens war erleichtert. Glücklicherweise verzichtete sein Boss darauf, ihn mit einem Donnerwetter zu überschütten. Bevor sein Chef es sich anders überlegen konnte, war sein engster Weggefährte verschwunden. Kuschel konnte sich auf ihn verlassen. Seit mehr als zwanzig Jahren stand er ihm zur Seite. Der würde ihn für kein Geld der Welt verraten.

»Schwierig, schwierig«, murmelte er vor sich hin. Diesen Auftrag hatte er sich wesentlich leichter in der Ausführung vorgestellt. Da sollte ein Mann aus dem Weg geräumt werden und halb Hamburg kniff den Schwanz ein. Verunsichert kratzte er sich am Kopf. Hoffentlich machten sie keinen Fehler. Es ging um einen ordentlichen Batzen Geld. Normalerweise hätte er den Auftrag abgelehnt. Doch auch ihn hatte die Finanzkrise voll erwischt. Ein Teil seiner Rücklagen war unwiderruflich verloren. Um seinen Lebensabend so zu genießen, wie er es sich vorstellte, musste er draufsatteln. Kuschel erhob sich und trat ans Panoramafenster. Die Elbe nahm träge ihren Weg zum Meer. Der Schiffsverkehr hielt sich in Grenzen. Selbst wenn er wollte, es gab kein Zurück. Verlautbarte erst einmal, dass er seinen Verpflichtungen nicht nachkam, konnte er einpacken. Leute wie er machten keine üblichen Verträge. Das lief alles per Handschlag. Er grinste. Wie bei den Pfeffersäcken. Und eigentlich drängte es ihn, das Geschäft zu machen. Schneller konnte er sein Geld nicht verdienen. Mit ausgestrecktem Zeigefinger und hochgestelltem Daumen deutete er einen Schuss in Richtung des Kümos an, der Hamburg verlassen wollte. »Peng«, flüsterte er. »Hilpert ist so gut wie tot. Die Leute aus Frankfurt sind knallharte Profis.«

6

Dass Hilpert Hamburg am Wochenende Richtung Buchholz verließ, war trotz seiner Eltern, die dort wohnten, in der letzten Zeit eher die Ausnahme gewesen. Aber seit Christina nicht mehr mit ihm Tisch und Bett teilte, stellte sich die Freizeitgestaltung schwieriger dar. In den letzten zwei Monaten verlief sie eher eintönig. Und es würde sich kaum etwas daran ändern. Es sei denn, er könnte sich aufraffen, etwas zu unternehmen und ein neues Mädel kennenlernen. Die Hochzeitsfeier in Buchholz stellte da so etwas wie einen ersten vorsichtigen Anfang dar, kaum mehr. Selbst wenn Christina sich entscheiden sollte, zu ihm zurückzukehren, hätte er kein Interesse, die Beziehung neu zu beleben. Dieses Kapitel war für ihn ein für allemal abgeschlossen. Sie war zum zweiten Mal gegangen. Das war zwar ihr gutes Recht, aber er hatte keinen Nerv, sich ständig darauf einstellen zu müssen, je nach Lust und Laune von ihr verlassen zu werden oder sich mit ihr zu versöhnen. Vielmehr stand er einer neuen Partnerschaft durchaus aufgeschlossen gegenüber. Er träumte keineswegs davon, irgendwann nach seinem Tod der Stadt Hamburg eine Eigentumswohnung und einen Mittelklassewagen zu hinterlassen. Er wollte schon eine feste Beziehung eingehen und konnte sich gut eigene Kinder vorstellen. Hinderlich bei diesen Überlegungen war, dass er sich nicht mit einem Cocktail in der Hand in irgendeiner In-Bar langweilen wollte, darauf hoffend, ein interessiertes Mädel zu treffen. Für die Partnersuche per Internet war er noch nicht verzweifelt genug. Zu der Option konnte er greifen, wenn nichts anderes funktionierte. Also kam ihm die Einladung zum Junggesellenabschied und zur Hochzeitsfeier gut gelegen. Er hoffte, Kumpel aus längst vergangenen Zeiten zu treffen, mit denen er ein paar Stunden Alltag vergessen konnte. Kombinierte man das Miteinander mit einigen Gläsern Wein oder diversen kühlen Bieren, stand seinem individuellen Glück nichts mehr im Wege. Er wagte nicht, darauf zu hoffen, über ein hübsches Mädel zu stolpern, das auf einen Typ wie ihn nur wartete. Er dachte an Sarah Lüders' Worte und grinste in sich hinein. Stimmte es, was sie ihm gesagt hatte, sollte es ein Leichtes für ihn sein, jemanden aufzureißen. Nur, was erwartete er eigentlich? Eine neue dauerhafte Beziehung, eine kurze Liebschaft mit viel Sex? Man würde sehen. Aber die Idee mit dem Sex sagte ihm durchaus zu. Er war für alles offen. Und mit dem Heiraten hatte es wirklich noch Zeit.

Spontan genehmigte er sich einen zusätzlichen freien Tag. Diese kurze Auszeit würde ihm guttun. Am Donnerstagabend meldete er sich bei seinen Eltern an. Mit oft geübten Handgriffen packte er seine Reisetasche und steckte einen dunklen Anzug mit allen erforderlichen Utensilien für die Hochzeitsfeier am Samstag in einen Kleidersack. Manche Frau würde ihn um seine Fertigkeit beneiden, Koffer und Taschen zu packen, ohne Wichtiges zu vergessen, ohne die Sachen über Gebühr zu strapazieren und vor allem ohne unnötig viel Zeit darauf zu verschwenden. Trotzdem sollte es sich seine Mutter nicht nehmen lassen, den Anzug aufzubügeln und Gleiches mit den Hemden zu veranstalten. Ihr Sohn hatte gefälligst ordentlich auszusehen. Ihm war es recht, obwohl er vorzüglich mit dem Bügeleisen umzugehen verstand. Er lachte auf. Sollte er in der freien Wirtschaft scheitern, konnte er sich durchaus als Bügler in einer Reinigung verdingen. Die warteten garantiert auf einen Typen wie ihn.

Jetzt nach neunzehn Uhr waren die Elbbrücken relativ frei. Selbst eine Tagesbaustelle behinderte ihn nicht sonderlich. Hilpert verließ die A1 bereits auf der Höhe von Hittfeld und gönnte sich ein paar Kilometer Landstraße. Einige Alibibäume säumten die Straße, als wollte man sich für den abgeholzten Wald entschuldigen, der von der Landwirtschaft und einer Reihe an Häuslebauern gnadenlos okkupiert worden war. Erst auf Höhe des Klecker Waldes war dieser Trend gestoppt worden. Dabei fiel ihm ein, dass er sich seit Jahren vorgenommen hatte, das Hünengrab zu besuchen, das man unschwer von der Straße aus sehen konnte. Auch dieses Mal würde es bei der guten Absicht bleiben. Ein Bekannter von ihm musste 50 Jahre alt werden, bis er es als geborener Cuxhavener geschafft hatte, die Insel Neuwerk barfuß übers Wattenmeer zu besuchen. Dabei konnte er als Kind und später als Erwachsener das Eiland bei klarer Sicht ständig begutachten, wenn er sich an einem der Strände seiner Heimatstadt aufhielt. So gesehen verblieben Hilpert mehr als fünfzehn Jahre, Versäumtes nachzuholen. Er erinnerte sich an ein Försterhaus, das mitten im Wald stand und restauriert worden war und bei Bedarf gastronomisch genutzt werden konnte. Selbstverständlich war es mit dem Auto erreichbar. Wer als moderner Mensch auf sich hielt, durchstreifte halt den Wald vor der Haustür im heiß geliebten Automobil. Man konnte Naturliebe auch leicht übertreiben und zu Fuß gehen. So ließ man die Fensterscheibe herunter, erfreute sich der frischen Luft und fuhr anschließend wieder seiner Wege. Entschieden nahm er den Fuß vom Gas, siebzig Stundenkilometer waren angesagt. Er wusste, moderne Messtechnik hatte längst in der Nordheide Einlass gefunden. Die öffentliche Hand wartete nur darauf, in seine Tasche greifen zu dürfen.

Der glückliche Hochzeiter, Carsten Freyberger, hatte es neben ihm als Einziger aus ihrer Clique geschafft, die dreißig als Single zu überschreiten. Hilpert war nie gegen eine feste Beziehung gewesen und hatte nichts gegen die Institution der Ehe einzuwenden. Bislang war er stets zweiter Sieger geblieben, wenn es um die holde Weiblichkeit ging. Er musste über Macken verfügen, die ihm selbst nicht klar waren, offensichtlich aber seine Partnerinnen störten. Und dann kam auch noch Pech hinzu. Spätestens im Fall Christina musste er sich eingestehen, dass er eine geradezu geniale Fähigkeit besaß, auf Frauen zu stoßen, deren Motivationsstruktur seiner eigenen diametral entgegenstand. Sie war ehrgeizig und gut in ihrem Job. Und er? Er war geblieben, was er immer war: ein Polizist aus Überzeugung ohne nennenswerte Karriereorientierung. Dafür hatte er es verhältnismäßig weit gebracht. Eine karriereorientierte Managerin und ein Beamtentyp, das konnte nicht funktionieren. Da wäre es vermutlich vorteilhafter gewesen, Dick hätte Doof geehelicht. Die hätten mehr Gemeinsamkeiten in eine Beziehung eingebracht.

Er erreichte die Buchholzer Innenstadt an relativ zentraler Stelle. Kurz vor Ende der Bendestorfer Straße bog er links vor dem Wohn- und Geschäftshauses des Wochenblatt-Verlags ab. Dieses Anzeigenblatt nahm in der Vergangenheit mehr Einfluss auf die Kommunalpolitik, als es die FAZ jemals in Berlin vermocht hätte. Er fuhr ›Am Radeland‹ etwa fünfzig Meter hoch, orientierte sich abermals nach links und landete ›An der Koppel‹, dem Ziel seiner Wünsche. Wenige Minuten später lag er in den Armen seiner Mutter. Es war einige Monate her, dass er seine Eltern zuletzt besucht hatte und vor allem über Nacht geblieben war. Diesmal brachten sie Verständnis auf, als er kurz darauf wieder entschwand, um mit seinen Freunden im Caspari den Ablauf des geplanten Junggesellenabschieds zu besprechen. Das schaffte er bequem zu Fuß. Seine ehemaligen Freunde wurden von seinen Eltern wie Familienmitglieder behandelt. Ihnen brachte man selbstverständlich jegliche Form von Verständnis entgegen. Ihnen verzieh man großzügig, wenn sie den eigenen Sohn mit Beschlag belegten. Schließlich gaben sie ihn unbeschädigt zurück.

Fabian hoffte, sie würden um die obligatorische Stripperin herumkommen, sich auf den Verzehr angesagter Alkoholika konzentrieren und mit dem Absingen schlüpfriger Liedertexte begnügen. Die Auswahl qualifizierter Damen hielt sich im Herzen der Nordheide in engen Grenzen. Und ein Import aus Hamburg würde vermutlich das Budget sprengen. Sein Freund Helge Thiemann kam ihm entgegen, als er den Biergarten des Restaurants betrat. Es war jetzt nach 20.00 Uhr noch angenehm warm. Sein unsicherer Schritt signalisierte, dass in dem Lokal weiterhin alkoholische Getränke ausgeschenkt wurden. Wie sich alsbald herausstellte, war das Bier herrlich gekühlt. Und man hatte genug für ihn übrig gelassen. So ließ es sich leben. Dunkle Gedanken wurden konsequent weggespült. Die Diskussion um den Ablauf der kleinen Abschiedsgala verlief in ruhigen Bahnen. Die Stripperin fiel mangels ordentlicher Alternativen bereits im ersten Gang durch. Ein Kiezbummel in Hamburg fand keine Zustimmung. Die meisten männlichen Teilnehmer waren verheiratet. Niemand wollte sich große Diskussionen am heimischen Herd antun und sich den bohrenden Fragen seiner Ehefrau aussetzen. Also einigte man sich auf einen eher ländlich sittlichen Bummel durch die Kneipenszene der Innenstadt. Das war überschaubar und genügte allen ethisch-moralischen Anforderungen. Gegen 22.00 Uhr gesellten sich drei Frauen zu ihnen, die den gleichen Job für die Braut zu erledigen hatten wie sie für den Bräutigam. Schließlich lebte man im Zeitalter der Emanzipation. Sie beklagten leidvoll, dass das Angebot an männlichen Strippern noch dünner war als bei der weiblichen Konkurrenz. Sie beschlossen, auf den Standard-Handwagen mit entsprechenden Getränken zurückzugreifen und für krasse Perücken und bunt bemalte Gesichter zu sorgen. Neben Hilpert setzte sich eine mittelgroße Frau, die er auf

Mitte, Ende zwanzig schätzte. Die langen braunen Haare fielen in sanften Wellen auf ihre Schultern und die großen dunklen Augen verhießen Lebensfreude. Ihre frauliche Figur ließ in ihm andere Bedürfnisse aufkommen, als etwa die Biervorräte des Restaurants qualifiziert zu entsorgen.

»Na, Fabian, erkennst du mich wieder?«, sprach sie ihn an.

»Muss ich?«, erwiderte er spitz.

»Schau etwas genauer hin, du warst doch mal Bulle. Da trainiert man den investigativen Blick.«

Diesmal stierte er sie unverwandt an. »Bist du Julia? Julia Stüven?«

»Herzlichen Glückwunsch, der Kandidat hat 99 Punkte. Ein Punkt mehr und du hättest einen Tretroller gewonnen.«

»Man kann nicht alles haben.« Ungläubig schüttelte er den Kopf. »Mensch, Mädel, ich erinnere mich noch an deine Tränen, als du mit deinen Eltern weggezogen bist. Das war ein Jahr vor meinem Abitur. Da musst du ungefähr dreizehn gewesen sein.«

»Du hast ein gutes Gedächtnis. Dann musst du auch ein ordentlicher Polizist gewesen sein.«

»Mein damaliger Staatsrat in der Innenbehörde war da anderer Meinung. Also hat es mich in die freie Wirtschaft gezogen.«

»Und bist du glücklich?«

»Nein, ich gehöre dorthin, wo ich gewesen bin.«

»Warum überprüfst du deine Entscheidung nicht? Was wird heutzutage schon für die Ewigkeit geplant?«

»Ich kann nicht ständig meine Meinung ändern wie ein Siebenjähriger. Da gibt es Leute, die mit mir rechnen.«

»Ich verstehe.«

Mitfühlend griff sie nach seiner Hand. Als habe sie ein heißes Hufeisen angefasst, ließ sie sie schnell wieder los.

»Entschuldige.«

»Wofür?«

Sie ging nicht weiter auf ihre spontane Handlung ein. »Ist es zu stressig in der Industrie?«

»Kann man nicht sagen. Ich komme zurecht. Und das Geld stimmt auch.«

»Was ist es dann?«

»Ich bin in meiner tiefen Seele Polizist. Was ich tat, fand ich wichtig. Ich tat es gern, mochte die Kollegen und hatte keine Probleme mit meinen Vorgesetzten.«

»Und solche Leute lassen die Idioten laufen!«, gab sie aufgebracht von sich. »Scheiß Politik!«

»Solch ein graziöses Wesen und so böse Worte. Gut, dass das deine Mutter nicht gehört hat.«

»Hältst du mich für eine zartgliedrige Akademikerin?«

»Wie könnte ich?«

»Es geht um anderes. Da liest man allerorten, dass qualifizierte Polizisten fehlen und dann vergrault man einen Mann wie dich.«

»Lieb gesagt, doch was erwartest du in unserer Gesellschaft? Gerechtigkeit? Vergiss es.«

Sie schüttelte den Kopf und blieb eine Antwort schuldig. Er hatte recht mit seiner bitteren Analyse. Vor einigen Jahren hatte sie sich erlaubt, diesen Begriff in einer Diskussion zu verwenden. Man hatte sie mehr oder minder ausgelacht.

Ihre Tischnachbarn verhinderten einen weiteren kritischen Gedankenaustausch. Es wurde ein fröhlicher Abend. War es dem Einfluss der Frauen zuzuschreiben oder waren die Männer in der Runde vernünftig geworden? Zumindest verließen sie das Caspari beschwipst, beileibe nicht betrunken.

Als sie draußen vor der Tür standen, hakte sich Julia spontan bei ihm ein. »Bringst du mich zum Hotel?«

»Was für eine Frage? Selbst in der Provinz gibt es böse Menschen, die es auf attraktive Frauen abgesehen haben.«

»Und du würdest mich retten?«

»Jederzeit.«

Sie hatten nur wenige Schritte zu gehen. Die Wege in der Buchholzer Innenstadt waren kurz. Vor der gelben Fassade des Stadthotels blieben sie stehen. Mit einem Seufzer wandte sie sich ihm zu und schaute ihm in die Augen. »Sollten wir uns mal wiedersehen, lade ich dich auf einen Kaffee bei mir ein. Aber ich bin in wenigen Tagen in Köln und ich möchte deinetwegen nicht wieder weinen müssen.«

Erstaunt nahm er ihr Gesicht in beide Hände. »Was habe ich dir damals angetan?«

»Nichts, gar nichts«, erwiderte sie lächelnd. »Das war das Problem. Du bist meine erste große Liebe gewesen.«

»Ich?! Du warst gerade dreizehn und ich achtzehn.«

»Können dreizehnjährige Mädchen nicht lieben?«

»Natürlich. Aber was meinst du, hätten deine Eltern mit mir gemacht, wäre ich dir zu nahegetreten?«

Diesmal lachte sie ihn aus. »Du warst in Bezug auf das weibliche Geschlecht eher zurückhaltend. Man konnte dich tatsächlich nicht gerade als Draufgänger bezeichnen. Da hätte sich wohl niemand Sorgen machen müssen.«

Diese Provokation war zu viel für ihn. Er legte seine Arme um ihre Taille, drückte sie an sich und küsste sie. Sie schlang ihre Arme um seinen Hals und erwiderte den Kuss. Sie musste ihn spüren können.

»Du machst mich ganz wuselig«, flüsterte sie ihm ins Ohr.

»Ich bin es längst.«

»Das kann ich fühlen. Ihr Kerle verratet euch zu leicht.« Sanft drückte sie ihn von sich weg und griff nach seiner Hand. »Komm. Wenigstens diese Nacht sollten wir genießen. Ab sieben Uhr fünfundvierzig werden wir wieder vernünftig.«

»Mal den Teufel nicht an die Wand.«

Der Nachtportier überließ ihr den Schlüssel und schaute geflissentlich zur Seite, als sie mit Hilpert zum Fahrstuhl ging. Selbst in der Provinz wurde nicht mehr moralisiert. Davon abgesehen, war Buchholz kein Bischofssitz und Hamburg zu dicht dran, als dass man sich erlauben konnte, provinziell zu sein. So gönnten sie einander eine ereignisreiche Nacht, die sie so schnell nicht vergessen sollten.

Als er sie am frühen Morgen verließ, drängte die Sonne langsam die letzten Nachtschatten zurück. Die Hände tief in den Hosentaschen vergraben, machte er sich auf den Weg zu seinem Elternhaus. Er hatte nur wenige Minuten zu gehen. Beschwingt schlenderte er über den Parkplatz vor dem Hotel, überquerte die Kirchenstraße und war direkt Am Radeland. Wenig später stand er vor dem Haus seiner Eltern. Er hatte die Nacht genossen und wäre gern länger geblieben, doch Julia hatte kein Interesse daran, zum Gesprächsthema Nummer eins auf der Hochzeitsfeier zu werden. In einer kleinen Stadt wie Buchholz verselbstständigten sich Gerüchte wie ein Bazillus. Das hatte Julia nicht verdient. Die Nacht mit Fabian hatte ihr gefallen. Trotzdem würde es ein Ausrutscher bleiben. Für eine Wiederholung gab es wohl keine Gelegenheit mehr. Sie bedauerte es und nahm sich fest vor, vernünftig zu werden. Die Zeit ließ sich nicht zurückdrehen. Vor allem war sie keine 13 Jahre alt und hoffte, der Prinz auf seinem Rappen würde sie zu sich aufs Pferd ziehen und mit ihr zu seinem Schloss reiten. Davon abgesehen musste sie sich auf den großen Tag der Braut vorbereiten. Sie sollte am Vormittag abgeholt werden. Der Handwagen war bereits mit Alkoholika bestückt. Damit wollten sie durch den Ort ziehen. Julia konnte nur hoffen, dafür nicht zu müde zu sein. Die Schatten unter den Augen wurden halbwegs erfolgreich mit Kosmetik bekämpft. Das Gähnen musste sie halt unterdrücken.

Als Hilpert vorsichtig die Eingangstür öffnete, hörte er die Stimme seiner Mutter. »Bist du es, Fabian?«

»Nein, ich bin ein böser Einbrecher und will euer Haus ausräumen. Mama, ich bin erwachsen und war lange Jahre Polizist, schlaf weiter!«

Er musste es zur Kenntnis nehmen. Einmal Kind, immer Kind. Er hätte mit einem Bodyguard in einem gepanzerten Fahrzeug durch die Gegend ziehen können, seine Mutter wäre bis zu seiner Rückkehr wach geblieben. Er zog sich so schnell es ging aus und holte ein paar Stunden Schlaf nach. Er träumte von Julia und trauerte ihr hinterher. Er schlief bis nach elf. Erst gegen Mittag saß er angezogen am Frühstückstisch. An diesem Tag hatte er keine reale Chance, Julia nochmals zu treffen, geschweige denn, ihr näherzukommen. Das Brautpaar verlangte sein Recht. Und er konnte unmöglich nach dem ersten Bier die Kneipentour beenden. Also blieb er bis zum bitteren Ende, wie man es von ihm erwartete. Irgendwann stellte sich auch bei ihm die Freude ein, mit den Freunden aus alten Tagen Sinnloses zu tun und sich dem Alkoholgenuss zu widmen, ohne total unter die Räder zu geraten.

Auf dem Weg zu seinen Eltern erreichte ihn weit nach Mitternacht eine SMS. Julia hoffte, dass er einigermaßen aufnahmefähig war und lud ihn zum Frühstück auf ihr Zimmer ein. Sie hatte sich ein weiteres Mal gegen die reine Vernunft entschieden. Diesen Termin wollte er in jedem Fall wahrnehmen, obwohl er am nächsten Morgen gerne durchgeschlafen hätte. Sie sollte ihn reichlich dafür belohnen. Ausruhen konnte er sich an anderen Tagen.

Das Wochenende raste dahin wie ein Falke im Sturzflug. Auf der Hochzeit traf er Unmengen an Leuten, die er aus seiner Jugendzeit kannte. Seine Vorlieben für einige der Anwesenden und Abneigungen gegen andere hatten sich erhalten, als sei in den letzten Jahren nichts geschehen. Ob er wollte oder nicht, die vielfältigen Gespräche bereiteten ihm Laune.

Er verließ mit Julia kurz nach Mitternacht die Feier. Sie nutzten die verbleibenden Stunden des Sonntags für sich. Erfahrungsgemäß war für beide die Zeit viel zu kurz. Sie verließ Buchholz bereits am Nachmittag und hatte mehrere Stunden Fahrt vor sich. Ihr Abschied verlief für die Intensität der vergangenen Tage recht unemotional. Ein letzter Kuss, ein letztes Winken und es war vorbei.

Hilpert traf sich am frühen Abend mit Helge Thiemann. Der Freund war ihm bei der Aufklärung mehrerer Morde in der Zentrale eines internationalen Konzerns sehr behilflich gewesen. Hätte es einer Bestätigung ihrer Freundschaft bedurft, hierdurch wäre sie nachhaltig vertieft worden. Obwohl sie beide in Hamburg arbeiteten, fanden sie in ihrer Heimatstadt eher die Gelegenheit, sich zu sehen und ungestört zu unterhalten als in der norddeutschen Metropole. Dort regierte der Job.

»Na, Fabian, kann es sein, dass du ein Auge auf die bezaubernde Julia geworfen hast?«, fragte ihn Helge unverhohlen.

Hilpert grinste ihn verlegen an. »Nichts kann man nicht ausschließen.«

»Dann solltest du wissen, dass sie verheiratet ist.«

»Verdammt.«

Nun verstand er, weshalb sie darauf bestand, keine Adressen auszutauschen und ihre Handynummer für sich behielt. »Ich weiß dich bei Gelegenheit zu erreichen«, war ihre Ansage.

»Ich gehöre zu den ärmsten Säuen unter diesem Himmelszelt, Helge.«

»Hat es dich erwischt?«

»Kann man so sehen.«

Sein Freund hob den Arm und bestellte bei der Kellnerin zwei stärkere Getränke. »Das löst keine Probleme. Aber in einer Viertelstunde werden sie für eine gewisse Zeit geringer. Danach ist es kaum schlechter als jetzt.«

Sie waren klug genug, es bei zwei Drinks zu belassen. Ein

Kater verstärkte nur die eigene Niedergeschlagenheit. Außerdem hatten sie die letzten Tage genug getrunken. Und der Sonntag wurde traditionell von einem Werktag verfolgt. Auf beide wartete erbarmungslos das Büro.

Hilpert zwang sich auf dem Rückweg zur Gelassenheit. Was erwartete er von Julia? Dass sie ihrem Mann gegenüber die Treue einhielt, die sie ihm geschworen hatte? Und das bis ans Ende ihrer Tage? Hätte sie ihm die Wahrheit sagen sollen? Hätte er daraufhin die Gelegenheit mit ihr verstreichen lassen? In keinem Fall. Irgendwo endete der Moralist und der Egoist übernahm das Ruder. Er war wütend auf sich. Nicht jedes Mädel, das er kennenlernte, erwartete, gleich von ihm geehelicht und umgehend Mutter seiner Kinder zu werden. Er verhielt sich manchmal so, als würde seine biologische Uhr ticken. Das war allemal nicht der Fall. Charlie Chaplin zeugte noch als alter Mann Kinder. Allerdings neigte der dazu, die Frauen gelegentlich auszuwechseln. Davon unabhängig gestand er sich ein, eine festere Beziehung wäre selbst unter anderen Gesichtspunkten nur schwerlich möglich gewesen. Sie saß in ihrem Job in Köln fest. Er kam aus Hamburg nicht weg. Julia hatte ihm gefallen. Er wäre gern mit ihr zusammengeblieben. Aber so spielte das Leben. Selbst im fertig belegten Matjesbrötchen waren Gräten oder ein Stück von der Schwanzflosse gelegentlich nicht zu vermeiden. Man entfernte sie und genoss den Rest. Er musste realistisch bleiben. Ihr Miteinander war zu kurz gewesen, als dass er nur noch in Sack und Asche durch die Gegend laufen wollte. Vielleicht sah man sich tatsächlich mal wieder und konnte dort weitermachen, wo man aufgehört hatte. Ansonsten blieben zumindest positive Erinnerungen zurück. Wie sich erwies, würde die Realität des Alltags selbst hieran knabbern. Die Begegnung war letztlich zu flüchtig, als dass sie intensiv nachwirkte.

7

Zum Wochenbeginn belegte ihn seine Arbeit mit Beschlag. Schnell steckte er wieder in der Zwickmühle seines Jobs. Das Management-Meeting am Donnerstag sollte am Abend mit einem Essen in der Kantine eingeläutet werden. In die Vollen wollte man erst am nächsten Tag gehen. Dem Vernehmen nach war Christina gegen Mittag in Fuhlsbüttel gelandet. Da er sich zu der Zeit mit Pia Raithel, der Freundin von Klaas Lüders, verabredet hatte, erübrigte es sich, sie vom Flughafen abholen zu wollen. Sein Beitrag zu dem Meeting war vergleichsweise unbedeutend. Große Vorbereitungen standen für ihn keine an. Es gab keine nennenswerten Sicherheitsaspekte in größerer Runde zu diskutieren. Sie verfügten in dem Bereich mittlerweile über einen guten internationalen Standard. Selbst ihre peniblen amerikanischen Partner waren mit den gezeitigten Ergebnissen zufrieden. Verbesserungsvorschläge oder Forderungen waren aus dieser Runde keine zu erwarten. Eigentlich hatte er seiner Meinung nach auf der Tagung nichts zu suchen. Es ging um Marketingstrategien, um produktionstechnische Neuerungen und Investitionsentscheidungen. Daneben sollten die Perspektiven des laufenden Jahres diskutiert werden. Aus dem Controlling wollten sie über eine Konzeption zur Einsparung von Gemeinkosten reden. Alles Problemstellungen, die unter sicherheitsspezifischen Aspekten unter ferner liefen rangierten und umgekehrt. Trotzdem bestand Wellner auf Hilperts Anwesenheit. Er war der Chef und ließ ihn ansonsten wirken, wie er wollte. Was verlangte er mehr? Das Meeting würde er unbeschadet überstehen. Sein einziger Knackpunkt war Christina. Wie wollte er ihr begegnen? Man würde sehen.

* * *

Pia Raithel empfing Hilpert an diesem Nachmittag freundlich, aber reserviert. Ihre Wohnung lag direkt an der Stresemannstraße. Über ihre ganze Länge verriet die Straße manches über die Hansestadt. Man traf auf mit schwarzer Farbe verschmierte bröckelnde Putzfassaden ebenso wie auf neu erstellte Wohn- und Geschäftsgebäude. Insbesondere im Bereich der ›Neuen Flora‹ hatte man sich große Mühe mit restaurierten Jugendstilhäusern gegeben. Hier war heftig investiert worden. Dann wieder überquerte eine dunkle Eisenbahnüberführung die Straße und nahm ihr jeglichen Charme. Überhaupt drückte die Bahn, die teilweise parallel verlief, der Gegend ihren Stempel auf, auf den man vermutlich gern verzichtet hätte. Wie fühlte man sich in seiner Wohnung, wenn ein Zug vorbeiratterte? Der Altonaer Bahnhof, der ganz in der Nähe errichtet worden war, nahm sich, was er für seine Existenz benötigte. Über dessen Abriss wurde seines Wissens nicht fabuliert. Hamburg konnte auf seinen größten Bahnhof nicht verzichten, obgleich über dessen Verlegung von Zeit zu Zeit tatsächlich nachgedacht wurde. Daneben durfte man sich am Lärm der stark befahrenen Straße erfreuen. Trotz Tempo dreißig und eines Blitzers lebte man dort alles andere als privilegiert. Andererseits verfügte man über ein knappes Gut, eine relativ zentral gelegene Wohnung, deren Miete einen nicht in die Insolvenz drängte. Ob Pia den Vorteil zu schätzen wusste, sich dort ein Musical anschauen zu können, ohne ein Fahrzeug oder öffentliche Verkehrsmittel bemühen zu müssen, blieb dahingestellt. Wann und vor allem wie oft gönnte man sich dieses Vergnügen? War sie der Typ, den es gelegentlich in die Fabrik zu einem Konzert zog? Auch dorthin gelangte sie vermutlich noch zu Fuß.

Sie wohnte in einem Block aus den Fünfzigerjahren, der einigermaßen ansehnlich geblieben war. Das Treppenhaus war gepflegt. Vermutlich lebten hier überwiegend Menschen, die zum Monatsende hin auf ihr Geld achten mussten und ihren Urlaub eher selten auf der ›Europa‹ verbrachten, dafür regelmäßig ihren Verpflichtungen nachkamen. Pias Einrichtung war extravagant. ›Bornholm‹, fiel Hilpert eines der besseren Hamburger Innenausstatterläden ein. Er entdeckte eine Couch mit matt polierter Stahlkonstruktion und hellen Polstern. Ein filigranes Highboard ergänzte die Einrichtung, kombiniert mit einem winzigen Couchtisch, der gerade mal für ein, zwei Gläser und eine Flasche reichte. Der Raum war klein, aber optimal, sehr geschmackvoll, vor allem teuer möbliert, sodass kein Gefühl der Enge aufkam. Es hatte schon seine Vorteile, mit einem Menschen aus begütertem Haus liiert zu sein. Beeindruckt sah er sich um.

»Gefällt es Ihnen in meiner kleinen Bude?«, fragte sie mäßig interessiert.

»Klein, aber fein. Sie haben es hier wirklich nett. Das erwartet man in dieser Gegend nicht so ohne Weiteres.«

»Sie sind garantiert Besseres gewöhnt«, konterte sie.

»Wenn überhaupt, dann erst seit Kurzem.«

»Ich will weg aus dieser Umgebung«, entfuhr es ihr in überraschend scharfem Ton. »Dieses Viertel wurde für Loser gebaut.«

»Das sehe ich ein wenig anders. Wo soll's denn hingehen? Nach Harvestehude, Othmarschen, direkt an die Elbe?«

Für einen kurzen Moment begannen ihre Augen zu glänzen. »Elbe wäre gut. Am besten HafenCity, direkt am Wasser.«

»Wer wollte da nicht hin?«

Mit seiner Antwort war der Zauber bei ihr gebrochen. »Jetzt kennen Sie meinen größten Wunsch. Haben Sie sich deshalb auf den Weg zu mir gemacht?«

»Allein Ihretwegen hätte ein Besuch gereicht. Man begegnet nicht ständig so schönen Frauen wie Ihnen.«

»Ein Schmeichler sind Sie auch noch. Betreiben Sie so etwas wie Telefonfürsorge? Kümmern Sie sich um vernachlässigte Frauen und machen deren Leben wieder lebenswert?«

Er schüttelte den Kopf. »Nein, aber ich kann mir Ihre Idee ja mal durch den Kopf gehen lassen.«

»Dann fangen Sie man gleich mit der Mutter meines Freundes an. Die kann einen kraftvollen Beschäler gebrauchen.« Ihr Vorrat an Freundlichkeiten schien aufgebraucht zu sein, ihr Ton wurde eine Nuance unverbindlicher. »Was wollen Sie von mir?«

»Klaas«, erwiderte er ohne drum herumzureden.

»Und wer ruft nach ihm?«

»Seine liebende Mutter, die Sie ja offensichtlich auch ins Herz geschlossen haben.«

»Ach, kaum ist er ein paar Tage weg, schon werden Himmel und Hölle in Bewegung gesetzt, um ihn zu suchen.«

»Mutterliebe! Man nennt das Mutterliebe.«

Sie reagierte wenig damenhaft. »Die versoffene Fotze sollte ihm lieber mehr Kröten rüberwachsen lassen. Dann hätte sie mehr von ihm.«

»Macht das mit ihr aus. Mich interessiert ausschließlich sein Aufenthaltsort.«

Sie wies mit der Hand auf eine Tür, die vom Wohnzimmer abging. »Greif ihn dir und verpiss dich.«

»Was sagst du da, Pia?«, erklang eine Stimme durch die angelehnte Tür.

»Komm schon, sonst werde ich noch verhaftet!«, rief sie zurück.

Kurz darauf stand der Gesuchte vor ihm. »Hi. Wie ist es denn so?«

»Danke der Nachfrage, es könnte nicht besser sein.«

Hilpert zog sein Handy aus der Sakkotasche, gab eine Nummer ein und reichte es Lüders herüber.

»Sag mal guten Tag zu deiner Mutter.«

»Und wenn ich nicht will?«

»Dann prügel ich dich nach Hause. Und glaub mir, gegen mich siehst du kein Land. Meinst du, ich habe Bock darauf, dir einmal die Woche hinterherzulaufen?«

Das feine Gesicht des jungen Mannes verzog sich verächtlich. Mit einer unwilligen Bewegung verbannte er eine Haarsträhne von seiner Stirn. Er war fraglos ein hübscher Junge, den die Mädchen mochten. Pia erschien gegen ihn wie eine reife, sinnliche Frau, obwohl sie garantiert nicht viel älter war als er. Klaas himmelte sie an. Trotzdem passten sie nicht zusammen. Hilperts Drohung schien zu fruchten. Zögerlich nahm Klaas das Handy entgegen und sprach mäßig interessiert ein paar Worte. Anschließend gab er ihm das Telefon zurück.

»Das hätte ich nie gedacht, dass sie sich solche Sorgen macht.«

»Sie sollte lieber etwas großzügiger zu dir sein«, mischte sich Pia wieder ein.

Hilpert reichte es. Er hatte genug von der Diskussion und überließ die beiden sich selber. Eigentlich ärgerte es ihn, für diese Posse seine wertvolle Zeit verplempert zu haben. Er hatte noch die Aussage der Mutter im Kopf, wonach ihr Sohn von ihr zwischen 1.000 und 2.000 Euro zugesteckt bekam und das anscheinend jeden Monat. In welcher Welt lebte dieses Pärchen? Das galt insbesondere für diese Pia. Verstimmt über deren Verhalten ging er die Holzstufen des Treppenhauses hinunter. Bevor ihn die Hektik der Stresemannstraße erreichte, verharrte er für einen kurzen Moment. Klaas hatte sich für knapp eine Woche rar gemacht. Hatte vorliebgenommen mit der engen Altbauwohnung, hatte die monatliche Abfindung gefährdet. Irgendetwas wurde mit dieser Übung verfolgt. Fragte sich nur, was?! Auf dem Weg zu seinem Fahrzeug baute sich ein Druck in seiner Magengegend auf. Die ganze Angelegenheit kam ihm vor wie ein Test. Er war sich unsicher darüber, wer oder was auf den Prüfstand gestellt werden sollte. Vielleicht hätte er tiefer in sich gehen sollen. Vielleicht wäre ihm die richtige Antwort eingefallen. Vielleicht wäre alles anders gekommen.

* * *

Am selben Tag trafen sich zwei Männer in einem Eiscafé in der Europapassage.

»Es ist gekommen, wie ich es vermutet hatte«, eröffnete einer von ihnen das Gespräch. »Hilpert ist sofort involviert worden. Und er ist zügig ans Ziel gelangt. Wir müssen mit ihm rechnen, wenn der Startschuss fällt.«

»Wenn man dich so anhört, möchte man meinen, du hast Angst vor ihm. Nur weil er ein ehemaliger Bulle ist, kann er auch nicht hellsehen«, erwiderte sein Gegenüber.

Er griff nach seinem Glas Bier, während der andere gedankenverloren seinen Espresso umrührte und unaufgeregt antwortete: »Blödsinn, was du von dir gibst. Man muss sich bei solch einer Aktion genauestens über seine gefährlichsten Gegner im Klaren sein, sonst erleidet man Schiffbruch.«

»Und was lernen wir daraus?«

»Das weißt du so gut wie ich. Dein Vorschlag mit diesem Kuschel war ein Schlag ins Wasser. Bislang ist nichts von ihm gekommen.«

»Nun flipp nicht gleich aus. Der weiß genau, was er tut. Die Planung dauert halt ein wenig länger als erwartet. Du bist es doch, der immer davon redet, dass wir keine Fehler machen dürfen. Und Kuschel baut vor. Soviel ich gehört habe, lässt er Leute aus Süddeutschland einfliegen. Die scheißen sich nicht gleich in die Hose, wenn die Hilperts Namen hören.«

»Das ist ja alles richtig, aber je schneller der von der Bildfläche verschwindet, desto besser ist es für uns.«

»Ich kann ja noch mal mit Kuschel reden.«

Sie bezahlten ihre Getränke und gingen wenig später getrennte Wege.

* * *

Punkt neunzehn Uhr traf Hilpert in seinem Büro in City Nord ein. Er wollte zumindest einen Blick auf seinen Schreibtisch geworfen haben, bevor er köstlich bewirtet wurde. Ihr Kantinenpächter war ein genialer Koch, der mit allem, was er zubereitete, seinen Geschmack traf. Er würde sich auch an diesem Abend übertreffen.

Gegen halb acht suchte ihn Wellner überraschend auf. »Meine Cousine hat mich eben angerufen und schwärmt von Ihnen in höchsten Tönen.« Er reichte ihm die Hand. »Sie wissen gar nicht, was für einen Gefallen Sie mir getan haben. Sie sind ein grandioser Ermittler.«

Lächelnd winkte Hilpert ab. »Bitte nicht übertreiben. Klaas zu finden, war keine sonderliche Kunst. Ein Gespräch mit Sarah hat gereicht.«

»Klar, nur mit Ihnen hat sie geredet, mit ihrer Mutter nicht.«

»Na gut, mir fehlt noch der Hosenbandorden in meiner Sammlung. Wenn Sie das nächste Mal die Queen treffen, könnten Sie sie ja darauf ansprechen.«

»Ich will sehen, ob es sich einrichten lässt.«

»Hat sie ihrem missratenen Sohn wenigstens ordentlich den Marsch geblasen?«

»Doris ihrem Klaas?! Sie belieben zu scherzen. Vermutlich hat sie ihm ein paar Scheine in die Tasche geschoben, damit er seiner Freundin was Gutes tun kann.«

Hilperts Stirn legte sich bedenklich in Falten. »Ich habe bei dieser Aktion ein dummes Gefühl.«

»Wie das?«

»Es kommt mir vor wie ein Probelauf.«

»Ein Probelauf wofür?«

»Schwer zu sagen. So wie diese Pia auf mich wirkt, ist sie rein materiell orientiert. Und sie weiß genau, was sie will. Bezogen auf sie ist Klaas ein Hascherl, das nur auf Anordnungen von ihr wartet.«

»Das hört sich nicht gut an. Behalten Sie bitte ein Auge auf das Pärchen.«

»Ich will sehen, was sich machen lässt. Aber zum Aufpasser eigne ich mich nicht.«

»Das will niemand.«

Nachdenklich begaben sie sich auf den Weg in die Kantine. Dort wurden sie schon von den anderen Teilnehmern des Meetings erwartet. Hilpert meinte zu spüren, dass ihm von dem einen oder anderen Mitglied der Runde Neidgefühle entgegengebracht wurden. Er war noch kein Jahr in dem Unternehmen und hatte zu dem Chef bereits einen engen Kontakt aufgebaut. Automatisch wurde er damit zum Konkurrenten um die wenigen Plätze an der Sonne, die vergeben wurden, auch wenn er vom Aufgabenfeld und von der Ausbildung nicht passte.

Christina tat sich anfangs schwer, als er auf sie zuging. Er nahm sie in die Arme und gab ihr jeweils einen Kuss auf die Wangen. Sie setzte erklärend an. Er unterbrach sie und legte seinen Zeigefinger auf ihren Mund. »Bitte keine Erläuterungen, alles ist gut, so wie es ist.« Er gönnte ihr einen forschenden Blick. »Du bist dünn geworden.«

»Es gibt Leute, die finden das attraktiv«, erwiderte sie zickig.

Lachend strich er mit der Hand über ihr Gesicht. »Da ich nur noch dein platonischer Freund bin, muss ich mich in diesen Fragen zurückhalten. Was ab sofort geschieht. Wichtiger ist, dass du offensichtlich einen guten Job machst.«

»Wie kommst du darauf? Erzähl mir nicht, du interessierst dich plötzlich fürs Controlling.«

»Das wohl nicht gerade, aber ich habe große Ohren.«

Sie hakte sich bei ihm ein. »Was machst du heute Abend nach der Veranstaltung?«

»Ich werde nach Hause fahren und mich freuen, dich getroffen zu haben.«

»Und mehr nicht?«

»Übermorgen bist du auf dem Weg zurück nach Australien und ich darf meine Wunden lecken, während du ein schlechtes Gewissen hast.«

»Aha, gibt es da eine andere Frau?«

»Keine Angst, sie ist verheiratet. Ich bin niemandem gegenüber verpflichtet.«

»Kaum bin ich weg, schon setzt du dich über Sitte und Anstand hinweg. Findest du das in Ordnung?«

»Ich habe es nicht gewusst.«

»Dachte ich es mir doch. Du bist der letzte Moralist auf dieser Welt. Aber du musst mich entschuldigen, Petra sieht scheiße aus. Sie hat bestimmt ein Problem. Ein Gespräch mit einer Freundin tut ihr garantiert gut.«

Jetzt, da Christina ihn darauf hinwies, fiel es ihm ebenfalls auf. Er hatte keinen Blick für die Seelenlage von Frauen, obwohl man ihm als ehemaligen Ermittler eigentlich ein Stück mehr an

Sensibilität zugetraut hätte. Es war nicht einmal Desinteresse an seinen Mitmenschen. Ging es um die Klärung eines Verbrechens, war er aufmerksam und wach. Im täglichen Leben war er dagegen mit Blindheit geschlagen. Lag darin ein Grund für die kurze Verweildauer der Frauen bei ihm? Er machte sich darüber keinen Kopf. Offensichtlich ging es ihm noch nicht schlecht genug.

Das Abendessen verlief harmonisch. Wer den Chef dieser Kantine kulinarisch schlagen wollte, musste sich warm anziehen. Für die Weine hatte Wellner gesorgt, was wollte da schiefgehen. Gegen 22 Uhr bat er den engsten Führungskreis zu sich in sein Büro. Hier zeigte sich, dass es nicht nur Nachteile hatte, Mehrheitsgesellschafter eines Unternehmens zu sein. Man hatte ihm gut 40 Quadratmeter zugestanden. Das Ambiente war englisch. Bilder mit Jagdszenen an den Wänden, schweres dunkles Mobiliar beeindruckten den normalen Besucher. Hilpert versuchte die Gelegenheit zu nutzen und wollte sich zeitig verabschieden. Doch dafür gab ihm Wellner keine Chance.

»Sie sind dabei, junger Freund. Ihre Meinung ist gefragt.«

Was würde da auf ihn zukommen? Einem großen Cognac konnte und wollte er sich nicht entziehen. Auf eine Zigarre verzichtete er. Petra Wellner saß neben ihm. Ihre Stimmung war nach wie vor mäßig. Wortkarg hielt sie sich bei den Gesprächen zurück. Christina konnte sich dem Jetlag kaum entziehen. Schließlich gähnte sie unverhohlen. Wellner dagegen war aufgeräumt und geradezu leutselig. Drei weitere Manager genossen den Umstand, ins Allerheiligste vorgelassen zu werden.

»Wie Sie wissen, führe ich das Unternehmen seit längerer Zeit als Alleinvorstand. Ich beabsichtige, diese Struktur in den nächsten Jahren nachhaltig zu verändern.«

Erwartungsvoll blickte er in die Runde. Vermutlich waren die Weine beim Abendessen zu gut gewesen, als dass die Anwesenden unruhig auf den Stühlen scharren würden. Insbesondere Christina saß wie ein nasser Sack in ihrem Sessel.

»Na gut«, brach er ab, »den Rest diskutieren wir bei nächster Gelegenheit. Wir starten morgen um elf.«

Sie leerten die Gläser und verließen den Raum. Ein Teil der Anwesenden wäre vermutlich gern geblieben. Im Foyer traf Hilpert auf Petra. Sie wirkte auf ihn, als habe man ihr fristlos gekündigt. Er nahm sie in den Arm und sprach auf sie ein: »Was ist los mit dir? Du siehst aus, als sei dein Wellensittich weggeflogen.«

Sie winkte ab und versuchte, alles mit einer belanglosen Floskel abzutun. Damit traf sie auf den Falschen.

»Du kannst alle anderen abspeisen. Christina ist auf dem Weg zu ihrem Vater. Die kann dir nicht helfen. Also wirst du mit mir vorliebnehmen.« Ihren Versuch, ihn abzuwimmeln, unterband er rigoros. »Wir gehen einen saufen. Widerspruch wird nicht geduldet.«

»Von mir aus«, gab sie sich geschlagen.

Wenig später saßen sie in einem Taxi. Erst jetzt wurde ihm klar, dass sie kein gemeinsames Ziel hatten. Sie entschieden sich für die Gurke am Mittelweg. Dort würden sie unter Garantie noch den einen oder anderen Drink bekommen. Manchmal schien es ihm, als würde der Laden nie schlafen. Im Fond des Wagens ließ sie ihren Tränen freien Lauf. Anschließend begann sie zu reden. So erfuhr er von dem Ende ihrer Beziehung zu Dennis Thiems, dem Justiziar der Gesellschaft. So etwas tat man nicht mit einem Achselzucken ab. Immerhin waren sie zwei Jahre zusammen gewesen. Hilpert versuchte, ihre Probleme kleinzureden. Der Erfolg wollte sich allerdings nicht einstellen. Man konnte ihn nicht als Spezialisten für beschädigte Seelen bezeichnen. Damit war er bereits bei sich selber überfordert.

Als sie in dem Lokal ankamen, ging es ihr ein ganzes Stück besser. Sie hatte sich freigeredet. Trotzdem wären sie besser beraten gewesen, den scharfen Getränken auszuweichen. Als weltgewandte Leute sprachen sie selbstredend dem Tequila zu. Als er den ersten Schwindel im Kopf spürte, war es zu spät. Er bezahlte die Zeche und orderte ein Taxi. Petras Chancen, mit halbwegs geradem Gang, die Lokalität zu verlassen, wären vielleicht mit Erfolg beschieden gewesen, hätte sie flache Schuhe getragen. So musste er ihr seine Hilfe angedeihen lassen, was ihm mehr schlecht als recht gelang. Sein Appartement lag in der Nähe. Das Taxi sollte sie an seine Adresse bringen.

»Dass mir niemand den Wagen vollkotzt!«, fauchte sie der Fahrer an. Er hatte wohl in der Vergangenheit seine Erfahrungen mit betrunkenen Fahrgästen gemacht.

Während der Fahrt schmiegte sie sich an ihn. Plötzlich spürte er ihre Hand zwischen seinen Beinen. Er musste all sein Geschick aufwenden, um zu verhindern, dass sie seinen Gürtel löste. In seiner Wohnung schlang sie ihre Arme um seinen Hals. »Du warst schon immer mein Typ«, flüsterte sie ihm mit gebrochener Stimme ins Ohr. Trunkenheit machte mutig.

Vorsichtig setzte er sie im Wohnzimmer ab. »Ich mache erst mal einen Cappuccino für uns.«

Als er wieder im Wohnzimmer auftauchte, vernahm er ihre sanften Schlafgeräusche. Er zog sie bis auf die Unterwäsche aus und trug sie in sein Schlafzimmer. Einen neugierigen Blick erlaubte er sich. Den hatte er sich verdient. Sie besaß tatsächlich eine attraktive Figur. Von jedem etwas, ohne dass es zu viel wurde. Solange sie ihren Partner hatte und er mit Christina zusammen war, hatte er sie als Frau kaum beachtet. Das holte er nun ausgiebig nach. Gedanklich schlug er sich auf die Finger, als er sie zudeckte. Kurz darauf legte er sich neben sie und schlief übergangslos ein.

Am nächsten Morgen vernahm er ihre Stimme. »Fabian, wach auf. Es geht in zwei Stunden mit der Sitzung weiter.«

Er spürte, wie sie sanft an seiner Schulter schüttelte. Endlich öffnete er die Augen und blickte ihr unverwandt ins Gesicht. Nur leicht geschürzt hatte sie sich über ihn gebeugt. Er widmete ihrem Oberkörper reichlich Aufmerksamkeit. Was er sah, fand nach wie vor seine Zustimmung.

Sie bemerkte, womit sich seine Augen vorrangig beschäftigten. »Haben wir diese Nacht ...?«, fragte sie, ohne den Satz zu Ende zu bringen.

Er nickte, unverschämt grinsend. »Dreimal.«

»Schweinerei!!«, erboste sie sich. »Und ich hab nichts davon mitbekommen.« Mit einem Handgriff öffnete sie den BH, zog ihn aus und warf ihn neben das Bett. »Das holen wir jetzt nach.«

Erschrocken zog er instinktiv die Decke ein Stück höher. »Das war gelogen. Dir ist nichts geschehen«, versuchte er zu retten, was zu retten war.

»Umso schlimmer«, erwiderte sie und ließ den Slip folgen. »Bin ich so unattraktiv, dass man mich von der Bettkante schubst?«

»Nein, du warst eher betrunken. Und ganz nüchtern war ich auch nicht.«

»Und du hast die Gelegenheit nicht genutzt?! Ich finde das unmöglich. Muss man sich dir an den Hals werfen, bis du einen als Frau wahrnimmst?«

Mit einem Ruck zog sie seine Decke zurück. Bevor er reagieren konnte, fuhr sie mit einer Hand unter den Bund seiner Unterhose und zog sie ein Stück weit herunter. Sie fasste ihn an und spürte, dass ihr Tun von Erfolg gekrönt wurde. Sanft massierte sie ihn. Damit war der Ablauf der nächsten Minuten vorbestimmt. Den letzten Rest an Vernunft hatte sie mit der Hand beseitigt. Worauf sollte er Rücksicht nehmen? Petra war wieder nüchtern und ungebunden wie er. Sie schien nicht lange warten zu wollen, sondern legte sich auf ihn und ließ ihn zu sich. Sie begleitete ihre Bewegungen mit einem heftigen Stöhnen, das mit einem Aufschrei endete. Sein Unterleib schien sich zu verkrampfen, als er machtvoll kam. Sie verstanden sich im Bett, als hätten sie jahrelang miteinander geübt. Später lagen sie ausgepumpt nebeneinander.

»Nicht wahr, du erzählst nicht meinem Vater, dass wir zusammen gewesen sind?«, bat sie ihn. »Eigentlich möchte ich, dass du mit niemandem darüber sprichst.«

»Bin ich solch ein peinlicher Typ?«

»Nein, natürlich nicht. Ich dachte nur wegen Christina und Dennis.«

Er strich über ihren festen Busen und wanderte mit der Hand weiter ihren Körper herunter. Sie schloss die Augen und ließ ihn gewähren.

»Unter einer Bedingung.«

»Und die wäre?«

Er schob sich zielsicher auf sie und sie spreizte bereitwillig die Beine.

»Erpresser!«, stieß sie hervor und gab nach, ohne die Spur von Widerstand erahnen zu lassen. Offensichtlich gefiel ihr, was er tat. Verzweiflung kam keine auf, eher Wohlbefinden. Anschließend gingen sie gemeinsam unter die Dusche, wo sie sich gegenseitig behilflich waren, die Spuren der Nacht zu beseitigen. Petras Schmerz vom Vortag war wie ausgelöscht. Ihr melancholischer Gesichtsausdruck hatte sich verzogen. Noch an diesem Vormittag beschlossen sie, Freunde zu bleiben. Niemand wollte dem anderen emotional etwas abverlangen, was er nicht erfüllen konnte. Gegen gelegentlichen gemeinsamen Sex schienen sie ebenfalls nichts einzuwenden zu haben. Sie feierten den Beginn einer Freundschaft ohne Verpflichtungen gegenüber dem anderen. Daran waren zwar schon andere Paare gescheitert, aber sie waren jung genug, um an die eigene Coolness zu glauben.

8

Die Konferenz startete unspektakulär. Christina referierte über ihre Erfahrungen in Australien, ohne wirklich Neues zu berichten. Die hinter ihr liegende Zeit war zu kurz, als dass sie nennenswerte Erfolge hätte erzielen können. Das Unternehmen war im Kern ein Sanierungsfall gewesen. Im Konzert mit einem Kollegen aus Hamburg und einer ortsansässigen Wirtschaftsprüfungsgesellschaft lag noch viel Arbeit vor ihr. Fest stand: Der prognostizierte Kapitalbedarf lag ungleich höher als bislang angenommen, da die Verkäufer offenbar nicht auf alle Risiken hingewiesen hatten oder sie beim Erwerb nicht genau genug hingeschaut hatten. Vermutlich lag die Wahrheit in der Mitte. Diese Entwicklung war zwar unerfreulich, traf sie jedoch nicht unerwartet. Bei jeder Firmenübernahme fand man Leichen im Keller. War man clever, hatte man dies bereits bei der Verhandlung über den Kaufpreis ausreichend berücksichtigt. Ansonsten hatte man Pech gehabt.

Hilpert hatte aufmerksam zugehört. Eher zögerlich meldete er sich zu Wort. »Würdest du dich nach deinen bisherigen Erfahrungen für eine Fortsetzung des Engagements starkmachen, Christina?«

Überrascht blickte sie zu ihm herüber, als habe sie gerade von seiner Seite nicht mit einer Wortmeldung gerechnet. Sie wand sich um eine konkrete Aussage herum. Schließlich wusste sie, der Erwerb der australischen Gesellschaft war Wellners Baby. Und wer machte schon gerne Front gegen die Entscheidung des Vorstandsvorsitzenden und Mehrheitsgesellschafters? Insbesondere dann, wenn die eigene Karriere dadurch einen Schub bekommen hatte?

Mitten in ihre Überlegungen drang Wellners Stimme auf sie ein. »Deine Meinung dazu würde mich ebenfalls interessieren. So simpel die Frage scheint, trifft sie doch exakt ins Zentrum.«

Hilpert warf ihm einen vorsichtigen Blick zu. Hatte er mit seiner Frage auf elegante Weise Unternehmensentscheidungen infrage gestellt? Er gab sich die Antwort selbst, ohne jemanden darum zu bitten. Er hatte! Christina fühlte sich wie ein Boxer, auf den der Gegner eine Gerade abfeuern wollte. Sollte sie versuchen, den Schlag auszutänzeln oder war es angeraten, den Kopf mit schneller Reaktion zur Seite zu bewegen und blitzartig zurückzuschlagen? Sie entschied sich für einen Kompromiss. In der Rhetorik gab es glücklicherweise diese Möglichkeit, im Ring eher nicht.

»Also strategisch gesehen halte ich den Einstieg in diesen Markt mit der Übernahme für richtig. Man muss nur sehen, dass die Sanierungskosten nicht aus dem Ruder laufen.«

Wieder warf Hilpert eine Frage ein: »Erwartest du weitere Risiken?«

Sie zuckte mit den Schultern. »Wir sind noch mitten in der Bestandsaufnahme.«

Er nickte. »Also müssen wir davon ausgehen, dass voraussichtlich weitere Fallgruben in Down Under auf uns lauern?«

»Die Erfahrung lehrt, dass man auf den ersten Blick nur die offensichtlichen Brocken identifiziert. Hoffen wir, dass der zu erwartende Rest überschaubar bleibt. Mit Sicherheit kommt da noch was auf uns zu.«

»Empfiehlst du nun weiterzumachen oder sollten wir aufgeben, den Laden abschreiben und uns zurückziehen?«, wollte Wellner ungerührt wissen.

Nun musste sie Farbe bekennen. Und sie tat es. Mut konnte man ihr wahrlich nicht absprechen. »Wir sollten weitermachen. Ich sehe keine Alternative dazu.«

Jetzt hatte er sie in den festen Würgegriff genommen. Ab sofort lag eine gehörige Portion Verantwortung für das Engagement bei ihr. Ihr Ja war nicht sehr überzeugend gekommen. Sie vermeinte physisch zu spüren, wie sich sein Druck verstärkte. Wieso mischte sich Fabian so direkt in diese Fragen ein? Bislang hatten sie ihn nicht interessiert.

Wellner ließ nicht locker, sondern richtete das Wort an Hilpert: »Und Sie, wie beurteilen Sie die Situation?«

»Ich hätte den Laden gar nicht erst erworben.«

»Wie das?«, hakte er erstaunt nach.

»Ich habe die Verkäufer nur kurz kennengelernt. Sie wirkten auf mich wie Zeugen, die ich früher zu vernehmen hatte. Die haben gelogen, wenn sie den Mund aufmachten.«

»Das kommt mir sehr intuitiv vor.«

»Ist es auch. Aber ich habe lernen müssen, in mich hineinzuhorchen und das Gleiche mit meinem Gegenüber zu tun. Gefühle führen einen nicht immer in die richtige Richtung. Doch oft genug ist der Bauch weiter und vor allem schneller als der Kopf.«

»Und wie bewerten Sie diesen Fall?«

»Nun, offensichtlich haben Ihre Verhandlungspartner gespürt, dass Sie brennend an dem Erwerb der Gesellschaft interessiert waren. Das haben sie eindeutig für sich zu nutzen gewusst.«

Wellners Gesichtsfarbe veränderte sich in ein leichtes Rot. »Und da kommen Sie erst jetzt drauf?«

»Mit dem Projekt beschäftige ich mich in diesem Augenblick das erste Mal ernsthaft. Bisher ist meine Meinung dazu nicht gefragt gewesen. Warum auch? Ich bin kein Spezialist für Unternehmenserwerb. Ich hätte Sie und die Experten hören mögen, wäre ich mit meiner Intuition vorstellig geworden.«

Wellner ließ Hilperts Worte auf sich einwirken, als spiele er mit einem alten Wein auf der Zunge. »Das werden wir ändern. Ich nehme Ihre Anmerkungen sehr ernst.« Zu Christina gewandt, wies er sie an: »Wenn dich das Gefühl beschleicht, wir sollten aufgeben, halt damit nicht hinterm Berg. Noch sind die Verluste überschaubar.«

»Du kannst dich auf mich verlassen, Onkel Paul.«

»Das weiß ich.«

Abermals meldete sich Hilpert. »Wir sind mit einem gewissen Wasservorrat in die Wüste gegangen. Er reicht nicht für den Rückweg. Hoffen wir, es ist genug für den Zieleinlauf vorhanden.«

»Das heißt, Sie empfehlen ebenfalls weiterzumachen?«

»Allerdings. Christina wird schon auf die Mücken achten.«

Der Rest der Veranstaltung verlief konstruktiv und harmonisch. In einer Pause nahm Christina Hilpert zur Seite.

»Da hast du ordentlich zugelangt.«

»Ich wollte dir nicht schaden.«

»Das hast du nicht. Ganz im Gegenteil konnten die Fronten begradigt werden. Und ich habe die Option für einen Rückzug erhalten. Warte ab, es kommt der Tag, da wirst du mir in Sydney zur Seite stehen dürfen.«

»Du scherzt.«

»Ganz und gar nicht. Wir sind eingelullt in unsere ökonomischen Vorstellungen. Wir alle sind es gewohnt, unsere Züge vom gleichen Ausgangspunkt zu starten. Wie bei der Schacheröffnung, weißer Bauer zwei Felder nach vorn. Das ist nie verkehrt. Du dagegen denkst um die Ecke und konzentrierst dich auf Dinge, auf die niemand von uns gekommen wäre, nicht einmal der große Vorsitzende. Mein Appartement ist sehr geräumig. Du bist jederzeit in Australien willkommen. Pass auf, dass ich dich nicht anfordere.«

»Untersteh dich!«

Sie trennten sich am frühen Abend. Christina wollte das Flugzeug am darauffolgenden Morgen nehmen. Sie war mit Petra verabredet, um mit ihr essen zu gehen. Er war froh, dass sie sich nicht mit ihm verabreden wollte.

Hilpert stand Stunden später allein in seinem Büro und ließ den Vormittag nochmals an seinem geistigen Auge vorbeiziehen. Die Erlebnisse am frühen Morgen beeindruckten ihn stärker als die Konferenz, gestand er sich ein. Er hatte in Petra bislang so etwas wie eine liebe Freundin gesehen. Sie war stets geradeaus, nie von oben herab. Zu keinem Zeitpunkt wäre es ihm in den Sinn gekommen, ihr zu nahe zu treten. Nun hatte sich alles auf einen Schlag verändert. Es ging nicht nur darum, dass sie Sex miteinander gehabt hatten. Vielmehr gestand er sich ein, dass es ihm gefallen hatte. Sie machte es ihm darüber hinaus leicht. Keine Verpflichtungen, keine Forderungen, keine eifersüchtigen Anrufe. Mancher Mann hätte ihn vermutlich als Glückspilz bezeichnet. Und er, wie fühlte er sich? Einfach nur gut. Unkomplizierte Beziehungen hatten diverse Vorteile, wenn sie von beiden Seiten gleichermaßen gesehen wurden. In diesem Fall kam die Initiative dafür von Petra, sodass er ihr gegenüber kein schlechtes Gewissen empfinden musste. Er war im Gehen, als ihn ein Klopfen an der Tür aus seinen Gedanken riss. Dennis Thiems, Petras bisheriger Lebensgefährte und Justiziar des Unternehmens, betrat sein Büro.

»Ich hoffe, ich störe dich nicht, Fabian.«

»Woher denn«, erwiderte er in der Hoffnung, nicht rot zu werden. »Komm, setz dich zu mir an den Schreibtisch.«

»Wie mir scheint, sind wir beide die Gelackmeierten«, eröffnete er das Gespräch.

»Inwiefern meinst du das?«

»Dich verlässt Christina wegen eines Aussis, mich setzt Petra vor die Tür. Dafür braucht sie noch nicht einmal einen anderen.«

»Ich habe davon gehört.«

»Reden wir nicht drum herum, es ist ein offenes Geheimnis. Wie sieht es bei dir aus, habt ihr wieder zusammengefunden?«

Hilpert schüttelte den Kopf. »Säße ich dann hier?«

»Natürlich nicht.« Nervös spielte er mit seinen Fingern. »Du bist doch ebenfalls mit Petra befreundet. Meinst du, du könntest mit ihr mal reden?«

Nun war es raus. Der Bock sollte zum Gärtner gemacht werden. Er hätte ihm ihre Antwort frei Haus liefern können, hielt sich aber klugerweise zurück. Ihm stand nicht der Sinn nach Streitigkeiten im Büro. Er hatte mit sich selbst genug zu tun. Also bequemte er sich zu einer gut gemeinten Lüge. »Klar, wo ist das Problem. Ich kann mit ihr ja mal in den nächsten Tagen essen gehen.«

Der Kollege reagierte mit einem zufriedenen Aufatmen. Glücklicherweise war er nicht in der Lage, in Hilperts Inneres zu sehen. Dieser erinnerte sich an eine dümmliche Werbung, die vor Jahren über die Sender lief. Hierin wurde Hausfrauen ein schlechtes Gewissen wegen des Grauschimmers ihrer Wäsche eingeredet. Nun hatte es ihn erwischt. Er fühlte sich bei der Antwort nicht wohl. Mit diesem ganz speziellen Grauschimmer auf der eigenen Fassade musste er vorerst leben. Was hätte er Thiems sonst sagen sollen? Der Tag würde kommen, an dem er die gesamte Wahrheit erführe und garantiert nicht von ihm. Vielleicht verletzte sie ihn dann nicht mehr so stark. Feige, wie er war, hoffte er bis dahin auf sein Glück.

Der Jurist war mit seinen 1,85 Metern Größe etwas kleiner als Hilpert und hätte gern auf zehn Kilo Lebendgewicht verzichten können. Mit seinem vollen dunklen Haar, den braunen Augen und den klaren Gesichtszügen konnte man ihn als durchaus attraktiven Mann bezeichnen. Sein kräftiger Händedruck wies darauf hin, dass er in seiner Freizeit nicht nur Bleistifte anspitzte. Er war 39 Jahre alt und musste trotz der persönlichen Niederlage keineswegs mit seinem Leben abschließen. Mit Sicherheit fanden sich für ihn neue Optionen.

Kurz nach acht trennten sie sich. Der Idee, ihren Liebeskummer im Alkohol zu ertränken, erteilten sie eine Absage. Davon abgesehen verlangte man von ihnen am nächsten Tag wieder ihren vollen Einsatz. Solche Managementtreffen hatte manche Karriere gefördert und manchen Blütentraum zerstört, und ihre Autos erwarteten sie in der Tiefgarage. Hilpert gestand sich grinsend ein, dass er keinen Kummer hatte. Das Kapitel Christina war für ihn abgeschlossen. Der ehemalige Zauber in ihrer Beziehung war endgültig verflogen. Die Option Petra gefiel ihm zunehmend besser. Er ließ seinen Schreibtisch, wie er war. Aufräumen konnte er auch am nächsten Tag. Viel war eh nicht liegen geblieben.

Die Heimfahrt verlief reibungslos und er fand ohne Mühe einen Parkplatz vor seinem Haus. Dies war ohne Zweifel sein Tag. Was erwartete er mehr vom Leben? Nach elf Uhr klingelte sein Handy. Er vernahm Petras Stimme.

»Bist du noch angezogen oder ist es zu spät für einen Besuch?«

»Komm gern vorbei. Du wirst aber Probleme mit einem Parkplatz bekommen.«

»Keine Angst, ich bin mit dem Taxi unterwegs.«

Hilpert war gespannt, was sie von ihm wollte. Schmunzelnd stellte er zwanzig Minuten später fest, dass Christina sie ebenfalls vorgeschoben hatte, um bei ihm vorzufühlen, ob er zu einer Fortsetzung ihrer Beziehung bereit sei. Offensichtlich hatte das Abenteuer in Australien nicht so furchtbar lange gehalten. Als er ihr daraufhin mitteilte, worum Dennis Thiems ihn gebeten hatte, gab es einen gemeinsamen Grund zur Erheiterung. Die Betroffenen waren ja nicht anwesend. Man konnte zu einem anderen Zeitpunkt immer noch Demut heucheln. Ohne auf den anderen Einfluss zu nehmen, entschied jeder für sich, den Beziehungseintopf nicht mehr auf dem Herd aufzuwärmen. Das funktionierte wirklich nur mit Kohl oder Erbsensuppe. Petra war fast schon im Gehen, als er sie von oben bis unten begutachtete. Er ging einen Schritt auf sie zu und legte seine Arme um ihre Taille.

»Wir wollten doch nur Freunde sein«, hielt sie ihm ohne innere Überzeugung entgegen. »Und du guckst mich in einer Art an, die mich schwach werden lässt.«

Als er mit der Hand unter ihren Rock griff, erwiderte er grinsend: »Wo du recht hast, hast du recht.«

Mit beiden Händen fuhr sie durch sein Haar. »Du musst mich nur anfassen und jeder gute Vorsatz ist dahin.«

»Wieso zeigst du auch so viel Bein. Und dein Ausschnitt gehört verboten.«

»Du willst mir hoffentlich nicht vorschreiben, was ich zu tragen habe?!«

»Wie käme ich dazu? Ich mache dir nur begreiflich, wie gefährlich es ist, sich ohne Begleitschutz in die Höhle des Löwen zu begeben.«

»Du machst mir eine Höllenangst«, entgegnete sie ungerührt. »Ab morgen werde ich zittern, wenn ich nur an dich denke.«

Sie nestelte bereits an seinem Gürtel herum. Wenig später strampelte er seine Hose mit den Füßen von sich, während sie sich mit den Händen zwischen seinen Beinen orientierte. Es war alles gebrauchsfähig an seinem Platz, so, wie es sich gehörte. Sie schafften es gerade noch bis zur Couch, die guten Freunde. Diesmal zog es Petra anschließend allerdings vor, ihn am späten Abend zu verlassen. Ihr Arbeitstag würde normal beginnen. Da stand es an, sich zu Hause mit frischer Kleidung einzudecken. Ihnen war klar, dass sie ihre besondere Form der Freizeitgestaltung fortsetzen würden. Alles ohne besondere Verpflichtungen, aber mit hohem Unterhaltungswert.

An einem der darauffolgenden Tage traf Hilpert mit Thiems zusammen. Als er ihm Petras Reaktion mitteilen wollte, winkte der Justiziar ab. »Ist längst alles gegessen. Wir haben uns nochmals ausgesprochen. Das wird nichts mehr mit uns. Ich behalte unsere gemeinsame Wohnung. Sie ist vorerst zu ihrem Vater gezogen. Wie sie meinte, wird sie sich wohl demnächst irgendetwas an geeigneter Stelle kaufen.«

Er stieß ihm sanft den Ellbogen in die Seite. »Außerdem bahnt sich bei mir was Neues an. Ich bin ganz happy. Der liebe Gott hat wirklich mehr als eine attraktive Frau geschaffen, die zu einem passt.«

»Na klasse, da muss ich mir über deine psychische Verfassung ja keine weiteren Gedanken machen. Du sagst, Petra will mal eben 'ne Wohnung kaufen. Verdient sie denn so viel Geld in dem Laden, dass sie das mit links erledigt?«, fragte Hilpert neugierig nach.

Thiems lachte auf. »Ich seh schon, du kennst dich überhaupt nicht aus. Das bezahlt sie aus der Portokasse. Schließlich hält sie wie ihr Bruder zehn Prozent der Anteile an der Gruppe.«

»Wie kommen die denn da ran?«

»Das war das Erbteil ihrer tödlich verunglückten Mutter.«

»Das heißt, sie ist richtig wohlhabend.«

»Ich fürchte, das ist der falsche Ausdruck. Sie ist reich. Die Unternehmensgruppe hat im letzten Jahr 60 Millionen Gewinn ausgeschüttet. Rechne dir selbst aus, wie viel ihr davon bei zehn Prozent zustehen. Und das geht seit Jahren so. Sie hat darüber hinaus die Hälfte des Geldvermögens ihrer Mutter geerbt. Ihr Vater hatte damals großzügig verzichtet. Keine Ahnung, wie viel das war. Aber da kommt garantiert einiges zusammen.«

»Da wäre sie ja 'ne gute Partie für dich gewesen.«

»Du sagst es. Und attraktiv ist sie ebenfalls.«

Dem konnte er nur zustimmen. »Trotzdem rackert sie sich jeden Tag ab wie ein Bergarbeiter in der Kupfermine.«

»Das sind die Gene des Alten. Petra ist auch ohne den Klimbim der Familie lebensfähig. Die steht überall ihren Mann. Ihr Bruder ist zwar Wissenschaftler, aber im Prinzip ist der ebenso gestrickt, nur in einem anderen Tätigkeitsfeld.«

»Toll.«

»Wirklich beeindruckt siehst du nicht aus.«

Hilpert zuckte mit den Achseln. »Das mag auf dich so wirken. Tatsächlich kann ich mit diesen gigantischen Zahlen nichts anfangen. Allein mit dem, was ich hier verdiene, komme ich fantastisch über die Runden. Einen großen Teil davon spare ich, ohne irgendein konkretes Ziel zu haben. Es bleibt einfach übrig.«

»Schwebt vor deinem geistigen Auge keine Villa in Miami, kein Appartement in Paris?«

»Lass mich bloß an Land damit. Mich interessiert nicht mal 'ne Doppelhaushälfte in der Nordheide. Wie du weißt, komme ich von dort.«

»Das wird sich ändern, wenn du erst einmal verheiratet bist, glaub mir.«

»Ich verdiene 300.000 Euro im Jahr. Da bleibt vom Netto genug für 'ne Familie übrig.«

»Ich muss zugeben, das sehe ich anders. Ich finde Luxus geil.«

»So ist jeder Mensch verschieden. Das ist ja auch okay so. Wo wir grade über Geld reden, wie liegen denn überhaupt die Gesellschafteranteile?«

»Wellner hält sechzig, seine Kinder je zehn Prozent. Zehn Prozent gehören Doris Lüders. Jedes ihrer beiden Kinder besitzt knapp ein halbes Prozent. Davon lebt es sich nicht schlecht. Einmal im Jahr hält man die Hand auf und kassiert ab, ohne einen Finger krumm gemacht zu haben. Es gibt Schlimmeres, als reich geboren zu werden. Den unbedeutenden Rest teilen sich irgendwelche Cousins oder Cousinen untereinander auf. Überwiegend Leute, die die Arbeit nur vom Fernseher her kennen.«

»Dann muss es Doris doch prächtig gehen.«

»Das ist wohl wahr. Sie ist jedenfalls eine reiche Frau. Wenn nur die verdammte Sauferei nicht wäre.«

»Gibt es einen Grund dafür?«

»Ihr Ehemann saß in der Privatmaschine, mit der auch Wellners Frau abgestürzt ist. Offensichtlich hat sie seinen Tod lange nicht verwunden. Dann kommt die elende Langeweile hinzu, die einen befällt, wenn man zu viel hat und sich keine Aufgaben sucht.« Er schien nachzudenken. »Dem Vernehmen nach soll sie schon vorher damit angefangen haben. Aber dazu kann ich nichts sagen. Ich bin erst nach dem Tod der beiden hier eingestiegen.« Er zuckte die Achseln. »So konzentriert sie ihre mütterliche Liebe im Wesentlichen auf Klaas, frönt dem Alkohol und bumst jeden halbwegs attraktiven Mann, der ihr nicht schnell genug ausweichen kann. Bei dir hat sie es doch bestimmt auch versucht.«

»Hör bloß auf! Glücklicherweise bin ich gut zu Fuß.«

»Halt die auf Abstand! Ich spreche da aus eigener Erfahrung. So leicht lässt die nicht wieder los, hat sie erst einmal zugegriffen.«

»Worauf du dich verlassen kannst. Solch ein Verhältnis fehlte mir noch in meiner Sammlung.«

»Kluger Junge.«

Die nächste Zeit befiel Hilpert das Gefühl, als ginge ihm Petra aus dem Weg. Man sah sich gelegentlich auf Meetings oder traf sich in der Kantine. Setzte er zu einem privaten Plausch an, wich sie dem aus oder schob dringende Termine vor. Er vermutete, dass sie sich dagegen entschieden hatte, mit ihm je nach Lust und Laune im Bett zu landen. Er gestand sich ein, diese Form des Miteinanders hätte er gern weiter gepflegt, dennoch respektierte er ihr Verhalten und nahm sich ihr gegenüber ebenfalls zurück.

9

Ende der Woche erreichte ihn ein Anruf von Pristic. Der Kosovo-Albaner hatte lange nichts von sich hören lassen. Zu anderen Zeiten hatte Hilpert ihm sein Leben zu verdanken, obwohl er den letzten Anschlag nicht verhindern konnte. Nach wie vor war ihm die Polizei auf den Fersen. Und es ging beileibe nicht um Taschendiebstahl oder den Handel mit kleinen Mengen Dope. Pristic hinterließ in der kriminellen Szene Hamburgs tiefe Spuren. Unter ›lebenslänglich‹ verließ der keinen deutschen Gerichtssaal. Trotzdem war er eine Art Freund. Da sie privat nicht miteinander verkehrten, musste er sich erfreulicherweise nicht täglich mit der Schizophrenie ihrer Beziehung auseinandersetzen. Seit er aus dem Polizeidienst ausgeschieden war, interessierte sich niemand mehr dafür. Er war hingegen Realist genug, um zu wissen, dass sich dies ständig ändern konnte. Pristic' Stimme klang energisch, sein Akzent war nur schwach wahrnehmbar.

»Hören Sie genau hin, Hilpert! In der Stadt läuft was gegen Sie. Irgendjemand ist dabei, Killer auf Sie zu hetzen. Man munkelt von Leuten außerhalb Hamburgs. Zu diesem Zeitpunkt weiß ich nicht mehr. Ich hoffe, Sie laufen bewaffnet durch die Gegend.«

»Na klar.«

»Ein Segen. Wenn ich Genaueres weiß, komme ich auf Sie zu. Seien Sie bloß vorsichtig. Das sind garantiert keine Amateure, die man da von der Leine lässt. Es werden Spitzenpreise geboten. Besorgen Sie sich Unterstützung.«

Schon war die Verbindung unterbrochen. Hilpert hatte gelogen. Die Beretta, die er von Kriminaldirektor Weber zum Abschied geschenkt bekommen hatte, lag warm und trocken in einem kleinen Safe, den er sich in seine Wohnung hatte einbauen lassen. Solch eine Waffe hatte ihr Gewicht und war im täglichen Leben mehr als hinderlich. Mal eben das Jackett ausziehen, weil es zu warm war, kam nicht infrage. Zumindest an diesem Tag würde ihm ein Anschlag nicht ins Konzept passen. Er hätte keine Chance. Automatisch griff er in seine Hosentasche. Wenigstens das Kampfmesser, das ihm ein Freund geschenkt hatte, trug er bei sich. Mittlerweile eher als Erinnerungsstück. Weit würde er damit allerdings nicht kommen. Man überbrückte damit zu geringe Distanzen. Die Mitteilung beunruhigte ihn mehr, als er sich eingestehen wollte. Er hatte sowieso Gegner im Rücken, deren Sinnen und Trachten darin bestand, ihn zu töten. Die Feinde, die er sich im Kosovo gemacht hatte, waren unerbittlich. Deren letzter Anschlag hatte dieses Ziel nur knapp verfehlt. Bei Wetterumschwung machte sich die verletzte Schulter bemerkbar und erinnerte ihn schmerzhaft daran. Damals war der Schütze erfolgreich, weil er selbst nicht sensibel genug für die Bedrohung war. Abermals lief er Gefahr, Opfer seiner Gedankenlosigkeit zu werden. Passte er nicht auf, stand wieder jemand vor ihm, der erfolgreicher agierte als dessen Vorgänger. Mit einem dumpfen Gefühl in der Magengegend fuhr er an diesem Abend nach Hause. Alles blieb ruhig. So schnell formierten sich seine Feinde offensichtlich nicht. Angestrengt dachte er nach. Wer mochte es auf ihn abgesehen haben? Er wollte nicht so recht an die Albaner glauben. Die rekrutierten nicht irgendwelche Leute von der Reeperbahn oder aus anderen deutschen Städten, die verfügten über eigene talentierte Killer. Vorsorglich nahm er die Pistole aus dem Safe, zerlegte sie in ihre Bestandteile, säuberte sie sorgfältig und baute sie wieder zusammen. Anschließend füllte er das Magazin. Hilpert fragte sich, ob es angebracht sein könnte, gelegentlich den Schießstand aufzusuchen. Er wollte darüber nachdenken. Interessiert streckte er die Finger seiner rechten Hand aus. War er nervös? Wenigstens zitterten sie nicht. Der Magen signalisierte ihm gleichwohl eine gewisse innere Anspannung. Wer starb schon gern mit Mitte dreißig? Und er war fraglos nicht mehr in der gleichen Verfassung wie noch vor Jahresfrist.

Die restliche Woche verlief relativ ereignislos. Niemand schoss oder warf eine Handgranate auf ihn. Mit einer Autobombe versuchte man ihn ebenso wenig zu überraschen. Er wusste es zu schätzen. Seine Erfahrung sagte ihm, dass sie irgendwann kommen würden, seine unbekannten Feinde. Killer erhielten den vereinbarten Lohn nur, wenn sie erfolgreich agierten.

An diesem Abend war er zeitig zu Hause angekommen. Er bereitete sich ein einfaches Essen zu und begnügte sich mit einem Becher Tee. Ohne rechte Neugier zog er aus seiner Dokumentenmappe einen Umschlag aus Büttenpapier hervor, der ungeöffnet in dem Eingangskorb auf seinem Schreibtisch gelegen hatte. Überrascht las er, dass Petra eine Einweihungsparty für ihre neue Wohnung in der HafenCity gab. Mittlerweile schien es jeden dorthin zu ziehen, soweit er über das nötige Kleingeld verfügte. Er konnte damit leben, dass dieser Standort nicht zu seiner Brieftasche passte. Damit fühlte er sich eins mit der großen Mehrheit der Menschen dieser Stadt. Wollte er einen Blick auf die Elbe werfen, gab es günstigere Möglichkeiten, als gleich ein teures Appartement zu erwerben. Noch verlangte die Stadt dafür keinen Eintritt oder eine Zugangsberechtigung. Die dort ansässige Gastronomie würde sich für solch ein Ansinnen vermutlich bedanken. Unabhängig davon hatte es ihn stets mehr ans offene Meer gezogen. Mit der Weite der Ostsee hielt die Elbe naturgemäß nicht mit. Trotzdem dachte er nicht ernsthaft darüber nach, sich in Timmendorf oder auf Rügen eine Ferienwohnung anzuschaffen. Etwas nur dann und wann genießen zu können, bewahrte die Vorfreude auf die nächste Gelegenheit. Berücksichtigte er seinen Musikgeschmack, wäre es angemessener, in der Nähe der Color Line Arena zu leben. Er überlegte, hatte nicht inzwischen der Namensgeber gewechselt? Es war ihm gleichgültig. Sah man davon ab, dass er es zu den Spielen des HSV im Stadion ebenfalls optimal hätte. Vor allem das elende Herumgeirre auf den Parkplätzen vor und nach den Spielen könnte er sich schenken. Eine andere kostengünstigere Option waren selbstredend öffentliche Verkehrsmittel. Dafür hatte er sich unlängst entschieden. Es gefiel ihm, gemeinsam mit den grölenden, oftmals angetrunkenen Fans in der U-Bahn zu stehen und sich auf das Spiel zu freuen. Man musste nur darauf achten, nicht in der Traube der Anhänger der gegnerischen Mannschaft zu landen oder eine kritische Bemerkung zur Heimmannschaft zu machen. Das konnte schon mal problematisch werden. Hilpert strich mit der Hand über die Einladung. Er war fair genug, zu akzeptieren, dass man sich leistete, wonach einem der Sinn stand, wenn man über die entsprechenden Mittel verfügte. Schließlich fuhr er auch nicht mehr per Anhalter in den Urlaub wie in jungen Jahren. Er beschloss, die Einladung anzunehmen, machte das Kreuz an der richtigen Stelle und steckte das edle Papier zurück in den Umschlag. Eigentlich hätte Petra ihn auch persönlich ansprechen können. Er buchte es unter Einzugsstress ab.

Die Pistole störte Hilpert in den nächsten Tagen maßlos. Sie drückte, wenn man sich irgendwo bequem hinsetzen wollte. Es war tunlichst angesagt, sie verdeckt mit sich zu führen, hielt man sich außerhalb seiner Räumlichkeiten auf. Nicht dass ein normaler Bürger ihn für einen Terroristen hielt. Sein ehemaliger Chef dachte damals an die Bedrohung durch die Racheengel aus dem Kosovo, als er sie ihm schenkte. Standen sie auch diesmal hinter dem geplanten Anschlag? Andererseits hätte Pristic das ohne größere Anstrengungen herausgefunden. Manchmal fragte er sich, ob es in Hamburg zum Hobby geworden war, ihn zum Ziel für Attentate auszuwählen. Nur wem war er als Manager so nahe gekommen, dass man ihn töten wollte? Ihm fiel keine brauchbare Idee ein. Vor Monaten hatte er die letzten Ermittlungen abgeschlossen. Ging es um eine alte Rechnung? Er gestand sich ein, verunsichert zu sein. Man nannte so etwas auch Angst.

Nach einer längeren Sitzung, in der es um die Sicherheitsstandards einer Tochtergesellschaft in Frankreich ging, verließ er sein Büro gegen halb sieben. Um mögliche Mängel zu identifizieren und gegebenenfalls zu beseitigen, hatten sie beschlossen, ein Team dorthin zu entsenden. Hilpert wusste, er konnte sich auf diese Leute verlassen. Als Leiterin bestimmte er eine junge Informatikerin, die nicht nur fachlich, sondern vor allem auch menschlich versiert war. Hinzu kam, sie sprach vorzüglich französisch. Ihm war klar, dass diese Entscheidung hinter vorgehaltener Hand kritisch kommentiert wurde. Aber in der Gegend, in der sie tätig werden sollten, hielt man wenig von teutonischer Strenge. Vielmehr erwartete man Sensibilität und Sachverstand, in exakt dieser Reihenfolge. Das beherrschte sie in dieser Kombination besser als ihre Kollegen.

Er musste noch Blumen für Petra besorgen und sich umziehen. Mit seiner durchgeschwitzten Kleidung würde er nicht gerade zur Bereicherung der Einweihungsfeier beitragen. Wenn er gegen acht bei ihr eintraf, reichte es allemal. Folglich kam es auf eine halbe Stunde nicht an. An diesem Tag hatte sich der Himmel bedeckt gehalten, als müsse er wegen der vergangenen schönen Spätsommertage eine Atempause einlegen. Er blickte durch die Frontscheibe hinaus. Wieder einmal verfluchte er, es versäumt zu haben, in der Nähe seiner Wohnung einen Garagenplatz anzumieten. Er stieß vor einigen Monaten bei seinem Vermieter auf ein mattes Grinsen, als er ihn darauf ansprach. Eher hätte er eine Suite im Vierjahreszeiten ein Jahr mietfrei bekommen als auch nur das Foto eines Stellplatzes in der Nähe seiner Wohnung. Der Firmenwagen verfügte über Dimensionen, die seine Bemühungen, eine Lücke auf der Straße zu finden, geradezu ausweglos erscheinen ließen. Das klappte in der Vergangenheit mit seinem Golf deutlich besser. Gelegentlich fragte er sich, ob es nicht vorteilhafter wäre, sich mehr auf U- und S-Bahn zu verlassen oder sich mit eigener Muskelkraft durch die Stadt zu bewegen. Stand nicht im Keller ein gut ausgestattetes Mountainbike? Damit löste man alle Parkplatzprobleme dieser Welt. Da musste man sich nur mit der simplen Frage auseinandersetzen, was man bei Regen und im Winter veranstaltete? Hinzu kam, wozu verfügte er über ein Luxusgefährt mit dem Stern auf der Kühlerhaube? Er war keine vierzehn mehr, wo die Frage des Wetters relativ bedeutungslos war. Wind von vorne, Kälte oder Schnee störten maßlos, wenn man mit dem Rad unterwegs war. Das Ganze noch im edlen Zwirn. Endlich schien ihm das Glück zuzuwinken. Vor ihm zog ein BMW aus seiner Parklücke heraus. Er hätte diesen Moment stärker genossen, wäre nicht gleichzeitig im Rückspiegel ein kompakter Van aufgetaucht. Solche Zwickmühlen signalisierten Gefahr. Er war zu lange im Geschäft, um an einen Zufall zu glauben. Ohne nachzudenken wusste er, was zu tun war. Er trat auf die Fußbremse, schob den Automatikhebel auf P und riss energisch seine Fahrertür auf. Mit einem gewaltigen Satz hechtete er hinaus, landete auf allen vieren, drehte sich am Boden einmal um seine eigene Achse, sprang auf und sprintete auf die gegenüberliegende Straßenseite. Sollte er sich geirrt haben und vor harmlosen Besuchern flüchten, hatte er wenigstens seinen Nachbarn etwas geboten. Tatsächlich aber rettete das Überraschungsmoment sein Leben. Mehr im Unterbewusstsein vernahm er das Bellen von Schüssen. Die Heckscheibe seiner Limousine überstand diesen Angriff nicht. Sie zerbarst. Ein Schwall Splitter ergoss sich in den Innenraum. Er gewahrte zwei kräftige Männer, die aus dem Van sprangen und sich zu orientieren suchten. In den Händen hielten sie großkalibrige Waffen. Hilpert riss seine Pistole aus dem Seitenhalfter, entsicherte sie und schoss mehrmals auf die Angreifer. Aus den Augenwinkeln gewahrte er, einen von ihnen getroffen zu haben. Vermutlich am Arm oder an der Schulter, denn er konnte sich nach wie vor bewegen. Sie hetzten an seinem Wagen vorbei und sprangen in die geöffneten Fondtüren des BMW, der im Leerlauf auf sie wartete. Der Motor heulte auf, als sie davonrasten. Hilpert sprang auf und feuerte mehrmals auf das Fluchtauto. Mehr als Blechschaden war wohl nicht zu vermelden. Eine Panzerfaust wäre effektiver gewesen. Nur trug sie zu sehr auf. Langsam gewahrte er, dass er sich nicht allein auf der Straße aufhielt. Eine Passantin bekam einen Weinkrampf, ein älterer Herr wagte sich vorsichtig aus einem Hauseingang wieder ins Freie. Hilpert steckte die Waffe ins Seitenhalfter und setzte sich auf den Kantstein. Mit beiden Händen stützte er seinen Kopf ab. Seine Ellenbogen drückten in seine Oberschenkel, ohne dass er etwas spürte. Er begriff, dass er an diesem Abend mehr Glück als Verstand gehabt hatte. Eine etwas längere Reaktionszeit und er würde nicht mehr unter den Lebenden weilen. Eine Viertelstunde später war in seiner Umgebung der Teufel los. Er musste zweimal hinhören, bis er die Stimme erkannte, die ihn ansprach.

»Na, Fabian, haben dich diese Idioten immer noch im Visier?«

Er erkannte seinen früheren Kollegen und Freund Bernd Stange. Schwerfällig stand er auf. Sie fielen sich in die Arme.

»Schön, dass du noch unter den Lebenden weilst.«

»Da kann ich dir nur zustimmen. Komm, Alter, die Vernehmung können wir in meiner Wohnung durchführen. Ich hab einen kalten Hintern bekommen.«

Gegen neun Uhr hatte er alles zu Protokoll gegeben. Zu seiner Schande musste er gestehen, die beiden Killer nicht beschreiben zu können, sah man von deren Statur einmal ab.

»Zum Unterschreiben komme ich ins Präsidium.«

»Das war eine glückliche Fügung, dass du die Waffe im Koffer bei dir getragen hast. Nicht wahr, du wolltest zum Schießstand.«

»Mensch, es stimmt ja. Ich darf so ohne Weiteres gar nicht mit meiner Artillerie im Halfter durch die Gegend laufen.«

»Zumindest nicht ohne Sondergenehmigung. Aber dafür kann Weber sorgen.«

Kaum dass er den Namen des Kriminaldirektors in den Mund genommen hatte, klingelte es an Hilperts Eingangstür. Er öffnete. Vor ihm stand sein ehemaliger Chef mit sorgenvoller Miene. Lange drückte er seine Hand. Sie führten ein ausgiebiges Gespräch. Als Resultat mussten sie festhalten, dass sie für Hilpert keine Bewacher abstellen konnten. Dieser winkte gleichmütig ab. Wollte er überleben, musste er selber das Heft in die Hand nehmen. Er war daran gewöhnt. Wichtiger war es, in Erfahrung zu bringen, aus welcher Richtung ihm die Gefahr drohte. Er hatte keine Idee.

Seine ehemaligen Kollegen hatten sich gut eine Stunde später zurückgezogen. Langsam verließ ihn die Lust, darüber zu brüten, wer es auf ihn abgesehen haben mochte. Viele Optionen kamen ihm nicht in den Sinn. Er hatte sich gefreut, die alten Weggefährten aus seiner Hamburger Zeit bei der Kripo wieder zu treffen. Sie würden sich vermutlich aus aktuellem Anlass ab sofort häufiger sehen. Der Gedanke sagte ihm stärker zu, als er sich in einer ruhigen Minute zugestanden hätte. Bei ihm stellte sich zögernd die alte Gelassenheit ein. Er warf einen Blick auf die Armbanduhr. Mittlerweile ging es auf halb elf zu. Konnte man zu diesem Zeitpunkt noch zu einer Wohnungseinweihung fahren? Er entschied sich dafür. Ein paar Gläser Wein und einige unsinnige Gespräche sollten ihn von seinen Erlebnissen ablenken. Außerdem freute er sich darauf, mehr als nur einen hastigen Blick auf Petra werfen zu können. Schade, dass außer ihnen noch andere Leute zugegen sein würden. Gern hätte er mit ihr den Abend und die Nacht allein verbracht. Eher widerwillig munitionierte er das Magazin der Pistole auf und steckte sie zurück ins Seitenhalfter. Selbst wenn er kurzfristig keinen neuen Anschlag befürchtete, wollte er kein Risiko eingehen. Er musste halt sein Jackett anbehalten. Soweit er wusste, war das nicht verboten.

Hilpert ließ sich im Taxi zum Baumwall bringen. Anschließend überquerte er die Niederbaubrücke und gönnte der Elbphilharmonie einen kurzen Hingucker. Würde dieses Gebäude nun das Wahrzeichen der Stadt werden oder seinen Status als Millionengrab bis zu seinem Abriss behalten? An diesem Abend war es ihm gleichgültig. Das Wetter hatte sich mittlerweile stabilisiert. Das angesagte Hoch streckte seine Fühler aus, was mit überraschend milden Temperaturen einherging. Die Menschen hatte es nach draußen getrieben. Sie flanierten am Wasser oder ließen sich in Richtung des Anlegers für die Passagierschiffe treiben. Petra hatte sich eine Wohnung am Kaiserkai geleistet. Egal, wo er hinblickte, überall fing sein Auge neue, architektonisch ansprechende Gebäude ein. Als Entgegenkommen an die abgerissenen Speicher hatte man einen blau bunten Klinker verwendet, der einen gewissen hanseatischen Charakter andeutete. Fraglos ließ es sich hier leben. Der Fahrstuhl brachte ihn in den vierten Stock. Er landete direkt im Flur der Wohnung. Eine junge Frau, die er nicht kannte, öffnete ihm die Tür. Gesprächsfetzen drangen auf ihn ein, untermalt von leiser Musik. Die Hausherrin empfing ihn leicht unterkühlt. Sie strahlte ihm gegenüber eine merkliche Aggressivität aus, die durch ein, zwei Gläser Wein, die sie zu viel getrunken haben mochte, noch gesteigert wurde.

»Nett, dass du es auch schon einrichten konntest. Der Herr hatte wohl Wichtigeres vor.«

Erst jetzt fiel ihm ein, dass er wenigstens ein paar Blumen mitgebracht haben wollte. Diesen Fehler vermochte er nicht mehr zu korrigieren. Da musste er durch. Über den Grund der Verspätung wollte er nicht reden. Er warf einen Blick in die Runde und erkannte nur wenige Gesichter. Petra überließ ihn sich selbst. Sie spielte die perfekte Gastgeberin und beantwortete vermutlich zum wiederholten Mal die gleichen Fragen zur Wohnung. Ihn würdigte sie keines weiteren Blickes.

Thiems steuerte fröhlich strahlend auf ihn zu. »Gut, dass du es noch geschafft hast. Da bekomme ich wenigstens jemanden zu fassen, mit dem ich mich normal unterhalten kann.«

Hilpert war es ebenso recht. Selbst Gäste, die er kannte, entsprachen nicht seiner Kragenweite. Für ihn standen demnächst keine privaten Investitionen in Übersee an. Die Preiserhöhung bei Porsche war ihm ebenfalls gleichgültig. Thiems passte da ungleich besser.

Dieser wandte sich Petra zu, die überraschend zu ihnen getreten war. »Du hast sicherlich nichts dagegen, wenn ich mir Fabian ausleihe?!«

Bevor sie etwas erwidern konnte, hatte er ihn freundschaftlich in den Arm genommen. Sanft drängte er ihn zur Bar. Sie tranken zusammen ein Glas Rotwein und redeten über Immobilienpreise und die Ungerechtigkeit dieser Welt. Die Wohnung verfügte garantiert über 180 Quadratmeter oder mehr. Sie war geschmackvoll eingerichtet. So wie Hilpert Petra kannte, hatte sie sich die Gedanken der Möblierung ohne externe Unterstützung gemacht. Es stimmte alles, von dem Couch-Ensemble bis zu den Bildern an der Wand. Der dunkle Holzfußboden harmonierte perfekt mit den überwiegend hellen Farben im Raum. Dennoch überragte alles der herrliche Blick auf das Wasser. Hier ließ es sich leben. Hilpert verzichtete darauf, sich Gedanken über das Geld zu machen, das man für solch ein Objekt in die Hand nehmen musste. Es lag weit außerhalb seiner Möglichkeiten. Ihm gefiel, was er sah. Aber er musste nicht alles selber besitzen wollen, was ihm begegnete. Oft genug reichte es, eine Sache zu betrachten und sie in Erinnerung zu behalten. In einer Ecke entdeckte er Dr. Wellner. Er trat auf ihn zu und reichte ihm die Hand. Thiems hatte sich dagegen nach dem letzten Glas entschieden zu gehen. Mit einem knappen Winken verabschiedete er sich.

Hilperts Chef bedachte ihn mit einem sorgenvollen Blick. »Man hat mich mit einer SMS über den Anschlag auf Sie informiert. Sie beweisen gute Nerven, dass Sie trotzdem gekommen sind.«

»Ich denke, es sollte für die Anwesenden an diesem Abend relativ ungefährlich sein. Meine Gegner müssen sich neu sortieren. Sie haben hoffentlich niemandem davon erzählt.«

Er winkte ab. »Keine Angst, ich werde meinem Kind doch nicht den Abend versauen.«

»Sehr gut.«

Hilpert leerte sein Glas und ließ sich nachschenken. Nach einem ordentlichen Schluck ging es ihm gleich besser. Neugierig blickte er in die Runde. Pia Raithel und Klaas Lüders standen auf der verglasten Loggia. Heftig redete sie auf ihn ein. Welche Probleme die wohl zu lösen hatten? Im Grunde interessierte es ihn nicht.

Petra trat auf ihn zu und hakte sich bei ihm ein. »Welche Ausrede ist dir eingefallen? Warum bist du so spät dran?«

»Ich bin aufgehalten worden«, wich er der Wahrheit aus.

»Du bist ein Schuft!«, erwiderte sie. »Ich hatte schon Angst, du würdest nicht kommen, nachdem du mich die letzten Wochen geflissentlich ignoriert hast.«

»Was habe ich?«, fragte er entgeistert nach. Dann beließ er es bei ihrer Meinung. Bei solchen Diskussionen war der letzte Platz bereits vergeben, bevor man auch nur eine Silbe ausgespuckt hatte. Petra ließ sich und ihm nachschenken. Ohne auf die Reaktion der Gäste zu achten, drückte sie sich an ihn. Er nahm es mit einem gequälten Grinsen hin. Sie neigte dazu, die gesellschaftlichen Normen zu ignorieren, wenn sie getrunken hatte. Eigentlich hatte er wenig Lust, sich zu Wochenbeginn hochnotpeinlich von einigen Kollegen befragen zu lassen. Kurz vor Mitternacht lichtete sich die Gesellschaft deutlich. Ein lauter Ausruf der Hausherrin orientierte ihn hin zum Eingang. Ihr Bruder Achim, frisch bestallter Juniorprofessor an der Uni Bremen, betrat den Raum. Sie eilte auf ihn zu und nahm ihn in die Arme. Er gönnte ihr nur geringe Aufmerksamkeit, obwohl sie sich seit Längerem nicht gesehen hatten. Stattdessen ging er auf Hilpert zu. »Alle Achtung, dafür dass Sie dem Teufel von der Schippe gesprungen sind, sehen Sie recht gelassen aus.«

Der Angesprochene wollte die Botschaft unterdrücken, bekam aber keine Chance. Petra verfügte offensichtlich über vorzügliche Ohren. »Was meinst du damit, Achim?«

»Hast du es denn nicht gehört? Auf Herrn Hilpert ist geschossen worden.«

Mit dieser Mitteilung gab er dem verbleibenden Rest der Gesellschaft ausreichend Futter für ausführliche Diskussionen. Es fehlte nicht viel und man hätte ihm umfängliche Erklärungen abverlangt. Petra schrie auf und begann zu weinen. Nur schwer ließ sie sich trösten. Hilpert nahm sie in den Arm und strich ihr sanft über den Kopf. Vater und Bruder Wellner lösten die Runde auf. Als Hilpert ebenfalls gehen wollte, fühlte er ihre Fingernägel durch den Ärmel seines Jacketts. Also blieb er sitzen. Am Ende saßen sie allein auf der Couch. Er spielte mit seinem leeren Glas und überlegte, ob er sich nachschenken sollte. Er entschied sich dagegen und widmete sich seiner Gastgeberin.

Diese beruhigte sich langsam. »Wer wollte dich töten?«

»Keine Ahnung. Darum werde ich mich die nächsten Tage kümmern. Alles zu seiner Zeit.«

»Du darfst mich nicht verlassen! Hast du verstanden! Du bist der einzige wirkliche Freund, den ich habe.«

»Keine Angst. Zum Sterben fühle ich mich zu jung.«

»Nicht wahr, du bleibst die Nacht.«

Spätestens, als er ihre heißen Lippen an seinem Hals spürte, wusste er, dass er ihrem Wunsch nachkommen und bleiben würde. Sie nahm ihn an die Hand und führte ihn in ein etwa zwanzig Quadratmeter großes Zimmer. Es war relativ einfach möbliert. Er registrierte ein breites Bett, einen Einbauschrank und an der Fensterfront einen modernen Schreibtisch mit passendem Sessel. Selbstredend durfte ein exklusives Apple Notebook nicht fehlen.

»Das ist ab sofort dein Zimmer, wenn du deine Freundin besuchst.«

Der Raum hatte in etwa die Größe seines Wohnzimmers in der Isestraße. Bei den Dimensionen ihrer Wohnung konnte sie ihn offensichtlich entbehren, ohne selbst verzichten zu müssen. Ihm schien, als habe sie das Appartement auf Zuwachs erworben. Er fragte sich, was er mit dem Raum anfangen sollte. War er bei ihr, landeten sie eh gemeinsam in ihrem Bett. Und danach würde ihn Petra garantiert nicht ausbürgern. Wollte er am Schreibtisch arbeiten, bot sich nach wie vor die eigene Wohnung an. Da gab es keine Ablenkung in Form schlanker Beine und tiefer Ausschnitte.

Petra legte einen Arm um seine Taille und spürte die Pistole. Traurig musterte sie ihn. »Trägst du das jetzt immer mit dir rum?«

»Gestern Abend hat mir das Teil das Leben gerettet«, erwiderte er ungerührt. »Glücklicherweise hatte mich ein Freund vorgewarnt.«

Sie rang sichtlich um Fassung. »Hierher kannst du jederzeit flüchten. Selbst vor meinen Sexattacken, wenn du nicht magst. Ich habe dich gern um mich.«

Er zog sie an sich. »Großartige Idee, du beschützt mich vor den bösen Mächten dieser Welt. Ich fürchte nur, das klappt nicht. Da bin ich selbst gefordert.«

Egal, was die nächsten Tage an Überraschungen für ihn bringen mochten. Für diesen Abend stand seine Planung. Ohne ein weiteres Wort zu sagen, fuhr er mit beiden Händen unter ihre Bluse. In Ermangelung eines BHs war er ungehindert erfolgreich. Sie nestelte bereits an seinem Hosenbund herum. Sie schafften es gerade noch zu dem Bett und übersprangen das weitere Vorspiel. Beide hatten sie die letzten zwei Wochen eher enthaltsam gelebt. Es gab einiges nachzuholen. In dieser Nacht konnten sie für die Nachbarn nur hoffen, dass das Bauunternehmen in Sachen Schallschutz nicht gespart hatte. Es interessierte sie aber nicht wirklich. Ansonsten nutzten sie das gesamte Wochenende, um ihre Freundschaft zu pflegen.

Als er gehen wollte, reichte sie ihm einen Schlüssel. »So was braucht man als Untermieter.«

»Und was ist, wenn du eine neue Beziehung hast und ich schlage bei dir ohne Anmeldung auf?«

»Du bist mein Freund. Wie könntest du stören? Davon abgesehen kann ich jederzeit das Schloss auswechseln lassen.«

»Das ist ein Argument, dem man sich nicht entziehen kann.«

Lachend steckte er den Schlüssel ein. Er hatte nicht die Absicht, ihn zu benutzen, wenn sie abwesend war. Irgendwo endete die Freundschaft und es begann die gute Erziehung. In ihrer augenblicklichen Verfassung würde sie ihm vermutlich die Hälfte ihres Vermögens übertragen. Das konnte sich alles in relativ kurzer Zeit ändern. Aus dem Überschwang der Gefühle heraus neigten Menschen gelegentlich zu Entschlüssen, die sie spätestens dann bereuten, wenn der Verstand wieder eingeschaltet wurde. Zumindest handhabten sie den Begriff Freundschaft außerordentlich großzügig.

Das Taxi brachte ihn am Sonntagabend zurück in seine Wohnung. Dort fühlte er sich verlassen wie ein Säugling, den man im Wald ausgesetzt hatte. Er hatte sich stärker an Petra gewöhnt, als er wahrhaben wollte. Und die großzügige elegante Wohnung hatte ihn ebenfalls beeindruckt. Da mochte er sich als Kind aus bescheidenen Verhältnissen outen, wie er wollte, irgendwo war er seiner 65-Quadratmeter-Wohnung entwachsen. Und ein wenig mehr konnte er sich durchaus leisten. Es musste ja nicht gleich mit Elbblick oder direkt an der Alster sein. Seine weiteren Überlegungen unterbrach das Handy. Überrascht vernahm er Pristic' Stimme.

»Na, endlich zurück in Ihren vier Wänden?«

»Können Sie hellsehen?«

»Nein, ich habe einen Mann vor Ihrer Haustür abgestellt. Sollten Sie jemanden sehen, der Ihnen zublinzelt, er gehört zu mir.«

»Fein, um mir das zu sagen, rufen Sie mich an?«

»Nein, wir haben die Leute identifiziert, die auf Sie geschossen haben.«

»Ihr seid ja besser als die Polizei. Wie seid ihr darauf gekommen?«, fragte er überrascht.

»Durch den Angeschossenen. Für die Behandlung von Schusswunden kommen nicht viele Ärzte infrage. Wir sollten uns sehen. Am besten, Sie nehmen ein paar Tage Urlaub. Vielleicht ist das 'ne Idee, die Unterkunft zu wechseln. Sie ist zu bekannt. Ihnen dort aufzulauern, ist einfacher als einem Kind den Lutscher zu stehlen.«

»Ich habe eh schon darüber nachgedacht, allerdings aus anderen Gründen. Doch über kurz oder lang wird man auch auf die neue Bleibe stoßen. Es ist keine Herausforderung, in Erfahrung zu bringen, wo jemand lebt, wenn der täglich ins Büro fährt. Am Ende eines Arbeitstages muss er zurück. Schließlich kann man sich nicht unsichtbar machen.«

»Bis dahin sollten wir das Problem gelöst haben.«

Sie verabredeten sich für den nächsten Tag in der Mönckebergstraße direkt vor C&A. Dort liefen genug Leute herum, die ein unauffälliges Treffen ermöglichen sollten. Vorsichtshalber telefonierte er anschließend mit Petra und untersagte ihr, ihn in der Isestraße aufzusuchen.

»Außerdem werden wir alle privaten Kontakte außerhalb des Büros bis auf Weiteres einstellen.«

»Bringt es dir keinen Spaß mehr mit mir? Hat dir das Wochenende gereicht?«

»Ganz im Gegenteil. Ich möchte von dir noch länger etwas haben. Bitte melde mich für die nächsten Tage im Büro ab. Ich nehme ein paar Tage Urlaub.«

»Was hast du vor?«

»Meinst du nicht, ich könnte ein wenig Erholung gebrauchen?«

»Sie sei dir gegönnt. Ich glaube dir nur nicht.«

»Was habe ich dir getan, dass du mir so misstraust?«

»Ich kenne dich besser, als du glaubst. Pass auf dich auf, komm gesund zurück. Du wirst gebraucht.«

Grinsend legte er den Hörer auf den Tisch zurück. Petra steckte tiefer in ihm drin, als ihm lieb sein mochte. Er hätte sie gern gefragt, ob sie ihn nicht begleiten wolle. Was er nicht wusste:

Sie hätte zu dem Vorschlag genickt. Er fuhr sich mit beiden Händen durchs Gesicht. Er wollte sich nicht schon wieder fallen lassen. Sein Vorrat an privaten Enttäuschungen war vorerst gedeckt.

10

Hilpert war mit der S-Bahn zum Hauptbahnhof gefahren und hatte ihn Richtung Spitaler Straße verlassen, ohne der Wandelhalle einen weiteren Blick zu gönnen. An diesem warmen Sommervormittag schienen ausschließlich fröhliche Menschen unterwegs zu sein. Der Bahnhofsvorplatz war in gleißendes Licht gehüllt. Die Menschen bewegten sich langsamer als sonst. Vermutlich verdienten die Straßenmusikanten an solchen Tagen so viel Geld, dass sie sich am Abend ein ordentliches Essen leisten konnten. Die in starrer Pose verharrenden Pantomimen durften sich über die eine oder andere großzügige Spende freuen. Junge und ältere Frauen mit und ohne passende Figur zeigten Busen oder was die Beine hergaben, gelegentlich beides. Die leichte Bekleidung deckte gnadenlos jedes figürliche Defizit auf. Es war schwer, in einer Wohlstandsgesellschaft den Hungerleider zu spielen. Leichter lebte es sich mit seinen Speckrollen und der Lüge von einer kleineren Kleidergröße. Mancher Mann hätte auf seine Bermudashorts, gepaart mit grünen Socken und Sandalen, verzichten sollen. Gleichwohl passten sie zu einem gepflegten Bierbauch. Manchem jungen Mädchen wären dagegen einige Rundungen durchaus bekommen. Aber dünn war in dem Alter modern. Davon abgesehen lebte man in einer Demokratie. Es kam darauf an, was einem selbst gefiel. Wen interessierten da schon die anderen Passanten? Und wer wollte über die gesundheitlichen Aspekte anderer Menschen befinden? Was dem unbeteiligten Auge zum Teil geboten wurde, hätte vor einigen Jahrzehnten mit einem Skandal und dem Einschreiten der Polizei geendet. In zehn Jahren schaute sich vermutlich niemand mehr nach einem Blitzer um. Fragte sich nur, ob man die Öffentlichkeit irgendwann einmal an seinem Sexualleben beteiligen würde. Hilpert grinste in sich hinein. Man konnte sich ja anschließend kompetenten Rat bei den Zuschauern einholen.

Mit einem Schaudern ging er weiter. Nicht jeder seiner Einfälle war Beleg für seine Genialität. Jetzt gegen 11 Uhr hielt sich das erwartete Gedränge vor C&A in Grenzen. Hilpert überlegte. Waren noch Sommerferien? Aalten sich die Hamburger an der Nordsee oder machten Malle unsicher? Früher, als er über einen Taschenkalender verfügte, hätte er sich die Antwort ohne Umstände geben können. Andererseits, war sie wirklich wichtig für sein Wohlbefinden? Wohl kaum. Ein Mann um die dreißig trat auf ihn zu, blinzelte ihn an, drehte sich um und begab sich zu der Bratwurstbude rechts vom Eingang. Er bestellte sich eine Rostbratwurst, vor der Wiedervereinigung auch Thüringer genannt. Hilpert tat es ihm nach. Er verzichtete auf Brot, dafür sparte er nicht mit dem Senf.

»Grüße von Pristic«, vernahm er eine Stimme mit unverkennbarem Akzent. »Zurzeit wird sein gesamtes Umfeld gnadenlos überwacht. Er kommt auf Sie zu wegen eines neuen Treffpunkts.«

»Geht es immer noch um die alten Sachen? Ist er bereits Staatsfeind Nummer eins?«

»So ungefähr.«

»Zumindest wünsche ich ihm Glück.«

»Das kann er gut gebrauchen.«

Sie ließen sich die Würste schmecken und trennten sich anschließend. Der Hinweis des Mannes verwunderte ihn nicht sonderlich. Pristic nahm in seinem Gewerbe seit mehreren Jahren eine führende Position ein. Hilpert gab sich da keinen Illusionen hin. Nichts wurde ausgelassen, Menschenhandel, Drogengeschäfte, Mord. Und trotzdem pflegten sie eine besondere Beziehung. Pristic hatte sich zu einer Art Schutzengel für ihn aufgeschwungen. Erzählen durfte er das niemandem. Man würde ihn für verrückt erklären oder an seiner Ehrenhaftigkeit zweifeln. Also behielt er es für sich. Zumindest war Fakt, dass er ohne Pristic nicht mehr leben würde. Allein das zählte. Hilpert überquerte die Mönckebergstraße und stand vor dem Zwilling des Wurststands, der seinen Standort ein paar Dutzend Meter vor Karstadt mittlerweile ebenfalls vergoldet haben dürfte. Die Wurst hatte ihm geschmeckt, also gönnte er sich eine weitere. Er wurde nicht enttäuscht. Abschließend wischte er sich den Mund mit einer flatterigen Papierserviette ab, die man als kulinarisches Spitzenhaus für seinen Gast bereithielt und trank seine Cola aus. Auch wenn er Pristic nicht getroffen hatte, war er mit sich und der

Welt für einen kurzen Augenblick im Reinen. Nur, was wollte er nach seinem perfekten Brunch anfangen? Glücklicherweise gab es für solche Fälle das Handy, das darauf abgerichtet schien, seine Ruhe im geeigneten Moment zu stören. Zu seinem Erstaunen vernahm er am anderen Ende die Stimme seines ehemaligen Chefs. Kriminaldirektor Weber bat ihn um ein Gespräch ins Präsidium. Neugierig sagte er zu. Was er wohl von ihm wollte? Waren sie bei der Suche nach den Attentätern genau wie Pristic fündig geworden?

Dieser Tag versorgte ihn mit einer mittleren Sensation. Als er das Zimmer des Polizeidirektors betrat, traf er auf Julia Stüven, die ihm als neue Staatsanwältin vorgestellt wurde. Sie war von Köln in die Hansestadt gezogen. Er war ihr zuletzt auf der Hochzeit in Buchholz begegnet und zwar heftig. Die Erinnerung an sie schmeckte nach wie vor. Neben ihr saß ein Mann, den er nicht kannte. Er stellte sich als Kriminalrat Marco Baumgartner vor. Er schätzte ihn auf etwa vierzig. Er war mittelgroß, hatte volles dunkles Haar und eine sportliche Figur. Wie sich zeigte, leitete er das Dezernat für organisiertes Verbrechen. Ohne weiter auf Weber einzugehen, übernahm Baumgartner das Wort. Hilpert kannte die Dynamiker des höheren Dienstes zur Genüge. Sie drängten sich gern nach vorne, immer auf der Suche nach dem nächsten Karrieresprung. Sie schonten nichts und niemanden. Vor allem aber nahmen sie sich unendlich wichtig.

»Ist es richtig, dass Sie mit Ivo Pristic gut bekannt sind?«

»Kann man so sehen.«

»Kennen Sie sich nun oder nicht?!«

»Ich denke, meine Auskunft sollte ausreichen.«

»Wie kommen Sie zu diesem Kontakt? Oder ist es für ehemalige Hauptkommissare üblich, sich mit Mafia-Größen gemeinzumachen?«

Wortlos drehte sich Hilpert in Richtung des Polizeirats. Dieser reagierte hektisch. »Mann, nun beantworten Sie schon meine Frage!«

»Dann fragen Sie einfach und verzichten auf Unterstellungen! Dazu äußere ich mich nicht.«

Baumgartner musste schlucken. Halbwegs diszipliniert nahm er einen neuen Anlauf. »Es entspricht doch wohl den Tatsachen, dass Sie sich mit einem seiner Leute auf eine Bratwurst getroffen haben.«

»Habe ich das?! Sie müssen wissen, ich habe mir heute zwei Würstchen gegönnt und eine Cola und zwar an zwei Ständen. Wo nun soll ich wen getroffen haben?«

Jetzt war es vorbei mit der Contenance des Beamten. Wütend schlug er mit der Faust auf den Tisch und fuhr ihn an: »Wollen Sie mich verarschen?«

Hilpert blieb die Liebenswürdigkeit in Person. »Nicht die Bohne. Aber Sie haben es nicht mit einem mehrfach vorbestraften Kleinkriminellen aus St. Georg zu tun, dem Sie mit Ihrem nassforschen Auftreten imponieren können. Ich wiederhole mich: Stellen Sie konkrete Fragen und Sie bekommen Ihre Antworten.«

Langsam wurde es auch Weber zu bunt. Ruhig, aber bestimmt wies er Baumgartner zurecht: »Noch sitzen wir in meinem Büro. Benehmen Sie sich gefälligst. Und Sie, werter Herr Hilpert, sollten sich nicht wie eine Mimose verhalten.«

Dieser lachte auf. »Worum geht es überhaupt?«

Diesmal vernahm er Julias Stimme. »Also, Fabian, wie eng sind deine Kontakte zu diesem Pristic?«

»Die Frage ist schwer zu beantworten. Er sieht sich als eine Art Schutzengel für mich.«

»Als Schutzengel?«

»Das geht zurück auf meine Zeit im Kosovo. Ich habe wohl unter anderem einer Nichte von ihm das Leben gerettet. Seitdem fühlt er sich mir verpflichtet.«

»Was heißt das?«, mischte sich Baumgartner wieder ein.

»Ihnen ist vielleicht nicht entgangen, dass man versucht hat, mich zu erschießen. Welche Maßnahmen hat mein vorheriger Arbeitgeber ergriffen, um künftig mein Leben zu schützen? Richtig, vorerst keine. Pristic hat einen Bodyguard vor meine Haustür gestellt.«

»Sie wissen selbst, wie knapp wir an Leuten sind«, versuchte Weber seinen Kopf aus der Schlinge zu ziehen.

»Ihnen sollte bekannt sein, dass ich mich selbst zu schützen verstehe«, erinnerte Hilpert. »Trotzdem sähe ich mir ohne seine Warnung die Radieschen von unten an.«

Weber blickte konsterniert zu ihm herüber. »Es war ihm bekannt, dass man auf Sie einen Anschlag plante?«

»Darüber wurde anscheinend in gewissen Kreisen getuschelt. Da haben Ihre Zuträger wohl versagt, nicht so seine. Ohne seine Warnung würden Sie mein Schicksal in Ohlsdorf beklagen können.« Er winkte ab. »Schwamm drüber. Wie weit sind Sie mit den Ermittlungen, Herr Kriminaldirektor?«

»Wir verfolgen mehrere Spuren.«

»Die Antwort kenne ich aus längst vergangenen Tagen in diesem Verein. Nur, das macht einen weiteren Unterschied: Pristic kennt einen der Täter.«

Fassungslos sprang Baumgartner auf. »Wie das?«

»Ich habe einen der Angreifer angeschossen. Über den Arzt ist er an die herangekommen. Viele kommen da in der Szene nicht infrage. Mehr weiß ich nicht. Pristic wollte sich mit mir treffen. Der Termin ist geplatzt. Ihm laufen momentan wohl zu viele Ermittler durch die Gegend. Glauben Sie mir, der ist Ihnen mindestens einen Schritt voraus. Ich wette, er weiß sogar von diesem Gespräch.«

»Schon ungewöhnlich, wie sehr Sie dieser Kriminelle beeindruckt«, merkte Baumgartner spitz an. »Man behauptet ja, dass diese Typen auf manchen Normalbürger eine besondere Wirkung ausüben.«

Ganz ruhig drehte Hilpert seinen Kopf in dessen Richtung. »Wenn Sie demnächst Ihren Kaffee nicht aus der Schnabeltasse trinken wollen, halten Sie sich mit Beleidigungen zurück. Darauf reagiere ich nämlich sehr sensibel.«

Überheblich plusterte sich der Kriminalrat auf. Der Mann in dem feinen Maßanzug jagte ihm keine Angst ein. Darauf wartete er nur, sich mit ihm körperlich anzulegen. »Man immer zu. Ich stehe Ihnen jederzeit zur Verfügung.«

Überraschend lachte Weber auf. »Sind Sie von Todessehnsucht geplagt, Baumgartner? Bis Sie die Hände zu Fäusten geballt haben, hat Hilpert Sie bereits zerlegt.«

Mit verkniffenem Mund lehnte sich Baumgartner zurück. Bislang glaubte er, ein Heimspiel zu haben, und musste nun feststellen, dass die Fans aus dem anderen Lager in der Überzahl waren. Als würde Deutschland gegen die Türkei in Düsseldorf Fußball spielen.

Julia versuchte Ruhe in das Gespräch zu bringen. »Pristic steht ganz oben auf unserer Agenda. Die Liste seiner Verbrechen ist lang. Könntest du dir vorstellen, uns gegen ihn zu unterstützen? Sagen wir mal als 'ne Art fünfte Kolonne?«

»Und wo begrabt ihr mich danach? Am Fuße des Brockens? Oder entsorgt ihr mich hinter Sylt?« Hilpert schüttelte den Kopf. »Ich bin wahrlich kein Feigling, aber tun sich beide Gruppierungen aus dem Kosovo gegen mich zusammen, könnt ihr meine Lebenserwartung in Stunden bemessen. Davon abgesehen, der Mann würde sich für mich töten lassen. Und er hat mein Leben gerettet. Den kann ich unmöglich verraten.«

»Das ist ein Krimineller, den Sie da decken!«, fauchte ihn Baumgartner an.

»Danke für den Hinweis, da wäre ich von allein nicht drauf gekommen.«

Weber war erfahren genug, als dass er das Gespräch erneut hätte eskalieren lassen. Mit ungewohnter Konsequenz hob er die Runde auf und bat Hilpert, noch zu bleiben.

»Was ist mit Ihnen? Früher hatte ich Sie mutiger in Erinnerung.«

»Herr Weber, Pristic ist so etwas wie ein Freund geworden, auch wenn wir uns nur selten gesehen haben. Davon abgesehen hängen zu viele Menschen an mir. Würde ich ihn verraten, gäbe es eine ganze Reihe an Rächern, die sich mit Wonne meiner Familie, meinen Freunden widmen würden.«

»Ich wollte es nur wissen. Kann es sein, dass wir gegen diese mafiösen Strukturen keine Chance haben?«

»Mit den Methoden, die angewendet werden, kaum.«

»'ne andere Frage, woher kennen Sie unsere neue Staatsanwältin. Sie ist direkt aus Köln eingeflogen worden.«

»Am Nabel der Welt, in Buchholz in der Nordheide, kreuzen sich alle Wege. Auch wenn Sie glauben, dass dort erst noch die Telekommunikation eingeführt werden muss.«

Weber stand auf und reichte ihm die Hand. »Passen Sie auf sich auf. Sie wissen, ich habe nie die Hoffnung aufgegeben, dass Sie zu uns zurückkehren.«

»Und dann wird Baumgartner mein Vorgesetzter?«

»Das wird sich vermeiden lassen. So richtig lieb habt ihr euch offensichtlich nicht.«

»Wie kommen Sie nur darauf? Eigentlich dachte ich, ich hätte einen Freund fürs Leben gefunden«, entfernte er sich lachend.

Vor Webers Sekretariat erwartete ihn Julia.

»Gehen wir heute Abend miteinander essen?«, fragte sie ihn unvermittelt.

»Das könnte deine Gesundheit gefährden. Besser wir warten ein paar Tage ab.«

»Du meinst, es ist nach wie vor riskant für dich?«

»Davon gehe ich aus. Die kommen wieder, verlass dich drauf. Die sind beileibe nicht mit mir fertig.«

Zweifelnd blickte sie ihm ins Gesicht. »Hast du mit Pristic was im Sinn?«

»Wer weiß?«

»Du bist verschlossen wie eine Auster.«

»Das ist auch besser so. Wir spielen nicht Räuber und Gendarm. Es geht um meinen Kopf.«

»Dann sei vorsichtig. Pass auf, dass du nicht auf die falsche Seite des Gesetzes rutscht.«

»Keine Angst. Ansonsten tu ich, was ich kann. Ich bin auf Probleme eingestellt. Die Überraschung ist der beste Gehilfe des Angreifers. Dieser Trumpf sticht nicht mehr.«

Verträumt strich sie ihm übers Gesicht. »Hätte was aus uns werden können?«

»Stellt sich die Frage noch, da du verheiratet bist?«

»Aha, es hat also jemand geplauscht.«

Sie legte ihm beide Hände auf die Schultern. »Du bist jederzeit gefährlich für mich. Bis zu unserer Begegnung in Buchholz bin ich eine treue Ehefrau gewesen.«

»Und nun?«

»Muss ich mich anstrengen, es wieder zu werden. Mein Mann ist okay.«

»Da muss ich dir wohl behilflich sein, dein Vorhaben erfolgreich durchzusetzen.«

»Sehr gute Idee«, reagierte sie lachend. »Du bist genau der Richtige, um meine Moral auf das erforderliche Niveau zu hieven.«

»Aber wenn wir es schaffen, gemeinsam essen zu gehen, geschieht nichts Verbotenes, mein Wort darauf«, entgegnete er fröhlich.

Julia war eine Episode für ihn. Sie hatte verhindert, dass mehr daraus werden konnte. Und das war in der Nachbetrachtung nicht falsch.

»Das will ich hoffen. Es sei denn, du traktierst mich mit Messer und Gabel. Im Übrigen, hast du über den Vorschlag mit Pristic nachgedacht?«

»Da gibt es nichts nachzudenken. Ihn zum Gegner zu haben, kann sehr gefährlich werden.«

»Ist das nicht mal dein Job gewesen?«

»Na klar, allerdings geht es nicht nur um mich. Davon abgesehen ist er so etwas wie ein Freund. Egal, ob ich mich dagegen sperre, das Gefühl steckt in mir. Er ist loyal, ich bin es ebenso.«

»Ich verstehe. Wir gehen zusammen aus, wenn es ruhiger um dich geworden ist. Versprochen?«

Sie reichte ihm die Hand und er schlug ein wie in Kindertagen. »Worauf du dich verlassen kannst.«

Sie trennten sich auf dem Flur. Er organisierte sich ein Taxi. Was wollte sie von ihm? Da weitermachen, wo sie gezwungenermaßen vor einigen Wochen aufhören mussten? Oder ging es doch mehr um seine Kontakte zu Pristic? Er wollte sich überraschen lassen, wenn sich die Situation um ihn herum wieder entspannt hatte. Ihm reichte seine Beziehung zu Petra, auch wenn sie sie als freundschaftlich bezeichneten. Er musste niemandem beweisen, was für ein toller Hecht er war. Er war eher monogam und passte so gar nicht ins Bild des Jägers, der ständig auf der Jagd nach neuer Beute war.

Julia hingegen suchte Baumgartner auf. Erstaunt musste sie zur Kenntnis nehmen, dass er nach wie vor darüber erbost war, dass Weber ihm nicht zutraute, mit Hilpert fertig zu werden. Ansonsten brachte er für dessen Haltung sogar Verständnis auf. »Auf seine Art ist er ein treuer Mensch. Das gefällt mir an ihm, selbst wenn mir die Konsequenzen daraus gegen den Strich gehen.« Er blickte sie verlegen an. »Obwohl ich ihm am liebsten die Fresse poliert hätte, imponiert er mir.«

»Trotz seiner Angst vor den Albanern?«

»Der hat keine Angst um sich. Das ist ein Typ, der sich um andere Gedanken macht.«

Beeindruckt verließ sie ihn. Vor wenigen Minuten hätte sie ihre rechte Hand darauf verwettet, dass sich Hilpert einen neuen Gegner gemacht hatte, und nun diese Reaktion. Fabian hatte offenbar etwas an sich, das Männer wie Frauen anzog. Sie war sicher, dass sie mit ihm nicht allein in einem Raum sein sollte. Er wäre äußerst gefährlich für sie. Das bewies diese Begegnung eindrucksvoll. Glücklicherweise war Fabian kein Draufgänger. Wieder dachte sie an ihren Ehemann. Er hatte es wirklich nicht verdient, dass sie ihn hinterging. Sie wollte auf sich aufpassen.

* * *

Diesmal trafen sich die beiden Männer in der Abflughalle des Fuhlsbüttler Flughafens. Sie diskutierten heiß, aber diszipliniert. Ein Streit würde in diesem Umfeld nur auffallen.

»Großartige Profis, die ihr da auf Hilpert gehetzt habt. Außer Spesen ist bislang nichts gewesen.«

»Wer konnte ahnen, dass der Wichser mit 'ner Knarre durch die Gegend läuft? Außerdem scheint er vorgewarnt worden zu sein.«

»Vorgewarnt? Wer macht denn so 'nen Scheiß?«

»Er hat einen gewichtigen Förderer in der Szene, den man nicht unterschätzen darf.«

»Was heißt das nun wieder? Wird er weiter unbehelligt durch die Gegend laufen? Müssen wir den Schwanz einziehen?«

»Keine Angst, er hat einen der Männer aus Frankfurt angeschossen. Allein das können die nicht auf sich sitzen lassen. Und die Kohle wollen die auch.«

»Und Kuschel, was sagt der dazu?«

»Der sieht das gelassen und meint, wir müssen beim nächsten Mal mehr Druck aufbauen.«

»Super, mir scheint, die haben alle vergessen, dass es um einen Normalsterblichen geht, nicht um Superman.«

»Das erzähl mal Hilpert. So leicht kriegt man den nicht zu fassen.«

»Ich frage mich langsam, ob du mir die richtigen Partner empfohlen hast.«

»Reg dich nicht auf! Beim nächsten Mal bekommen wir das geregelt.«

»Dein Wort in Gottes Ohr.«

Abrupt wandte er sich ab und ließ seinen Gesprächspartner stehen. Sein gerötetes Gesicht verdeutlichte seine Wut.

11

Im Taxi erreichte Hilpert auf seinem Handy eine Frauenstimme, die, ohne sich vorzustellen, losredete. »Wollten Sie nicht längst mal ins Cinemaxx gegangen sein?« Schon war die Verbindung unterbrochen.

Er gab dem Fahrer die neue Adresse auf und beschloss, sich überraschen zu lassen. War dies nun wirklich ein Anruf, der von Pristic ausging, oder versuchte man ihn an den geeigneten Ort zu ködern, um die angefangene Aufgabe zu dem gewünschten Ende zu bringen? Als Treffpunkt für einen Mordversuch hielt er das Lichtspieltheater gegenüber dem Dammtorbahnhof für denkbar ungeeignet, es war zu gut besucht. Wollte ihn dort jemand umbringen, musste er anschließend gut zu Fuß sein. Zu dieser Tageszeit war es selbst mit einem Motorrad schwer, sich durch den Verkehr zu quälen. Eine Viertelstunde später bezahlte er das Taxi und überquerte die Straße. Versonnen betrachtete er kurz darauf die Bilder und Plakate der Filme im Foyer. Richtig zufriedenstellen wollte ihn das Angebot nicht. Die meisten Filme schienen für ein junges Publikum gedreht worden zu sein. Wer wollte es den Produzenten verdenken? Leute wie er gingen halt nicht regelmäßig ins Kino. Ein etwa fünfzehnjähriges Mädchen trat ihm entgegen und blinzelte ihm zu. Er war also auf der richtigen Schiene. Langsam ging sie vorweg, während er ihr folgte. Sie überquerten abermals die Straße hin zum Dammtorbahnhof und ließen ihn links liegen. Am Haupteingang nahmen sie den Zebrastreifen über die Edmund-Siemers-Allee. Auf der anderen Straßenseite führte sie ihn zur Alten Uni. Plötzlich erhöhte sie das Tempo und lief weg. Er lächelte ihr hinterher und gönnte dem ehrwürdigen Gebäude einen kurzen Blick. Es wirkte älter auf ihn, als es tatsächlich war. Vor Jahren hatte er hier gestanden und nachgedacht, ob er sich ein Studium zumuten sollte. Hatten ihn etwa die Säulen davon abgehalten, sich akademisch ausbilden zu lassen? Nein, er wollte Polizist werden. Er erinnerte sich noch an das Gelächter seiner Freunde, als er ihnen davon berichtete. Doch irgendwann waren die Sprüche verstummt. Sie respektierten seine Entscheidung. Eine Stimme riss ihn aus seinen Gedanken. Er schaute zur Seite und erblickte Pristic, der auf ihn zu schlenderte.

»Offensichtlich ist man Ihnen nicht gefolgt«, begrüßte er ihn.

»Wer weiß, vielleicht bin ich verkabelt.«

»Sind Sie nicht.«

»Gut beobachtet.«

»Sie wissen doch, Menschen wie ich überlassen das Feld nur ungern dem Zufall.«

Hilpert grinste in sich hinein. Verstand er den Mann richtig, verfügte er selbst bei der Polizei über beste Kontakte. Wie zwei Kumpel schlenderten sie weiter Richtung Grindelallee.

»Warum haben die Jungs Sie wieder ins Visier genommen?«, fragte er den Albaner.

»Irgendwann ist jeder mal fällig. Und dieser neue Leiter der Sonderkommission will sich einen Namen machen. Wie es scheint, möchte er sein Bild ebenfalls in der Zeitung sehen. Man redet im Präsidium nach seinem Geschmack wohl zu viel über Sie. Ich bin da anscheinend ein lohnendes Ziel, um in die Schlagzeilen zu kommen.«

»Zuzutrauen wäre es ihm.«

»Sie haben ihn also kennengelernt?«

»Ja, heute bei Weber.«

»Und hat er versucht, Sie auf mich anzusetzen.«

»Klar, aber das wissen Sie ja selber am besten.«

»Sie trauen mir ja einiges zu.«

Hilpert nickte. »Das tu ich. Wie ist es mit Ihnen?«

»Ich traue Ihnen.«

»Einfach so? Ohne Wenn und Aber?«

»Ja.«

Sollte er sich geschmeichelt fühlen? War er so leicht zu durchschauen?

»Wir haben heute Abend einen Besuch vor. Da ist es angesagt, dass Sie dunkle Kleidung tragen.«

»Da müsste ich zu Hause vorbeischauen.«

Pristic schüttelte den Kopf. »Das ist zu riskant. Gehen wir einkaufen.«

»Von mir aus, ich hab meine Kreditkarte dabei.«

»Das ist keine gute Idee«, erwiderte der Kosovo-Albaner. »Solche Belege sind zu leicht zurückzuverfolgen. Wir zahlen bar.«

Er hob eine Hand und ein dunkler Audi A6 Kombi hielt neben ihnen.

Gute Entscheidung, dachte Hilpert. Von diesen Autotypen fuhren genug über Hamburgs Straßen. Danach sah sich kein Autonarr um. Als der Fahrer Gas gab, spürte er, dass der Motor, den der Wagen unter der Haube hatte, offensichtlich getunt war, obwohl sie sich strikt an die Verkehrsregeln hielten. Damit machten sie sich allerdings die anderen Autofahrer nicht gerade zum Freund. Je nach Situation wurden sie links und rechts überholt. Selbst die Grünphasen der Ampeln schienen sich gegen sie zu wenden. Es würde der Tag kommen, an dem ein überkorrektes Verhalten als verdächtig eingestuft wurde. In diesem Augenblick jedoch interessierte sich niemand für sie. Zwei Stunden später war Hilpert hervorragend ausstaffiert.

Sie nahmen den Weg zurück über die Grindelallee, überquerten die Kennedybrücke und bogen ›An der Alster‹ in die ›Sechslingspforte‹ ab. Von dort aus war es nur noch ein Sprung in die Hammer Landstraße. Wann hatte er sich zuletzt in Hamm aufgehalten?, fragte sich Hilpert. Hatte er überhaupt? Nach etwa zwei Kilometer bogen sie abermals rechts ab und landeten in einer der älteren Wohnsiedlungen des Stadtteils. Sie begegneten einer hart gebrannten klassischen Backsteinarchitektur, auf die man gelegentlich in Norddeutschland traf. Vor die Fassaden waren im Rahmen von Modernisierungsarbeiten Balkone gesetzt worden. Sie gewährten manchem Mieter ein zusätzliches kleines Stück Freiheit. Der Klinker war zum Teil erneuert worden. Im Vergleich zu Petras Appartement am Hafen konnte man sich in diesem Umfeld nur verschlechtern. Die Häuser vermochten trotz der Investitionen in die Substanz ihr Alter nicht zu verbergen. Gleichwohl waren das gesamte Umfeld, die Gehwege, die Rasenflächen sorgfältig gepflegt. Rechter Hand verriet ein Bauzaun, drapiert mit einem passenden Bauschild, dass die ersten Blöcke fallen und neuen Mehrfamilienhäusern weichen mussten. Hier lebten beileibe nicht die Reichen und die Schönen der Hansestadt. Trotzdem war die Anlage weit davon entfernt, für Sozialfälle herhalten zu müssen, auch wenn selbstredend der Tätowierte auf dem Balkon vertreten war, der sich bereits vormittags seine Dose Bier genehmigte. All das natürlich zu den zarten Klängen der Musik von Andrea Berg. Leute wie er dankten der Vorsehung für Hartz IV für die kostenlose Unterstützung des eigenen Tuns, dem Aldi für die günstigen Bierpaletten und NDR 1 für die entsprechende Begleitmusik.

Sie parkten vor einem dieser Häuser. In Ermangelung eines Aufzugs stiegen sie die mit Stragula oder PVC belegten Treppenstufen hoch in den dritten Stock. Hier waren die Sanierungsanstrengungen der Eigentümer des Hauses nicht angelangt. Dafür empfingen sie die grünen Holztüren freundlich. Das Treppenhaus führte sie in eine Zeit zurück, als viele Dinge des Lebens noch von Hand gemacht wurden, kaum jemand über ein Telefon verfügte und niemand darüber nachdachte, irgendwann einmal solch ein Gerät im Miniformat in der Hosentasche spazieren zu tragen, mit dem man auch schriftliche Botschaften in alle Welt versenden konnte. Alles war unauffällig, vor allem aber sauber. Sie klingelten im Obergeschoss zweimal. Eine junge Frau öffnete ihnen und ließ sie ein, ohne ein Wort zu verlieren. Sie betraten eine kleine Zweizimmerwohnung. Ohne sich umzublicken, ging sie zurück und öffnete am Ende des Flurs eine Tür. Als habe es sie nie gegeben, verschwand sie in dem dahinterliegenden Zimmer. Für Hilpert überraschend waren die Fußböden mit original Landhausdielen aus Holz belegt. Laminat schickte sich in dem ehrwürdigen Haus nicht. Die Wohnung war zweckmäßig eingerichtet und wurde offensichtlich regelmäßig genutzt. In der Küche fand sich sogar Platz für einen Tisch, an dem zwei Erwachsene bequem ihr Frühstück einnehmen konnten. Mit Kindern würde es allerdings schwierig werden. In dem kleinen, vielleicht 16 Quadratmeter großen Wohnzimmer zogen sie sich um und überprüften ihre Waffen, obwohl sie wussten, dass sie funktionsfähig waren.

»Und nun?«, fragte Hilpert. »Was steht jetzt auf dem Zettel?«

»Wir werden uns um Friedrich Kuschel kümmern. Seine Freunde nennen ihn Fiete. Ist Ihnen der Name in Ihrer aktiven Zeit untergekommen?«

»Sie belieben zu scherzen. Meines Wissens wird der werte Herr mit Subventionsbetrügereien in größerem Stil in Verbindung gebracht. Für illegalen Waffenhandel soll er sich ebenfalls nicht zu schade sein.«

»Richtig. Verwunderlich ist somit der Anschlag auf Sie. Auftragsmorde zählten bislang nicht zu seiner Spezialität. Da hat er sich eigentlich rausgehalten.«

»Der hat tatsächlich die Killer auf mich gehetzt?«

»Sieht ganz so aus. Selbstredend wurden keine eigenen Leute

eingesetzt. Aber Sie haben einen der Attentäter mit einer Kugel am Arm getroffen. Da bedurfte es ärztlicher Unterstützung. Er ist sehr schmerzempfindlich und wird ganz nervös, wenn er seinen Stoff nicht erhält. Der hat garantiert die Wahrheit gesagt.«

»Und Sie sind sicher, er hat Kuschel nicht gewarnt?«

»Unwahrscheinlich. Der liegt in seinem Hotel in Sauer und hofft auf den nächsten Schuss. Der denkt ausschließlich an sich und will zurück nach Hause. Man sollte sich mit Drogensüchtigen besser nicht abgeben. Das war von jeher meine Devise.«

»Er kommt nicht von hier?«

Pristic schüttelte den Kopf. »Nein, man munkelt, die haben die Killer aus Frankfurt einfliegen lassen.«

»Ich verstehe. Und wie kommen wir an Kuschel heran? Ich vermute, man klingelt nicht mal eben bei ihm an der Haustür.«

»Das ist relativ einfach, wenn man 30.000 G3 einschließlich der erforderlichen Munition aus Altbeständen der Bundeswehr erwerben will. Das ist zwar kein Riesenauftrag, aber solch ein Geschäft nimmt man gern am Rande mit. Es ist problemlos abzuwickeln, wirbelt wenig Staub auf und der Profit stimmt.«

»Und wo residiert er?«

»An der Palmaille.«

Hilpert pfiff vernehmlich. »Das ist ja mal 'ne feine Adresse.«

»Wo Sie recht haben, haben Sie recht.«

»Wollen wir den jetzt aufsuchen?«

»Immer mit der Ruhe. Lassen Sie sich überraschen. Im Zeitalter der neuen Techniken hat sich auch unser Geschäft verändert. Kommen Sie.«

Sie setzten sich wieder in den Audi und fuhren den Weg, den sie gekommen waren, teilweise zurück. Am Berliner Tor änderten sie ihre Fahrtrichtung über den Heidenkampweg Richtung Elbbrücken. Auf der Höhe Moorfleet verließen sie die A1. Es ging zum Holzhafen. Hier hatte man sich inzwischen auf die Motorbootbesitzer mit mittlerem Geldbeutel eingerichtet, die zumeist selbst an ihren Gefährten herumschraubten. Hauptsache, sie bekamen sie zu Wasser gelassen und konnten sie im Winter nahe dem Wasser unterbringen. An der Pier erwartete sie bereits eine Jacht.

»Los, Jungs, ein bisschen Beeilung«, nahm sie der Skipper in Empfang. »Die Tide nimmt keine Rücksicht auf uns. In einer halben Stunde geht hier nichts mehr und wir dürfen sechs Stunden ausharren.«

»Das wäre nicht gut für uns, wenn der Hafen leer läuft«, entgegnete Pristic.

Kaum waren sie an Bord gesprungen, legte das Boot mit seinen beiden kräftigen Motoren ab. Hilpert fragte sich, was dieser Aufstand sollte. Als er die technische Ausstattung in Augenschein nahm, verstand er ein wenig mehr, aber immer noch nicht alles. Was hatten seine Partner vor?

* * *

Kuschel hatte einen guten Tag gebraucht, um den misslungenen Anschlag auf Hilpert zu verdauen. Welche Spezialisten hatten sich ihm da nur angeboten? Ließen sich von einem einzigen Mann zurückschlagen. Und nicht nur das. Einer von ihnen wurde angeschossen. Um das Maß voll zu machen, mussten sie ihm sogar einen Arzt besorgen. Er griff nach seiner Kaffeetasse und blies vorsichtig hinein. Glücklicherweise war es nahezu unmöglich, diese Leute mit ihm in Verbindung zu bringen, sollten sie gefasst werden. Trotz dieses Misserfolgs hatte sich seine Miene am frühen Nachmittag deutlich aufgehellt. Neue Kunden hatten sich angemeldet. Sie verhießen frisches Geld. Auch er musste an der Börse Verluste hinnehmen. Das hatte ihn in seiner Planung um Jahre zurückgeworfen. Mit zunehmendem Alter wurde anderes wichtig. Die Chancen, die man ihm bot, wurden weniger und man bekam sie nicht zum Nulltarif. Vor allem dann nicht, wenn man es gewohnt war, sich an den schönen Dingen des Lebens erfreuen zu dürfen. Er war Mitte sechzig, also in einem Alter, in dem man längst nicht jenseits von Gut und Böse war, aber auf dem Weg dorthin.

Er begrüßte die beiden Geschäftsleute, die seinen Raum betraten, mit einem zufriedenen Grinsen. Jovial faltete er die Hände vor seinem stattlichen Bauch. Seine hohe Stirn, die buschigen grauen Schläfen, die sonore Stimme ließen eher auf einen seriösen Hamburger Kaufmann schließen als auf einen Kriminellen, der es über Jahrzehnte verstand, die Justiz an der Nase herumzuführen und sich dabei ganz nebenbei eine goldene zu verdienen. Sie trafen sich in seinem offiziellen Besprechungszimmer. So wie es sich für jemanden geziemte, der sich als Pfeffersack aufspielen wollte, war es englisch eingerichtet. Dessen wesentliche Funktion bestand darin, potenzielle Interessenten von seiner Solidität zu überzeugen. Schwere Sessel und wuchtiges Mobiliar aus Teak beherrschten die Szene. An den Wänden hingen Bilder mit Motiven von Treibjagden und die Abbildungen edler Pferde. Die Front mit den bodentiefen Fenstern gestattete einen unbezahlbaren Blick auf die Elbe. Ein auslaufendes Containerschiff, dessen mächtige Dimensionen sich nur erahnen ließen, schien direkt auf sie zusteuern zu wollen. Wo stände man als einzelner Mensch, wäre es einem gestattet, sich neben solch einen Boliden ins Trockendock zu stellen. Man würde vermutlich leicht übersehen. Der Hausherr lebte seit mehr als dreißig Jahren in der Elbstadt. Trotzdem konnte er sich dem Eindruck des Augenblicks nicht entziehen. Wie hielten sich diese Schiffe stabil auf dem Wasser und ließen sich ohne Bremsen lenken und leiten? Wie verlaschte man die Container an Deck, dass sie auch bei stürmischem Wasser ihre Position behielten? Einem seiner Besucher erging es offensichtlich ebenso. Ob er sich die gleichen Fragen stellte, blieb dahingestellt. Zumindest warf er einen interessierten Blick aus dem Fenster. Vermutlich kam er aus dem Binnenland, wo ein Ausflugsboot schon als Dickschiff galt.

Das Geschäft, über das sie verhandelten, erhielt zusehends eine neue Qualität. Mittlerweile feilschten sie um den Preis der Munition. Immerhin ging es um zwei Millionen Schuss Nato-Kaliber. Tatsächlich gestaltete sich die erste Order für ihn gerade mal als Ouvertüre. Panzerhaubitzen, Maschinengewehre, Pistolen in nennenswerter Größenordnung wurden in Aussicht gestellt. Vor allem aber ging es um Schnellfeuergewehre. Egal, welchen Krisenherd man betrachtete, insbesondere die Gewehre gaben den Ton an. Da war es gleichgültig, aus welcher Produktion sie stammten, Ost oder West, China oder der Bundesrepublik. Jeder wollte an dem Geschäft teilhaben. Um sich gegenseitig über den Haufen schießen zu können, war den Menschen nichts zu teuer. Gern bediente man auch beide Konfliktparteien gleichzeitig. Ein erfolgsorientierter Geschäftsmann ohne Moral konnte es sich nicht erlauben, sich auf die eine oder andere Seite zu stellen. Er stellte jeden zufrieden. Hauptsache, die Bonität stimmte. Solange einen das Rampenlicht nicht selber erfasste, war es unerheblich, von wem man das Geld einstrich. In Gedanken rieb sich Kuschel bereits die Hände. In seinem Business standen ordentliche Gewinnspannen an der Tagesordnung. Wieder schweifte sein Blick zur Elbe. Ein prächtiges Kreuzfahrtschiff geriet in seinen Blickwinkel. Diesmal kam es von Steuerbord. Einer der Verhandlungspartner sprang inspiriert auf und deutete nach draußen.

»Ist das nicht die QE2?«

Ganz wohlerzogener Gastgeber erhob sich Kuschel und gesellte sich zu dem Mann an die Fensterfront. »Das ist ein Schiff aus der Aida-Flotte. Die Queen zeigt sich ganz traditionell in schwarz und weiß, sieht man davon ab, dass sie noch ein Stück größer ist. Die verzichtet auf den Kussmund im Bereich des Bugs. Das Schiff vor uns ist gar nicht weit von hier in Emden gebaut worden.«

Nach wie vor beeindruckt wies der Interessent nach draußen. »Großartig, mit welcher Eleganz diese mächtigen Pötte das Wasser durchpflügen.«

»Sie sprechen mir aus der Seele.«

Kuschel fühlte sich ganz in seinem Element und konnte dem Geschäftspartner mit erhobenem Zeigefinger erläutern, was er in den vergangenen Jahrzehnten in der Hansestadt gelernt hatte. Fehlte nur noch eine Geschichte über den Klabautermann. Die schenkte er sich sinnigerweise. Helfen sollte es ihm nicht. Wie sich bald herausstellte, machte er an diesem Tag zwei gravierende Fehler: Er hätte seinen Platz nicht verlassen sollen. Zumindest aber wäre es für ihn ratsamer gewesen, seinen Orangensaft nicht auszutrinken. Wer hätte sich träumen lassen, dass ein Profi wie er auf K.-o.-Tropfen hereinfallen würde? Wer rechnete schon damit, dass sich die Bedrohung der eigenen Person direkt vor der eigenen Nase in den eigenen Räumlichkeiten einrichten würde? Zehn Minuten später sackte er flach atmend in sich zusammen. Seine Besucher drapierten ihn sorgfältig auf den Teppich, bevor sie nach Hilfe riefen.

Kuschel bekam nichts mehr davon mit, wie seine Kunden Hektik verbreiteten. Niemand wunderte sich darüber, dass innerhalb weniger Minuten ein Notarztwagen vor der Haustür erschien. Der Arzt horchte ihn sehr sorgfältig ab. Als erste Diagnose äußerte er den Verdacht eines Schlaganfalls. Wer wollte da widersprechen, als er die umgehende Einweisung in ein Krankenhaus entschied. Wenn die Frage von Leben und Tod in den Raum gestellt wurde, bemühte niemand mehr seinen Kopf. Kuschel wurde auf eine Trage gelegt und verschwand samt ärztlichem Team aus dem Blickfeld seiner Leute, ehe diese sich versahen. Seine Verhandlungspartner zogen es ebenfalls vor, sich schleunigst zu verabschieden. Auch das verwunderte niemanden. Erst als seine Mitarbeiter ihn im Altonaer Krankenhaus aufsuchen wollten, begriffen sie, ihren Vorturner verloren zu haben. Wäre es ihnen nicht vorher bereits klar gewesen, nun hätten sie begriffen, dass die Welt tatsächlich schlecht war.

Im weiteren Verlauf des Nachmittags war Kuschel wieder einsatzbereit. Verwirrt versuchte er sich zu orientieren. Er hatte einen gehörigen Filmriss. Nur langsam gelang es ihm, die Erinnerungsfetzen zusammenzusetzen. Er saß mit den Interessenten für die G3 zusammen und plötzlich war da nur noch ein Loch. Jemand hatte ihm etwas in sein Getränk geschüttet. Aber wie war er hierhergekommen? Für die Pläne seiner Entführer war es unabdingbar, dass er wieder zu Kräften kam. Niemand hatte die Absicht, ihn ernsthaft zu verletzen, geschweige denn ihn aus dem Weg zu räumen. Ausschließlich im unbeschädigten Zustand war er für sie wertvoll. Tote konnten nichts erzählen. Eigentlich bereiteten sie einem nur Ärger. Kurzatmig saß er auf einem Stuhl. Er machte keinen besonders guten Eindruck. Seine bläuliche Gesichtsfarbe verriet, dass er ganz offensichtlich Probleme mit seinem Blutdruck haben musste. Er hatte immer gern gut gegessen und noch lieber getrunken. Zum Ausgleich verzichtete er auf übermäßige Bewegung. Jeder Arzt, der sich auf Privatpatienten konzentrierte, leckte sich vermutlich nach ihm die Finger ab.

* * *

Pristic und Hilpert blieben unter Deck, nachdem die Jacht abgelegt hatte. Sie nahmen zügig Fahrt auf und fuhren die Norderelbe hoch. Es war ruhig auf dem Wasser, nahezu windstill. Sie stießen auf wenig Schiffsverkehr. Wer den Fluss an diesem Tag wahrnahm, hielt ihn für ein etwas breit geratenes Gewässer, das ausschließlich der Freizeitgestaltung diente. Er ließ Hochwassersituationen mit überfluteten Stadtteilen vergessen und man fragte sich, was die Betonwände und die Warnhinweise sollten. Wer in der Nähe des Stromes lebte, wusste, dass diese Ruhe trügerisch war. Schlug die Elbe zu, gab es immer eine zweite Option. Das Wasser kam entweder aus der Deutschen Bucht und drückte Richtung Hamburg, oder es kam aus dem Binnenland und erreichte in sanftem Tempo die Kronen der Deiche oder schwappte darüber hinweg. Der Lebensquell der Freien und Hansestadt ließ sich seine Dienste teuer bezahlen. Nichts erhielt man umsonst.

Vor ihnen im Salon stand ein moderner Laptop, der offensichtlich nur darauf wartete, in Betrieb genommen zu werden. Hilpert beugte sich angespannt vor und nickte zu einem Kaffee, der ihm angeboten wurde.

»Wie ich es verstanden habe, machen wir eine Art PC-Konferenz«, wandte er sich an Pristic. »Nur, wie wollen wir dadurch direkten Einfluss auf Kuschels Verhalten nehmen?«

Mit seiner Antwort bewies Pristic, an alles gedacht zu haben. »Keine Angst, er hält sich mittlerweile in unserem Umfeld auf. Wenn Sie es für richtig halten, können wir ihn selbst einen Kopf kürzer machen. Es würde dauern, bis man ihn fände.«

»Bloß das nicht! Irgendwann kommt raus, dass ihr dahintersteckt und dann habt ihr untereinander die schönste Auseinandersetzung. Ich bin Polizist gewesen, da kann ich unmöglich zulassen, dass jemand zu Schaden kommt. Ich hoffe auf seinen Verstand.«

»Da sind wir uns einig. Gewalt ist allenfalls Mittel zum Zweck. Und es gibt immer ein Morgen. Mal sehen, wie viel er uns erzählt.«

Kuschel sah zu dem breitschultrigen jungen Mann hoch, der ihm gegenüber mit vor der Brust verschränkten Armen stand. Er trug ein kurzärmeliges Shirt, sodass seine Muskelstränge gut sichtbar waren. Er hatte ihn nie zuvor gesehen. In seinen Schläfen hämmerte es, aber er getraute sich nicht, um eine Kopfschmerztablette zu bitten. Er fuhr sich mit einem Taschentuch über die Stirn. Sein Bewacher bedeutete ihm, sich an den einzigen Tisch in dem Raum zu setzen. Kuschel blickte sich um. Was er wahrnahm, ließ nicht den Verdacht aufkommen, irgendwo an der Bellevue gelandet zu sein. Wer hier lebte, konnte es sich nicht einmal leisten, von einem Alsterblick zu träumen. Vermutlich war die Toilette sogar im Hausflur. Es schüttelte ihn. In Ermangelung besserer Alternativen, tat er, wie ihm aufgetragen wurde. Über Widerstand nachzudenken, war völlig zwecklos. Selbst in jungen Jahren hätte er sich nicht getraut, seinem Wächter zu widersprechen. Auch damals wäre er gegen solch einen Kraftprotz ohne Chance geblieben. Seine Stärke lag in seinem Kopf und der riet ihm, sich der Gewalt zu beugen. Vor ihm stand ein aufgeklapptes Notebook. Darauf blickte ihm ein dunkel gekleideter Mann entgegen, der eine Sturmhaube über den Kopf gezogen hatte. Dieser begann ohne weitere Umstände zu sprechen: »Es geht um Hilpert. Wer gab dir den Auftrag, ihn umlegen zu lassen?«

Kuschel lachte missmutig auf. »Wenn ich dir das erzähle, kann ich mir gleich einen Liegeplatz in Ohlsdorf anmieten. Ist die Diskretion flöten, bin ich weg vom Fenster. Aber wenn es dich tröstet, ich kenne ihn selber kaum. Er wurde mir empfohlen.«

»Sollen wir es aus dir rausprügeln oder hast du 'ne bessere Idee?«

»Ich bin kein Held. Vielleicht halte ich durch. Vielleicht gebe ich auf. Wahrscheinlich verrecke ich. Mein Herz bereitet mir seit geraumer Zeit Probleme. Dann passiert tatsächlich, was ihr bislang vorgetäuscht habt.«

Pristic sah Hilpert an. Dieser winkte ab. »Schaun Sie sich den Mann an, auch wenn das Bild nicht gestochen scharf ist. Der hat garantiert Probleme mit seinem Blutdruck. Regt der sich ordentlich auf, war's das.«

»Und was tun wir nun?«

»Keine Ahnung.«

Wieder vernahmen sie Kuschels Stimme. Sie klang überraschend selbstbewusst. »Einen Tipp gebe ich dir freiwillig. Eventuell kannst du damit was anfangen.«

»Dann raus damit, spuck's aus!«

»Hilpert soll sich in seiner eigenen Nachbarschaft umschauen. Dort wird er fündig werden. Mehr sage ich nicht.«

»Und wieso ist man gerade auf dich gekommen?«

»Man macht sich im Laufe der Jahre seinen Namen.«

»Seltsam, du hast sonst nie Killer losgeschickt.«

»Das ist richtig. Ich hab diesen Job mit langen Zähnen übernommen und nur, weil er lukrativ ist. Über Details rede ich nicht. Ich hab schon viel zu viel rausposaunt.«

Kuschel war zwar kein Held, aber alles andere als ein Feigling. Seiner Logik war wenig hinzuzufügen. Hilpert unterbrach die Verbindung. In seinem Kopf arbeitete es. Er vermeinte, genug gehört zu haben. Wer legte das große Geld auf den Tisch, um ihn auszuschalten?

»Alexandra!«, stieß er hervor. Die hatte genug davon. »Klar, ihre Revision läuft. Da stört einer wie ich. Und als ehemalige Polizistin kennt sie sich aus. Der Name Kuschel ist ihr garantiert während ihrer früheren Tätigkeit bei der Polizei untergekommen.«

Für einen kurzen Moment dachte er an seine ehemalige Kollegin, für die er mehr als nur Sympathie empfunden hatte.

»War's das schon?«, fragte Pristic verwundert. »Wir haben ja noch gar nichts richtig unternommen. Aus dem holen wir wesentlich mehr heraus.«

»Kein Interesse, ich weiß genug. Hat er tatsächlich Probleme mit dem Herzen, verreckt der uns nach den ersten Schlägen.«

»Sie meinen also, Ihre frühere Geliebte steckt hinter dem Anschlag?«

»Sieht so aus. Selbst Frankfurt passt.«

»Sollen wir bei ihr ebenfalls behilflich sein?«

»Nicht nötig, die schaffe ich allein.«

»Was mache ich mit Kuschel?«

»Lassen Sie ihn laufen. Niemandem ist mit einem Bandenkrieg geholfen. Ihnen am allerwenigsten.«

»In Ordnung. Ich hoffe, ich konnte Ihnen ein bisschen nützlich sein.«

»Was für eine Frage! Das war mehr, als ich erwarten durfte. Allein hätte ich das nie hinbekommen.«

»Wie sagt man so schön in Deutschland, eine Hand wäscht die andere.«

Hilpert grinste ihn an. »Das wird nur den Polizeirat nicht fröhlich stimmen.«

Pristic lachte schallend auf. »Der kann uns am Arsch lecken.«

Der Skipper setzte sie am Anleger des Sandtorhafens ab. Niemand interessierte sich für sie, als sie von Bord gingen. Von dort aus spazierten sie gemessenen Schritts zum Baumwall. Hier nahm sie eine Limousine in Empfang. An diesem Tag hatten sie kein Auge für ihre Umgebung. Die Jacht durfte sich noch geraume

Zeit auf der Elbe tummeln. Der Holzhafen war inzwischen längst leer gelaufen und wartete auf die nächste Flut. Vermutlich aber war das wertvolle Boot einen eleganteren Mariner gewöhnt. Hilpert wollte nicht wissen, wo es lag oder wem es gehörte. Es hatte seinen Dienst getan und durfte nun wieder den Reichen und Schönen dienen. An der U-Bahnstation Eppendorfer Baum stieg er aus. Die letzten Meter schaffte er bequem zu Fuß.

Hilpert fühlte sich in seinem Appartement einigermaßen sicher. Kurzfristig glaubte er nicht an einen erneuten Angriff, egal, aus welcher Richtung. Andererseits hatte er sich bislang nicht sonderlich als Wahrsager hervorgetan. Unter Umständen war ein Racheakt seitens Kuschel zu befürchten. Von seinen Gegnern aus dem Kosovo drohte eh ständig Gefahr. Doch wo könnte er sich auf die Schnelle verbergen? Vielleicht in einer sicheren Wohnung der Polizei. Vermutlich aber würde man dafür eine Gegenleistung in Sachen Pristic von ihm erwarten, die er gerade nach den letzten Ereignissen nicht zu erbringen bereit war. Dieser Mann verhielt sich ihm gegenüber loyal. Einerlei, was man ihm vorwarf, er konnte sich unmöglich gegen ihn wenden. Es gehörte zu Hilperts Lebensauffassung, sich den Problemen zu stellen. Unabhängig davon war es ein Unding zu glauben, sich auf Dauer verstecken zu können oder wie in einem amerikanischen Krimi mit neuer Identität sein Dasein zu fristen, am besten im Bayerischen Wald. Alexandra bereitete ihm die geringste Angst. Wirklich ernst nehmen musste er seine Gegner vom Balkan. Vielleicht gelang es ihm, gemeinsam mit Pristic einen Deal mit ihnen auszuhandeln. Aber er hatte es mit unendlich starken Emotionen zu tun, die auf dem Boden alter Traditionen wucherten wie eine Bakterienkultur bei richtiger Temperatur. Zudem glaubte er Pristic, der ihm versicherte, dass er zurzeit nicht ganz oben auf der Abschussliste stände. Schließlich hatten die Anschläge auf ihn in der Vergangenheit einen erheblichen Blutzoll gefordert. Vielleicht kehrte tatsächlich bei seinen Gegnern so etwas wie Vernunft ein. Kampflos würden sie ihn auch weiterhin nicht zu greifen bekommen. Er beschloss, zur Normalität des Alltags zurückzukehren. An diesem Tag kam er zumindest zeitig ins Bett. Entsprechend frisch saß er am nächsten Morgen am Frühstückstisch. Was wollte er mit der angebrochenen Woche anfangen? Die Firma konnte ohne ihn ein paar Tage auskommen. Um sich mit Petra zu treffen, war es zu früh und damit zu gefährlich für sie. Warum sollte er nicht ein wenig ausspannen? Die Ereignisse der letzten Zeit forderten es geradezu von ihm. Sylt kam ihm in den Sinn. Er packte die notwendigste Kleidung und einige Toilettenartikel in seine Reisetasche und nahm sich ein Taxi zum Bahnhof Altona. Klappte es mit einem Zimmer, würde er dort ein paar Tage bleiben. Ansonsten wollte er den letzten Zug zurück nehmen. Vorsichtig blickte er sich auf dem Bahnsteig um. Er gewahrte niemanden, der sich für ihn interessierte. Schon im Taxi war er davon überzeugt, nicht verfolgt zu werden. Was taten seine Gegner? Saßen sie irgendwo und leckten sich die Wunden? Oder sinnierten sie bereits über einen neuen Anschlag auf ihn? Die Ungewissheit sollte seine Laune nicht verderben. Mittlerweile freute er sich über seinen spontanen Entschluss.

Als die Waggons über den Hindenburg-Damm ratterten, hatte sich bei ihm eine Art Urlaubsstimmung eingestellt. Da fuhr man über den Meeresboden auf eine Insel. Merkwürdig, was sich die Menschen einfallen ließen. Linker Hand eröffnete sich ihm das Wattenmeer. Er vermeinte, es riechen zu können. Zehn Minuten später war er an seinem Ziel angelangt. Wie sich zeigte, gehörte er ohne Auto einer Minderheit an. Dafür gelangte er schnell auf den Bahnhofsvorplatz. Er gönnte den riesigen Skulpturen einen interessierten Blick, bevor er sich an die Zimmervermittlung wandte. Er bekam tatsächlich bis zum Wochenende ein Zimmer im Hotel Stadt Hamburg in Westerland. Er grinste in sich hinein. Er würde es im Gegensatz zu anderen Herrschaften wohl selbst bezahlen müssen. Zog es ihn in der Vergangenheit auf die Nordseeinsel, kam er dort wesentlich günstiger unter. Aber es machte keinen Sinn, so zu tun, als sei er immer noch 17 Jahre alt und vom Taschengeld seiner Eltern abhängig. Und welche Jugendherberge nähme ihn auf? Den kurzen Weg legte er zu Fuß zurück. Sommer und gutes Wetter bedeuteten in Westerland nicht nur volle Strände, sondern auch rot und braun gebrannte Leute, denen der Wein bei Gosch bereits am frühen Nachmittag mundete. Am Abend konnte man den Kampf um einen Platz vor dem populären Imbiss aufnehmen. Am besten man blockierte ihn frühzeitig und ließ ihn nicht wieder los. Die Erfahrung lehrte, man erreichte seine Unterkunft auch leicht schwankend.

Am selben Nachmittag fuhr er mit einem geliehenen Rad bis Juist. Die Tour tat ihm gut. Über gnadenlose Steigungen konnte er sich nicht beschweren, nur über den Wind, der ihm gelegentlich kraftvoll ins Gesicht blies. Ihm schien, als würde er seinen Kopf von allen Problemen befreien. Hilpert genoss die Dünenlandschaften. Je weiter er sich von Westerland entfernte, desto geringer wurde die Zahl der Bausünden, denen er begegnete. An diversen Stellen entdeckte er Friesenhäuser, zumeist reetgedeckt, die sich in die Landschaft geschmuggelt hatten. Ihre hellen Fassaden leuchteten ihm entgegen, als wollten sie von diesem Frevel ablenken. Gelegentlich konnte er sich einen Blick aufs Meer gönnen. Diesmal erblickte er sogar Wasser. Bei Ebbe kam man leicht auf die Idee, das Meer habe sich für immer verzogen. Wer das Wattenmeer liebte, genoss diesen Wechsel. Wer permanent das Wasser suchte, den zog es eher an die Ostsee. Auf Sylt hatte er es leichter, er musste sich nur zur Seeseite hin orientieren.

Er hatte die Hafenanlage von Juist in den letzten Jahren nicht gesehen. Beeindruckt nahm er zur Kenntnis, was sich dort verändert hatte. Sie wirkte auf ihn, als habe man groß aufgeräumt. Tatsächlich war viel mehr geschehen. Die Restaurationsbetriebe schienen fest in einer Hand zu liegen. Wer zum rechten Zeitpunkt losschlug und über die richtigen Kontakte verfügte, stand meist vornan. Natürlich musste auch das erforderliche Kleingeld stimmen.

Wie es sich für einen ordentlichen Touristen gehörte, verschlang er Unmengen an Fischbrötchen. Insbesondere der Matjes war unschlagbar. Und er hielt sich für einen Kenner der Materie. Selbstverständlich musste der Tag mit einer Kutterfahrt gekrönt werden. Sie näherten sich der Sandbank, auf der die Seehunde die Sonnenstrahlen genossen. Als sie ihnen zu dicht auf den Pelz rückten, durften sie sich einer Stampede der Tiere ins Wasser erfreuen. Die Besatzung warf später ein kleines Schleppnetz aus. Fasziniert betrachteten sie anschließend die Krebse, Seesterne und Krabben, die sich auf dem Meeresgrund tummelten. Ein paar davon lagen nun vor ihnen auf einer Edelstahlplatte. Obwohl er es praktisch vor der Haustür hatte, beeindruckte ihn das Meer stets aufs Neue. Später saß er auf der Terrasse eines Restaurants mit Blick auf den kleinen Hafen. Er entdeckte den Kutter wieder, mit dem er zwei Stunden zuvor seine kleine

Kreuzfahrt unternommen hatte. Gerade gingen Touristen an Deck. Direkt vor ihm lag der Anleger der Sylt-Fähre. Wie auf Bestellung erblickte er auf dem Wasser ein Schiff, dessen Bugseite geradezu ein Zwilling der Heckseite war. Es bedurfte nicht der Aufschrift an der Seite, um zu realisieren, dass die Fähre der Insel ihre Aufwartung machte.

Mit einem eleganten Manöver legte der Kapitän zwischen Pier und den Pylonen, die die Begrenzung der Fahrrinne bildeten, an. Millimeterarbeit, dachte Hilpert. Beeindruckt prostete er dem Dampfer zu. Noch in Fahrt öffnete sich dessen Maul. Wie eine überdimensionale Schnappschildkröte aus Metall kam er ihm vor. Minuten später spie das Schiff erst die Fußgänger und Fahrradfahrer aus. Es folgten die Pkw, am Ende ein Bus. Er fragte sich, wo das Schiff wohl hinfuhr, als es zwanzig Minuten später wieder den Hafen verließ. Der Kapitän musste vermutlich nur den Sessel drehen, Heck wurde Bug und umgekehrt. Ein Wendemanöver war nicht erforderlich. Da ihn diese Frage nicht wirklich bewegte, ging er ihr nicht weiter nach. In diesem Augenblick war das nächste Bier wichtiger. Er musste nicht lang darauf warten.

Da er noch ein weiteres Mal zulangte, fuhr er mit einem Bus zurück nach Westerland. Das Fahrrad fand huckepack am Heck des Busses Platz. Bei ›Gosch‹ beendete er den Abend. Eine Gruppe netter Menschen gewährte ihm Asyl, allerdings im Stehen. Die Hocker waren bereits okkupiert worden. Mittlerweile war er auf Grauburgunder umgestiegen. Für ein Aalbrötchen gab es ebenfalls Platz in seinem Magen. Als aufgeschlossener Mensch fand er schnell Kontakt zu einer Dame mittleren Alters. Sie war wie er allein und hatte gegen ein flüchtiges Miteinander keine erkennbaren Einwände. Schon bald hakte sie sich bei ihm ein und drückte ihren stattlichen Busen gegen seinen Oberarm. Um in Begleitung sein Hotel aufzusuchen, war er nicht betrunken genug. Er brauchte seine Ruhe und wollte sich keinen Stress mit einer grünen Witwe antun. Nicht dass man am folgenden Morgen von einem aufgebrachten Ehemann geweckt wurde. Also ließ er eine frustrierte Frau zurück, die garantiert einen Ersatz für ihn auftun würde. Und er durfte sich etwas auf seine Standfestigkeit einbilden.

Auch die folgenden Tage schlug er sich den Bauch mit Seefisch in jeglicher Variation voll. An den Abenden hielt er sich mit alkoholischen Getränken zurück. Vor allem aber ließ er keine einsamen weiblichen Seelen zu dicht an sich heran. Er fühlte sich rundherum wohl. Das Wetter zeigte sich ihm zu Gefallen von der besten Seite und glücklicherweise traf er niemanden, den er kannte oder der ihn zu beseitigen trachtete. Als er die Insel verließ, fühlte er sich ausgeruht und hatte Abstand zu den vergangenen Ereignissen gewonnen. Tatsächlich war es gerade eine Woche her, dass man versucht hatte, ihn zu töten. Es kam ihm wie ein halbes Leben vor. Er durfte nicht leichtsinnig werden und meinen, gleich zur Tagesordnung zurückkehren zu dürfen. Und trotzdem sollte alles anders kommen, als er es sich vorgestellt hätte.

12

Mit der inneren Ruhe kehrten in Hamburg auch wieder die Alltagsprobleme ein. Hilpert musste sich um das Thema Alexandra kümmern. Nach letzten Informationen hatte sie sich in München niedergelassen. Mit ausreichend ausgestatteter Brieftasche ließ es sich dort bekanntermaßen vorzüglich leben. Einen Anruf später bei seinem Exkollegen Stange hatte sich sein Horizont erweitert. Alexandra hatte ihren Mädchennamen Roeder angenommen. Ihr verstorbener Mann hatte ihr in Osdorf unter anderem ein nettes Einfamilienhaus hinterlassen. Das fungierte als ihre vorläufige Unterkunft. Dem Vernehmen nach zog es sie an den Feenteich. Diese Adresse war schon im Trend, als er noch sein Kleingeld zählen musste, wenn es um ein weiteres Getränk in ihrer Stammkneipe ging. Auch dort wurden stattliche Preise aufgerufen. Das durfte für Alexandra allerdings kein nennenswertes Problem darstellen. Bedachte man, was für Kurse in Monte Carlo oder London angesagt waren, konnte man die Preise einer Immobilie in Alsternähe geradezu als Schnäppchen bezeichnen. Er griff zum Telefon und gab ihre Nummer ein. Zu seinem Erstaunen funktionierte sie noch.

»Du, Fabian?«, reagierte sie erstaunt auf seinen Anruf. »Mit dir hätte ich am allerwenigsten gerechnet. Brauchst du Geld?« Sie beantwortete ihre Frage selbst. »Blödsinn, wie allgemein geflüstert wird, trägst du mittlerweile Designerklamotten und fährst große Autos.« Sie lachte auf. »Du siehst, das Leben ist gerecht.«

»An deiner Stelle würde ich nicht darauf pochen.«

»Fängst du wieder mit diesen ollen Kamellen an? Ich dachte, du rufst wegen der Zeugung eines Kindes an. Da hätte ich dich enttäuschen müssen. Die letzte Abtreibung hat mein Körper nicht verkraftet. Diesen Traum muss ich mir leider abschminken.«

Er war nicht daran interessiert, mit ihr Süßholz zu raspeln. Und bedauern wollte er sie gleich gar nicht. Vielmehr schoss er ohne Rücksicht auf Gefühle die entscheidende Frage ab: »Hast du den Auftrag erteilt, mich umlegen zu lassen?«

Für einen Moment herrschte Funkstille, bis sie endlich auf seine Frage antwortete: »Was du mir so alles zutraust. Aber deine Frage ist nicht zulässig. Stimmte deine Vermutung, müsste ich eh alles ableugnen.« Es entstand eine kurze Pause, bis sie weiterredete: »Nein, ich habe nichts dergleichen veranlasst. Es wäre auch für die Revisionsverhandlung wenig dienlich. Deine Aussage steht ohnehin. Da ist es unerheblich, ob du lebst oder in der Erde vermoderst.«

Diesmal war es an ihm loszulachen. »Du hast recht, die Frage war dumm. Deine Argumente sind dagegen klug.«

»Welch weise Einsicht. Du kannst mich gerne anrufen, sollte dein Verstand wieder die Oberhand gewinnen. Ich denke gern an die Zeit zurück, in der du noch nicht paranoid warst.«

Damit war das Gespräch beendet. Sie hatte die Verbindung gekappt. In Gedanken versunken starrte er auf das Telefon. Das Ding war keineswegs gelaufen. Er glaubte Alexandra. Ihren Argumenten war nichts entgegenzusetzen. Sollte Kuschel gelogen haben? Hätten sie ihn doch zu einer Aussage zwingen sollen? Fakt war, es lief dort draußen jemand herum, der ihm ans Leder wollte. Und er hatte keine Idee, wer das sein könnte. Er gestand sich ein, diese Vorstellung war alles andere als reizvoll. Wie machte er nun weiter? Er sah sich um. Der Standort seiner Wohnung war zwar bekannt, aber sie war anständig gesichert. Er hatte schon vor einem Jahr eine stabile Tür mit ordentlichen Schlössern einbauen lassen. Die trat man nicht im Vorbeigehen auf. Es gab keinen Balkon, über den man ihn hätte besuchen können. Also existierte nur diese eine Einflugschneise. Niemand kletterte die Fassade zum dritten Stock hoch, um durchs Fenster bei ihm einzudringen. Das passierte nur in mäßigen Actionfilmen. Logischer wäre es, wenn jemand versuchte, ihn mit seinem Firmenwagen in die Luft zu jagen. Da war es wohl sinnvoller, er verzichtete vorerst darauf, ihn zu benutzen. Mit Wellner würde er garantiert eine Lösung für einen Fahrer finden. Er stand auf und ging ans Fenster, die Hände in den Hosentaschen versenkt. Es war angesagt, vorerst keine privaten Kontakte zu pflegen. Das galt insbesondere für Petra. Aber auch mit Julia musste er den Termin zu einem gemeinsamen Essen nach hinten schieben. Die Staatsanwältin würde es verkraften. Diese Maßnahmen waren vernünftig, trafen allerdings nicht den Kern seines eigentlichen Problems. Er begriff, allein auf weiter Flur hatte er keine Chance. Auf Pristic und seine Leute konnte er sich verlassen, wenn die involviert waren. Doch bei dem letzten Anschlag ging es allem Anschein nach nicht um seine Gegner aus dem Kosovo. Die agierten professioneller und erledigten ihre Angelegenheiten selbst. Egal, aus welcher Richtung er die Dinge betrachtete, er benötigte einen Assistenten oder besser einen Bodyguard. Der musste die fehlenden Augen in seinem Rücken ersetzen. Hilpert musste nicht lange nachdenken. Er hatte jemanden aus seinem beruflichen Umfeld im Fokus. Den wollte er ansprechen. Selbstredend musste er Wellner das Wort gönnen. Bei allen persönlichen Sicherheitsinteressen hatte er die wirtschaftlichen Interessen seines Arbeitgebers zu berücksichtigen. Der durfte nicht unter seinen individuellen Problemen leiden.

Am Dienstag tauchte er nach gut einer Woche Abwesenheit in seinem Büro auf. Sein Chef bat ihn zu sich, kaum dass er sein Zimmer betreten hatte. »Immer wieder eine Freude, Sie lebend und gesund anzutreffen«, empfing ihn Wellner. »Ich hoffe, Sie hatten einen ereignisreichen Kurzurlaub.« Er blickte ihn genauer an. »Braun gebrannt sind Sie zumindest. Kommen Sie, trinken wir einen Kaffee zusammen. Ich hab da ein Anliegen an Sie.«

»Das trifft sich gut«, entgegnete Hilpert. »Ich wollte Sie ebenfalls sprechen.«

»Tatsächlich? Was kann ich für Sie tun?«

»Ich brauche bis auf Weiteres einen Leibwächter. Ich hätte da schon jemanden aus meiner Abteilung im Auge.«

»Das müssen Sie mit mir nicht abstimmen. Das können Sie

allein entscheiden. Selbstverständlich befürworte ich Ihren Vorschlag.«

»Das ist nicht alles. Es wäre in nächster Zeit wohl besser, mir einen Fahrer abzustellen. Ich sollte vorerst nicht ein eigenes Auto vor der Tür stehen haben und benutzen.«

»Gute Idee. Da bringt man leicht eine Sprengladung an. Ich werde entsprechende Anweisungen erteilen.«

»Es ist vermutlich nur für einen überschaubaren Zeitraum.«

»Mensch, Hilpert, in aller Brutalität gesprochen sind Sie für uns nur im unversehrten Zustand wertvoll. Und das, was Sie für sich erbitten, verursacht keine nennenswerten Zusatzkosten. Als Mensch sind Sie es mir eh wert.«

»Danke für die Blumen. Und was kann ich für Sie tun?«

»Das ist alles sehr viel komplizierter. Sie erinnern sich an meine Cousine?«

»Wie könnte ich die vergessen? Dreht es sich um ihren Sohn?«

»Sie sagen es.«

Entnervt beugte sich Hilpert vor. »Hoffentlich nicht schon wieder das gleiche Spiel!«

»Leider doch. Diesmal allerdings mit ernsterem Hintergrund.«

»Das heißt?«

»Klaas wurde Montag vor einer Woche entführt.«

»Da sind Sie sich ganz sicher?«

Wellner reichte ihm die Kopie eines Schreibens. Fein säuberlich hatte man die Buchstaben aus mehreren Zeitungen ausgeschnitten und neu zusammengefügt.

»Keine Polizei, sonst wird es schrecklich«, las er den Schlusssatz gedankenverloren vor, bevor er das Blatt auf den Schreibtisch zurücklegte. »Ich gehe davon aus, Ihre Cousine verfügt über das Original?« Wellner nickte. »Ist es per Post gekommen?«

»Ja.«

»Und existiert der Briefumschlag noch?«

»Keine Ahnung.«

»Ist die Polizei informiert?«

»Sind Sie des Teufels?«

Hilpert blickte abermals auf den Zettel. »Die haben 750.000 Euro gefordert.«

»Ja und die wurden auch gezahlt und zwar am letzten Dienstag.«

»Hm, also einen Tag nach der Entführung. Das ging ja schnell. Und was geschah weiter?«

»Nichts, er ist nach wie vor verschwunden.«

»Verdammt!«, entfuhr es Hilpert. »Sie hätten zumindest mich informieren können. Jetzt liegt alles schon eine Woche zurück. Die besten Spuren sind längst vernichtet.«

»Ich weiß es selbst erst seit gestern Nachmittag. Und eigentlich ging ich davon aus, dass Sie ausreichend mit sich selber beschäftigt sind.«

»Klar, das Dumme ist, insbesondere bei Entführungsfällen sind die ersten Stunden von gravierender Bedeutung. Die Erinnerung potenzieller Zeugen reduziert sich. Und je länger sich das Opfer in den Händen des Kidnappers befindet, desto belastender wird es für ihn.«

»Was heißt das konkret?«

»Die Wahrscheinlichkeit, dass man dem lieben Klaas das Lebenslicht auslöscht, erhöht sich mit jedem Tag, der verstreicht.« Er sah ihm ernst in die Augen. »Wenn er nicht bereits tot ist.« Hilpert trommelte nervös auf der Tischplatte. »Es sei denn ...«

»Es sei denn, was?«, fragte Wellner entnervt nach.

»Es sei denn, die jungen Leute haben sich auf diesem Weg bei Muttern gütlich getan. Seine erste längere Abwesenheit war der Test, um zu sehen, wie sie reagieren würde.«

»Ich verstehe. Was schlagen Sie vor?«

»Sie sind zu schnell. Ist Petra im Haus?«

»Klar. Sie wird sich garantiert freuen, Sie zu sehen.«

»Darum geht es jetzt weniger. Als ich verspätet zu der Wohnungseinweihung eingetroffen bin, habe ich am Rande mitbekommen, dass sich Pia und Klaas in der Wolle hatten. Vielleicht hat Petra etwas Konkretes mitbekommen.«

Wellner hatte sofort die Hand am Telefon und bat seine Tochter zu sich. Kurz darauf stand sie vor ihnen. Ohne auf ihren Vater Rücksicht zu nehmen, schlang sie ihre Arme um Hilperts Hals. »Gott sei Dank, du bist unverletzt! Ich habe die letzten Tage nur an dich gedacht. Du hättest ruhig mal anrufen können.«

»Keine Angst, so schnell drückt man meinen Kopf nicht unter die Wasseroberfläche.« In Sachen Telefon hielt er sich bedeckt. Er hatte nicht daran gedacht. Glücklicherweise kam sie nicht mehr darauf zu sprechen.

»Das sagst du so!«, schimpfte sie mit ihm. »Du bist nicht Superman! An dir prallen die Kugeln nicht so einfach ab.«

Im Beisein ihres Vaters hatte er wenig Interesse an einer Fortsetzung dieses Gesprächs. Also wechselte er das Thema. »Erinnerst du dich noch an den Disput zwischen Pia und Klaas auf deiner Fete?«

»Und ob. Das war ja echt peinlich.«

»Worum ging es?«

»Worum wohl? Um meine Wohnung. Sie warf ihm vor, dass er so etwas nicht auf die Beine gestellt habe. Der Neid troff nur so aus ihr heraus.«

»Ich verstehe.«

»Was verstehst du?«

»Zum Beispiel die Beweggründe für eine getürkte Entführung.«

Sie winkte ab. »Mit 'ner dreiviertel Million kommt man an dem Standort nicht so furchtbar weit.«

»Das kann durchaus sein, aber wenn man sie als Eigenkapital einsetzt, sieht die Welt gleich anders aus.«

»So viel Geld greift er im Jahr nicht ab, dass er solch eine Finanzierung bedienen könnte. Dazu ist der Lebensstil der beiden zu aufwendig. In dieser Gegend werden ganz andere Preise aufgerufen als in der normalen Welt. Und die ist schon teuer genug. Darüber war sich Pia gar nicht im Klaren. Sie ist da wie ein Kind. Was sie sieht, will sie haben, koste es, was es wolle.«

Er dachte mit gerunzelter Stirn nach, bis er schließlich zu einer Entscheidung kam. »Klar, wie dumm muss man außerdem sein, zu glauben, erpresstes Geld für eine Immobilienfinanzierung zu verwenden? Wir sollten Pia aufsuchen. Mal sehen, was sie so zu erzählen hat. Danach müssen wir die Polizei einschalten.«

Wellner schüttelte den Kopf. »Keine Chance, Pia ist ebenfalls verschwunden.«

»Sie haben versucht, sie zu erreichen?«

»Das war meine erste Idee. Wir lernen alle dazu.«

»Scheiße!«, reagierte er unwirsch. »Trotzdem würde ich mir gerne ihre Wohnung anschauen. Kommen wir an ihre Schlüssel ran?«

»Keine Ahnung. Warten Sie, das lässt sich klären.« Wellner griff zum Handy und wählte die Nummer seiner Cousine. »Mal sehen, ob wir bei Doris was erreichen können.«

Das Gespräch war kurz. Erleichtert blitzten seine Augen auf. »Sie besitzt den Schlüsselbund ihres Sohnes mit einem Schlüssel von Pias Wohnung. Er hat ihn zu Hause liegen lassen.«

Hilpert sprang auf. »Worauf warten wir noch?«

Petra ließen sie zurück, obgleich sie andere Vorstellungen hatte. Gern wäre sie ihnen gefolgt, aber die besorgten Männer gaben ihr keine Chance.

Doris Lüders saß im Wohnzimmer wie ein Häufchen Elend. Überraschenderweise war sie völlig nüchtern. Ihre rot geweinten Augen verdeutlichten ihren Gemütszustand. Vermutlich wäre ein Arzt mehr als angesagt. Hilpert wich einer konkreten Antwort aus, als sie ihn nach seinen Erfahrungen in ähnlich gelagerten Fällen befragte. Er wollte nicht die Ursache für einen Rückfall werden. Trafen seine Befürchtungen zu, kam der Griff nach der Flasche früh genug. Sie hielten sich nicht lange bei ihr auf, sondern machten sich mit den Schlüsseln zügig auf den Weg in die Stresemannstraße. Hilpert begann das Privileg eines Fahrers zu schätzen. Keine Blitzer, auf die man achten musste, keine Suche nach einem Parkplatz. Man stieg ein und irgendwann aus. Der Rest wurde automatisch durch den Mann am Steuer erledigt. Der durfte sich diesen Stress antun. Allerdings mit dem Vorteil, das Fahrzeug nicht verlassen zu müssen. Er konnte problemlos Leute zuparken und solange warten, bis ein Stellplatz frei wurde.

Pias Wohnung war verlassen. Es roch muffig. In den letzten Tagen war offensichtlich nicht gelüftet worden. Im Wohnzimmer entdeckten sie in der Schublade einer Kommode Schreibpapier, einen Stapel Zeitungen, Schere und Klebstoff. Er durchsuchte die Räume oberflächlich. Soweit er feststellen konnte, gab es keine Hinweise auf einen geplanten Auszug. Im Bad standen die Kosmetika der jungen Frau und ein Nassrasierer. Unter dem Bett im Schlafzimmer fand er einen Hartschalenkoffer. Die Logik gebot, dass man zumindest das belastende Material beseitigt hätte. Vielmehr wies alles darauf hin, dass das Pärchen tatsächlich eine Entführung vortäuschen wollte. Und zumindest Pia hatte allem Anschein nach nicht die Absicht, ihren Standort zu verlassen. Es gab nur ein Problem. Nach dieser Logik wäre es nur folgerichtig, Klaas läge längst wieder in den Armen seiner liebenden Mutter und durfte von seinen furchtbaren Erlebnissen berichten. 750.000 Euro stellten bei ihren Vermögensverhältnissen keinen Betrag dar, über den man sich sonderlich aufregte. Man schrieb einen Scheck aus und ging zur Tagesordnung über. Aber auch bei der Interessenlage ihres Sohnes und seiner Freundin war der Betrag zu unbedeutend, als dass man sich damit zur Ruhe setzen konnte. Es handelte sich eher um ein Zubrot oder um das Startkapital für höher fliegende Pläne. Wollten die nochmals nachlegen? Die Logik gebot es beinahe.

Hilpert nahm sein Handy zur Hand.

»Was haben Sie vor?«, fragte ihn Wellner.

»Wir müssen die Polizei einschalten. Die Sache wächst uns zusehends über den Kopf.«

»Und was wird meine Cousine davon halten?«

»Dr. Wellner, darauf können wir keine Rücksicht mehr nehmen. Vermutlich sind die Spuren eh schon kalt.«

»Wenn Sie meinen. Schließlich sind Sie vom Fach.«

»Sie sagen es«, erwiderte er mit einer Spur Arroganz. Die Aktionen der Amateure begannen ihn zu nerven.

Zu seinem Entsetzen erschien Marco Baumgartner, der dynamische Polizeirat, an der Spitze einer Ermittlergruppe. Seit ihrer letzten Begegnung hatte sich an seiner überheblichen Grundhaltung wenig geändert.

»Ich hoffe, Sie haben hier nichts angefasst, Hilpert«, begrüßte er ihn nassforsch.

»Keine Angst, Baumgartner, ich bin lange genug im Geschäft gewesen«, erwiderte er gelassen.

Sie würden wohl unter keinen Umständen ein dynamisches Duo bilden. Neben den Spurensicherern hatte er Rainer Geiger an der Seite. Der Hauptkommissar war erwiesener Spezialist für Entführungen. Dieser hatte keine Vorbehalte gegenüber Hilpert und wandte sich unaufgeregt an ihn.

»Warum werden wir denn erst so spät eingeschaltet?«

»Das müssen Sie die Mutter des Entführten fragen. Ich bin Ihnen vielleicht zwei Stunden im Voraus.«

»Ich verstehe. Kommt Ihnen das nicht auch einfach nur seltsam vor?«

»Allerdings, ich verstehe kaum die Hälfte.«

Baumgartner hatte offensichtlich seine letzten Worte verstanden. »Das ist doch alles eindeutig. Da haben sich zwei junge Leute einen Jux gemacht und nebenbei ordentlich abkassiert.«

»Und sind ohne Klamotten abgezogen?«, widersprach Hilpert. »Zudem lassen sie jegliche Beweismittel zurück? Das hakt an allen Ecken.«

Der Kriminalrat lachte auf. »Mensch, die haben eine dreiviertel Million in der Reisetasche. Damit kommt man ein ganzes Stück weiter. Mit so viel Geld deckt man sich an jeder Straßenecke neu ein.«

»Das ist es ja, was mich zusätzlich stutzig macht«, ließ Hilpert nicht locker. »Solch eine Summe stellt für unsereinen einen dicken Brocken dar. Für Klaas Lüders hingegen ist das ein eher unbedeutender Betrag. Das verballern solche Leute an einem Abend in Monte Carlo. Die Familie ist reich. Allein der Wert seiner Beteiligung an der Aktiengesellschaft soll im zweistelligen Millionenbereich liegen.«

»Da ist was dran«, gestand Baumgartner überraschend ein. Abrupt wandte er sich um. »Machen Sie hier weiter, Geiger, ich besuche die Mutter.«

Konsterniert blickte ihm Hilpert hinterher. »Hat der mir eben wirklich recht gegeben? Ich kann es gar nicht glauben.«

»Wie vieles im Leben hat auch diese Münze zwei Seiten«, bemerkte Geiger. »Der Herr Kriminalrat ist zwar zuweilen ein Arsch, aber nicht blöd. Und er schätzt klare Analysen.«

Nachdem ihre Aussagen protokolliert waren, verließen Wellner und Hilpert die Wohnung. Sie unterhielten sich im Fond der Limousine leise miteinander.

»Und wie ist Ihre Einschätzung als ehemaliger Polizist?«, wollte der Unternehmer wissen.

»Schwer zu sagen, ich hab ein scheiß Gefühl im Bauch. Die beiden wollten nicht verschwinden. Die fühlten sich sicher. Trotzdem sind sie weg. Das spricht gegen die These, dass sie daran gedreht haben.« Mit Daumen und Zeigefinger massierte er seine Stirn. »Ich komme von dieser verdammten Unlogik nicht weg. Es sei denn ...« Für einen Moment hielt er inne. »Klar, wir denken zu eng. Für Lüders ist der Betrag überschaubar. Nicht aber für seine Freundin. Vielleicht hat sie sich die Kohle allein gegriffen? Sie hat keine Klamotten gepackt, weil es ihm vermutlich aufgefallen wäre.«

Wellner hatte aufmerksam zugehört. »Das hieße, die beiden haben zusammen die Entführung ausgeheckt und dann hat sie sich allein vom Acker gemacht.«

»An der These kann was dran sein. Verbleiben letztlich nur zwei Fragen: Was ist mit ihm geschehen? Und wo ist sie hin?«

»Vielleicht hat er sich verschämt zurückgezogen und schmollt in irgendeiner Ecke?«

Hilpert war nicht überzeugt. »Unwahrscheinlich. Wir werden sehen. Mein Bauch sagt mir was anderes. Hoffen wir, dass er diesmal voll danebenliegt.«

Sie saßen in kleiner Runde in Wellners Büro. Petra hatte sich ebenso dazugesellt wie ihr Exverlobter, Dennis Thiems. Die Frage, ob Klaas und seine Freundin in die Entführung involviert waren, beantwortete sich von allein. Auf den Unterlagen wurden eindeutig ihre Fingerspuren nachgewiesen. Eine andere Information bekräftigte Hilperts letzte These. Personalausweis und Reisepass von Klaas Lüders lagen in seinem Zimmer im Haus seiner Mutter. Er hatte allem Anschein nach keine Reise ins Ausland geplant. War Pia tatsächlich allein unterwegs? Mit der Geldmenge kam eine einzelne Person ein ganzes Stück weit weg. Aber galt ihr gesamtes Sinnen und Trachten nicht einem Appartement in der HafenCity?

»Was wissen wir über Pia?«, fragte Hilpert in die Runde.

Ein beredtes Schweigen breitete sich aus, das Wellner nach einiger Zeit durchbrach: »Die Mutter von Klaas weiß noch weniger über sie als wir. Man hat keinen großen Wert auf Familienanschluss gelegt.«

Petra brachte es auf den Punkt. »War man überhaupt an ihr interessiert? Sie ist attraktiv, aber ohne Vermögen. Ihre Familie rangiert unter ferner liefen. Wie ich Tante Doris einschätze, hatte sie gewiss andere Vorstellungen hinsichtlich seiner Gespielinnen. Davon abgesehen ist sie ein paar Jahre älter als er. Da kommt bei Müttern selten Freude auf.«

»Vielleicht weiß Sarah etwas mehr«, ergänzte Thiems. »Ich meine, sie hatte immer einen guten Draht zu ihrem Bruder.«

Hilpert stimmte ihm zu. »Genau! Sie war es auch, die mir Pias Adresse gegeben hatte. Und irgendwo in meinem Hinterkopf steckt irgendeine Bemerkung von ihr. Egal, ich werde mich nochmals mit ihr treffen.«

Auf dem Weg zu seiner Wohnung erreichte ihn Petras Anruf in seinem Wagen.

»Du hast dich ja schnell verzogen. Ich dachte, wir sehen uns heute Abend.«

»Keine Chance, solange nicht klar ist, wer mir ans Leder will, gibt es keine gegenseitigen Besuche.«

»Aber ...«

»Kein Aber. Ich will nicht mit dir erpresst werden. Vor allem darf dir nichts geschehen.«

Kleinlaut versprach sie, ihm keinen Besuch abzustatten. Sie kannte ihn gut genug und wusste, dass er keine Gespenster sah. Trotzdem vermisste sie ihn. Und er hätte sie genauso gern gesehen. Zwischen ihnen hatte sich eine seltsame Form von Freundschaft entwickelt.

Den Abend verbrachte Hilpert in seiner Wohnung und langweilte sich vor dem Fernseher. Er hatte sich mit Sarah Lüders für den nächsten Tag verabredet. Der Fall Klaas Lüders nahm eine Dimension ein, die die Beteiligten vermutlich nicht mehr beherrschten. Offensichtlich hatten ein paar junge Leute mit offenem Feuer in einem leeren Benzintank gespielt. Er befürchtete das Schlimmste. In dieser Nacht schlief er schlecht. Seine Gedanken kreisten um den Fall, auch wenn es nicht mehr seine Aufgabe war, Verbrechen aufzuklären. Als er sich am Morgen an den Frühstückstisch setzte, fühlte er sich, als habe er eine halbe Flasche Whiskey allein geleert. Ein starker Kaffee und ein trockenes Stück Toastbrot mussten als Frühstück herhalten. Als Alternative gab es erfreulicherweise die Kantine in seiner Firma.

Sie trafen sich vorsichtshalber in seinem Büro. Man sah Sarah an, wie nahe ihr das ungeklärte Schicksal ihres Bruders ging. Auf seine Frage nach Pia bildete sich eine steile Falte über ihrer Nasenwurzel.

»Sie ist ein sexy Mädchen. Das kann ich selbst als Frau beurteilen. Wenn die neben mir stand, hatte keiner Augen für mich. Sie weiß die Jungen zu nehmen.« Sie rieb sich unbewusst die Hände, bevor sie weitersprach. »Ich war damals sehr erstaunt, als ich hörte, dass sie sich für Klaas entschieden hatte. Er passte nicht zu ihr. Sie war eine reife Frau, er dagegen war verspielt.«

»Aber er konnte ihr etwas bieten.«

»Das mag alles so stimmen, doch eigentlich hieß es, sie sei fest mit Oliver Keller liiert.«

»Oliver Keller? Nie gehört, den Namen«, entgegnete Hilpert. Den Namen des Mannes hielt er für alle Fälle fest. Vielleicht half der ihnen ein Stück weiter.

»Er ist so etwas wie der Vorsteher einer Gang unzufriedener, gelangweilter junger Leute. Er sieht ganz passabel aus, ist gut gebaut. Man sagt, er lege sehr viel Wert auf seinen Körper. Der hängt wohl mehr in der Sporthalle rum als in dem kleinen Betrieb seines alten Herrn. Es ging zeitweise das Gerücht um, dass diese Typen in jüngeren Jahren Autos angezündet haben. Ihm wurde hingegen nie etwas nachgewiesen.« Wieder rieb sie die Hände aneinander. »Sie werden älter, wachsen aus dem Flegelalter heraus und verstehen, dass das, was sie anstellen, dumm ist und ihre ganze Zukunft versauen kann. Irgendwann ist Klaas auf diese Sippe gestoßen. Dort suchte er wohl Anerkennung oder Unterhaltung. Zumindest hat er bei denen Pia kennengelernt.«

»Du meinst also, dass man ihre Entscheidung für deinen Bruder als überraschend bezeichnen konnte?«

»Ja, Klaas ist ein hübscher, aber eher feingliedriger Mensch. Er ist das krasse Gegenteil zu Oliver. Der ist kraftvoll, neigt ein wenig zu Brutalität. Mein Bruder hat nicht mal einen festen Händedruck. Ich nahm an, Pia stände darauf, ordentlich angefasst zu werden. Wie man sich doch irren kann.«

»Kommen wir nochmals auf das Geld zurück. Ist es vorstellbar, dass sie sich deswegen an ihn rangeschmissen hat?«

»Kann schon sein. Irgendwann hat sie wohl mitbekommen, dass bei ihm was zu holen ist.«

»Dann würde auch die Entführung passen, allerdings aus einer anderen Perspektive.«

»Nämlich?«

»Sagen wir mal, Pia überredet deinen Bruder zu einer Scheinentführung. Tatsächlich aber will sie mit Oliver, ihrem Lover, abkassieren und abhauen.«

»Das traue ich denen allemal zu.«

»Dann fragt sich, wo ist dein Bruder abgeblieben? Kann das Paar sich trauen, ihn wieder freizulassen?«

»Mensch, was redest du für 'ne Scheiße, Fabian! Das sind doch keine Killer.«

»Zumindest gibt es 750.000 Gründe für einen Mord. Dafür rotten andere ganz Wellingsbüttel aus.«

»Trotzdem will ich das nicht glauben.«

»Weißt du, dass das unheimlich viel Kohle für Leute ist, die finanziell weniger gut aufgestellt sind als zum Beispiel du?«

Sie nickte, während sich ihre Augen mit Tränen füllten. Hilpert hatte bei ihr einen Nerv getroffen.

»Hatte Klaas irgendeinen Freund, mit dem er besonders eng zusammen gewesen ist?«

»Ja, da gibt es einen, Nils Meinert. Bedingt durch seine Beziehung zu Pia haben sie sich in letzter Zeit seltener getroffen.«

»Hast du 'ne Telefonnummer für mich?«

Sie holte ihr Handy aus der Umhängetasche und gab ihm kurz darauf eine Nummer.

»Woll'n mal sehen, ob er zu Hause ist.«

Er hatte Glück. Es meldete sich eine schläfrige Stimme. Meinert musste nicht lange überzeugt werden und erklärte sich einverstanden, Hilpert um die Mittagszeit zu besuchen. Dieser versprach ihm als Gegenleistung ein ordentliches Mittagessen in der Kantine. Meinert nahm die Einladung gelassen hin. Vermutlich wusste er nicht, was ihn erwartete, sonst wäre er euphorischer gewesen.

Hilpert wandte sich wieder Sarah zu. »Mit ziemlicher Sicherheit wird sich die Kripo etwas näher für diese Clique interessieren. Ich darf denen hoffentlich deine Telefonnummer geben?«

»Es wäre mir zwar lieber, nur mit dir zu reden, aber ich kapiere, dass du für die Ermittlungen keinen Apparat mehr bereitstehen hast. Allein bist du da aufgeschmissen. Ich stehe zur Verfügung. Es geht schließlich um meinen Bruder.« Sie griff nach seiner Hand. »Danke, dass du uns hilfst.«

Nach dem Gespräch rief er Hauptkommissar Geiger an und gab die Informationen weiter, die Sarah ihm gegeben hatte.

»Da müssen wir uns wohl auf das Schlimmste gefasst machen, wenn Ihre Befürchtungen stimmen. Und Sie sagen, dieser Oliver Keller ist so 'ne Art Cliquenchef?«

»So wurde es mir mitgeteilt.«

»Haben Sie da ein paar Namen bereit?«

»Nein, am besten, Sie nehmen den Kontakt direkt zu Sarah Lüders auf. Sie erwartet Ihren Anruf.«

»Sehr gut und was machen Sie?«

»Ich rede mit einem Freund des Entführten. Vielleicht weiß der mehr.«

Geiger lachte auf. »Lass dich nicht von Baumgartner erwischen.«

Fast schon gewohnheitsmäßig war er zum vertraulichen Du übergegangen, wie es unter Ermittlern üblich ist. Hilperts Stallgeruch reichte aus, um ihn weiterhin als einen der Ihren zu betrachten. Ihm war es recht.

Nils Meinert erschien pünktlich. Er wirkte auf Hilpert wie ein etwas zu alt geratener Pennäler. Er war knapp einen Meter neunzig groß und schlaksig. Sein Bartwuchs war schwach ausgeprägt. An seinem Körper suchte man vergeblich nach nennenswerten Fettanteilen. Vermutlich war er Langstreckenläufer, der jeden Tag seine Kilometer fraß. In seinem Gesicht hatte sich eine noch nicht vollständig ausgeheilte Akne breitgemacht. Eine zerklüftete Haut legte Zeugnis über eine vermutlich schwierige Pubertät ab. Ansonsten machte er den Eindruck eines offenen, intelligenten jungen Mannes, den das Schicksal des Freundes zu bewegen schien. Er studierte Elektrotechnik in Harburg. Wie sich zeigte, kam er aus familiären Verhältnissen, in denen man zum Abitur kein Auto geschenkt bekam. Seine Eltern waren geschieden. Er lebte bei seiner Mutter, die als Lehrerin in Hamburg arbeitete. Sein Vater bewirtschaftete einen gastronomischen Betrieb in Undeloh, im Herzen der Lüneburger Heide. Nach Meinerts Aussage erwarb man damit keine Reichtümer. Wohl aber reichte es für ein ordentliches bürgerliches Leben. Wer sich dort einmal aufgehalten hatte, verstand, weshalb in dieser Gegend in den Fünfzigerjahren so viele Filme gedreht wurden. Die Landschaft zeigt sich an diversen Stellen so beeindruckend, als habe man Kulissen für eine Fernsehserie aufgebaut. Mit dem steigenden Wohlstand veränderten sich dennoch die Urlaubsziele und die Bedürfnisse des Reisens. Die Heide wurde zum Anlaufpunkt für Insider und Kenner. Seit geraumer Zeit entdeckten sie Familien mit kleineren Kindern aufs Neue.

Meinert beantwortete seine Fragen relativ gelassen. »Mehrere

Jahre haben wir zusammen Sport getrieben. Das ging alles in die richtige Richtung, bis Klaas ein Jahr vor dem Abitur Oliver Keller kennengelernt hat.«

»Auf diesen Typ bin ich bereits im Gespräch mit Sarah Lüders gestoßen. Was war das Besondere an ihm?«

»Gute Frage. Er repräsentiert eigentlich Werte, die unseren so ziemlich entgegenstehen.«

»Wie darf ich das verstehen?«

»Große tiefschürfende Diskussionen sind nicht sein Ding. Wir sind sportlich, betreiben Leichtathletik, spielen Hockey. Uns interessiert die aktuelle Politik. Keller bevorzugt ein intensives Muskeltraining. Die Mädchen gehen auf den ab wie Schmidts Katze. Wir machten unser Abitur, er verdiente da schon sein Geld bei seinem Alten. Wenn der mal was gelesen hat, dann höchstens die Bildzeitung und da bestenfalls den Sportteil.« Er kratzte sich am Kopf und blickte Hilpert offen an. »Ich konnte mit sechzehn nicht mal Mofa fahren. Er hat zu der Zeit ein frisiertes Teil gehabt. Der kann aus einem Fahrrad einen Renner machen. Mit Technik kennt der sich aus wie kein zweiter. Das muss der Neid ihm lassen. Irgendwie ist er primitiv, aber auf eine herausfordernde Art. Manche Mädchen stehen anscheinend darauf.«

»Pia auch?«

»Blödsinn, die wusste, was mit ihm los war. Die hatte keinen Bock auf solch einen hohlen Typen.«

»Die sollen Autos angezündet haben?«

»Wenn, dann war das vor unserer Zeit. Das sind doch Sachen für frustrierte Jugendliche, die kaum ihren Namen schreiben können. Nein, wir sind Jahr für Jahr zusammen zum Rockfestival nach Scheeßel mit einem ehemaligen Kübelwagen der Bundeswehr und mehreren Zelten gefahren. Die Kiste hat er ganz allein fit gemacht. Dort wurde am Rande der Veranstaltung tagelang Party gemacht. Es wurde gesoffen und gekifft. Das war 'ne geile Zeit.«

»Gekifft?! Hattet ihr Drogenprobleme?«

»Bloß das nicht! Nein, es ging da um kleinste Mengen Marihuana.«

»Wie sah es mit Koks oder Crack aus?«

»Halten Sie uns für bescheuert?«

»Na ja, immerhin habt ihr euer Abi gemacht. Das ist bei Drogensüchtigen eher die Ausnahme.«

»Richtig. Unseren Abschluss haben wir ohne Probleme hinbekommen. Wir waren keine Jugendgang, die Automaten aufgebrochen oder Drogen genommen hat. Uns ging es um Fun.«

»Galt das ebenfalls für Keller?«

»Soweit ich das beurteilen kann, ja. Der war sogar mit Alkohol zurückhaltend. Schließlich wollte er seinen makellosen Körper behalten.«

Irgendwo schimmerte bei seiner Aussage ein Stück Bewunderung für Keller durch. Vermutlich, weil er Schlag bei den Frauen hatte. Meinert verschränkte die Arme vor seinem Oberkörper und lehnte sich zurück. »Das lief alles ganz großartig. Bis zwei Ereignisse eintraten, die alles veränderten.«

Interessiert beugte sich Hilpert vor. »Erzählen Sie.«

»Eigentlich waren wir auf dem Weg, uns von der Clique zu lösen. Unser Studium gab uns eine andere Sicht der Dinge. Die Interessen, für die Keller stand, waren nicht mehr unsere. Wir wurden langsam zu alt für Scheeßel. Zu der Zeit stieß Pia zu uns.«

»Und hat Klaas sich gleich in sie verguckt?«

»Vielleicht, aber die interessierte sich nicht für ihn. Anfangs hätte er sich nicht einmal getraut, seinen Arm um ihre Schultern zu legen. Ich meine so ganz freundschaftlich.«

»Und was führte zu der Veränderung?«

»Es war das Fest zu seinem 21. Geburtstag, das ihm seine Mutter im Marriott Hotel spendiert hatte. Es gab Champagner, Kaviar, alles nur vom Feinsten. Da ist dem einen oder anderen wohl klar geworden, dass er aus einer reichen Familie stammte. Sonst hat er ja nie den Larry raushängen lassen.« Als wollte er ein Bild in die Luft zeichnen, arbeiteten seine Hände. »Oliver behandelte ihn auf einmal wie etwas Besonderes und Pia suchte schlagartig seine Nähe.«

»Sie meinen ...?«

»Absolut. Die haben sich auf ihn gestürzt wie die Motten aufs Licht. Und plötzlich ging Pia mit ihm. Das ist kein Jahr her.«

»Sie glauben, das war mehr oder weniger inszeniert?«

»Also erstens hat sie ihn bis heute nicht richtig rangelassen.

Zweitens habe ich sie und Oliver einmal beobachtet, wie sie sich küssten.«

»Na, unter Freunden?«

»Sie hätten sehen sollen, was ich gesehen habe. Sie musste ihn regelrecht wegdrängen, sonst hätte er es mit ihr an der Straßenecke getrieben.«

»Ich verstehe. Und Sie, haben Sie Ihren Freund schlaugemacht?«

»Klar, aber danach sprach er kaum noch mit mir. Sie behauptete einfach, ich hätte gelogen. Ich sei eifersüchtig und würde ihr hinterhersteigen.«

»Sind Sie?«

»Es gab eine Zeit, da hätte ich für sie alles gemacht. Aber mich hat die nie angesehen. Sie ist trotzdem eine tolle Frau.«

»Und heute, wie stehen Sie heute zu ihr?«

»Schaut man hinter ihre Stirn, merkt man, dass sie von innen hohl ist. Es hat lange gedauert, bis ich dahin gekommen bin.«

»Können Sie sich vorstellen, dass Keller und Pia das Ding mit der Entführung gedreht haben?«

»Worauf Sie einen lassen können.«

»Was ist mit Klaas? Meinen Sie, der lebt noch?«

Ihm schien für einen Moment, als sei Meinert dabei, seine bisherige klare Linie zu verlieren. Doch er fing sich schnell wieder.

»Unter Garantie. Die beiden sind keine Mörder.«

Hilpert nahm einen Zettel und schrieb Geigers Telefonnummer darauf. »Rufen Sie den Mann an und erzählen ihm alles, was Sie mir mitgeteilt haben. Lassen Sie nichts aus. Denken Sie darüber nach, ob ich vergessen habe, etwas Wichtiges zu fragen.« Er erhob sich. »Gibt es irgendeinen geheimen Treffpunkt, an dem Sie sich als Kinder vor den Erwachsenen versteckt haben?«

»Nein.«

»Und die Clique?«

»Wir haben meist in unserer Stammdisko abgehangen oder haben uns auf ein Bier getroffen. Gelegentlich gingen wir in einer Altonaer Kneipe Billard spielen.«

»Würden Sie mir die Adressen aufschreiben?«

»Klar.«

»Danke, das war's fürs Erste. Was ist mit unserem Mittagessen? Wenn ich nicht irre, habe ich Sie am Telefon dazu eingeladen.«

»Das finde ich nett, aber ich muss zum Training. Da hab ich meine eigene Diät.«

Hilpert musste nicht trainieren und war hungrig. Petra wollte ihn gern begleiten. Wenigstens in der Kantine durften sie Freunde sein.

»Wann besuchst du mich mal wieder?«, war ihre erste Frage, als sie ihr Mittagessen am Tresen abholten.

»Ich hoffe schon bald.«

Tatsächlich vermisste er die gelegentlichen Treffen mit ihr. Er kratzte sich am Kopf. Eigentlich vermisste er sie darüber hinaus. Er war gerne mit ihr zusammen. Vielleicht brachte er irgendwann den Mut auf und sagte es ihr. Wichtiger war dennoch, dass er ihre Beziehung nicht gefährden durfte. Lieber einen Topf auf kleiner Flamme halten, als kalte Suppe essen zu müssen. Er befürchtete, sie könne auf Distanz zu ihm gehen, wenn er ihr gestand, dass er mittlerweile mehr in ihr sah als eine Freundin, mit der er gelegentlichen Sex hatte.

Das Gespräch mit Nils Meinert war unterm Strich wenig ergiebig. Eines wurde Hilpert allerdings überdeutlich klar: Er wusste viel zu wenig über den Entführten und dessen Freundin. Ob er wollte oder nicht, er musste versuchen, sich das erforderliche Know-how dort einzuholen, wo man es am ehesten vermuten durfte: bei Klaas' Mutter. Also meldete er sich für den frühen Nachmittag bei ihr an. Doris Lüders stimmte dem kurzfristig angesetzten Termin widerspruchslos zu. Pünktlich erschien er vor ihrem Haus. Sie öffnete ihm selbst die Tür. Sie hatte die Phase der Abstinenz nicht lange durchgehalten. Ihr rotes Gesicht, ihre abgehackte Sprache verrieten ihm bereits bei der Begrüßung, dass sie die Alkoholbestände kritisch überprüft haben musste. Ihr Versuch, die Alkoholfahne durch Pfefferminz zu unterdrücken, musste als gescheitert betrachtet werden. Man konnte sich nur mit ihr unterhalten, wenn man sich konzentrierte und genau hinhörte. Zum Glück hatte er keine Probleme mit seinen Ohren.

»So, so, Sie haben sich mit Nils unterhalten«, ging sie auf ihn ein. »Er ist ein sehr guter Freund von Klaas. Sein Einfluss auf ihn war zeitweise ausgesprochen positiv. Er treibt Sport, ist strebsam. Ihm wird das Geld nicht einmal im Monat für nichts und wieder nichts in den Hintern geschoben.«

»Er meinte, durch diese neue Freundin sei ihr freundschaftliches Verhältnis getrübt worden.«

»Das kann man wohl sagen. Diese Frau hat nur Unglück über uns gebracht, und zwar in jeglicher Hinsicht.«

»Und Sie kannten diese Pia wirklich nicht weiter?«

Sie druckste herum. Endlich entschied sie sich für die Wahrheit. »Doch, ich habe mich einmal mit ihr getroffen.«

»Was wollten Sie von ihr?«

Selbstbewusst streckte sie ihr Kinn nach vorne. »Ich habe ihr 50.000 Euro geboten, wenn sie Klaas zufriedenlässt.«

»Und sie?«

»Sie hat mich ausgelacht und war der Ansicht, er sei weitaus mehr wert. Daraufhin bin ich gegangen. Mein Sohn ist keine Handelsware, über die man feilschen kann.«

»Trotzdem haben Sie Geld geboten.«

»Ich weiß, das war ein Fehler.«

»Was sollte das Ganze? Was wollten Sie bezwecken?«

»Ich lege großen Wert darauf, dass mein Sohn künftig in der Lage ist, seinen Lebensunterhalt selber zu verdienen, so wie Petra. Mit geerbtem Geld kann jeder gut leben. Pia wollte nicht warten. Sie schrie ständig nach mehr. Sie sollte einfach aus seinem Leben verschwinden.«

»Wissen Sie, dass Nils ebenfalls in Pia verliebt war?«

Fast schien es, als würde sie das Gespräch ernüchtern. Zumindest antwortete sie mit überraschend klarer Stimme: »Es überrascht mich nicht. Das Mädchen ist Lebensfreude und Sexualität pur. Ich verstehe meinen Sohn, ich verstehe Nils. Vermutlich hat sie in ihnen ein Feuer entfacht, das beide zu verzehren drohte.«

Doris Lüders blickte ihn mit feuchten Augen an. »Ich habe eine wunderschöne Tochter. Die Männer pfeifen ihr auf der Straße hinterher. Aber diese Pia hat eine Ausstrahlung. Die zieht alle Blicke auf sich. Der konnte ich mich selbst als Frau nicht entziehen. Ich verstehe, dass darüber selbst eine Freundschaft in die Brüche gehen kann.«

»Meinen Sie, es könnte so weit gegangen sein, dass Nils sich gegen Klaas gestellt hat?«

Es war ihr anzusehen, wie sie krampfhaft überlegte. »Nein, das kann ich mir nicht vorstellen. Obwohl ...« Sie verzichtete darauf, ihren Satz zu beenden. Hilpert verstand genug. Wie hieß es so schön: Im Krieg und in der Liebe sind alle Mittel erlaubt.

»Wie würden Sie Ihren Sohn charakterisieren?«

»Oh, das ist ziemlich einfach. Er ist ein nachgiebiger, freundlicher junger Mann, kein aufgeblasener Abkömmling aus reichem Haus. Eher das Gegenteil. Wer ihn kennt, mag ihn. Streit und Konflikte sind nicht sein Ding. Denen weicht er am liebsten weiträumig aus.«

»Wie war es mit Mädchen?«

»Eigentlich kam er ganz gut mit ihnen zurecht. Allerdings konnte man ihn nicht als Aufreißer bezeichnen. Der erste Schritt ging selten von ihm aus. Aber heutzutage nehmen sich die Mädchen eh, was sie wollen. Ihm war es recht.«

»Ist er auf diesem Weg auch mit Pia zusammengekommen?«

»Vermutlich.«

»Nils erzählte, er und Ihr Sohn kannten sich seit der fünften Klasse.«

»Das stimmt. Sie waren über all die Jahre unzertrennlich. Anfangs lebte mein Mann noch. An den Wochenenden und während der Sommerferien haben sich die beiden ständig auf dem Hof von Nils' Großvater in Undeloh aufgehalten. Mit weiten Reisen konnten wir ihm als Kind keinen Gefallen tun. Zu dem Areal gehört ein riesiges Waldgrundstück. Das alles mitten im Herzen der Lüneburger Heide. Mein Mann hatte ihnen eine Art Wigwam aus schräg gegeneinander gestellten Fichtenstangen gebaut. Der wurde schön mit Tannenzweigen und Plastikplanen abgedichtet und hielt sogar Regen ab. Von den Jungs haben wir den ganzen Tag nichts mitbekommen. Das war ihr Refugium, niemand durfte sie stören. Sie waren glücklich. Wir mussten uns keine Gedanken machen. Schließlich wussten wir, wo sich die Kinder aufhielten.«

»Existiert das Grundstück noch in dieser Form oder steht da jetzt ein Heidehotel?«

»Nichts da. In dem Bereich darf die Natur nicht angetastet werden. Das alles gehört mittlerweile Nils' Vater. Den Hof hat man tatsächlich in ein riesiges Restaurant mit Hotelzimmern umgewandelt. Spezialität Heidschnuckenbraten und in der kalten Jahreszeit Grünkohl. Von dort aus geht es mit der Kutsche in die Heide.«

In der Gegend kannte sich Hilpert aus. Mancher Gast seiner Eltern durfte sich an der Landschaft erfreuen. Mit etwas Glück traf man auf eine Heidschnuckenherde. Die Schäfer waren zugängliche Menschen, die viel Ruhe ausstrahlten. Beliebtes Ziel war ansonsten der Wildseder Berg - eine kleine Erhebung, die man in den Alpen vermutlich als plattes Land bezeichnete -, hier konnte man herrlich die Drachen steigen lassen.

Als Hilpert ging, schwante ihm nichts Gutes. Meinert hatte ihm nicht die volle Wahrheit hinsichtlich ihrer ehemaligen Spielstätte gesagt. Dafür musste es Gründe geben. Und er befürchtete, sie zu kennen. Er informierte Hauptkommissar Geiger über seine letzten Rechercheergebnisse.

»Mach nur weiter so, dann ersparen wir uns einen Ermittler«, lobte Geiger. »Was du da erzählst, klingt wirklich nicht gut. Wir werden die Buchholzer Kollegen bitten, dort mal nachzuschauen.«

Zwei Stunden später überschlugen sich die Ereignisse. Klaas Lüders' Leiche wurde auf einem Waldstück gefunden. Unzweifelhaft war er erschlagen worden. Der Amtsarzt ging nach den ersten Eindrücken davon aus, dass er offensichtlich bereits vor der Geldübergabe am Sonntag oder unmittelbar danach getötet worden war. Hilperts Bauchgefühl hatte nicht getrogen. Meinert wurde noch am Abend festgenommen. Zu Hilperts Überraschung rief ihn Baumgartner persönlich an. Er informierte ihn über die spärlichen Fakten, die ihnen vorlagen.

»Ich möchte mich für Ihre konstruktive Mitarbeit bedanken. Ich sehe Sie und Ihre Situation inzwischen in einem anderen Licht. Wer sich im Balkan den Arsch aufreißt, macht sich vor einem Mafioso in Hamburg gewiss nicht in die Hose.«

»Das ist schon okay so. Ich war gern Polizist und bin nicht gegangen, weil ich Angst vor meinem eigenen Schatten bekommen habe oder Armani-Anzüge liebe.«

»Ich weiß, denn ich habe mich über Sie schlaugemacht. Ich finde es mutig, sich mit einem Staatsrat anzulegen. Wenn Sie Lust haben, sind Sie zur Vernehmung von Meinert eingeladen.«

Das ließ sich Hilpert nicht zweimal sagen. Er sah es als Wink des Schicksals, dass der Chef der Sonderkommission sich ebenfalls auf seine Seite geschlagen hatte. Ohne zu zögern sagte er zu. Lüders' Tod passte nicht in ihre bisherige Ermittlungslage. Danach gab es keinen Grund, ihn zu töten. Stimmte es, dass er vor der Geldübergabe erschlagen wurde, konnte nicht ausgeschlossen werden, dass sein Tod von Anfang an beschlossene Sache gewesen war. Andererseits deutete die Todesart auf eine spontane Tat hin. Zweifellos hätte man aus Lüders' Mutter noch mehr Geld pressen können. Dazu hätte es allerdings eines lebenden Opfers bedurft. Tot war er für die Entführer eine Ware ohne Wert.

Im Verlauf des Abends begegnete er Meinert ein zweites Mal. Diesmal wirkte er gebrochen und traurig. Sein Selbstbewusstsein schien sich aufgelöst zu haben. Es zeigte sich alsbald, dass er auf Hilperts Art der Befragung positiv reagierte. Schnell überließen ihm die ehemaligen Kollegen die Gesprächsführung. Der Befragte gab unumwunden zu, sich an der Entführungsaktion beteiligt zu haben. Seine Version unterschied sich hingegen ein Stück von dem Bild, das man sich mittlerweile gemacht hatte. Meinert bestand vehement darauf, die gesamte Aktion mit Klaas und Pia gemeinsam durchgezogen zu haben. Das Mädchen habe ihm gegenüber anschließend die Idee entwickelt, Lüders auszubooten. Avancen habe sie ihm gemacht. Und er sei schwach geworden. Mit seiner Aussage, sie sei hohl im Kopf und er würde für sie keine Gefühle mehr empfinden, habe er gelogen. Vielmehr bezeichnete er sie als seine große Liebe.

»Sie gab mir gegenüber unumwunden zu verstehen, dass es ihr in Bezug auf Klaas nur ums Geld ginge. Sie liebte einzig und allein mich. Das Lösegeld sollte uns in Südamerika eine gemeinsame Zukunft garantieren.«

»Und daraufhin haben Sie Ihren Freund erschlagen?«, fasste Hilpert nach.

Meinert starrte ihn mit weit aufgerissenen Augen an. »Wie kommen Sie darauf?« Heftig bestritt er die Tat. Nach seiner Aussage hatten sie Klaas in eine Scheune auf dem Waldgrundstück gebracht und dort mit einem Schlafmittel betäubt. Pia habe sich um das Geld gekümmert. Er behauptete, seitdem nichts mehr von ihr gehört oder gesehen zu haben. Mit dem Tod des Freundes wollte er nichts zu tun gehabt haben. Ein Mord sei auch unsinnig, da sie darüber nachgedacht hatten, ordentlich nachzukobern.

Sie überprüften Nils' Behauptung, indem sie auf die Kollegen in der Nordheide zurückgriffen. Es gab sie tatsächlich, die Scheune. Dort wurden genetische Spuren des Mordopfers entdeckt. Es war zwar der Versuch unternommen worden, diese zu beseitigen, doch Blut und Hirnmasse ließen sich nicht spurlos entfernen. Vor allem aber fanden sie die Mordwaffe, eine Eisenstange. Sie lag unweit vom vermutlichen Tatort entfernt. Allem Anschein nach war es dem Täter zu riskant, mit ihr entdeckt zu werden. Solch ein Teil versteckte man nicht so einfach in der Hosentasche. Meinert wäre unter Umständen mit seiner Aussage durchgekommen, wenn man an seiner Kleidung, die zu Hause im Wäschekorb lag, nicht Blutspuren von Lüders gefunden hätte. Mit versteinertem Gesicht saß er den Vernehmern gegenüber, als sie ihn damit konfrontierten. Seinen Vorrat an Ausreden oder Erklärungen hatte er verbraucht. Er steckte in der Zwickmühle. Zu diesem Zeitpunkt nutzte Baumgartner die Gelegenheit, sich aktiv ins Verhör einzumischen. Und er gab gnadenlos Gas. Hilperts eher verbindliche Art wurde übergangslos durch harte Fragen und eindeutige Verdächtigungen ersetzt. Meinert hielt keine Stunde durch, bis er zugab, tatsächlich die Leiche entdeckt zu haben. Er wollte sie dann in einer Karre in den Wald gebracht und dort abgelegt haben. Nach wie vor bestritt er die Tat trotz der eindeutigen Indizienlage. Schließlich überließen sie Geiger und einem weiteren Kollegen das Feld. Der junge Mann durfte sich auf einen Vernehmungsmarathon einstellen. War er am Mord beteiligt, würden sie noch an diesem Tag ein Geständnis vorliegen haben. Ihm fehlte die Abgebrühtheit des Berufsverbrechers. Hilpert verabschiedete sich und versprach, seine Kontakte in die Familie hinein für die endgültige Aufklärung des Falls zu nutzen.

13

In seiner Wohnung setzte er sich vor sein Notebook und schrieb die Eindrücke des Tages nieder. Seltsamerweise glaubte er Meinert, dass er mit dem Mord an dem Freund nichts zu tun hatte.

Alles wirkte auf ihn, als sei der ebenso wie der Tote Opfer eines ausgeklügelten Plans geworden, der in anderen Köpfen entstanden war. So wie er Pia einschätzte, war sie nicht der Typ, der sich mit einem relativ mittellosen Mann zusammentat. Gelangte sie allein an das Geld, würde sie es selbst verbrauchen. Aus ihrer Interessenlage heraus musste Klaas Lüders eindeutig der Favorit sein. Nur mit ihm wäre es an die Elbe gegangen. Davon abgesehen konnte man Meinert nicht als Womanizer bezeichnen, der die Damenwelt faszinierte und zum Erröten brachte. Die Idee nachzukobern, passte wiederum zu ihr. Das funktionierte nicht mit einem toten Klaas. Folglich musste sie sich mit dem begnügen, was sie in Händen hielt. Er gab Baumgartner den inständigen Rat, die Fahndung nach Pia und ihrem vermeintlichen Lover, Oliver Keller, zu intensivieren. Wahrscheinlich waren sie mit der Beute auf der Flucht. Ihr musste längst klar sein, dass man mit dem erpressten Lösegeld kein Appartement erwerben konnte. Sah man davon ab, dass es nicht reichte, hätte sie schnell die Polizei oder das Finanzamt im Kreuz. Vermutlich hatte sie diesen Traum nur vorgeschoben, um Klaas ein gemeinsames Ziel vorzugaukeln. Allem Anschein nach verfolgte sie mit ihrem eigentlichen Lover andere Ziele. Bislang blieb das Paar wie in einem Mysteryfilm spurlos verschwunden. Es gab keinerlei Hinweise auf sie. Ebenso wenig wurde der rote japanische Flitzer gefunden, der als Kellers ganzer Stolz galt. Sie mussten abwarten. Wollten die beiden zügig Europa verlassen, funktionierte das kaum, ohne ein Flugzeug zu benutzen. Dafür benötigten sie zumindest ihren Pass. Davon abgesehen, beförderte man nicht mal so eben eine dreiviertel Million Euro in bar durch die Sperren an den Flughäfen, ohne mit kritischen Fragen konfrontiert zu werden.

Am darauffolgenden Vormittag suchte er gezwungenermaßen die Mutter des Opfers auf. In ihrer Villa schien Familienrat abgehalten zu werden. So gesehen musste er nicht um seine Unbescholtenheit bangen. Er stieß auf Doris und ihre Tochter, auf Wellner und Petra mit ihrem Exverlobten Thiems. Ihn hatten sie als juristische Stütze dazugebeten. Ob Hilpert wollte oder nicht, er spürte die unterschwellige Erwartungshaltung an ihn. Dafür musste er sich nicht sonderlich motivieren lassen. Tatsächlich hätte ihn nichts davon abgehalten, sich um den Fall zu kümmern.

Die Anwesenden blickten auf ihn wie auf den Heilsbringer, als er das Wohnzimmer betrat. Am liebsten wäre er umgekehrt. Sie gierten nach Lösungen, während er seine Fragen loswerden musste, um in dem Fall ein Stück weiterzukommen. Er fühlte sich wie ein Arzt, von dem der Patient eine Therapie erwartete, bevor er ihn untersucht hatte.

Die Hausherrin hatte ihr Haar streng zurückgekämmt und ein leichtes Make-up aufgetragen. Sie war trocken wie ein Handtuch. Die rot geweinten Augen ließen sich nicht verbergen. Das galt allerdings gleichermaßen für die beiden jungen Frauen an ihrer Seite. Selbst Wellner musste schlucken. Hilpert war sich kurzfristig im Unklaren, wie er sich verhalten sollte. Unsicher blickte er sich um und setzte sich dann in einen Sessel neben Thiems, der ihm verhalten zunickte.

»Wir haben uns hier getroffen«, eröffnete Wellner das Gespräch, »um Sie um einen riesigen Gefallen zu bitten.«

»Ach ja?!«

Doris Lüders griff mit schneidender Stimme ein: »Fassen Sie das Schwein, das für den Mord an meinem Sohn verantwortlich ist! Oder denken Sie, dass Meinert hinter allem steht?«

»Nein, das glaube ich nicht. Ich war mit in dessen Verhör einbezogen. Ich halte ihn ebenso für ein Opfer wie Ihren Sohn, sieht man mal davon ab, dass er lebt.«

»Das heißt also, Sie stehen genauso am Anfang wie wir«, stellte Wellner sachlich fest.

Wieder unterbrach ihn seine Cousine. »Ich gebe Ihnen, was Sie wollen, aber ich will den Mörder vor meinen Füßen winseln hören.«

»Er wird nichts nehmen«, übernahm Wellner die Antwort stellvertretend für seinen Sicherheitschef. »Trotzdem wird er alles daransetzen, den Fall zu klären. So ist es doch, nicht wahr, Herr Hilpert?«

»Ich hätte es nicht besser ausdrücken können. Das ist eine Frage der Ehre. Man bekommt nicht alles für Geld und muss sich nicht alles bezahlen lassen.«

»Gut, Sie brauchen ein Budget. Ich habe auf Ihr Konto 100.000 Euro anweisen lassen. Verfügen Sie darüber nach Belieben. Reicht das Geld nicht, fordern Sie mehr an. Quittungen sind nicht erforderlich. Die steuerliche Seite wird geregelt«, beharrte Doris Lüders.

Hilpert schüttelte den Kopf. »So viel Geld brauche ich nicht.«

»Das können Sie gar nicht beurteilen. Außerdem wurde die Überweisung bereits ausgeführt.«

»Und wenn ich eine Million verlange?«

»Dann ist das Geld morgen auf Ihrem Konto.«

Mit einem angedeuteten Lächeln gab er auf und winkte ab.

Wellner wies auf Thiems. »Sollte es juristische Fragen zu klären geben, wenden Sie sich bitte an ihn. Es gibt nichts, was momentan wichtiger wäre, als die Aufklärung des Mordes. Solange sind Sie von allen anderen Aufgaben freigestellt. Und wenn es fünf Jahre dauert.«

»In Ordnung, fangen wir gleich an. Wir haben ohnehin viel zu viel Zeit verloren.« Hilpert wandte sich der Mutter des Toten zu. »Frau Lüders, wie fand die Kontaktaufnahme zu Ihnen statt?«

Sie antwortete emotionslos. Tabletten, dachte Hilpert. Garantiert hatte ihr der Arzt Medikamente verschrieben.

»In meinem Briefkasten lag vergangene Woche Montag ein Umschlag von den Entführern mit einem kurzen Schreiben. Darin standen erste Instruktionen an mich. Ich sollte umgehend den Betrag besorgen. Das hab ich getan. Am Abend bekam ich einen Anruf. Darin wurde ich aufgefordert, den Koffer mit dem Geld auf der Raststätte Stillhorn Punkt null Uhr neben dem ersten Papierkorb abzulegen, in dessen Nähe kein Fahrzeug stand, und anschließend sofort weiterzufahren.«

»Haben Sie das exakt so ausgeführt?«

»Ja. Außerdem sollte ich auf der Autobahn nicht schneller als 100 Stundenkilometer fahren.«

»Ist Ihnen während der Fahrt etwas aufgefallen?«

»Mir schien, als würde mich die ganze Zeit über ein kleiner Sportflitzer verfolgt haben. Er bog auch mit mir auf die Raststätte ab. Ich meine, er war knallig rot. Aber ich habe mich nicht weiter drum gekümmert. Ich wollte schleunigst wieder weg und den Leuten zeigen, dass ich bereit war, zu tun, was sie mir aufgetragen hatten.«

»Stillhorn ist nicht schlecht«, murmelte Hilpert. »Von dort ist es nicht so furchtbar weit bis zum Maschener Kreuz und damit zur A7. In Garlstorf geht's bereits runter Richtung Undeloh. Das heißt, wenn sie dahin zurückgekehrt sind. Sie dagegen mussten ans andere Ende von Hamburg via Elbtunnel nach Blankenese fahren. Und das in gemächlichem Tempo.«

Er schüttelte gedankenverloren den Kopf. Warum sollten die Entführer in die Nähe des Tatorts zurückkehren? Abermals war er auf ein rotes Auto gestoßen. Am Steuer saßen vermutlich Pia Raithel oder Oliver Keller. Sie mussten nur das Geld einkassieren. Wohin war das Paar damit unterwegs? Der Wagen war viel zu auffällig, als dass man ihn lange benutzen konnte. Dieses Problem würde sich schneller lösen, als er geglaubt hätte. Zivilfahnder fanden ihn noch am selben Tag verlassen auf einem Parkplatz am Hauptbahnhof. Es handelte sich allerdings nicht um Kellers Flitzer, sondern um ein geliehenes Fahrzeug.

Es war der KTU übergeben worden, die Spezialisten waren gerade dabei, ihn auseinanderzunehmen. Brauchbare Spuren sollten sie nicht entdecken.

Hilpert erhob sich ächzend, um zu gehen. Doris Lüders hatte alles erzählt, was sie wusste, und das war wenig genug.

Wellner hielt ihn zurück. »Denken Sie an Ihren Bodyguard. Wenn Sie ermitteln, müssen Sie dafür sorgen, dass Ihr Rücken frei bleibt.«

»Da werde ich jetzt nicht mehr drum herumkommen«, erwiderte er. »Ich bin am Ball.«

Er wusste, dass er nur bedingt die Wahrheit gesagt hatte. Tatsächlich hatte er dieses Problem in den letzten Tagen eher auf die leichte Schulter genommen. Thiems folgte ihm. Es war angesagt, die Familie allein zu lassen.

»Da steht dir eine ordentliche Aufgabe bevor«, wandte er sich an Hilpert.

»Du sagst es. Das wird schwierig, so ohne Apparat.«

»Aber du hast doch gute Kontakte zu deinen Kollegen.«

»Glaubst du, die warten darauf, dass ich deren Lorbeeren einheimse? Entführungen sind eine arbeitsaufwendige Sache. Man muss jeder Spur folgen und sei sie noch so unbedeutend. Du musst bei den Vernehmungen dabei sein, bei den Gesprächen im Präsidium, dich mit den Ergebnissen aus dem Labor beschäftigen und so weiter. Ich weiß, wovon ich rede. Da ist nix mit großer Eingebung, der Genialität, die dich von anderen unterscheidet.«

Vor der Haustür klopfte ihm Thiems auf die Schulter. »Solltest du meine Unterstützung benötigen, du weißt, wo mein Büro ist. Bei den Ermittlungen werde ich dir wohl kaum behilflich sein können. Von der Arbeit habe ich keine Ahnung.«

»Danke für das Angebot. Ich werde dich garantiert brauchen. Ansonsten sollte jeder tun, was er am besten kann, andernfalls gibt es nur Kuddelmuddel.«

»Du sagst es.«

Sie stiegen in ihre Fahrzeuge. Beide hatten sie das gleiche Ziel, die Büroräume in City Nord. Trotz aller Zugeständnisse, die ihnen der Unternehmenschef gemacht hatte, lagen auf ihrem Schreibtisch eine Reihe an Vorgängen, die nichts mit dem Mordfall zu tun hatten und dennoch erledigt werden wollten. Die Geschäfte völlig zu ignorieren, gehörte sich nicht.

In der Kantine traf Hilpert um die Mittagszeit Vater und Tochter Wellner. Sie empfingen ihn, als trüge er das Foto des eindeutig identifizierten Täters einschließlich eines schriftlichen Geständnisses in der Hosentasche. Er setzte sich zu ihnen an den Tisch und begann zu essen, als sei nichts geschehen.

Petra drohte vor innerer Anspannung zu platzen. »Kannst du uns schon was Neues erzählen?«

Er schüttelte den Kopf und grinste sie an. »Also, es ist der Gärtner. Es ging wohl um die Tulpen.« Sie verzichtete auf eine Antwort und er konzentrierte sich auf sein Steak, das an diesem Tag etwas zu lange in der Pfanne gelegen hatte. Das machte allerdings eine vorzügliche Soße wieder wett. Sie schmeckte wie individuell zubereitet. Konnte man sich so etwas eigentlich in einer Kantine leisten? Verwendete man da nicht Fertigprodukte? Offensichtlich kamen dem Küchenchef solche Ingredienzien nicht auf den Tisch. Als er endlich die Serviette auf den Teller legte, war es an Wellner, ihn zu traktieren.

»Aber Sie werden doch irgendetwas in der Pipeline haben. Oder sitzen Sie auf Ihrem Sessel und starren Löcher in die Luft?«

»Und verbrate mit Nichtstun Ihre Kohle?«, ergänzte er.

»Das haben Sie jetzt gesagt«, erwiderte der Konzernchef mit einem säuerlichen Grinsen auf den Lippen.

Hilpert schob seinen Teller mit dem ungegessenen Salat von sich weg. »Du musst dir keine Gedanken wegen der Ehec-Bakterien machen. Es ist längst alles im Lot«, stichelte Petra.

»Darüber habe ich nie nachgedacht. Ich bin einfach kein Salatfreund.« Er überlegte, wie lange es her war, dass diese Bazillen-Hysterie das Land erschütterte. Ein Jahr? Zwei Jahre? Vermutlich nicht viel länger.

Petra ließ nicht locker. »So seid ihr Männer. Alles was euch guttut, lasst ihr links liegen.«

Er verstand sie sehr gut. Langsam begann er aufzutauen.

»Ich frage mich, wohin Pia und ihr Lover verschwunden sein könnten. Mir kann doch niemand erzählen, dass die frohen Mutes im Zug durch Europa gondeln. Die tragen viel Geld mit sich herum. Das müssen die irgendwo unterbringen, und zwar so, dass sie problemlos drankommen und davon leben können. Solche Mengen schultert man nicht im Rucksack auf dem Rücken und latscht durch Paris, als sei nichts gewesen.«

»Denken Sie, die zahlen es auf ein Konto ein?«

Er lachte über Wellners Bemerkung auf. »Dann können die sich ja gleich freiwillig stellen. Ich denke eher an ein Schließfach. Vielleicht am Bahnhof oder Flughafen. Das Dumme für die ist, sie müssen immer wieder an diesen Standort zurück, wenn sie Geld benötigen. Das kann gefährlich werden. Irgendwann wird man von jemandem erkannt.«

»Vielleicht kennen die jemanden, der es für sie wäscht?«, warf Wellner ein.

»Dafür ist der Betrag zu gering. Und ausgerechnet dieses Pärchen soll über solche Kontakte verfügen? Ich wage das zu bezweifeln.« Nervös griff er nach der gebrauchten Serviette, zerknüllte sie und warf sie auf seinen Teller zurück. »Irgendetwas läuft da unrund.« Er blickte zu seinen Gesprächspartnern herüber. »Oder wir kapieren zu wenig.«

»Was stört dich?«, fragte Petra nach.

»Warum schlachten sie die Gans, die goldene Eier gelegt hat? Warum greifen die gerade mal 750.000 Euro ab. Vermutlich hätten sie sogar eine Million und mehr bekommen.«

Wellner verstand. »Klar, meine Cousine hätte für Klaas ein Vielfaches davon ausgegeben, ohne mit der Wimper zu zucken. Sie ist eine überaus wohlhabende Frau. Klaas verkörperte für sie ihren verstorbenen Mann. Sie hat ihn abgöttisch geliebt. Außerdem sind wir auch noch da. Wir hätten sie nicht im Regen stehen lassen«, legte er bestimmt nach.

»Ist denen alles aus dem Ruder gelaufen? Haben die sich deshalb mit dem Spatz in der Hand vom Acker gemacht? Wussten die nicht, wie viel Geld sie hätten abgreifen können?«, murmelte Hilpert. Er schüttelte den Kopf. Klaas war an seiner eigenen Entführung beteiligt. Mit Sicherheit wusste er um die finanziellen Möglichkeiten seiner Mutter. Er erhob sich und griff nach seinem Tablett. »Ich geh zurück in mein Büro und versuche, meine Gedanken zu ordnen.«

Petra wollte ihm folgen, doch ihr Vater hielt sie zurück. »Lass ihn allein. Wenn der seinen Kopf in die Gänge bekommt, bringt er am meisten. Außerdem solltest du dich ihm nicht aufdrängen.«

»Wie kommst du denn darauf?«, fragte sie ohne rechte Überzeugung.

»Das habe ich schon vor Monaten gemerkt, wie du zu ihm stehst.«

»Er ist so anders«, platzte es aus ihr heraus. »Er hätte heute Vormittag 'ne Million und mehr fordern können und Tante Doris hätte sie ihm auf einem goldenen Tablett überreicht. Und er?! Er scheißt auf die Kohle.« Sie griff nach der Hand ihres Vaters. »Bei ihm wüsste ich, er nähme mich und meinte ausschließlich mich.«

»Du bist solch ein tolles Mädel, warum sollte er dich nicht wollen?«

Sie grinste ihn verschämt an. »Wollen tut er mich schon. Wenigstens gelegentlich, sozusagen in aller Freundschaft.«

Wellner drückte die Hand seiner Tochter. »Den hätte ich gerne als Schwiegersohn oder auch nur als Lover meiner Tochter. Aber ihn kann man tatsächlich nicht kaufen.«

»Papa, ich will ihn umsonst oder gar nicht.«

»Keine Angst, ich misch mich nicht ein. Ich werde keinen Preis auf seinen Kopf aussetzen.«

Hilpert quälten derweil andere Probleme. Sein Informationsstand war mehr als unbefriedigend. Er konnte sich nicht einfach ins Polizeipräsidium aufmachen und um Akteneinsicht bitten. Unabhängig davon war die Ermittlungsgruppe vermutlich nicht viel weiter als er. Allerdings liefen bei ihnen ständig neue Hinweise auf. Er hatte keine Idee, wie er sich dort andocken konnte. Zu seiner Überraschung rief ihn Baumgartner an.

»Sie verfügen doch über gute Kontakte zur Familie des Ermordeten. Zu dieser Clique um Oliver Keller soll ein Kumpel namens Lutz Spielmann gehören. Dem werden Kontakte in die Szene der Zwangsprostitution nachgesagt. Mit Drogen soll der ebenfalls zu tun haben. Man munkelt, Keller würde ihm richtig Geld schulden.«

»Was sagen die Kollegen von der Sitte und der Drogenfahndung?«

»Man kennt ihn, aber eigentlich gilt er als weitgehend unbeschriebenes Blatt. Jetzt kommt's! Er soll vorher mit Pia Raithel befreundet gewesen sein. Durch ihn ist sie wohl in die Clique gekommen oder umgekehrt.«

»Könnte es sein, dass sie zeitweise ihr Geld professionell verdient hat?«

»Es schwirren einige Gerüchte durch die Gegend.«

»Ich horche mich um und komme auf Sie zurück.«

»Klasse, Sie sind jederzeit bei uns willkommen. Sollten Sie einen Blick in die Akten werfen wollen, wissen wir beide, dass das strengstens verboten ist. Vielleicht treffen Sie jemanden, der sich bei uns darauf einlässt.«

»Danke. Nur eines, sollte ich etwas herausfinden, sorgen Sie bitte dafür, dass mein Name hinten vor bleibt.«

»Wo ist das Problem? So haben wir es am liebsten. Die Arbeit machen andere. Ruhm und Ehre für die Polizei.«

»Fehlen nur noch die Täter.«

»Es kommt nicht gleich auf jedes Detail an.«

Gut gelaunt beendeten sie das Gespräch.

Hilpert überlegte kurz, bevor er die Nummer von Pristic anwählte. Schneller als erwartet bekam er ihn ans Telefon. Er hielt sich nicht mit langer Vorrede auf. »Nur eine kurze Frage. Hat ein Lutz Spielmann mit euch zu tun?«

»Spielen Sie wieder den Ermittler?«

»Ein wenig. Ich will nur verhindern, dass man uns aufeinanderhetzt.«

»Das kann nicht geschehen. Ich rufe gleich zurück.«

Zehn Minuten später war er schlauer. Der Gesuchte wurde mit der Organisation von Kuschel in Verbindung gebracht. Man munkelte, dass er vor allem bei Waffenschiebereien tätig geworden sei. Mit dem Prostitutionsgeschäft hatte er wohl eher am Rande zu tun. Laut Pristic wurde er nicht wirklich zur ersten Garde gezählt. Wieder traf Hilpert auf Kuschel. War es falsch, ihn nicht intensiver zu befragen? Anscheinend war dieser Kerl in den Fall involviert. Gleichzeitig erteilte er den Auftrag, ihn ermorden zu lassen. Beides musste miteinander zusammenhängen. Was war das verbindende Glied? Hier musste er vorerst passen.

Später suchte ihn Petra auf. Provozierend stellte sie sich vor ihn hin. »Hatten wir uns nicht entschieden, Freunde zu sein?«

»Allerdings, hab ich was verkehrt gemacht?«

»Du kümmerst dich keinen Funken um meinen Hormonhaushalt.«

Als er sie betrachtete, fielen ihm bessere Dinge ein, als seinen PC zu quälen und seinen Informanten hinterherzutelefonieren.

Sie warf einen Blick auf die Uhr. »Es ist nach 19.00 Uhr. Da wird dich niemand mehr aufsuchen wollen. Dein Sekretariat ist bereits verwaist.«

Sie griff nach seinem Schlüsselbund auf dem Schreibtisch und verschloss die Tür, die direkt ins Nebenzimmer führte. Er ahnte exakt, worauf sie hinauswollte und war nicht stark genug, es zu unterbinden. Warum auch? Als sie auf ihn zutrat, ihre Arme um seine Taille legte und ihren Unterleib gegen seinen zu drücken begann, war klar, dass sie gewinnen würde. Es war genauso klar, dass er gerne verlor. Das Schöne am Sex war, er funktionierte in den unterschiedlichsten Positionen. Und Spaß brachte es zudem. Der Bodenbelag war so flauschig, dass man ihn auf seine Gebrauchsfähigkeit hin testen konnte, ohne blaue Flecken befürchten zu müssen.

Später lag sie schwer atmend auf ihm. »Gib es zu, zuweilen sind meine Ideen nicht von schlechten Eltern.«

Er war fair genug, ihr diese Pluspunkte zuzusprechen, und unvernünftig genug, einen Nachschlag zu fordern.

Nachdem sie wieder in halbwegs gebrauchsfähigem Zustand waren, warnte sie ihn säuselnd: »Das wird dir ab sofort des Öfteren passieren, wenn du weiterhin nicht weißt, wie man mit einer jungen Frau und deren Bedürfnissen umgeht.«

Es war zwar verrückt, was sie taten, aber irgendwie hatte er Geschmack daran gefunden. Er trat auf sie zu, nahm ihren Kopf zwischen beide Hände und küsste sie. Sie wussten, dieser Abend war noch nicht an seinem Ende angelangt. Da sie keine Abwehrbewegung erahnen ließ, stand sie kurz darauf mit hochgezogenem Rock und gespreizten Beinen vor ihm. Er drückte sie energisch gegen die Wand und fand erneut den richtigen Weg.

»Das können wir bei mir zwar bequemer haben, aber so gefällt es mir ebenfalls«, flüsterte sie ihm anschließend ins Ohr. Diesmal musste sie sich unbedingt zu Hause auffrischen. Von seiner Seite gab es keinen Widerspruch. Den weiteren Abend würde er sie nicht mehr behelligen. In Ermangelung einer besseren Alternative machte sie sich auf den Weg in die Tiefgarage. Nach dem ereignisreichen Abend sehnte sie sich nach einer Dusche. Er war sich nicht sicher, ob sie nicht irgendwann das Putzkommando überrascht hätte. Glücklicherweise war damit nicht vor zehn Uhr zu rechnen. Ein Blick auf seine Uhr zeigte, dass ihnen knapp eine Stunde Zeit geblieben wäre. Sex und die Armbanduhr waren natürliche Gegner.

Ein Wermutstropfen gelangte in seine Überlegungen. Was würde eigentlich geschehen, wenn einer von ihnen in absehbarer Zeit eine feste Beziehung zu jemand anderem aufzubauen begann? Diese Gefahr sah er bei sich gerade mal andeutungsweise. Er fragte sich ernsthaft, ob sie diese nicht bereits hatten und sich nur dagegen sperrten. Er wusste, es war weit mehr als Freundschaft, was er für sie empfand. Der gemeinsame Sex war ein Beipack, den man gern mitnahm. Mehr oder minder erfolgreich versuchte er auf andere Gedanken zu kommen. Er hängte sich ans Telefon und befragte Sarah Lüders nach Lutz Spielmann. Sie wusste mit diesem Namen nichts anzufangen. Obwohl es nach 21.00 Uhr war, versuchte er Baumgartner zu erreichen. Diesmal ohne Erfolg. Auch Polizisten hatten irgendwann ihr Recht auf Feierabend. Das galt gleichermaßen für ihn. Er räumte seinen Schreibtisch auf und verließ das Büro. Alles in allem konnte er sich über den Abschluss des Tages nicht beschweren. Zu Hause gönnte er sich ein frugales Abendbrot, ging unter die Dusche und danach trieb ihn nur noch ein Bedürfnis: Er wollte schlafen. In dieser Nacht hätte man das Haus abreißen können, er hätte nichts davon mitbekommen.

Am nächsten Vormittag versuchte er bei dem Polizeirat abermals sein Glück. Wiederum vergeblich. Fast schien es, als sei Baumgartner verschwunden. Dafür bekam er Geiger zu fassen. Der Hauptkommissar nahm die Informationen zu Kuschel und Spielmann interessiert auf. »Sagtest du nicht, Kuschel wollte dich umlegen lassen?«

»So ist es«, bestätigte Hilpert.

»Interessante Verbindungsstücke, die wir da zu fassen bekommen. Verstehst du, was sich da abspielt?«

»Kein Stück. Habt ihr Meinert zu Spielmann befragt?«

»Nein, das haben wir bislang versäumt. Danke für den Hinweis. Wir werden das schnellstens nachholen. Wenn du Lust hast, beteilige dich an dem Gespräch. Ich habe das Gefühl, als würde er dir so etwas wie Vertrauen entgegenbringen.«

»Sehr gerne. Ich bin in spätestens einer Stunde bei euch.«

»Keine Hektik, wir warten auf dich. Der junge Mann kann sich ja schlecht absetzen.«

»Auch wieder wahr.«

Wider Erwarten trat ihm der Verhaftete relativ offen entgegen. Er machte keine Einwände dagegen geltend, von Hilpert verhört zu werden. Er verzichtete sogar darauf, nach einem Anwalt zu schreien. Entweder war er unschuldig oder es saß vor ihnen ein abgefeimter Krimineller. Der Name Spielmann sagte ihm tatsächlich etwas. Ruhig äußerte er sich zu ihm: »Er ist 'ne ganze Zeit später zu unserer Gruppe gestoßen. Irgendwann hatte Oliver ihn mitgebracht. Die beiden haben viel zusammengesteckt. Ich fand immer, er war ein Angeber. Blies sich auf wie ein Frosch. Außerdem war er schon über dreißig. In ein paar Jahren bekommt der Rente. Der passte nicht dazu. Aber keiner hat sich für meine Meinung interessiert. Denen war scheißegal, was ich dachte.«

Sofort fasste Hilpert nach: »Was war denn so schlimm an ihm, sieht man mal von seinem Alter und seiner Überheblichkeit ab?«

»Er war einfach primitiv. Sein Vokabular war unter aller Sau. Er schmiss mit der Kohle um sich, als würde er sie im Keller selber drucken. Ständig versuchte er, sich in den Vordergrund zu rücken, machte Witze, über die niemand lachen konnte.«

»Man behauptet, Pia sei über ihn zu euch gestoßen?«

Er zögerte mit der Antwort. »Schwer zu sagen. Zumindest sind die in etwa zeitgleich bei uns aufgeschlagen. Keine Ahnung, ob die sich vorher kannten. Darüber hab ich noch gar nicht nachgedacht. Zumindest schlug sie ein wie eine Granate. Die meisten Jungen waren ganz weg von ihr.«

Hilpert beschloss, mehr Gas zu geben und Meinert aus der

Reserve zu locken. »Es kursiert das Gerücht, sie soll als Prostituierte für Spielmann gelaufen sein.«

Empört sprang er auf und schrie: »Wie können Sie sich unterstehen, solche Lügen zu verbreiten?! Pia ist ein anständiges Mädchen! Die hat nicht jeden an sich rangelassen. Das musste selbst Klaas einsehen.«

Er spürte, bei ihm den Nerv getroffen zu haben. »Und dann hat das anständige Mädchen wieder gewechselt und sich gegen Ihren Freund für Sie entschieden. Und das Ergebnis ist eine getürkte Entführung mit anschließendem Mord. Und jetzt sitzen Sie hier als alleiniger Sündenbock. Das Mädchen ist weg, die Kohle ist weg. Da kann ich nur kichern.«

Meinert fauchte ihn wütend an: »Sie verstehen gar nichts! Eigentlich hatte sie die ganze Zeit zwischen mir und Klaas geschwankt.«

»Und was war mit Oliver Keller?«

Mittlerweile hatte er sich gesetzt. Trotzdem verrieten seine verkrampften Hände seine Nervosität.

»Die waren nur kurz zusammen. Sie meinte, er sei nicht der Richtige für die Zukunft.«

»Tatsächlich?! Da werden aber ganz andere Geschichten erzählt.«

»Ich weiß es besser.«

»Und woher beziehen Sie Ihr Herrschaftswissen, wenn ich fragen darf?«

»Woher schon? Von Pia.«

»Meinen Sie das Mädchen, das mit der ganzen Kohle abgehauen ist?«

Wieder brüllte Meinert los: »Ist sie nicht!«

»Na klar, sie wird draußen auf Sie warten, wenn Sie irgendwann das Gefängnis verlassen dürfen.«

Betont langsam beugte sich Meinert vor und redete mit unnatürlich leiser Stimme: »Ich glaube, ich sollte Ihnen nicht mehr zuhören, wenn Sie so über Pia herziehen und nur in Anwesenheit meines Anwalts etwas sagen.«

Hilpert erhob sich, ohne etwas von sich zu geben. Solange Meinert mitspielte, konnte man seine Anwesenheit beim Verhör erklären. Nun aber gefährdete er den Erfolg künftiger Befragungen. Offiziell hatte er dort nichts zu suchen. Also gab es nur den qualifizierten Rückzug. Er wandte sich ab, als ihm eine weitere Frage einfiel: »Sagt Ihnen der Name Kuschel etwas?«

Die Antwort kam wie aus der Pistole geschossen: »Nie gehört.«

Pia war eindeutig seine Achillesferse. Hier galt es, bei künftigen Verhören anzusetzen. Nun orientierte er sich Richtung Tür.

»Herr Hilpert.«

Er drehte sich ihm zu. »Ja?«

»Das mit Pia, meinen Sie das wirklich ernst oder ist das nur so ein Trick, den man bei der Polizei lernt?«

»Mensch, Meinert, wachen Sie auf!«, erwiderte er ruhig. »Das Mädchen hat euch beide verladen. Und das vermutlich gemeinsam mit Keller. Wie dieser Spielmann da reinpasst, ist mir nicht ganz klar.«

Der Befragte nickte. Trotz aller Emotionen hatte er seinen Verstand wieder eingeschaltet. »Also, es muss zumindest noch einen weiteren Komplizen geben. Ich hab das aus der einen oder anderen Bemerkung von ihr herausgehört.«

»Danke für den Hinweis.«

»Glauben Sie mir, ich habe Klaas' Tod nicht gewollt. Und ich war nicht daran beteiligt. Ich bin schließlich kein Mörder. Letztendlich waren wir Freunde.«

»Und wer hat ihn erschlagen?«

»Ich hab ihn tot in der Scheune gefunden und dann in den Wald gebracht. Das ist die ganze Wahrheit. Keine Ahnung, wer das getan hat und warum. Außerdem ist das alles anders geplant gewesen.«

»Nämlich?«

»Es war bereits im Vorfeld eine zweite Runde vorgesehen. Diesmal wollten wir 'ne Million abkassieren.«

»Ihr wolltet tatsächlich nochmals abkochen?«

»So ist es. Die hat doch Kohle genug, die Lüders. Für Klaas hätte sie richtig was ausgespuckt. Das hätte für uns allemal gereicht. Wir wären damit abgezwitschert.«

»Woher wissen Sie das mit Frau Lüders? Sagen Sie jetzt nicht von Pia.«

»Blödsinn. Ich kann eins und eins zusammenzählen. Schließlich kannte ich die Familie seit vielen Jahren. Klaas war ihr Ein und Alles. Außerdem hat er es mir erzählt. Er wusste halt nicht, dass er aus dem Geschäft draußen war.«

Hilpert nickte ihm zu. »Warum habt ihr nicht gleich mehr gefordert?«

»Gute Frage, die ich mir seit geraumer Zeit stelle. Ich meine, es war Pia. Testen wollte sie, was so ging.«

»Eine zweite Geldübergabe hätte euer Risiko doch erhöht.«

»Eben.«

Damit eröffnete sich ihm eine weitere Frage. »Was hättet ihr mit Klaas gemacht? Den wolltet ihr doch bescheißen.«

»Wir beabsichtigten, in Pias Heimat abzuhauen. Dort wären wir mit dem vielen Geld weit gekommen. Vom Flughafen aus hätten wir bei seiner Mutter angerufen und seinen Standort durchgegeben. Das wär's gewesen.«

»Und die Kohle wolltet ihr im Rucksack mitnehmen?«

»Dafür wäre uns schon was eingefallen. Täglich werden Millionen über die Grenze geschafft. Und niemand wird erwischt.«

»Klar«, erwiderte Hilpert, »von Profis.«

Log Meinert, um seinen Kopf aus der Schlinge zu ziehen, oder sagte er die Wahrheit? Hilpert war sich unsicher. Vermutlich hatte das Mädchen den jungen Mann total um den Finger gewickelt und seinen Verstand gänzlich ausgeschaltet. Garantiert hatte sie andere Pläne, als mit ihm in ein Land zu fliegen, in dem sie sich nie zuvor aufgehalten hatte. Offensichtlich machte Liebe zuweilen nicht nur blind sondern insbesondere dumm. Nachdenklich verließ er den Raum. Er ließ einen jungen Mann zurück, bei dem die Vernehmung ihre Spuren hinterlassen hatte. Bekam man einen gewissen Abstand zu einem Menschen, verwischten die Emotionen und der Verstand setzte zögerlich ein.

Auf dem Korridor traf er Geiger, der das Gespräch von draußen verfolgt hatte.

»Könnte Spielmann der große Unbekannte sein?«, fragte ihn der Hauptkommissar.

»Warum nicht? Fragt sich nur, welche Rolle er dabei spielt. Gebraucht wurde er nicht.«

»Hieß es nicht, Keller schuldet ihm einen ganzen Batzen? Vielleicht wollte Spielmann sicherstellen, dass er sein Geld zurückbekam und hat sich in die Entführungsaktion gedrängelt.«

»Das bedeutete, wir wären auf der Suche nach einem Trio.«

Hilpert tippte aufgeregt mit dem Zeigefinger gegen die Brust des Hauptkommissars. »So langsam verstehe ich, weshalb die so wenig Geld gefordert haben. Ich vermute, der sogenannte Profi hat sich eingemischt, ohne eine Vorstellung davon zu haben, was für ein Goldvögelchen sie in der Hand gehalten haben. Jetzt ist er tot, weil der auf Nummer sicher gehen wollte.«

»Aber Meinert wusste, was Sache war«, gab Geiger zu bedenken.

»Ob der sich zu Wort gemeldet hat? Ob Spielmann auf den gehört hätte? Ich behaupte, einer von denen hat die Nerven verloren. Entführungsopfer sind ein ständiger Ballast.«

Bei Geiger reichte es gerade noch zu einem Achselzucken. Thesen hatten sie genug, harte Fakten fehlten. Egal, über wen sie als potenziellen Täter oder Handlanger nachdachten, die Herrschaften hatten sich auf Tauchstation begeben. Dieser Fall entwickelte sich hartleibig. Es war einfach zu viel Zeit verstrichen. Sie konnten nur auf einen Erfolg ihrer Fahndungsbemühungen hoffen. Kurz darauf trennten sie sich. Es war für Hilpert an der Zeit, sein Gesicht im Büro zu zeigen.

Der Tag sollte mit einer weiteren Überraschung aufwarten. Hilpert hatte sich gerade hinter seinem Schreibtisch eingerichtet, als sein Exkollege Stange von der Mordkommission bei ihm anrief.

»Wir sind mittlerweile auf den Mann mit der Schusswunde gestoßen. Sein Name ist Gerd Petrusch. Er und der Typ, der ihn verarztet hat, schweigen wie ein Grab. Aber die knacken wir schon. Dieser Petrusch hängt an der Nadel. Dem stehen die Schweißperlen auf der Stirn.«

»Das ist weiter kein Problem«, antwortete er. »Ich kenne den Auftraggeber.«

»Den haben wir auch über einen Tipp aus der Szene herausbekommen. Es ist Kuschel. Durchaus kein Unbekannter für uns, obwohl er bislang eher als Waffen- und Drogenhändler in Erscheinung getreten ist.«

»Mit dem Herrn haben wir uns erst vor Kurzem eingehend unterhalten.«

»Und?«

»Leider waren seine Aussagen reichlich vage. Könnte 'ne Idee sein, ihn abermals aufzusuchen. Diesmal in offizieller Mission.«

»Das wird nur schwer möglich sein.«

»Wie das?«

»Er ist tot. Man hat ihn diese Nacht erschossen.«

»Scheiße! Und wo ist das geschehen?«

»Vor seinem Haus in Nienstedten.«

»Wie kann so was passieren?«, fragte Hilpert ungläubig. »Der ist doch umzingelt von Leibwächtern. Der geht nicht mal allein aufs Klo.«

»Er erhielt einen Anruf von einem Kartentelefon und bestand darauf, allein hinauszugehen. Als er nach zwanzig Minuten nicht zurückkam, haben sie ihn gesucht und gefunden.«

»Das heißt, er kannte und vertraute seinem Mörder.«

»Sieht so aus. Wir haben noch mehr herausgefunden.«

»Spann mich nicht auf die Folter.«

»Kuschel muss in die Entführungskiste involviert gewesen sein. In seinem Arbeitszimmer entdeckten wir eine Unternehmensbroschüre von eurem Laden. Den Namen Lüders hatte er eingekreist.«

»Hm, vermutlich hat er überprüft, ob dahinter wirklich ausreichend Geld steckt. Und dieser Spielmann ist das Bindeglied zwischen Kuschel und den Initiatoren der Entführung. Wesentliche Frage ist, ob die Ermordung von Klaas ungeplant oder ein Unfall war. Ich will nicht glauben, dass man ihn von vornherein zu töten beabsichtigte. Als Toter verlor er seinen Wert. Einen Mann wie Kuschel lockt man garantiert nicht mit ein paar Hunderttausend Euro hinterm Ofen hervor.«

Zögernd kam Stange auf Betriebstemperatur. »Sagtest du nicht, die wollten eh nachlegen?«

»Zumindest hat Meinert das behauptet.«

»Dann passt das doch. Irgendeiner aus der Runde flippt aus. Er erschlägt Klaas. Danach wird ihm klar, dass sich Kuschel das nicht bieten lassen wird. Er tötet ihn ebenfalls.«

»Wer soll das gewesen sein?«, entgegnete Hilpert zweifelnd.

»Ich tippe auf Spielmann. Dumm, wie der ist, hat er die Größenordnung der Transaktion nicht überblickt.«

»Warum erschlägt er Klaas mit einer Eisenstange, wenn er offensichtlich über eine Schusswaffe verfügt?«, bohrte Hilpert weiter.

»Er will von sich ablenken. Zu Kuschel konnte er ja schlecht 'ne Eisenstange mitnehmen. Die Dinger tragen auf.«

»Und warum tötet er den Entführten überhaupt?«

»Er ist ein Berufsverbrecher. Er kann keine Zeugen gebrauchen. Klaas kannte ihn.«

Hilpert kratzte sich am Kopf. Man vermeinte, zu sehen, wie es in ihm arbeitete. Andächtig nickte er.

»Hört sich plausibel an. Solltest du richtig liegen, können wir uns auf einiges gefasst machen. Fällt dir eine Erklärung ein, wie die Entführung und der Mordanschlag auf mich zusammenhängen?«

Stange begann herumzudrucksen. »Mir ist nicht klar, wie die Verbrechen miteinander in Verbindung zu bringen sind. Ein zufälliges Aufeinandertreffen scheint eher unwahrscheinlich.«

»Da gebe ich dir recht. Es wirkt auf mich, als wollte man mich vorsorglich aus dem Verkehr ziehen.«

»Klar, du bist den Tätern zu dicht am Geschehen dran.«

»Trotzdem verstehe ich nichts«, merkte Hilpert nachdenklich an. »Lüders' Ermordung war völlig hirnrissig. Er hat bei der eigenen Entführung mitgemacht. Selbst wenn man ihn um seinen Anteil hätte betrügen wollen, wären seine Hände als Mitbeteiligter gebunden gewesen. Davon abgesehen hätte der sich ein Ei drauf gebacken. Ihn persönlich interessierte das erpresste Geld doch gar nicht.«

»Aber an Pia hat er ja wohl gehangen. Sollte die sich tatsächlich gegen ihn gestellt haben, wäre er ein Unsicherheitsfaktor geworden.«

Hilpert schüttelte den Kopf. »Wenn ihn das Mädchen linken wollte, wird sie es ihm nicht auf die Nase gebunden haben. Schließlich wollte man nochmals bei der Mutter abkassieren. Ihn umzubringen war eindeutig hirnrissig. Ich komme immer wieder auf denselben Punkt. Mit ihm wäre die dicke Kohle drin gewesen, ohne ihn kommt nichts nach.«

»Vielleicht wollte er nicht mehr mitmachen, nachdem er begriff, dass Pia ihn hintergangen hatte«, warf Stange ein.

»Das könnte 'ne Erklärung für den Mord sein. Im Prinzip passt nichts zusammen. Sie hatte eindeutige Ziele vor Augen. Da war Klaas doch der mit Abstand wichtigste Faktor. Zumindest bis zur nächsten Geldübergabe. Nur er konnte ihre Träume erfüllen. Dafür musste er am Leben bleiben.«

Sie begannen sich im Kreis zu drehen. Davon abgesehen war das Telefon nicht das ideale Medium um gemeinsame Gedanken zu entwickeln. Stange beendete kurz darauf das Gespräch, nicht ohne auf den Rat zu verzichten, sich vorsichtig zu verhalten. Der war gut gemeint, half ihm aber nicht sonderlich weiter. Schließlich konnte er sich nicht unsichtbar machen. Hilpert versuchte das Gespräch Revue passieren zu lassen. Zumindest konnte er Alexandra endgültig von der Liste der Verdächtigen streichen. Die passte hinten und vorne nicht als Initiatorin des Mordanschlags auf ihn ins Konzept. Er war froh darüber, der ehemaligen Kollegin und Geliebten künftig etwas freier gegenübertreten zu können. Gleichermaßen entließ er seine Gegner vom Balkan aus dem engeren Kreis der Verdächtigen. Die hatten ihre eigenen Leute und mussten nicht anderweitig auf Auftragskiller zurückgreifen, die sich einen Dreck für deren Motive interessierten. Es begann für ihn kompliziert zu werden. Dort draußen lief jemand herum, der etwas gegen ihn hatte und sogar einen Mord in Auftrag gab. Und ihm kam keine brauchbare Idee für das Motiv in den Sinn. Stanges Interpretation war eher ein Notbehelf. Warum musste Kuschel dran glauben? Schaltete Spielmann ihn wirklich aus, weil er Klaas übereilt umgebracht hatte? Jetzt, da er darüber nachdachte, kam ihm dieser Einfall recht banal vor. Er wippte unruhig auf seinem Sessel. Es gab eine bessere Erklärung. Er glaubte die Sichtweise des eigentlichen Auftraggebers zu begreifen. Dieser hatte es vermutlich mit der Angst bekommen, nachdem der Anschlag auf ihn fehlgeschlagen war und er mit Pristic den Spieß umdrehte und sie Kuschel festsetzten. Er war von ihnen quasi enttarnt worden. Er kannte vermutlich den Kopf hinter allem. Konnte er aufatmen oder ging es weiter? Die Antwort war simpel. Sein unbekannter Widerpart hatte sein Ziel nicht erreicht. Er war nach wie vor gefährdet. Seine Waffe durfte er vorerst nicht ablegen. Und er würde weiterhin Distanz zu seinem unmittelbaren Umfeld behalten. Das Handy riss ihn aus seinen Gedanken. Zu seinem Erstaunen vernahm er Pristic' Stimme.

»Nur ganz kurz. Wir haben uns alle in diesem Spielmann geirrt. Er ist zwar relativ jung, scheint aber gerade Karriere als Auftragskiller zu machen. Man schildert ihn als kaltblütig und erbarmungslos. Er gilt als vorzüglicher Schütze. Der große Vordenker ist er allerdings nicht.«

»Wurde er irgendwo gesehen?«

»Von ihm ist in letzter Zeit kein Zipfel aufgetaucht. Er ist verschwunden, als habe er sich unsichtbar gemacht.«

Nachdenklich beendete er die Verbindung. Da hatten sie es also mit einem Killer zu tun, der gerade mal Anfang, Mitte dreißig war. Wie mochte der zu Pia und Oliver Keller stehen? War er ihr Kumpel oder ein gefährlicher Gegner für sie? In einem stimmten sie zumindest überein: Sie waren allesamt verschwunden. Hoffentlich lebten sie noch.

14

Sie sprang auf, als an ihrer Tür geklopft wurde. Hektisch öffnete sie.

»Na endlich!«, stieß sie hervor, als der Mann eintrat. »Wie lange soll ich mich denn hier verstecken? Ihr macht einen Aufstand, als ginge die Welt demnächst unter.«

»Sag nur Bescheid, wenn du in den Knast willst. Die sind dir dicht auf den Fersen.«

»Scheiße, was ist denn schiefgegangen?«

»Jemand hat Klaas erschlagen.«

Entsetzt hielt sie die Hand vor den Mund. »Wie konnte das geschehen? Das ist ja furchtbar, eine absolute Katastrophe.«

»Hast du denn so an ihm gehangen?«

»Erzähl keinen Scheiß! Es geht um Wichtigeres. Wir haben viel zu wenig Kohle abgegriffen. Seine Mutter ist vielfache Millionärin. 750.000 Euro waren gerade mal der Startschuss. Die war ganz versessen auf Klaas. Da hätten wir bis zum Abwinken abkassieren können.«

»Noch mal zum Mitschreiben. Da wären Millionen drin gewesen?!«

»Worauf du einen lassen kannst.«

Lutz Spielmann sah sie an, als habe sie ihm ins Gesicht geschlagen. »Scheiße, da stimmt doch was nicht! Wenn du darüber Bescheid weißt, wissen das bestimmt andere auch. Nur mir wurde nichts mitgeteilt. Es wurde so getan, als ginge es nur um diese Kohle.«

Aufgebracht setzte er sich in einen der Sessel in dem einfach eingerichteten Zimmer. »Hundert Riesen hat man mit mir vereinbart. Die Kiste stinkt. Ich versteh nicht alles. Aber bald weiß ich mehr, verlass dich darauf. Da wird mir jemand was zu erklären haben.« Er wies mit dem ausgestreckten Zeigefinger auf sie. »Jetzt berichtest du mir haarklein, weshalb ihr ihm ein Beruhigungsmittel eingeflößt habt.«

»So lautete mein Auftrag. Es hieß, man wollte Klaas so herrichten, dass ihm das Leid aus den Augen sprang, wenn von ihm Fotos gemacht wurden. Seine Alte sollte noch tiefer in die Tasche greifen. Bei vollem Bewusstsein hätte er nie mitgespielt. Er hatte schon bei der ersten Forderung lange Zähne.«

Spielmann nickte zu ihren Worten. »Dann hat also jemand die Pläne geändert.«

»Oder das war von Anfang an der Plan gewesen«, entgegnete sie mit bebender Stimme. »Und wir Trottel sind voll darauf reingefallen.«

»Blödsinn, wenn richtig abkassiert werden kann, langt man zu. Und die alte Lüders hat die Kohle in einem Tempo abgedrückt, als würde sie die selber drucken.«

»Das hat Klaas vorhergesagt. Durch ihn sind wir überhaupt auf die Idee gekommen, ordentlich nachzulegen.«

»Scheiße!«, fluchte ihr Gesprächspartner. »Da ist uns nicht nur neues Moos durch die Finger gerutscht, jetzt haben wir die Bullen wegen Mord am Hals. Da müssen wir uns warm anziehen. Bestimmt hetzen die auch diesen Hilpert auf uns.«

Erstaunt blickte sie zu ihm herüber. »Ist der denn so 'ne Granate?«

»Der soll richtig gut sein. Man hat schon versucht, ihn umzulegen.«

»Was du nicht so alles weißt.«

»Ich hab dafür den Kontakt gemacht.«

»Und?«

»Ist voll in die Hose gegangen.« Er stand auf und redete eindringlich auf sie ein: »Das ist jetzt nicht so wichtig. Du bleibst, wo du bist. Da draußen gibt es Leute, die sind für dich gefährlicher als die Bullen oder dieser Hilpert.«

Ängstlich verschränkte sie die Arme vor ihrer Brust. »So ein Mist! Wir hatten uns das so schön ausgedacht. Dann haut ihr dazwischen und alles geht in die Grütze. Ich hätte das allein mit Klaas deichseln sollen. Jetzt ist er tot und die Polizei ist uns auf den Fersen.« Sie tippte energisch mit ihrem Zeigefinger auf sein Brustbein. »Mit dem, was wir haben, kommen wir nicht weit. Unser Anteil ist viel zu gering.«

»Du sagst es. Mal sehen, ob sich da was deichseln lässt. Ich werde in jedem Fall mit jemandem darüber quatschen. Hält der mich für einen Blödmann? Zu der restlichen Kohle ist das letzte Wort noch nicht gesprochen. Von Mord war gleich gar nicht die Rede.«

»Pass bloß auf, dass uns die Mäuse nicht flöten gehen.«

»Keine Angst, da leg ich den Daumen drauf.« Seine Stirn in Falten gelegt, schaute er sie an. »Warum wurde der Junge umgelegt? Und das zu einem Zeitpunkt, wo man ihn lebend gebraucht hätte? Wer war so bescheuert?«

Sie zuckte die Achseln. »Als ich abgehauen bin, hat er friedlich geschlafen.«

»Meinert vielleicht, wenn der dich sieht, sabbert der wie 'ne Kuh beim Wiederkäuen.«

»Vergiss es. Der Arsch ist doch nicht mal in der Lage, jemandem 'ne Ohrfeige zu verpassen. Ich glaub nicht, dass der ein Mörder ist. Außerdem kennt der die Vermögensverhältnisse von der Lüders ganz genau. Er hat selbst gesagt, dass da viel mehr drin gewesen wäre.«

»Viele kommen da nicht infrage. Das hilft uns auch nicht weiter. Ich verschwinde jetzt. Du bleibst auf Tauchstation.«

Erregt sah sie ihm hinterher, als er das Zimmer verließ. Ihre Hände zitterten wie Espenlaub. Fast schien es, als würde sich in ihrem Kopf ein Karussell drehen. Sie musste sich konzentrieren, ihn freizubekommen. Angestrengt drückte sie die Fäuste gegen die Stirn. Wieder und wieder stellte sie sich die Frage, warum wurde Klaas getötet? Vor allem, wer war der Täter? Der Mord an ihm war ihrer Auffassung nach völlig sinnlos. Sie dachte über Meinert nach. Ob der doch in einem Anfall von Eifersucht ...? Kopfschüttelnd verwarf sie den Gedanken. Der Junge war viel zu weich. Spielmann kam ihr in den Sinn. Hatte der vielleicht nur 'ne Show abgezogen? Wollte er sie in Sicherheit wiegen und sie zu einem späteren Zeitpunkt aus dem Weg räumen? Wenn ja, musste sie höllisch aufpassen. Freunde hatten ihr erzählt, dass er sich inzwischen zum Killer aufgeschwungen habe. Es schauderte sie. Die Sache begann ihr über den Kopf zu wachsen. Dennoch brütete sie den ganzen Abend auf der Frage herum, bis ihr eine weitere Antwort in den Sinn kam, die dieses Verbrechen zu erklären vermochte. Auf den ersten Blick erschien sie ihr eher unwahrscheinlich. Aber sie funktionierte. Sie war so perfide, dass sie zu lachen begann. Spielmann war dumm. Der begriff anscheinend gar nicht, an welchem Spiel er beteiligt war. Sie musste nur darauf achten, wo er stand. Er war der perfekte Erfüllungsgehilfe und dabei gefährlicher als eine Giftschlange. Vielleicht konnte sie ihn für sich gewinnen. Sie lachte gehässig auf. Bisher war sie mit einem Trinkgeld vertröstet worden. Das wollte sie schleunigst ändern. In diesem Fall gab es nur eins und eins zusammenzuzählen, wenn ihre Vermutung stimmte. Gemeinsam mit Klaas hätte sie mit ziemlicher Sicherheit eineinhalb bis zwei Millionen abkassiert. Sie wollte in etwa diese Summe fordern. Das war nicht mehr als recht und billig. Sie musste es nur klug anstellen. Allerdings konnte sie ihren Traum von einem Appartement in der HafenCity begraben. Das hätte nur mit Klaas funktioniert. Sie rieb sich die Hände. Mit der Kohle kam sie überall ein ganzes Stück weit. Und sie brauchte diesmal nicht einmal zu teilen. Mit niemandem! Ab sofort suchte sie sich ihre Bettgenossen wieder selber aus. Sie musste natürlich vorsichtig sein. Nicht dass es ihr ähnlich erging wie Klaas. Und trotzdem war ihr bereits der erste Fehler unterlaufen. Sie war dabei, ihrer Gier freien Lauf zu lassen. Damit hatte sie den Schalter zu fassen bekommen, mit dem man gleichzeitig den Verstand abstellte.

* * *

Oliver Keller stellte seine Reisetasche ab und öffnete die Eingangstür zu seiner Wohnung. Die letzten zehn Tage Abwesenheit hatten ihm gutgetan. Vermutlich würde sein Alter Zeter und Mordio schreien, weil er einfach Urlaub außerhalb der Reihe gemacht hatte. Aber das war es ihm wert gewesen. Er ging an den Eisschrank und entdeckte noch eine Dose eines Isodrinks. Er öffnete sie und trank sie in hastigen Zügen aus. Sein Magen knurrte. Außer einem Müsliriegel fand er nichts, um seinen Hunger zu stillen. Also würde er erst einmal den Italiener um die Ecke aufsuchen und dort ein riesiges Nudelgericht ordern. Das hatte er sich verdient. So weit sollte es an diesem Tag jedoch nicht kommen. Es läutete an seiner Haustür. Als er öffnete, standen zwei uniformierte Polizisten vor ihm, die ihn aufforderten, mitzukommen. Sie erweckten nicht den Eindruck, als würden sie mit sich diskutieren lassen. Also ergab er sich in sein Schicksal und folgte ihrer Aufforderung. So konnte er wenigstens auf Handschellen verzichten. Was sie wohl von ihm wollten? Sein Hunger sollte in den nächsten Stunden zumindest nicht sein Hauptproblem bleiben.

Im Präsidium gab man ihm wenig Zeit zum Durchatmen. Baumgartner wie Geiger versuchten ihn abwechselnd in die Ecke zu drängen. Keller wartete mit einer Geschichte auf, die sich so unwahrscheinlich anhörte, dass sie beinahe glaubhaft klang. Er sei eine gute Woche irgendwo im Rheinland mit einer etwas älteren Frau unterwegs gewesen. Sie habe das Fahrzeug gestellt, die Hotelrechnungen bezahlt und sei auch sonst großzügig mit ihm umgegangen. Tatsächlich fanden sich in seiner Brieftasche etwa 1.500 Euro in unterschiedlichen Stückelungen. Ein Fünfhunderter war nicht dabei. Er gab ihnen Namen und Adresse der Frau auf. Ansonsten verhielt er sich gelassen. Langsam stellte sich bei ihm die Ruhe ein. Nachdem man ihm einen Hamburger aus der Kantine organisiert hatte, konnte er seine Magennerven beruhigen. Die beiden Kriminalbeamten saßen derweil in ihrem Zimmer und dachten über Kellers Versuch nach, ihnen ein Alibi nachzuweisen. Die Frau, mit der er sich amüsiert haben wollte, und deren Adresse in Hamburg existierten nicht.

»Wo will er sie denn kennengelernt haben?«, fragte Baumgartner.

»In der Bar im Elysee.«

»Wie kommt der denn dahin? Eigentlich ist das gar nicht seine Welt. Dort isst man nämlich mit Messer und Gabel.«

»So ganz wollte er nicht mit der Sprache heraus. Vermutlich reißt er dort gelegentlich reifere Frauen auf, und bessert damit sein Taschengeld auf.«

Geiger rieb sich nachdenklich das Kinn. »Wenn er mit der Entführung und der Ermordung von Klaas Lüders zu tun hat, was sucht der dann in seiner Wohnung? Er muss doch damit rechnen, dass die überwacht wird.«

»Neue Klamotten, frische Wäsche?«, erwiderte Baumgartner ohne wirkliche Überzeugung.

Geiger winkte ab. »Die haben 750.000 Euro abkassiert. Da könnte er sich bequem an jeder Ecke mit neuen Sachen eindecken.«

Der Kriminalrat antwortete zögerlich: »Vielleicht war ihm gerade das zu riskant.«

»Riskanter, als seine Wohnung aufzusuchen?! Wer's glaubt. Sollte Keller nicht schwachsinnig sein, dann ist er unschuldig. Ich vermute, ihn hat eine gut situierte und noch besser verheiratete Frau in besten Jahren aufgegabelt und sich und ihm einen netten Urlaub gegönnt.«

»Ja, so etwas soll es geben«, brummelte Baumgartner. »Wir können ihn bei den dünnen Verdachtsmomenten eh nicht festhalten. Für einen Haftbefehl reicht es hinten und vorne nicht.«

Geiger erhob sich ohne vorherige Ankündigung.

»Gehen wir rüber und konfrontieren ihn diesmal direkt mit dem Mord. Außerdem haben wir vergessen, ihm eine Frage zu stellen.«

»Tatsächlich? Dann rüber zu ihm. Sie werden schon wissen, was Sie wollen.«

Keller blickte neugierig auf, als ihn die Beamten abermals aufsuchten. »Na, meine Herren, haben Sie noch einen Hamburger für mich?«

»Sagen Sie bloß, das Pappding aus der Kantine hat Ihnen geschmeckt?«, fragte ihn Geiger seltsam berührt.

Der Inhaftierte grinste ihn herausfordernd an. »Das war an diesem Morgen die erste feste Nahrung. Außer Scheiße hätte ich alles runtergeschlungen.«

»Gab's denn in Ihrem Hotel keine Atzung?«

»Hotel? Wir waren Selbstversorger. Wir sind nur abends essen gegangen. Mit dem Frühstück haben wir uns beim Bäcker und Schlachter um die Ecke eingedeckt.«

»Mann, was haben Sie denn die ganzen Tage über veranstaltet?«

»Muss ich Ihnen das wirklich erklären? Hat man Sie nicht aufgeklärt? Also, es gibt Bienen und ...« Vergnügt schlug er sich auf die Schenkel. »Die Frau war einfach unersättlich.«

»Schon gut«, unterbrach ihn Geiger. »Wir haben eigentlich nur noch eine Frage. Wie standen Sie zu Pia?«

»Die scharfe Pia?! Also, die gehörte zu Spielmann. Ich glaube, er hat sie zeitweise für sich laufen lassen. Wir hatten mal kurz was miteinander. Aber sie ist nicht mein Typ.«

»Wie meinen Sie das?«

»Sie sieht gut aus, hat 'ne klasse Figur. Das war's. Die ist kalt wie Eis. Für ihren Vorteil tut die alles. Und sie ist alles andere als dumm. Sie weiß genau, was sie will. Die stöhnt dir in allen Tonlagen was vor, wenn es ihren Interessen dient.«

»Aha. Wie war das nach dieser Geburtstagsfeier von Klaas Lüders?«

Keller lachte hell auf. »Da ist ihr wohl zum ersten Mal aufgegangen, dass in seiner Familie richtig Kohle stecken muss.«

»Wurde so gnadenlos aufgetischt?«

»Das auch, aber die Selbstverständlichkeit, mit der die Familienmitglieder diesen Luxus hingenommen haben, war schon 'ne Klasse für sich. Klaas' Mutter hat 'ne neue Flasche Champagner aufmachen lassen, weil ihr in der angebrochenen nach ihrer Aussage nicht genug Sprudel war. Das war völlig abgedreht. Wissen Sie, was so 'ne Flasche im Hotel kostet? Und davon sind einige getrunken worden.« Er schüttelte den Kopf, als würde er das Geschehen bis heute nicht begreifen. »Das hat mir die Socken ausgezogen, als mir Pia sagte, was allein die Schuhe von Klaas' Schwester gekostet haben sollen. Über tausend Euro. Ihr kurzes Kleid mehr als das Dreifache. Damit kannte sie sich aus.«

»Daraufhin hat sie sich den jungen Mann gegriffen?«

»Seltsamerweise nicht. Nein, da hat Spielmann seine Finger drin gehabt. Er hat sie richtig auf ihn abgerichtet.«

Er blickte von einem Vernehmer zum anderen. »Am besten fragen sie Klaas direkt danach. Wobei ich nicht weiß, ob er sich da nicht einiges vormacht. Pia ist sein Ein und Alles.«

»Ach, Sie wissen gar nicht, dass er tot ist?«

Keller schaute sie entgeistert an. »Klaas ist tot? Ich hatte was von 'ner Entführung läuten hören und mir mein Teil gedacht. Wurde er ermordet?«

Geiger nickte. Der Inhaftierte fuhr sich mit beiden Händen durchs Gesicht. Mit dem Unterarm wischte er sich die Tränen aus den Augen. »Das hat er nicht verdient. Er war ein netter Kerl.«

Geiger blieb von seinem Gefühlsausbruch unbeeindruckt. »Welchen Teil hatten Sie sich denn gedacht?«

»Na, dass Spielmann was gefingert hat. Der Junge ist völlig in die kriminelle Szene eingetaucht. Der knackt längst keinen Automaten mehr.«

»Sie kennen ihn gut?«

»Wir haben sozusagen zusammen in der Sandkiste gespielt. Er war der Wildeste von uns und der Stärkste.«

»Für wen arbeitete er denn?«

Er zuckte die Achseln. »Keine Ahnung. Ich hab nie danach gefragt. Und wenn ich es wüsste, wären Sie die Letzten, denen ich das erzählen würde. Ich bin doch nicht selbstmordgefährdet.«

Sie ließen ihn allein. Eine halbe Stunde später durfte er gehen. Ihnen fielen keine weiteren Fragen ein. Für eine Verhaftung war die Beweislage viel zu dünn. Und schließlich war er nicht aus der Welt. Der lief ihnen nicht so schnell davon. In der Reihe der Verdächtigen war er nach der Vernehmung ein ganzes Stück nach unten gerutscht.

Hilpert erfuhr am Nachmittag von der Festnahme Kellers. Geiger berichtete ihm von dem Verhör, auch von seiner Freilassung.

»Ihr meint, er hat tatsächlich nichts mit den Verbrechen zu tun?«

»Schwer zu sagen. Fakt ist, er kann sein Alibi nicht untermauern. Er will noch nicht mal konkret wissen, an welchem Ort er die Tage verbracht hat. Nach dem Motto, wir haben es uns gut gehen lassen. Da ist es völlig gleichgültig, wo man sich aufgehalten hat.«

»Vielleicht ist er nur Kavalier und hält die Schnauze.«

»Dann wird er sie demnächst wohl öffnen müssen. Mittlerweile weiß er, dass es um Mord geht. Wie ein Altruist sieht der nicht gerade aus.«

»Er hatte nichts von dem Mord mitbekommen?«

»Sieht ganz so aus. Als wir ihm davon berichteten, hatte er Tränen in den Augen. Wie es schien, mochte er Klaas.«

»Dann müssen wir das wohl vorerst zur Kenntnis nehmen. Scheiße, auf den hatte ich große Hoffnungen gesetzt.«

Das Gespräch wirkte bei Hilpert nach. Er ließ sich die Beteiligten an der Entführung durch den Kopf gehen. Außer dem Ermordeten sah er niemanden in der Gruppe der Verdächtigen, der über die notwendige Intelligenz verfügte, sich solch einen

Plan auszudenken und ihn erfolgreich umzusetzen. Hilpert stutzte. Es gab doch jemanden, der den erforderlichen Verstand mitbrachte: Nils Meinert! Der war so unscheinbar, dass man ihn leicht übersah. Und gerade der hatte gewusst, dass aus der Familie Lüders sehr viel mehr Geld herauszukitzeln war. Das konnte nur bedeuten, dass der eigentliche Plan umgestoßen worden war oder es hatte ein ungeahntes Hindernis gegeben. Ohne Klaas gab es kein neues Geld. Den Hahn hatte der Mörder gnadenlos zugedreht. Nicht zum ersten Mal machte sich Hilpert darüber seine Gedanken, nicht zum ersten Mal kam er kein Stück weiter.

Er musste seine organisatorischen Möglichkeiten verbessern. Er stocherte als Einzelkämpfer herum, immer darauf bedacht, von seinen ehemaligen Kollegen mit Informationen versorgt zu werden. Sie waren im Rahmen ihrer Möglichkeiten kooperativ. Aber er saß zu weit weg vom Schuss. Gleichzeitig blickte er sich ständig um, in Sorge darüber, von einem Auftragsmörder umgebracht zu werden. Zumindest diesen Zustand wollte er endlich verändern. Ein Bodyguard musste her. Er hatte mit David Heins einen Mann ins Auge gefasst, den er auch für größere Aufgaben befähigt hielt. Er arbeitete zurzeit bei einer Tochtergesellschaft in Bremen. Da er aus der Gegend stammte, war er selbstredend bekennender Werder-Fan. Trotzdem versprach er, noch am selben Tag zu kommen, als er ihn anrief. Für den nächsten Karriereschritt verzichtete man schon mal auf seinen Tribünenplatz im Weserstadion. Der gemeinsame Gesprächsstoff würde ihnen so gesehen nicht ausgehen. Richtig lieben taten sich die Bremer und Hamburger Fans nicht. Davon abgesehen, hatte sich Werder erdreistet, die letzten Spiele zu gewinnen. Na gut, das nächste Derby kam bestimmt.

Heins war wie Hilpert Junggeselle. Deshalb hatte er seine Reisetasche schnell gepackt. Gegen 19 Uhr trafen sie sich im Büro in City Nord. Er war 37 Jahre alt. Nach zwölf Jahren Bundeswehr in einer Feldjägereinheit hatte er den Schritt in die freie Wirtschaft gewagt und nicht bereut. Er war mittelgroß, kompakt gebaut. Vermutlich würde in zehn Jahren sein Kinn übergangslos auf der Brust liegen. Selbst jetzt musste man schon sorgfältig hinschauen, wollte man so etwas wie einen Halsansatz erkennen. Er war dennoch ungeahnt schnell. Das galt sowohl für seine körperlichen wie für seine geistigen Fähigkeiten. Er war mutig, aber kein Draufgänger.

Dem Angebot stimmte er zu, ohne groß nachdenken zu müssen. »Bodyguard und Ermittler in einer Person, das klingt gut. Und die Gehaltserhöhung ist auch in Ordnung.«

»Das wird kein Abenteuerurlaub.«

»Ich bin kein Kind mehr, Herr Hilpert. Glauben Sie mir, ich liebe das Leben. Mir ist durchaus klar, was da auf uns zukommen kann. Ich bin ein halbes Jahr in Afghanistan gewesen. Schlimmer kann es vermutlich nicht werden. Mich treibt keine Todessehnsucht. Aber ich nehme diese Herausforderung gerne an.«

»Gut, am Wochenende sollten Sie sich mit Ihren persönlichen Sachen eindecken. Wir stecken Sie erst einmal für die nächste Zeit in ein Hotel. Danach sehen wir weiter.«

»Wäre es nicht besser, ich miete mich bei Ihnen ein? Ich meine, als Ihr Bodyguard sollte ich ständig in Ihrer Nähe sein.«

»Ich denke darüber nach. Eigentlich reicht meine Wohnung nur dann für zwei Personen, wenn man in einem Bett nächtigt.« Er blinzelte den Mann an. »Wir wollen mit den Gemeinsamkeiten nicht übertreiben, oder sehen Sie das anders?«

Heins grinste ihn unverhohlen an. »Sie sollten mich mal mit meinem lila Schal sehen.«

Sie trennten sich gegen zehn. Der Fahrer beförderte Heins ins Hotel und anschließend Hilpert nach Hause.

Er schlief schlecht. Gegen drei Uhr stand Hilpert auf und ging in die Küche. Dort machte er sich einen Kakao. Als Kind trank er ihn schon gerne. Als Erwachsener gönnte er sich gelegentlich eine Tasse, wenn er wie diese Nacht nicht durchschlief. Heins hatte recht. Wenn er ihn wirksam schützen sollte, musste er sich dauernd in seiner Nähe aufhalten. Einen Mann würde er als ständigen Gast in seinen eigenen vier Wänden nicht ertragen können. Am besten, er nutzte diese Gelegenheit, ein größeres Appartement zu mieten. Möglichst eines mit eigener Garage. Aber da konnte er eher drauf hoffen, in der nächsten Viertelstunde die russische Sprache perfekt zu beherrschen. Wohnraum in Hamburg war knapp. Und die Objekte, die man kurzfristig anmieten konnte, waren unerschwinglich oder heruntergekommen. Und die Lage passte nie. Da war es beinahe sinnvoller, sich in den

Speckgürtel zurückzuziehen. Diese Idee verwarf er so schnell, wie sie ihm gekommen war. Er kratzte sich am Kopf. Womit hatte er sich im Halbschlaf beschäftigt? Was raubte ihm den Schlaf? Es war nicht die Frage des optimalen Schutzes. Der Name des Freundes von Klaas Lüders schoss ihm wieder in den Sinn. Irgendetwas begann sich aus seinem Unterbewusstsein abzusondern.

»Meinert«, murmelte er, »du hast nicht alles erzählt.«

Hilpert wollte gerade an seinen PC gehen und sich seine Notizen zu Gemüte führen, als es ihm einfiel. Der Hof des Großvaters in Undeloh war in ein Hotel umgewandelt worden. Saßen seine Pappenheimer vielleicht warm und trocken im Herzen der Lüneburger Heide, freuten sich über die Heidschnucken und warteten darauf, dass Gras über die Sache wuchs? Meinert spielte derweil in Hamburg den sympathischen jungen Mann, der kein Wässerchen trüben konnte? Da wollte er zwischenfunken. Er würde mit Heins dorthin einen Ausflug unternehmen. Dabei wollte er Buchholz weiträumig umgehen. Ansonsten müsste er bei seinen Eltern einkehren. Es hätte eine lange Litanei darüber gegeben, weshalb er sich momentan bei ihnen rar machte. Davon abgesehen war es nicht einfach, seine Mutter von Dingen zu überzeugen, die sie völlig anders sah. Vor allem durfte er ihr nichts erzählen. Für die nächsten Wochen wäre es um ihre Nachtruhe geschehen. Bisher kannte er seine Gegner nicht, die ihm ans Leder wollten. Das fehlte noch, dass er sie auf seine Eltern hetzte. Die lebten ihr Leben auf eingefahrenen Wegen. Nach wenigen Tagen wüsste jeder blutige Amateur, wie sie zu schnappen waren.

* * *

Pia rutschte unruhig auf ihrem Sessel herum. Selbst für ihre Lieblingssendungen im Fernsehen fühlte sie sich in ihrem Kopf blockiert. Ihr war mittlerweile klar, wer hinter allem stecken musste. Sie hatte ihm nach reiflicher Überlegung eine SMS abgeschickt und ihre Forderungen gestellt. Ihr Gesprächspartner nahm diese vergleichsweise gelassen zur Kenntnis und hatte sie zurückgerufen. Er versprach ihr, sie am selben Abend aufzusuchen und alles in ihrem Sinne zu regeln. Er wollte sogar eine weitere Abschlagszahlung leisten. Ihre anfängliche Befriedigung war schnell in eine hektische Angst umgeschlagen. Sie wurde nicht mehr gebraucht. Warum sollte er Wort halten? Wenn er Klaas töten konnte, würde er vor ihr ebenso wenig haltmachen. Vielleicht schickte er sogar Spielmann zu ihr. Sie hatte mit beiden ein Verhältnis gehabt. Sie würde keinen der Männer mit süßen Verlockungen von ihrem Vorhaben abbringen können. Die waren anders gestrickt als Klaas und sein Freund Meinert. Angestrengt dachte sie nach. Was sollte sie bloß tun? So ohne Weiteres kam sie von ihrem augenblicklichen Standort nicht weg. Von hier aus gingen keine Züge. Busse würden erst am nächsten Morgen wieder fahren. Davon unabhängig, wohin wollte sie sich absetzen? Nervös knabberte sie an ihrem Daumennagel. Endlich kam ihr die rettende Idee. Keller musste ihr helfen. Der konnte immer Geld gebrauchen. Er kannte Gott und die Welt. Sie griff unters Bett und zog eine Tüte hervor, die sie aufs Bett legte. Mit zittrigen Fingern zählte sie 20.000 Euro ab. Fand sie eine neue sichere Bleibe, würde sie ihre Kasse schon bald mächtig aufbessern. Da handelte es sich bei dieser Summe eher um ein Trinkgeld. Anschließend packte sie ihre Tasche zusammen, griff sich ihr Handy und wählte eine Nummer. Sie versuchte es dreimal ohne Erfolg. Machte sie so weiter, wurde seine Mailbox bald vollständig von ihren Anrufen blockiert. Sie blickte auf die Uhr. Die Zeit begann knapp zu werden. Warum rief dieser Idiot nicht zurück?

Keller kehrte erschüttert in seine Wohnung im Schanzenviertel zurück. Irgendwann würde auch dieses ältere Wohnhaus hochwertig saniert und ihm die Gelegenheit genommen werden, weiterhin relativ zentral und einigermaßen günstig zu leben. Er hatte Klaas gemocht. Er war nicht der Typ, der anderen seinen Reichtum unter die Nase hielt. Vielleicht hätte er dazwischengehen sollen, als sich Pia an ihn gehängt hatte. Sie war das reine Gift für ihn. Aber eigentlich fehlten ihr die Möglichkeiten, solch eine Entführungsaktion auf die Beine zu stellen. Vermutlich stand ihr Spielmann zur Seite. Er war längst dem Stadium des Kleinkriminellen entwachsen und hatte sich in der kriminellen Hamburger Szene etabliert. Der steckte bestimmt tief in dieser Geschichte drin. Bei ihm musste man vorsichtig sein. Die alten freundschaftlichen Bande hatten längst keine Bedeutung mehr. Keller war froh, dass er das Angebot der reizenden Frau für einen verlängerten Aufenthalt in Kopenhagen angenommen hatte. Er hoffte, er würde drum herumkommen, Ross und Reiter zu nennen. Schließlich war sie verheiratet. Glücklicherweise warf er Fahrkarten niemals weg. Sie waren für ihn Erinnerungsstücke an längst vergangene Tage. Auf dem Weg zu seiner Wohnung hatte er sich mit Lebensmitteln und ein paar Flaschen Bier eingedeckt. So konnte er den Tag einigermaßen ausklingen lassen. Mit seinem Vater würde er am nächsten Tag reden. Hoffentlich schmiss er ihn nicht raus. Er brauchte das Geld. Mit den 1.500 Euro in der Tasche kam er nicht weit. Wie lange würde der seine Geduld noch strapazieren lassen?

In seiner Wohnung zog er die Schuhe aus und feuerte sie in die Ecke. Er war durstig. Ganz in Ruhe öffnete er die erste Flasche. Er genoss es, endlich wieder ein Bier trinken zu können. Seine gut betuchte Begleiterin trank ausschließlich Champagner und erwartete selbstverständlich dasselbe von ihm. Sie war vielleicht zehn Jahre älter als er, aber konnte sich durchaus sehen lassen. Er tat ihr während der Zeit jeden Gefallen, den sie ihm abverlangte und ließ selbst nichts aus. Nun konnte er sich wieder auf seinen eigenen Geschmack konzentrieren, musste auf niemanden mehr Rücksicht nehmen. Als sein Handy klingelte, vermutete er schon, dass sie ihn sprechen wollte. Es meldete sich die Mailbox. Zu seiner Überraschung sprach ihm Pia mehrere Nachrichten darauf. Aus ihrer Stimme klang die pure Verzweiflung. Während er überlegte, ob er zurückrufen sollte, rief sie ihn abermals an. Diesmal erreichte sie ihn direkt.

»Hörst du denn dein Handy nicht ab? Ich hab dir mehrmals auf die Mailbox gesprochen.«

»Ich war unterwegs und hatte es zu Hause liegen lassen.«

»Jetzt kommt es eh nicht mehr drauf an. Hast du mitbekommen, was passiert ist?«

»Allerdings, ich war die ganze Zeit bei den Bullen. Was habt ihr euch denn da für 'ne Scheiße einfallen lassen?«

»Es war nicht geplant, Klaas zu ermorden«, antwortete sie knapp. »Wir wollten bei seiner Mutter Kohle abgreifen. Er war voll dabei.«

»Und wieso lebt er dann nicht mehr? Er wird ja wohl kaum von der Polizei auf der Flucht erschossen worden sein.«

»Natürlich nicht. Er wurde erschlagen.«

»Erschlagen! Wer tut denn so was?«

»Ich hab da 'ne Idee. Ich glaube, ich weiß, wieso er sterben musste.«

»Du sprichst in Rätseln. Aber warum erzählst du mir davon? Ich will in die ganze Scheiße nicht mit reingezogen werden.«

»Ich brauche deine Hilfe. Du musst mich von meiner momentanen Unterkunft abholen. Hier ist es mir langsam zu gefährlich.«

»Bist du bescheuert? Es geht auf 22 Uhr zu und ich hab was getrunken. Vor morgen schaff ich das nicht. Davon abgesehen, wo soll ich dich unterbringen? Wer weiß, vielleicht überwachen die Bullen weiterhin meine Wohnung.«

»Das lass mein Problem sein.«

»Gut und was springt für mich dabei raus, wenn ich dir helfe?«

»Sag einen Preis.«

»Oh nein, du machst mir ein Angebot. Und ich sage Ja oder Nein.«

»Gut, zwanzig Mille.«

Er schluckte. Mit so viel Geld hatte er nicht gerechnet. Damit kam er ein ganzes Stück weiter und konnte gelassener nach vorne schauen. Endlich lag mal wieder ein Urlaub mit einem Mädchen seiner Wahl drin. Viel Arbeit war mit der Aktion nicht verbunden. Eigentlich sollte er nur einer Frau helfen. Mehr als ein paar Stunden musste er dafür nicht veranschlagen. Und was ging er für ein Risiko ein?

»Wie schnell kommst du an die Kohle ran?«

»Lass dich überraschen.«

»Nee, nee, Butter bei die Fische, sonst läuft nichts.«

»Du kriegst das Geld heute Abend.«

»Das ist schon eher ein Wort. Wo steckst du denn?«

Sie nannte ihm die Adresse. »Du musst dich sofort auf die Socken machen. Lass mich nicht warten. Ich hab einen Fehler gemacht. Ich hab zu vorschnell jemanden angerufen. Der könnte mir gefährlich werden.«

»Okay, okay, ich beeil mich. Für so viel Kohle kann man mal 'ne Ausnahme machen.«

Kurz darauf verließ das Haus. Er vermeinte fast das Knistern der Scheine in seinen Händen zu spüren. Ein paar Meter weiter hatte er sein geliebtes rotes Cabrio auf einem Hinterhof stehen. Er war mit einem der Mieter gut befreundet. Dort stand es relativ sicher vor frustrierten Jugendlichen und Autoknackern. Er kannte sich damit aus. In jungen Jahren hatte er selbst wenig ausgelassen. Seine Spezialität waren Radkappen und Autoradios. Zufrieden startete er den Motor. Auf dem Weg zur Autobahn schaute er in der Stadt immer wieder hinter sich. Doch niemand schien ihm zu folgen. Bei dem relativ spärlichen Verkehr hätte er etwas merken müssen. Hinter den Elbbrücken war er sicher, dass für ihn kein Schatten abgestellt worden war. So wichtig war er wohl nicht für die Polizei. Jetzt am späten Abend war die Strecke frei und er konnte das Gaspedal durchtreten. Er saß zwar nicht in einem Porsche, aber 180 Kilometer die Stunde schaffte sein Sportwagen spielend. Es war lange her, dass er der Gegend seine Aufwartung machte. Sich an der Landschaft zu erfreuen, sie sich zu erwandern, war nach seiner Auffassung etwas für Familien mit Kindern und ältere Leute. Vor seinem geistigen Augen flatterten die Euroscheine. Er spürte, wie sich Euphorie in ihm aufbaute. Trotzdem hätte er auf diesen Besuch besser verzichtet, aber er war kein Hellseher. Auch ihm hatte die Erwartung auf das große Geld die Augen verkleistert.

15

Am Maschener Dreieck nahmen Hilpert und Heins am nächsten Tag die A7. Sie fuhren gegen den Berufsverkehr und hatten die Hansestadt bald im Rücken. An der Abfahrt Egestorf verließen sie bereits wieder die Autobahn. Heins hatte Hilpert kurz nach neun mit dem Fahrer abgeholt. Für ihn war es eine neue Erfahrung, nicht selbst hinterm Steuer zu sitzen, sondern sich chauffieren zu lassen, als habe er im Lotto gewonnen. Sie nahmen die Landstraße Richtung Sahrendorf. Von dort aus war es allenfalls ein Katzensprung nach Undeloh. Die ehemaligen Heidebauern, die karge Sandböden beackerten, feierten vermutlich bis heute den Tag, an dem ihnen klar wurde, dass Tourismus in Deutschland sehr viel einträglicher war. Sie bogen in die Wilseder Straße ein und erreichten wenig später ihr Ziel. Wenige Hundert Meter weiter war die Welt für normale Fahrzeuge gesperrt. Ab dort regierten die Kutschen, die den Einlass in einen Teil der Heide gewährleisteten. Selbstredend war es dem interessierten Fußgänger ebenso freigestellt, sich auf Schusters Rappen in eine Gegend zu begeben, die tatsächlich so beeindruckend war wie in den Heimatfilmen der Fünfzigerjahre besungen. Wer Glück hatte, begegnete noch einem real existierenden Schäfer, der mit seinen Hunden eine Heidschnuckenherde durch die Landschaft führte. Üblicherweise handelte es sich um aufgeschlossene Menschen, für die die Hektik der Gegenwart keine Bedeutung hatte. Sie verfügten über Zeit. Man konnte sich herrlich mit ihnen unterhalten. Sie beschäftigten andere Probleme als Inflationsängste oder Finanzkrise. Wer marschierte schon durch die Heide, um sich Börsentipps einzuholen?! Für Hilpert waren diese Gedanken eher belanglos. Ihn interessierte ausschließlich, ob seine Überlegungen richtig gewesen waren. Sie ließen den Fahrer auf dem Parkplatz vor dem Hotel zurück. Soweit auf dieser Fläche in der Vergangenheit ein Bauernhof gestanden hatte, war dieser vermutlich vor Jahrzehnten dem Zahn der Zeit oder besser der Abrissbirne zum Opfer gefallen. Trotzdem hatte man versucht, ein ehrwürdiges Ambiente zu erhalten, wie die gekreuzten Niedersachsenrösser an den Giebeln demonstrierten. Selbstredend war das Haus im Fachwerkstil errichtet worden. Heideromantik zog sich durch das Foyer. Man entdeckte auf alt getrimmtes Holzmobiliar. Trophäen von Rot- und Schwarzwild ließen darauf schließen, dass man dieses Gebiet gern auch mal mit dem Drilling heimsuchte. Selbstredend durfte das Schafsflies nicht fehlen, das im Bereich eines mächtigen Kamins halb rechts von der Rezeption an die Wand genagelt worden war. In Afrika hätte sie vermutlich ein Löwenfell mit Schädel empfangen, in Teilen Indiens wohl ein Tiger. Hier begrüßte den Gast ein ausgestopftes Wildschwein, das seine mächtigen Hauer energisch nach vorne streckte. Im Gegensatz zu Löwen und Tigern war diese Tiergattung auf dem Vormarsch. Gut ernährt aus den Maisfeldern der Biogasanlagen, gelenkt von einer überdurchschnittlichen Intelligenz behaupteten sie sich eindrucksvoll gegen den Menschen. Wollte man sie wirksam bekämpfen, musste man wohl die Jäger demnächst mit Nachtsuchgeräten aus Beständen der Bundeswehr und mit MGs ausstatten. Wie sich im Innenraum zeigte, war der Restaurationsbetrieb insbesondere auf den Tagesgast eingerichtet, der, individuell oder in Bussen angekarrt, traditionelle Kost genießen wollte. In den Wintermonaten ließ man sich gern zu Grünkohl satt verführen. Allerdings musste man auf die Pinkel verzichten. Die gab es erst wieder im Bremer Raum und an der Küste bis hoch nach Cuxhaven.

Hilpert eilte energisch auf eine Dame zu, die ihn mit einem freundlichen Lächeln hinterm Tresen begrüßte. Ohne viel Federlesen zeigte er ihr ein Foto von Pia und von Spielmann. »Sind diese Herrschaften Gast in diesem Haus?«

»Wieso stellen Sie mir diese Fragen? Gehören Sie zur Polizei? Können Sie sich ausweisen?«, wich die Dame in dem gepflegten Trachtenkleid aus.

Ruhig griff er in seine Hosentasche und zog sein Handy heraus. »Ich kann gern ein Sonderkommando herbeordern, das sich jeden einzelnen Gast individuell vornimmt. Wenn das gewollt ist?!«

Erschrocken griff sie nach den Fotos. »Bloß das nicht.« Kopfschüttelnd legte sie die Bilder zurück. »Nie gesehen. Momentan haben wir ein älteres Klientel im Haus und Familien mit jüngeren Kindern, denn die Sommerferien sind vorbei. Die hübsche Frau wäre mir gewiss aufgefallen.«

»Der Betrieb gehört immer noch der Familie Meinert?«

»Oh ja, bereits in vierter Generation. Früher stand hier ein Heidehof.«

Hilpert bedankte sich und begab sich mit Heins nach draußen. Die Frau hatte garantiert die Wahrheit gesagt. Seine Idee war wohl doch nicht so gut gewesen. Sie waren gerade im Begriff zu gehen, als er entschied, im Biergarten vor dem Haus einen Kaffee zu trinken.

»Ich bin mir so sicher gewesen, die richtige Nase gehabt zu haben«, beklagte er sich bei Heins.

»Vielleicht halten die sich in einem anderen Hotel in der Gegend auf?«, versuchte sein Begleiter ihn zu trösten. »Die Auswahl ist schließlich groß genug.«

»Unwahrscheinlich. Meinert wird seinen Heimvorteil nicht hergegeben haben.«

»Vielleicht spielen die auswärts?«

»Was weiß ich?«, erwiderte er angefressen. »Jetzt stehen wir wieder an der gleichen Stelle wie zuvor, haben nur den ganzen Vormittag dafür hergegeben.«

Sie tranken ihren Kaffee aus und bezahlten anschließend. Einem Impuls folgend gönnten sie dem gesamten Areal einen eingehenderen Blick. Es war durchaus gelungen, ein Ambiente zu schaffen, das an längst vergangene Zeiten erinnerte. Am Rande des Parkplatzes entdeckten sie ein rotes Cabrio, das beinahe als Oldtimer durchgegangen wäre. Hilpert ging neugierig darauf zu und schaute hinein. Ihm fiel nichts Besonderes auf, bis auf die Hamburger Nummer.

»Sieht nicht sonderlich aufgeräumt aus«, wandte er sich an Heins. »Zumindest ist dies kein taugliches Fahrzeug für die Zielgruppe, die sich im Hotel aufhalten soll. Für ältere Menschen kaum geeignet, für Familien zu klein.«

»Vielleicht ein Tagesgast?«

»Unwahrscheinlich. Die stellen ihre Kisten weiter oben ab.«

Unweit von ihnen blickten sie auf ein älteres kleineres Gebäude, das offensichtlich sorgfältig restauriert worden war.

»Das ist bestimmt ein privates Gästehaus«, brummelte Hilpert. »Los, schaun wir dort mal rein.«

Mit energischen Schritten gingen sie darauf zu, als sie eine kräftige Stimme erreichte. »Hey, was suchen Sie dort? Das ist privat.«

Vor ihnen baute sich ein groß gewachsener breitschultriger Mann um die fünfzig auf. Seine verarbeiteten Hände bewiesen, dass man selbst in der Neuzeit in solch einem Betrieb körperlich arbeiten musste.

»Habe ich es mit Herrn Meinert zu tun?«, fragte Hilpert ungerührt.

»Ja, ich bin ein Cousin des Eigentümers.«

»Haben Sie heute schon die junge Frau zu Gesicht bekommen, die in dem Haus nächtigt?«

Er schüttelte den Kopf. »Die steckt ihre Nase eigentlich nie heraus.«

»Sie ist ein Gast des Juniors, stimmt's?«

»Sie sagen es. Nur was soll die Fragerei?«

»Wir wollen die junge Frau sprechen. Was halten Sie davon, wenn Sie uns einfach zu ihr führen?«

»Warum sollte ich?«

»Weil Sie keinen Ärger mögen. Und wir genauso wenig.«

»Ärger, wieso Ärger?«

»Lesen Sie keine Zeitung?«

Das rote Gesicht verriet mehr als ein langes Lamento. »Kommen Sie.«

Sie betraten das Haus, das auch innen liebevoll restauriert worden war. Die dicken Holzbalken in der Decke hatten garantiert das Alter, das sich vermuten ließ. Das Mobiliar, das sie in der kleinen Diele vorfanden, hatte vor hundert Jahren ganz sicher eine konkrete Funktion wahrgenommen und war nicht in den Siebzigerjahren von einem begabten Möbeltischler hergestellt worden.

»Dort ist das Zimmer«, wies Meinert sie an. »Seltsam, die Tür ist nicht geschlossen.«

Hilpert drückte mit der Fußspitze vorsichtig gegen das nur angelehnte Türblatt. Es ließ sich ohne Widerstand bis zur Hälfte öffnen. Danach ging es nicht weiter. Er sah hinein und begriff die Ursache. Er war auf zwei Leichen gestoßen, einen Mann und eine Frau. Diese blockierten die Tür. Er zog seinen Bauch ein und schob sich durch die Türöffnung. Vorsichtig betrat er das Zimmer. Selbst im Tod konnte er sich der attraktiven Ausstrahlung Pias nicht entziehen. Er bückte sich zu ihnen herunter, ohne etwas zu berühren. Beide waren erschossen worden. Es handelte sich um präzise Wunden in der Stirn. Hier war ein Profi tätig gewesen. Die männliche Person kannte er von einem Foto. Es handelte sich unzweifelhaft um Oliver Keller. Er überlegte. Hatte der nicht am Vortag bei der Hamburger Polizei gesessen? Es wäre wohl besser für ihn gewesen, man hätte ihn im Präsidium behalten. Er erhob sich, ging wieder in den Flur, nahm sein Handy und erreichte Geiger von der Sonderkommission.

Er informierte ihn über die Mordopfer. »Du solltest auch die zuständigen Kollegen aus Niedersachsen einschalten. Ich meine, die Mordkommission in Buchholz ist zuständig.«

So verschaffte er den Exkollegen seiner Vaterstadt unerwartet Arbeit.

Die Hamburger erschienen zu dritt, angeführt von Baumgartner. Die nächsten Stunden waren geprägt durch die Arbeit der Spurensicherer. In ihren hellen Schutzanzügen erinnerten sie eher an Mitarbeiter in einer Chipproduktion als an Ermittler. Dennoch konnte man ihre Arbeit gar nicht hoch genug einschätzen. Sie ließen sie gewähren. Ausrichten konnten sie eh nichts. Und ihr kluger Rat wurde ebenso wenig angefordert. Im Verlauf des Nachmittags setzten sich Baumgartner und Hilpert zusammen.

Im Restaurant orderten sie für sich eine große Kanne Kaffee. Erfahrungsgemäß dauerten solche Tatortuntersuchungen eine Weile.

»Mensch, Hilpert, nun erzählen Sie mir erst einmal, was Sie hierher verschlagen hat. Kaum sind Sie da, schon dürfen wir uns über zwei weitere Leichen freuen.«

»Ob Sie es glauben oder nicht, eigentlich ist es eine durchwachte Nacht gewesen, die mich nach Undeloh geführt hat.«

Der Polizeirat ließ ihn ausreden, ohne ihn zu unterbrechen. Anschließend nickte er anerkennend. »Das macht den Ermittler aus. Sich mit nichts zufriedenzugeben, alles zu hinterfragen. Dann will ich mal nicht hinterm Berg halten und Ihnen unsere spärlichen Ergebnisse mitteilen. Das Paar wurde, wie man unschwer erkennen kann, erschossen. Das muss ein hervorragender Schütze gewesen sein. Die Morde geschahen offensichtlich innerhalb weniger Sekunden. Es wurde ein großes Kaliber verwendet. Das erklärt auch die Schweinerei auf dem Boden und an den Wänden.«

»Spielmann«, knurrte Hilpert vernehmlich.

»Vermutlich. Die Tatzeit lag irgendwann zwischen Mitternacht und ein Uhr.«

»Hat niemand was gehört?«

»Da sind wir mit den Vernehmungen noch nicht durch. Es sieht aber nicht danach aus. Anscheinend wurde ein Schalldämpfer benutzt.«

»Keller ist doch bei euch gewesen. Gab es keine Möglichkeit, ihn festzusetzen?«

»Wir hatten keinerlei konkretes Material gegen ihn. Dafür wissen wir, weshalb er hierhergekommen ist. Pia Raithel hat ihn hergebeten.«

»Woher wisst ihr das?«

»Sein Handy. Während der Zeit bei uns hat sie mehrmals versucht, ihn zu erreichen und ihm auf die Mailbox gesprochen. Sie war ganz hektisch, hat ihn geradezu angefleht, sie aufzusuchen. Ihr Handy ist leider verschwunden.«

»Ich verstehe. Was wollte sie von ihm?«

»Das wissen wir nicht. Weshalb er zu ihr gefahren ist, ist eindeutig. Es war nicht die große Freundschaft, die ihn dazu bewog, denn sie hat ihm 20.000 Euro gegeben. Die steckten in seiner Jackentasche.«

»Und woher wisst ihr, dass das Geld von ihr ist?«

»Sie hatte noch mehr davon in einem Plastikbeutel. Exakt 80.000 Euro.«

»Wofür gibt sie ihm so viel Kohle?«, fragte er eher sich selbst, als dass er Baumgartner ansprach.

Trotzdem versuchte der sich mit einer Antwort. »Sieht beinahe wie eine Art Honorar aus.«

Hilpert rührte seinen Kaffee gedankenverloren um, obwohl er ihn schwarz trank. Kühl genug war er jedenfalls. Er setzte die Tasse an die Lippen und leerte sie mit einem kräftigen Schluck. Mit einem Ruck setzte er sie auf dem Unterteller ab. »Das macht Sinn. Gehen wir zum Tatort zurück.«

Er ließ alles erneut auf sich einwirken und redete ruhig auf den Kriminalrat ein: »Allem Anschein nach wollte sie sich absetzen. All ihre Siebensachen stecken sorgfältig verpackt in ihrer Reisetasche. Auf einen längeren Aufenthalt war sie allerdings nicht eingestellt. Da ist keine frische Kleidung mehr drin. Das Ding ist denen eindeutig aus den Händen geglitten.«

»Also ist ihr das Pflaster zu heiß geworden«, stimmte ihm Baumgartner zu. »Nicht umsonst hat sie nach Keller gerufen. Vermutlich benötigte sie Unterstützung, um wegzukommen. So 'ne Art Bodyguard und Chauffeur in einer Person. Das ist ja nun voll in die Hose gegangen. Sie sind auf einen Gegner gestoßen, der ihnen in allem voraus war.«

»Hat er ihr was angetan?«

»Es gibt keinerlei Hinweise auf eine Vergewaltigung.«

Nachdenklich fuhr sich Hilpert mit einer Hand durchs Haar. »Unter Garantie muss etwas vorgefallen sein. Wusste sie zu viel oder wollte sie mehr Geld abzocken? Unter Umständen trifft beides zu.« Die Hände bis zum Anschlag in die Hosentaschen versenkt, starrte er auf die Stellen, wo die Leichen gelegen hatten. Inzwischen waren sie fortgeschafft worden. »Wovon oder über wen wusste sie so viel, dass sie sterben musste? Wieso belässt der Mörder denen das Geld? 100.000 Euro sind kein Pappenstiel.«

»Gute Frage. 'ne passende Antwort will mir nicht einfallen. Möglicherweise wollte er sich nicht zu lange am Tatort aufhalten.«

Hilpert grinste schief in seine Richtung. »Das ist alles 'ne Frage der Nerven.« Er kratzte sich nachdenklich am Kopf. »Mit Sicherheit hat ihr die Summe, die sie bekommen hat, nicht gereicht. Pia träumte von einer Wohnung in der HafenCity. Da kommt man mit 100.000 Euro nicht so furchtbar weit. Das reicht gerade für die Maklerprovision.«

»Da hat ihr wohl jemand das Geld zugeteilt, oder es gab nicht mehr, weil zu viele Hände danach gegriffen haben«, versuchte sich der Beamte mit einer Erklärung.

»Richtig, nur wenn man die Beute bereits aufgeteilt hat, lässt man solch einen Batzen nicht so einfach liegen. Und so viele Verstecke sehe ich in dem Zimmer nicht. Der Täter hätte es innerhalb von Minuten mitgehen lassen können.«

»Eventuell wurde er gestört und musste schnellstens das Weite suchen.«

Hilpert schüttelte zweifelnd den Kopf. »Zu der späten Zeit? Wer soll das gewesen sein? Und wenn, dann müssen wir uns auf eine weitere Leiche einstellen.«

»Malen Sie bloß nicht den Teufel an die Wand. Das hier reicht mir voll und ganz.«

Hilpert war im Begriff zu gehen, als er innehielt. »Habt ihr an den jungen Meinert gedacht? Langsam scheint mir, als spielte er in diesem Stück eine gewichtigere Rolle, als wir bisher angenommen haben. Bestimmt kannte er die ganze Zeit über Pias Aufenthaltsort. Der hat uns prächtig hingehalten. Hätte er geredet, würde sie noch leben.«

Gequält verzog Baumgartner sein Gesicht. »Danke für den Hinweis. Aber manchmal denken selbst wir mit. Den nehmen sich gerade unsere Leute in Hamburg vor. Selbstredend haben wir auch Fingerabdrücke in dem Zimmer genommen, sollte das die nächste Frage sein. Wenn Sie einen weiteren Tipp für uns haben, nur raus damit.«

Hilpert lachte gequält auf. »Entschuldigung. Ich will euch nicht in die Suppe spucken oder den Klugscheißer spielen. Manchmal vergisst man das Selbstverständliche. Zumindest geht es mir gelegentlich so.«

»Alles ist okay. Jeder Verdächtige wird immer und immer wieder befragt. Nur kann man momentan nicht von einer sonderlich großen Auswahl reden. Unsere Spurensucher arbeiten akribisch. Es wird gemessen, gewogen und verglichen. Trotzdem. Wären wir in der Lage, jede relevante Frage zu stellen, würden wir an jede denkbare Verknüpfung gedacht haben, wir hätten Aufklärungsquoten von 80% und mehr.«

Hilpert lachte auf. »Nun mal nicht so ehrgeizig.«

Sie trennten sich in aller Freundschaft. Er winkte Heins zu, der ihn ostentativ angähnte. Mittlerweile war es spät geworden. Gemeinsam traten sie die Rückfahrt an. Kurz vor Mitternacht lag Hilpert endlich in seinem Bett. Der Aufenthalt in der Heide hatte sich länger hingezogen, als er anfangs vermutet hätte. Die aktuellen Ereignisse wirkten eine ganze Zeit in ihm nach. Der Fall nahm ungeahnte Dimensionen an. Erst eine halbe Stunde später schlief er ein. Die jungen Leute hatten einen Schneeball geworfen, der eine Lawine verursacht hatte, und ein Teil von ihnen war bereits darunter begraben.

16

An diesem Vormittag hatte sich Hilpert mit Wellner verabredet. Ihn trieb nichts zu seinen ehemaligen Kollegen im Präsidium. Er hielt es eher für unwahrscheinlich, dass sich in den letzten Stunden neue weiterführende Hinweise ergeben hatten. Vor allem aber wollte er sie nicht nerven. Die Erfahrung lehrte, wirkliche Freude kam oft erst auf, wenn man auf den Rücken des Gastes blickte. Der Unternehmer zeigte sich zufrieden, dass durch sein Mitwirken offensichtlich Tatbeteiligte aufgefunden wurden. Deren Tod nahm er mit einer gewissen Genugtuung zur Kenntnis. Dass noch Verdächtige flüchtig waren, nahm er gelassen hin.

»Wenn ich die Dinge richtig bewerte, ist der Fall damit wohl weitgehend gelöst.«

Hilpert nickte zu seinen Worten. »Davon gehe ich aus. Spielmann hat aller Voraussicht nach die Morde begangen. Er ist der einzige Profi in der Runde. Meinert war möglicherweise Mittäter.«

»Das heißt also, die eigentliche Ermittlungsarbeit ist abgeschlossen?!«

»Soweit sich keine neuen Aspekte ergeben, kann man davon ausgehen.«

»Was halten Sie davon, wieder ins Managementboot zurückzukehren?«

»Wenn ich nicht irre, werde ich dafür bezahlt.«

»Wie steht es um die Gefährdung Ihres Lebens?«

»Latent ist sie immer gegeben. Aber ich bin fest davon überzeugt, der letzte Mordanschlag hatte mehr oder minder mit der Entführung zu tun.«

»Meinen Sie, aus der Richtung muss man weiterhin Gefahr befürchten?«

»Wissen Sie, Dr. Wellner, die Tatbeteiligten haben vermutlich genug damit zu tun, die eigene Haut zu retten. Die haben keine Zeit für mich. Da müssten sie sich aus ihrer Deckung herausbewegen. Das widerspräche jeglicher Erfahrung. Trotzdem bleibt ein Restrisiko.«

Der Konzernchef blickte ihn mit gerunzelter Stirn an. »Warum musste Klaas sterben? Der hat nun wirklich niemandem etwas getan.«

»Ich vermute, es war eine Tat im Affekt. Die Art, wie er getötet wurde, weist nicht unbedingt auf einen professionellen Killer hin. Die machen sich ungern die Hände schmutzig. Es war eine Frau im Spiel, also hätten wir eines der häufigsten Tatmotive: Eifersucht. Vielleicht gab es Streit bei der Verteilung der Beute, wer weiß? Habgier ist als Motiv ähnlich populär.«

»Das hieße, als Täter käme selbst Nils Meinert infrage, obwohl er der beste Freund von Klaas war?«

»Wie sagt man so trefflich, im Krieg und in der Liebe sind alle Mittel erlaubt.«

»In dem Fall passt Pias Tod erst recht nicht.«

»Nein, dahinter steckt garantiert dieser Spielmann. Amateure benutzen keine Schusswaffen mit Schalldämpfer. Vor allem schießen sie nicht so perfekt.«

»Aber warum sollte er sie getötet haben?«

»Ich bin mittlerweile überzeugt davon, dass sie zu viel wusste.« Hilpert zuckte mit den Achseln. »Allerdings ist das reine Spekulation. Hoffen, wir, dass wir ihn bald in die Finger bekommen. Dann wissen wir mehr.«

»Was ist mit diesem Keller?«

»Wie sich die Faktenlage darstellt, war er wohl nicht an der Entführung und an dem Mord beteiligt. Der hat einfach nur Pech gehabt.«

»Was suchte der dann bei dieser Pia?«

»Ich wette, sie wollte ihn als eine Art Bodyguard gewinnen. Ich gehe davon aus, er hat eingewilligt. Wie ließen sich ansonsten die 20.000 Euro in seiner Tasche erklären?«

»Kann ich nachvollziehen. Wäre er tatsächlich an der Entführung beteiligt gewesen, könnte man diesen Betrag gerade mal als Trinkgeld bezeichnen.«

»Richtig. Davon abgesehen ist die Frau, mit der er unterwegs gewesen sein wollte, noch nicht identifiziert. Aber seine Geschichte klingt glaubhaft. Wer denkt sich solchen Mist aus? Die Polizei ist dabei, seine Wohnung zu durchsuchen. Vielleicht finden sich dort Hinweise, die sein Alibi stützen.«

»Wo wir gerade über einen Bodyguard reden, was macht Heins, Ihr Beschützer? So richtig ist er ja nicht zum Zug gekommen. Was haben Sie mit dem vor?«

»Gott sei Dank ist alles ruhig geblieben. Ich werde ihn vorerst in meinem direkten Umfeld belassen. Danach sieht man weiter. Er ist hervorragend qualifiziert. Der bietet sich für größere Aufgaben an.«

Wellner lehnte sich in seinem Sessel zurück. Fast schien es, als sei ihm eine Idee gekommen. »Warum behalten Sie ihn nicht als eine Art Assistenten?«

»Benötige ich wirklich einen? Bislang funktionierte mein Job doch vorzüglich ohne«, entgegnete Hilpert kritisch. Da wo er herkam, hatte man gleichberechtigte Kollegen, keine Handlanger für die niederen Arbeiten.

»Ich bin sicher, Sie können eine Art Stellvertreter gebrauchen. Ich habe Sie eigentlich aus einem ganz anderen Grund zu diesem Gespräch gebeten. Und der hat relativ wenig mit Ihrem bisherigen Job zu tun.« Wellner setzte eine ernste Miene auf. »Familienunternehmen wie unseres leben unter anderem von den Nachkommen, für die man im Zweifelsfall selbst gesorgt hat. Das klappt mal besser, mal schlechter. Die Erfahrung zeigt, dass die Brut der eigenen Lenden entweder das Gegebene bewahrt und ausbaut, oder alles gerät unter die Räder. Darauf kann niemand Einfluss nehmen. Zumeist hat man längst das Zeitliche gesegnet oder ist zu alt und gebrechlich, um noch dagegen anzugehen.«

»Was hat das mit mir zu tun?«

Wellner grinste ihn an. »Lassen Sie mich bitte ausreden, junger Mann. Da die Produktion von Genies, wie gesagt, nicht vorhersehbar ist, müssen wir ständig qualifizierte Leute von außen ins Spitzenmanagement ziehen. Ich denke da unter anderem an Sie. Ihre Arbeit, Ihr Beitrag auf der letzten Konferenz hat mir gefallen. Meines Erachtens besitzen Sie das Talent, um weiter aufzusteigen.« Er holte tief Luft. »Petra sieht das im Übrigen ebenso.«

»Das ist keine Kunst. Wir sind schließlich Freunde.«

»Davon unabhängig ist sie meine Tochter. Sie würde Sie nicht empfehlen, wäre sie nicht überzeugt von Ihnen.«

»Wenn Sie meinen, will ich das so hinnehmen. Nur, was bedeutet das für mich?«

»Ganz einfach, ich möchte Sie ins operative Management übernehmen. Ihr Assistent Heins kann in absehbarer Zeit Ihre Rolle spielen. Außerdem sind Sie nicht aus der Welt.«

»Das wird sich zeigen. Ich denke gern über Ihren Vorschlag nach. Morgen bekommen Sie meine Entscheidung.«

»Wollen Sie sich mit jemandem beraten?«

»Habe ich nicht eine Freundin?«

Wellner lachte auf. »Oh ja, die haben Sie. Und zwar die beste, die Sie sich vorstellen können.«

»Ich weiß.«

Sie trennten sich in hehrer Eintracht.

In der Kantine traf sich Hilpert später mit Petra. Gegen einen privaten Besuch von seiner Seite hatte sie keine Einwände. Ob sich seine und ihre Interessen deckten, blieb dahingestellt. Zumindest wusste er ziemlich genau, wonach ihm der Sinn stand.

Trotzdem fragte sie besorgt nach: »Du siehst keine Gefährdung mehr für dich?«

Gekonnt wiegelte er ab. »Momentan betrachte ich die Situation eher entspannt. Zudem steht mein Bodyguard vor der Haustür und passt auf uns auf.«

»Ausgezeichnetes Timing. Ich hoffe, du bringst genug Zeit mit.«

Damit erübrigte sich die Frage nach ihrer Motivation.

Gemeinsam verließen sie das Büro kurz nach sieben. Es war geraume Zeit her, dass er sie in ihrem Appartement aufgesucht hatte. Manches kam ihm fremd vor, anderes vertraut. Zuweilen reichte es, einen Sessel, einen Tisch umzustellen, schon ergaben sich neue Ansichten. Petra verschwand im Bad, zog sich anschließend eine luftige Bluse über und schlüpfte in einen kurzen Rock. Die Business-Frau hing im Kleiderschrank, zurück blieb ein attraktives Wesen, das ihm überaus gefiel. Er hängte sein Jackett über eine Stuhllehne und krempelte die Ärmel hoch. Die Krawatte musste bereits im Auto weichen.

»Bleibst du über Nacht?«, fragte sie unvermittelt.

Er schüttelte den Kopf. »Ich nehme mir nachher ein Taxi. Ich kann Heins unmöglich länger als drei Stunden vor dem Haus aufpassen lassen.«

Sie antwortete gelassen: »Was sind drei Stunden gegen die Unendlichkeit? Aber immerhin ist es mehr als nichts.«

Hilpert nickte zu einem Glas Rotwein und hatte keinerlei Einwände, als sie sich an ihn kuschelte. Unvermittelt erzählte er von dem Gespräch mit ihrem Vater.

»Wie es scheint, will er mich fördern.«

»Ich weiß und befürworte es ohne Wenn und Aber«, reagierte sie kurz und bündig, ohne verliebten Augenaufschlag. »Ich traue dir zu, dass du sein Nachfolger werden kannst.«

Entgeistert starrte er sie an. »Du beliebst zu scherzen! Das ist doch wohl dein Job. Was wollt ihr mit einem Exbullen an der Spitze eines Konzerns?«

»Woher willst du wissen, wo meine Interessen liegen? Ich will wenigstens zwei Kinder haben. Ich will sie selbst erziehen und ihnen all meine Liebe geben.«

Erstaunt nahm er wahr, dass diese gescheite, vorzüglich ausgebildete junge Frau in Fragen der Familienplanung eine konservative Seele war. Sie sah ihm seine Verwunderung an.

»Ja, wir Frauen sind nur schwer zu verstehen. So spielt halt das Leben.«

»Ich habe nichts dagegen einzuwenden. Nur, was sagt dein Vater dazu?«

»Ich werde ihn beizeiten darüber informieren. Sollte ich schwanger werden, wird er es hinzunehmen haben. Zumindest bitte ich ihn nicht um seine Erlaubnis. Momentan kann ich Entwarnung geben.«

Er legte einen Arm um ihre Schultern und blickte sie forschend an. »Und warum kommt man gerade auf mich? Es laufen genug vorzüglich ausgebildete junge Manager durch die Gegend, die sich nach solch einem Job alle Finger lecken. Ich habe nicht einmal studiert.«

»Es geht vor allem um deine Fähigkeiten. Ein akademischer Grad macht noch keinen Spitzenmanager. Es steckt eine ganze Menge davon in dir. Zumindest glaubt mein Vater das und ich ebenfalls. Manches kann man lernen, manches nie. Und du bist ein Mann, in dem eine große Portion Moral steckt. Du lässt dich nicht durch Geld beeindrucken. Ferrari und Villa an der Elbe sind dir gleichgültig. Dein Blick ist immer klar. Das findet man heutzutage selten.«

Offensichtlich blickte er sie ungläubig an, sodass sie nachlegte: »Du verstehst mich besser, wenn du mehr reiche Leute kennengelernt hast. Das gilt vor allem für deren Ableger. Sobald du die erlebst, weißt du, was ich meine.« Sie schluckte. »Die, die wenig haben, lassen sich häufig genug vom Glanz des Geldes blenden und geifern dem hinterher. Das war einer der Gründe, weshalb ich bei Dennis auf Distanz gegangen bin. Dem kann nichts prächtig genug sein.«

»Ich weiß, wir haben darüber erst vor Kurzem gesprochen. Ihm ist das wichtig. Und er steht dazu.«

Sie rückte dichter an ihn heran und begann, die Knöpfe seines Hemdes zu öffnen. »Außerdem bist du eine treue Seele. Du würdest niemals einen Freund oder Partner wegen eines finanziellen Vorteils verraten. Und ich will jetzt Sex mit dir haben.«

Sie verzichtete auf weitere Diskussionsbeiträge, sondern kümmerte sich voller Eifer um sein Hemd. Auch der letzte Knopf bildete kein nennenswertes Hindernis. Er dagegen hatte bei ihr leichteres Spiel. Ihr Rock war schnell hochgezogen. Auf einen Slip hatte sie wohlweislich verzichtet. Er liebte Frauen, die mitdachten.

* * *

Hilpert arbeitete sich schneller in die neue Tätigkeit ein, als er erwartet hätte. Seine künftige Funktion war auf General Management ausgerichtet. Er musste keine Organisationssysteme entwickeln, Bilanzen erstellen oder sich mit steuerrechtlichen Fragen auseinandersetzen. Wofür gab es schließlich die Fachabteilungen? Wichtiger für ihn war zu begreifen, wie man sich dieser

Fähigkeiten bei der Entscheidungsfindung bediente. Ein Unternehmen war wie ein lebender Organismus, der sich ständig von Althergebrachtem lösen und dieses gegen modernere Strukturen austauschen musste. Nicht alles, was neu war, war automatisch besser. Nicht jede Investition musste getätigt werden, um mit der aktuellsten Technik arbeiten zu können. Für richtig Erkanntes musste vorangetrieben werden. Alte Zöpfe galt es abzuschneiden, und zwar so, dass sie nicht mehr nachwuchsen. Und das Althergebrachte hatte eine unglaubliche Widerstandskraft. Bewährtes galt es wiederum sorgfältig zu pflegen. Über allem stand der sinnvolle Einsatz der finanziellen Mittel. Ein vergeudeter Euro kam selten von allein zurück. Eine schlechte Entscheidung wirkte sich oft genug gnadenlos aus. Üblicherweise kostete sie den Eigentümer Geld und gefährdete Arbeitsplätze.

Manches von dem, was ihm abverlangt wurde, beherrschte Hilpert bereits. Einiges würde er vermutlich nie begreifen. Er war selbst gespannt darauf, was obsiegen würde: sein vermeintliches Potenzial oder seine Defizite. In einem anonymen Industrieunternehmen konnte man sich in leitender Position vielleicht noch verstecken, in einem Familienkonzern war das schlichtweg unmöglich. Der, dem man durch falsche Weichenstellungen einen Vermögensschaden zufügte, saß im Zweifelsfall nur wenige Meter entfernt von einem und konnte darüber garantiert nicht lachen. Ein anderer Aspekt beschäftigte ihn gleichwohl starker. War er sich eigentlich darüber im Klaren, was er wollte? Kannte er seine Ziele? Als er vor Jahren auf ein Studium verzichtete und zur Polizei ging, wusste er, wo er hinwollte. In Wellners Unternehmen war er mehr oder minder zwangsweise gelandet, nachdem er die Polizei bedingt freiwillig verlassen hatte. Sein besonderer Freund, der ehemalige Staatsrat, kam ihm in den Sinn. Seit dessen Demission hatte er nichts mehr über ihn gehört oder gelesen. Dem Vernehmen nach hatte er das Bundesland gewechselt. Ohne Emotionen verdrängte er die Erinnerung an diesen Mann. Er war ihm gleichgültig. Wollte er jetzt die große Karriere machen? Wenn er sich in seinem beruflichen Umfeld orientierte, hatte er nicht das Gefühl, sich vor anderen verstecken zu müssen.

Viel Zeit zum Grübeln gewährte man ihm nicht. Die kommenden Wochen wurde er gnadenlos durch die Abteilungen der Zentrale gehetzt. Wellner nahm ihn konsequent mit zu Verhandlungen und war durchaus an seiner Meinung interessiert. Sie diskutierten gemeinsam Strategien und bastelten an Entscheidungen. Hilpert war intelligent genug, nicht den Besserwisser oder Alleskönner herauszukehren. Er kannte seine Mängel wie kein anderer. Seine eigene Erfahrung sagte ihm, dass manche Idee lange vor einem von klugen Köpfen geboren und wieder verworfen worden war. Das scheinbar Plausible war längst durchgekaut und ausgespuckt worden. Er punktete vor allem mit der Technik, die er am besten beherrschte. Er fragte den Leuten Löcher in den Bauch, merkte sich die Antworten und dachte nach, wenn er auf Abweichungen zu eigenen Auffassungen stieß. So bekam er zügig mit, auf wessen Sachverstand man etwas geben konnte und wen man besser links liegen ließ. Die Erfahrung lehrte bei vielen ökonomischen Entscheidungen, es gab sie nicht, die einzig richtige Antwort. Was in der Krise richtig war, konnte im Aufschwung kontraproduktiv sein. Ging es um Marktentscheidungen, musste man ein Gefühl für künftige Erfordernisse entwickeln. Man hatte sich Gedanken zu machen über Tendenzen hinsichtlich der Rohstoffpreise wie der Wechselkurse. Sie hingen letztlich an Staatsaufträgen. Da galt es seit geraumer Zeit, darauf zu achten, wie einzelne Länder mit ihrer Verschuldung fertig wurden. Ein Großauftrag aus Griechenland oder Portugal musste nicht zwangsläufig die helle Freude erzeugen. Länder wie Spanien oder Italien blieben unberechenbar. Insbesondere, wenn die Zahlungsmodalitäten nicht eindeutig waren. Letztlich ging es darum, die Fehlerquote bei weitreichenden Beschlüssen so gering wie möglich zu halten.

Sein scheinbar unaufhaltsamer Aufstieg wurde von vielen Kollegen durchaus kritisch verfolgt. Die Wohlwollenden waren eindeutig in der Minderzahl. Er schoss an Leuten vorbei, die gerne seinen Weg gegangen wären. Er musste vor allem auf interne Widerstände achten. Manch leitender Mitarbeiter wollte beweisen, dass ein Mann wie er keine erste Besetzung sein durfte. Das Dumme war, sie outeten sich eher ungern und legten aus dem Verborgenen gegen ihn an. Äste auf denen man selbst saß, sägte man tunlichst nicht an. Es reichte, beim Nachbarn anzusetzen. Zu seinem Glück war er selbstbewusst genug, nicht mit fremden Ideen hausieren zu gehen. So unterlief er intuitiv die Gefahr, mit falschen oder abgedroschenen Vorschlägen glänzen zu wollen. Aktiv förderte er Heins. Dieser zeigte sich anstellig und würde seinen Weg gehen.

Die Mordfälle verblassten. Im Prinzip hielt er sie für gelöst. Die flüchtigen Verdächtigen blieben wie vom Erdboden verschwunden, als habe eine Erdspalte sie verschluckt. Nur fand im Großraum Hamburg seit Längerem kein Erdbeben statt, dem man hierfür die Verantwortung hätte zuschieben können. Gelegentlich nahm er sich die Zeit und telefonierte mit Stange oder Geiger. Baumgartner schien ihn nach den anfänglichen gegenseitigen Problemen geradezu ins Herz geschlossen zu haben. Nach seinen Anrufen einmal die Woche konnte man beinahe die Uhr stellen. Zumindest blieb er auf diesem Weg gedanklich am Fall dran, auch wenn sich kaum etwas ereignete. Er spürte, wie sich bei ihm eine gewisse Distanz zu den Ereignissen aufbaute.

17

Der Herbst meldete sich energisch mit ersten Stürmen an. Die Zeit, in der man bei Dunkelheit sein Haus verließ und es zum Feierabend genauso finster erreichte, war eindeutig auf dem Vormarsch. An diesem Morgen stand Wellner völlig überraschend in Hilperts Büro. Er strahlte über das ganze Gesicht, als habe er den Jackpot beim Lotto geknackt. Fragte sich nur, ob ein vermögender Mann, wie er, versuchte, seine Liquidität durch die richtigen Kreuze zu verbessern. Hilpert glaubte eher nicht. Gab es für einen Menschen, der materiell so gut ausgestattet war wie Wellner, überhaupt irgendwelche Anreize? Würde er gern die Mona Lisa besitzen oder den Eiffelturm? Er war sich absolut unsicher. Eigentlich konnte solch ein Mensch nur emotionale Ziele verfolgen. Nur welche? Er sah ihn nicht als Altruisten, der die Schrecken dieser Welt lindern helfen wollte, eher als Unternehmer, der sich seiner Verantwortung stellte.

»Erinnern Sie sich an die Anfrage aus Italien?«, schoss es aus ihm heraus. »Das Ganze mausert sich zu einem dicken Auftrag für elektronische Komponenten von einem der wichtigsten Zulieferer der italienischen Armee.«

»Wahnsinn!«, stieß Hilpert hervor. »So was fehlt unbedingt in unseren Büchern.« Er warf einen Blick auf seine Armbanduhr.

»Es ist wohl zu früh, um darauf anzustoßen! Trotzdem, meinen Glückwunsch.«

»Solch ein Geschäft würde uns ein großes Stück nach vorne bringen. Das heißt, noch ist nichts unter Dach und Fach. Aber Ihnen fällt eine wichtige Rolle zu.«

»Und die wäre?«

»Man erwartet von uns ein ausgeklügeltes Sicherheitskonzept. In der Gesamtapparatur stecken eine Reihe amerikanischer Vorprodukte. Die Lieferanten verfügen über eine Art Vetorecht, was Produzenten wie uns betrifft. Es ist bekannt, dass die in diesen Fragen überaus pingelig geworden sind. Wer will es ihnen verdenken?«

Diese Herausforderung sah Hilpert eher entspannt. Hier bewegte er sich auf einem Terrain, das er beherrschte. Die EDV-Spezialisten, die er herangezogen hatte, mussten sich vor niemandem verstecken, weder national noch international. Seine fest angestellten Security-Leute waren handverlesen, die freien Mitarbeiter hatte er ebenfalls sorgfältig ausgesucht. Sie waren gut aufgestellt.

»Wie sind Sie denn an diese Interessenten herangekommen?«

»Über einen Vermittler, der gelegentlich für uns tätig ist.«

»Na, für den wird wohl ein dicker Happen abfallen.«

»Worauf Sie sich verlassen können. Aber der muss nebenbei ebenfalls eine Reihe an Mäulern stopfen.«

»Bestechung?«

»Ich will keine Gerüchte in die Welt setzen. Schließlich ist so etwas illegal.«

»Kennt man schon weitere Einzelheiten?«, verabschiedete er sich von diesem delikaten Thema.

»Nein, vorrangig sollen wohl vorab die Sicherheitsfragen geklärt werden. Ansonsten wird in der Technik fleißig kalkuliert. Letztlich entscheidet unser Preis-Leistungs-Konzept.«

»Sind wir denn produktionstechnisch auf solch einen Auftrag eingestellt?«

»Kein Problem, wir haben vergleichbare Komponenten bereits für die Bundeswehr und die Niederländer gebaut. Damals waren erhebliche Investitionen in eine neue Fertigungsanlage erforderlich gewesen. Da haben wir vor einigen Konkurrenten einen gewissen Vorsprung. Leider nicht vor allen.«

Ungewohnt emotional schlug Wellner mit seiner Faust auf Hilperts Schreibtisch. »Verdammt, jetzt könnten wir anständig abräumen. Auch wenn die Preise kaputt sind.«

»Können die Italiener denn bezahlen?«

»Fürs Militär ist immer Geld da.«

Hilpert hob beide Hände. »Möge die Vorsehung uns dabei behilflich sein.«

»Schwarzseher!«

Trotz seiner Unken strahlte Hilpert zurück. So euphorisch hatte er den Konzernchef lange nicht erlebt. Nun begannen sich ihre verstärkten Anstrengungen in den Bereich Sicherheit auszuzahlen. Seit seinem Start in dem Unternehmen war kein Stein auf dem anderen geblieben. Jetzt konnte er sogar noch einen Assistenten vorweisen. Damit war die Show perfekt. Sollten die Kontrolleure kommen.

Der erste Gesprächstermin fand in einem gemieteten Konferenzraum beim Frankfurter Flughafen statt. Die italienischen Geschäftspartner sprachen vorzüglich Deutsch, sodass sich ein Dolmetscher oder eine Flucht in die englische Sprache erübrigte. Insbesondere der Wortführer der anderen Seite sprach akzentfrei Deutsch. Wie er erzählte, war er in Süddeutschland aufgewachsen. Das Treffen ging über ein Abtasten nicht hinaus. Resultate im engeren Sinne wurden keine erzielt. Vielmehr positionierte man sich für ein Folgetreffen. Sie verabredeten einen weiteren kurzfristigen Termin in Hamburg, dann auch mit dem italienischen Sicherheitsspezialisten. Man trennte sich nach einer angespannten Verhandlungsrunde. Auf dem Rückflug musste Wellner dennoch seine Euphorie bremsen. Er war nach wie vor optimistisch, die Forderungen der Gegenseite erfüllen zu können, es ging ihm nur zu langsam. Er war ein rastloser Typ, der es hasste zu warten. Sie befürchteten, dass die Preisgespräche haarig werden würden. Die Italiener wussten, was sie wollten. Ihnen war bekannt, dass in der gegebenen ökonomischen Situation Großaufträge eher die Ausnahme bildeten. Die Finanzminister der meisten EU-Staaten hatten den Daumen auf dem Staatssäckel. Selbst die Verteidigungsminister hatten zu kuschen.

Am Tag darauf führte Hilpert ein langes Gespräch mit Heins. Sie würden sich gut vorbereitet präsentieren. Ihnen machten die Ansprüche der Interessenten keine Angst.

Mitte der darauffolgenden Woche holte ihr Fahrer die Gäste direkt aus ihrem Hotel ab. Sie waren bereits am Vorabend angereist, verzichteten allerdings auf eine große Einladung zum Abendessen. Sie zogen es vor, unter sich zu bleiben, um vermutlich die Taktik für den nächsten Tag abzustimmen. Sie wurden direkt in die Tiefgarage des Bürogebäudes gebracht. Von dort benutzten sie den Lift, der sie zu der Etage brachte, in der sie residierten. Wellner ließ es sich nicht nehmen, die Gruppe persönlich zu begrüßen. Interessenten, die mit großen Aufträgen winkten, wurde gern eine Sonderbehandlung zugestanden. Ob das einen positiven Einfluss auf das Verhandlungsklima haben würde, blieb dahingestellt. Schaden konnte es zumindest auf keinen Fall. Diesmal waren die Geschäftspartner zu viert erschienen. Der Sicherheitsspezialist an ihrer Seite sprach kein Wort Deutsch und nur brockenweise Englisch. Hilperts Vorschlag, einen Mitarbeiter der Zentrale hinzuzuziehen, der italienisch sprach, lehnte der Wortführer der Gruppe ab.

»Das schaffe ich alleine. Ich schätze, wir sind so schon Leute genug.«

Es sollte sich zeigen, dass die Verständigung keinerlei Probleme bereitete. Dennoch verlief die Verhandlung abermals schleppend. Man verbiss sich in unbedeutende Details und lief ständig Gefahr, die große Linie zu verlassen. Am Ende trampelten sie mehr oder minder auf der Stelle herum. Am späten Nachmittag brachen sie die Gespräche ergebnislos ab und verabredeten sich zum gemeinsamen Abendessen im Hotel der Interessenten. Wellner verzichtete diesmal darauf, sie zu begleiten. Sein Vorrat an Freundlichkeiten war vorerst aufgebraucht. Zusehends fühlte er sich desillusioniert. Großaufträge musste man sich hart erarbeiten. Sie fielen einem nicht in den Schoß. Er würde zu einem anderen Zeitpunkt gefragt sein. Da blieb es Hilpert und Heins überlassen, die Gastgeber zu spielen. Sie sahen das gelassen. Die Firma bezahlte den Spaß und essen mussten sie ohnehin.

Im Foyer des Hotels in der Nähe des Gänsemarkts begrüßten sie nur zwei aus der Gruppe. Die anderen Kollegen seien damit beschäftigt, ihre Hausaufgaben zu machen, wie ihnen deren Wortführer grinsend mitteilte. Er verdeutlichte seinen Wunsch, am nächsten Tag zeitig weiterzumachen. Hilpert und Heins versuchten sich im ungewohnten Geschäft der Konversation am Tisch. Sport und Politik erübrigten sich schon aus nationalen Gründen. Über sicherheitspolitische Aspekte würde man an anderer Stelle diskutieren können. Man sprach ein wenig über Europa und die USA, warf einen Blick nach China. Ihre Gesprächspartner verhielten sich eher einsilbig. Besondere Interessen, die über ihren Job hinausgingen, vermochten sie nicht auszuloten. Entsprechend zog sich ihre Unterhaltung dahin wie ein Kaugummi. Der beste Animateur musste passen, wenn die Leute nicht mitspielten. Auf dem unerlässlichen Weg zur Toilette griff sich Hilpert den Kellner.

»Die Rechnung an dem Tisch mit den Italienern geht auf mich.« Er reichte ihm seine Visitenkarte.

»Selbstverständlich. Italiener? Welche Herrschaften genau meinen Sie?«

Sie sprachen noch kurz miteinander. Zurück in der Runde telefonierte er mit seinem Fahrer und entließ ihn nach Hause. Wenigstens der sollte zu halbwegs angemessener Zeit Feierabend machen. Schließlich gehörte er nicht unbedingt zu den Spitzenverdienern des mittelständischen Konzerns. Davon abgesehen benötigte man ihn bereits wieder am nächsten Vormittag. Ihre Gäste verließen sie keine halbe Stunde später. Offensichtlich war ihnen ihr Schlaf auch wichtiger als ein Gespräch über die Bedeutung des Hamburger Hafens für die Region. An der Kostenexplosion der Elbphilharmonie waren sie ebenso wenig interessiert wie an den Querelen im Hause Hagenbeck. Eine Einladung auf einen letzten Drink wiesen sie höflich, aber bestimmt, ab. Das sollte Hilpert und Heins nicht weiter stören. Sie beschlossen, die Bar aufzusuchen und dort den Abend zu beschließen. Sie bestellten für sich jeweils einen großen Cognac. Leise unterhielten sie sich. An Themen mangelte es ihnen eh nicht, sah man davon ab, dass das Derby HSV gegen Werder anstand. Allein hierüber hätten sie bis zum nächsten Tag palavern können. Etwa eine halbe Stunde später tauchte ihr perfekt Deutsch sprechender Gesprächspartner hinter ihnen auf. Hilpert lud ihn ein, sich zu ihnen an die Theke zu setzen. Ein alkoholisches Getränk lehnte er ab und beließ es bei einer Flasche Wasser.

»Nehmen Sie besser etwas Kräftigeres«, riet ihm Hilpert. »Bis auf Weiteres wird das der letzte alkoholische Drink sein, den Sie sich gönnen dürfen.«

Sein Gegenüber verstand und versuchte unter sein Jackett zu greifen. Hilpert hielt ihn zurück.

»Wenn Sie sterben wollen, tun Sie, was Sie nicht lassen können. Die Bar wimmelt vor Polizisten. Denen können Sie keinen größeren Gefallen tun, als eine Waffe zu zücken. Da dürften die mal zeigen, was sie gelernt haben. In dieser Gegend wird weitaus weniger rumgeballert als bei euch.« Er kratzte sich am Kopf. »Obwohl in letzter Zeit doch einiges passiert ist.«

Vorsichtig blickte der Mann sich um. Jetzt kurz vor Mitternacht war die Bar gut gefüllt. Wer war Polizist, wer war normaler Gast? Letztendlich war es gleichgültig. Er hatte eindeutig das kürzere Ende zu fassen bekommen. Es sei denn, sein Gegenüber versuchte, ihn mit einem Bluff auszuhebeln.

Hilpert sprach ruhig auf ihn ein: »Sollten Sie Gelegenheit bekommen, mit Ihren Leuten zu reden, informieren Sie diese bitte, dass ich nicht mehr tatenlos in Deutschland rumhängen und darauf warten werde, von euch abgeknipst zu werden. Kommen wir zu keiner friedlichen Einigung, werde ich selber aktiv.«

»Ja, ja, Sie lieben es, junge Menschen zu töten.«

»Falsch! Ich bin nur daran beteiligt gewesen, bösartige Killer zu bestrafen. Als ich mitbekam, wie jung sie waren, gab es leider kein Zurück. Unabhängig davon haben die neun Kinder getötet.« Er starrte dem Mann vom Balkan, der Deutsch ohne jeglichen Akzent sprach, starr in die Augen. »Haben Sie schon mal verbrannte Kinderleichen gesehen?«

»Was meinen Sie, was ich in meinem Leben alles erdulden musste?! In meinem Land haben unsere Feinde auf niemanden Rücksicht genommen.«

»Dann verstehen Sie mich ja umso besser. Mein Mitarbeiter und ich werden jetzt gehen. Lassen Sie Ihre Hände lieber auf dem Tresen. Man wird sich um Sie kümmern.«

Gemessenen Schrittes verließen sie die Bar. Als der falsche Italiener aufstand, erhoben sich mit ihm mehrere Gäste. Sie gingen gelassen auf ihn zu. Er begriff, dass Hilpert nicht geblufft hatte. Ohne dazu aufgefordert zu werden, verschränkte er die Hände hinter seinem Kopf. Gleichzeitig vernahm er neben sich eine Stimme. »Freut uns, dass Sie kooperieren wollen. Niemandem ist nach einer Schießerei in einer Hotelbar. Das ruft nur die Presse auf den Plan und macht einen Höllenlärm.«

Er spürte Hände an seinem Rücken, die ihn fachmännisch nach Waffen abtasteten. Sie wurden fündig. Wieder vernahm er dieselbe Stimme. »Kommen Sie, dann fühlen sich Ihre Kollegen, die wir in der Nähe der Taxis getroffen haben, nicht so allein.«

Ohne ein Wort von sich zu geben, folgte er der Aufforderung. Als Profi wusste er, wann es unsinnig war, Widerstand zu leisten. Diese Runde ging an Hilpert. Er wusste jedoch, dieses Spiel war noch nicht abgeschlossen. In seiner Heimat zerrten genügend junge Rächer an ihren Leinen. Sie wollten sich beweisen.

Vor dem Hotel rief Hilpert Wellner an. »Alles im grünen Bereich. Die Herrschaften wurden ohne große Gegenwehr festgenommen.«

»Da bin ich froh, dass niemandem etwas geschehen ist.«

»Sicher, trotzdem wäre es besser gewesen, wir hätten das Geschäft auf die Reihe bekommen.«

»Da muss ich Ihnen natürlich zustimmen. Aber das bringt uns nicht um. Mir liegt eine interessante Anfrage aus Lettland vor. Nicht so bombastisch, dennoch durchaus interessant.«

»Lettland?«

»Tja, die gehören mittlerweile zur NATO.«

»Richtig und der Euro ist dort ebenfalls Landeswährung.«

Zufrieden wechselte Wellner das Thema. »Ach, Herr Hilpert, Sie möchten eine junge Frau anrufen. Da macht sich jemand große Sorgen um Sie. Teilen Sie ihr doch selber mit, dass diese Dilettanten keine Bedrohung mehr darstellen.«

»Das will ich gerne tun. Ihnen entgeht wohl nichts?«

»Sie ist meine Tochter. Bei der kenne ich mich aus. Sie schätzt Sie nicht nur wegen Ihres Geldes.«

Er lachte hell auf. Wellner hatte Humor. Es gab schlimmere Chefs.

Petra empfing ihn aufgeregt. Mit zittrigen Fingern und Tränen in den Augen fuhr sie ihm durchs Gesicht. Er nahm sie in den Arm und streichelte ihr liebevoll übers Haar. Er spürte, wie sie sich zusehends entspannte. Sanft tupfte er ihre Tränen ab.

»Alles wird gut«, versuchte er sich mit einer Allgemeinfloskel. In gewissen Situationen funktionierten diese sogar. Sie trug ein

Nachthemd, das ein gehöriges Stück über den Knien endete. Sie spürten einander. Folgerichtig gönnten sie sich nicht viel Zeit für ausufernde Gespräche. Sie genossen ihr Miteinander.

Dafür, dass die Nacht relativ lang wurde, saß das Paar recht zeitig beisammen am Frühstückstisch. Eingedenk seiner gelegentlichen Aufenthalte bei Petra hatte Hilpert für Reservekleidung gesorgt. Selbstverständlich lagen in seinem Bad alle Toilettenartikel, die man am frühen Morgen zu schätzen wusste, von der Zahnbürste bis zum Elektrorasierer. Er konnte somit darauf verzichten, anschließend seine Wohnung aufzusuchen. Jetzt am Morgen danach interessierten sie die Abläufe des vorangegangenen Abends schon stärker. Gelegentlich unterbrach sie seine knappe Darstellung während des Frühstücks und forderte eingehendere Details, als er sich eigentlich vorgenommen hatte zu erzählen. Gewollte Ungenauigkeiten deckte sie gnadenlos auf.

»Was hat dich denn stutzig gemacht?«

»Einmal dieses ausufernde Geseire über unsere Sicherheitsstandards. Jeder Profi hätte erkannt, wie hoch diese sind. Dann deren Unbedarftheit. Es war offensichtlich, dass sich keiner aus der Runde über die Technik oder Preise auskannte. Denen hätte selbst ich noch was erzählen können und letztendlich ihre mangelnde Bildung.« Er lachte fröhlich auf. »Auch Italiener schicken keine Kretins in die Welt.« Er griff nach ihrer Hand und führte sie an seine Lippen. Aufgeräumt setzte er seinen Bericht fort. »Außerdem hatten sie Pech. Der Trick mit dem vorgeschobenen Geschäft wurde erst vor Kurzem von Pristic angewandt, als er einen Herrn namens Kuschel einkassierte. Wie dumm musste man sein, diesen Braten nicht zu riechen.«

Genüsslich löffelte er sein weiches Ei aus. Er hatte es selber gekocht. Petra vergaß prinzipiell, sie abzuschrecken, wenn sie sie aus dem heißen Wasser nahm. Und zu hart waren sie ebenfalls, wenn sie Hand anlegte. Nichts konnte seine Laune am Morgen schneller beschädigen als ein zu hartes Ei. Er schenkte sich eine weitere Tasse Kaffee ein. »Dabei war die Ausgangsidee nicht schlecht, zu versuchen, mich über meinen neuen Job zu greifen.«

Wütend blitzte sie ihn an. »Hör auf, darüber wie über eingeschlafene Füße zu reden. Das ist eine ernste Angelegenheit.«

Mit dem Gedanken an ihre letzten Bemerkung meldete sich sein Handy. Stange informierte ihn knapp über die Ergebnisse der ersten Vernehmungen. Man gab nichts zu, verleugnete jeden Vorwurf, nahm Fakten gerade mal zur Kenntnis.

»Der Knabe mit den perfekten Deutschkenntnissen ist offensichtlich der Hauptmatador. Wenigstens konnten wir seinen Namen herausfinden. Er heißt Lahi Thaci. Seine Familie spielt in einigen Teilen des Landes eine bedeutende Rolle.«

»Hoffentlich nicht in der Politik.«

»Das kann niemand so genau sagen. Zumindest sind dort die Übergänge fließend. Aber deren Schwerpunkte liegen eher im Drogen- und Waffenhandel.« Er räusperte sich vernehmlich. »Wir werden ihn wohl schon bald laufen lassen müssen. Die Waffe, die er bei sich trug, war eine Attrappe. Damit hätte er nach dir werfen können, nicht mehr. Er meinte, er trüge sie zur Abschreckung.«

»Im Hotel?«

»Fragt sich nur, ob das verboten ist.«

»Egal, kannst du mir Fotos von allen besorgen?«

»Kein Problem, die schicke ich dir per Mail zu.«

Nachdenklich ließ er die Worte seines ehemaligen Kollegen nachwirken. Als er begann, mit den Fingern auf dem Küchentisch zu klackern, legte Petra ihre Hand auf seine.

»Was ist los mit dir? Was geht durch deinen Kopf?«

»Da läuft was unrund.« Er lehnte sich in seinem Stuhl zurück und sah sie zweifelnd an. »Da fehlt die Logik. Es sei denn ...«

Er ließ sie nicht weiter in seine Karten schauen, sondern starrte auf seinen Laptop, den er neben seine Kaffeetasse gestellt hatte. Stange hielt Wort. Es dauerte keine Stunde und er hielt die gewünschten Bilder in Händen. Mittlerweile war Heins eingetroffen, den er zu sich beordert hatte.

»Sie weichen Petra nicht von der Seite!«, wies er ihn an.

Heins zuckte mit den Achseln. Warum sollte er jede Anweisung seines Vorgesetzten verstehen wollen? Trotzdem obsiegte die Neugier. Also hakte er nach: »Bisher ging ich davon aus, dass das Problem mit Ihren Gegnern vorerst gelöst sei.«

»Da ging es mir vor Kurzem ähnlich wie Ihnen. Aber irgendetwas stimmt hier nicht. Ich halte die Geschichte mit den Geschäftsleuten aus Italien in der Nachbetrachtung für eine Finte. Das war alles zu dick aufgetragen, zu leicht zu durchschauen.«

»Wie darf man das verstehen? Natürlich war es eine Finte, um an Sie ranzukommen.«

Hilpert lachte auf. »Nennen wir es eine Doppelfinte.«

Heins sah ihn mit zerfurchter Stirn an. »Sie meinen, da kommt noch was?«

»Richtig, die eigentlichen Killer liegen dort draußen weiterhin auf der Lauer. Jede Wette darauf.«

»Und die Jungs, die jetzt im Knast sitzen?«

»Die sollten uns in die Arme laufen.«

»Das heißt, man opfert vier Leute, um Sie letztendlich zu kriegen?«

»Davon gehe ich aus. Was soll denen groß geschehen? Wir leben in einem Rechtsstaat. Am Ende bleibt für die der Vorwurf des unerlaubten Waffenbesitzes übrig. Die Strafe sitzen die auf einer A-Backe ab. Und Thaci trug 'ne Spielzeugpistole bei sich. Der ist bald wieder zu Hause.«

»Warum waren denn die anderen drei Typen bewaffnet?«

»Ich vermute, die waren auf die Situation eingestellt, dass wir ihnen nicht auf den Trichter gekommen wären. Dann hätten die mich entsprechend versorgt.«

»Deshalb haben Sie den Fahrer weggeschickt?«

»Na klar. Die hätten sich ansonsten in der Nähe seines Wagens aufgehalten und ihn möglicherweise ausgeschaltet. Die Jungs fackeln nicht lang. Die verstehen, mit dem Messer umzugehen.«

»Stellt sich lediglich die Frage, wo man Ihnen auflauern wird, Chef.«

»Da sehe ich nur wenige Alternativen. Eine davon wäre meine Wohnung. Ich vermute, die ist vorerst ausgelutscht.«

»Und wo wird man sich sonst um Sie kümmern wollen?«

»Welche Option sähen Sie denn, versetzten Sie sich in deren Lage?«, fragte Hilpert seinen Mitarbeiter.

»Gute Frage, so aus dem Stegreif tu ich mich schwer.«

»Ich sehe nur eine: die Firmenzentrale. Die haben sie ja ordentlich ausbaldowert.«

Heins verschränkte die Arme vor der Brust. Ungläubig stand er vor seinem Vorgesetzten. »Und auf all das sind Sie in Ihrer alles überragenden Kreativität gestoßen? Überkommen einen plötzlich solche Ahnungen? Leute wie Sie hat man früher als Propheten bezeichnet.« Weiterhin kritisch musterte er Hilpert. »Verfügen Sie etwa über das zweite Gesicht?«

Der Angesprochene knurrte zurück: »Eher nicht. Man braucht seine Erfüllungsgehilfen.«

»Und zwar?«

»In diesem Fall war es unter anderem eine Bemerkung von Dr. Wellner.«

»Tatsächlich?«

»Ja, er meinte, unsere Gegner seien Dilettanten. Egal, wie man sie sehen mag, gerade das sind sie nicht. Und dann trug der Hauptmatador eine Spielzeugpistole, so, als habe er damit gerechnet, verhaftet zu werden.«

»Ich hab's kapiert. Mal unterstellt, Sie liegen richtig, der Bürokomplex ist recht groß. Wenn die an Sie heranwollen, könnten die überall Zwischenstation machen.«

»Das ist denkbar, aber eher unwahrscheinlich. Das sind keine Kamikaze. Die wollen anschließend wieder gesund zu Hause aufschlagen. Darauf setze ich meine Hoffnung.«

»Was vermuten Sie?«

»Lassen Sie sich überraschen. Nur mein Rücken muss frei sein. Petra darf nicht gefährdet werden. Ihre Gesundheit liegt in Ihrer Hand. Niemand kann ausschließen, dass meine Gegner versuchen werden, mich hier in der HafenCity zu greifen.«

»Keine Angst, ich lasse niemanden an sie heran.«

»Nicht dass Sie dem großen bösen Wolf die Tür öffnen. Dran denken, er kommt in unterschiedlicher Verkleidung! Hat er Einlass gefunden, ist es zu spät! Er schlägt schnell und unbarmherzig zu!«

»Da machen Sie sich mal keine Gedanken, ich kenne mich mit Märchen aus.«

»Das ist wenigstens etwas. Nehmen Sie sich jemanden zu Ihrer Unterstützung dazu, der den Eingangsbereich überwacht.«

Hilpert wusste, er musste improvisieren. Ohne weitere Erklärungen zog er sich in sein Zimmer zurück. Was er dort trieb, blieb ihnen verschlossen. Vor seiner Tür ging eine ratlose Freundin auf und ab. Sie verstand allenfalls die Hälfte. Nur eines war ihr klar geworden: Hilpert schwebte nach wie vor in Gefahr.

Nach einer guten Stunde hatte er seine Vorbereitungen abgeschlossen. Er setzte sich mit Petra ins Wohnzimmer. Dort sprach er eindringlich auf sie ein: »Dein Vater wird heute nicht in seinem Büro aufkreuzen. Du rufst jetzt seine Assistentin an und versuchst herauszuhören, ob sich auf unseren Gängen etwas ereignet hat.«

Kurz darauf war er klüger.

»Sie klang ganz normal und wollte wissen, wann ich eintreffen würde, da sie diverse Fragen an mich habe.«

»Das hört sich gut an und deckt sich mit meiner Vermutung.«

»Welchen Verdacht hast du?«

»Später, alles später«, erwiderte er kurz angebunden.

Petra musste sich damit zufriedengeben. Heins hielt sich zurück. Er hatte gelernt, seine Ungeduld zu zügeln. Sein Job war es, die Sicherheit der Hausherrin zu gewährleisten. Darauf galt es, sich zu konzentrieren. Er nickte zu einem Espresso, den Petra ihm anbot. So ließ es sich leben. First-Class-Service in einer Luxuswohnung. Er betrat die Loggia und beobachtete die Hektik auf der Elbe. Als Bremer interessierte ihn jegliche Art von Schifffahrt. Die Elbe war nicht die Weser, aber Wasser war Wasser. Und den Schiffen sah man ebenfalls nicht an, wohin sie ihre Container lieber lieferten. Er sah, wie sich Hilpert von Petra mit einem Kuss verabschiedete. Sein Gefühl verriet ihm, dass der Tag noch etwas bringen würde. Vorsichtshalber überprüfte er seine Waffe. Im Eingangsbereich stand der weitere Mitarbeiter ihrer Firma. Der Mann war Profi und würde sich nicht vom ersten Luftzug umwerfen lassen. Sie waren auf jedwedes Unbill eingestellt. Hilpert wollte sich nicht auf den Zufall verlassen.

18

Um die Mittagszeit versuchte ein Installateur-Fahrzeug in die Tiefgarage des Bürogebäudes in City Nord einzufahren. Der Garagenmeister trat vor die heruntergelassene Schranke und winkte mit beiden Händen ab. »Sie können hier nicht rein. Zurzeit ist die Zufahrt gesperrt. Es werden wichtige Wartungsarbeiten durchgeführt.«

Der Fahrer hatte die Scheibe auf seiner Seite heruntergekurbelt. Er trug einen blauen Overall mit einem bunten Firmenlogo auf der Brust und hatte eine Baseballmütze auf dem Kopf, den Schirm nach hinten gedreht. Nur seine Hände waren zu gepflegt für einen Handwerker. Aber wer schaute sich heutzutage noch einen Menschen genau an?

Wütend fuhr er den Mann hinter der Schranke an: »Du tickst wohl nicht sauber! Wir sind extra wegen einer Verstopfung im sechsten Stock von der Verwaltung hierher beordert worden. Und jetzt dürfen wir die Tiefgarage nicht benutzen? Wir müssen mit unserem Material direkt zum Fahrstuhl und sind bereits überfällig. Das gibt einen Höllenzoff, sollten wir wieder umkehren müssen.« Er langte umständlich nach seinem Handy. »Das werden wir jetzt klären. Schließlich geht es um meinen Job. Soll die Verwaltung entscheiden, was zu geschehen hat. Frechheit, uns in ein Bürohaus zu schicken, wo der Aufzug nicht benutzt werden darf. Von dir lassen wir uns jedenfalls nichts sagen.«

»Und wenn ihr durch den Haupteingang geht? Von dort gelangt ihr ebenso an die Aufzüge.«

Der Fahrer tippte einen Zeigefinger gegen die Stirn. »Du hast doch einen Dachschaden! Das mach mal den Damen im Empfang klar. Fehlt noch, dass wir die teuren Anzüge der Manager mit Fett und Öl verschmieren. Nee, nee, das überlass ich der Verwaltung. Ich habe nichts zu entscheiden.«

Mittlerweile hupte hinter ihnen eine weitere Limousine, die ebenfalls Einlass begehrte. Aus dem Minibüro des Garagenmeisters trat ein breitschultriger Mann. Schnellen Schrittes ging er auf sie zu. Ihm war seine Verärgerung anzusehen.

»Was ist los? Was soll der Lärm?«, blaffte er den Garagenmeister an.

Die Sachlage war schnell erklärt. Er musste nicht lange überlegen. »Ist schon okay, ihr könnt rein. Beeilt euch aber! Der Hintermann muss umkehren!«

Die Schranke ging hoch und die Handwerker fuhren in die Tiefgarage ein. Die Tristesse einer bunkerähnlichen Anlage empfing sie, weiße Wände und eine riesige Anhäufung an Säulen, die einiges zu stemmen hatten. Die Decken waren so tief gelegt, dass man unwillkürlich meinte, den Kopf einziehen zu müssen. Es reichte gerade noch für einen weißen Anstrich. Das galt allerdings nicht für den Betonboden. Unansehnlich stierte er sie an. Der Abrieb der Reifen, der sich seit Jahrzehnten darauf verewigt hatte, gab ihm eine hässliche, schmutzig graue Färbung. Ein Anstrich mit Estrichfarbe hätte vermutlich wahre Wunder bewirkt. Fragte sich nur, wie lange der Belag hielt. Die Reifen der Fahrzeuge waren unerbittlich. An mancher beschädigten Säule erkannte man, dass sich nicht jeder Nutzer mit den engen Parkbuchten angefreundet hatte.

Der Beifahrer sprang behände aus dem Minivan heraus. Er öffnete dessen Schiebetür und entnahm allerlei Gerätschaften. Schnell war es vorbei mit der Ordnung vor dem Zugang zu den Aufzügen.

Der groß gewachsene Mann, der sie eingelassen hatte, eilte fluchend auf ihn zu. »Was veranstaltet ihr denn da? Ihr versperrt ja den Zugang zum Lift. Wie sollen hier denn Leute verkehren?«

»Dein Kumpel hat doch gesagt, dass die Garage gesperrt ist. Und in ein bis zwei Stunden sind wir vermutlich mit allem durch.«

»Seid ihr des Teufels? Ihr haltet den ganzen Betrieb auf!« Er fuchtelte mit den Armen durch die Luft. »Ihr räumt euren Scheiß jetzt schön auf und nehmt gefälligst mit, was ihr benötigt. Den Rest behaltet ihr in eurem Wagen.« Aufgebracht wetterte er vor sich hin. »Die spinnen, die beiden!«

Es wäre für ihn besser gewesen, er hätte Augen im Rücken gehabt. So spürte er unverhofft einen Arm, der sich um seinen Brustkorb legte. Damit hätte er bei seiner Statur vermutlich leben können, nicht aber mit dem Messer an der Kehle.

Jemand sprach ihn mit gepresster Stimme an: »Kann es sein, dass du auf mich wartest? Hilpert ist mein Name, Fabian Hilpert. Komm nicht auf die Idee, dich zu wehren. Ich bin allemal schneller als du. Und mein Overall kann Blut verkraften.«

Das Brummen des Überrumpelten konnte eher als Gefühlsausbruch, denn als Antwort gewertet werden. Hilpert wandte sich seinem Partner Pristic zu. Dieser sah sich ihren Gefangenen genauer an und äußerte sich gelassen: »Der lässt sich eher die Kehle durchschneiden, als dass er uns auch nur eine Frage beantwortet.«

»Dann ab mit ihm in den Van. Soll er sich nachher mit der Polizei auseinandersetzen. Es ist genug Blut geflossen.«

Er legte ihm Handschellen an und stieß ihn vor sich her. Im Laderaum fesselten sie kunstgerecht seine Füße und knebelten ihn.

Der Garagenmeister erwachte langsam aus seiner Erstarrung. »Die waren plötzlich hier. Ich hatte keine Ahnung. Sie nannten den Namen Dr. Wellner und dann war es zu spät.«

»Niemand macht Ihnen einen Vorwurf. Wollten Sie als Held sterben, hätten Sie sich freiwillig bei der Bundeswehr für einen Einsatz in Afghanistan gemeldet. Wie viele Typen hüpfen hier noch durch die Gegend?«

»Ich denke, es sind zwei.«

»Sind die mit einem Fahrzeug hereingekommen?«

»Nein, wie gesagt, plötzlich standen sie vor mir.«

Hilpert kratzte sich an der Stirn. »Die legen garantiert Wert auf einen geordneten Rückzug. Also wird irgendwo vor der Haustür ein Wagen mit Fahrer stehen.«

Pristic legte seine Stirn in Falten. »Um den kann man sich später kümmern, fragt sich nur, wo sich unser Empfangskomitee aufhält. Nicht, dass die urplötzlich in unserem Rücken aufkreuzen. Die fackeln nicht lang.«

»Aber wer wird denn gleich zwei harmlose Klempner erschießen? Außerdem bin ich mir ziemlich sicher, wo die Jungs auf mich warten.«

Er wies mit dem Kopf in Richtung der Brandschutztür, hinter der es zu den Aufzügen ging. »Ich vermute mal, die stehen im Vorraum. Ihr Kumpel informiert sie, wenn ich eintreffe, den Rest erledigen die. Verschwinden können die dann schön über die Rampe. Bis man das geschnallt hat, sind die über alle Berge.« Er drehte sich zu dem Garagenwächter um. »In exakt fünf Minuten rufen Sie im Polizeipräsidium an und lassen sich Hauptkommissar Stange geben. Sagen Sie ihm, sie sollen dezent kommen, ohne Blaulicht und Riesenaufmarsch. Sonst verpieselt sich der Fluchtfahrer. Sie wissen, wer ich bin?«

»Selbstverständlich.«

Hilpert griff sich eine leere Werkzeugkiste, zog seine Beretta aus dem Seitenhalfter und entsicherte sie. »Ich gehe vor, es ist besser, ich spreche die Leute ohne Akzent auf Deutsch an. Damit sind schon andere baden gegangen.«

Er drückte die Klinke herunter und stieß die Tür mit der Schulter auf. Hilpert blickte auf die Rückpartie von zwei Männern, die scheinbar ungeduldig auf den Fahrstuhl warteten. »Könnten Sie etwas zur Seite treten«, rief er ihnen zu. »Wir haben sperriges Material zu befördern. Nicht, dass wir Sie verletzen.«

Er blickte in erstaunte Gesichter, als sich das Duo ihm zuwandte. Die freundliche Bitte und die Waffe in seiner Hand wollten nicht zusammenpassen. Der Kleinere von beiden versuchte trotzdem, seine Pistole hochzureißen, als Hilpert bereits schoss. Auf so kurze Distanz konnte er zum Glück für seinen Gegner einen gezielten Schuss abgeben. Mit einem Schrei ließ der die Waffe fallen und fasste sich an die getroffene Stelle an der Schulter. Sein Partner begriff, chancenlos zu sein. Ruhig fielen seine Arme nach unten. Auch Menschen vom Balkan schienen das Leben zu lieben. Nicht jeder verfügte über das Talent eines Selbstmordattentäters oder glaubte an die Unmengen an Jungfrauen, die ihm im Jenseits winkten.

Pristic war inzwischen hinter Hilpert getreten und orientierte sich kurz. Zufrieden klopfte er ihm auf die Schulter. »Gut gemacht, Sie schießen immer noch wie Jesse James. Man hat Sie besser auf seiner Seite als gegen sich. Den Rest schaffen Sie allein.«

»Das bekomme ich sicherlich irgendwie gebacken. Danke für Ihre Unterstützung. Ist wohl besser, Sie verschwinden, bevor meine ehemaligen Kollegen hier eintreffen. Die sind nämlich recht heiß auf Sie.«

»Ausgezeichnete Idee, mein Freund. Ich habe tatsächlich keinen Bock, mich mit der Hamburger Kripo auseinanderzusetzen. Ich melde mich.«

Sie umarmten sich kurz, bevor Pristic den Rückzug antrat. Hilpert warf einen Blick auf den Angeschossenen. Dieser benötigte zügig ärztliche Hilfe. Er griff nach seinem Handy und wählte den Notruf.

Er konnte sich auf den Garagenmeister verlassen. Keine halbe Stunde später erschienen Mitarbeiter der Sonderkommission diskret in der Tiefgarage. Man hatte auf vermummte SEK-Mitglieder mit Helmen und Schnellfeuerwaffen verzichtet. Sie müssten sich eh fragen, was sie dort zu suchen hätten. Die grobe Arbeit war erledigt. Es stellte für sie kein sonderliches Problem dar, den Fahrer des Fluchtfahrzeuges festzustellen. Der zeigte wenig Interesse daran, sich mit der Polizei ein Duell zu liefern. Glücklicherweise stand er weit genug entfernt vom Gebäude, dass er von dem Schuss, den Hilpert abgegeben hatte, nichts mitbekommen hatte. Nach menschlichem Ermessen mussten sie die gesamte Gruppe einkassiert haben.

Baumgartner nahm Hilpert zur Seite. »Der Garagenmeister

sprach von einem weiteren Mann, der Ihnen behilflich gewesen sein soll?«

»Das stimmt, aber er möchte ungenannt bleiben. Er ist ein eher zurückhaltender Typ.«

Der Kriminalrat grinste säuerlich. »Ich kann mir schon denken, wer da seine Finger im Spiel hat. Warum haben Sie uns nicht gebeten? Sie haben viele Freunde im Präsidium. Oder trauen Sie uns nichts zu?«

»Das hat damit nichts zu tun. Schließlich habe ich selbst zu dem Verein gehört. Vielleicht hätte ich noch konsequenter zurückschlagen müssen. Das ist nichts, in das man aktive Polizisten mit einbeziehen darf, wenn es sich vermeiden lässt. Ihr seid Beamte und habt für Recht und Ordnung einzustehen.«

»Machen Sie den Test. Ohne ordentliche Unterstützung sind Sie auf Dauer auf verlorener Position.«

»Ich weiß. Danke fürs Angebot. Ich komme garantiert darauf zurück.«

An diesem Abend zog sich Hilpert allein in seine Wohnung zurück. Er hatte bei Petra vorerst Entwarnung gegeben. Sie hätte ihn gern bei sich gesehen. Er dagegen musste mit sich ins Reine kommen. Baumgartners Worte hatten bei ihm Wirkung hinterlassen. Bislang schien er mit einer Glückshaut gesegnet gewesen zu sein. Aber dieser Stoff hielt selten lange. Er bekam schnell Löcher. Irgendwann riss er und er war fällig. Beim nächsten Mal würde man vielleicht versuchen, ihn über sein privates Umfeld zu erpressen. Wie würde er sich entscheiden, hätte er zwischen sich und seinen Eltern oder Petra zu wählen? Ihn grauste vor dieser Vorstellung. Sein Telefon erlöste ihn aus seiner Erstarrung. Er erkannte Pristic' Stimme, ohne dass er sich namentlich melden musste.

»Ich habe mir die Fotos der vier Männer angeschaut, die Sie mir überlassen haben. Einer von ihnen ist Lahi Thaci.«

»Sie kennen ihn?«

»Kann man so sagen. Es gab Zeiten, da wären wir beinahe Freunde geworden. Das hat sich leider zerschlagen. Dann haben wir uns aus den Augen verloren.«

»Was ist an dem so besonders?«

»Er ist der älteste Sohn des Hauptmatadors Elvir Thaci. Der

setzt die Truppen gegen Sie in Bewegung. Sie haben leider seine beiden anderen Söhne umgelegt. Lahi ist der letzte männliche Abkömmling. Er hat lange Jahre in Österreich gelebt. Man munkelt über irgendwelche gesundheitlichen Probleme, die er haben soll.«

»Worauf wollen Sie hinaus?«

»Nun, hätten wir ihn als Faustpfand, bestände unter Umständen die Chance für einen Deal.«

»Sie meinen, sein Leben gegen mein Leben?«

»Exakt, so könnte das Spiel laufen.«

»Wie stellt man sicher, dass die Wort halten?«

»Man müsste halt glaubhaft machen, dass ein Bruch der getroffenen Vereinbarung zu unabänderlichen Konsequenzen führte.«

»Ich bin zu allem bereit, um diese verdammten Anschläge ein für allemal aus der Welt zu schaffen, selbst wenn ich nochmals in den Kosovo zurückkehren müsste.«

»Nun übertreiben Sie. Also, was halten Sie von meiner Idee?«

»Mir fällt nichts Besseres ein«, erwiderte Hilpert. »Fragt sich nur, wie kommen wir an den Herrn ran? Schließlich befindet er sich in Polizeigewahrsam.« Hilpert stockte. »Da hat sich ein gewisser Polizeirat weit aus dem Fenster gelehnt. Warten wir die Nagelprobe ab und schaun, was seine Versprechen wert sind.«

»Denken Sie an meinen Intimfeind?«

»Genau an den.«

»Da bin ich selbst gespannt. Es geht das Gerücht, dass der Knabe sehr karriereorientiert sein soll.«

»Was Sie nicht so alles mitbekommen.«

»Wissen ist Macht.«

»Das hat meine Mutter auch immer gesagt, wenn ich keinen Bock auf die Schule hatte.« Er lachte heiser auf. »Mal sehen, womit wir ihm das schmackhaft machen können.«

Pristic beendete das Gespräch. »Wir hören voneinander.«

Dass sich der Abend in dieser Form entwickeln würde, hatte Hilpert nicht erwartet. Wieder einmal stellte er fest, wie ähnlich sie im Denken waren. Der Kriminelle aus dem Kosovo und er, der ehemalige Hauptkommissar der Hamburger Kriminalpolizei. Besser, er erzählte es niemandem. Angespannt stand er später unter der Dusche. Nur zögerlich löste sich seine Verkrampfung. Der morgige Tag würde es in sich haben. In seinem Körper steckte zu viel an Adrenalin, als dass er anschließend schnell zu seinem Schlaf fand. Er musste viele Probleme gleichzeitig lösen. Versonnen stand er vor dem gordischen Knoten. Reichte sein Schwert, ihn zu zerschlagen? Er musste es hoffen, ansonsten hätte er auf Dauer verloren.

* * *

Sein erster Anruf nach dem Frühstück galt Baumgartner. Erstaunt nahm er Hilperts Bitte zur Kenntnis. »Wir sollen einen der Inhaftierten freilassen? An wen denken Sie denn da?«

Er erklärte es ihm kurz.

»Hm, es ist Thaci, der Mann mit der Attrappe. Es liegt eh ein Antrag vor, ihn auf Kaution zu entlassen. Einverstanden, ich will mal bei dem Haftrichter vorfühlen. Ich mache mich gleich auf die Socken.«

»Wichtig ist, dass ich zeitnah mitbekomme, wann er das Untersuchungsgefängnis verlässt.«

»Mensch, Hilpert, lassen Sie sich bloß nicht bei dem erwischen, was Sie vorhaben. Sie haben nach wie vor ein paar Intimfeinde im Rathaus, die Sie gerne über glühenden Kohlen rösten würden.«

»Da muss ich durch. Letztendlich geht es um mein Leben und vielleicht auch um das anderer Menschen. Da kann kein Risiko zu hoch sein.«

»Auch wieder wahr. Ich rufe Sie an, wenn er freikommt. Ich gehe davon aus, das Ding ist heute Nachmittag gelaufen.«

»Klasse, danke.«

»Warten wir es ab, wie groß mein Einfluss in unserem Haus ist. Im Übrigen soll ich Sie von einer Staatsanwältin herzlich grüßen. Sie meint, es stände ein Abendessen an.«

»Oh Gott, ja. Sagen Sie ihr bitte, ich komme auf sie zu, wenn es um mich ruhiger geworden ist.«

Er musste sich eingestehen, lange nicht mehr an Julia Stüven gedacht zu haben. Die aktuellen Ereignisse hatten seine Erinnerung an sie überrollt wie eine Lawine in den Alpen. Sollte alles wie geplant verlaufen, konnte er sich mit ihr immer noch verabreden. Für einen kurzen Augenblick schweiften seine Gedanken ab. Was wohl Petra, seine Freundin, dazu sagen würde? Sie war sehr viel dichter an ihn herangekommen, als er jemals geglaubt hätte. Sie reichte ihm völlig. Ihm stand nicht der Sinn danach, sie zu ersetzen oder ein weiteres Verhältnis einzugehen. Er verfügte über ein schlechtes Namengedächtnis. So lief er wenigstens nicht Gefahr, eine mit der anderen zu verwechseln, da es nur die eine gab.

Baumgartner konnte sich tatsächlich erfolgreich durchsetzen. Kurz nach 15 Uhr war ihr Mann frei. Vor dem Eingang des Untersuchungsgefängnisses empfing ihn sein Anwalt in einer schwarzen Limousine mit Chauffeur. Man wusste, was man seinen Topmandanten schuldig war. Bei dem erträglichen Verkehr war es Pristic und Hilpert ein Leichtes, dem Fahrzeug zu folgen, ohne entdeckt zu werden. Ein Anruf im Präsidium und sie verfügten über die Adresse der Kanzlei. Man residierte in einem erst vor Kurzem fertiggestellten Geschäftshaus am Neuen Wall. Stimmte das Klientel, stimmte auch die Adresse. Ging es ums große Geld, war sich mancher Anwalt für nichts zu schade. Flotte Sportwagen, luxuriöse Villen, teure Gespielinnen wollten bezahlt sein. Für Ethik und Moral konnte man sich nichts kaufen.

»Wir fahren vor«, entschied Hilpert. »In der Gegend finden wir so ohne Weiteres keinen Parkplatz.«

Sie trafen wenige Minuten früher vor dem Haus ein. Nur ein paar Schritte entfernt von ihnen verließen Anwalt und Klient kurz darauf das Fahrzeug. Hilpert und sein Partner zogen es vor, sich abzuwenden. Das hätte ihnen am Ende noch gefehlt, von dem Kosovo-Albaner erkannt zu werden. Es würde ihren Plan zunichte machen. Und den hatten sie mehr oder minder aus den Ärmeln geschüttelt. Keine halbe Stunde später stand Lahi Thaci allein vor dem Gebäude. Er hatte kein Auge für die gepflegte Hamburger Adresse, für die liebevoll ins Straßenbild integrierten Neubauten und die großartig restaurierten alten Fassaden. Er war an einer Stelle der Hansestadt gelandet, an der sie eindrucksvoll dokumentierte, weshalb sie als eine der reichsten Städte Europas galt. Zielstrebig orientierte er sich zum Jungfernstieg hin. Er trug eine kleine Reisetasche bei sich. Vermutlich hielt es ihn nicht länger an der Elbe. Wer wollte ihm einen Tapetenwechsel verdenken?

Pristic murmelte ein paar unverständliche Worte ins Handy.

Anschließend wandte er sich an Hilpert. »Ein Wagen wird uns gleich aufnehmen. Greifen wir uns den jungen Mann.«

Es gelang ihnen, ihr Opfer zu überraschen. Auf eine Entführung in der Hamburger City war Thaci nicht eingestellt. Sie hakten ihn von beiden Seiten unter, Hilpert griff sich seine Tasche. Laut lachend, als würden sich drei Freunde treffen, drängten sie ihn an den Straßenrand, wo bereits der Audi mit geöffneten Türen stand. Bevor er sich versah, saß er in dem Wagen. Pristic setzte sich zu ihm. Der Versuch, die zweite Fondtür von innen zu öffnen, misslang. Verflucht seien die Kindersicherungen. Kraftlos begab er sich in sein Schicksal. Niemand wäre auf die Idee gekommen, es mit einem Kämpfer aus dem Bürgerkrieg zu tun zu haben. Eher wirkte er auf sie wie ein Manager, der mit einem unverhofften Problem konfrontiert worden war.

Langsam fand er seine Stimme wieder. Diese klang erstaunlich fest und widersprach seinem körperlichen Zustand. »Wenn ihr mich umlegen wollt, wozu dieser ganze Aufstand?«, fragte er schwer atmend. »Ein schneller Schuss und die Dinge sind geregelt.«

»Wir haben gar nicht die Absicht, Sie zu töten. Wir denken eher über ein gemeinsames Geschäft mit Ihnen nach«, antwortete Hilpert vom Beifahrersitz aus.

»Ach ja? Und was habt ihr euch vorgestellt?«

»Fahren wir erst einmal an unseren Bestimmungsort. Dort können wir ungestört miteinander sprechen. Verhandlungen in engen Autos sind unergiebig, da verrenkt man sich nur den Hals.«

»Wenn Sie meinen«, erwiderte Thaci lapidar und verschränkte entspannt seine Arme vor dem Bauch.

Hilpert wusste selbst nicht, wohin es ging. Er lehnte sich zurück und harrte der Dinge, die da kommen mochten. Bis sie ihr Ziel erreichten, würden ihm schon die geeigneten Vorschläge einfallen, die er ihrem Gefangenen unterbreiten wollte. Sie fuhren den Jungfernstieg hoch, bogen links in den Ballindamm ein und folgten der Straße Richtung Außenalster. Wenig später erreichten sie die Wandsbeker Chaussee. Sie folgten dem Straßenverlauf, bis sie in die Ahrensburger Straße gelangten. Als sie in die Tonndorfer Hauptstraße abbogen, glaubte er zu wissen, wo es sie hinführen würde. Spätestens in der Rahlstedter Straße bestätigte sich seine Vermutung. Sie landeten in einem Altbaugebiet, ähnlich dem in Hamm. Ruhig stiegen sie aus. Thaci wusste, dass sie ihn töten mussten, versuchte er, auf sich aufmerksam zu machen. Also spielte er vorerst ihr Spiel mit. Kurz vor dem Eingang eines Mehrfamilienhauses aus den Fünfzigern sackte er wie in Zeitlupe in sich zusammen. Röchelnd sank er auf die Knie, verdrehte die Augen und fiel auf die Seite.

»He, was soll der Scheiß?«, fuhr ihn Pristic an.

Hilpert winkte ab. »Der simuliert nicht.«

Er bückte sich zu ihm herunter und fühlte seinen Puls am Hals. Entschlossen öffnete er Thacis Jackett und riss das Hemd mit einem Ruck auseinander und begann mit einer Herzmassage. Abwechselnd beatmete er ihn von Mund zu Mund. Es dauerte eine kleine Ewigkeit, bis der Mann wieder selbstständig atmete.

Hilpert rief Pristic zu: »Ruft einen Krankenwagen und danach verzieht ihr euch!«

»Aber wir ...«

Er unterbrach ihn barsch. »Mit ihm hier können wir nichts mehr anfangen. Der wäre uns beinahe verreckt. Ich vermute einen Herzanfall. Den kannst du momentan nicht mal nach seinem Namen befragen, ohne sein Leben zu gefährden. Der durfte bereits einen Blick in die Unendlichkeit tun.«

»Okay, wir telefonieren miteinander.«

»Klar, jemand sollte seine Familie informieren.«

»Sie sind wirklich zu gut für diese Welt. Sie kommen mir vor wie Mutter Teresas unehelicher Sohn. Ich kümmre mich.«

Eine halbe Stunde später erhob sich der Notarzt und gab Anweisung, Thaci auf eine Trage zu legen und ihn weiter zu versorgen. Dann richtete er das Wort an Hilpert. »Dem Mann haben Sie durch Ihr beherztes Eingreifen das Leben gerettet. Soweit ich das beurteilen kann, benötigt der Patient dringend eine Herzoperation. Ist er ein Freund von Ihnen?«

Hilpert lachte auf. »So was in der Art.« Er beugte sich zu Thaci herunter. »Viel Glück.«

Mit schwacher Stimme sprach Thaci ihn an: »Warum haben Sie das getan? Ich bin Ihr Feind.«

»Ich bin kein Psychopath. So krank, wie Sie sind, kann ich Sie nicht bekämpfen.«

»Welchen Deal hatten Sie mit mir vor?«

»Lassen Sie es gut sein. Sie haben jetzt andere Probleme. Man wird Sie ins Krankenhaus St. Georg bringen. Das hat einen guten Ruf. Nochmals viel Glück.«

Die Sanitäter hievten die Trage in den Krankenwagen, der mit Blaulicht davonfuhr. Starb der Mann, würden die Kosovo-Albaner vermutlich ein Regiment auf Hilpert hetzen, bis er vor ihnen im Staub lag. Er nahm sich ein Taxi. Seufzend massierte er sich die Schläfen. Die Aktion war voll nach hinten losgegangen. Da konnte er sich tausendmal einreden, dass die Herzattacke so oder so gekommen wäre.

In seiner Wohnung ließ er sich in einen Sessel fallen. Er verzichtete auf einen Drink, sondern begnügte sich mit einem Glas Wasser. Die Bilder der Vergangenheit hatten sich in ihm neu belebt. Er vermeinte, den Geruch der verbrannten Kinder wahrzunehmen. Er spürte sie wieder, die Verzweiflung der Eltern und seinen Hass auf die Täter. Er strich sich über den rechten Unterarm und fühlte die zurückgebliebene Narbe. Den gesamten Kosovo-Einsatz hatte er ohne weitere Blessuren überstanden. Erst in Hamburg fing er sich eine Kugel ein. Zu der Zeit hatte er sich auf die Normalität seines Alltags gefreut. Er lachte unartikuliert auf. Wie man doch irren konnte.

Am Abend rief er im Krankenhaus an. Nach zähen Diskussionen teilte man ihm mit, dass der Patient das Schlimmste überstanden habe und sich auf dem Weg der Besserung befände. Er war froh darüber und das nicht nur aus rationalen Gründen. Thaci war ihm sympathisch. Wäre man in ihn gedrungen, ihm würde dafür keine Erklärung einfallen. Trotzdem war die positive Emotion zu dem Mann in ihm. Und er sah keine Veranlassung, sich dagegenzustemmen. Gefühle gingen ihre eigenen Wege. Er verzichtete an diesem Abend auf eine Dusche und widerstand der Versuchung, Petra anzurufen. In seiner gegebenen Verfassung würde sie ihn davon überzeugen, sie aufzusuchen. Nach wie vor hielt er das für zu gefährlich. Er benötigte seine Zeit, bis er endlich seinen Schlaf fand. Es wäre für ihn besser gewesen, er hätte darauf verzichtet, Polizist im Kosovo zu spielen. Dann fielen ihm die geretteten Kinder ein. Die sahen das ebenso wie ihre Eltern garantiert anders. Und er letztlich auch.

Am Frühstückstisch kaute Hilpert am nächsten Morgen lustlos auf einem Toast herum, der sich glücklicherweise noch in gebrauchsfähigem Zustand befand, als er ihn im Brotkorb entdeckte. Er fühlte sich ausgebrannt wie ein alter Mann. Anschließend telefonierte er mit seinem Fahrer und bestellte ihn für neun Uhr zu sich. Vielleicht tat ihm die Gesellschaft seiner Kollegen gut. Ein Anruf von Petra wollte seine Laune ebenfalls nicht verbessern. Sie war beleidigt, weil er sich nicht gemeldet hatte. Er konnte ihr nicht verübeln, dass sie sich um ihn Gedanken machte. Er musste unbedingt mit Heins reden, dass er sich weiterhin um sie kümmerte. Reichten im Ernstfall ein, zwei Männer? Er war mehr als skeptisch. Er nahm sich vor, demnächst ein Gespräch mit Wellner zu führen, denn er sah weiterhin sein privates Umfeld gefährdet. Das galt verstärkt nach ihrer misslungenen Aktion. Die größten Sorgen machte er sich um seine Eltern. Ihnen konnte er schlecht einen Bodyguard umhängen. Sie waren ihr soziales Leben mit Einkäufen bei Famila oder neuerdings in der Buchholz Galerie, gelegentlichen Wanderungen oder Fahrradfahrten und den Besuch von Freunden gewöhnt. Sie würden sich davon in keinem Fall abbringen lassen. Er kannte seinen Vater. Wenn es um seine Art der Freizeitgestaltung ging, wäre mit ihm nicht zu reden. Nur in seinem Zimmer zu hocken und seine Münzsammlung anzustarren, war nicht sein Ding. Ihm fiel keine brauchbare Lösung für sein Problem ein. Ein kurzes Hupen riss ihn aus seinen Überlegungen. Der Fahrer war eingetroffen. Ächzend erhob er sich. Vermutlich kam er nicht drum herum, sich abermals mit Pristic auszutauschen. Ob er wollte oder nicht, er brachte ihm mittlerweile freundschaftliche Gefühle entgegen. Vom Thema Dankbarkeit ganz zu schweigen.

Das Gespräch mit Wellner verlief so unkompliziert wie immer. Hilperts Vorschlag, vorerst aus deren Dunstkreis zu verschwinden, lehnte er kategorisch ab.

»Wir können uns nicht verstecken. Vielmehr müssen Sie einen Ausweg finden. Ich bin sicher, das wird Ihnen gelingen. Bis dahin gilt die Devise, dass wir uns personell verstärken. Schlagen Sie zu. Ich akzeptiere jede Entscheidung und jede Rechnung, die Sie mir vorlegen. Das gilt nicht nur für uns oder für Sie, sondern ebenso für Ihre Eltern.«

Hinter seinem eigenen Schreibtisch starrte ihn wieder die real existierende Welt an. Sein Chef hatte keine Vorstellung davon, mit welchen Gegnern sie es zu tun hatten. Doch eine bessere Idee wollte ihm ebenso wenig einfallen. Er würde sich am Nachmittag mit Heins zusammensetzen. Aber gute, zuverlässige Leute standen nicht beim Arbeitsamt Schlange.

Zum Mittagessen hatte er sich mit Petra in der Kantine verabredet. Ihre Missstimmung war längst verflogen. Offensichtlich hatte sie sich mit ihrem Vater unterhalten. Sie erwartete nichts, sie forderte nichts. Sie verhielten sich wie Freunde, auch wenn sie gelegentlich gemeinsam die Grenze zu mehr überschritten. Die nächsten Stunden verbrachte er anschließend im Gespräch mit Heins. Am Ende lag vor ihnen eine Liste mit potenziellen Sicherheitsleuten, die sie am nächsten Tag abtelefonieren wollten. Sie rechneten mit einem monatlichen Budget von 35.000 Euro und hofften, damit hinzukommen.

Vor Feierabend suchte Hilpert erneut Wellner auf. Dieser nahm seine Zahlen gelassen zur Kenntnis. Mit einem Nicken reichte er ihm die Kalkulationsunterlage zurück.

»Das wird nicht annähernd reichen. Stellen Sie sich auf den doppelten Betrag ein.«

»Aber ...«

»Kein Aber. Unser Unternehmen verkraftet die Zusatzbelastung mit links. Außerdem stehen wir nach wie vor tief in Ihrer Schuld.«

»Blödsinn, Sie schulden mir nichts, ganz im Gegenteil.«

»Haben Sie solch ein kurzes Gedächtnis? Ohne Sie würde Christina nicht mehr leben. Ich stehe zu ihr wie zu einer Tochter. Wie tief die Trauer einen runterziehen kann, sehe ich bei meiner Cousine. Nein, Sie haben uns und ihrem leiblichen Vater unendliches Leid erspart. Jetzt sind wir am Drücker. Unsere finanziellen Mittel lassen das bequem zu.«

Hilpert war im Begriff zu gehen, als Wellner ihn zurückrief. »Im Übrigen, was glauben Sie, würde meine Tochter mit mir anstellen, geschähe Ihnen etwas, nur weil ich wie Onkel Dagobert auf dem Geld hocke?«

Als Hilpert an diesem Abend seine Haustür öffnen wollte, trat ihm ein Mann entgegen. Er hatte seine Hand bereits an der Waffe, als dieser ihm zuzwinkerte.

»Pristic kommt nachher vorbei. Ihr Bodyguard kann diese Nacht beruhigt zu Hause bleiben.«

Gegen zehn Uhr vernahm er ein sachtes Klopfen an seiner Wohnungstür. Durch den Spion erkannte er seinen Gefährten.

»In letzter Zeit sehen wir uns ziemlich häufig«, begrüßte Hilpert ihn. »Vielleicht sollten wir einen Stammtisch einrichten, an dem wir uns regelmäßig treffen.«

»Klar, am besten laden Sie noch den einen oder anderen Kumpel aus ihrer früheren Tätigkeit ein. Die werden sich garantiert freuen, mich zu treffen und für eine kostenlose Unterkunft sorgen.«

»Kommen Sie rein. Meine Wohnung ist sicher.«

Sie begaben sich in das kleine Wohnzimmer. Pristic schaute sich neugierig um. »Können Sie sich nichts Besseres leisten?«

»Doch. Ich denke über einen Wohnungswechsel nach. Aus aktuellem Anlass bin ich nur nicht dazu gekommen.«

Sein Gast nickte zu einem Glas Rotwein. Im Verlauf des Abends zeigte sich, dass er sich den Alkohol augenscheinlich einteilte. Er trank in kleinen Zügen und lehnte ab, als Hilpert nachschenken wollte. Ohne große Umstände kam er auf sein Anliegen zu sprechen. »Ich habe mit Thacis Vater gesprochen.«

»Er ist in Hamburg?«

»Er hat sich direkt nach meinem Anruf mit seiner Frau ins Flugzeug gesetzt, um ihren Sohn zu sehen.«

»Ich verstehe. Nur was hat das mit mir zu tun?«

»Elvir Thaci möchte sich mit Ihnen treffen.« Er lachte auf. »Kennenlernen möchte er Sie.«

Hilpert starrte ihn fassungslos an. »Mich? Er möchte mich treffen?«

»So gilt das Gerücht.«

»Spricht der denn überhaupt Deutsch?«

»Er nicht, aber seine Frau.«

»Die ist auch dabei?«

»Mir scheint sogar, sie ist die treibende Kraft. Sie hat viel Einfluss.«

Hilpert verzog das Gesicht. »Und wenn es sich um eine Falle handelt?«

»Dann haben wir Pech gehabt.«

»Und wo wollen wir uns treffen?«

»Das überlassen sie Ihnen.«

Er lachte auf. »Am besten, man begegnet sich am Krankenbett ihres Sohnes. Da werden die ja wohl keinen Mist bauen.«

»Gute Idee, nur schlecht auszuführen. Dort ist es zu eng für eine größere Gesprächsrunde.«

»Was erwarten Sie denn, Pristic?«

»Vielleicht ein Friedensangebot. Das Paar hat nur noch einen Jungen. Für neuen Nachwuchs sind die beiden zu alt.«

Hilpert winkte ab. »Dann gehen wir gemeinsam an der Alster spazieren. Sind Sie bei dem Gespräch dabei?«

»Ich hatte es vor.«

»Das ist gut. Da bekommen wir keine Verständigungsschwierigkeiten.«

»Wenn Sie die sprachlichen Hürden meinen, stimme ich Ihnen zu.«

Elvir Thaci war ein breit gebauter kräftiger Mann. Sein volles, ehemals dunkles Haar befand sich bereits im Übergang von grau zu weiß. Hilpert schätzte ihn auf gut siebzig Jahre. Seine Frau Mimoza war vermutlich fünfzehn Jahre jünger als er. Offensichtlich hatte sie mit der entsprechenden Haarkur nachgeholfen, sodass ihre dunkle Mähne einen Anflug von Jugendlichkeit vermittelte. Sie musste in jungen Jahren sehr schön gewesen sein. Selbst jetzt im reiferen Alter sprühte sie eine Attraktivität aus, die die Männer jeglichen Alters erreichte. Sie redete mit starkem Akzent, war aber tadellos zu verstehen. Ihr Ehemann gab kein Wort von sich, offenbar hatten sie sich vorher abgesprochen. Elvir Thaci schien sich ausschließlich darauf verlegen zu wollen, das Gespräch zu verfolgen. Mimozas erste Fragen richteten sich nach seinen Motiven für die Tötung der Attentäter. Hilpert gab ihr die gleiche Antwort, die er ihrem Sohn gegeben hatte. Sie nahm diese außergewöhnlich ruhig auf und übersetzte sie dann ihrem Mann. Dieser hörte mit starrer Miene zu.

»Und warum haben Sie unserem Jungen das Leben gerettet?«, fragte sie weiter.

Hilpert blieb stehen und schaute ihr fest in die Augen. »Er brauchte meine Hilfe.«

»Aber er ist Ihr Feind.«

»Ich musste nicht nachdenken. Ich konnte ihn nicht sterben lassen.«

Sie schüttelte den Kopf. »Sie sind ein widersprüchlicher Mensch.«

Diesmal fragte er: »Warum dieser Brandanschlag auf die Schule? Was haben die Kinder Ihnen getan?«

»Es war nicht unser Wille«, erwiderte sie. »Niemand von uns wollte es. Sie waren verblendet.«

Mit Tränen in den Augen blieb sie vor ihm stehen. »Ohne Sie hätten wir unseren letzten Sohn verloren. Nun hat er gute Überlebenschancen. Bessere als vorher. Sie haben ein hervorragendes Krankenhaus ausgewählt.« Sie reichte ihm die Hand. »Ich hätte nie gedacht, dass wir einander die Hände reichen würden. Wir wollen Frieden mit Ihnen. Wir werden auch auf unsere Freunde einwirken.«

Ihr Ehemann nickte ihm zu. Offensichtlich hatten sie sich bereits vorher entschieden. Sie hakte sich bei ihm unter. Mit gemächlichem Schritt entfernten sie sich von ihnen. Hilpert schaute ihnen nachdenklich hinterher.

»Warum wollten mich die beiden sehen?«, fragte er Pristic.

»Ich vermute, sie wollten sich ein Bild von Ihnen machen.«

»Ist dieses Kapitel jetzt abgeschlossen?«

»Nach menschlichem Ermessen ja. Auf deren Wort können Sie sich verlassen.«

Hilpert atmete erleichtert auf. »Gehen wir einen Schnaps trinken?«

»Warum nicht.«

Sie blieben nicht lange zusammen. Nach wie vor war Hamburg ein heißes Pflaster für Pristic. Hilpert fuhr sich mit der Hand durchs Gesicht, als er seine Wohnung betrat. Von ihm war eine gewaltige Last abgefallen. Zusehends baute sich eine euphorische Stimmung in ihm auf. Die wollte er mit jemandem teilen. Und er wusste auch schon, mit wem.

Völlig überrascht stand ihm Petra eine halbe Stunde später in ihrer Wohnung gegenüber. »Mit dir hätte ich jetzt nicht gerechnet. Was würdest du tun, wenn ich Männerbesuch hätte?«

»Wieder gehen, was sonst?«

Sie schaute ihm ins Gesicht. »Du siehst erleichtert aus. Mir scheint, als hättest du keine Falten mehr auf der Stirn.«

»Die kommen zurück, verlass dich darauf. Aber hier und jetzt fühle ich mich nur gut. Wenn du mich hineinlässt, erzähle ich dir den Grund. Also schmeiß deinen Lover raus.«

Lachend ließ sie ihn ein. Sie war allein. Wie gewohnt wurde es ein langer Abend.

19

Hilperts Leben bekam endlich normale Konturen. Er war froh, wieder auf sich gestellt agieren zu können. Selbst wenn er weiterhin eine Waffe bei sich trug, beruhigte ihn das Wissen, dass er sie vorerst wohl nicht benötigte. Er konnte Wellners großzügiges Angebot hinsichtlich der Einstellung von Bodyguards mit gutem Gewissen auf sich beruhen lassen und musste sich keine großen Gedanken um die Menschen in seinem Umfeld machen, zumindest nicht mehr als sonst. Er wurde voll in das Ausbildungsprogramm gestoßen, das sich Wellner für ihn ausgedacht hatte. Er war auf dem Weg ins Topmanagement. Zeitweise fand er sogar Gefallen daran. Trotzdem fragte er sich selbstkritisch, ob er dies auf Dauer als seine Berufung empfand. Er schwankte. Je nach Tagesform stand er den kommenden Aufgaben offen gegenüber oder er verschloss sich ihnen. Wo lagen seine Alternativen? Er wusste es genau, es gab für ihn nur die Rückkehr zur Polizei. Dort wollte er immer hin. Dort wollte er immer gewesen sein. Andere Optionen sah er nicht. Gelegentlich musste er über sich schmunzeln. Was würden andere gut ausgebildete Manager für seine Perspektiven geben?! Zuweilen verstand er sich selber nicht. Er hatte nie den großen Luxus angestrebt. Aber gut leben wollte er gleichwohl. Dazu gehörte allerdings nicht nur ein gesichertes Einkommen, sondern auch eine gewisse private Zufriedenheit. Petra kam ihm in den Sinn. Nie zuvor hatte er sich so selbstverständlich mit einer Frau verstanden wie mit ihr. Sah er sie tatsächlich wie eine Freundin? In der einen oder anderen besinnlichen Minute wusste er, sie bedeutete ihm mehr. Wie stand sie zu ihm? Sollte er ihr das Wort gönnen oder lief er Gefahr, damit ihrer Beziehung die Unverkrampftheit zu nehmen? Was geschähe, stände er eines Tages bei ihr wirklich vor verschlossener Tür? Er wusste, er würde leiden. Was war nun richtig, was war falsch? Er wollte es auf sich zukommen lassen. Traf man keine Entscheidung, kam man einerseits nicht weiter, andererseits wurde man auch nicht zurückgeworfen. Zumindest konnte man sich das einreden.

Im Verlauf der folgenden Woche erreichte ihn Julia Stüvens Anruf. Die attraktive Staatsanwältin gemahnte ihr gemeinsames

Abendessen an. Ihm fielen keine Argumente ein, sich dagegen zu sperren. Zu seinem Erstaunen schlug sie einen Italiener in Hittfeld vor. Konnte sie sich mit ihm in Hamburg nicht sehen lassen?

Als er sie darauf ansprach, lachte sie ihn aus. »Ich habe mir im Hamburger Speckgürtel eine Wohnung genommen. Die werden zwar dort nicht verschenkt, aber die Mieten sind halbwegs bezahlbar. Auch Staatsanwälte schwimmen nicht im Geld. Für Hamburg Horn bin ich nicht verzweifelt genug.«

Das Restaurant lag unweit der kleinen Kirche, die das Ortszentrum zierte. Hilpert öffnete die Tür des Fachwerkhauses. Was heutzutage alles möglich war, dachte er, als er eintrat. Ein Italiener in einem klassischen Niedersachsenhaus. Warum eigentlich nicht? Dabei fiel ihm ein, dass wenige Kilometer entfernt von Hittfeld ein chinesisches Restaurant in dem kleinen Heideort Jesteburg in ähnlichem Umfeld gastierte. Niemand rieb sich dran, vielmehr erfreute man sich an der vorzüglichen Küche. Julia winkte ihm von ihrem Tisch aus zu. Ihre Wangen glühten, als er sich zu ihr setzte. Offensichtlich war sie schon beim zweiten Glas Wein angelangt. Er hatte sich das Privileg des Fahrers für diesen Abend gesichert, sodass er kräftig nickte, als sie auf ihr Glas wies. Trotz des Alkohols kam ihr Gespräch eher schwerfällig in die Gänge. Der Reiz, den sie während der Hochzeitsfeierlichkeiten auf ihn ausübte, hatte sich verbraucht. Sie hatte seitdem ihre Attraktivität beileibe nicht eingebüßt, nur der Funke wollte auf ihn nicht mehr überspringen.

Geradezu krampfhaft vermied sie das Thema Pristic. Und trotzdem kamen sie auf ihn zu sprechen. Er war sich nicht klar darüber, ob sie ihn in diese Richtung bewegen oder ob sie ihn einfach nur privat sehen wollte. Sie trennten sich bereits gegen 23 Uhr. Die wenigen Schritte zu ihrer Wohnung wollte sie allein zu Fuß gehen. Auf dem Rückweg nach Hamburg erreichte ihn ein Anruf von Petra. Er spürte, dass sie etwas bewegte. Also beschloss er, die Freundin aufzusuchen. Sie wirkte traurig auf ihn, als er ihr Appartement betrat. Gleichzeitig aber drückte sie ihn von sich weg, als er sie zur Begrüßung küssen wollte.

»Was ist los? Habe ich dir etwas getan?«, fragte er sie überrascht.

»Hast du dein Verhältnis mit der Staatsanwältin neu belebt?«

Bevor sie sich versah, hatte er sie in die Arme genommen. »Bist du eifersüchtig?«

»Blödsinn!«, zischte sie ihn an und versuchte, sich aus seinem Griff zu lösen. »Du kannst tun und lassen, was du willst.«

Er nahm ihr Gesicht in beide Hände und sah ihr tief in die Augen. »Warum sollte ich dich betrügen?«

»Weil wir nur Freunde sind. Du darfst das. Und ich ebenso.«

»Aber ich will das gar nicht.«

»Und warum nicht?«

»Ganz einfach, weil ich dich liebe.«

Jetzt war es heraus und er erwartete ihre Reaktion. Ihre Gesichtszüge wurden glatt wie der Popo eines Babys. Ihre Augen glänzten und sie schlang ihre Arme um seine Taille.

»Das ist schön. Dann sind wir schon zwei Verliebte.«

Sie fuhr ihm mit einer Hand durchs Haar. »Und was ist mit dieser Julia?«

»Da ist nichts mehr. Man kennt sich halt. Außerdem ist sie verheiratet.«

»Das war sie vorher auch.«

»Aber jetzt weiß ich es.«

Sie löste sich von ihm. »Trinken wir darauf.«

Nach dem ersten Schluck griff sie nach seinen Händen. »Schön, dass du mich liebst.«

Es wurde das berüchtigte Glas zu viel. Wenigstens beendeten sie den Abend in bester Laune. Im Bett reichte es nur zu einem sanften gegenseitigen Streicheln. Er schlief schneller ein, als dass sich die ersten Schwindelgefühle im Kopf bis in die Magengegend ausbreiten durften. Petra hingegen ging es um einiges schlechter. Als sie gegen drei Uhr aufwachte, schaffte sie es in letzter Sekunde ins Bad. Sie benötigte eine gute Stunde, bis sie sich ins Bett zurücklegen konnte. Mit gerunzelter Stirn blickte sie auf den Mann, der sie nach eigener Aussage liebte. Das hätte sie ihm bereits vor der ersten gemeinsamen Nacht verraten können. In ihrem Leben hatte sie nie einem Mann erlaubt, sie anzufassen, dem sie keine Gefühle entgegengebracht hatte. In seinem Fall war die Intensität so hoch wie nie zuvor in ihrem Leben. Sie genoss jede Berührung von ihm. Eigentlich war sie froh darüber, dass er ihren erbärmlichen Zustand nicht mitbekam. Sie legte sich wieder zu ihm und drückte sich an ihn. Das verübelten ihr die strapazierten Magennerven. Schnell rückte sie von ihm ab, unsicher darüber, ob sie sich nochmals auf einen Gang ins Bad einstellen sollte. Das Schicksal war ihr gnädig und ließ sie in einen unruhigen Schlaf fallen.

Nur schwer fand Hilpert am Morgen darauf ins normale Leben zurück. Hätte er auf das letzte Glas, besser auf die letzte Flasche verzichtet, wäre ihm die Herbstsonne positiver in Erinnerung geblieben. So bereitete sie ihm Kopfschmerzen und verdarb ihm die gute Laune. Petra erging es ähnlich. Demzufolge konnten sie sich wenigstens gegenseitig malträtieren und jedes unbedeutende Detail zum Problem biblischen Ausmaßes erheben. Erst die Einnahme eines stärkeren Schmerzmittels verhinderte den Supergau ihrer Beziehung. Nachdem sie die Dosis über Gebühr erhöht hatten, signalisierte ein sich langsam anbahnendes wohliges Gefühl, dass das Leben wieder begann, lebenswert zu werden. So gesehen konnten sie sich bei der chemischen Industrie dafür bedanken, dass ihre Liebe eine neue Chance bekam.

Sie schafften den Weg ins Büro erst nach zehn Uhr. Gegen Mittag fühlten sie sich in einem einigermaßen gebrauchsfähigen Zustand. Trotzdem begnügte er sich in der Kantine mit einem trockenen Brötchen. Von Petra bekam er nichts zu sehen. Sie gab gegen sechzehn Uhr auf und fuhr in ihr Appartement. Er hielt mehr schlecht als recht durch, nach dem Motto: Wer am Abend trinken konnte, konnte am darauffolgenden Tag auch arbeiten. Am späten Nachmittag erreichte ihn der überraschende Anruf von Doris Lüders. Sie bat ihn um einen Gesprächstermin. Da er an diesem Tag eh nicht mehr zu Höchstform auflaufen würde, verabredete er sich mit ihr am frühen Abend.

Klein und verhärmt saß sie Hilpert gegenüber. Sie war offensichtlich stocknüchtern. Lehrte sie die Trauer um den Sohn oder der Hass auf den Täter Disziplin?

»Weshalb ich Sie hierher gebeten habe, mich quält eine Frage und raubt mir den Schlaf. Sind Sie überzeugt, dass die Polizei alles daransetzt, den Mörder meines Sohnes zu finden?«

»Darüber gibt es für mich keine zwei Meinungen. Es wird alles getan, den Mörder von Klaas zu finden.«

Kritisch sah sie zu ihm herüber. »Was sollten Sie als ehemaliger

Polizist auch antworten? Dass die im Präsidium Kaffee trinken und sich einen Dreck darum kümmern?« Wieder traf ihn ihr Blick. »Sie sind sich ganz sicher, dass dieser Spielmann sein Mörder gewesen ist?«

Achselzuckend beugte er sich vor. »Von der reinen Sachlogik ausgehend, spricht alles für diesen professionellen Kriminellen. Ich störe mich nur daran, dass Klaas erschlagen wurde.«

»Das begreife ich jetzt nicht.«

Er wand sich, ihr seine Beweggründe zu schildern. Doch sie ermutigte ihn, offen zu sprechen. »Schlimmeres als seinen Tod kann man mir nicht antun.«

Er atmete tief durch und suchte vorsichtig nach den richtigen Worten. »Profikiller morden üblicherweise sauber.«

»Wie darf ich das verstehen?«

»Im Prinzip sind das keine Sadisten, die zur Befriedigung der eigenen Lust töten. Es sind eher gefühlskalte Leute, für die ein Menschenleben keine sonderliche Bedeutung hat.«

»Was heißt das in unserem Fall?«

»Für einen Profikiller geht es darum, einen Job zu erledigen. Also wenn man etwa jemanden erschießt, kann man auf Distanz zu ihm gehen und läuft nicht Gefahr, etwas von seinem Blut abzubekommen oder andere Spuren zu hinterlassen. Man muss natürlich mit einer Schusswaffe umgehen können.«

»Verstanden. Erschlägt man dagegen jemanden, muss man dichter an ihn heran und läuft Gefahr Blutspritzer abzubekommen.«

»Genau. Bei ungeplanten Morden, etwa im Affekt, nimmt man, was man gerade zur Hand hat. Das gilt insbesondere für Beziehungstaten. Wer trägt schon ständig eine Schusswaffe oder ein Kampfmesser mit sich herum? Eine Eisenstange lag dagegen in der Scheune. Sonst wäre es vielleicht ein Spaten oder eine Axt gewesen, die der Täter verwendet hätte.«

»Das träfe dann eher auf Nils Meinert zu, oder?«, entgegnete sie überlegt. »Ein Killer hingegen bringt seine Mordinstrumente mit.«

Seltsamerweise besprachen sie die Aspekte der Tötung von Klaas Lüders in einer Sachlichkeit, als säßen zwei Kollegen zusammen und fachsimpelten über den Fall. Doris reagierte kühl, als ginge es um einen Fremden und nicht um ihren Sohn. Hilpert kannte diesen Zustand. Er stellte sich gelegentlich ein wie die große Ruhe vor dem Sturm. Umso schrecklicher würde die nachfolgende Entladung sein, mit der unweigerlich irgendwann zu rechnen war. Winkte ihm das Glück, hatte er bis dahin das Haus verlassen.

»Spätestens an der Stelle fragt man sich, welches Motiv er gehabt haben könnte«, setzte er wieder an.

Jetzt brach es aus ihr heraus und ihre Stimme wurde lauter. »Na, diese Pia und das Geld. Er wollte beides für sich.«

»Und wie passt da Spielmann, der Berufsverbrecher mit hinein? Wer hat ihn und warum dazugeholt?« Er schüttelte den Kopf. »Die Motive des Verbrechens sind komplizierter, als wir uns vorstellen.«

»Also ist Spielmann der Mörder trotz der ungewöhnlichen Tötungsmethode?«

»So sehe ich das. Das passt trotz meiner Bedenken, die ich geäußert habe, besser ins Bild. Garantiert hat er Pia und Keller erschossen. Das war hoch professionelle Arbeit.«

»Und Nils, was ist mit dem?«

»Unter Umständen ist er das nächste Opfer, das wir beklagen müssen. Dann passt alles. Man sollte auf ihn achten. Der Mörder greift sich den größten Teil des Geldes. Die Mitwisser wurden beseitigt.«

»Das ist ja furchtbar. Was ist das für ein Mensch?«

»Man sagt, er sei ein Auftragskiller. Und für seine Verhältnisse hat er vermutlich viel Geld für die Morde eingestrichen.«

In ihren Augen glitzerte es verdächtig. Er musste unbedingt das Thema wechseln. Aber sie ließ nicht locker. »Er hätte doch wesentlich mehr Geld von mir bekommen, wäre Klaas am Leben geblieben.«

»Offensichtlich wusste er das nicht. Ich fürchte nur, er hätte Ihren Sohn trotzdem nicht überleben lassen, denn sie kannten einander. Denken Sie an die anderen Beteiligten.«

»Alles ist durch diese Pia gekommen. Sie hat ihn zu sich heruntergezogen und Nils Meinert gleich mit.«

»Ihr Sohn war erwachsen. Er wusste, dass das, was sie vorhatte, kriminell war«, widersprach Hilpert.

»Da haben Sie wohl recht. Nicht wahr, Sie versprechen mir, am Ball zu bleiben.«

»Ich will sehen, was ich tun kann. Schließlich verfügt die Polizei über den entsprechenden Apparat, um die Gesuchten zu finden.«

»Das verstehe ich, aber macht die sich auch Ihre Gedanken?«

»Davon können Sie ausgehen.«

»Etwas anderes dürften Sie wahrscheinlich gar nicht sagen.«

»Sie meinen, eine Krähe hackt der anderen kein Auge aus?«

Sie blickte ihn versonnen an. »Entschuldigung, das haben Sie nicht verdient.« Übergangslos setzte sie zu ihrem eigentlichen Thema an. »Ich habe die Absicht, eine Belohnung auf das Ergreifen des Mörders auszusetzen. Wie macht man das in den entsprechenden Kreisen publik?«

»Was verstehen Sie darunter?«

»Nun, dieser Spielmann kommt doch aus der kriminellen Szene. Vielleicht wird jemand bei einer entsprechenden Summe schwach?«

»An wie viel Geld hatten Sie gedacht?«

»'ne Viertelmillion?!«

Er überlegte einen Augenblick. »Das könnte was werden. Aber das dürfen Sie nicht allein in die Hand nehmen.«

Sie nickte zu seinen Worten. »Wen schlagen Sie vor?«

»Na, hat nicht Dr. Wellner Dennis Thiems für Sie abgestellt? Er ist Jurist und kann gewisse Weiterungen wesentlich besser beurteilen als wir.«

»Gute Idee, nur wie mache ich das publik?«

Er dachte nach und begann zu grinsen. »Da hätte ich jemanden, der wird die Geschichte garantiert gerne schreiben. Hilft das nicht weiter, können Sie immer noch 'ne Anzeige schalten und ins Internet gehen. Ein redaktioneller Beitrag, gut aufgemacht, sollte für Aufmerksamkeit sorgen, vor allem, wenn man die Höhe der Belohnung bedenkt.«

Er hielt sich nicht länger als erforderlich bei Wellners Cousine auf, obwohl es für ihn keine Veranlassung gab, sich zu beschweren. Weder versuchte sie, ihn zu einem Drink zu nötigen, noch machte sie ihm Avancen. Sie blieb sachlich und ausgeglichen.

Das Gespräch blieb stärker in seiner Erinnerung haften, als er vorher angenommen hätte. Der Tod ihres Sohnes verlieh Doris ungeahnte Kraft. Ihr ganzes Sinnen war auf den Mörder ausgerichtet. Diese Gedanken beherrschten sie bis in die letzte Faser ihres Körpers. Das konnte sich ohne Weiteres schlagartig ändern. Er hielt sie unter Alkoholgenuss durchaus für selbstmordgefährdet. Sie durfte keineswegs zu lange allein bleiben. Sie hatten Thiems informiert. Er würde sie am selben Abend aufsuchen. Der große Zusammenbruch war vermutlich erst zu erwarten, wenn der Täter gefasst war. Trotzdem war Vorsicht geboten. Ging es um die Prognose künftigen menschlichen Verhaltens, war die Wahrscheinlichkeit eines Irrtums unendlich hoch. Die Trefferquote wissenschaftlich ausgebildeter seriöser Psychologen lag kaum höher als die irgendwelcher Scharlatane, die sich als Parapsychologen oder Wahrsager hervortaten. Menschen mussten nicht nur vor dem Hintergrund ihrer Verfassung beurteilt werden. Ihr Handeln wurde zusätzlich bestimmt durch äußere Einflüsse, durch positive Erlebnisse, durch individuelle Enttäuschungen.

Eine Option war ihnen bislang völlig durchgegangen. Vielleicht hatten sich Spielmann und Meinert zusammengetan. Sich sozusagen das Morden geteilt. Hilpert schüttelte den Kopf. Welche Gründe sollte es dafür geben? Er hätte verstanden, dass Spielmann Meinert unterstützte. Aber umgekehrt wurde da kein Schuh draus, und Pias Tod passte dort nicht hinein, wenn es stimmte, dass Meinert in sie verliebt war. Und es gab keinerlei Veranlassung, ihm das nicht abzunehmen. Sie wusste vielmehr, dass ihr Leben bedroht wurde. Weshalb hätte sie sonst Keller gerufen und ihm das Geld gegeben? Sie suchte in ihm den Beschützer. Oder war der doch mit von der Partie und musste deshalb sterben? Das hieße, sie hätte ihm seinen Anteil übergeben. Hilpert schüttelte den Kopf. Keller hätte sich nicht mit 20.000 Euro abspeisen lassen. Und das am späten Abend. Er wollte es nicht glauben und sollte richtig liegen.

Tatsächlich meldete sich am Ende der Woche eine Frau bei der Polizei, die Kellers Alibi eindeutig stützte. Sie hatte sich die Zeit über zurückgehalten, da sie verheiratet war. Nun hatte sie sich von ihrem Mann getrennt oder umgekehrt. Es half Keller nur nicht weiter. Er war tot, weil er sich offensichtlich auf ein Spiel eingelassen hatte, bei dem ihm die anderen Teilnehmer eindeutig überlegen waren.

Als Erstes wollte er sein Versprechen wahr machen, das er Doris gegeben hatte. Die aktuelle Telefonnummer des ehemaligen freien Journalisten Frank besorgte ihm der Pressesprecher ihrer Gesellschaft. Der Medienmann vernahm erstaunt Hilperts Stimme.

»Wenn ich nicht irre, haben Sie mich in früheren Zeiten am liebsten von hinten bestaunt. Was kann ich für Sie tun?«

Er erläuterte ihm sein Anliegen in knappen Worten.

»Ob ich daraus eine Geschichte mache? Sie belieben zu scherzen! Das ist 'ne Granate! So was verkauft sich immer gut. Nur her damit. Sie haben einen bei mir gut.«

Weitere neugierige Fragen über seine momentane Verfassung blockte Hilpert ab. Er überließ ihm Thiems' Telefonnummer. Sollte sich der Jurist um die Einzelheiten kümmern. Vorsichtshalber rief er ihn an und bat ihn, dafür zu sorgen, dass sich Doris nett zurechtmachte. Nicht dass ihre körperliche Verfassung die bessere Geschichte wurde. Frank war alles zuzutrauen. Für eine spektakuläre Schlagzeile verstieß der gegen alle Regeln, sah man davon ab, dass es kaum welche gab. Die Zeitungen waren in Abwehrschlachten gegen das Internet verwickelt. Jeden Tag mussten sie aufs Neue für ihre Daseinsberechtigung kämpfen.

Sie hatten Glück. Die Frau des Hauses hielt durch. Ihr mäßiger körperlicher Zustand war laut Frank auf die schrecklichen Leiden zurückzuführen, die sie erdulden musste. In der Chemie gab es nur einen konkreten Aggregatzustand, der durch Hitze oder Kälte erzeugt wurde. Im menschlichen Miteinander kam es hingegen auf die Sicht der Dinge an. Der Artikel sollte tatsächlich Furore machen. Thiems bekam eine Menge zu tun. Kohorten an Zeugen wollten sich das Geld verdienen. Er ertrug es mit Fassung. Am nächsten Tag meldete sich sogar das Fernsehen und brachte auf N3 einen kurzen Bericht über die Mutter, die nichts unversucht ließ, den Mörder ihres Sohnes zu fassen zu bekommen.

Es nützte alles nichts. Trotz aller Aufmerksamkeit, die sie erregten, schaffte es selbst die Gier der Menschen nicht, den Aufenthaltsort der Flüchtigen ausfindig zu machen. Sie blieben verschollen.

Hilpert intensivierte seine Bemühungen, eine neue Wohnung zu finden. Sie durfte ein Stück größer sein als die alte und musste in der Nähe der Innenstadt liegen. Selbstredend sollte sie bezahlbar sein. Das Angebot hielt sich in Grenzen. Was ihm zusagte, war überteuert. Was ihm nicht gefiel, hatte ebenfalls seinen Preis. Ein neuer Klodeckel wurde bereits als großartige Investition gepriesen und sollte entsprechend vergolten werden. Unterhielt er sich mit Petra über dieses Thema, schaute sie ihn verständnislos an. Am liebsten wäre es ihr, er zöge zu ihr in die Wohnung. Groß genug war sie allemal. Gegen die Lage war absolut nichts einzuwenden. Sie war gleichermaßen bereit, in seine eigene Wohnung zu investieren. Auf diesen Kuhhandel ließ er sich nicht ein. Er hatte in der Vergangenheit seine Erfahrungen gesammelt, die er besser nicht wiederholen wollte. Er wollte und musste seine Unabhängigkeit behaupten. Sie war klug genug, ihre simplen Problemlösungen nicht zu stark anzupreisen. Als Ergebnis seiner erfolglosen Sucherei begann er, sein Appartement als zusehends attraktiver zu empfinden. Aber er wusste, dass dies nur Ausdruck seiner Gemütsverfassung war. Im stillen Kämmerlein entschied er für sich, den Betrag, den er als Miete zu zahlen bereit war, merklich anzuheben. Man konnte nicht in einer Großstadt leben und die finanziellen Rahmenbedingungen der Provinz zum Maßstab nehmen. Die Miete der Garage in Blankenese entsprach halt den Kosten der Villa in der Heide. Er schob Zeitungsanzeigen und Notebook zur Seite und beschloss, einen Makler einzuschalten. Sollte der sich seine Courtage verdienen.

Am nächsten Vormittag traf er Jan Gärtner, den Personalchef, auf den Gängen. Mittlerweile verband sie eine freundschaftliche Beziehung. Den sprach er auf seine Wohnungssuche an. Leute wie er verfügten häufig über soziale Netzwerke, die man zur Lösung seines Problemes einsetzen konnte. Gärtner versprach, seine Kontakte zu nutzen und sich umzuhören. Viel Hoffnung machte er ihm hingegen nicht. Hamburg stand am Rande einer Wohnungsnot. Auf bezahlbare Objekte stürzten sich Massen an Interessenten. Selbst in seiner Preisklasse gab es Warteschlangen. Die Idee, sich in der Nordheide zu orientieren, verwarf Hilpert so schnell, wie sie kam. Seine Heimatstadt, deren Umgebung und die Menschen, die dort wohnten, waren vorzüglich geeignet, ihn aufzunehmen, um seine Seele baumeln zu lassen, nicht mehr und nicht weniger. Die Hansestadt war zu seinem Mittelpunkt geworden, sah man davon ab, dass er dort seinen Lebensunterhalt verdiente. Daran wollte er nicht rütteln. Er wollte sich nur räumlich verbessern. Er hatte augenblicklich ein Dach über dem

Kopf in bester Hamburger Wohngegend und befand sich in keiner Notlage. Eine Problemlösung würde sich irgendwann finden. Er spürte, wie ihn seine alte Gelassenheit einholte.

Damit drängten sich wieder die Gedanken an die Mordfälle vor. Große Ideen stellten sich jedoch nicht ein. Die Lösung hoch komplizierter Verbrechen war üblicherweise das Ergebnis akribischer Fleißarbeit. Wie Zahnräder griffen Ermittler, Amtsärzte, Spurensicherer ineinander über. All das gepaart mit der rasanten wissenschaftlichen Entwicklung. Das Kriminallabor mutierte mittlerweile zum wichtigsten Erfüllungsgehilfen. Auf Grundlage von DNA-Analysen wurden Gewaltverbrechen selbst Jahrzehnte später gelöst. Mancher Kriminalbeamte stürzte sich mit Bravour auf kalte Fälle. Hilpert fehlte dieser Apparat neben dem regelmäßigen Austausch mit den Kollegen. Er konnte keine Ermittler durch die Lande hetzen, die ihm behilflich waren. Kein Amtsarzt ließ sich von ihm nachts aus den Federn klingeln. So zeitigte penible Polizeiarbeit ihre Erfolge.

Nur unweit von Undeloh entfernt, wo die Leichen aufgefunden worden waren, trafen verdeckte Ermittler auf den flüchtigen Nils Meinert. Er war in einem Wochenendhaus eines entfernten Verwandten untergekommen und war wohl einem Nachbarn aufgefallen, der in ihm einen ungebetenen Mieter vermutete. Er machte keinen fröhlichen Eindruck auf sie, war aber gesund und munter. Hilperts Befürchtung, er könnte ebenfalls Opfer von Spielmann geworden sein, bewahrheitete sich glücklicherweise nicht. Er ließ sich widerstandslos abführen. Wie es den Anschein hatte, tat man ihm damit sogar einen Gefallen. Offensichtlich drohte ihm die Decke auf den Kopf zu fallen. Wie lange konnte man einem jungen Menschen, der das Großstadtleben gewöhnt war, die Tiefe der Heidelandschaft zumuten? Andererseits wurde ihm mit dem Untersuchungsgefängnis keine Alternative geboten, nach der man sich sehnen mochte. Damit musste er ab sofort leben.

Stange hatte Hilpert im Verlauf des Nachmittags über die neue Situation informiert und ihn eingeladen, sich an der Vernehmung als stiller Zuhörer zu beteiligen. Meinert saß vor ihnen wie ein Häufchen Elend. Nach wie vor hatte er Pias Tod nicht verkraftet. Den ermordeten Freund schien er dagegen nicht wirklich zu vermissen. Er blieb bei seiner Aussage, wonach er den toten Lüders nur in den Wald geschafft haben wollte. Dies mochte man als eine mögliche Erklärung für die Spuren des Toten an seiner Kleidung akzeptieren, konnte allerdings auch glatt gelogen sein. Hilpert fragte sich, ob dieser schlaksige Mensch jemanden so ohne Weiteres mit einer Eisenstange erschlug? Er hielt ihn einfach zu weich dafür. Wiederum war er zu lange im Geschäft gewesen, als dass er an das Gute im Menschen glaubte. Testosteron garantierte bei Mensch wie Tier das Fortbestehen der Art. Gelegentlich aber war es mitverantwortlich für Handlungen von Männern, die weit jenseits von ihren emotionalen und intellektuellen Möglichkeiten lagen.

Auch diesmal hatte Meinert auf einen Anwalt verzichtet. War das ein Zeichen für seine Unerfahrenheit oder seine Unschuld? Stange versuchte ruhig auf ihn einzuwirken und musste sich mit seinen stereotypen Antworten zufriedengeben. Sie trampelten auf derselben Stelle wie vor seinem Verschwinden. Sich zu verstecken, sei eine Überreaktion gewesen, erklärte er. Das konnte man beileibe nicht als Schuldeingeständnis werten.

Schließlich gelang es Hilpert, ihn ein wenig zu öffnen. »Es geht doch nicht nur um die Frage, ob Sie mit den Morden in Verbindung zu bringen sind. Vor allem arbeiten wir an der Frage, wer Pia umgebracht hat. Wenigstens das sollte Sie interessieren. Oder sehe ich das falsch?«

Als sei ein Startschuss gefallen, wurde er wach. »Das war hundertprozentig Spielmann. Dafür lege ich meine Hand ins Feuer. Der ist nämlich im Gegensatz zu uns ein echter Krimineller.«

»Und der soll von allein darauf gekommen sein?«

Meinert schüttelte entschieden den Kopf. »Niemals! Dafür war der viel zu blöd. Mir kommt es manchmal so vor, als sei die ganze Aktion von langer Hand geplant worden. Und wir waren die Marionetten, die mitgespielt haben. Ich habe mir schon oft den Kopf zerbrochen, wer hinter allem stehen könnte.«

»Und haben Sie eine Antwort gefunden?«

»Sie werden staunen, ja.«

Erwartungsvoll blickten sie den Verhafteten an. Damit hatte niemand von ihnen gerechnet. Meinert beugte sich vor. Sein Ton wurde eine Nuance leiser, als wollte er vermeiden, dass außer ihnen jemand anders etwas von seiner Aussage mitbekam. »Erkundigen Sie sich nach Udo Friedrichs. Der könnte da involviert sein.«

Stange übernahm das Reden. »Wer ist das? Dieser Name ist uns bislang bei den Ermittlungen nicht untergekommen.«

»Ach, hat die werte Familie den Mund gehalten? Klar, über uneheliche Kinder redet man ungern.«

»Uneheliches Kind? Wessen?«

»Von John Lüders, Klaas' verunglücktem Vater.«

»Klaas hatte einen Stiefbruder?«, mischte sich Hilpert erstaunt ein.

»So ist es.«

Wütend schlug Hilpert mit der flachen Hand auf den Tisch. »Verfluchte Scheiße, da lassen einen die eigenen Leute am langen Arm verhungern, indem sie nur die Hälfte erzählen!«

Sie versuchten in den nächsten Minuten, Konkreteres aus ihm herauszukitzeln - ohne Erfolg. Meinert hatte seine Handgranate abgezogen auf den Tisch gelegt. Mehr konnte oder wollte er nicht von sich geben. Eine halbe Stunde später gaben sie ihre Bemühungen vorerst auf. Nachdenklich verließen sie das Vernehmungszimmer. Hilpert hatte sich längst wieder beruhigt. Was erwartete er von den Mitgliedern einer Familie, in der ein Mord geschehen war? Professionelles Agieren? Das kannte er aus eigenem Erleben. Auch in seiner Verwandtschaft gab es den einen oder anderen schwarzen Fleck, über den ungern geredet wurde. Das galt selbst für seine Mutter, die eigentlich gern über die vermeintlichen Schwächen anderer klatschte. Kam die Rede auf ihren jüngsten Bruder, wurden alle Schotten dicht gemacht. Sie ließ keinerlei Äußerung zu ihm zu. Er hatte sich nie für ihre Beweggründe interessiert und deshalb darauf verzichtet, bei dem Thema nachzufassen. Allerdings gab es in seiner Familie auch kein Kapitalverbrechen zu beklagen.

Udo Friedrichs, dachte er, könnte das der große Unbekannte sein, von dem sie bisher noch nicht gehört hatten? War das der Organisator der Entführung und der Morde? Existierte er tatsächlich oder war er bloß eine Erfindung von Meinert, um seinen Kopf aus der Schlinge zu ziehen? Wer könnte ihm bei dieser Frage behilflich sein? Am besten jemand aus dem engsten Familienkreis. Spontan dachte er an Sarah Lüders. Schließlich handelte es sich um ihren Stiefbruder, sollte Meinerts Hinweis stimmen.

Er hatte sie als kooperativ und aufgeschlossen empfunden. Unter Garantie war sie an einer Aufklärung der Morde interessiert. Wie dumm musste Meinert sein, einen Namen in den Raum zu werfen, der sich schnell als falsch herausstellen könnte. Als sich Hilpert von Stange trennte, versprach er ihm, sich um die neue Spur zu kümmern.

»Das klingt nach einer Familienangelegenheit. Da kann ich euch sicherlich behilflich sein.«

Sarah sagte Hilpert für denselben Abend zu, als er sie um einen Termin bat. Sie trafen sich wieder bei dem Italiener in der Milchstraße. Diesmal hatte er seinen Wagen in der Isestraße stehen lassen. Er wollte nicht noch einmal angetrunken zu seiner Wohnung fahren. Außerdem hatte er das Parkplatzproblem damit für diesen Abend gelöst. Wenn alle Stricke rissen, konnte er diese Strecke auch zu Fuß schaffen, egal, ob im angetrunkenen oder nüchternen Zustand. Er beließ es bei Bier. Davon konnte man gern ein Glas zu viel trinken, ohne gleich alles doppelt zu sehen.

»Du willst wirklich von mir wissen, ob ich Udo Friedrichs kenne?«, ging sie direkt auf seine erste Frage ein. »Du beliebst zu scherzen, das ist mein Stiefbruder.«

»Habt ihr Kontakt zueinander?«

»Gelegentlich. Zu Lebzeiten meines Vaters existierte Udo in unserer Familie nicht. Nach seinem Tod wurde es eher schlimmer als besser. Meine Mutter flippt aus, wenn sie seinen Namen nur hört. Er ist ein paar Monate älter als ich, also fünfundzwanzig.«

»Das heißt, er wurde in der Zeit gezeugt, als deine Mutter mit dir schwanger ging?«

»Du kannst ja sogar rechnen. Bittere Tatsache für meine Mutter.«

»Und ist sein Fehltritt gleich herausgekommen?«

»Dafür hat schon Udos Mutter gesorgt, Sophie Friedrichs. Die tauchte eines Tages vor unserer Haustür auf. Ich kenne das nur vom Hörensagen. Damals steckte ich noch in den Windeln.«

»Und wie hat man sich geeinigt?«

»Einzelheiten kann ich dir nicht nennen. Ich gehe von einem ordentlichen Obolus aus, den mein alter Herr abdrücken musste.«

»War Udo bei dem Tod deines Vaters nicht erbberechtigt?«

»Theoretisch ja, aber faktisch kam nicht so viel dabei heraus.

Das große Geld hat meine Mutter mit in die Ehe gebracht. Davon steht ihm nichts zu. Soviel ich weiß, hat man seinerzeit Sophie Friedrichs 20.000 Mark zukommen lassen, sozusagen aus Kulanz und um seine Ruhe zu haben.«

»Das war's dann?«

»Nicht ganz, ich meine, sie hat über einen Anwalt versucht, mehr für ihren Sohn herauszuschlagen. Zu der Zeit war er ja minderjährig.«

»Und hat es geklappt?«

»Nein, das ist voll in die Hose gegangen.«

»Klar, ihr hattet die gewiefteren Anwälte.«

»Das mag so sein, aber sie, besser er, hatte keine Ansprüche. Wenigstens ist mir das so mitgeteilt worden. Überleg selbst, ich war drei Jahre alt, als der Streit ausgefochten wurde.«

»Wie ist das jetzt nach dem Tod von Klaas? Gehört Udo zu seinen Erben?«

»Keine Ahnung. Mit dieser Frage habe ich mich nie auseinandergesetzt.« Sie nahm einen großen Schluck Rotwein, bevor sie weitersprach: »Im Grunde wäre es nur gerecht.«

»Das werden eure Anwälte garantiert zu verhindern wissen.«

Sie schüttelte energisch den Kopf. »Er erhält, was ihm zusteht. Irgendwelche juristischen Tricks werden da nicht angewendet. Das kommt nicht in die Tüte. Das werde ich zu verhindern wissen.«

»Über welchen Betrag reden wir?«

»Na ja, je nach Geschäftslage geht es um ein Drittel von 200.000 bis 300.000 Euro pro Jahr, die ihm für seine Anteile zustanden. Und zwar netto. Der Rest geht an meine Mutter und mich zu gleichen Teilen.«

»Dafür muss 'ne alte Frau lange stricken.«

»Es hat seine Vorteile, reich geboren zu sein. Aber mir wäre es lieber, Klaas lebte noch. Dafür würde ich alles hergeben.«

»Mal darüber nachgedacht, dass man für so viel Geld schon mal morden kann?«

»Du spielst auf Udo an?« Sie schüttelte den Kopf. »Unvorstellbar.«

»Wer sagt, dass er selber tätig geworden ist? Mit Spielmann hätte er den richtigen Partner.«

»Du meinst diesen Killer?«

Er nickte.

Sie winkte ab. »Ich glaube es einfach nicht. Er ist ein netter Kerl. Er macht sich wenig aus Geld.«

»Wir werden sehen. Weißt du, wo er wohnt?«

»Ich nehme an, er lebt bei seiner Mutter.«

»Hast du ihre Adresse?«

»Leider nicht. Zu ihr haben wir keinen weiteren Kontakt gehabt.«

»Und was macht Udo beruflich?«

»Ich hab keinen blassen Schimmer, was er augenblicklich tut. Er hat sich wohl mit unterschiedlichen Dingen mit wechselndem Erfolg versucht. Ich weiß nur, dass er Sinologie studiert haben soll.«

»Du meinst, er spricht chinesisch?«

»So sagt man.«

»Du bist also davon überzeugt, er steckt nicht mit in der Geschichte drin?«

»Er ist nicht der Typ dafür. Der ist zu gut für diese Welt. Und ich bin sicher, er mochte Klaas und mich mag er auch.« Sie sah ihn mit Tränen in den Augen an. »Wenn wir uns trafen, verstanden wir uns wie Geschwister.«

»Trotzdem seid ihr euch nicht so häufig begegnet?«

»Wir sind erwachsen und haben unser eigenes Leben. Aber wir sahen uns gelegentlich.«

Er ließ ihre Worte nachwirken. Konnte er sich auf ihre Intuition verlassen? Damit war es so eine Sache. Es gab Menschen, die mit traumhafter Sicherheit ihr Ziel verfehlten. Die glaubten noch an das Gute im Menschen, wenn ihnen ein Messer an die Kehle gesetzt wurde. Andere hatten hingegen eine hohe Trefferquote, wenn es darum ging, Personen einzuschätzen. Er kannte Sarah nicht gut genug, um ihre Fähigkeiten beurteilen zu können. Letztlich war es gleichgültig, wie sie zu ihrem Stiefbruder stand. Er musste sich eine eigene Meinung bilden.

»Ihr habt euch also hin und wieder getroffen?«

»Oh ja und das seit einigen Jahren. Ich liebe ihn, wie ich Klaas geliebt habe.«

»Wie steht deine Mutter dazu?«

»Sie hat die Untreue meines Vaters nie richtig überwunden. Mit der Trinkerei begann sie bereits zu seinen Lebzeiten. Udo und seine Mutter waren für sie Feindbilder Nummer eins. Man konnte sie zu nichts bewegen. Sie wollte mit beiden einfach nichts zu tun haben.«

»Hat sie versucht, euch den Umgang mit ihm zu untersagen?«

»Das hat sie sich nicht getraut. Sie spürte, wie wir zu Udo standen.«

»Wie komme ich an ihn und seine Mutter ran, um mich mit denen mal unterhalten zu können?«

»Kein Problem. Sophie arbeitet in einer Kneipe in Altona. Ich organisier dir Adresse und Telefonnummer. Am besten, ich mail sie dir zu. Dann kannst du dich mit ihr treffen.«

»Was ist sie für ein Typ?«

»Ein wenig verbittert, dabei durchaus attraktiv. Sie hat es nicht leicht gehabt. Mein Vater ist zu Lebzeiten offensichtlich nicht sonderlich großzügig gewesen. Und danach Cut. 'ne Abfindung und dann aus den Augen, aus dem Sinn.«

»Na ja, die Kohle kam schließlich von deiner Mutter.«

»Das machte ihn nicht zu einem armen Mann. Er saß wohl auf seinem Geld. Trotzdem hat Sophie ihr Schicksal angenommen und für ihren Sohn gesorgt. Udo durfte Abitur machen. Stell dir vor, neben Deutsch und Chinesisch spricht der vier weitere Sprachen. Was das betrifft, ist er genial.«

»Und sonst?«

Sie schüttelte den Kopf und nahm einen Schluck Wein. »Er macht nichts daraus. Ökonomisch gesehen ist er 'ne Niete. Aber eine, die man lieb haben muss.«

»Dein Vater, was war der für ein Typ?«

»Als Kind konnte ich mich nicht über ihn beschweren. Er war witzig, er war liebenswert. Ungeachtet dessen hätte ich mit ihm nicht verheiratet sein mögen. Dem Vernehmen nach ließ er selten etwas anbrennen. Aber das weiß ich nur vom Hörensagen.« Sie pustete eine Haarsträhne aus ihrem Gesicht. »Hat man dir erzählt, dass er bei dem Absturz eines Privatflugzeugs ums Leben gekommen ist?«

»Allerdings, gemeinsam mit Petras Mutter.«

»Siehst du. Dann frag dich mal, was die beiden zusammen in einem Privatflugzeug gesucht haben.«

Diese Information musste er erst einmal verdauen. Sarah weigerte sich, einen weiteren Satz hierzu von sich zu geben. Also wechselte er das Thema. Wie er heraushörte, hatte sie seit geraumer Zeit einen Lover. Sie nahm sogar das Wort Heiraten in den Mund. Aber vor dem Hintergrund der Ermordung ihres Bruders hatten sie diesen Termin vorerst nach hinten geschoben. Namen wollte sie keinen nennen. Und er musste sich eingestehen, dass er nicht neugierig genug war, um nachzuhaken. Sie unterhielten sich noch eine Weile über Belanglosigkeiten, bevor sie sich trennten. Diesmal kam er stocknüchtern nach Hause.

Sarah hielt Wort. Am selben Abend verfügte er über die Adresse und Telefonnummer von Sophie Friedrichs' Gaststätte. Er rief sie am nächsten Vormittag an. Problemlos stimmte sie einem gemeinsamen Treffen für den Nachmittag zu. Sie verzichtete sogar darauf, ihm Fragen zu stellen. Als sei sie darauf eingestellt, dachte er, als er das Gespräch beendete.

20

Sophie Friedrichs kellnerte im tiefsten Altona in einer der Kneipen, die sich mit ihren beiden Spielautomaten und den Dartscheiben über Wasser hielten. Allein von den Getränken und den kleinen Snacks konnte man schon längst nicht mehr überleben. Ihre Stammkundschaft, die sich bei ihr ein Bier gönnte, bröckelte altersbedingt ab. Glücklicherweise galt das ebenso für die Konkurrenz. Manche Eckkneipe musste schließen und einem Spielsalon oder Dönerladen weichen. Die Mengen, die man in früheren Jahren an Alkoholika zu sich nahm, hatten sich deutlich reduziert. Vor allem aber schaute man nicht mehr jeden Tag vorbei. Bei dem einen reichte die Rente nicht, andere hatten keine Lust, sich regelmäßig mit ihrem Hausarzt auseinanderzusetzen.

Hilpert entdeckte in einem Nebenraum Billardtische, an denen sich zwei Paare im Snooker übten. Die Regeln der britischen Form des Poolbillards wollten ihm nie so richtig eingehen. Beim Dart erging es ihm ähnlich. Vermutlich lag es auch daran, dass er in jungen Jahren für beide Formen der Freizeitgestaltung wenig Interesse verspürte. Warum sollte man sich mit einer Sache befassen, die einen nicht berührte? Sophie Friedrichs stand vor dem Tresen und lud mehrere gefüllte Biergläser auf ihr Tablett. Hilpert sah von hinten eine Frau in Jeans mit mehr als passabler

Figur. Sie wandte ihren Kopf in seine Richtung, als er auf sie zutrat. Vermutlich hatte sie dasselbe Alter wie Doris Lüders. Und trotzdem gefiel sie ihm besser. Augenscheinlich hatte ihr Job sie in dem Lokal nicht geschädigt. Er entdeckte neben dem Tablett eine Tasse mit Tee oder Kaffee. Alkohol am Arbeitsplatz schien nicht ihre große Leidenschaft zu sein. Ein weiser Entschluss.

Sie nickte ihm zu. »Ich vermute, Sie sind Herr Hilpert«, begrüßte sie ihn leidenschaftslos. »Ich habe gleich ein paar Minuten Zeit für Sie. Außer den Spielern halten sich momentan keine weiteren Gäste bei uns auf. Das wird sich erst in der nächsten halben Stunde ändern. Nach sechs geht's hier rund.«

Sie griff sich das Tablett und trug die Gläser nach nebenan. Er setzte sich an einen der Tische und wartete ab. Wenig später nahm sie ihm gegenüber Platz. Ungefragt stellte sie ein volles Bierglas vor ihn.

»Ich hoffe, Sie trinken Bier.«

»Gern.« Durstig griff er nach dem Glas und nahm einen satten Schluck. Danach wischte er sich mit dem Ärmel den Schaum vom Mund.

»Was kann ich für Sie tun?«, fragte sie ihn direkt. Konversation war offensichtlich nicht ihr Ding. Was interessierten sie die Lebensgeschichten anderer?

»Lüders, sagt Ihnen der Name etwas?«

»Sie können Fragen stellen! Ich werde wohl noch wissen, wer der Vater meines Sohnes ist.«

»Er war verheiratet und wollte es offenkundig bleiben. Wie haben Sie sich damals mit ihm geeinigt?«

Sie ballte ihre Hände, bis die Knöchel hell hervorschimmerten. »Mit Kleingeld hat er mich abgespeist. Weil er nach offizieller Lesart nicht vermögend war.« Wütend fuhr sie fort: »Wir haben Scheiße gefressen. Er und seine Familie haben dagegen in Saus und Braus gelebt.«

»Das Geld kam eindeutig von seiner Ehefrau. Warum sollte sie die Frau unterstützen, mit der er sie betrogen hatte?«

Seltsamerweise stimmte sie ihm in dieser Frage zu. »Das ist in Ordnung so. Ich wollte nicht an ihre Millionen. Die standen uns nicht zu. Hier handelte es sich mehr um die Unterstützung seines Sohnes in schwierigen Zeiten. Nicht einmal hat er ihn besucht. Er war ihm einfach nur lästig.«

»War er denn so problematisch in seiner Jugend?«

»Udo?! Nein, ganz im Gegenteil, darum ging es nicht. Er ist immer ein liebes Kind gewesen. Er hat mir viel Freude gemacht. Aber in schulischen Fragen hätte ich seinen Vater gut gebrauchen können. Udo war sprachbegabt, er war musisch begabt, nur mit den Naturwissenschaften stand er auf Kriegsfuß. Nicht eine Nachhilfestunde hat dieses Sackgesicht bezahlt. Na ja und dann war er tot. Recht seltsam, dass der Flieger runtergekommen ist.«

»Sie meinen ...?«

Mit harten Augen schaute sie ihn an. Sie war in einem Gewerbe tätig, in dem Durchsetzungsvermögen gefragt war. »Ich meine gar nichts.«

Bevor er darauf eingehen konnte, öffnete sich die Eingangstür und ein Mann, Mitte zwanzig, trat ein. Als habe jemand einen Schalter umgelegt, erhellte sich die Miene der Frau. »Udo, du schon hier?«

»Das geht doch gleich los bei dir. Da brauchst du Hilfe.«

Sie drehte Hilpert den Kopf zu. »Das ist mein Sohn.«

Ein hübscher, schmaler junger Mann mit feinen, fast vergeistigten Gesichtszügen trat auf sie zu. Er begrüßte seine Mutter mit einem Kuss auf die Wangen und reichte anschließend Hilpert die Hand. Sie stellten einander vor. Er setzte sich zu ihnen und schaute ihn erwartungsvoll an. »Ich weiß, wer Sie sind. Meine Schwester hat mich angerufen. Ich finde es gut, dass Sie den Tod von Klaas untersuchen.«

Zu Hilperts Erstaunen wischte er sich eine Träne aus den Augen. Fraglos litt dieser Mann. Und er glaubte nicht, dass er schauspielerte.

»Wie ist der Kontakt zu Ihren Stiefgeschwistern eigentlich zustande gekommen?«

»Als ich damals von ihnen erfuhr, habe ich Klaas angerufen. Seitdem standen wir drei in lockerem Kontakt zueinander.«

»Ihre Mutter hatte Ihnen also als Kind vorenthalten, wer Ihr Vater war?«

»Das ist richtig. Lange Zeit glaubte ich, er lebe irgendwo im Ausland. Ich gebe zu, es hat mich kaum interessiert. Erst an meinem siebzehnten Geburtstag erzählte sie mir die Wahrheit.«

»Haben Sie Ihren Vater noch kennengelernt?«

»Nein, da war er längst tot.«

»Waren Sie sauer auf Ihre Mutter, dass sie ihn Ihnen sozusagen vorenthalten hatte?«

»Wie kommen Sie darauf? All die Jahre war sie für mich da. Hätte er mich sehen wollen, er wusste, wo ich wohnte. Wir stehen im Telefonbuch.«

Hilpert ließ die Worte auf sich wirken. Friedrichs machte auf ihn den Eindruck eines Menschen, der mit sich und der Umwelt im Reinen war. Von ihm ging nicht die Spur von Aggressivität aus. Er antwortete ohne Wenn und Aber.

»Kommen wir auf Ihre Stiefgeschwister zu sprechen. Verstanden Sie sich gut?«

»Oh ja. Sarah ist 'ne ganz Liebe. Und Klaas war ein feiner Kerl. Beide haben mich als ihren Bruder akzeptiert und gleichberechtigt behandelt, auch wenn ich nicht viel zu bieten hatte.«

»Haben die Sie manchmal finanziell unterstützt?«

Erstmals erhob er seine Stimme. »Wofür halten Sie mich, für einen Nassauer?!«

»Natürlich nicht, Entschuldigung, ich wollte Sie nicht beleidigen.«

»Ist schon okay. So reich, wie die sind, kann man leicht auf solch eine Idee kommen. Ich gebe zu, wenn wir gemeinsam essen gingen, hat Sarah immer bezahlt. Die teuren Restaurants, die sie aussuchte, wären für mich unerschwinglich gewesen. Wir haben gelegentlich auch hier bei meiner Mutter gegessen. Sie ist 'ne tolle Köchin.«

»Ist Ihnen Pia begegnet?«

Er lachte auf. »Allerdings. Das war ein heißes Mädchen. Klaas war ganz weg von ihr. Sie hat ihn voll mit Beschlag belegt. Seitdem die zusammen waren, haben wir uns seltener gesehen.«

»Und Nils Meinert, haben Sie den ebenfalls kennengelernt?«

»Klar kenne ich Nils. Der war verdammt eifersüchtig auf Klaas. Wenn der Pia gesehen hat, hat er sie mit beiden Augen verschlungen.«

»Und sie, wie stand sie zu ihm?«

»Der existierte für Pia nicht.«

»Wie verstanden Sie sich?«

»Ich glaube, er konnte mich nicht leiden.«

»Gab es einen Grund dafür?«

»Was weiß ich?«

Hilpert wandte sich nochmals der Mutter zu. »Sie hatten keine Probleme damit, dass sich die Geschwister trafen?«

»Anfangs ja. Aber das Mädel und der Junge waren in Ordnung. Und Udo hätte sich eh nicht davon abbringen lassen.« Sie streichelte seine Hand. »Ich konnte ihm seine Geschwister irgendwann nicht mehr vorenthalten. Schließlich war das der Grund, weshalb ich ihm letztlich erzählte, wer sein Vater ist.«

»Sagt Ihnen der Name Spielmann etwas?«

»Wird der nicht wegen des Mordes an Klaas und den beiden anderen gesucht?«, fragte sie. »Irgendwie kommt mir der Name bekannt vor.«

»Er hat hier gelegentlich mit Freunden Billard gespielt«, antwortete Udo. »Ich empfand ihn als aufgeblasen. In letzter Zeit ist er im Lokal nicht mehr aufgeschlagen. In der Zeitung steht ja, er soll ein Berufsverbrecher sein. Darauf wäre ich allerdings nicht gekommen.«

Zusehends füllte sich die Wirtschaft. Die Gäste begrüßten Mutter und Sohn freundlich. Erst jetzt begriff Hilpert, dass Sophie keineswegs angestellt, sondern offensichtlich die Wirtin war. Es war für ihn an der Zeit zu gehen. Die nicht gestellten Fragen mochten die Herren von der Sonderkommission anbringen. Er war unsicher, ob er sich hier auf der richtigen Fährte bewegte.

Nach dem Gespräch mit Udo verstand er Sarah Lüders besser. Auf dem Weg zu seiner Wohnung ließ er es Revue passieren. Ihm verblieb ausreichend Zeit dafür. Der Feierabendverkehr sorgte für ein schleppendes Tempo. Fluchend schlich er von einer roten Ampel zur nächsten. Er war ein ungeduldiger Mensch und hasste es, über Gebühr zu warten. Setzte jetzt noch Regen ein, würde er seinen Wagen am Straßenrand abstellen können. Hamburg bei Regen war der Horror.

Udo Friedrichs war ein aufgeschlossener, netter Kerl. Er hielt ihn eher für lebensuntüchtig, als für den Kopf einer Entführer- und Mörderbande, die dafür sorgen sollte, dass ihm bis ans Lebensende eine ordentliche jährliche Rente ausgezahlt wurde. Man schaute zwar hinter niemandes Stirn, in diesem Fall aber sagte ihm seine Menschenkenntnis, die er in seinem Berufsleben erworben hatte, dass er bei ihm aufs falsche Pferd setzte. Trotzdem trog sie ihn gelegentlich. Endlich endete seine Odyssee und er bog in die Isestraße ein. Selbstredend musste er an diesem Abend mehrfach um den Pudding fahren, bis ihm eine mitfühlende Seele eine Parklücke frei machte. Einen Vorteil hatte die frustrierende Fahrerei: Es verblieb ihm ausreichend Muße, ungestört seinen Überlegungen nachzugehen. Niemand unterbrach ihn in seinen Gedankengängen. Als er seinen Wagen verschloss und die Straße überquerte, kam ihm die zündende Idee. Er sollte nicht dem Sohn, sondern der Mutter seine Aufmerksamkeit schenken. Vermutlich tat sie alles für ihn. Und ihr Junge benötigte garantiert Unterstützung, wenn es darum ging, auf seinen materiellen Vorteil zu achten. Er musste sich darüber unbedingt mit Geiger oder Baumgartner unterhalten. Die Linie, die sich zu ihr hinbewegte, begann interessanter zu werden, als er anfangs angenommen hätte. Klaas, Keller, Pia, Spielmann, sie alle hatten sich zuweilen in ihrem Lokal aufgehalten.

Er überlegte, ob er Petra anrufen sollte. Er hatte sein Handy bereits in der Hand, als dieses ihm sein Vorhaben abnahm. Sie war schneller als er. Sie sprachen kurz miteinander. Ihre Einladung, sich zu ihm zu gesellen, lehnte er höflich ab. Er wollte die Zeit nutzen, um in aller Ruhe seine Überlegungen fortzuführen. Die Ruhe des Abends tat ihm gut. Vor allem beschäftigte ihn die Information, die ihm Sarah Lüders gegeben hatte. Gab es eine Beziehung zwischen Wellners Frau und Doris' Ehemann? Existierte nach so vielen Jahren eine Verbindung zu ihrem Fall? Nur welche? Er haderte mit sich, ob er Petra darauf ansprechen sollte, war sich unsicher darüber, wie sie reagieren würde. Oder sah er Gespenster? Irgendwo stand für ihn der Name Wellner für Zuverlässigkeit und Kontinuität. Nur wie ging ein selbstbewusster Mensch damit um, von seiner Frau betrogen zu werden? Aber eine verspätete Rache passte nicht zu ihm. Die eigentlichen Akteure lebten längst nicht mehr. Was hätte Klaas damit zu tun? Rache kam nicht infrage. Sollte etwas vertuscht werden? Hatte Klaas etwas herausgefunden, das in die Vergangenheit hineinreichte? Hilpert musste direkt mit Petras Vater sprechen und er wollte sich nochmals Meinert vorknöpfen. Wie kam er zu dieser distanzierten Meinung über Udo Friedrichs? Sie passte so gar nicht zu dem Bild, das er sich von ihm gemacht hatte. Um jetzt einen Termin bei der Kripo zu machen, war es zu spät. Für einen kurzen Moment überlegte er, ob er nicht doch zu Petra fahren sollte. Dies allerdings aus rein privaten Gründen. Er verkniff sich den Wunsch, stattdessen schaltete er sich die Finger an der Fernbedienung wund. Trotzdem wollte das Fernsehprogramm nicht erträglicher werden. Wann hatte er zuletzt nach einem Buch gegriffen? Besaß er überhaupt eines? Grinsend stellte er sich vor sein Bücherregal. Erst vor Kurzem war ihm ein Kriminalroman einer relativ unbekannten deutschen Autorin empfohlen worden. Also griff er zu und blätterte es gedankenverloren durch. Über vierhundert Seiten. Da hatte er sich etwas vorgenommen. Grimmig entschlossen legte er es auf einen Beistelltisch und besorgte sich eine Flasche Wasser aus dem Eisschrank. Konzentriert legte er los. Nach einem holprigen Beginn begann ihn die Geschichte zu fesseln. Er spürte, wie sein Kopf klarer wurde.

Hilpert hatte sich am nächsten Morgen früh ins Büro begeben, wenngleich mit schlechtem Gewissen. Sein Schreibtisch quoll über. Selbst eilige Korrespondenz war liegen geblieben. Er konnte sich über ausreichende Beschäftigung nicht beklagen. Nur hatte diese wenig mit seinem Arbeitsvertrag zu tun. War es überhaupt noch gewollt, dass er sich um die Aufklärung der Morde kümmerte? Sollte er sich nicht eigentlich weiter für einen Spitzenjob im Unternehmen qualifizieren? Die nächsten Stunden baute er die dringlichsten Spitzen ab. Tatsächlich hatte sich eine Reihe an Vorgängen von selbst erledigt. Daneben erkannte er, dass ihm Vorlagen zur Entscheidung reingereicht worden waren, die der Pförtner im Vorbeigehen erledigt hätte. Wozu saß dafür eine qualifizierte Mitarbeiterin im Vorzimmer? Am Ende seiner Arbeitswut angelangt, würde sie vermutlich die nächsten Abendtermine verschieben müssen. Genüsslich brachte er ihr die Vorlagemappen persönlich vorbei. Grinsend legte er sie ihr auf den Schreibtisch. Sie wusste noch nicht, was auf sie zukam, wenn er erst damit begann, Ordnung zu schaffen. Dafür war die Zeit nicht reif. Der Packen, den er abgeladen hatte, reichte allemal, um den Grad seiner Beliebtheit deutlich nach unten zu schrauben.

Als er wieder hinter seinem Schreibtisch saß, überlegte er seine weitere Vorgehensweise. Er hatte sich für ein paar Stunden Luft verschafft. Als sinnvollen Ansatz zum Weiterarbeiten konnte man dies allerdings nicht bezeichnen. Er fühlte sich wie ein Zwitter, der eine Dynastie gründen sollte. Instinktiv griff er nach einem Bleistift und einem Stück Papier. Er versuchte, sich eine kleine Prioritätenliste anzulegen. Obenan stand Wellner. Er griff zum Telefon und meldete sich bei ihm an. Er hatte Glück und erhielt sofort einen Termin. Wie würde er sich wohl zu den Fragen nach seiner verstorbenen Ehefrau stellen? Gab es überdies eine Verbindung zu den Mordfällen? Er würde sehen.

Der Unternehmenschef winkte gelassen ab, als Hilpert von seinen gesteigerten Bemühungen in den Fällen berichtete. »Wissen Sie, momentan ist es wie in einer Musikalienhandlung. Ihnen ist gestattet, jedes der Instrumente zu spielen, die wir im Angebot haben. Und wenn Sie auf dem Kamm blasen wollen, dann man immer zu.«

»Um im Bild zu bleiben, gilt das auch für die Amati, die im Safe liegt, die unendlich wertvoll und nicht zu ersetzen ist?«, erkundigte sich Hilpert grinsend.

»Wenn Sie mir sagen, worauf Sie hinauswollen, will ich Ihre Frage gern beantworten. Grundsätzlich ist meine Antwort Ja.«

»John Lüders und Ihre Frau. Mittlerweile erreichen mich da Gerüchte, die man nicht mehr ignorieren kann. Bis hin zur Frage nach der Ursache für den Flugzeugabsturz, die sich mir stellt.«

Wellner musste schlucken. Es schien, als würden viele verdrängte Erinnerungen in ihm wach werden. Stil konnte man ihm jedenfalls nicht absprechen. Er blieb gefasst. »Ich könnte Sie fragen, was das mit der Entführung und den Morden zu tun hat. Aber das will ich nicht.«

»Diese Frage steht Ihnen genauso zu wie eine ordentliche Antwort. Ich habe keine Ahnung.« Er kratzte sich verlegen am Kopf. »Ich habe gelernt, mich auf alles zu stürzen, was von der Norm abweicht, ohne Rücksicht auf die Betroffenen oder zeitliche Aspekte. Darum frage ich.«

Wellner schien in seiner Erinnerung zu kramen. Es war ihm anzusehen, wie perplex er war. Trauer ließ sich verdrängen, doch stets lief man Gefahr, dass sie sich einem wieder bemächtigte. Dessen ungeachtet gelang es Hilpert nicht, ihn zu verunsichern oder in die Ecke zu drängen. Nach einem kurzen Aufflackern von Beklommenheit sprach er mit fester Stimme: »Es drangen nach dem Absturz böse Gerüchte auf mich ein. Ich habe ihnen keinen Glauben geschenkt. Meine Frau hätte mich nicht betrogen, sie hätte mich verlassen. Sie war geradlinig und ein treuer Mensch.«

»Was suchten die beiden dann in derselben Maschine?«

»Es ging um ein Familienfest auf Sylt, glücklicherweise ohne Kinder. Doris wollte nicht mitkommen. Sie hatte sich mit John zerstritten. Ich wollte nachkommen. Mich hielten wie gehabt Geschäfte auf.«

»Dann hat die Arbeit Ihr Leben gerettet?«

»Kann man so sagen.«

»Von wem kamen denn diese Gerüchte über die beiden?«

»Fragen Sie mich was Leichteres. Plötzlich standen sie im Raum.« Wellner blickte ihn mit zusammengekniffenen Augen an. »Und nun, was fangen Sie mit dieser Information an?«

»Ich nehme sie zur Kenntnis und konfrontiere damit gegebenenfalls andere. Ansonsten werden wir sehen.«

»Nun raus damit, was ist daran so interessant? Sie sind schließlich kein Spanner.«

»Ich soll mich mit dieser Problematik auseinandersetzen. Ein Mann wie Sie kommt gradlinig und prinzipientreu herüber. Nun zeigt sich in Ihrer Biografie, dass vor mehr als einem Jahrzehnt diese Linie unterbrochen wurde. Das muss nichts zu bedeuten haben. Aber drüber nachdenken sollte man schon.«

Wellner beugte sich ihm entgegen. »Reden wir immer noch über die Entführung und Ermordung meines Neffen? Anders gefragt, könnten Sie sich tatsächlich vorstellen, dass ich etwas mit Klaas' Tod zu tun habe?«

Geschickt wich Hilpert aus, ohne seine Linie zu verlieren. »Ich wäre ein schlechter Kriminalist, schlösse ich Menschen als verdächtig aus, nur weil sie mir sympathisch sind oder ich sie für profiliert halte.«

»Danke für die Blumen. Da muss ich wohl durch.«

Hilpert setzte ein sanftes Grinsen auf. »Ich gebe zu, ich halte Sie nicht für einen der Hauptverdächtigen.«

»Haben Sie denn einen außer diesem Spielmann?«

»Nicht wirklich.«

Wellner prustete lauthals los. »Sie sind mir einer. Da muss man schon selber herhalten, weil es an mutmaßlichen Tätern fehlt.« Er blickte ihn mit gerunzelter Stirn an. »Nicht dass Sie mir morgen den ehemaligen Bundespräsidenten als verdächtig hierher zerren. Der hat andere Baustellen. Es ist dennoch in Ordnung, dass Sie vor niemandem haltmachen. Wenn Sie selbst mich angehen, muss ich mir darüber wohl keine Sorgen machen.«

»Ihre Forderung trifft sich gut mit meinen Interessen. Gibt es jemanden in der Familie, den man zu diesen Ereignissen heranziehen könnte?«

»Da gibt es nur eines: direkt an den Feind heran.«

»Sie meinen Ihre Cousine?«

»Sie sagen es. Die Kinder waren zu jung, um aus eigenem Erleben etwas dazu beitragen zu können.«

»Und Sie hätten nichts dagegen, wenn ich in diese Richtung grabe?«

»Tun Sie, was Sie nicht lassen können. Ich habe nach Ihnen geschrien. Da darf ich mich jetzt nicht ins Schneckenhäuschen zurückziehen, wenn mir gewisse Themen gegen den Strich gehen.« Er wechselte abrupt das Thema. »Sie sind wieder dicht am Fall. Wie kommt's?«

Hilpert war im Begriff aufzustehen. Mit einem Ruck setzte er sich zurück. »Ich empfinde die Umstände der Taten nach wie vor als ungewöhnlich. Sie erinnern mich an Puzzleteilchen, die man versucht zusammenzuzwängen. Sie passen scheinbar und gehören trotzdem ganz woanders hin. Ständig greift man nach ihnen und legt sie dann frustriert zur Seite. Die passenden Stücke liegen irgendwo herum. Ergo muss ich sortieren, bis ich die richtigen zu fassen bekomme.«

Wellner reagierte gelassen. »Nur gut so, machen Sie weiter. Hauptsache, ich kann Sie gelegentlich für Ihren angestammten Job einsetzen.«

Hilpert kam damit auf sein eigentliches Anliegen zu sprechen. »Was das betrifft, müssen wir uns darüber im Klaren sein, dass ich vor mich hin dilettiere. Ich spüre die ersten Anzeichen, dass die Mäuse an den besten Käse ranwollen.«

Wellner straffte sein Kinn. »Sorgen Sie dafür, dass die absolute Anarchie verhindert wird. Wenn Sie der Meinung sind, dass in den Mordfällen noch ungeklärte Fragen stecken, kümmern Sie sich drum. Momentan gibt es für Sie bei uns nichts Wichtigeres.«

Hilpert stand auf und grinste Wellner verlegen an. »Sie sind der Boss, Sie treffen die Entscheidungen.«

»Gut, dass Sie das endlich gemerkt haben. Machen Sie einen guten Job. Nur das zählt.«

Für Wellner war das Gespräch damit offensichtlich beendet. Demonstrativ nahm er eine Unterlage zur Hand und schaute hinein. Seine zittrigen Finger straften seine Gelassenheit Lügen. Hilpert drehte sich der Tür zu, um zu gehen, als sein Chef ihn nochmals ansprach: »Bevor ich es vergesse. Ein wirklicher Kenner der Materie ist Thiems. Er ist in alle juristischen Probleme involviert, die die Familie betreffen. Somit weiß der auch 'ne Menge von dem, was darüber hinausgeht.«

»Er arbeitete schon zu der Zeit bei Ihnen, als Ihre Frau starb?«

»Nein, nein, er ist später gekommen. Aber er kennt die Aktenlage durch seinen Vorgänger wie kein Zweiter.«

»Ich werde meinen Kopf gleich bei ihm reinstecken.«

»Ach ja und rufen Sie bei Gelegenheit mal meine Tochter an. Mir scheint, sie fühlt sich von Ihnen vernachlässigt.«

»Das ist eine meiner leichteren Übungen. Stört Sie denn unsere Beziehung nicht?«

Wellner zeigte ihm einen Vogel. »Sie sind mir stets willkommen. Es ist ein offenes Geheimnis, dass ich Sie schätze. Davon abgesehen wird meine Tochter gerade mich fragen, mit wem sie ihre Freizeit verbringen soll. Die Zeiten sind längst vorbei. Da mische ich mich nicht ein. Es reicht, wenn ich sie trösten darf, sollte eine Verbindung zerbrechen.«

»Sie ist in ihrem Zimmer?«

»Es gilt das Gerücht.«

Das Gespräch mit Petra war kurz. Sie verabredeten sich für den Abend bei ihr.

Thiems blickte erstaunt auf, als Hilpert dessen Büro betrat. »Welch seltener Besuch in meinen bescheidenen Räumen. Hast du eine Vaterschaftsklage am Hals oder möchtest du einfach nur mit mir quatschen?«

»Weder noch. Es geht um den Flugzeugabsturz, bei dem Frau Wellner und John Lüders ums Leben kamen.«

»Was soll damit sein?«

»Das wollte ich dich fragen.«

»Oh Gott, das ist lange her und ich kenne alles nur aus den Akten.«

»Wurde damals über einen Mordanschlag fabuliert?«

»Allerdings, woher weißt du?«

»Es wird seit der Entführung und den Morden viel geredet.«

»Das kann man wohl sagen. Darf ich davon ausgehen, dass Wellner nichts gegen deine Akteneinsicht hat?«

»Ruf ihn an.«

»Lass gut sein«, winkte er ab. »Wir wollen alle die Wahrheit wissen. Wenn ich es knapp auf einen Nenner bringe, hat ein Hauptkommissar namens Heinz Böttcher lange auf diesem Verdacht herumgekaut. Irgendwann gab er auf. Inzwischen ist er in Pension und gibt Ruhe.«

»Lagen Hinweise über ein Verhältnis zwischen Wellners Frau und Lüders vor?«

»Nicht in den offiziellen Unterlagen.«

»Wo sonst?«

»Mein Vorgänger hatte ein paar Handnotizen gemacht und dabei diesen Verdacht geäußert.«

»Verfügst du darüber?«

Thiems schüttelte den Kopf. »Er hat mit mir nur darüber gesprochen und mich verpflichtet, die Schnauze zu halten. Das Material hat er mitgenommen. Er war ein durch und durch loyaler Mann.«

»Kann man ihn irgendwo erreichen?«

»Da müsstest du über mystische Fähigkeiten verfügen. Er ist tot.«

»Und wie siehst du das?«

»Ich soll mich wirklich über Vermutungen äußern, die ein gutes Dutzend Jahre zurückliegen? Zu einer Sachlage, die ich nicht einschätzen kann? Du beliebst zu scherzen. Ich habe keinen von beiden persönlich gekannt.«

»Entschuldige, du hast recht.«

»Schon gut, nur sag mir, was hat das alles mit den aktuellen Mordfällen zu tun?«

»Gute Frage, ich habe keine Ahnung. Nenn es einfach nur Intuition.«

Sie unterhielten sich angeregt weiter, als Jan Gärtner, der Personalchef, eintrat. Er sah die beiden im Gespräch und wollte sich bereits wieder zurückziehen, als Thiems ihn bat zu bleiben.

»Unser Freund Fabian ist auf der Suche nach Hinweisen zu dem Flugzeugabsturz, bei dem unter anderem Frau Wellner ums Leben kam. Du bist zu der Zeit doch schon in diesem Laden gewesen.«

Es war zu spüren, dass Gärtner die Frage nicht genehm war. »Das ist richtig. Es wurde damals viel gefaselt.«

Hilpert hatte sich ihm interessiert zugewandt. »Und worüber?«

»Na ja, dass es sich um einen Anschlag gehandelt haben könnte.«

Er ließ nicht locker. »Und wurde über Frau Wellner gemunkelt?«

»Nicht dass ich wüsste.«

»Es wurde behauptet, sie habe mit Lüders ein Verhältnis gehabt.«

Gärtner lachte schallend auf. »Klar, ihr habt sie nicht kennengelernt. Das war eine Dame. Die ist garantiert nicht mit Lüders ins Bett gestiegen. Dafür würde ich bis heute meine Hand ins Feuer legen.«

Thiems erhob sich ächzend. »Fabian, ich schlage vor, wir suchen die Kantine auf. Ich bin hungrig. Falls du mit deinen Fragen noch nicht durch bist, steht dir Jan sicherlich weiterhin zur Verfügung. Antworten kann man auch beim Essen.«

»Sehr gute Idee! Weiß einer von euch, was es heute gibt?«

»Putengeschnetzeltes! Ich hoffe, es reicht für euch Gourmets«, flachste der Personalchef.

Gemeinsam verließen sie das Büro. Kollegen wie die beiden hatten Hilpert den Wechsel von der Polizei in die freie Wirtschaft ein Stück erleichtert. Während des Essens fielen ihm keine weltbewegenden Fragen ein. Sie genossen das Gericht und landeten nach einem kurzen Ausflug in die Politik beim Fußball. Hier kannten sie sich aus. Spieler wurden wie auf einem Tableau verschoben. In der Politik wie beim Fußball wusste man eh alles besser als die Fachleute. Nur interessierte sich niemand für ihre klugen Ratschläge. Und sie hatten sie auf dem Weg in ihre Büros längst wieder vergessen.

Das Gespräch am Abend mit Petra stellte sich dagegen schwieriger dar.

»Was willst du mit deinen Recherchen herausfinden?«, fragte sie ihn aufgebracht. »Ob mein Vater Attentäter beauftragt hat oder ob meine Mutter ein Flittchen war?«

Sie brachte es mit ihrem emotionalen Ausbruch auf den Punkt. Begab er sich nicht tatsächlich in eine Sackgasse, bei der man am Ende nur unter Schwierigkeiten umkehren konnte und sich über die vergeudete Zeit ärgerte, gleichzeitig aber viel Flurschaden angerichtet hatte? Andererseits hatte er sich weit aus dem Fenster gelehnt und konnte ohne Gesichtsverlust nicht mehr zurück. Zerknirscht verzichtete er auf irgendeine dümmliche Ausrede. Sie griff ihm mit beiden Händen ins Haar und zog seinen Kopf zu sich herunter.

»Was hast du mit meinem Vater angestellt, dass er dir das alles durchgehen lässt und von akribischer Ermittlungsarbeit faselt? Wenn das so weitergeht, adoptiert er dich noch und du brauchst mich nicht mehr, um zu Macht und Reichtum zu gelangen.«

Er umfasste sie mit beiden Armen und flüsterte ihr ins Ohr: »Solange das nicht eindeutig geklärt ist, muss ich zweigleisig fahren. Was hältst du von Sex vor dem Abendbrot?«

So schnell, wie das Gewitter bei ihr aufzog, so schnell entfernte es sich wieder.

»Du weißt eine Frau zu überzeugen«, lobte sie ihn und begann damit, sein Jackett auszuziehen.

Er wusste es zu schätzen, dass sie jobbedingt relativ selten Hosen trug. Sie von Rock und sonstigen störenden Kleidungsstücken zu befreien, fiel ihm somit ungleich leichter. Trotzdem spürte er, dass eine Reihe an Fragen auf sie zurollten, die sich nicht im Bett lösen ließen. Bis dahin hielt er es mit den Römern und genoss den Augenblick. Später kam er auch noch zu seinem Abendbrot. Einmal mehr registrierte er fasziniert, dass Petra recht ordentlich kochte. Es blieb ein harmonischer Abend. Beide verzichteten darauf, über die aktuellen Fälle und die neuen Verdächtigungen zu sprechen. Somit gingen sie einem Streitgespräch aus dem Weg, was ihrer Beziehung guttat. Die Probleme blieben allerdings die gleichen.

21

Den Vormittag darauf hatte sich Hilpert bei Stange im Polizeipräsidium angemeldet und ihn um ein weiteres Gespräch mit Meinert gebeten.

Dieser hatte wie gehabt kein Problem damit, ihm erneut Rede und Antwort zu stehen. Neugierig fixierte er ihn, als er den Vernehmungsraum betrat. »Na, haben Sie was vergessen?«, fragte er herausfordernd.

»Eher nicht. Ich will nur etwas verstehen.«

»Und zwar?«

»Udo Friedrichs.«

»Was ist mit dem?«

»Wollen Sie mir wirklich erzählen, der könnte etwas mit den Morden zu tun haben?«

Wütend trommelte der Inhaftierte mit den Fäusten auf den Tisch. »Haben Sie sich wie alle anderen von ihm einlullen lassen? Der läuft mit der Maske des Biedermanns durch die Gegend. Tatsächlich ist das ein abgefeimter Hund!«

»Können Sie da nicht etwas konkreter werden?«

»Und ob ich das kann. Immer wenn wir in der Kneipe seiner Mutter Billard gespielt haben, ist der um Pia herumgeschlichen wie ein Tiger, der ein Wild reißen will.«

»Und sie?«

»Sie lief beinahe Gefahr, sich von ihm einlullen zu lassen. Aber letztlich ist sie bei ihm ebenso standhaft geblieben wie bei Klaas.«

»Und finanziell, hat er sich da ebenfalls bedient?«, bemühte sich Hilpert, ihn weiter aus der Reserve zu locken. »Hat er versucht, bei denen Kohle abzugreifen?«

»Oh nein, da waren die cleverer.«

»Die?«

»Na er und seine Mutter. Udo spielte nach außen den Saubermann, den Geld nicht die Bohne interessiert. Im Gegensatz zu ihm schlug Sophie gnadenlos zu. Erst vor drei Monaten hat die von Sarah die dicke Knete abkassiert. Das haben die bestimmt gemeinsam ausbaldowert. Darauf verwette ich meinen Arsch.«

»Sieh mal einer an. Wie viel ist denn da geflossen? Haben Sie da 'ne Ahnung?«

»Genaue Zahlen weiß ich nicht. Garantiert reden wir nicht über hundert Euro.«

»Interessanter Aspekt, danke für den Hinweis.«

»Tun Sie mir den Gefallen und halten mich da raus.«

»Wo ist das Problem?«

Ansonsten gab es nicht viel zu bereden. Meinert hatte gute Chancen, bald auf freien Fuß gesetzt zu werden. Es gab Verdachtsmomente gegen ihn. Echte Beweise waren Mangelware.

Entsprechend aufgeräumt trat er auf. Den Aufenthalt im Gefängnis schien er wie eine neue Lebenserfahrung hinzunehmen. Oder hatte er andere Gründe? Fühlte er sich an dieser Stätte sicherer als draußen?

Später saß Hilpert mit Stange auf einen Kaffee in der Polizeikantine zusammen.

»Na, hat dich das Gespräch weitergebracht?«

»Allerdings. Und zwar in zweierlei Hinsicht.«

»Und das wäre?«

»Zum einen war er brennend eifersüchtig, das erklärt seine Abneigung gegen Udo. Gleichzeitig soll dessen Mutter von Sarah ein Darlehen bekommen haben. Das taucht manches in ein anderes Licht. Wir sind damit wieder beim Geld gelandet. Nichts da mit den reinen Altruisten. Da werde ich ansetzen.« Er atmete tief durch. »Nach wie vor glaube ich, dass dieser Udo ein netter Kerl ist. Mal sehen, wie es sich mit seiner Mutter verhält.«

Stange rieb sich die Augen. »Also was die Beurteilung von Udo angeht, sehe ich das ähnlich wie du. Ich hab mich inzwischen mit ihm unterhalten. Meines Erachtens ist das kein Killer. Würde mich nicht wundern, wenn sich diese Pia in ihn verguckt hatte. Den nimmt man vermutlich gern in den Arm. Seiner Mutter traue ich ebenfalls eine ganze Menge zu. Die muss sich in einem harten Gewerbe durchsetzen und das als alleinerziehende Mutter.«

»Aber deshalb gleich Mord?«, fragte Hilpert skeptisch.

Stange zuckte mit den Schultern, blies in seinen Kaffee und nahm einen vorsichtigen Schluck. »Erzähltest du nicht, dass sich dieser Spielmann gelegentlich in ihrem Laden aufgehalten hat?«

»So ist es«, stimmte ihm Hilpert zu.

Stange schob den mittlerweile leeren Becher von sich, tippte mit dem Zeigefinger gegen seine Nase und ließ ihn langsam zur Oberlippe herunterfahren. »Also ich finde, es gibt da reichlich Berührungspunkte. Zumindest mehr als wir bisher in diesem Fall hatten.«

»Wo du recht hast, hast du recht«, erwiderte Hilpert. »Was man über Spielmann mitbekommen hat, so scheint er nicht der große Denker zu sein. Sollte er Klaas wirklich erschlagen haben, hat er die gesamte Planung durch diese Aktion kaputt gemacht. Nach Meinerts Aussage im ersten Verhör wollten die weiter abkochen. Mit Klaas' Tod hatte sich das erledigt.«

Stange schien nicht ganz überzeugt. »Irgendwie passt das hinten und vorne nicht. Was soll in der Heide passiert sein, dass jemand sich bemüßigt sah, den Entführten zu erschlagen?«

»Vielleicht Streit um Pia?«

»Möglich, aber unwahrscheinlich. Andernfalls landen wir wieder bei Meinert.«

Sie spürten, wie sie sich im Kreis drehten. Solange sie keine Idee dafür entwickelten, wer als Kopf hinter allem steckte, blieb es bei Mutmaßungen.

»Bevor ich es vergesse«, wechselte Hilpert das Thema, »Heinz Böttcher, ehemaliger Hauptkommissar - der Name ist mir mehr am Rande untergekommen -, war früher in unserem Verein tätig. Könnt ihr mir seine Adresse oder Telefonnummer besorgen?«

»Von Heinz? Kein Problem. Der gehörte zum Urgestein. Vor acht Jahren ist er in Pension gegangen. Gelegentlich schaut er noch vorbei. Den musste man richtig hinausjagen, sonst säße der bis heute hinter seinem Schreibtisch. Selbst wenn wir den auf den Korridor oder in die Garage gestellt hätten. Er war in den letzten Jahren Spezialist für kalte Fälle. Da hat er sich wie ein Terrier hineingebissen und das durchaus mit Erfolg. Der wohnt in Finkenwerder. Tag für Tag bekommt er mit, wenn die großen Vögel aus Toulouse bei Airbus landen. Grüß ihn von mir, wenn du ihn triffst.«

Nachdenklich verließ Hilpert das Polizeipräsidium. Eigentlich war er gekommen, um ein paar Fragen zu klären. Nun türmten sich neue auf. Vom Auto aus telefonierte er mit Sarah. Diese gab unumwunden zu, Sophie 5.000 Euro geliehen zu haben. Sie hatte eher am Rande mitbekommen, dass Sophie gezwungen war, größere Investitionen in der Küche ihres Lokals vorzunehmen. Daraufhin habe sie ihr das Geld angeboten. Udo durfte das nicht wissen. Davon abgesehen habe sie ihr das Geld zurückgezahlt. Diese letzte Information war für ihn beinahe wichtiger als alles andere, was er an diesem Vormittag in Erfahrung bringen konnte. Woher war das Geld gekommen, um das Darlehen zurückzuzahlen? Es drehte sich sein Magen um, als er darüber nachdachte. Waren sie dichter an der Lösung des Falls, als sie glaubten? Sein zweiter Anruf galt Böttcher. Er war neugierig, ob der ehemalige Kollege ihm helfen konnte. Der freute sich darauf, einen Exkollegen zu treffen. Sie verabredeten sich in seinem Haus in Finkenwerder.

Der pensionierte Hauptkommissar wohnte in einer gewachsenen Wohngegend, in der überwiegend Eigenheime älteren Datums standen. An allen Ecken der Straße wurde gegen die Belastung durch den Berufsverkehr mit Plakaten protestiert. Ob es etwas bringen würde? Fraglos litten die Einwohner unter der Nachbarschaft zu Airbus. Das ehedem beschauliche Fischerdörfchen war durch die Flugzeugproduktion heftig aufgemischt worden. Wer davon profitierte, stieß ins Horn von Airbus. Der Rest beklagte sich. In dem Haus, das Hilpert betrat, war Böttcher anscheinend aufgewachsen. Es handelte sich um ein schlichtes Gebäude, rot verklinkert mit Holzfenstern, die gern mal wieder einen Neuanstrich vertragen hätten. Nach heutigen Vorstellungen war es klein und verwinkelt. Vor sechzig Jahren waren die Besitzer vermutlich privilegiert, in den eigenen vier Wänden auf eigenem Grund und Boden zu leben. Im Wohnzimmer entdeckte er einen original Kachelofen, der im Winter garantiert zum Einsatz kam. Die Einrichtung strahlte den Charme der späten Siebzigerjahre aus. Wahrscheinlich hatte sich Böttcher zu dem Zeitpunkt letztmals neu eingerichtet. Alles war ordentlich aufgeräumt. Aber es fehlte die Hand einer fürsorglichen Ehefrau, die für ein Bild an der Wand, ein Kissen auf dem Sofa oder einen Blumenstrauß auf dem Wohnzimmertisch gesorgt hätte. Der Hausherr hatte es nie geschafft zu heiraten. Eine angebrochene Flasche Bier, die jetzt am frühen Nachmittag auf dem Tisch stand, unterstrich das eindrucksvoll. Trotzdem oder gerade deshalb machte er einen ausgeglichenen Eindruck. Er war gut einen Meter achtzig groß, hatte einen kräftigen Stiernacken. Seine spärlichen Haare auf dem Kopf verteilte er liebevoll von rechts nach links. Nicht ganz zur Einrichtung wollte die moderne Stereoanlage passen, aus der ein schlagzeugdominierter Song dröhnte, der allemal vor Hilperts Zeit aufgenommen worden war.

»Na, kommen Sie da noch mit?«, fragte ihn Böttcher schmunzelnd.

Hilpert schüttelte den Kopf. Mittlerweile hatte er sich an den Beat gewöhnt. Er empfand den Song als eingängig, aber nicht spektakulär.

»The Dave Clark Five«, erläuterte Böttcher. »Der Song heißt ›Over And Over‹. 1965 standen die damit an Nummer eins der US-Singlecharts. Die Gruppe war zeitweise in den Staaten so populär wie die Beatles. Die sind mehr als ein Dutzend Mal bei Ed Sullivan aufgetreten.«

»Tatsächlich?«, erwiderte er wenig beeindruckt. Er rechnete nach. Mitte der Sechziger kannten sich nicht einmal seine Eltern. Niemand dachte zu der Zeit über seine Existenz nach. Böttcher schaltete die Musik ab. Er spielte sie für sich, nicht für Besucher, die das Beatzeitalter nicht zu würdigen wussten.

Hilpert blickte sich interessiert um. »Keine Frau im Haus?«

»Sie sind wie mir scheint ein präziser Beobachter, nicht so ein oberflächlicher Anwärter, der nicht weiß, wie man eine Frage zu stellen hat.« Er hüstelte. »Die Polizeiarbeit hat mich in all den Jahren voll und ganz eingenommen, da hätte keine Frau reingepasst. Dann war ich pensioniert und musste feststellen, dass man nicht so ohne Weiteres über einen Menschen stolpert, den man um sich haben möchte. So quäle ich mich weiterhin allein über die Runden. Einmal die Woche räumt eine Nachbarin bei mir auf.« Böttcher grinste seinen Besucher an. »Na ja, der Rest kommt auch nicht zu kurz. Sie ist Witwe und noch nicht so weit weg von Gut und Böse. Außerdem ist sie fünfzehn Jahre jünger als ich. Davon abgesehen sind meine Ansprüche eher bescheiden.«

Hätte er es nicht besser gewusst, konnte man den Eindruck gewinnen, Böttcher habe ihn seit Jahren erwartet. Er ging an einen Aktenschrank und öffnete ihn bedeutungsschwanger. Er zog mehrere prall gefüllte Vorlagemappen heraus und reichte sie seinem Besucher.

»Nach meiner Pensionierung habe ich mir ein wenig Arbeit mit nach Hause genommen. Es ist eine Kopie der Ermittlungsakte Wellner/Lüders. Ich hoffe, Sie behalten dieses kleine Geheimnis für sich. Man sieht das im Präsidium nicht so gerne.«

»Wem sollte ich davon erzählen? Aber lassen wir mal die Unterlagen außen vor. Ich vermute, die Grundstruktur des Falls ist Ihnen in Erinnerung geblieben.«

»Worauf Sie einen lassen können.«

Böttcher überschüttete ihn mit technischen Details, mit Argumenten, weshalb die Maschine unmöglich in der unbedeutenden Nebelwand ohne Außeneinwirkung abgestürzt sein konnte.

»Da ist eindeutig manipuliert worden. Der Tod der vier Menschen wurde billigend in Kauf genommen.«

»Wie kommen Sie darauf?«

Abermals wurde Hilpert mit Bestimmungen und gesetzlichen Erfordernissen traktiert. Danach war die Maschine hervorragend ausgestattet und regelmäßig gewartet worden. Sie galt als nachtflugtauglich. Eine Bemerkung stach besonders hervor, deshalb unterband er unhöflich den Redefluss des pensionierten Kriminalbeamten.

»Sie sprachen von vier Toten. Es waren doch nur der Mann und die Frau an Bord.« Schnell korrigierte er sich. »Natürlich gab es außerdem den Piloten. Werden solche Propellerflugzeuge mit Kopiloten geflogen?«

Böttcher schüttelte den Kopf. »Der Pilot hatte seinen zwölfjährigen Sohn mitgenommen. Das hätte er besser sein lassen.«

Aufgeregt zückte Hilpert seinen Notizblock und Kugelschreiber. »Namen und Adresse der Hinterbliebenen.«

»Ina Kahrs, sie bewohnt ein Reihenhaus in Wedel. Es gibt einen weiteren Sohn, er heißt Felix. Er war damals neun Jahre alt. Wäre jetzt also etwa einundzwanzig.«

Den Nachmittag verbrachten die beiden Männer damit, den Absturz des Fliegers nachzuvollziehen, der in eine Nebelwand geraten war. Nach offizieller Lesart hatte der Pilot die Orientierung verloren und war abgestürzt. Man sprach von einem Ausfall der Kontrollinstrumente. Böttcher bezweifelte diese Version vehement. »Ich glaube nicht an den Zufall, dass plötzlich im Cockpit nichts mehr geht. Da ist eindeutig manipuliert worden. Diese Maschinen sind vielfach bewährt. Der Pilot war von der Bundeswehr gekommen. Der ist in seinem Leben mehr geflogen als zu Fuß gegangen.«

»Und gab es einen konkreten Verdacht, dem Sie nachgegangen sind?«, wollte Hilpert wissen.

»Es war meines Erachtens seltsam, dass Wellners Frau mit Lüders gemeinsam nach Sylt fliegen wollte. Ich vermute, die hatten was miteinander. Ich hatte die betrogenen Ehepartner im Visier.«

»Dr. Wellner und seine Cousine?«

»Genau. Wobei ich auf sie tippe. Sie wirkte damals sehr aggressiv auf mich.«

»Sie soll getrunken haben.«

»Tatsächlich? Das habe ich nicht gewusst. Wäre natürlich auch 'ne Erklärung für ihr eigenartiges Verhalten. Zumindest hat Wellner keinen Gedanken daran verschwendet, hintergangen worden zu sein. Bis zum bitteren Ende hat er an seine verstorbene Frau geglaubt.« Er kratzte sich am Kopf. Er hatte in seinem Kleinhirn noch alle wesentlichen Verdachtsmomente parat, als wäre das Flugzeug erst in der vergangenen Woche abgestürzt. »Frau Lüders dagegen gab unumwunden zu, dass sich ihr Mann gelegentlich auf Abwegen befand. Man munkelte etwas von einem unehelichen Kind.«

Der Mann hatte akribisch recherchiert. Zwischendurch nickte Hilpert zu einem Bier. Schließlich war er ebenfalls ledig und musste sich nicht rechtfertigen, wenn er nach Bier riechend zu Hause aufkreuzte. Aber was nicht war, konnte ja noch werden. Neben dem kalten Getränk gab es eine erneute Portion Musik der Sechziger und frühen Siebziger. Er hörte sich langsam hinein und wusste mit den Altrockern wie The Who oder Deep Purple durchaus etwas anzufangen. Kein Stadtfest in Buchholz ohne ›Smoke on the Water‹. Mittlerweile durfte er sich als Kenner der frühen Stones outen. Glücklicherweise ging dieser Lernprozess mit einem weiteren Bier einher. Dabei waren sie fleißig. Doch egal, welche Unterlagen der ehemalige Kriminalbeamte auch hervorkramte, untermauern konnte er seinen Verdacht nicht. Selbst seine Indizien für einen Anschlag auf das Flugzeug standen auf tönernen Füßen. Hilpert konnte gut nachvollziehen, dass darauf kein Staatsanwalt angesprungen war. Am Ende wurde die Akte mit dem Vermerk ›Unglücksfall‹ abgelegt. Was er an Hinweisen mitnahm, führte ihn in eine völlig andere Richtung als bisher. Stimmte Böttchers Verdacht, hatte er es eventuell mit einer verspäteten Rache zu tun. Trat der damals neunjährige Junge ein Dutzend Jahre später möglicherweise als Racheengel für seinen Bruder und seinen Vater auf? Nachdenklich spielte er mit der leeren Bierflasche. Im Zweifel reichten einem jungen Menschen unbewiesene Verdachtsmomente, um sich eine Meinung zu bilden. Gab es von ihm eine Beziehung zu Klaas? Mit nunmehr einundzwanzig Jahren war er durchaus in einem Alter, in dem man darüber nachdenken mochte, wirre Fantasien umzusetzen. Am besten, er rollte den Flugzeugabsturz nochmals auf.

Ohne mit der Wimper zu zucken, überließ ihm Böttcher alle erforderlichen Unterlagen. Hilpert wollte sich an die Kriminaltechnik wenden. Vielleicht fanden sich aufgrund neuer Technologien Belege dafür, dass an dem Flugzeug manipuliert worden war. Andererseits fiel es ihm schwer zu glauben, dass es Wellner damals gleichgültig gewesen war, die eigentliche Absturzursache in Erfahrung zu bringen. Es sei denn, es gab keine überzeugenden Gründe dafür, einem Unfall zu misstrauen. Oder er hatte andere Motive, weil er den Anschlag beauftragt hatte. Kopfschüttelnd vergegenwärtigte er sich den Unternehmer. Bei allen Zweifeln, die man Menschen entgegenbringen musste, er war nicht der Typ, der einen Mörder zur Lösung seiner Probleme heranzog. Davon abgesehen, wo sprach man solche Leute an? Techniker mit Killerinstinkt wuchsen nicht auf Bäumen wie die Äpfel im Alten Land. Er grinste in sich hinein. Die Vorstellung, Wellner über den Kiez streichen zu sehen, um sich nach einem Auftragsmörder durchzufragen, war abstrus. Einen Mitarbeiter hätte er damit wohl kaum beauftragen können. Doris durfte es nicht anders ergangen sein. Jemanden mit einer Eisenstange erschlagen, konnte im Zweifelsfall selbst ein Jugendlicher. Aber ein Flugzeug zu manipulieren, dass es abstürzte, ohne dass es im Nachhinein auffiel, war dagegen eine Herausforderung.

Hilpert dachte während seiner Heimfahrt darüber nach. Wellner war Unternehmer in einer technisch ausgerichteten Firma. Er stutzte. Unternehmer war kein Lehrberuf. Wellner hatte promoviert, also musste er irgendetwas studiert haben. Er drückte die Kurzwahl seines Handys und hatte wenig später Gärtner am anderen Ende der Leitung.

Er hielt sich nicht langen Vorreden auf. »Sag mal, Jan, was ist Wellner eigentlich von der Ausbildung her?«

»Weshalb willst du denn das wissen?«

»Nennen wir es Neugier. Nun frag nicht lang, die Antwort kann doch nicht so schwierig sein.«

»Ist sie auch nicht, er ist Maschinenbauingenieur, hat in München studiert. Dem macht bis heute in technischen Fragen niemand etwas vor.«

»Ich bedanke mich für die flotte Auskunft.«

»Wofür brauchst du ...?«

Er kam nicht weiter mit seiner Frage. Hilpert hatte die Verbindung gekappt. Nachdenklich setzte er seine Fahrt fort. Dieser Mann brauchte vermutlich niemanden, um an einer kleinen Propellermaschine irgendwelche Manipulationen vorzunehmen. Sein Boss nahm auf dem Blatt der Verdächtigen wieder eine vordere Position ein. Galt das ebenso für den Mord an Klaas? Er wollte es nicht glauben. Er fand kein Verbindungsstück.

Mit Entsetzen stierte Stange auf den Packen Ermittlungsunterlagen, den Hilpert ihm auf den Tisch des Hauses mehr oder minder elegant drapiert hatte.

»Wozu soll das gut sein?«, fragte er konsterniert. »Hat dich jemand mit einer Arbeitsbeschaffungsmaßnahme für mich beauftragt?«

»Keine Angst, dich brauche ich nur als Sendboten. Lass bitte nochmals die Kriminaltechnik die Ergebnisse überprüfen. Mich interessiert, ob eine Manipulation an dem abgestürzten Flugzeug gänzlich ausgeschlossen werden kann.«

»Mann, das Ereignis liegt zwölf Jahre zurück. Willst du im Vorbeigehen aus einem Unfall einen Mord konstruieren und den dann im zweiten Anlauf aufklären?«

»Darum geht es nicht. Mich interessiert, ob wir es möglicherweise mit einem Attentat zu tun haben.«

»Das hieße letztlich mit einem vierfachen Mord.«

»Du sagst es.«

»Und was hat das mit unseren jetzigen Morden zu tun?«

»Na ja, die Berührungspunkte sind eindeutig. Schließlich kamen damals der Vater und eine enge Verwandte eines der aktuellen Mordopfer ums Leben.«

»Nach zwölf Jahren willst du diese Verbindung herstellen? Da wünsche ich dir viel Glück.«

»Ich weiß selbst, dass das schwierig wird. Aber auf einen Versuch möchte ich es drauf ankommen lassen.«

»Einverstanden. Nur was machen wir derweil, während sich die Spezialisten um die Analyse kümmern? Abwarten und Tee trinken?«

»Nein, ich dachte, wir bröseln derweil die Entführungsgeschichte nochmals auf. Mal sehen, wie weit wir dabei kommen.«

»Das interessiert mich ebenso«, vernahmen sie von der Tür her eine Stimme. Baumgartner war zu ihnen getreten. »Bisher sind von Ihnen überwiegend kluge Hinweise gekommen, Herr Hilpert. Warum nicht auch heute? Ich schlage vor, wir gehen nach nebenan in mein Zimmer. Das ist größer, außerdem steht uns dort ein Whiteboard zur Verfügung. Da geht uns so schnell nichts durch.«

Hilpert stimmte dem Vorschlag gern zu. Er stellte sich wie selbstverständlich an die Tafel und schrieb mit einem Stift die Namen Pia und Klaas darauf. »Der junge Mann übernimmt freiwillig die Rolle des Entführungsopfers. Sie bestärkt ihn darin. Unter Umständen hat sie ihn dazu überredet.« Er ergänzte Meinerts Namen. »Der stellt in der Heide das Versteck zur Verfügung. Es gesellt sich Spielmann dazu. Vermutlich bringt er das Know-how für die Geldübergabe mit ein.«

»Alles verstanden«, meldete sich Baumgartner. »Nur was lernen wir daraus?«

»Meines Erachtens fehlt etwas«, antwortete Hilpert.

Baumgartner und Stange blickten sich erstaunt an. Der Polizeirat fand als Erster die Sprache wieder. »Und was fehlt nach Ihrer Ansicht?«

»Die Initialzündung für die kriminelle Tat.«

»Spielmann«, brachte Baumgartner einen Namen ins Spiel.

»Unwahrscheinlich. Der Mann gilt als kriminell und brutal. Er ist unser Killer. Aber als Ideengeber fällt er nach übereinstimmenden Aussagen aus.«

»Das heißt«, fing Stange an zu begreifen, »du suchst nach dem Drahtzieher.«

»Richtig. Leider fehlt uns das Motiv.«

»Die haben doch Geld gefordert und erhalten, immerhin 750.000 Euro.«

»Genau, aber die Höhe des Geldbetrags stimmt hinten und vorne nicht. Er ist viel zu gering bei den finanziellen Möglichkeiten der Mutter. Deshalb passt der Tod von Klaas Lüders ebenso wenig. Da war weitaus mehr Kohle drin, zumindest solange das Opfer lebte.«

Baumgartner beugte sich vor. »Wahrscheinlich waren die einfach zu blöd, um einen höheren Betrag zu fordern.«

Hilpert nahm den Stift und tippte damit auf Klaas' Namen. »Der kannte sich aus. Der wusste allemal, wie viel bei seiner Mutter abkassiert werden konnte. Und Pia sprach ständig von einem Appartement in der HafenCity. Da reichte die erpresste Summe gerade mal als Anzahlung. Abgesehen davon gab es mehrere Esser am Tisch. Ein paar Euro haben die garantiert für ihre Mithilfe gefordert.«

Sie begannen zu spekulieren. Stange führte einmal mehr einen Mord im Affekt in die Diskussion ein. Baumgartner glaubte, dass Spielmann das Geld reichte, über das sie verfügen konnten.

Hilpert widersprach vehement: »Und dann überlässt er Pia großzügig 100.000 Euro, erschießt sie und lässt das Geld bei ihr? Wir reden über mehr als zehn Prozent der Beute.«

»Sie meinen also, es gibt andere Motive?«

»Es muss, wenigstens bei einem Teil der Beteiligten.«

Baumgartner nickte in seine Richtung. »Das habe ich kapiert. Worauf wollen Sie hinaus?«

»Ganz einfach. Es gibt da die Familie Friedrichs. Mit Klaas' Tod stößt sein Bruder allem Anschein nach in die Generation der Erben vor. Wir reden über 60.000, 70.000 Euro pro Jahr, Tendenz wachsend. Über die Jahre wird das ein Millionendeal. Und das sind nur die Erträge aus dem Vermögen. Versilbert man die Anteile, kommt ein zweistelliger Millionenbetrag dabei heraus. Wir hätten erstmals ein Motiv für den Mord an Klaas, das nichts oder nur am Rande mit dem erpressten Geld zu tun hat.«

»Und Sie denken, das passt zu diesem Udo?«

»Wenn nicht zu ihm, dann zu seiner Mutter. Geldprobleme hatte sie auch. Erst kürzlich hat sie 5.000 Euro an Sarah Lüders zurückgezahlt, die sie sich von ihr geliehen hatte. Woher stammt die Kohle? Mit ihrer Kneipe erwirtschaftet die garantiert keine nennenswerten Überschüsse.«

Baumgartner breitete die Arme aus. »Worüber reden wir? Das Ganze ist spekulativ, aber überprüfbar. Stange, bitte drum kümmern.«

Der Hauptkommissar nickte zu dem Auftrag. Sein Vorgesetzter war noch nicht durch mit seinen Überlegungen. »Gibt es weitere Motive? Was hat der Unterlagenstapel nebenan zu bedeuten?«

Hilpert grinste ihn an. »Der ist ganz warm aus dem Ofen, obwohl es sich um aufgebackene Brötchen handelt.« Er berichtete über den Flugzeugabsturz und die Bedenken des ehemaligen Ermittlers Böttcher.

»Und welche Beweggründe ziehen Sie hier an Land?«

»Rache! Der Bruder eines der Absturzopfer ist mittlerweile in einem Alter, in dem man darüber nachdenken kann.«

»Haben Sie da schon ermittelt?«

»Nein, diese Erkenntnisse sind ganz frisch. Man sollte meines Erachtens abermals überprüfen, ob ein Anschlag gänzlich ausgeschlossen werden kann. Nach offizieller Lesart handelte es sich um einen Unfall.«

Baumgartner lachte schallend auf. »Sie haben den falschen Job. Sie müssen wieder zu uns stoßen und sich an Webers Schreibtisch setzen. Vorzüglich, wie Sie uns auf Trab bringen.« Er stellte sich direkt vor Stange. »Wie sehen Sie das?«

»Können wir uns erlauben, einen Aspekt unbeleuchtet zu lassen und sei er noch so unwahrscheinlich?«

»Können wir nicht! Also ran an den Speck!« Er grinste zu Hilpert herüber. »Wie ich Sie kenne, haben Sie sicher einen Vorschlag in petto.«

»Klar, Stange und ich suchen die Familie des verunglückten Piloten auf und unterhalten uns mit den Leuten.«

Er wandte sich abermals seinem Mitarbeiter zu. Dieser nickte. Baumgartner hob die Hände. »Kriegen die mit, dass wir einen Zivilisten in die aktive Ermittlungsarbeit integrieren, reißen die uns den Arsch auf. Was soll's, sind wir erfolgreich, zünden die uns Kerzen an. Dann mal ran an die Buletten. Geht alles in die Hose, besorgen Sie uns in Ihrem Laden einen Job als Securitys, Hilpert. Ich kümmre mich um die Kriminaltechnik.« Mit diesen Worten stand er auf und überließ das Duo sich selber.

»Mensch, Bernd, so hatte ich mir das nicht vorgestellt. Eigentlich wollte ich die Angelegenheit mit dir auf kleinem Dienstweg regeln. Jetzt steckt Baumgartner mittendrin.«

Stange schlug ihm auf die Schulter. »Das ist in Ordnung so. Unterschätz seinen Einfluss im Haus nicht. Außerdem bewegt sich nichts in dem Fall. Von Spielmann ist kein Zipfel zu sehen. Selbst wenn deine Fantasie mit dir durchgegangen sein sollte, ist deine Idee besser, als auf dem Arsch zu hocken und auf blöde Anweisungen von oben zu warten. Und du siehst ja, Baumgartner zieht voll mit. Ich habe ihn lieber mit im Ring als außerhalb, wo er uns nur Steine in den Weg legen könnte.«

Sie erhoben sich und verließen das Zimmer des Polizeirats.

Anschließend verabredeten sie sich für den nächsten Vormittag, vorausgesetzt, es gelang Stange die Termine bei Familie Kahrs festzumachen.

Hilpert schaffte es, vor 18 Uhr in der Firma aufzukreuzen. Er fragte sich schon, ob sich Wellner die Zusammenarbeit mit ihm so vorgestellt hatte. Sein Einkommen war nicht von schlechten Eltern, sein Beitrag für das Wohl des Unternehmens war dagegen relativ bescheiden. Er hatte sein Büro kaum betreten, da ließ sein Chef bereits nach ihm rufen. Jetzt kommt das große Donnerwetter, dachte er. Doch hier irrte er.

»Na, wie weit sind Sie mit Ihren Recherchen gedrungen?«, empfing er ihn freundlich.

»Wir kauen immer noch auf alten Kamellen rum.«

Er erzählte ihm von seinen Bedenken, die er hinsichtlich der betroffenen Familie hatte. Sprach auf den herangewachsenen Sohn an, auf die vermutlich verzweifelte Mutter. »Den Ehemann und Ernährer zu verlieren, ist schrecklich. Den Tod eines Kindes zu beklagen, kommt einer Katastrophe gleich. In solch einem Umfeld baut sich Hass nicht ab, vielmehr gedeiht er prächtig. Trotzdem bin ich unsicher, ob wir an der richtigen Stelle graben. Je länger ich darüber nachdenke, desto weiter scheinen mir meine Verdächtigungen hergeholt zu sein.« Er schüttelte den Kopf, als stellte er seine eigenen Überlegungen infrage. »Hetzt man deshalb einen Killer auf das Kind anderer, eher indirekt Beteiligter?«

Wellner nahm seine Bemerkungen ohne eine Gemütsregung auf. Fast schien es, als überprüfte er das Gesagte.

Hilpert fuhr mit seinen Überlegungen fort: »Oder müssen wir uns auf einen 21-jährigen traumatisierten jungen Mann einstellen, der sich auf einen Rachefeldzug begeben hat, ohne final zu wissen, was die tatsächliche Ursache für den Tod seines Vaters und seines Bruders gewesen ist? Irgendwo kneifen diese Überlegungen hinten und vorne.«

Zu seinem Erstaunen ging Wellner auf seine Ausführungen konstruktiv ein und verzichtete gänzlich auf Kritik oder Korrekturen. Ganz im Gegenteil bestärkte er ihn in seinen Gedanken. »Machen Sie bloß weiter so. Manchmal muss man das Unmögliche denken, um an sein Ziel zu gelangen.«

Erst jetzt fiel Wellner auf, dass Hilpert die ganze Zeit vor seinem Schreibtisch gestanden hatte. Er erhob sich aus seinem Sessel und wies mit einer Hand zum Besprechungstisch. »Wir sind nicht bei der Bundeswehr. Was es zu bereden gibt, klappt im Sitzen mindestens ebenso gut.« Er räusperte sich, bevor er weitersprach: »Eigentlich wollte ich Sie nur darüber informieren, dass ich Petra gebeten habe, mich heute Abend zu einem Bankett in der Handelskammer zu begleiten. Ich hoffe, Sie haben nichts dagegen.«

»Wie kommen Sie darauf? Sie sind ihr Chef, Sie sind ihr Vater. Vielleicht ist es ihr sogar recht, mich nicht zu sehen. Den Einfall, nochmals den Flugzeugabsturz untersuchen zu lassen, fand sie nicht gerade prickelnd.«

»Petra und Sie nicht sehen wollen?! Sie belieben zu scherzen.«

Diesen Abend verbrachte er allein zu Hause. Er war gern mit Petra zusammen. Trotzdem genoss er die Ruhe und Unabhängigkeit in seiner Wohnung. Man konnte sich geben, wie man wollte, musste sich für keine Unzulänglichkeit rechtfertigen. Wieder nahm er den Roman in die Hand, dem er seit Kurzem seine Aufmerksamkeit schenkte. Er hatte sich etwa bis zur Mitte durchgelesen und fühlte sich gut unterhalten. Um sich Gedanken über den Täter zu machen, war es zu früh. Er schwankte zwischen mehreren Verdächtigen. Vielleicht tauchten noch andere in der Geschichte auf. Irgendwann würde er sich entscheiden müssen. Nach elf Uhr legte er das Buch unwillig zur Seite. Er spürte, wie er müde wurde. Zusehends war er daran interessiert, herauszufinden, wer der Rächer in dem kleinen Ort war, in dem all die furchtbaren Untaten stattfanden. Sein Hauptverdächtiger hatte sich gerade als verdeckter Ermittler geoutet. An und für sich blieb nur die junge Frau übrig, die vor Jahren ihre Eltern durch einen ominösen Unfall verloren hatte. Aber verfügte sie über die Kraft einen Mann zu erwürgen? Ächzend erhob sich Hilpert. Er reckte die Arme und gab undefinierbare Geräusche von sich. Die Lösung dieses Falls musste er verschieben. Nur gab es damit kein Problem. Bei einem Roman war man Herr der Zeit. Die Lösung wäre stets die gleiche. Im Zweifelsfall musste er nur das Ende des Buches aufschlagen. Es galt die eigene Neugier zu bezwingen. Er schlug sich gedanklich auf die Finger, als er diese Idee ins Auge fasste. Er hätte es tun sollen. Die Auflösung des Falles war schwach konstruiert.

Den Gang ins Bad unterband das Telefon. Solange er Wellner kannte, hatte er diesen Mann stets in sich ruhend und weitgehend gelassen erlebt. Doch diesmal war es vorbei mit jeglicher Beherrschung. Mit zittriger Stimme berichtete er über ein Attentat auf ihn und seine Tochter. Es war kurz vor seinem Haus auf sie geschossen worden. Glücklicherweise hatte er seine Limousine auf Anraten eines Geschäftsfreundes vor Jahren gegen die Einwirkung von Handfeuerwaffen verstärken lassen. Die äußeren Schäden waren unbedeutend. Mittlerweile war auch die Polizei eingetroffen. Hilpert griff hastig nach seinen Schlüsseln und verließ seine Wohnung mit dem Ziel Blankenese, wo Wellner ein modernes Haus mit Elbblick sein Eigen nannte. Seine Müdigkeit war verflogen. Er war hellwach. Auf der Fahrt versuchte er Pristic zu erreichen und war nach mehreren vergeblichen Anläufen erfolgreich. Diesmal konnte er den Mann in Erstaunen setzen.

»Auf Ihre Freundin und deren Vater ist geschossen worden?«, stieß er hervor. »Und Sie halten Thaci für den Verantwortlichen für das Attentat?!« Für einen kurzen Moment vernahm er ausschließlich das Atmen des Kosovo-Albaners. Endlich reagierte der. »Unmöglich, das ist nachgerade unmöglich! Das Ehepaar hat Sie ihrer Solidarität versichert. Ich kann mir nicht vorstellen, dass die Sie auf diesem Umweg einlullen wollten, um Sie dann umso unerwarteter zu treffen. Das sind Ehrenleute. Die definieren sich zwar anders als Sie, aber deren Wort hat ein unendliches Gewicht. Die sind da nicht anders gestrickt als Sie oder ich.«

Hilpert vermeinte mitzubekommen, wie es im Kopf seines Gesprächspartners arbeitete. »Ich werde mich trotzdem darum kümmern und komme auf Sie zu. Spätestens morgen weiß ich mehr. Was Sie mir schildern, klingt nicht sonderlich professionell. Da stecken andere hinter. Dafür nehme ich jede Wette an.«

»Das sehe ich ähnlich. Danke für Ihre Bemühungen im Voraus.«

»Wie sagt man so schön in Hamburg: da nicht für.«

Als er Wellners Grundstück erreichte, traf er auf mehrere Streifenwagen mit Besatzung und zivile Kripoleute. Ein Uniformierter wollte ihm den Zugang verwehren, als ein Kripobeamter auf sie zukam. »Den können Sie durchlassen, das war mal einer von uns.«

Sie begrüßten einander kurz. Der Mann war ein ehemaliger

Kollege aus dem Drogendezernat, der in dieser Nacht Bereitschaft hatte. Er erläuterte ihm knapp den Sachverhalt. »Als das automatische Tor sich öffnete, fielen die Schüsse. Wir gehen davon aus, dass mit großem Kaliber aus einer Pistole gefeuert wurde. Der Schütze war vermutlich etwa fünfzig Meter von der Limousine entfernt. Zwei Geschosse haben nur getroffen. Die konnten keinen weiteren Schaden anrichten. Die Seitenteile des Wagens waren vor Jahren verstärkt und durchschusssicheres Glas eingebaut worden. Niemandem ist etwas geschehen. Was bleibt, ist der Schock.«

Mit schnellen Schritten ging Hilpert auf das Haus zu und traf im Wohnzimmer auf Petra. Sie war in aufgewühlter Stimmung. Offensichtlich um sich zu beruhigen, hatte sie sich ein Getränk eingeschenkt. Wellner war dagegen beinahe die Gelassenheit in Person. Gegen sein Nervenkostüm gab es keine Einwände. Petra drehte ihm den Kopf zu, als er eintrat. Mit einem Satz sprang sie auf, eilte auf ihn zu und schlang ihre Arme um seinen Hals. Leise begann sie zu weinen und ließ sich nur zögerlich von ihm beruhigen. Er wusste, wie es um einen stand, wenn das eigene Leben bedroht war. Von einer Sekunde auf die andere wurde einem die Endlichkeit der eigenen Existenz vor Augen geführt. Man fühlte sich wie vor einer großen Krebsvorsorgeuntersuchung. Plötzlich stiegen in einem alle längst verdrängten Ängste hoch. Ging alles positiv aus, begriff man danach, was hätte geschehen können. Für Petra und ihren Vater war diese Erfahrung neu. Sie wurden damit unerwartet und brutal konfrontiert. Er wusste aus leidvollem eigenem Erleben, wie einem die Angst um sein kleines Stück Existenz für Augenblicke das Denken blockierte. Man gewöhnte sich nie daran. So gesehen, zollte er Wellners Haltung Hochachtung. Vorsichtig löste er ihre Arme von seinem Hals, legte einen Arm um ihre Taille und strich ihr übers Haar. »Ein Segen, dass euch nichts passiert ist.« Er wandte sich Wellner zu. »Sollte dieses Attentat mir gegolten haben, werde ich morgen aus Ihrem Dunstkreis verschwinden. Sie haben mir ausreichend Loyalität entgegengebracht. Es darf nicht sein, dass Petra oder Sie um Ihr Leben bangen müssen, obwohl es eigentlich um mich geht.«

Wellner nickte. Den Versuch, seiner Tochter zu widersprechen, unterband er rigoros: »Fabian hat recht. Es geht nicht an, dass wir bedroht werden. Dem sind wir nicht gewachsen.« Er hatte sich erhoben und war einen Schritt auf Hilpert zugegangen. »Die Frage ist nur, ob Ihre Freunde aus dem Kosovo tätig geworden sind.«

Vorsichtig wägte Hilpert seine Antwort ab. »Meine Nachforschungen in dieser Sache laufen bereits. Schon bald weiß ich mehr. Jetzt ist wichtig, dass nichts weiter geschieht. Ich sorge dafür, dass die Polizei Ihnen Geleitschutz andient. Ab morgen verfügt jeder von Ihnen über einen Leibwächter. Gut, dass wir Heins nicht nach Hause geschickt haben. Sie sollten ihm bis auf Weiteres einen Raum zur Verfügung stellen.«

»Sie meinen ...?«

»Klar, was einmal versucht wird, kann durchaus wiederholt werden. Da reicht ein Bodyguard auf Distanz nicht aus.« Nachdenklich strich sich Hilpert mit dem Handrücken über die Stirn. »Sollte der Anschlag tatsächlich Ihnen gegolten haben, müssen wir völlig umdenken.«

»Das hieße?«

»Ich sähe Familie Lüders ebenso gefährdet. Aber warten wir es ab. Morgen sehen wir weiter.«

Noch in der Nacht erreichte ihn Pristic telefonisch. Er versicherte ihm glaubhaft, dass seitens ihrer Gegner im Kosovo keinerlei Aktivitäten gegen ihn unternommen worden seien. Je länger Hilpert nachdachte, desto weniger verstand er. Beruhigend wirkte er auf Petra ein, als sie nebeneinander im Bett lagen. Er spürte, dass er ihr Gelassenheit vermittelte. Nur gut, dass sie nicht in ihn hineinzuschauen vermochte und seine eigene Unsicherheit mitbekam. Was wurde mit diesem Anschlag bezweckt? War es eine Warnung in seine Richtung? Fragte sich nur, von wem und wovor.

Hilpert hielt wenig davon, sich am nächsten Tag im Haus aufzuhalten. Er wollte in jedem Fall den Termin in Wedel bei der Witwe des Piloten wahrnehmen. Stange holte ihn wie verabredet ab. Sie fuhren parallel zur Elbe. Rechter Hand ließen sie Hamburgs renommierten Golf-Club Falkenstein liegen. Über den Tinsdaler Kirchenweg ging es in den Schulauer Weg. Von dort aus gelangten sie über den Voßhagen an ihr Ziel. Während der Fahrt erreichte ihn ein Anruf von Mimoza Thaci. Sie war offensichtlich über die Geschehnisse informiert. Die Frau wies mit aller Deutlichkeit darauf hin, dass ihre Familie und ihre Freunde sich an das gegebene Wort gebunden fühlten. Niemand aus ihrem Dunstkreis habe Befehl erteilt, gegen ihn oder jemandem aus seinem Umfeld tätig zu werden.

»Glauben Sie mir«, erklärte sie mit energischer Stimme, »was wir sagen, gilt! Ich habe es nicht nötig, Sie zu belügen. Und wenn, dann ginge es allein um Sie, nicht um weitere Unschuldige.«

Zwiespältig beendete er das Gespräch. Er glaubte der Frau unbenommen. Davon abgesehen passte dieser Angriff nicht zu ihren Leuten. Die hätten es garantiert effektiver angestellt. Wer immer auf Petra und ihren Vater geschossen hatte, er verfügte nicht über deren Fähigkeiten. Das machte ihn oder sie leider nicht ungefährlicher. Er rief bei Wellner an und schilderte ihm kurz die Faktenlage.

»Heins ist auf dem Weg zu Ihnen. Die Polizei wird für diesen Tag ein paar Leute abstellen. Für Ihre Sicherheit ist also gesorgt. Ich werde heute Vormittag eine andere Spur verfolgen. Ansonsten organisiere ich eine eigenständige Überwachung. Petra sollte vorerst bei Ihnen wohnen bleiben.«

»Sie meinen, die Situation ist so brisant?«

»Unser Gegner lässt kaltblütig morden. Dieser Spielmann erledigt das, ohne mit der Wimper zu zucken. Mir scheint beinahe, als ginge es nur am Rande um Geld.«

»Sie denken an die alte Geschichte?«

»Etwas Besseres will mir momentan nicht einfallen.«

Wellner klang nicht überzeugt. »Ich will nicht glauben, dass nach dieser Zeit ein Rachefeldzug gestartet wird.«

»Das sehe ich anders. Es steckt eine gewisse innere Logik dahinter.«

»Und die wäre?«

»Der Rächer ist inzwischen ins richtige Alter gekommen.«

»Der Junge müsste jetzt um die zwanzig Jahre alt sein. Irgendwie kommt mir das ziemlich weit hergeholt vor.«

»Mir ebenso. Aber auf Sie ist geschossen worden. Das ist Fakt. Wer tut so was? Warum tut er es? Warten wir es ab, was der heutige Tag bringt. Vielleicht wissen wir bald mehr. Wenn man die Ausführung des Anschlags näher betrachtet, scheint kein ausgewiesener Profi am Werk gewesen zu sein.«

»Wie darf ich das verstehen? Uns hat es gereicht.«

Hilpert sprach besonnen auf ihn ein: »Als Betroffener sieht man natürlich die Dinge anders. Unabhängig von dem Sicherheitspaket Ihrer Limousine, attackiert man auf 80 Meter Distanz kein Fahrzeug mit einer Pistole, wenn man Erfolg haben will. Deren Durchschlagskraft ist zu gering. Die Zielgenauigkeit nimmt mit jedem Meter ab. Ein Gewehr hätte da eher gepasst.«

»Da haben wir ja noch mal Glück gehabt. Hoffentlich überlegt es sich der Attentäter nicht und schießt damit beim nächsten Mal auf uns.«

»Ich will es nicht glauben, aber wir müssen halt Vorsorge tragen, dass wir darauf eingestellt sind.«

»Sehen wir uns heute? Kümmern Sie sich um uns?«

»Worauf Sie sich verlassen können.«

Er verharrte für kurze Zeit in seiner Position. Wollte man die beiden unter Umständen gar nicht ernsthaft gefährden? Handelte es sich eher um ein Ablenkungsmanöver? Nur, wer sollte wovon abgelenkt werden? Er selbst von seinen Recherchen? Was hatte er ausgegraben, dass man ihn davon abhalten wollte weiterzumachen? Wenn er das nur wüsste. Offensichtlich überschätzte man ihn und seine Fähigkeiten als Ermittler. Oder interpretierte er die Ergebnisse falsch? War er seinem Ziel näher als er glaubte?

22

Stange und Hilpert landeten in einer frisch renovierten Reihenhausanlage, in der versucht worden war, dem Charme der Sechzigerjahre die Bedürfnisse des frühen 21. Jahrhunderts aufzupfropfen. Das war mehr oder minder gelungen. Trotzdem hatte man den Eindruck, dass mehr über die Stellplätze der Autos vor den Häusern nachgedacht worden war als über die Lebensqualität der Bewohner. Die Frau des Hauses bat sie ins Wohnzimmer, dessen Decke von einem Sternenhimmel überzogen schien. Die Einrichtung war geschmackvoll. Mit sicherem Gefühl für Farben und Stil hatte man modernes Mobiliar mit antiquarischen Stücken kombiniert. Als Bodenbelag war ein heller Dielenboden gewählt worden. Offensichtlich liebte die Hausherrin Impressionisten. Kopien mehrerer renommierter Maler hingen an den Wänden.

Hilpert meinte, einen Cézanne zu entdecken. Aber er war alles andere als ein Fachmann für bildende Kunst. Sein Aha-Wissen reichte gerade für die fünfte Klasse Hauptschule.

Ina Kahrs war Mitte vierzig, also etwa im Alter von Doris Lüders. Ansonsten schnitt sie trotz fehlender Millionen deutlich besser ab als sie. Sie schien Nichtraucherin zu sein. Ihr Auftreten, ihre Bewegungen, ihre Aussprache ließen nicht den Verdacht aufkommen, dass sie ein Alkoholproblem haben könnte. Sie trug die dunklen Haare kurz. Ihre Jeans harmonierten gut mit ihrer schlanken Figur. Vor ihnen stand eine reife Frau, die man durchaus als attraktiv bezeichnen konnte.

»Frau Kahrs«, nahm Stange das Gespräch auf, »wir kommen, um uns mit Ihnen über den damaligen Flugzeugabsturz zu unterhalten. Ich hoffe, es belastet Sie nicht zu sehr.«

Entnervt winkte sie ab. »Wollen Sie die alten Kamellen wirklich aufwärmen? Die Ereignisse liegen weit zurück. Irgendwann müssen Sie sich für oder gegen das Leben entscheiden. Das habe ich getan. Mir ist ein Sohn verblieben. Ich hatte keine Wahl. Ich musste durchhalten.«

»Ich verstehe. Wir fragen uns heute, ob es sich möglicherweise um einen Anschlag gehandelt haben könnte.«

Erschrocken zuckte ihr Kopf hoch. »Oh Gott, fangen Sie jetzt auch davon an?«

»Ach ja?«, warf Hilpert ein. »Wer äußert denn noch diesen Verdacht?«

»Felix, mein Junge. Seit einigen Wochen redet er von nichts anderem.«

»Wie ist er denn darauf gekommen?«

»Er hat jemanden kennengelernt, der ihm den Kopf damit zugedröhnt hat. Seitdem kennt er kein anderes Thema.«

»Hat er einen Namen genannt oder gesagt, wo oder unter welchen Umständen er den Informanten getroffen hat?«

»Nichts, da ist er verschlossen wie eine Auster.«

»Hat Ihr Junge in der Vergangenheit Probleme bereitet? Alkohol, Drogen?«

»Wo denken Sie hin? Er hat mit neunzehn Abitur gemacht und studiert an der Uni BWL.«

»Richtig, Bundeswehr ist ja nicht mehr.«

»Können wir ihn vielleicht sprechen?«, hakte Stange nach.

»Das ist momentan schlecht möglich. Er ist mit Freunden auf einer Tour durch Dänemark.«

»Haben Sie eine Adresse?«

»Leider nicht. Sie sind mit dem Zelt unterwegs. Es ist nicht auszuschließen, dass sie von Kopenhagen weiter über Malmö nach Schweden reinfahren.«

»Und wann erwarten Sie ihn zurück?«

»Spätestens in drei, vier Wochen. Dann gehen die Semesterferien zu Ende. Es kann genauso gut morgen sein. Es sind spontane junge Leute.« Sie lachte auf. »Oder man erhält plötzlich eine Karte aus Griechenland.«

»Gibt es eine Handynummer, unter der man ihn erreichen kann?«

»Nein, sie haben nur ein Prepaidhandy dabei für Notfälle. Die Nummer kenne ich nicht. Sie wollen ungestört bleiben.«

»Wie hat sich denn damals Ihre Situation nach dem Unglück dargestellt?«

»Es war die Hölle. Ich verlor zwei der drei wichtigsten Menschen in meinem Leben. Ohne Felix hätte ich Schluss gemacht.« Sie blickte zu den beiden Männern herüber. »Sie wollen mir sicherlich nicht erzählen, dass Sie mich mehr als ein Jahrzehnt später aufsuchen, um von mir zu erfahren, wie ich den Schicksalsschlag überwunden habe.«

»Natürlich nicht«, räumte Stange ein.

Sie ließ nicht locker. »Wie kommen Sie darauf, es könnte sich damals um ein Attentat gehandelt haben? Soviel ich weiß, gab es keinerlei Hinweise auf Sprengstoff.«

»Es sind einfach nur Schlüsse, die sich aus neueren Ereignissen ziehen lassen.«

»Aha und dazu wollen Sie sich nicht äußern?«

»Wir dürfen nicht.«

»Ich soll Ihnen aber Rede und Antwort stehen. Halten Sie das für angemessen?« Sie faltete ihre Hände vor sich auf dem Tisch und neigte Stange ihren Kopf zu. »Können Sie sich nicht vorstellen, dass mich die Umstände des Absturzes auch nach so langer Zeit belasten? Dieses Ereignis hat mein gesamtes Leben bestimmt. Noch heute träume ich davon, ohne dabei gewesen zu sein.«

Stange wand sich wie ein Aal, den man aus der Reuse genommen hatte und der nun vergeblich um sein Leben kämpfte. Trotzdem war es ihnen unmöglich, sich weiter zu öffnen. Die Frau, respektive ihr Sohn, gehörten zum Kreis der Verdächtigen. Denen durfte man keine Informationen geben, die ihnen gegebenenfalls halfen, eine Verteidigungslinie aufzubauen. Sie liefen Gefahr, mit dem Gespräch in eine Sackgasse zu geraten. Sie waren beide erfahren genug, um zu begreifen, dass falsche Emotionen den Vernommenen total verschließen konnten. Deshalb versuchte Hilpert, vom Feld der Mutmaßungen wegzukommen und sich erneut auf die Faktenlage zu stürzen.

»Wie sind Sie materiell über die Runden gekommen? Ihr Mann war relativ jung, als er starb. Da hat man keine großartigen Rentenanwartschaften erworben.«

»Das stimmt, zum Glück hatte er eine Lebensversicherung abgeschlossen. Als er sich selbstständig machte und für das Flugzeug einen Kredit benötigte, bestanden die Banken darauf. In der Nachbetrachtung war das unser finanzieller Rettungsanker. Wenigstens zahlte die bei Unfalltod den doppelten Betrag. Daraus konnte ich die Schulden abbezahlen. Und es blieb eine ordentliche Summe für uns übrig.« Sie wies mit einer Hand in die Runde. »Wie Sie sehen können, leben wir nicht schlecht. Und die Preise in Wedel sind gesalzen. Hamburg und die Elbe wirken sich auch bei uns aus. Einen Schleswig-Holstein-Abschlag gibt es nicht.«

Die Stirn in Falten gelegt, dachte sie offensichtlich nach. Eher zögerlich fuhr sie fort: »Kurze Zeit nach dem Absturz erreichte mich ein Scheck von Frau Lüders über 50.000 DM mit einem herzlichen Brief. Das empfand ich als sehr großzügig und mitfühlend.« Sie blickte Hilpert fest in die Augen. »Schließlich hatte sie ebenfalls ihren Mann verloren.«

»Weshalb hat sie das getan?«

»Keine Ahnung. Ich muss zugeben, die Frage war für mich zu der Zeit eher nebensächlich. Ich konnte das Geld gut gebrauchen. Nach dem Schmerz stellte sich die Sorge um unsere Zukunft ein. Ich schrieb ihr zurück und bedankte mich. Das war der letzte Kontakt zu ihr. Ich bin ihr bis heute dankbar.«

Scheinbar sprunghaft wechselte er das Thema. »Sagen Ihnen die Namen Pia Raithel oder Nils Meinert etwas?«

»Absolut nicht!«

Hilpert setzte erneut an: »Oliver Keller, Lutz Spielmann?«

»Der letzte Name kommt mir bekannt vor. Ich meine, Felix hat ihn mir gegenüber mal erwähnt. Ich verfüge über ein gutes Namengedächtnis.«

»Hat er irgendetwas von diesem Mann gesagt?«

Sie schüttelte den Kopf.

»Bitte denken Sie nach. Der Name ist durch die Presse, durchs Regionalfernsehen gegangen. Er wird wegen Mordes gesucht.«

»Tatsächlich?! Das ist mir durchgegangen. Sie müssen wissen, ich lese selten Zeitung. Die Nachrichten im Fernsehen und im Teletext reichen mir.« Sie schüttelte wieder den Kopf, als wollte sie nicht glauben, was er gesagt hatte. »Das ist ja furchtbar! Wie gerät mein Junge an solch einen Menschen?«

Hilpert ließ nicht locker. »Er hat als Jugendlicher keinen Kontakt zur Drogenszene oder Umgang mit Jugendbanden gehabt? Gab es mal Ärger mit der Polizei?«

»Was unterstellen Sie ihm? Er hat sein Abitur mit einem Notendurchschnitt von 1,4 gemacht. Dafür muss man hart arbeiten.« Sie geriet ins Schwärmen. »Er ist ein kluger Junge. Vieles fällt ihm einfach zu, aber beileibe nicht alles. Der hat sich abends nicht auf der Straße herumgetrieben. Dafür verblieb ihm keine Zeit.«

Mehr brachten sie nicht in Erfahrung. Noch war die Frau einigermaßen auskunftsfreudig. Doch sie war auf dem Weg dichtzumachen. Sie wollten sie nicht abschrecken. Mit Sicherheit würden sie sich mit ihr ein weiteres Mal unterhalten müssen. Die Männer beendeten das Gespräch, wobei Ina Kahrs versprach, sie zu informieren, wenn ihr Sohn zurück sei.

Im Wagen ließen die beiden das Gespräch Revue passieren. Sie stellten unabhängig voneinander fest, dass zumindest bei der Mutter kein Misstrauen oder Hass gegen die Familien Wellner oder Lüders aufgekommen war. Bei ihr schien eine eher positive Grundhaltung durch. Selbst wenn sie anders orientiert gewesen wäre, sahen sie es als relativ unwahrscheinlich an, dass sie ihrer Rache nach zwölf Jahren freien Lauf ließ. Und der Junge? War der wirklich so tief infiziert, dass er sich auf ein Mordkomplott einließ? Auf diese Antwort würden sie warten müssen. Wieder waren sie auf Spielmann gestoßen. Welche Rolle spielte der in dem Spiel? Fast schien es, als habe ihn jemand auf Felix angesetzt.

Am Tag darauf erhielten sie eine kurze Information aus der Kriminaltechnik hinsichtlich der Absturzursache, die so lapidar war, dass sie von einem Juristen hätte stammen können. Grundsätzlich habe man keinen Hinweis auf Manipulationen gefunden. Völlig ausschließen wollte man diese ebenso wenig, auch wenn die Wahrscheinlichkeit dafür äußerst gering war. Zumindest habe es keinen Sprengsatz gegeben, der die Maschine in der Luft zerrissen hätte. Sie sei in mehrere Teile zerborsten, verursacht durch den harten Aufprall aufs Wasser.

Hilpert suchte am Abend Wellner auf. Wie selbstverständlich war für ihn ein Zimmer hergerichtet worden. Es verfügte selbst über ein eigenes Badezimmer. Ohne größere Diskussion reihte er sich bei den Bodyguards ein. Er überprüfte akribisch alle Eingänge und Fenster. Die Leute hatten ordentlich gearbeitet. Er fand nichts zu bemängeln. Wer in dieses Haus eindringen wollte, musste schon ein paar bewaffnete Freunde zur Unterstützung mitbringen. Doch es blieb in der Nacht ruhig. Seiner Erfahrung nach war es eher unwahrscheinlich, dass ihre Gegner ein Gebäude attackierten, von dem anzunehmen war, dass es gut gesichert war. Man griff dort an, wo der Gegner schwach war, nicht im Zentrum seiner Streitmacht. Hinzu kam, sie hatten es nicht mit einer militärisch organisierten Gruppe zu tun, die mit schweren Waffen vorgehen würde, sondern eher mit Amateuren, die gerade mal über Handfeuerwaffen verfügten. Das Dumme war, selbst eine Steinschleuder in der Hand eines Kindes konnte töten, wenn sie richtig eingesetzt wurde.

23

Ganz informell saßen sie am nächsten Nachmittag zu dritt bei einem Glas Bier. Baumgartner hatte spontan dazu eingeladen. Ihre Handys waren auf leise gestellt. Sie sollten sie nicht bei ihrer Unterhaltung stören. Die Kneipenatmosphäre und der Alkohol lösten ein wenig die Verkrampfung, die sich in den Stunden am Schreibtisch aufgebaut hatte. Sie setzten die Arbeit an dem Fall letztlich nur in einem anderen Umfeld fort. Bei einem Glas Bier klangen verworrene Hypothesen weniger aus der Luft gegriffen als in dem rationalen Umfeld des Präsidiums. Hilpert hatte alles in die Wege geleitet, um eine angemessene Bewachung von Petra und ihrem Vater sicherzustellen. Er hatte ihr versprochen, sie am Abend abzuholen und mit ihr in ihre Wohnung zu fahren, damit sie sich mit ausreichender Kleidung eindecken konnte.

Baumgartner äußerte Skepsis, als er Hilperts Argumente hinsichtlich der Täterschaft für den Anschlag zur Kenntnis nahm. Für ihn standen die Kosovo-Albaner weiter ganz vorn an. Hilpert wusste aus eigenem Erleben, dass diese Problemlösung sehr beliebt war. Sie belebte jedes Vorurteil und wurde von den Medien gern übernommen. Seit den Hunnen war es zum Sport geworden, sich insbesondere aus dem Osten bedroht zu fühlen. Hilpert hatte sich dagegen abgewöhnt, sich gleich auf die einfachste Lösung zu stürzen. Er vertraute da voll der Meinung von Pristic, der sich in der Szene so gut wie kein anderer auskannte. Leider war er in dieser Runde nicht zitierfähig. Hilpert widersprach vehement: »Diese Leute sind keine Dilettanten. Wie man ein Fahrzeug erfolgreich angreift, lernen die im Kindesalter.«

Baumgartner ließ sich nur ungern von seiner Meinung abbringen. »Vielleicht wollen die Sie nur einlullen, um dann endgültig zuschlagen zu können. Sie schauen nach rechts und die kommen von links. Die haben ja nun oft genug versucht, Sie ins Jenseits zu befördern.« Energisch schlug er mit der Faust auf den Tisch. »Und dieses Attentat war nichts anderes als die reine Ablenkung. Dann passt die scheinbare Inkompetenz der Angreifer.«

»Das hört sich durchaus plausibel an«, stimmte ihm Hilpert zu. »Das mit der Finte ist doch unlängst erst voll in die Hose gegangen. Außerdem ziehen Ihre Argumente in diesem Fall nicht. Wir haben miteinander eine Art Burgfrieden geschlossen.«

»Mit oder ohne Friedenspfeife?«, fragte Baumgartner zweifelnd. Er verzichtete auf eine Antwort. »Bleiben wir beim Thema. Was steht an, sollten Sie recht behalten und es ist tatsächlich die Familie gemeint? Lassen wir mal außen vor, wer als Täter in Betracht gezogen werden muss.«

»Als Erstes muss Familie Lüders ebenfalls unter Schutz gestellt werden. Das kann nicht warten«, murmelte er vor sich hin, griff spontan nach seinem Handy und führte mit Wellner ein kurzes

Gespräch. Die Securitys waren eingetroffen. Ohne Diskussion stimmte der Unternehmer einer Ausweitung der Sicherungsmaßnahmen zu. Hilpert wandte sich wieder seinen Gesprächspartnern zu. »Das regeln wir selber. Ihnen fehlen eh die Leute.«

»Danke für Ihr Zutrauen in die örtliche Polizei.«

»Nicht gleich die beleidigte Leberwurst spielen«, versuchte er die Wellen zu glätten. »In dieser Familie ist Geld genug vorhanden, dieses Problem mit eigenen Leuten anzugehen. Außerdem ist das Thema Sicherheit ein wesentlicher Merkposten in dem Unternehmen. Schließlich produzieren die fürs Militär. Für die ist das 'n Klacks, die erforderlichen Leute bereitzustellen.«

»Sei's drum. Wie kommt diese Bedrohungssituation Ihrer Meinung nach zustande?«

»Das ist relativ einfach. Dieser Fall ist vielschichtig. Es geht um eine getürkte Entführung, eine vermutliche Einmischung von außen und eine, wie ich meine, geistige Urheberschaft für die Verbrechen. In diesem Dreieck liegen meines Erachtens die Ursachen für das Attentat.«

Diesmal meldete sich Stange zu Wort. »Die Einmischung von außen käme über Spielmann, der aus einem Bösebubenstreich ein Kapitalverbrechen macht.«

»So in etwa seh ich das.«

Der Hauptkommissar fuhr sachlich fort: »Und die geistige Urheberschaft bezieht sich auf den Ideenlieferanten?!«

»Gut kombiniert. Bei dem vermute ich vornehmlich emotionale Motive.«

»Damit meinst du die Familien Friedrichs oder Kahrs?!«, wandte Stange ein.

»Exakt.«

»Halt, halt«, unterbrach Baumgartner, »das geht mir zu schnell. Wie kommen Sie auf emotionale Motive?«

»Drehte es sich nur um Geld, hätten die die Karte Klaas Lüders wie geplant weitergespielt. Mit seinem Tod ist ein dicker Geldstrom versiegt, bevor richtig Fahrt aufgenommen wurde. Seine Mutter hätte noch manche Million für ihn herausgetan. Er war ihr Kronprinz.«

Baumgartner schien nicht überzeugt. »Aber er wurde erschlagen, mit einer Eisenstange, die zufällig herumlag. Damit wären wir wiederum bei einer Tat im Affekt.«

»Nur auf den ersten Blick. Ich gehe davon aus, dass ein Mann wie Spielmann es verstanden hätte, dies zu unterbinden. Ein Mensch wie er fängt keinen Goldfisch ein, um ihn anschließend zu verspeisen. Solche Leute töten nicht aus Lust und Laune. Für die ist das ein Job, für den es eindeutige Motive gibt.«

Erneut intervenierte Baumgartner. »Bleiben wir beim Thema Emotionen und wenden uns dem Stiefbruder Udo Friedrichs zu. Der profitiert allemal von Klaas Lüders' Tod. Er erbt und das nicht schlecht.«

»Das klingt bei flüchtigem Hinsehen logisch«, entgegnete Hilpert. »Nur ist dieser Udo alles, bloß kein gieriger Mensch.«

»Und seine Mutter?«

»Der ist zugegebenermaßen eine Menge zuzutrauen.«

»Aber sie hätte nun wirklich Jahrzehnte benötigt, um ihre Rache reifen zu lassen«, klang Baumgartner wenig überzeugt.

»Das ist wahr. Deshalb behaupte ich, wir haben es mit einem Motivbündel zu tun. Die finanzielle Komponente kam erst durch die übereilte Zahlung der Mutter und ihren Verzicht, die Polizei einzuschalten, zum Tragen.«

Der Kriminalrat wies mit dem Zeigefinger auf Hilpert. »Also haben wir es doch mit materiellen Motiven zu tun.«

»Jein. Ich behaupte, dieses Gefühl, betrogen worden zu sein, hat die materiellen Gelüste bei der Mutter erst erzeugt. Wir haben es nach wie vor mit einem emotionalen Kern zu tun.«

Baumgartner blieb skeptisch. »Verdammt alter Kern. Warum erst so spät?«

»Ganz einfach, sie brauchten jemanden, der die Taten ausführte. Sie selbst war dazu nicht in der Lage, ihr Sohn gleich gar nicht. Mit Spielmann haben sie den geeigneten Handlanger. Und der ist erst vor Kurzem ins Spiel eingestiegen.«

Baumgartner brachte es auf den Punkt. »Bei erstem Hinhören kommt mir das alles sehr konstruiert vor.« Er griff nach seinem Glas und nahm einen Schluck. Seinem Gesichtsausdruck war anzumerken, dass er noch nicht durch war mit seinen Überlegungen. »Denkt man weiter nach, hat das was.«

»Vor allem erklärt das die scheinbare Unlogik von Klaas' Tod«, ergänzte Stange. »Der war von vornherein gewollt. Die vermeintlich spontane Tat war ebenfalls geplant. Spielmann serviert die sonstigen Beteiligten ab und darf den größten Teil des

Geldes als eine Art Blutlohn behalten. Das veranschaulicht auch, weshalb er Pia und Keller deren Geld nicht abgenommen hat. Ihm war genug verblieben. Dafür das Risiko auf sich zu nehmen, danach zu suchen und unter Umständen Spuren zu hinterlassen, war es ihm nicht wert.«

Baumgartner nickte bedächtig. »Stimmt diese Theorie, müssen wir nur Spielmann zu fassen bekommen und das gesamte Konstrukt stürzt wie ein Kartenhaus in sich zusammen.«

»So ist es.«

Sie nahmen sich nun die Familie des Piloten vor. Hier gab es in der Tat ausschließlich emotionale Motive. Die Mutter sahen sie außen vor. Bei ihr fehlte der Brandbeschleuniger in Form von Geld. Ganz im Gegenteil war sie Doris Lüders nach eigener Aussage für das großzügige Geldgeschenk dankbar. Hier lief alles auf den Sohn hinaus, den sie bisher nicht zu Gesicht bekommen hatten. Sein Manko war allerdings seine Jugend. Konnte man solch einem jungen Menschen zutrauen, sich dieses Mordkomplott ausgedacht zu haben? Solange sie ihn nicht zu fassen bekamen, konnten sie sich hierzu keine abschließende Meinung bilden. Sie beschlossen, zu eruieren, mit wem er in den Urlaub gefahren war. Vielleicht konnte einer seiner Freunde über Handy erreicht werden. Baumgartner versprach Hilpert, ihn über ihre Ergebnisse auf dem Laufenden zu halten. Nach einem weiteren Bier brachen sie die Unterhaltung ab. Aus den unterschiedlichsten Gründen zog es sie ins traute Heim.

Hilpert machte sich auf den Weg nach Blankenese. Er ließ sich die Hypothesen, mit denen sie sich auseinandergesetzt hatten, durch den Kopf gehen. Obwohl er kräftig mitgemischt hatte, schienen sie an allen möglichen Stellen zu kneifen. Davon unabhängig konnten sie von Beweisen oder wenigstens Indizien gerade mal träumen. Als er auf Wellners Domizil zufuhr, wurde ihm einmal mehr bewusst, dass die Familie materiell in einer ganz anderen Liga spielte als er. Er kam sich vor wie ein Nassauer. Ob das auf Dauer gut ging? Der Hausherr begrüßte ihn mit einer Selbstverständlichkeit, als sei er in dem Haus aufgewachsen. Vielleicht musste Hilpert sich angewöhnen, die Dinge gelassener zu sehen.

Kurz nach ihm traf Petra ein. Er hielt Wort und suchte mit ihr ihr Appartement auf. Dort gab er ihr nur die Chance, sich wie geplant mit der erforderlichen Kleidung und Toilettenartikeln einzudecken. Intelligent, wie sie war, versuchte sie gar nicht erst, mit ihm dort den Abend zu verbringen. Da gab es im Haus ihres Vaters ausreichend andere Gelegenheiten. Und es war weiträumig genug, sodass sie sich in aller Intensität umeinander kümmern konnten. Trotzdem spürte sie, als sie zurückgekehrt waren, dass er nicht richtig bei der Sache war. Abermals obsiegte ihre Intelligenz. Garantiert schwirrte anderes durch seinen Kopf, als mit ihr eine aufregende Nacht zu verbringen. Solange keine andere Frau im Spiel war, konnte sie damit leben. Sie fühlte sich in seiner Nähe geborgen und verbrachte im Gegensatz zu ihm eine geruhsame Nacht.

Vater und Tochter richteten sich auch am nächsten Tag darauf ein, ihre Geschäfte von zu Hause aus zu erledigen. Das funktionierte im Zeitalter von EDV, modernen Handys und Internet ohne Reibungsverluste. Wichtige Post erreichte und verließ sie per reitenden Boten. In einer stillen Stunde fragte sich Wellner, ob er nicht diesen Weg des Öfteren gehen sollte. Er war Mitte fünfzig und rackerte wie ein Trainee, der sich um seine Karriere und sein Einkommen zu kümmern hatte. Dann begriff er wieder, dass man als Chef Präsenz zu zeigen hatte. Unternehmensführung bestand nicht nur aus der Regelung rationaler Prozesse. Den emotionellen Erfordernissen musste ebenso Rechnung getragen werden. Oft genug spielten sie das entscheidende Zünglein an der Waage. Dafür brauchte man allerdings nicht fünf Tage die Woche in seinem Büro zu hocken.

Am Nachmittag erreichte Hilpert ein Anruf von Stange. Das abendliche Gespräch in der Kneipe hatte nachgewirkt. Er lud ihn ein, mit ihm abermals Sophie Friedrichs aufzusuchen. Mit ihrer Anwesenheit war zu rechnen. Nur in geöffneten Kneipen ließ sich Umsatz machen. Sie verzichteten daher darauf, sich vorher anzumelden. Der Überraschungsfaktor hatte ihnen nicht selten in die Karten gespielt.

Erstaunt begrüßte sie die Männer. »Wollen Sie bei mir ein Feierabendbier trinken? Oder zieht es Sie zum Billardtisch?«, fragte sie selbstbewusst. Furcht oder Respekt waren ihr nicht anzumerken.

Stange bestellte zwei Wasser und gesellte sich mit Hilpert zu ihr an den Tresen. Bis auf einen einsamen Gast, der die beiden Spielautomaten bediente, war gähnende Leere angesagt. Die Wirtin öffnete die Flaschen und beförderte eine Scheibe Zitrone mit einer Zange ins Glas. Der Beamte winkte ab, als sie nach dem Eisbehälter griff. Sie stellte die Getränke vor ihnen auf die Theke und blickte sie fragend an.

Stange stieß wie ein Falke auf sie nieder. »Es geht um das Geld, das Sie sich von Sarah geliehen hatten.«

»Wieso das? Ich habe alles zurückgezahlt.«

»Richtig. Nun hätten wir gern gewusst, woher Sie die Kohle bekommen haben.« Er warf einen Blick in die Runde. »Oder bleibt in Ihrem Laden so viel kleben, dass Sie den Kredit so schnell tilgen konnten?«

Nervös spielte sie mit ihren Fingern. Man sah ihr an, dass ihr die Frage nicht ins Konzept passte. Ihre bisher zur Schau gestellte Souveränität verlor sich wie auf eine stumme Anweisung hin. Stammelnd suchte sie nach den richtigen Worten. »Ich, äh, hab das Geld von einem Freund erhalten.«

Stange zog einen kleinen Notizblock hervor und nahm einen Kugelschreiber zur Hand. »Wenn ich um Namen und Adresse bitten dürfte. Vielleicht gibt es auch eine Telefonnummer?«

Mit einem Ruck stellte sie das Bierglas ab, das sie für den einsamen Mann an den Automaten füllen wollte. »Was soll's. Ich hab die Mäuse von Lutz Spielmann bekommen. Er hat sie mir geradezu aufgedrängt.«

»Wie kommt der denn dazu?«, fragte Hilpert konsterniert. »Nach Ihrer letzten Aussage kannten Sie den doch nicht so gut. Oder hatte der 'ne mitfühlende Minute?«

»Wir schlafen gelegentlich miteinander. Er wusste um meine Probleme.«

»Sie tilgen ein Darlehen mit einem anderen?«

»Er hat es mir geschenkt. Er meinte, er liege momentan auf der richtigen Spur.«

Wütend fuhr Stange sie an: »Sind Sie sich darüber im Klaren, dass Sie Sarah möglicherweise von dem Lösegeld, das für ihren Bruder gezahlt wurde, bedient haben?«

»Wie konnte ich wissen, dass er in diese schreckliche Geschichte verwickelt ist? Außerdem liegt das Geld noch bei mir.«

»Wie das?«

»Sarah wollte es nicht zurück. Sie meinte, ich hätte genug unter ihrer Familie gelitten.«

»Und Sie, wie sehen Sie das?«

»Ich werde in keinem Fall Blutgeld behalten.«

»Könnten Sie uns die Scheine mal zeigen?«

»Mit Vergnügen. Sie liegen oben in meiner Wohnung. Ich gehe schnell hoch. Würden Sie so lange auf meinen Laden achten? Nicht dass jemand die Zeche prellt.«

»Sehr gerne. Soll ich das Bier nachschenken?«, fragte Stange.

»Danke, der Knabe kann warten. Aber nicht in die Kasse greifen«, pflaumte sie ihn kess an. »Da sind bestimmt hundert Euro drin. Wie man hört, werden bei der Polizei keine dicken Gehälter gezahlt.«

»Ein Restrisiko bleibt immer. Da müssen Sie durch.«

Grinsend stieg sie die Treppenstufen hinter dem Tresen hoch. Kurz darauf stand sie mit einem dicken Umschlag vor ihnen und entnahm ihm einen beachtlichen Stapel Euroscheine. Sie schob sie zu den beiden Männern herüber. Ihnen reichte ein kurzer Blick, um zu erkennen, dass keine Fünfhunderter darunter waren. Das Lösegeld war ausschließlich in großen Scheinen bezahlt worden.

Stange schob das Geld zu ihr herüber. »Das können Sie behalten. Mit Zweihundertern und Hundertern können wir nichts anfangen. Wir suchen größere Stückelungen.«

»Das höre ich gerne. Schließlich schwimmen wir nicht gerade in der Kohle.«

Zufrieden stopfte sie die Scheine in den Umschlag und brachte sie zurück nach oben. Diesmal schenkte sie sich eine herausfordernde Bemerkung. Als sie wieder bei ihnen eintraf, orderten sie jeweils ein weiteres Wasser für sich. Sie leerten ihre Gläser mit kräftigen Zügen und wischten sich anschließend mit dem Handrücken über den Mund. Sie mussten all ihren Charme aufwenden, um ihre Zeche bezahlen zu dürfen. Sophie Friedrichs war so glücklich über die Information hinsichtlich des Geldes, dass sie ihnen gerne eine Runde ausgeben hätte. Das Geld schien ihr Gewissen die letzten Tage offensichtlich belastet zu haben.

Vor der Gastwirtschaft tauschten sie sich aus. »Also, wir stellen fest, Sophie Friedrichs hatte ein Verhältnis mit Spielmann. Und er schenkte ihr 5.000 Euro. Was lernen wir daraus?«

»Dass er sie trotz des Altersunterschieds mochte«, antwortete Stange. »Oder sie hat gelogen. Mich würde interessieren, ob ihr Sohn davon wusste und was er dazu gesagt hat. Sollte man ihn befragen?«

»Nein, wir fragen lieber die Mutter. Ich möchte nicht schuld an einem Zerwürfnis mit ihrem Kind sein.«

»Der Knabe ist Mitte zwanzig. Du bist zu gut für diese Welt, Fabian.«

»Bin ich nicht.« Mit diesen Worten gingen sie ins Wirtshaus zurück.

»Was?«, fuhr Frau Friedrichs die beiden an. »Sie wollen Udo von meinem Verhältnis mit Spielmann erzählen? Sind Sie des Teufels?! Wollen Sie einen Keil zwischen uns treiben? Die können sich gar nicht leiden.«

Leidenschaftslos ging Stange auf sie ein. »Gut zu wissen, aber ich empfehle Ihnen, langsam darüber nachzudenken, ihm reinen Wein einzuschenken. Spielmann ist in einen Mordfall verwickelt. Da werden wir auf Ihre Befindlichkeit keine Rücksicht nehmen.«

»Geben Sie mir etwas Zeit. Ich bekomm das schon gebacken.«

Erneut standen sie vor dem Lokal. Stange kramte in seiner Hosentasche nach dem Autoschlüssel. Hilpert dachte über das Gespräch nach. »Sag mal, Bernd, weshalb schenkt ein Typ wie Spielmann einer reifen Frau 5.000 Euro? Da wo er herkommt, kriegt er die Frauen im Dutzend, umsonst und vor allem in frischerem Zustand.«

»Aus Liebe, aus Dankbarkeit? Unwahrscheinlich. Ich behaupte, das ist keiner, der sich revanchiert. Es sei denn, sie hat ihm einen Gefallen getan hat oder soll ihn noch tun.«

»Gute Überlegung«, bemerkte Hilpert. »Gingen wir wieder zurück, um sie danach zu fragen, was wäre das Resultat?«

»Ich behaupte, sie würde uns anlügen.«

»Sehe ich ebenso. Irgendwas stimmt da nicht. Wir müssen uns was einfallen lassen. Behalten wir diesen Aspekt im Auge. Auf die Dame werden wir zu gegebener Zeit zurückkommen. Die ist mir zu ausgebufft.«

»Das muss man in dem Gewerbe in dieser Gegend sein, sonst geht man unter.«

24

Erst auf der Beerdigung von Klaas Lüders traf Hilpert auf Udo Friedrichs. Er hatte sich ein wenig abseits der Trauergemeinde gestellt und ließ seinen Tränen freien Lauf. Sarah erblickte ihn. Sie löste sich von ihrer Mutter, ging auf Udo zu, umarmte ihn und hakte sich bei ihm ein. »Du kommst mit zu uns«, flüsterte sie ihm zu.

Vorsichtig gingen sie auf Doris Lüders zu. Diese blickte ihn unverwandt an und nahm ihn ebenfalls in die Arme. »Du hast ihn geliebt wie wir, nicht wahr?«

Schluchzend nickte er. »Ich hab nie Geschwister gehabt. Außer meiner Mutter stand nie jemand hinter mir. Es ist, als sei ein Stück von mir gegangen.«

»Wir Übriggebliebenen sollten zusehen, dass wir zusammenhalten«, raunte sie ihm zu und strich ihm über den Arm. »Vergib mir, dass ich dem Herzen meiner Kinder nicht gefolgt bin«, fuhr sie gleichermaßen bedrückt und beeindruckt fort. »Du bist meinem Mann wie aus dem Gesicht geschnitten.«

»Ich habe Ihnen nichts zu vergeben«, erwiderte er mit belegter Stimme. »Mein Vater und meine Mutter haben Ihnen sehr wehgetan. Wer wollte Ihnen verdenken, dass Sie mir das übel genommen haben?«

»Dafür darf man dich nicht leiden lassen. Das muss ich mir vorwerfen.«

»Udo«, murmelte Hilpert, als er ihn auf wenige Meter fixierte, »du wirst mir helfen, das Problem mit deiner Mutter zu lösen.« Ihn schauderte, wenn er über seinen Plan nachdachte, der ihm im Rahmen der Beerdigung eingefallen war. Ansonsten hielt er sich zurück. Er hatte Klaas Lüders nur zwei-, dreimal in seinem Leben gesehen. In dieser kurzen Zeit hatte sich bei ihm keine Emotionalität entwickeln können. Das sah bei Petra schon völlig anders aus. Klaas, seine Mutter und seine Schwester waren Teil ihrer Jugend und bestimmten ihre Vergangenheit ganz wesentlich mit. Für sie hatte das Verbrechen eine völlig andere Bedeutung als für ihn.

Man traf sich anschließend in kleinem Familienkreis. Hilpert fand einen fadenscheinigen Anlass, sich aus dieser Runde davonzustehlen, obwohl Petra ihn gern an ihrer Seite gesehen hätte.

Er wollte sich an diesem Nachmittag abermals mit Stange zusammentun, um ihm seinen kleinen Plan mitzuteilen. Ihn bewegte an diesem Tag eine einzige Frage: Wenn er nicht an die große Liebe glaubte, weshalb verschenkte ein Krimineller 5.000 Euro? Diese Unlogik ließ ihn nicht mehr los. Hilpert hatte einen Verdacht und wollte ihn schnell bestätigt wissen. Was Stange betraf, so nahm ihm dieser einen Anruf ab. Auch in die Abwesenheit von Felix Kahrs war Bewegung gekommen. Wie ihnen die Mutter eines der Mitreisenden erzählte, sollte er kurz vor Antritt der Fahrt abgesagt haben. Sie hatten es also mit einem weiteren Verschwundenen zu tun. Gehörte Felix zu der Gruppe um Spielmann? Oder war er gefährdet? Sie konnten ihn nicht auf die Fahndungsliste setzen. Was wollten sie ihm vorwerfen? Es sei denn, sie übten Druck auf die Mutter aus und sie meldete ihn als vermisst. Da würden sie sich etwas einfallen lassen müssen.

Das Gespräch mit Stange war kurz. Auf Hilperts Veranlassung hin bestellte er Udo für den nächsten Vormittag ins Präsidium. Danach würde man weitersehen. Wunschgemäß erschien er relativ pünktlich gegen halb zehn. Eine halbe Stunde später nahm man ihn ins Verhör. Mehrere Teams wechselten sich ab und hielten ihn mit mehr oder weniger intelligenten Fragen hin. Wirklich Weltbewegendes wollten sie nicht von ihm wissen. Er nahm es hin wie den Wechsel der Gezeiten. Gegen Mittag sah Hilpert vorbei und lud ihn auf eine Pizza ein. Sie wollten ihn an diesem Tag so lange wie möglich bei sich behalten. Wichtig war, dass ihn seine Mutter auf die Vermisstenliste setzte. Erst nach drei Uhr erschienen die beiden wieder bei der Mordkommission. Aus der Pizza war ein längeres Gespräch geworden, das mit den Mordfällen nichts zu tun hatte.

Stange nahm Hilpert zur Seite. »Sophie Friedrichs hat bereits mehrmals bei uns angerufen. Sie macht sich Sorgen um ihren Sohn.«

»Du hast sie hoffentlich hingehalten?!«

»Nach meinen Äußerungen muss sie annehmen, dass er heute noch auf den elektrischen Stuhl kommt.«

»Sehr gut, schauen wir mal, wann sie selbst hier aufschlägt.«

Sie hielt es bis halb vier aus. Nach vielfältigem Hinhalten saß sie schließlich Baumgartner gegenüber. Mit Sorgenmiene sah er zu ihr über seine Halbbrille herüber. »Es gibt da einige Verdachtselemente gegen Ihren Sohn.«

»Und die wären?«, fragte sie aufgeregt.

»Nun, dieser Geldbetrag, den Ihnen Spielmann geschenkt hat. Wir sehen den in direkter Verbindung zu dem Killer. Vermutlich hat Ihr Sohn vorher das Geld gewaschen.«

Empört sprang sie auf. »Mein Sohn soll Geld gewaschen haben? Bei Ihnen ist doch 'ne Schraube locker!«

»Bitte behalten Sie die Ruhe, sonst muss ich das Gespräch abbrechen«, warnte der Kriminalrat.

Zögerlich setzte sie sich wieder. Er fuhr sachlich fort: »Das ist nur ein Aspekt unserer Recherchen. Dem Vernehmen nach verzichtet Doris Lüders auf ihren Anteil vom Erbe ihres Sohnes zugunsten von Udo und Sarah. Ab sofort gibt es zwischen 100.000 und 150.000 Euro im Jahr. Und zwar netto, ein Leben lang. Es sei denn, die Firma geht den Bach runter. Das ist in absehbarer Zeit wohl kaum zu erwarten. Wenn das kein nachhaltiges Mordmotiv ist? Und er kennt Spielmann. Ich sage Ihnen, der steckt bis zum Hals in der Geschichte drin. Wer weiß, was die miteinander ausgeheckt haben!«

»Mein Sohn und Spielmann? Sie spinnen ja! Die waren wie Feuer und Wasser.«

»Das sagen Sie. Dann erklären Sie mir, weshalb Spielmann Ihnen das Geld geschenkt haben soll. Vielleicht machen wir uns dann Ihre Meinung zu eigen.«

Sie starrte vor sich auf die Schreibtischplatte. Ihr war anzusehen, dass zwei Seelen in ihrer Brust schlummerten. Schließlich antwortete sie mit leiser Stimme: »Ich sollte die finanziellen Möglichkeiten der Familie Lüders für ihn ausbaldowern.« Mit zittrigen Fingern fuhr sie fort: »Das war 'ne leichte Übung. Und ich konnte so Sarah ihr Geld zurückzahlen, bevor Udo etwas gemerkt hätte.«

»Warum wollte Spielmann das wissen?«

»So ganz bin ich da nicht durchgestiegen. Er faselte etwas über einen dicken Auftrag. In dem Zusammenhang wollte er wissen, ob die Lüders' tatsächlich über ausreichend Kohle verfügen.«

»Ist er nicht konkreter geworden? Was sollte er tun? Wer hat ihn beauftragt?«

Hilflos hob sie die Hände. »Er hat sich nicht weiter geäußert. Geld kann man immer gebrauchen. Mir war es egal. Es gibt 'ne alte Regel: Je weniger du weißt, desto ungefährlicher bist du für andere. Daran hab ich mich stets gehalten. Spielmann mischt bei Sachen mit, die sind nicht ohne. Hinter dem stehen Leute, die fackeln nicht lange.«

»Als da wären?«

»Halten Sie mich für bescheuert? Kein Wort sage ich dazu. Da kann ich mir ja gleich die Kugel geben.«

»Na gut, zu welchen Ergebnissen sind Sie denn in Sachen Lüders gekommen?«

»Ich habe ihm erzählt, dass sie fünf Millionen schwer sei, dass sie jedes Jahr dreihunderttausend Euro bekommt. Ihn stellte das zufrieden. Ohne mit der Wimper zu zucken, hat er mir die Mäuse rübergeschoben.«

»Und wie sind Sie darauf gekommen?«

»Ich habe es mir so ausgedacht. Konnte ich ahnen, dass da 'ne Entführung im Gange war?«

Wie sich zeigte, hatte sie Spielmann knapp eine Woche vor der Entführungsaktion die Informationen gegeben. Sie erhielt ihre 5.000 Euro vor der Lösegeldübergabe. Die Idee, sie hätte sich daran beteiligt, das Geld zu waschen, konnten sie sich damit schenken. Indirekt war sie möglicherweise mitverantwortlich dafür, dass Spielmann mit auf den Zug gesprungen war. Fragte sich nur, wer ihn angesprochen hatte und vor allem warum?

Nach 16.00 Uhr konnten Mutter und Sohn das Präsidium verlassen. Zurück blieben zwei nachdenkliche Männer, ein Kriminalbeamter und ein Exkollege.

Stange fasste Sophies Aussage zusammen. »Sollte sie die Wahrheit gesagt haben, war Spielmann an der Organisation der Scharade tatsächlich nicht aktiv beteiligt. Weiterhin musste er davon ausgehen, dass die dreiviertel Million das Ende der Fahnenstange bedeutete.«

»Oder sie flunkert uns richtig was vor«, entgegnete Hilpert. »Denk an unser Gespräch mit Baumgartner in der Kneipe. Das Einzige, was an ihrer Geschichte passt, ist, dass Spielmann die finanziellen Möglichkeiten der Mutter nicht richtig überblickt hat.«

»Du meinst also, sie hat uns was vorgespielt?«

»Zumindest ist es eine Option, Bernd. Wenn du schlau bist, setzt du einen Kollegen auf sie und ihren Jungen an. Interviewt nochmals die Leute aus der Clique um Keller herum. Ich halte die Frage, wie dicht Spielmann an denen dran war, für unglaublich wichtig. Ich bin nach wie vor davon überzeugt, dass der Tod von Klaas Lüders nicht nur billigend in Kauf genommen worden ist, sondern das eigentliche Ziel der Aktion war.«

»Und die unprofessionelle Tötungsart? Da ist einer, der 'ner Fliege ein Auge ausschießt und der erschlägt jemanden mit einer Eisenstange?«

»Damit sollen wir auf eine falsche Fährte gesetzt werden. Ich sage dir, da wird ein Rachefeldzug gegen eine ganze Familie geführt. Das Geld war relativ unwichtig, wird aber mittlerweile gerne mit eingestrichen.«

»Fabian, irgendwie überzeugt mich das nicht. Ich meine, das ganze Timing passt nicht.«

Hilpert verließ seinen früheren Kollegen leicht verunsichert. Was Stange da zum Schluss von sich gegeben hatte, war nicht von der Hand zu weisen. Bevor er sich auf den Weg nach Hause machte, schaute er kurz bei Weber vorbei. Der Kriminaldirektor empfing ihn in mäßiger Laune. »Mensch, Hilpert, kaum haben Sie uns verlassen, schon sitzen wir mitten in einem Fall, der uns alle zu überfordern scheint. Was haben Sie rausgefunden? Spucken Sie es aus.«

Interessiert hörte er sich dessen These zu Lüders' Tod an. Nachdenklich lehnte er sich zurück. »Meinen Sie, die Entführung wurde vorgetäuscht, um Lüders zu töten?«

»Nicht nur das. Es sieht ganz danach aus, als seien noch mehr aus der Familie betroffen.«

»Richtig, auf Wellner und seine Tochter ist ja erst vor Kurzem geschossen worden. Aber die Ereignisse, um die es geht, liegen lange zurück.«

»Ich weiß, Stange wies mich auch drauf hin. Ich bin für jeden anderen realistischen Alternativvorschlag dankbar, denn ich habe kaum Zeit, mich an den Ermittlungen zu beteiligen. Es ist mein Job, meinen Chef und seine Tochter zu beschützen. Auf den Rest der Familie sollte man ebenfalls einen Blick werfen.«

Weber sah ihn nachdenklich an und spielte mit seiner Lesebrille. »Sie wollen mir doch nicht erzählen, dass Sie sich raushalten werden.«

»Vielleicht wäre es besser.«

»Normalerweise schätzen wir es nicht, wenn man meint, uns von außen unter die Arme greifen zu müssen. In Ihrem Fall machen wir gern eine Ausnahme.«

»Wirklich bezaubernd, ich bedanke mich für das Vertrauen, das Sie mir entgegenbringen.«

»Das ist schon in Ordnung so.«

»Sollten mich die kreativen Ideen überwältigen, werde ich mich sofort an Sie wenden.«

»Da wünsche ich Ihnen und mir im Voraus Good Luck. Vielen Dank für das Gespräch. Und sollten Sie über eine Rückkehr zu uns nachdenken, die Tür steht weit offen.«

Gut gelaunt verließ Hilpert den Polizeidirektor. Er hatte Weber als loyalen und kompetenten Chef geschätzt. Darin hatte sich seit seinem Weggang nichts geändert. Er war gerne Polizist gewesen und hatte das, was er tat, als sinnvollen Beitrag für die Gesellschaft empfunden. Aber man wechselte seine Arbeitgeber nicht wie die Socken. Ein Mann wie Wellner hielt durchaus einem Vergleich mit dem Kriminaldirektor stand. Zudem gab es Petra, die von ihm gewiss erwartete, dass er den Belangen des Unternehmens Rechnung trug. Dabei handelte es sich nicht um ein prächtiges Spielzeug, das man zur Seite legte, wenn man etwas Attraktiveres sah. Insbesondere Petra war ihm wichtig, nicht wegen, sondern trotz ihres Geldes.

Er hatte sich bereits Richtung Isestraße orientiert, als ihm einfiel, dass er auch an diesem Abend in Blankenese gefordert war. Die Vorstellung, den beiden Wellners könnte etwas passieren, während er in seinem Appartement seinen Krimi zu Ende las, wollte ihn schier verzweifeln lassen. Andererseits musste er Petra ein Stück auf Distanz zu sich bringen, da sie es trefflich verstand, ihn von wichtigen Dingen abzulenken.

Man winkte ihn auf Wellners Grundstück durch und er konnte direkt vor das Haus fahren. Dort nahm ihm eine helfende Hand das Problem ab, sein Auto zu parken, und fuhr es in eine der Garagen. In diesem Umfeld war alles organisiert. Langsam fragte er sich, wie groß das Vermögen der Familie wohl sein mochte. Passte er da überhaupt hinein? Er sah das eher skeptisch. Üblicherweise kämpfte er Tag für Tag um seinen Parkplatz vor der Haustür. Hier winkte man ihn durch. Seinen Kaffee kochte er ebenfalls selbst. Hier fragte man ihn, ob er Milch oder Zucker dazu haben wollte. Gut, es ging um Äußerlichkeiten, die eigentlich ohne nennenswerte Bedeutung waren. Immer wieder entdeckte er seine im Kern konservative Seele. Aber waren Vorstellungen oder Verhaltensweisen nur deshalb schlecht, weil irgendjemand sie für veraltet erklärte?

Petra traktierte ihren PC, als er das Haus betrat. Sie winkte ihm kurz zu und fuhr konzentriert fort. Unter Garantie spielte sie nicht gegen sich selber Schach. Dafür lud ihn Wellner auf eine Tasse Tee ein.

»Ich habe über unsere Situation nachgedacht, Herr Hilpert. Wenn ich alles richtig verstehe, ist meine Tochter in meinem Haus, damit Sie uns auf einem Haufen haben. Und Sie werden vermutlich auf uns achten wollen?!«

»Haben Sie 'ne bessere Idee?«, entgegnete er leicht genervt.

Wellner ignorierte seinen Ton. »Sie nehmen die Bedrohung ernst?«

»Bitterernst sogar.«

»Dann müssen wir darüber nicht weiter diskutieren. Sie sind kein Mensch, der sich wichtigmachen will. Vermutlich haben wir mit Ihnen den beste Bodyguard der Stadt, den wir uns wünschen können.«

»Überschätzen Sie mich nicht.«

»Wie käme ich dazu. Ich bin seit einigen Jahren im Geschäft und weiß, dass es seit nunmehr zweitausend Jahren niemandem mehr gelungen ist, aus Wasser Wein zu machen. Trotzdem fühle ich mich bei Ihnen in guten Händen. Und David Heins, den Sie ausgesucht haben, gefällt mir ebenfalls.«

»Nicht nur Ihnen.«

»Haben Sie einen Tipp für mich, was ich mit Ihnen anfange, wenn der Rummel vorbei ist?«

»Bin ich denn von so großer Bedeutung? Ich fühle mich in der gegebenen Situation wohl. Ich muss nicht als Direktor durch die Lande ziehen und jedermann tonangebend ins Gesicht blicken.«

»Müssen Sie doch. Es gibt da nur ein anderes Problem, das ich für ebenso relevant halte.«

»Petra?«

»Sie sagen es. Wenn Sie sie wirklich mögen, kommen Sie nicht drum herum, dass sie reich ist.«

»Tu ich ja.«

»Nein, tun Sie nicht. Es geht nicht an, dass Sie in Hamburg keine anständige Bleibe finden. Oder ist das Ihre Art des Protests gegen uns?«

Hilpert beugte sich vor und sprach mit leiser Stimme: »Was halten Sie denn von folgendem Szenario: Sie besorgen mir eine großartige Wohnung zu einer kleinen Miete. Sechs Wochen später verliebt sich Ihre Tochter in ihren Fitnesstrainer oder ich mich in meine Sekretärin. Dann haben Sie nicht nur mich am Hals, sondern einen Mieter, dem Sie zu allem Überfluss die Wohnung subventionieren.«

»Sehen Sie, Sie verstehen mich falsch. Was Sie und meine Tochter miteinander veranstalten oder nicht, entzieht sich meinem Einfluss. Ich will Sie als Manager in unserer Gruppe. Ich nehme Sie am Rande gerne als Schwiegersohn mit. Nur ist das keine Voraussetzung.« Grinsend griff er nach der Teekanne, um nachzuschenken. »Zumindest ist sie 'ne gute Partie, weniger wegen ihres Geldes, sondern weil sie ist, wie sie ist.«

Hilpert nahm einen Schluck. »Sie preisen Ihre Tochter an, als wollten Sie sie endlich loswerden.«

»Falsch«, erwiderte Wellner. »Ich möchte Sie in unserer Familie sehen.«

»Das nehme ich mal als Kompliment auf.«

Sie waren bei der zweiten Tasse Tee angelangt, als Petra das Wohnzimmer betrat. Glücklicherweise hatte sie von dem Gespräch nichts mitbekommen. Sie lächelte ihrem Vater zu und ließ sich von Hilpert in den Arm nehmen. Es war ihr anzusehen, dass sie zerschlagen war. Diesmal bewies der Vater Autorität und schickte sie ins Bett. Da er heftig von Hilpert unterstützt wurde, hatte sie keine Chance zu widersprechen. Sie winkte ihnen zu und verließ den Raum. Beide grinsten einander an, als sie gegangen war. Sie trennten sich eine Stunde später. Der Tee hatte ihnen gutgetan. Vor allem stieg er einem nicht in die Glieder, wie es Alkohol gerne tat. Bodyguards durften nicht mit schweren Köpfen aufwachen, Vorstandsvorsitzende ebenso wenig. Aber das Wissen um die Weinvorräte im Keller ließ sie den Abend beruhigt abschließen. Und das nächste Wochenende kam bestimmt, zu dem ein edler Tropfen angesagt war.

25

Die Ermittlungstätigkeit um den Freundeskreis, der Keller umgab, gestaltete sich schwieriger als erwartet. Es trafen sich nicht ständig dieselben Leute an den gleichen Orten. Vielmehr variierte die Besetzung. Man sah sich je nach Lust und Laune. Sie verabredeten sich via Internet, wobei der Freitag ihr beliebtester Tag war. Das Lokal von Sophie Friedrichs suchten sie tatsächlich gelegentlich auf, um dort Billard oder Darts zu spielen. Wie sich herausstellte, war es Lüders, der die Empfehlung hierfür gegeben hatte. Sah man von Spielmann ab, handelte es sich um relativ normale junge Menschen mit anständiger Schul- und Berufsausbildung. Bis auf Klaas stammten sie aus gutbürgerlichen Familien, bei denen auf den Jahresurlaub noch gespart wurde. Soweit sie in ihrer Sturm- und Drangzeit aus dem Ruder gelaufen waren, konnte man feststellen, dass sie sich mittlerweile unauffällig verhielten. Wäre nicht die Idee der Entführung in einigen Köpfen geboren worden, niemand hätte sich für sie interessiert. Die Gespräche ergaben, dass es um Keller herum eine Art engeren Zirkel gab, dem Spielmann nicht angehörte, wohl aber Pia und Klaas. Eigentlich war es unverständlich, was der Kriminelle dort suchte. Der Anteil hübscher Mädchen hielt sich in Grenzen. Die Freizeitbetätigung konnte man nicht gerade als prickelnd bezeichnen, zumindest nicht für einen Typen wie ihn. Der war garantiert anderes gewohnt.

Hilpert saß in seinem Büro und zerbrach sich den Kopf. Er hatte das Telefon umgestellt und konnte sich weitgehend ungestört seine Gedanken machen. Die Erfahrung lehrte ihn, dass Hektik und Stress schlechte Begleiter waren, wenn es darum ging, komplizierte Geschehnisse zu verstehen und zu hinterfragen. An diesem Vormittag hatte er dem Drängen von Petra und ihrem Vater nachgegeben und war mit ihnen in der sicheren Limousine nach City Nord gefahren. Niemand stellte sich ihnen in den Weg oder versuchte, ihnen in der Tiefgarage aufzulauern. In Momenten wie diesen kam ihm ihre gesamte Sicherheitsaktion reichlich übertrieben vor. Nur konnte man die Fakten nicht wegdiskutieren. Auf die beiden war geschossen worden. Und sie hatten keine Ahnung, wer dahinter mit welchen Interessen stand. All seine

Verdächtigungen basierten auf Mutmaßungen. Sie waren unbewiesen und hielten keinem Gespräch mit einem Staatsanwalt oder Haftrichter stand. Es wäre ihm auch nicht eingefallen, diese damit zu konfrontieren. Durch seinen Kopf tanzte stets der gleiche Satz: Kein Mord ohne Motiv. Nach wie vor ging er von eher emotionalen Beweggründen aus. Stimmten diese Annahmen, hatte er die richtigen Leute im Visier. Das erpresste Geld war eindeutig Mittel zum Zweck.

Stange hatte ihm einen kurzen Bericht über die Gruppierung der jungen Leute zugemailt. Auf den ersten Blick vermeinte er, diesen zur Seite legen zu können, bis sich bei ihm eine Idee einnistete. Konnte es angehen, dass man Spielmann in die Gruppe eingeschleust hatte? Sollte er Einfluss auf die jungen Leute nehmen? Stimmte diese Vermutung, gab es nur eine Person, die dieses Interesse verdient hätte: Klaas Lüders. Hatte Spielmann den Auftrag, zu ihm den Kontakt zu halten? Lag Hilpert richtig, so war dessen Entführung und Ermordung von langer Hand geplant worden. Wirklich schlau hatte man Spielmann anscheinend nicht gemacht. Der war eher mit der Banane aus dem Urwald gelockt worden. Dieser begriff es irgendwann und versuchte über Sophie Friedrichs mehr an Informationen zu gewinnen. Selbst diese waren eher unzulänglich, schienen ihm aber gereicht zu haben. Der andere geniale Schachzug war Pia. Sie griff sich den reichen Erben und organisierte mit ihm eine Tour in den Tod, vermutlich ohne es selbst zu wollen. Sie sah nur das schnelle Geld, mit dem sie ihre Wünsche erfüllen wollte. War ihr nie klar geworden, dass sie es nie für den Erwerb eines Appartements an der Elbe hätte verwenden können? Wie es den Anschein hatte, dachte sie erst nach, als es zu spät war. Ohne Zweifel saß jemand wie die Spinne im Netz und bewegte die Akteure nach Belieben wie Marionetten. Tatmotiv: Rache, ergänzt um finanzielle Interessen!? Der Kreis derer, die er als verdächtig ansah, war überschaubar. Es waren die alleinerziehenden Mütter mit ihren Söhnen. Und sie hatten jemanden aus den Augen verloren: Nils Meinert. Andererseits fiel er aus dem Raster heraus, schloss man einen Mord im Affekt aus. Gab es für ihn andere Beweggründe, Klaas zu töten, sah man vom Thema Eifersucht ab? Nach seiner Aussage hatte er nicht einen Cent von dem Lösegeld angenommen. Nicht ein Schein aus dem Topf war bei ihm gefunden worden. Wenn er sich das letzte Gespräch mit ihm vergegenwärtigte, so erweckte Nils den Eindruck eines Mannes, den Pias Tod bewegte, jedoch nicht in die Verzweiflung trieb. Hätte er für sie zu ihren Lebzeiten getötet? Hilpert war verunsichert. Meinert wollte das Mädchen. Aber dafür töten? Davon abgesehen, warum sollte Klaas' Tod in Pias Interesse liegen? Garantiert hätte sie sich nicht mit Meinert und dem Geld vom Acker gemacht. Klaas war derjenige, den man über seine Mutter schröpfen konnte, niemand sonst. Er wollte sich Meinert in nächster Zeit nochmals vornehmen. Fragte sich nur, wie er es anstellte, sein gesamtes Wissen aus ihm herauszubekommen. Ein probates Mittel gab es. Man setzte den Verdächtigen unter Druck. Dafür fiel ihm aus dem Stegreif keine brauchbare Idee ein. Egal, wie man zu ihm stand, er war intelligent. Mit irgendeiner simplen Verhörtaktik kam man bei ihm nicht weit. Die durchschaute er im Vorbeigehen.

Er blätterte den Bericht weiter aufmerksam durch und entdeckte ein paar Informationen zu dem mehr oder minder verschollenen Felix Kahrs. Wie stellte sich eigentlich seine Mutter dazu, dass ihr Sohn nicht aufzufinden war? Machte sie sich keine Gedanken? Oder wusste sie mehr und behütete dieses Wissen wie die Henne ihre Eier, auf denen sie brütete? Hilpert hatte schon den Telefonhörer in der Hand, um sie zu befragen, entschloss sich dann, das Aktenstudium voranzutreiben. Akribisch las er weiter und stieß auf einen interessanten Hinweis. Kahrs hatte eine Freundin. Sie hieß Wiebke Groß. Offensichtlich studierte sie ebenfalls in Hamburg. Stange hatte gleich ihre Handynummer beigefügt. Er empfand es wie einen Wink mit dem Zaunpfahl. Klar, er durfte mit seinen unbewiesenen Behauptungen nach Belieben agieren. Ihn quälten keine Vorgesetzten oder Staatsanwälte mit Forderungen nach konkreten Verdachtsmomenten. Er konnte drauflosfragen, wie es ihm in den Sinn kam. Beschwerte sich jemand, konnte man alles auf ihn abwälzen. Ihm war es gleichgültig, was andere von seiner unkonventionellen Vorgehensweise hielten. Er hatte Glück und erwischte sie am Handy.

»Sie wollen von mir wissen, wo sich Felix aufhält?«, wiederholte sie seine Frage verschnupft. »Was gäbe ich dafür, wüsste ich es selber.« Wütend zog sie die Luft durch die Nase. »Im Übrigen sollte er mit mir nach Malle in die Sonne gefahren sein. Stattdessen fährt dieser Blödmann mit seinen Kumpels nach Dänemark. Dort regnet es Bindfäden.«

»Sie haben keine Idee, wie man ihn erreichen könnte?«

»Nein, sein Handy hat er ja wohlweislich zu Hause bei seiner Mutter gelassen.«

»Die Mutter eines Freundes meinte, Felix sei gar nicht mitgefahren.«

»Das glauben Sie wohl selber nicht. Solch eine Gelegenheit lässt der sich nicht entgehen. Seine Freunde sind sein Ein und Alles. Mit denen fährt er sogar in der Badehose ins ewige Eis.«

Viel schlauer war er nicht geworden, als er das Gespräch beendet hatte. Nun kam er doch nicht drum herum, Ina Kahrs anzurufen. Erneut griff er nach dem Telefon.

»Sie haben mit Wiebke gesprochen? Die ist vermutlich richtig sauer auf ihn. Wissen Sie, mein Junge ist für eine feste Beziehung noch nicht reif. Seine Freundin erwartet da zu viel von ihm. Da ist sie einfach weiter als er.«

»Es wird aber behauptet, Felix sei gar nicht mitgefahren.«

»Vergessen Sie's. Klar hat der sich seinen Freunden angeschlossen. Ich sehe das eher wie eine Flucht vor ihr. In den letzten Tagen hatte sie ihn mit 'ner Last-Minute-Reise nach Mallorca genervt.«

Wie ging Hilpert mit dieser Aussage um? Ein unreifer Junge, der vor seiner Freundin in den Urlaub flüchtete und gleichzeitig der Kopf eines Mordkomplotts sein sollte? Trieb er sich tatsächlich irgendwo in Skandinavien herum? War er ein harmloser Student mit Beziehungsproblemen oder der Rächer, der irgendwo in Hamburg saß und Anschläge auf die Familie Wellner und Lüders plante? Hilpert musste seinen Kopf klar bekommen. Fragte sich nur wie. Er verfügte in seinem Büro zwar nicht über ein Whiteboard wie bei der Polizei, doch ein Flipchart tat es auch. Er schrieb die Namen der Verdächtigen nebeneinander auf. Dann dachte er über die Verdachtsmomente nach. Einsam in Führung ging Udo. Zumindest rational musste ihm der Tod von Klaas entgegenkommen. Jahr für Jahr standen ihm nun 100.000 bis 150.000 Euro zu. Netto, ohne einen Cent Steuern zahlen oder nur eine Minute arbeiten zu müssen. War er wirklich so bedürfnislos, wie er sich gab? Konnte er damit bis ans Ende seiner Tage auskommen, ohne jemals einen Finger krumm machen zu müssen? Eine Frage hatten sie bislang vergessen zu stellen. Womit bestritt Udo Friedrichs seinen Lebensunterhalt? Kamen neben seinem Zimmer Speis und

Trank ausschließlich aus dem Hotel Mama? Und das kostenlos? Er wurde wütend auf sich selbst. Wieder einmal war er zu voreilig gewesen und hatte es versäumt, wichtige Fragen zu stellen.

Ein aufgeregter Anruf von Dennis Thiems unterbrach seine Überlegungen.

»Fabian, du musst unbedingt ins Haus von Doris Lüders kommen. Es ist etwas Schreckliches passiert!«

Thiems war ein gelassener Mensch. Der machte die Pferde nicht so ohne Weiteres scheu. Hilpert beendete das Gespräch, griff nach seinen Autoschlüsseln und stürmte mit wehenden Rockschößen hinaus. Immer wenn es schnell gehen sollte, stieß man in Hamburg auf rote Ampeln, als hätten sie sich gegen ihn verschworen. Eine halbe Stunde später stand er vor dem Haus in Blankenese. Ein Sanitätswagen mit offenen hinteren Flügeltüren verhieß nichts Gutes.

Thiems sah ihn kommen und eilte auf ihn zu. »Doris hat einen Kollaps bekommen. Ich hoffe, ich habe alles richtig gemacht.«

»Sie trinkt wieder?«

»Das allem Anschein nach reichlich. Anders lässt sich ihr Absturz wohl kaum erklären.«

»Scheiße, was ist denn geschehen?«

»Wir hatten uns für heute verabredet. Sie wollte mit mir die Erbschaftsgeschichte in Sachen Klaas besprechen.«

»Worum geht es denn?«

»Eigentlich ist es vertraulich, ich schätze, dir kann ich es erzählen. Sie will zugunsten von Sarah und Udo auf ihren Erbanspruch verzichten. Ich finde das 'ne gute Idee. Aber so weit sind wir nicht gekommen. Offensichtlich hatte sie vorher bereits reichlich dem Rotwein zugesprochen. Mitten im Gespräch ist sie zusammengebrochen.«

»Hab schon davon gehört. Was hast du gemacht?«

»Beine hoch, Kopf zur Seite, Zunge raus und den Notarzt gerufen.«

»Das hört sich gut an.«

In ihrem Rücken erklang eine Stimme. »Bitte machen Sie Platz, wir kommen sonst nicht durch.«

Doris lag auf der Trage und lächelte die beiden müde an, als man sie an ihnen vorbeischob. Der Arzt nahm die Männer zur Seite und redete auf Dennis ein. »Also durch Ihr schnelles Handeln konnte Schlimmeres verhindert werden.«

»Hatte sie zu viel Alkohol getrunken?«

»Sie muss zusätzlich ein Beruhigungsmittel genommen haben. In Kombination kann das ein tödlicher Cocktail werden. Aber jetzt haben wir alles im Griff. Sie ist inzwischen wieder wach. Die kriegen wir hin.«

Hilpert klopfte dem Anwalt auf die Schulter. »Das hast du gut gemacht. Fast scheint mir, als sei die Seuche in die Familie eingedrungen.«

Thiems winkte ab. »Das mit Klaas wird sie ihr Leben lang nicht verwinden. In ihr steckt ein tiefer Hass gegen sich selber.«

»Vielleicht sollte man ihr eine Pflegerin zur Seite stellen«, schlug er vor.

»Davon überzeugst du sie. Mir reichen meine sonstige Aktivitäten in diesem Haus.«

Hilpert lachte auf. »Richtig, du bist ja die andere Allzweckwaffe unseres Chefs. Das krieg ich gebacken. Soll sie erst mal im Krankenhaus zu Kräften kommen. Wir müssen Sarah mit einbeziehen. So was können wir nur mit ihr durchsetzen.«

Thiems nickte zu seinen Worten. »Du wirst es eh irgendwann erfahren. Sarah und ich sind seit geraumer Zeit ein Paar.«

Hilpert grinste ihm zu. »Da hast du ja schon das richtige Gastgeschenk mitgebracht, indem du das Leben ihrer Mutter gerettet hast.«

»Mir wäre eine gesunde Schwiegermutter lieber.«

»Das kann ich nachvollziehen. Aber da wirst du wohl kaum dran drehen können.«

»Wer wollte dem widersprechen, weiser Mann.«

In angespannter Stimmung fuhr Hilpert nach City Nord zurück. Dort informierte er Petra und ihren Vater.

»Sie haben völlig recht«, ging Wellner auf ihn ein. »Bis auf Weiteres dürfen wir Doris nicht allein lassen. Sie richtet sich noch völlig zugrunde. Ich regel das mit ihr.«

Später nahm Hilpert Petra zur Seite und erzählte ihr von der Liaison, die ihr Ehemaliger mit Sarah eingegangen war.

»Ich habe mir so was fast gedacht. Wenn die beiden zusammen waren, knisterte es in letzter Zeit verdächtig.«

»Und du bist kein Stück eifersüchtig?«

»Solange ich dich habe, sind mir andere Männer ziemlich

gleichgültig. Du reichst mir voll und ganz. Noch einen wie dich verkrafte ich nicht, aber weniger darf es auch nicht sein.« Lächelnd drückte sie ihm einen Kuss auf die Wange, als sie sich trennten.

In seinem Büro starrte ihn der Flipchart mit den Namen drauf an. Udo stach ihm ins Auge, der Mann, der die größten Vorteile aus Klaas' Tod zog. Jeder, der ihn kannte, mochte ihn. Nur Meinert sprach schlecht über ihn. Bei ihm klang allerdings eine gehörige Portion Eifersucht heraus. Vielleicht wollte er von sich ablenken, oder war er der Einzige, der den Mann realistisch einschätzte? Womit verdiente Udo sein Geld? Diese Frage war ihm erst vor Kurzem hochgekommen. Nun wollte er sie endgültig klären. Vielleicht half ihm die Antwort darauf weiter. Er musste nicht lange nachdenken, wer ihm dabei behilflich sein sollte. Diesmal durfte seine Mutter aushelfen. Sie zierte sich anfangs, ließ sich am Ende doch bewegen, Hilpert weiterzuhelfen. Nach dem Telefonat mit ihr hielt er die Adresse und Telefonnummer eines Reisebüros in der Mönckebergstraße in Händen. Er wählte die Nummer und bekam wenig später eine auskunftsfreudige junge Dame an den Apparat.

»Ob ich Udo Friedrichs kenne? Sie belieben zu scherzen. Der hat mehrere Chinareisen für uns betreut, bis wir uns von ihm getrennt haben.«

»Chinareisen?! Richtig, der spricht ja chinesisch.«

»Dem Vernehmen nach soll er die Sprache wie ein Einheimischer sprechen.«

»Stimmt, er scheint sehr sprachbegabt sein«, fiel es Hilpert wieder ein. »Warum ist er nicht mehr für Sie tätig? Solche Leute vermittelt einem sicher nicht das Arbeitsamt im Vorbeigehen. Oder haben Sie den chinesischen Markt aufgegeben?«

Ihre Stimme wurde leiser. »Sie müssen mir versprechen, niemandem zu erzählen, von wem Sie die Informationen bekommen haben. Das könnte mich meinen Job kosten. Eigentlich spricht man darüber nur sehr ungern.«

Er schwor alle heiligen Eide, die ihm einfielen, sie aus allem rauszuhalten. Andererseits hatte er das Gefühl, dass die nette Dame an ihren Informationen ersticken würde, könnte sie ihm ihr Wissen nicht mitteilen.

»Es scheint, als hätte er einen Hang zu älteren Frauen.«

»Der hat hoffentlich keine Kunden von Ihnen ausgenommen?!«

»Davon weiß ich nichts. Aber beglückt hat er garantiert die eine oder andere. Wissen Sie, er hat so eine Art, dass man ihn in den Arm nehmen und nicht mehr loslassen möchte.«

»Hatten Sie auch ...?« Weiter kam er nicht.

»Ihm bin ich doch viel zu jung gewesen.«

»Und deshalb wurde er rausgeschmissen?«

»Tja, meine Chefin ist geschieden und Mitte vierzig.«

»Das ist bei euch ja wie im Fernsehen. Da fehlen nur noch ein paar Heiratsversprechen. Aus solchem Holz schnitzt man Telenovelas. Unter 1.000 Folgen geht da nichts ab.«

Sie lachte auf. »Exakt so ist es gewesen.«

Sie gab ihm ihre private Handynummer. Er hatte den Eindruck, sie wäre einem privaten Treffen nicht abgeneigt. Wichtiger war allerdings, dass er Namen und Adressen von zwei Frauen aus Hamburg bekommen hatte, die Friedrichs wohl nähergekommen waren. Mutig klemmte er sich wieder ans Telefon und wurde bei einer 52-jährigen Witwe fündig. Sie erklärte sich zu einem persönlichen Treffen bereit. Sie empfing ihn in Rissen in einer großzügig dimensionierten Doppelhaushälfte. Dagegen schien die Terrasse beinahe das Ende des Grundstücks zu signalisieren. Die Grundstückspreise in der Gegend waren gesalzen. Trotzdem strahlte die Ausstattung einen gewissen Wohlstand aus.

»Udo?« Der Name zerging ihr förmlich auf der Zunge. »Was für ein bezaubernder Mensch.« Sie beugte sich vor, sodass Hilpert ihr ansehnliches Dekolleté bewundern durfte. Sie hatte durchaus etwas zu bieten, obwohl sie sich im reiferen Alter bewegte. »Er gab mir das Gefühl, begehrt zu sein.«

Er ließ sie reden und hielt sich zurück. Endlich traute er sich, sie nach Geldgeschenken für ihn zu befragen.

»Bis auf eine Uhr hat er nichts angenommen.«

Er wollte sich langsam verabschieden, als ihn eine Bemerkung von ihr aufhorchen ließ.

»Ich habe auch seine Mutter kennengelernt. Die war jünger als ich, war aber offensichtlich sehr tolerant. Zumindest schien sie mit unserer Beziehung keine Probleme zu haben.«

»Konnten Sie ihr finanziell behilflich sein?«

»Woher wissen Sie? Egal. Ja, ich habe ihr alles in allem 6.000 Euro gegeben.«

»Als Kredit?«

»Eher nicht. Ich konnte es mir leisten, ihr auszuhelfen.«

»Steckte so was wie Erpressung dahinter?«

Sie lachte hell auf. »Nein, wie kommen Sie darauf? Womit hätte sie mich erpressen wollen? Ich lebe allein, kann tun und lassen, was ich will und bin niemandem Rechenschaft schuldig. Meine einzige Tochter wohnt in den USA. Ich bin sicher, sie würde mir zustimmend auf die Schulter klopfen, redeten wir darüber.«

»Und wie ist es auseinandergegangen?«

»Irgendwann ist er nicht mehr zu mir gekommen.«

»Wie haben Sie das aufgenommen?«

»Ich bin doppelt so alt wie er und beileibe nicht völlig vergreist. Ich musste irgendwann damit rechnen. Alle Träume finden mal ihr Ende. Es war eine schöne Zeit. Die kann mir keiner nehmen.«

»Das Geld für seine Mutter, wollen Sie das nicht zurückhaben?«

»Weshalb? Das ist es mir wert gewesen.«

Die Frau gefiel ihm. Sie hatte Humor und war Realistin. Zumindest hatte das Bild von Udo Friedrichs die ersten Kratzer bekommen. Fragte sich nur, ob ihn das zum Auftraggeber für einen Mord machte. Die Mutter passte ins Bild. Er lachte böse auf. Eigentlich hatten die beiden eine Art legalen Ableger des Heiratsschwindels kreiert.

Sophie Friedrichs saß Hilpert mit erstaunten Augen in ihrer Gastwirtschaft gegenüber. So früh am Nachmittag hockte nur ein älterer Herr an einem der Tische. Vor ihm stand ein angetrunkenes Bier. Der Korn war bereits den vorbestimmten Weg gegangen.

Sie antwortete ihm frank und frei auf seine Fragen, als habe sie sich nichts vorzuwerfen. »Sie sind also auf meine kleine Einnahmequelle gestoßen?«

»Haben Sie Ihren Sohn nicht prostituiert?«

»Blödsinn! Er hatte immer schon ein Auge auf ältere Frauen geworfen. Mag sein, dass ich ihn in jungen Jahren zu sehr umsorgt habe.«

»Dagegen ist ja nichts einzuwenden. Wie sind Sie überhaupt darauf gekommen, Geld abzukassieren?«

»Das ergab sich eher zufällig, als mich seine ehemalige Chefin aus dem Reisebüro fragte, womit man ihm eine Freude machen könnte.«

»Da haben Sie sie um ein Darlehen gebeten?«

»So in etwa. Mal ging es um einen Billardtisch, mal um eine Kücheneinrichtung oder eine Lieferantenrechnung.«

»Und Udo, wie sah der das?«

»Es war doch für seine Mutter.« Sie rührte in ihrem Kaffeebecher, als gelte es, den letzten Rest an Zucker darin zu zerlegen. »Udo ist ein eigener Typ. Materielle Dinge interessieren ihn nicht sonderlich. Er hätte nie von einer der Frauen auch nur einen Cent angenommen. Aber es war ihm gleichgültig, wenn ich es tat. Außerdem weiß er gerade mal die Hälfte.«

»Und wenn die Frauen das Geld zurückhaben wollten?«

»Dann habe ich es ihnen erstattet.«

»Wie hat er die Beziehungen beendet?«

»Ganz einfach. Hatte er die Frauen über, brach er den Kontakt ab, ließ nichts mehr von sich hören. Er ist da wie ein kleiner Junge, der sein Spielzeug in der Ecke liegen lässt, wenn es ihn nicht mehr interessiert. Mein Sohn ist der liebenswerteste Mensch, den ich kenne, er ist nur sehr sprunghaft. Sprühte der Funke nicht mehr oder waren andere Dinge oder Menschen wichtiger, wurde er nicht mehr gesehen.«

»Und die betroffenen Frauen?«

»Den meisten war klar, dass sie den jungen Mann nur auf Zeit halten konnten. Sie genossen die Augenblicke mit ihm und lassen sie vermutlich nachwirken.«

»Hat es Sie nie gestört, wenn Ihr Sohn sich mit älteren Frauen abgab?«

»Anfangs schon. Aber er war zufrieden damit. Hätte ich ihn einsperren sollen? Er ist fünfundzwanzig. Glauben Sie, er wartet auf Anweisungen von mir?«

»Wie war das mit Klaas und Sarah?«

»Bei denen war es ganz anders. Das waren die heiß geliebten Geschwister, die er nie hatte. Er würde sich töten lassen für sie. Glauben Sie mir, er weint heute noch um seinen Bruder.«

Als Hilpert zurückfuhr, war er kein Stück schlauer. Einer spontanen Eingebung folgend, rief er im Reisebüro an. Diesmal ließ er sich mit der Inhaberin verbinden. Als er ihr mitteilte, was sein Anliegen war, spürte er, wie sie tief durchatmete. Aus ihren Worten klangen Wut und Trauer darüber, dass Udo ihr nicht mehr zur Verfügung stand. Von einem Tag auf den anderen sei er nicht mehr gekommen. Später habe sie erfahren, dass er sie für eine zehn Jahre ältere Frau verlassen habe. Wie sie ihm allerdings anvertraute, sei er für kleine Geschenke durchaus aufgeschlossen gewesen, zumindest, wenn ihm die Sache gefiel. So sei er zu einem 600-Euro-Kugelschreiber gekommen. Aber sie bestätigte auch, dass er nie etwas gefordert hatte. Die 4.000 Euro, die sie der Mutter geliehen hatte, seien von ihr anstandslos zurückgezahlt worden.

Hilpert beschloss den Tag mit einem uneinheitlichen Meinungsbild zu Mutter und Sohn. Verstand er die Frauen richtig, war Udo Kind geblieben, so liebenswert und genauso egoistisch. Was war in seiner Erziehung fehlgelaufen? Böse Gedanken durchzuckten seinen Kopf. Hatte er es mit einer allzu liebevollen Mutter zu tun?

Endlich erreichte er die zweite Hamburgerin, die Udo in einer Reisegruppe kennengelernt hatte. Sie zeigte sich anfangs ausgesprochen sperrig. Erst als Hilpert ihr erzählte, dass es um die Aufklärung eines Mordfalls ging, öffnete sie sich ihm. »Es war zu Beginn eine sehr harmonische Beziehung zwischen uns. Er war aufmerksam und lieb. Er hatte mich sogar seiner Mutter vorgestellt. Ich vermute mal, die war nur unwesentlich älter als ich. Wir trafen uns regelmäßig nachmittags in seiner Wohnung.«

»Haben Sie mit ihr über Geld gesprochen?«

»Ja, es ging um ein Geburtstagsgeschenk für ihn. Sie hat für mich eine Uhr besorgt, die ich ihm dann geschenkt habe.«

»Wissen Sie noch wie teuer das gute Stück war?«

»4.000 Euro. Das war ein Superpreis. Solch eine Rolex kostete in einem Fachgeschäft gut und gern das Doppelte. Da kenne ich mich aus.«

»Sie haben ihr das Geld in bar gegeben?«

»Ja und zusätzlich 200 Euro für ihre Bemühungen.«

Er lachte in sich hinein. Bei dem guten Stück handelte es sich garantiert um die Uhr, die die andere Dame Udo geschenkt hatte. Sophie war clever. Vor allem hielt sie ihre Wünsche in Grenzen, wurde nicht gierig. So gab es letztlich keinen Ärger.

»Wie endete Ihr Verhältnis?«

»Durch mich.«

»Ach ja?«

»Er ist an einem Abend aggressiv geworden. Er schrie mich an und drohte, mich zu schlagen.«

»Das ohne Grund?«

Sie druckste herum. »Also ich verlangte etwas von ihm, was ihn in Rage brachte. Ich war wohl zu fordernd. Jedenfalls habe ich daraufhin den Kontakt beendet. Er machte mir richtig Angst. Das war mir das Verhältnis nicht wert.«

Sie wollte nicht konkreter werden. Für ihn war die Mitteilung wichtig, dass der liebenswerte Udo anscheinend ein zweites Gesicht hatte. Am Ende des Tages war er auf der Liste der Verdächtigen ein ganzes Stück nach oben gerückt. War Klaas vielleicht doch im Affekt erschlagen worden? Wo stand er mit seinen Überlegungen? Musste er sie revidieren? Aber passte es zu Udo, sich an einem Mordkomplott zu beteiligen? War er gar der Kopf des Ganzen? War seine Trauer echt, weil er an Klaas' Tod beteiligt gewesen war und nun mit einem schlechten Gewissen zu leben hatte? Diese Fragen musste Hilpert im direkten Gespräch klären. Er nahm sich vor, den jungen Mann am nächsten Tag aufzusuchen.

Im Verlauf des Nachmittags besuchte er Doris Luders im Krankenhaus. Vor ihrer Zimmertür stand Heins, gelangweilt ein Kaugummi kauend. Er hatte Wellner begleitet, der sich seit gut einer Stunde bei ihr aufhielt. Sie begrüßten sich kurz. Hilpert klopfte an die Tür und trat ein, ohne auf eine Aufforderung zu warten. Die Patientin wirkte erstaunlich ausgeruht, als habe ihr die Bettruhe gutgetan.

Wellner winkte ihm zu, als er eintrat. »Gut, dass Sie zu uns stoßen. Ich versuche gerade, meiner Cousine klarzumachen, dass sie bis auf Weiteres unbedingt eine Pflegerin benötigt.«

Hilpert trat an ihr Bett und strich ihr mit der Hand über die Wangen. »Was haben Sie bloß angestellt?«

Sie blickte hilflos zu ihm hoch. »Wenn ich das nur wüsste. Ich habe meiner Meinung nach nur eine kleine Dosis von dem Beruhigungsmittel genommen. Und viel Wein habe ich ebenfalls nicht getrunken.«

»Kein härteres Zeug, Wodka oder Gin?«

Sie schüttelte den Kopf.

Er hatte so seine Probleme mit allgemeinen Begriffen wie viel und wenig. Was war eine kleine Dosis? Als Alkoholabhängiger schoss man leicht übers Ziel hinaus, ohne es selbst zu realisieren. Er kannte diese Eigenart von Zigarettenrauchern. Befragte man die nach ihrem Konsum, kam meist nur eine halbe Packung ans Tageslicht. Fasste man nach, rauchte der Betreffende häufig deutlich mehr. Welcher Arzt glaubte die zehn Glimmstängel, die sein Patient ihm gegenüber zugab?

Sie sprach zögerlich weiter, als sei es ihr peinlich, sich zu dem Geschehen zu äußern. »Dennis suchte mich auf. Wir redeten über meinen Verzicht auf das Erbe von Klaas. Es ist für Sarah und Udo zu gleichen Teilen vorgesehen. Er fand die Idee gut. Plötzlich muss ich ohnmächtig geworden sein. Zumindest erinnere ich mich an nichts. Auf der Trage bin ich wieder zu mir gekommen.« Angestrengt blickte sie ihn an. »Ich meine, ich habe Sie vor dem Haus gesehen.«

»Das stimmt. Wie geht es Ihnen jetzt?«

»Eigentlich ganz gut. Die Kombination des Beruhigungsmittels mit dem Wein ist es wohl gewesen. Die hat mich geschafft.«

»Sie sollten sich für die nächste Zeit eine Pflegerin nehmen.«

»Das Problem ist bereits gelöst«, erreichte sie eine weibliche Stimme von der Tür her. Sarah Lüders war leise eingetreten und hatte Hilperts letzte Worte mitgehört. »Ich habe gemeinsam mit Dennis eine Krankenpflegerin eingestellt. Sie steht ab morgen zu deiner Verfügung, Mama.«

Sie trat ans Bett, nickte den beiden Männern zu und beugte sich zu ihrer Mutter herunter. Sie gab ihr einen Kuss auf die Wange und fuhr energisch fort: »Jegliche Form von Alkohol wird aus unserem Haus verbannt. Medikamente nimmst du nur noch auf Weisung deines Arztes ein.«

Ihre Mutter versuchte sich mit einem Lächeln. »Vielleicht wäre es besser, ich verabschiede mich für immer.«

»Was redest du da?!«, fuhr Sarah ihr über den Mund. »Du hast eine Tochter, die dich braucht. Vielleicht fällt ja auch für mich ein Stück deiner Liebe ab?«

Wie auf einen Startschuss hin kam Leben in Doris. »Kind, was redest du? Du bist ebenso mein Leben, wie Klaas es war.«

Sie streckte ihre Hand aus. Sarah fasste sanft zu.

»Wir müssen jetzt erst recht zusammenhalten.«

»Ist schon in Ordnung. Ich tue, was du von mir verlangst.«

Wellner und Hilpert sahen einander an und begaben sich vorsichtig auf den Rückzug. Mutter und Tochter hatten einander eine Menge mitzuteilen.

Wellner schaute sich um. »Ist Sarah ohne Begleitung gekommen?«, fragte er mit hochgezogenen Brauen.

Heins winkte ab. »Ihr Leibwächter erwartet sie bei ihrem Wagen.«

»Dann ist ja gut.«

»Sie bleiben besser hier«, wies Hilpert ihn an. »Ich habe ein schlechtes Bauchgefühl. Wenn Sie abgelöst werden, können Sie den Wagen nach Blankenese bringen. Ich nehme Dr. Wellner dorthin mit.«

Auf der Rückfahrt berichtete Hilpert von seinen Gesprächen, die er an diesem Tag geführt hatte. Sein Chef hörte aufmerksam zu, bevor er das Wort ergriff. »Da kann man sich wohl auf gar nichts mehr verlassen. Am allerwenigsten auf das eigene Gefühl.«

»Da müssen wir durch. Zu einer ordentlichen Ermittlungsarbeit gehört, alles infrage zu stellen. Das Dumme ist, nicht nur Betroffene neigen zum Lügen. Das gilt gleichermaßen für Nichtbeteiligte. Sie meinen, sich schützen zu müssen oder wollen sich raushalten. Manche glauben, irgendjemanden vor Problemen bewahren zu müssen. Es ist unendlich schwierig, sich durch dieses Dickicht durchzuwühlen. Und es hilft den Tätern.«

An diesem Abend kam Hilpert erstmals dazu, die Erfahrungen des Tages in Ruhe zu verarbeiten. Er hatte sich in die Bibliothek zurückgezogen. Eine treue Seele organisierte ihm einen ordentlichen Pott Tee und Schnittchen. Petra war zu Doris Lüders ins Krankenhaus gefahren. Wellner brütete über ein kompliziertes Vertragswerk.

Wusste er alles über seine Verdächtigen? Würde sich Udo Friedrichs nochmals mit ihm unterhalten wollen? Er konnte niemanden dazu zwingen, ihn anzuhören, geschweige denn ihm zu antworten. Diese Zeiten gehörten der Vergangenheit an. Er war kein Polizist mehr. Als letzte Möglichkeit konnte er sich hinter Stange oder Baumgartner verstecken. Aber damit nahm er sich jeden Vorteil. Welche bisher nicht gestellten Fragen wollte er auf ihn abschießen? Wie kam er mit Familie Kahrs weiter? Die Polizei hatte keine Handhabe, um den Jungen auf die Fahndungsliste zu setzen. Hilpert war realistisch. Was er über Sophie und Udo Friedrichs in Erfahrung gebracht hatte, riss dem Sohn ein Stück der Maske des Biedermanns vom Gesicht, nicht mehr. Das machte ihn beileibe nicht gleich zu einem Kapitalverbrecher. Wieder stieß ihm der Name Spielmann auf. Was suchte der in der Altonaer Kneipe? Bestimmt kam er dort nicht hin, um ein paar Runden Billard zu spielen und gelegentlich mit der reifen Frau zu schlafen. Was blieb übrig? Drogen? Dafür war der Anteil junger Leute in dem Laden zu gering. Plötzlich fiel es ihm wie Schuppen von den Augen. Er dachte an ältere Frauen und einen jungen Lover. Da stand ein anderes Thema oben an. Er hatte kurz daran gedacht, es aber wieder verworfen: Erpressung! Ältere Frauen nahmen sich das Recht heraus, einen jungen Mann zum Geliebten zu machen. In dieser Gesellschaft wurde das nach wie vor mit Unverständnis aufgenommen. Da gab es gewiss das eine oder andere Opfer, insbesondere dann, wenn es im Hintergrund einen Ehemann zu vermelden gab. Und es ging dabei garantiert nicht nur um Kleingeld, wie man ihm bislang weismachen wollte. Mit einem Kriminellen wie Spielmann konnte man das vorzüglich aufziehen. Er griff sich sein Handy und rief im Polizeipräsidium an. Auch wenn es auf neun Uhr zuging, bekam er vielleicht einen seiner Spezis zu fassen. Tatsächlich erreichte er noch Baumgartner an seinem Platz. Er hatte sich in die Ermittlungsakten vergraben, ohne auf einen genialen Hinweis zu stoßen, der sie weiterbringen würde.

Interessiert ließ er sich von Hilpert berichten. »Was schlagen Sie vor?«

»Untersuchen Sie die finanziellen Verhältnisse von Sophie Friedrichs. Würde mich nicht wundern, wenn die über ein dickes Sparkonto verfügte.«

»Eben arm wie 'ne Kirchenmaus und einen Moment später schwimmt sie im Geld?«

»Es gilt das Gerücht, dass sich mit Erpressung gut leben lässt.«

»Ich leite gleich morgen Vormittag alles in die Wege. Bin mal gespannt, wo wir landen werden. Kommen Ihnen diese Eingebungen beim Fernsehen?«

»Nein, sie sind eher das Ergebnis reiflichen Nachdenkens.«

Angespannt lehnte er sich zurück. Zuweilen beschlich ihn das Gefühl, als würde er gar nichts verstehen und irgendwelchen Phantomen hinterherjagen. Gegen halb zehn betrat Wellner den Raum und grinste ihn an.

»Was halten Sie von einem ordentlichen Glas Wein? Wenn Sie weiterhin nur Tee trinken, werden Sie älter als Johannes Heesters. Das kann niemand wollen.«

»Gute Idee, ich bin dabei, vor allem weil ich nicht singen kann.«

Als Petra eine Stunde später eintraf, verfügte er über die erforderliche Bettschwere. Sie konnte zwar nicht über einen aufregenden Liebhaber verfügen, musste andererseits nicht allein ins Bett. Und er? Er begann es zu genießen, wenn sich jemand an ihn kuschelte und ihm Geborgenheit vermittelte.

Gegen Mittag des nächsten Tages erreichte ihn Baumgartner telefonisch im Büro.

»Wir haben beide überprüft. Udo verfügt über ein Sparkonto mit etwa 7.000 Euro drauf. Ein Abgleich zeigt, dass die Überschüsse von seinen Chinatouren darauf gelandet sind. Er zahlt keine Miete, hat auch keine sonstigen Kosten. Das läuft alles über die Mutter. Seit etwa drei Monaten gehen keine Einnahmen mehr ein. Es haben trotzdem kaum Kontobewegungen stattgefunden.«

»Und Sophie, was ist mit der?«

»Man kann sie nicht als reich bezeichnen. Immerhin verfügt sie über ein stolzes Polster von knapp 70.000 Euro. Das Geld erzielte sie nicht über die Einnahmen aus dem Restaurationsbetrieb. Der läuft in etwa pari für sie. Vermutlich lässt sie Gewinne, soweit vorhanden, an der Steuer vorbeilaufen und bestreitet ansonsten das tägliche Leben darüber. In den letzten beiden Jahren zahlte sie in unregelmäßigen Abständen unterschiedliche Beträge ein. Sie lagen zwischen 5.000 und 8.000 Euro.« Man meinte Baumgartners Anspannung zu erahnen. »Was empfiehlt der Exkollege?«

»'ne Hausdurchsuchung. Ich bin sicher, die haben mehr abgegriffen als die Mäuse auf Sophies Konto. Hat man eigentlich bei Spielmann was gefunden?«

»Der hat es etwas cleverer angestellt. Er verfügt über ein paar Aktien und Rentenpapieren im Schließfach. Alles in allem gut 120.000 Euro. Und nochmals knapp 65.000 auf zwei Girokonten.«

»Solche Typen leben gern auf großem Fuß. Dicke Autos, teure Uhren, luxuriöse Wohnungen. Unter Garantie hat der bei Udos Liebschaften kräftig mit abkassiert.«

Er überließ dem Polizeirat die Adresse des Reisebüros und empfahl eine Befragung aller Frauen, die mit Udo als Reiseleiter in China unterwegs waren.

Die Durchsuchung ihrer Wohnung kam für Sophie Friedrichs völlig überraschend. In einem Anflug von Empörung versuchte sie ohne nennenswerten Erfolg die Spurensicherer aufzuhalten. Udo sah die Aktion eher als großen Spaß an. Er lebte in dem größten Zimmer der Wohnung und verfügte über ein breites französisches Bett, über dem eine überdimensionierte Lichtanlage ihren Platz einnahm. Außerdem schien er EDV-Freak zu sein. Die Technik, die in seinem Zimmer stand, entsprach neuestem Standard und hätte die Wohnung manches Informatikers geziert. Vermutlich konnte er damit jeden Bank-Code knacken, soweit es in seinem Sinn stand. Überrascht blickte Udo auf die Videotechnik, die in dem Beleuchtungskörper über seinem Kopf gefunden wurde. Verschämt wanderte sein Blick zwischen den Polizeibeamten und seiner Mutter hin und her. Sie schaute betroffen nach unten, als man sie verhaftete und vermied es tunlichst, ein Wort von sich zu geben. Für ihn war es ein Selbstgänger, seine Mutter zu begleiten. Vielleicht war er ein wenig weltfremd, aber die Funktion der Videokamera musste ihm niemand erklären.

Stange nahm ihn zur Seite. »Haben Sie die Technik angebracht?«

»Ich wusste nicht einmal, dass es sie gibt. Soviel ich weiß, ist Spielmann gelernter Elektriker. Ich nehme jede Wette dafür an, dass der das Ding eingebaut hat. Vermutlich hat er auch meiner Mutter diese Scheißidee eingetrichtert. Ich hab sie so vor ihm gewarnt.«

»Die Frauen, die Sie auf den Reisen kennengelernt haben, wo haben Sie sich mit denen getroffen?«

»Zumeist bei mir. Es war denen wohl peinlich, sich mit einem jungen Mann wie mir bei sich zu Hause zu zeigen.«

»Und wenn sie aus anderen Orten kamen?«

»Dann erst recht, ich hab ja kein Auto.«

»Waren auch verheiratete Frauen dabei?«

»Keine Ahnung, ich hab sie nicht gefragt.«

»Können Sie sich vorstellen, was hier abging?«

»Ich will hoffen, dass sich alles nur als großer Irrtum herausstellen wird. Ich fürchte nur, das wird ein frommer Glaube bleiben.«

Bei den ersten Vernehmungen bestritt Sophie jegliche kriminellen Interessen. Von der Videoinstallation in der Beleuchtungsanlage wollte sie nichts gewusst haben. In altbewährter Manier verwies sie auf den, den man momentan nicht erreichen konnte: Spielmann. Auf ihren Sohn angesprochen, winkte sie ab. Er sei zwar ein EDV-Freak, dagegen handwerklich völlig unbegabt. Das bestätigte dieser wiederum.

Am Nachmittag besuchte Hilpert Baumgartner. Der thronte befriedigt in seinem Sessel. »Das war ein ordentlicher Befreiungsschlag. Der ist für uns exakt zur rechten Zeit gekommen. Unser Dank sei Ihnen gewiss.«

»Hauptsache, ihr haltet mich da raus.«

Baumgartner beugte sich vor, die Hände auf seiner Schreibtischplatte gefaltet. »Ruhm und Ehre verbleiben somit ausschließlich bei der Polizei. Strengen Sie sich an. Vielleicht kommen Ihnen weitere gute Ideen in den Sinn. Wenn Sie so weitermachen, gibt es für mich bald die nächste Beförderung. Sie denken nach, ich steige den Olymp hinauf.«

»Es sei Ihnen gegönnt.«

»Das könnte Ihnen so passen. Ich bin ehrgeizig, aber mit fremden Federn habe ich mich nie schmücken müssen. Sollte ich mal promovieren, schreibe ich meine Arbeit selbst. Ich bin kein Politiker.«

Schnell fand Hilpert zum eigentlichen Thema zurück. »Zumindest sind Erfolge gut für die Polizei. Der Einzelne ist eh nicht so wichtig. Ich habe mitbekommen, dass sich Sophie äußerst bedeckt hält.«

»Das entspricht den Tatsachen. Sie gibt nur zu, was unabänderlich belegt ist.«

»Haben Sie inzwischen die Teilnehmerliste vom Reisebüro?«

»Ja, auf wen sollten wir uns denn konzentrieren?«

»Auf alle Frauen, jenseits der vierzig, die ohne männlichen Begleiter gereist sind. Sollten ein paar verheiratete dabei sein, nehmt die euch als Erste zur Brust.«

»Das wird man den Aufstellungen wohl kaum entnehmen können.«

»Tja, ihr Ärmsten, da müsst ihr euch vermutlich anstrengen. Ich fürchte, viele der angesprochenen Frauen werden sich bedeckt halten. Sie haben gezahlt und werden zufriedengelassen. Sophie war garantiert klug genug, nicht nachzukobern.«

»Das kriegen wir gebacken. Irgendeine wird sicher plaudern. Was mich viel stärker interessiert: Ist diese Sophie Ihrer Meinung nach mit oder ohne Sohn in die Morde verwickelt?«

»Dazu kann ich zu diesem Zeitpunkt nichts sagen. Die Verbindung zu Spielmann lässt Spielraum für Vermutungen in diese Richtung zu. Er will etwas über die Familie Lüders wissen. Sie besorgt ihm Informationen und gibt sich mit 5.000 Euro zufrieden?! Ich will das nicht glauben. Dafür ist die viel zu clever. Ihr müsst sie ordentlich bearbeiten. Macht euch auf 'ne langwierige Befragung gefasst - die knackt ihr nicht so leicht wie 'ne Erdnuss.«

»Könnte Sie der Kopf der ganzen Veranstaltung sein?«

Über diese Frage grübelte Hilpert nach, seitdem Sophie in seinen Fokus geraten war. Er hielt sie für bauernschlau, aber nicht für sonderlich intelligent. Das sah bei ihrem Sohn anders aus. Spielte er ihnen nach wie vor die große Show vor? Eine Antwort fiel ihm entsprechend schwer.

»Keine Ahnung. Was wir brauchen, ist ein eindeutiges Meinungsbild zu Udo. Vielleicht zieht ihr einen Psychologen zurate. Ich bekomme ihn schwer zu greifen.«

»Schon getan! Und der ist sich genauso unsicher wie wir. Die Tendenz geht allerdings dahin, ihm zu glauben.«

»Das geht mir ähnlich. Was hätte der für ein Rollenspiel hinzulegen. Der müsste Gott und die Welt täuschen. Und das über lange Zeit. Damit wäre er reif fürs Schauspielhaus.«

Baumgartner räusperte sich nervös. »Etwas anderes, das Sie interessieren dürfte. Auf dem Kiez schwelt eine Art Bandenkrieg. Exleute von Kuschel haben es wohl auf Pristic abgesehen.«

»Das sollte doch kein Problem für ihn sein.«

»Da wäre ich vorsichtig. Man tuschelt, dass seine Unterstützung für Sie nicht nur Befürworter in seinem engeren Umfeld gefunden hat. Der eine oder andere soll sich auf Distanz zu ihm begeben haben.«

»Verdammt, er hat mir mehrfach sehr geholfen!«

»Ich weiß. Aber ich bitte Sie um Verständnis. Sollte er über die Klinge springen, vergießt niemand bei der Hamburger Polizei eine Träne.«

»Wer wollte es euch verdenken? Ich weiß selbst, dass er ein Krimineller ist.«

Betroffen setzte er sich ins Auto. Pristic war für ihn trotz seiner Biografie zum Freund geworden. Wie konnte er ihm helfen? Benötigte er überhaupt seine Unterstützung? Er stände bereit, egal, welche Meinung sich die Polizei über ihn gebildet hatte.

26

Auf dem Rückweg nach Blankenese ging ihm die Situation des Kosovo-Albaners weiter durch den Kopf. Hilpert hatte sich selbst schon in der Situation befunden, in der unklar war, wer Freund und wer Feind war. Vermutlich steckte Pristic diesmal in dieser Zwickmühle. Wusste er, dass er sich auf ihn verlassen konnte? Würde er den Mut haben, ihn anzusprechen, ihn um Hilfe zu bitten? Er hatte keine Chance, zu versuchen, ihn über eine der ihm bekannten Nummern zu erreichen. Im Zweifelsfall vergrößerte das nur die Probleme. Erwarteten seine Gegner, dass er sich an ihn wenden würde? Wer wollte das ausschließen? Entschlossen beauftragte er Heins, im Umfeld seiner Wohnung in der Isestraße überprüfen zu lassen, ob sie überwacht wurde. Anschließend rief er Baumgartner an. Dieser versicherte ihm glaubhaft, niemanden damit beauftragt zu haben. Kurz vor Wellners Haus erreichte ihn bereits sein Mitarbeiter.

»Sie haben eine gute Nase gehabt. Vor Ihrer Haustür stehen wenigstens zwei Wagen mit Typen herum, bei denen ich hundert und mehr Jahre Knast vermute.«

»Das habe ich mir beinahe gedacht. Danke für die Information.«

»Sollten wir was unternehmen? Wenn wir unsere Kräfte bündelten ...?!«

»Wir halten uns elegant zurück. Für 'ne Schießerei seid ihr nicht eingestellt worden. Das überlassen wir lieber unseren Freunden von der Kavallerie. Die sind besser dafür ausgerüstet als wir. Ich denke, wir erweisen denen damit sogar einen Gefallen. Außerdem tragen die die schöneren Uniformen. Schicke dunkle Klamotten, schwarze Helme, Kampfstiefel.«

Baumgartner nahm seine Hinweise dankbar auf. »Wie ich Sie kenne, haben Sie sich in Sachen Pristic entschieden, Partei zu ergreifen. Ich nehme das erst mal zur Kenntnis und schicke ein SEK an Ihre Adresse. Mag sein, wir bekommen den einen oder anderen zu fassen, der auf der Fahndungsliste steht. Ihnen viel Glück.«

Hilpert benötigte keine Viertelstunde, bis er in Blankenese ankam. Er ließ den Wagen in der Auffahrt stehen. Bei Wellner waren selbst die einfachsten Dinge des Lebens organisiert. Eine helfende Hand würde das Gefährt in eine der Garagen befördern. Befreit atmete er die kühle Herbstluft ein. Er blickte zum Himmel. Es bauten sich dunkle Wolken wie ein bedrohliches Bollwerk auf. Die grauen Tage standen vor der Haustür und würden sich durch nichts und niemanden davon abhalten lassen, die gute Laune der Menschen ins Gegenteil zu verkehren. Eigentlich hatte er mit Christina vor Monaten darüber nachgedacht, im Anschluss an die Feiertage, zu Beginn des neuen Jahres, zwei Wochen in der Sonne zu verbringen. Nun aber war er verunsichert. Welche Pläne hatte Petra? Fand er darin statt? Wenn ja, sagten sie ihm zu? Hatten sie bis dahin die Bedrohungssituation geklärt und die Täter hinter Gitter gebracht? Lebte er dann noch? Bevor er tiefer ins Grübeln verfiel, rettete ihn das Handy vor depressiven Anwandlungen. Zu seinem Erstaunen erreichte ihn Kober, ein Mitarbeiter von Pristic.

»Grüße von meinem Boss. Er fragt, ob du Lust hast, ihn zu sehen. Es ist allerdings nicht ganz ungefährlich für dich.«

»Klar, meinst du, ich zieh den Schwanz ein?«

»Du hast also davon gehört, dass er Probleme hat. Umso besser, da muss ich nicht viel rumlamentieren. Er möchte dich dort treffen, wo ihr die Säulen bewundert habt. Und zwar jetzt!«

»Alles klar, ich komme. Bist du auf seiner Seite?«

»Ich hab ihm viel zu verdanken. Aber ich muss mich anschließend zurückziehen und mich neutral verhalten. Allein überleb ich nicht.«

»Schon okay.«

Es ging los. Pristic brauchte ihn. Offenbar wollte er ihn an der alten Uni treffen. War das wirklich ein Hilferuf oder wollte man ihn ausschalten? Man konnte nicht unbedingt behaupten, dass Hilpert und Kober Freunde fürs Leben waren. Wenn der dafür sorgen würde, dass er den Abend nicht überlebte, bekäme er vermutlich eine Leibrente bis ans Ende seiner Tage und darüber hinaus.

Ein weiterer Anruf beruhigte ihn. Er vernahm Pristic' gepresste Stimme. »Ich bin dichter bei Ihnen, als Sie meinen. Ich kann Sie beinahe sehen. Das mit der alten Uni können wir uns schenken. Ich benötige einen Arzt.«

»Schusswunde?«

»Ja. In dieser Welt kann man sich auf niemanden mehr verlassen. Am wenigsten auf die eigenen Leute.«

»Und dann reden Sie mit mir?«

»Die Ausnahme bestimmt die Regel.«

Hilpert war stehen geblieben und schaute sich um, als könnte er in der Dämmerung irgendwo seinen Gesprächspartner sehen. Vergeblich.

»Wenn ich Ihnen helfen soll, müssen wir uns sehen.«

»Das sollte kein Problem sein. Ich stehe in der Nähe des Eingangstors.«

Er kehrte um und ging zurück. Wenige Schritte entfernt von seinem Standort entdeckte er die Umrisse eines Menschen. Er eilte auf ihn zu. Vor ihm stand der große kräftige Mann an die Mauer gelehnt. Seine Haare hingen ihm wirr ins Gesicht. Er drückte ein blutiges Handtuch gegen die rechte Schulter. Sein Atem ging rasselnd. Lange würde er vermutlich nicht mehr durchhalten.

»Kober hat mich hergebracht. Er ist der Letzte, der zu mir gehalten hat. Er hat mir geraten, mich an Sie zu wenden.« Er lachte kehlig auf. »Ich kenne kaum einen Menschen, den er mehr achtet als Sie. Und glauben Sie mir, er empfindet keine Liebe für Sie.«

»Alles andere würde mich auch sehr verwundern.«

Er nahm ein Taschentuch aus seiner Hosentasche und tupfte dem kräftigen Mann die feuchte Stirn ab. »Sie sehen nicht gut aus. Wir müssen einen Arzt organisieren.«

»Da kann ich mit meinen bisherigen Kontakten leider nicht dienen. Bei den bekannten Adressen wird man mich bereits erwarten.«

»Das lassen Sie meine Sorge sein. Ich war mal Bulle, schon vergessen? Außerdem benötigen wir ein Fahrzeug, das nicht mit mir in Zusammenhang gebracht werden kann.«

»Kann ich Ihnen helfen, Herr Hilpert?«, erklang die Stimme eines Security-Mitarbeiters, der ihm mit Abstand gefolgt war. Nun hatte er den Mut gefunden, ihn anzusprechen.

Hilpert wollte ihn gerade wegschicken, als ihm eine Idee kam. »Ist Heins noch da?«

»Selbstredend.«

»Er soll zu mir kommen.«

Heins verzichtete auf jegliche Frage, als er die beiden vor dem Grundstück traf. »Hier bin ich.«

»Sehr gut«, empfing ihn Hilpert. »Sind Sie mit Ihrem eigenen Wagen hier?«

»Womit sonst?«

»Gut, ich kauf ihn Ihnen ab.«

Nun war es doch um seine Gelassenheit geschehen. »Wie bitte?«

»Keine Fragen. Wie viel brauchen Sie für eine neue Kiste?«

»Maximal 15.000 Euro, wahrscheinlich reichen 12.000.«

»Gut, ich gebe Ihnen das Doppelte.«

»Sind Sie des Teufels? Der Preis ist 12.000 Euro und keinen Cent mehr!«

»Sie müssen es wissen. Leider habe ich das Geld nicht dabei.«

»Hör'n Sie auf. Wenn ich mir Ihren Kumpel ansehe, macht der bald schlapp. Ich hole meinen Toyota, bin gleich zurück.«

Kurz darauf stand er mit dem Wagen neben ihnen. »Könnte es 'ne Idee sein, Sie zu begleiten?«

»Eher nicht. Sie bleiben vor Ort. Bis auf Weiteres nehmen Sie meinen Wagen.«

»Was erzähle ich den Leuten im Haus?«

»Ich musste weg. Bloß keine Details!«

»Dann ist ja alles geregelt.«

»Passen Sie gut auf sie auf!«

»Worauf Sie sich verlassen können.«

Erstmals meldete sich Pristic. »Wir bleiben Ihnen kein Geld schuldig. Wenn Sie mir den Koffer reichen würden, der zwischen meinen Füßen steht.«

»Den können Sie gar nicht halten«, widersprach Hilpert. »Was soll ich damit machen?«

Er war vollgestopft mit prall gefüllten neutralen Umschlägen. »Geben Sie bitte Ihrem Freund einen davon.«

»Alles klar.«

Heins bekam keine Chance, seine Meinung durchzusetzen. Er wurde Besitzer von 25.000 Euro. Er wusste es nur noch nicht zu dem Zeitpunkt. Irgendwann würde er sich darüber freuen dürfen.

Hilpert legte ihm eine Hand auf die Schulter. »Mensch, Heins, dass ich solch einen tollen Fang mit Ihnen machen würde, hätte ich nie erwartet.«

»Gute Chefs haben gute Mitarbeiter. Viel Glück, bleiben Sie uns erhalten. Sie werden gebraucht.«

Mehr Zeit verblieb ihnen nicht für den Austausch von Liebenswürdigkeiten. Hilpert hielt bereits wieder sein Handy in der Hand und telefonierte mit einem Arzt in Altona. Vorsichtig hievten sie Pristic in den Wagen. Er schaffte es mit seinem massigen Körper so gerade eben.

»Sie dürfen nicht ohnmächtig werden. Ich kann Sie unmöglich in die Praxis des Arztes tragen.«

»Ich versuche mein Bestes«, erwiderte er mit schwacher Stimme. Fast schien es, als hätte ihm ein Wesen aus der Unterwelt all seiner Kraft beraubt.

Irgendwie schafften sie es zur Praxis des Arztes. Dieser stellte keine Fragen. Vorsichtig zog er dem Verletzten Jackett und Hemd aus.

»Ich kann Ihnen nur 'ne örtliche Betäubung geben. Das heißt, Sie werden trotzdem Schmerzen haben, wenn ich an Ihnen rumschneide.«

»Legen Sie los!«

Eine Stunde später kam der Verletzte unters Messer. Glücklicherweise war der Arzt gut ausgestattet. Hilpert assistierte ihm im Rahmen seiner Möglichkeiten. Dies war nicht die erste Schusswunde, die er in seinem Leben mit zu versorgen half. Das Geschoss saß nicht sehr tief und ließ sich ohne größere Komplikationen entfernen. Drei Stunden später war Pristic halbwegs transportfähig. Der Arzt stattete Hilpert mit den erforderlichen Medikamenten aus. Die Frage nach der Bezahlung unterbrach er barsch: »Ohne Sie wäre mein Sohn heute Nutte im Gefängnis. Ich wünsche euch viel Glück.«

Im Auto suchte Pristic nach Hilperts Hand. »Wie kann ich Ihnen nur danken?«

»Sie haben mir in der Vergangenheit genug gedankt. Wo geht es nun hin?«

»Ich muss in zwei Tagen am Münchner Flughafen sein. Dort werde ich abgeholt.«

»Dann sollten wir uns die nächsten Stunden hier in der Gegend verkriechen. Die Nordheide ist dafür bestens geeignet. Ich kenne mich aus. Und nach München wollte ich schon immer.«

Von ihrem Standort aus war es ein Katzensprung zur Autobahnabfahrt Bahrenfeld. Dort nahmen sie die A7 durch den Elbtunnel in Richtung Harburg. Alle drei Röhren waren frei, sodass sie ihre Fahrt ungehindert fortsetzen konnten. Das erleuchtete Panorama des Containerhafens beeindruckte sie ebenso wenig wie der Blick auf die Köhlbrandbrücke, die sich wie eine riesige Schlange auf Stelzen ihren Weg bahnte. Sie folgten der A7 und verließen sie auf der Höhe von Fleetstedt. Von dort aus nahmen sie die Landstraße nach Hittfeld. Weiter ging es Richtung Jesteburg. Hilpert kannte in der Umgebung des Heideorts ein kleines Hotel, das über jeden Gast froh war, der sich dorthin verirrte. Der Hotelier liebte Bargeld und fand es durchaus statthaft, Vorkasse zu nehmen. Vor allem aber verzichtete er darauf, unliebsame Fragen zu stellen. Dafür kredenzte er ein Frühstück, hinter dem sich niemand verstecken musste.

Noch in der Nacht holte ein guter Freund von Hilpert den Toyota ab, versprach, ihn zu entsorgen und für den nächsten Tag eine schnelle Limousine zu organisieren. Auch diesmal war Pristic' Geldkoffer ausgesprochen hilfreich. Cash machte aus jedem desillusionierten Gebrauchtwagenhändler einen dynamischen Menschen, der sich dem Wohl des Kunden verschrieben hatte. Ihn interessierte kein Wer, kein Wohin oder Woher. Wer am Finanzamt vorbei seine Geschäfte tätigte, verzichtete auf jegliche Form von Neugier, sondern misstraute ihr eher. Wer nichts wusste, konnte nichts erzählen. Da war schon die Frage wichtiger, ob man nicht mit Blüten bedacht wurde. Aber damit kannte man sich als Geschäftsmann aus. Und die Prüfung der Banknoten führte zu keinen Beschwerden.

Die Medikamente, die ihnen der Arzt mitgegeben hatte, reichten aus, um Pristic' Gesundheitszustand halbwegs stabil zu halten.

Zumindest überstand er die Nacht ohne größere Komplikationen. Am nächsten Tag machten sie sich auf den Weg nach Süddeutschland. Ihre Flucht war diskret abgelaufen, sodass sich bislang niemand an ihre Hinterräder gehängt hatte. Sie nahmen den Weg über Hanstedt. Am Wildpark Lüneburger Heide vorbei ging es über den Autobahnabzweiger auf die A7. Nun kam es darauf an, ob Pristic die Fahrt einigermaßen heil überstehen würde. Zumindest verfügte der Daimler, den ihnen Hilperts Freund organisieren konnte, über ausreichend Platz, sodass er die Beine lang machen konnte. Außerdem war er ordentlich motorisiert. Entgegen allen Befürchtungen überstand der Verletzte die Fahrt verhältnismäßig gut. Sah man von Lastwagen ab, hielt sich der Individualverkehr in Grenzen. Pristic stieß in seinen blutverschmierten Sachen nicht weiter auf neugierige Blicke. Sie mussten einmal nachtanken. Ansonsten verzichteten sie auf Getränke, um an keiner Raststätte die Toiletten aufsuchen zu müssen.

Endlich erblickten sie die Silhouette des Münchener Flughafens. Pristic aktivierte sein Prepaidhandy und drückte eine Kurzwahl. Wenig später unterhielt er sich stockend in seiner Heimatsprache.

»Wir nehmen den nächsten Parkplatz«, wies er Hilpert an. »Wir werden dort erwartet.«

Vorsichtig stieg Pristic am Ziel aus. Er war blass, aber in der Lage, ohne fremde Unterstützung zu gehen. Auf sie traten zwei Männer zu. Sie umarmten behutsam den Verletzten. Einer von ihnen wandte sich danach an Hilpert. »Dies ist bereits das zweite Mal, dass Sie unserer Familie einen großen Dienst erwiesen haben«, sprach er ihn mit slawischem Akzent an. »Ich vermute, ich würde Sie mit Geld beleidigen. Also kann ich Ihnen nur meine Freundschaft andienen. Sie haben das Leben meines Bruders gerettet.« Mit Tränen in den Augen umarmte er ihn.

Anschließend nahm Pristic ihn in die Arme. »Wir sehen uns wieder. Bitte nimm den Geldkoffer. Es müssen darin noch gut 500.000 Euro sein. Gib davon deinem Kollegen so viel, wie du für richtig hältst und dem Arzt ebenfalls. Der Rest ist für Kober. Er weiß, was damit zu tun ist.«

»Ich werde das erledigen. Denk weiterhin an die Medikamente. Du bist längst nicht übern Berg. Vergiss nicht, deine Fäden ziehen zu lassen. Werde schnell gesund, mein Freund.«

»Ja, Papa«, antwortete Pristic mit fiebrigen Augen. »Sollte dir in Hamburg jemand zu nahe kommen, bestell schöne Grüße von mir. Erzähl ihm, dass ich lebe und die Stadt liebe und insbesondere dich.«

»Die Typen jagen mir keine Angst ein. Zu Hause hab ich Heimspiel.«

»Auch du kannst nicht fliegen, mein Freund, und du hast keine Augen im Rücken. Sei vorsichtig auf dem Rückweg. Du bist schon eine lange Strecke gefahren.«

»Keine Angst, wenn ich zu müde werde, übernachte ich in einem der Rasthäuser entlang der Autobahn.«

Hilpert beschloss, geruhsam, ohne Stress zurückzufahren. Nach jedem Tankstopp schlief er eine Viertelstunde. Der Kurzschlaf tat ihm gut. Im Verlauf des Abends erreichte er Hittfeld. Dort verabredete er sich mit dem Freund, der für ihn den Mercedes organisiert hatte. Dieser durfte sich über das Auto als Geschenk freuen.

»Dafür bekomme ich bestimmt zwanzig Scheine, die kann ich doch nicht so einfach in die Tasche stecken.«

»Kannst du wohl. Der edle Spender ist damit einverstanden.«

»Dann lass uns wenigstens teilen.«

»Sorry, Autos kann man nicht teilen.«

»Aber den Verkaufserlös.«

»Kein Interesse. Das war uns deine Hilfe wert.«

Hilpert fuhr von Hittfeld aus mit dem Zug nach Hamburg. Mittlerweile hatte er sein Handy wieder aktiviert. Er fühlte sich wie erschlagen. Einmal München und zurück war selbst für einen austrainierten Mann wie ihn kein Pappenstiel. Als habe er den richtigen Zeitpunkt abgepasst, erreichte ihn Kober telefonisch am Bahnhof. »Ich hab schon gehört, alles ist rundgelaufen. Es ist wohl besser, dein Freund als dein Feind zu sein.«

»Wenn ich nicht irre, konnte sich Pristic über dich ebenfalls nicht beschweren.«

»Er war stets fair zu mir, hat mich nie abgeledert. Von seiner Sorte gibt es nicht viele.«

»Er hat mir einen Koffer für dich überlassen. Ich könnte mir vorstellen, der Inhalt stände dir gut zu Gesicht.«

»Garantiert, aber in der momentanen Situation würde er mich nur belasteten. Ist es zumutbar, wenn du ihn für eine gewisse Zeit für mich aufbewahrst?«

»Das Problem sollte ich gerade noch gelöst bekommen.«

»Danke, ich melde mich irgendwann.«

»Pass auf dich auf.«

»Pristic lebt. Das zählt mehr als 'ne Lebensversicherung. Da werden einige auf Tauchstation gehen. Die wissen, er kommt wieder. Und mit der Aktion vor deiner Wohnung sind mal eben vier wichtige Leute einkassiert worden. Die können mir vorerst nicht gefährlich werden. Die Presse hat laut gejubelt und deinen Spezi, diesen Polizeirat, heiß gelobt. Wer ihm wohl gesteckt hat, wo man sie zu greifen bekommt?«

»Gute Frage. Wie sind Kuschels Leute eigentlich auf Pristic gestoßen? An sich haben die gar keine nennenswerten Berührungspunkte.«

»Irgendjemand soll denen erzählt haben, dass er ihn hat umlegen lassen.«

»Hm, irgendjemand, kann das Spielmann gewesen sein?«

»Keine Ahnung, aber ich würde das nicht ausschließen wollen.«

»Welche Interessen stehen dahinter?«

»Es geht immer um dasselbe, um Geld und Macht. Und es geht um dich. Es wollte wohl jemand deinen Beschützer ausschalten.«

»Spielmann ist doch nur ein kleines Licht. Denkt der wirklich so weit?«

Kober schien nachzudenken, bevor er antwortete: »Es stellt sich eher die Frage, wer hinter ihm steht und an den Strippen zieht.«

»Hast du 'ne Idee?«

»Da fallen mir nur ein paar Namen ein, die passen könnten oder nicht. Reine Spekulation. Ich weiß nichts Konkretes und halte lieber meine Schnauze.«

Damit war das Gespräch beendet. Nachdenklich schaute er zum Ausgang. Hatte die ganze Aktion mehr mit den Morden zu tun, als er bislang angenommen hatte? Ging es in diesem Fall nur vordergründig um eine Auseinandersetzung auf dem Kiez? Hilpert war verunsichert. Oder lief er Gefahr, die Ereignisse zu überinterpretieren? Er machte bislang alles an Spielmann fest. Ihn sah er als Erfüllungsgehilfen. Wer war der Kopf und saß wie die Spinne im Netz hinter allem und zog die Fäden? Welche

Motive trieben ihn? Es gab nach seiner Auffassung nur wenige Optionen. An den einen wollte er nicht so recht glauben, weil er ihn für zu weich hielt. Der andere war verschwunden. Dem Vernehmen nach hatte er sich nach Skandinavien begeben. Beide galten als intelligent. Beide hielt er für verdammt jung, sich die Verbrechen auszudenken und ausführen zu lassen. Dazu bedurfte es einer gewissen Abgebrühtheit. Andererseits geschah immer wieder Schreckliches, begangen von zum Teil blutjungen Menschen. Die Taten wurden akribisch geplant und kaltblütig umgesetzt. Dies galt allerdings überwiegend für Amokläufe. Davon war sein Haupttäter meilenweit entfernt.

Die Bahnhofsuhr machte ihm deutlich, dass es zu spät war, im Präsidium nach dem Ergebnis der Vernehmungen von Udo und Sophie zu fragen. Das nahm er sich für den nächsten Vormittag vor. Dachte er über Udo nach, waren seine Gefühle zwiespältig. Er profitierte massiv von dem Tod seines Stiefbruders. Finanziell hatte er ausgesorgt. Wie stand der junge Mann eigentlich dazu, dass seine Mutter und Spielmann seine älteren Gespielinnen abgezockt hatten? Direkt gefragt hatte er ihn nicht. Hielt man die beiden weiter in Gewahrsam oder befanden sie sich bereits auf freiem Fuß? Ein kurzer Anruf bei den ehemaligen Kollegen machte ihn schlauer. Man hatte sie nach Hause entlassen. Ein fester Wohnsitz war mit nichts zu entgelten. Zusehends spürte er Müdigkeit in sich aufsteigen. Sie begann sich regelrecht in ihn zu verkrallen. Was sollte er tun? Hilpert ging unschlüssig durch die Wandelhalle, nahm den Ausgang Spitaler Straße und wandte sich nach rechts hin zum Taxistand. Er hatte Glück und musste nicht auf einen freien Wagen warten. Nach kurzem Zögern gab er die Adresse von Sophie Friedrichs' Lokal auf. Dort würde er Mutter und Sohn treffen. Was man kurzfristig erledigt hatte, bereitete einem keine Kopfschmerzen. Er hoffte, sich jetzt am Donnerstagabend nicht durch Gästereihen quälen zu müssen, die den Tresen belagerten.

Eine Viertelstunde später stand er vor dem Lokal. Er bezahlte und bestellte den Fahrer für halb zwölf. Es lag Regen in der Luft und er hatte keine Lust auf einen Wagen zu warten. Er zerriss einen 20-Euro-Schein und reichte dem Fahrer eine Hälfte herüber.

»Das wird Ihr Trinkgeld, wenn Sie hier pünktlich aufschlagen.«

Im Schankraum hielt sich eine Handvoll Gäste am Tresen auf.

Die Billardtische und die Dartscheibe erfreuten sich der ungeteilten Freude einer Reihe jugendlicher Spieler. Udo stand neben seiner Mutter hinter dem Tresen und schenkte Bier ein. Als er ihn erblickte, winkte er ihm freundlich zu, als sei die Welt in Ordnung und wies auf eines der Gläser. Hilpert nickte. Er war tatsächlich durstig. Er setzte sich an einen der hinteren Tische. Angriffslustig näherte sich ihm Sophie. Die Hände in die Hüften gestemmt, stellte sie sich provozierend vor ihn.

»Was suchen Sie hier? Typen wie Sie trinken ihr Bier an anderen Orten als bei den einfachen Leuten.«

»Woher wollen Sie wissen, wo ich mich wohlfühle?«

Sie blieb unbeirrt. »Noch mal, was wollen Sie von uns? Warum lassen Sie uns nicht zufrieden?«

Er grinste sie herausfordernd an. »Sollte Ihnen entgangen sein, dass ein paar Morde verübt worden sind?«

»Was haben wir damit zu tun?«

»Genau das will ich herausfinden.«

Kreischend fuhr sie ihn an: »Hier gibt es nichts herauszufinden. Wir haben keinem etwas angetan. Niemand hat uns wegen Erpressung angezeigt.«

»Ach ja, die Videoinstallation war dann wohl nur für den Hausgebrauch.«

»Das ging alles auf das Konto von Spielmann. Der hat sich an die Frauen rangemacht und versucht, Geld aus ihnen herauszupressen.«

Hilpert lachte höhnisch auf. »Sieh mal einer an, über komödiantische Fähigkeiten verfügen Sie ebenfalls. Das ist ja ein ganz neuer Zug, den ich an Ihnen entdecke. Ihr Bankkonto hat sich wohl von alleine gefüllt.«

»Raus!«, schrie sie völlig unbeherrscht.

Für einen kurzen Moment befürchtete er, sie könnte auf ihn losgehen. Das Schicksal war gnädig mit ihm. So weit zügelte sie sich noch. Die Billardspieler hatten ihre Stöcke abgesetzt. Neugierig beobachteten sie den Disput. Der war offensichtlich interessanter als ihr Spiel. Das erste Kichern klang zu ihnen herüber. Ein breit gebauter Gast erhob sich schwerfällig von seinem Hocker und kam auf sie zu.

»Hast du nicht gehört, was die Dame dir gesagt hat?«, blaffte er Hilpert an. »Bezahl dein Bier und verzieh dich!«

Nach dem anstrengenden Tag waren Hilperts Nerven angespannt. Eine wirklich gelassene Stimmung wollte sich bei ihm nicht einstellen. Mühsam beherrscht antwortete er Sophies Beschützer: »Wenn du echte Probleme bekommen willst, sag Bescheid. Vielleicht fragst du vorher Udo, wer ich bin.«

Dieser hatte sich ebenfalls zu ihnen begeben. Er schob die beiden zur Seite, stellte vor Hilpert ein gefülltes Glas und setzte sich ihm gegenüber.

»Lasst uns allein! Du hast genug angerichtet!«, herrschte Udo seine Mutter ungewohnt energisch an. Sie wich zurück, drehte sich um und verschwand hinter der Theke. Dann wandte er sich an den Gast. »Jens, nett, dass du meiner Mutter helfen willst, aber gegen den hier siehst du keinen Stich.«

»Das werden wir ja mal sehen.«

»Nein, das werden wir nicht.«

Brummelnd zog sich der Mann an seinen Platz am Tresen zurück.

Udo blickte Hilpert unverwandt an. »Da liege ich doch richtig, Sie wollen sich mit mir unterhalten?!«

»Sie sind ein kluger Junge. Ich habe einen anstrengenden Tag hinter mir. Da danke ich Ihnen, dass Sie mich vor einer Schlägerei bewahrt haben.«

»Jens ist zwar kräftig gebaut, trotzdem glaube ich nicht, dass er eine Chance gegen Sie hätte. Außerdem passt das nicht zu uns. Hier gibt es keine körperlichen Auseinandersetzungen. Was wollen Sie wissen?«

»Die älteren Frauen, deren Herz Sie erfreut haben, waren die Ihnen ein Bedürfnis?«

»Ja. Mit den jungen Dingern kann ich nichts anfangen.«

»Und die Videoanlage in der Lampe?«

»Davon wusste ich tatsächlich nichts. Das ist wohl Spielmanns Idee gewesen. Wenigstens sagt das meine Mutter.«

»Ist Ihnen bekannt, ob jemand erpresst wurde?«

Er zuckte mit den Schultern. »Ich hoffe, sie ist nicht so weit gegangen.«

»Glauben Sie, Spielmann hat die Technik aus Jux und Tollerei eingebaut, ohne dass Ihre Mutter etwas davon mitbekommen hat?«

Udo zuckte abermals die Schultern. »Ich hoffe einfach, dass es so gewesen ist. Klar, der Augenschein spricht gegen beide.«

Wieder einmal war Hilpert bemüßigt, ihm zu glauben. Seine Mutter hatte unter Garantie abkassiert. Ihr prall gefülltes Sparkonto sprach Bände. Aber eigentlich ging es ihm nicht um Erpressung.

»Klaas«, fuhr Hilpert fort, »Sie sagten doch, Sie hätten eine gute Beziehung zu ihm gehabt.«

»Das ist richtig.«

»Hat er Sie auf die Aktion angesprochen, die er mit Pia geplant hatte?«

Für einen kurzen Augenblick war Stille angesagt. Dann brach es aus ihm heraus. Die Tränen schossen ihm aus den Augen, als er schluchzend sprach: »Klaas informierte mich etwa eine Woche vor seinem Tod. Er und seine Freundin kamen nachmittags bei uns vorbei und erzählten mir davon.«

»Und Sie, wie haben Sie reagiert?«

»Ich hielt das für einen großen Joke. Im Prinzip wollte er von seiner Mutter nur abzwacken, was er irgendwann eh bekommen hätte.«

»Haben Sie zu- oder abgeraten?«

»Weder noch. Wir haben gemeinsam darüber gelacht. Und das war's.« Er runzelte die Stirn. »Es war vor allem Pia, die Druck machte. Wir haben dann darüber nachgedacht, ob sich Klaas bei uns verstecken sollte. Der Gedanke wurde verworfen. Er meinte, die würden ganz sicher bei uns nachforschen.«

»Was war Pia für ein Typ?«

»Ich mochte sie nicht. Sie fand sich unglaublich schön und war der Ansicht, jeder Mann müsse vor ihr in die Knie gehen.«

»Sie sind es nicht?«

»Ganz im Gegenteil. Kurz zuvor hat sie mich in unserem Laden richtig angemacht.«

»Hat Klaas das nicht mitbekommen?«

»Der war nicht dabei. Dort vorne neben den Toiletten hat sie mir zwischen die Beine gegriffen und wollte mit mir nach oben.«

»Und Sie?«

»Ich hab sie stehen lassen. Schließlich war sie Klaas' Freundin.«

»Hätten Sie sie unter anderen Umständen mitgenommen?«

»Schwer zu sagen, denn sie war für meinen Geschmack zu jung.« Er grinste ihn an und korrigierte sich. »Ich hätte es gemacht. Sie war schon ein scharfes Luder.«

»Wie ist Spielmann ins Spiel gekommen?«

»Keine Ahnung. Tags darauf stand er vor unserer Tür. Seltsamerweise hat er meine Mutter beauftragt, sich über die finanziellen Verhältnisse von Klaas und seiner Mutter schlauzumachen.«

»Hat sie es gemacht?«

»Wie hätte sie es denn herausfinden wollen? Sie sprach mich an.«

»Und Sie sagten fünf Millionen?«

»Irgend so etwas. Für diese Information hat er ihr 5.000 Euro gegeben.«

»Noch mal zurück zu Klaas und Pia. Habt ihr euch über die Höhe des Lösegeldes unterhalten?«

»Nein, ich sagte doch, ich hielt das für einen Gag. Ich dachte, sie wollten seiner Mutter einen Schreck einjagen, damit sie etwas großzügiger mit ihnen umging.«

»Haben Sie Klaas auf Spielmann angesprochen?«

»Na klar. Er meinte, das sei in Ordnung. Er würde sie beraten.«

»Tolle Beratung«, murmelte Hilpert. »Gehen Sie davon aus, dass er Klaas sowie Pia und Keller umgebracht hat?«

Udo schüttelte den Kopf. »Er und Keller kannten sich aus der Sandkiste. Ich glaubte immer, die beiden seien dicke Freunde gewesen.«

»Bei Geld hört die Freundschaft auf.«

»Furchtbar. So ist das wohl in dieser Welt.« Er nickte zum Tresen herüber, wo Sophie nervös die Gläser einschenkte. Es war ihr anzusehen, dass ihr das Gespräch nicht passte. »Selbst meine Mutter hat sich in die Reihe der Abstauber begeben.«

Unerwartet trat Sophie an den Tisch und stellte den beiden jeweils ein Bier vor die Nase. Stumm ging sie wieder. Sie tranken einander zu, als wollten sie der Toten gedenken. Hilpert leerte sein Glas und erhob sich. Udo winkte ab, als er zahlen wollte. »Das ist in Ordnung so. Das geht aufs Haus.«

Mit einem knappen Dankeschön verließ er das Lokal. Der Junior gefiel ihm. Das konnte er von dessen Mutter nicht behaupten.

Der Regen peitschte ihm ins Gesicht, als er die Straße betrat. Der zerrissene Zwanziger bewirkte gleichwohl wahre Wunder. Vor der Tür erwartete ihn bereits das Taxi. Drei Schritte zum Bürgersteig hin und er saß neben dem Fahrer. In diesen wenigen Sekunden schien ihm, als würde man ihn kübelweise nass spritzen. Dicke Wassertropfen knallten auf die Frontscheibe. Es klang, als würde jemand ein Stakkato an Platzpatronen auf sie abschießen. Vermutlich hätte er besser ein Boot genommen. Der Scheibenwischer versuchte auf höchster Stufe, mit den Wassermassen fertig zu werden. Die Sichtverhältnisse waren mehr als miserabel. Glücklicherweise hatte sich der Verkehr deutlich abgeschwächt. Trotzdem benötigten sie gut die doppelte Zeit, bis sie zeitweise im Schritttempo in Blankenese eintrafen. Das Taxi brachte ihn direkt ans Haus heran. Offensichtlich hatte man ihn erkannt und ließ sie durchfahren. Der Fahrer zog zufrieden mit dem zweiten Teil des Scheins zuzüglich des großzügig aufgerundeten Fahrpreises ab. Unter Garantie würde er trotz der späten Stunde noch die eine oder andere attraktive Tour hereinbekommen. Des einen Freud, des anderen Leid.

So kurz nach Mitternacht wollte sich Hilpert ins Haus schleichen. Dazu gab man ihm keine Chance. Wellner begrüßte ihn erleichtert und bat ihn zu einem Gespräch in die Bibliothek. Petra sah mitgenommen aus. Sie hatte sich gesorgt. Schließlich stand er gut zwei Tage auf der Vermisstenliste. Sie bekam nur die Chance, ihn kurz zur Begrüßung an sich zu drücken. Es ging auf halb eins zu. Es war verständlich, dass Wellner drängelte. Er schenkte für sie einen ordentlichen Cognac ein und bat ihn, sich auf einen der Sessel zu setzen.

»Worum es geht«, nahm Wellner das Gespräch auf, »nun ja, mir kommen Zweifel, ob Sie gut sind für unsere Sicherheit oder eher die Ursache für unser Problem.«

Hilpert drehte den Schwenker gedankenverloren, bevor er einen Schluck nahm. Er setzte das Glas ab und blickte dem Hausherrn unverwandt in die Augen. »Da geht es mir ähnlich.«

»Und was ziehen wir für Konsequenzen daraus?«

»Das ist relativ einfach. Ich werde morgen Ihr Haus verlassen und vorerst auf Distanz zu Ihnen, zu Petra, zur Firma gehen.«

»Und wenn es genau das ist, was man anstrebt?«

»Das Risiko müssen wir eingehen. Wir verstärken nochmals die Präsenz der Sicherheitsleute. Ich hoffe, den Fall zeitnah lösen zu können. Danach sieht man weiter.«

Wellner war anzusehen, dass er peinlich berührt war. »Bitte verstehen Sie mich. Meine Kinder sind mein Leben. Sollte ihnen etwas zustoßen, ich weiß nicht, was ich dann täte.«

»Sie müssen sich nicht rechtfertigen. Sie handeln richtig und ganz in meinem Sinn.«

»Danke. Haben Sie schon Hinweise auf den verschwundenen Sohn des verunglückten Piloten?«

»Leider nicht. Er hüpft entweder hier in Hamburg unerkannt durch die Gegend oder er ist tatsächlich mit Freunden auf Skandinavientour.«

»Glauben Sie, dass hinter allem der Kopf eines Einundzwanzigjährigen steckt?«

»Keine Ahnung. Es gibt sechzehnjährige eiskalte Mörder, die nicht einmal vor der eigenen Familie haltmachen. Es gibt intelligente junge Menschen und dumme Vertreter der älteren Generation und umgekehrt.«

Er erzählte ihm von dem Gespräch, das er mit Udo Friedrichs geführt hatte.

Der Hausherr hörte aufmerksam zu, bevor er antwortete: »Da muss man ja der Mutter eine ungeheure kriminelle Energie unterstellen.«

»Fragt sich nur, ob sie das Ding gemeinsam mit Spielmann geplant haben könnte.«

»Glauben Sie, dieser Spielmann hat auf uns geschossen?«

»Schaut man sich die stümperhafte Ausführung an, kann einem der Verdacht durchaus kommen.«

»Und Sie sind sich sicher, dass sich Ihre Feinde aus dem Kosovo da rausgehalten haben?«

»Ich bin kein Hellseher, aber ich gehe momentan davon aus.«

Wellner flehte ihn geradezu an: »Tun Sie mir einen Gefallen, klären Sie die Morde so schnell wie möglich, damit wir endlich wieder zur Ruhe kommen. Ich sehne mich nach normalen Verhältnissen.«

»Ich tue, was ich kann. Übrigens würde ich mich morgen in der Firma gern mit Gärtner unterhalten. Ich hoffe, Sie haben nichts dagegen.«

»Sie tun ja gerade so, als hätte ich Ihnen Hausverbot erteilt.«

Mit zwei kräftigen Zügen leerten sie die Gläser und zogen sich in ihre Zimmer zurück.

Als er sich ins Bett legen wollte, fiel ihm ein, dass er noch den Aktenkoffer mit dem Geld mit sich herumtrug. Er öffnete ihn und stierte auf die dicken Umschläge. Er wusste, sie enthielten gebündelte Banknoten. Er vermochte es nicht, sich dem Reiz des Geldes zu entziehen. Also begann er zu zählen. Er kam auf ziemlich genau 650.000 Euro. Da hatte sich Pristic offensichtlich verzählt. Wann sah man schon so viel Geld auf einem Haufen? Kober würde es freuen, wenn er damit von dannen ziehen konnte. Er beschloss, für Heins 10.000 Euro abzuzweigen. Für den Arzt dachte er an denselben Betrag. Bei dem würde er scheitern. In diesem Leben nahm der von ihm keinen Cent an. Heins musste sich überreden lassen. In diesem Fall schlug die Brieftasche die Scham.

Leise schlich er ins Bad und frischte sich auf. Als er zurückkam empfing ihn Petra in seinem Zimmer. »Was wollte mein Vater von dir?«

Es machte keinen Sinn drum herumzureden. Also gab er kurz den Inhalt des Gesprächs wieder. Energisch schüttelte sie den Kopf. »Nein und nochmals nein! Ihr macht einen gedanklichen Fehler! Ich bin sicher, man will uns auseinanderbringen.«

»Das mag sein«, stimmte er ihr zu. »Nur, bin ich gemeint, dann seid ihr weiter in Gefahr. Es ist besser, ich ziehe mich vorerst aus eurer Umgebung zurück.«

»Und wo willst du hin?«

»In meine Wohnung. Wohin denn sonst?«

»Ist das nicht zu gefährlich?«

»Man wird sehen. Ich muss mich vielleicht ebenfalls nach einem Assistenten umsehen.«

»Nimm doch Heins.«

»Das könnte 'ne Idee sein. Die Rolle kennt er ja bereits. Für euch bleiben genügend Leute übrig.«

Petra verließ ihn unzufrieden. Die Rolle der allein gelassenen Geliebten passte gleich gar nicht zu ihr. Ihr Einfluss war gering. Ihr Vater und ihr Freund hatten gemeinsam entschieden und würden sich hiervon nicht abbringen lassen. Wie über ihren Kopf hinweg bestimmt wurde, ging ihr eindeutig gegen den Strich.

Hilpert suchte Jan Gärtner am nächsten Morgen auf. Der Personalchef schaute ihn erwartungsvoll an, als er dessen Büro betrat. »Na, womit kann ich dienen, Fabian?«, fragte er, ohne sich mit umfänglichen Begrüßungsfloskeln aufzuhalten.

Er setzte sich ihm gegenüber. »Es geht um Wellners verstorbene Frau. Du sagtest ja, du hättest sie kennengelernt. Weshalb bist du so davon überzeugt, dass sie mit Lüders garantiert kein Verhältnis hatte?«

Gärtner fuhr unbewusst mit der Hand durch sein Haar, das an den Schläfen leicht ergraut war. »Wir reden über Einstellungen, über Gefühle. Natürlich kann ich nichts davon beweisen.«

Beinahe schien es Hilpert, als würde er in Erinnerung an die Frau die Augen verdrehen.

»Sie war eine berauschend schöne Frau. Ende dreißig. Ich bin damals mit meinen siebenundzwanzig Jahren auf sie abgefahren wie ein Sechstklässler.«

»Du warst in sie verliebt?«

»Irgendwie schon. Sie war unerreichbar, aber nicht arrogant. Ihr Tod hatte mich sehr betroffen gemacht.«

»Der Flugzeugabsturz, glaubst du wirklich an einen Unfall?«

»Ganz schwer zu sagen. Gerüchte kamen erst später auf. Wir waren anfangs einfach nur traurig. Ich hielt ein Attentat für an den Haaren herbeigezogen.«

»Und heute? Hast du deine Meinung dazu geändert?«

»Warum sollte ich?«

»Du und Wellner, ihr strahlt eine Überzeugung aus, wenn es um die Frau geht, die man als unerschütterlich bezeichnen kann. Was war das Besondere an ihr?«

»Ich habe sie gelegentlich erlebt, bei Veranstaltungen, wenn sie ihn in der Firma aufsuchte. Sie verbreitete eine Aura um sich, der konnte man sich nicht entziehen.«

»Und dieser Lüders, war er tatsächlich solch ein Aufreißer, wie behauptet wurde?«

Gärtner zuckte die Achseln. »Ich habe ihn nicht weiter gekannt. Er hat ja nicht bei uns gearbeitet.«

»Ist über ihn nicht getratscht worden?«

»Mich hat kaum was erreicht. Er interessierte mich schlichtweg nicht. Ich habe ihn einmal gesehen. Er war so der Typ Mamas Liebling. Ich wäre nicht darauf gekommen, dass er als Ladykiller durch die Lande gezogen sein soll. Vielleicht war das seine Masche. So 'ne Art Anti-Macho.«

Verunsichert verließ Hilpert den Kollegen. Gab es noch andere, die sich zu der Zeit in die Frau des Chefs verliebt hatten? Aber weshalb sollten die sich ein Mordkomplott gegen Klaas Lüders ausdenken? Und das nach zwölf Jahren? Er fing an, etwas zu konstruieren, das hinten und vorne nicht passte. Auf welcher Fährte bewegte er sich? Konnte es sein, dass man ihn in die falsche Richtung locken wollte? Und er folgte dem Köder wie die Ziege der Karotte, die man ihr vor die Nase hielt, ohne dass sie sie erreichte. Nein, eigentlich hatte er selbst diesen Weg genommen, weil er krampfhaft auf der Suche nach dem Organisator der Morde war. Er bedauerte es, Felix Kahrs nicht zu fassen zu bekommen. Wenn überhaupt, wäre er der Einzige neben seiner Mutter, der den Hauch eines Motivs aus dem Flugzeugabsturz heraus erkennen ließ. Selbst das war weit an den Haaren herbeigezogen. Er musste diese Geschichte zu einem Ende bringen, durfte sich nicht weiter verzetteln, musste unbedingt Ballast abwerfen. Es blieb ihm nichts anderes übrig, als eine erneute Befragungsaktion zu starten. Viele Freunde würde er sich damit nicht machen.

27

Doris Lüders' Pflegerin klang am Telefon sehr resolut. Hilpert spürte, dass sie es nur ungern an Doris reichte. Diese wirkte überraschend frisch und ausgeglichen auf ihn. Vor allem war sie nüchtern. Gab man ihr irgendwelche Medikamente? Hatte ihr der Aufenthalt im Krankenhaus geholfen? Er meldete ohne große Umschweife seinen Besuch an. Sie hatte kein Problem damit, ihn zu sehen. Sein Auto kannte den Weg zu ihr beinahe von selbst. Als er die Villa erreichte, fing ihn die Pflegerin vor der Haustür ab. Die schlanke Frau mit den streng nach hinten gekämmten schwarzen Haaren sprach mit mahnender Stimme auf ihn ein: »Frau Lüders ist auf einem guten Weg. Überfordern Sie sie bitte nicht.«

»Natürlich werde ich sie so schonend wie möglich behandeln. Ich kümmere mich um die Ermordung ihres Sohnes, weil sie es will, nicht weil ich mich einmischen möchte.«

»Ich weiß. Die Ergreifung des Mörders ist für sie von unglaublicher Bedeutung. Dieses Ziel hält sie aufrecht, gibt ihr Lebenskraft. Es bringt sie momentan sogar auf Distanz zum Alkohol. Ich fürchte nur, irgendwann kommt der Zusammenbruch.«

»Wie erklärt sich dann ihr Rückschlag?«

»Das ist keine neue Erfahrung. Alkoholismus ist eine gnadenlose Krankheit. Man läuft ständig Gefahr, in alte Verhaltensweisen zurückzufallen. Ich halte sie für noch schwerer zu bekämpfen als manche Drogensucht. Hinzu kommt, das Zeug ist legal. Es ist gesellschaftlich akzeptiert. Es gibt keine Beschaffungsproblematik, sieht man mal vom Geld ab. Sind Sie älter als achtzehn, kann Sie niemand davon abhalten, so viel zu kaufen und zu trinken, wie es Ihnen beliebt.«

»Aber so ohne Weiteres kommt sie nicht an die Getränke.«

»Wo ein Wille, da ein Weg. Es reicht doch, einen Taxifahrer anzurufen und ihn zu bitten, ihr den Stoff zu besorgen. Bei einer Adresse wie dieser bringt man die Flaschen sogar gerne vorbei. Solch eine Stammkundin lässt einem das Herz höherschlagen. Ein ordentliches Trinkgeld ist immer garantiert.«

»Klar, da ist es schon schwieriger, sich Crack oder Heroin zu beschaffen.«

»Vergessen Sie nicht, mit dem nötigen Kleingeld geht auf dieser Welt alles.«

Doris trat auf die beiden zu. »Na, redet ihr über mich?«

Hilpert grinste sie hilflos an. »Über wen sonst?«

Sie lächelte verkniffen zurück. »Sie sind wenigstens ehrlich und reden nicht drum herum.«

Sie setzten sich ins Wohnzimmer, er nickte zu einem Kaffee. Die Pflegerin ließ sie allein.

»Sie ist eine Perle, obwohl sie relativ jung ist«, eröffnete Doris Lüders das Gespräch. »Sie ist resolut, aber nicht unhöflich. Dennis Thiems hat eine gute Wahl getroffen.« Sie unterbrach sich selbst. »Um das in Erfahrung zu bringen, sind Sie bestimmt nicht gekommen. Was kann ich für Sie tun?«

Er war sich unsicher, ob er gleich mit der Tür ins Haus fallen sollte, entschied sich dann dafür. »Ich versuche immer noch den Tod von Klaas zu verstehen.«

»Wieso? Ging es nicht ums Geld?«

»Ich behaupte, nicht nur.«

Interessiert sah sie ihn an. Jetzt, wo sie kaum geschminkt war, standen ihr die zurückliegenden Alkoholexzesse deutlich ins Gesicht geschrieben. Trotzdem wirkte sie wacher als bei früheren Gesprächen.

»Ich bin bei dem damaligen Flugzeugabsturz gelandet. Was für ein Typ war Ihr Mann?«

»Jetzt sagen Sie nicht, Sie packen die alte Kamelle mit dem Verhältnis aus, das er angeblich mit Claudia Wellner hatte.«

»Doch, genau das mache ich.«

»Vergessen Sie's. Claudia war beileibe nicht die Heilige, die Paul in ihr sah. Aber mein Mann war nicht ihr Typ.«

»Woher wissen Sie?«

»Von ihr. Ihr Interesse galt zu der Zeit einem jüngeren Mann aus der Firma.«

»Und hat sie mit dem?«

»Schwer zu sagen. Über Details haben wir nicht gesprochen. Garantiert wurden mehr als nur Zärtlichkeiten ausgetauscht. Sie war nicht dumm und agierte entsprechend vorsichtig. Sie wusste, was sie verlieren konnte.«

»Wusste ihr Mann davon?«

Sie schüttelte den Kopf. »Dies ist mein bestgehütetes Geheimnis gewesen. Und sie wird es eh für sich behalten haben. Ich habe es Ihnen nur erzählt, damit Sie sich in die richtige Richtung orientieren.«

»Weshalb hat sie Ihnen davon erzählt?«

»Es drang kurz vor ihrem Tod das Gerücht an mich, Claudia und John hätten etwas miteinander. Ich sprach sie darauf an. Sie hat gelacht und mir die Geschichte von dem jungen Mann gebeichtet.«

»Und Sie sind sicher, dass sie mit Ihrem Mann kein Verhältnis hatte? Sie könnte ja geschwindelt haben.«

»Ich habe mit ihr keinen Lügendetektortest gemacht, wenn Sie das meinen. Sie sprach von der Schwärmerei eines jungen Menschen für sie. Sie habe es genossen und ein wenig genippt.«

»Was heißt genippt?«

»Muss ich Ihnen das erklären?«

Er verzichtete darauf. Zuweilen empfand er sich in diesen Fragen als naiv. Vielleicht gehörte sich das so für einen Heidjer. »Haben Sie geglaubt, dass da wirklich nicht mehr war?«

»Es war mir gleichgültig. Ich zumindest hätte zugegriffen.«

»Ihr Ehemann, was war das für ein Typ?«

Sie bekam einen verträumten Blick. »Sie kennen Udo? Klar, was frag ich dumm? Allein vom Äußeren sieht er seinem Vater unglaublich ähnlich. In ihrer Sicht der Dinge, in ihrer Gleichgültigkeit gleichen sie einander wie ein Ei dem anderen.«

Sie wischte sich mit dem Handrücken über die Augen. Manche Wunde verheilte nie. Die Erinnerung drohte sie zu übermannen. Doch sie fing sich wieder. »Er war in mancherlei Hinsicht wie ein Kind. Er wollte niemandem wehtun. Und trotzdem tat er es, weil er nicht begriff, welchen Schmerz er dem anderen zufügte.« Ihre Gesichtszüge verhärteten sich. »Ein bestimmter Frauentyp flog auf ihn. Nein zu sagen hatte er nicht gelernt.«

»Wellners Frau war resistent gegen ihn?«

»Sie suchte den kraftvollen Mann, an den man sich anlehnen konnte. Da konnte John nicht mithalten. Dem musste man selber unter die Arme greifen. Auf ihn musste man zugehen. Er war kein Eroberer, kein Jäger.«

»Ihr Cousin stellt sich bis heute hinter seine Frau.«

»Geht es um sie, ignoriert er die Realität.« Sie lächelte bitter. »Was war, durfte nicht sein. Fakt war, sie lebten damals nebeneinander her. Für ihn zählte das Geschäft, gelegentlich seine Kinder. Seine Frau hatte er gnadenlos vernachlässigt.«

»Hat er sich seitdem gewandelt?«, fragte Hilpert verunsichert.

Sie starrte auf ihre Hände, als suchte sie nach ersten Altersflecken. »Nein, er ist geblieben, was und wie er immer war. Nur gibt es seitdem keine Ehefrau oder Lebensgefährtin mehr, die Ansprüche an ihn stellen könnte. Also bleibt für seine Kinder etwas mehr Zeit übrig. Und die sind mittlerweile erwachsen und leben ihr eigenes Leben.«

Sie musterte ihn unverwandt. »Seine hohe Geschäftsorientierung haben Sie doch selbst schon miterlebt. Oder hat er Ihnen vorher das Wort gegönnt, bevor er Christina das Angebot mit Australien unterbreitet hat?«

Hätte man es verlangen können?, fragte er sich. Vermutlich nicht. Sie waren kein Haufen Pfadfinder, die jeden Tag eine gute Tat verrichten wollten. Sie arbeiteten nach ökonomischen Prinzipien in einem Unternehmen. Es stellte sich ihm ein anderes Problem. War es sein Auftrag, Wellners Innenleben zu durchleuchten? Durfte er seine Familie auseinandernehmen? Er kam als Auftraggeber für die aktuellen Morde nicht in Betracht. Hilpert hielt es für unwahrscheinlich, dass Wellner oder Doris Lüders den Auftrag erteilt hatten, das Flugzeug zu sabotieren. Diese Baustelle war nicht seine. Er musste sie dringend verlassen.

»Sie sprachen eben auf Udo an. Wie gut kennen Sie ihn?«

Sie blickte beschämt nach unten. »Zu gut.«

»Haben Sie etwa mit ihm ...?«

»Bitte behalten Sie das für sich. Nach der Beerdigung und dem Leichenschmaus ist er mit mir nach Hause gekommen und als Letzter geblieben. Da ist es passiert. Er gab mir das Gefühl, begehrt zu werden. Und ich war stocknüchtern. Gott, diese Vitalität!«

Er hatte ihn erneut zu fassen bekommen, den lieben Udo. Diesmal war der junge Bursche an der Quelle angelangt. Bei Doris wurde kein Kleingeld gewechselt, da ging es um große Scheine.

»Werden Sie ihn wiedersehen, ich meine ...«

»... im Bett?«, beendete sie unbefangen den Satz. »Ich bete darum. Ginge es nach mir, er könnte sich hier einnisten.«

»Was würde Sarah dazu sagen? Er ist für sie wie ein Bruder.«

»Die fragt mich nicht, wer für sie gut ist. Ich verzichte darauf, sie zu anzusprechen. So einfach ist das. Ich halte ihn fest, solange er mich will.«

Was blieb Hilpert übrig? Udo im Auge zu behalten? Fand hier ein neu inszeniertes Spielchen statt? Oder waren die beiden eher zufällig zueinandergekommen? Der junge Mann, dem man nachsagte, dass Geld für ihn keine Rolle spielte, war ziemlich weit oben bei den Pfründen angelangt. Ungewollt oder geplant? Wer wollte darüber befinden? Zumindest hielt er Doris gegenüber seinen Mund. Sollte er sie mit unbewiesenen Verdächtigungen quälen? Ihr Sexualleben hatte ihn eh nicht zu interessieren. Tat es ihr gut, gab es keine Einwände dagegen. Sie war alt genug, um die Konsequenzen ihres Handelns selbst zu tragen. Udo stand ebenfalls nicht mehr unter Kuratel des Staatsanwalts.

Vom Auto aus rief er Gärtner, Wellners Personalchef, an. Er hatte sich zu einem Bluff durchgerungen. Er dachte an die Bemerkung von Doris Lüders, dass es damals in der Firma einen jungen Mann gegeben habe, der mehr als ein Auge auf die schöne Claudia geworfen hatte.

»Jan, das Thema ist eigentlich zu brisant fürs Telefon. Aber ein Mäuschen hat mir geflüstert, dass du Frau Wellner nähergekommen bist, als du mir bislang vormachen wolltest.«

Das Schweigen am anderen Ende war schon so gut wie eine Antwort. Gärtner verzichtete darauf, die Wahrheit weiter elegant zu umkurven. Er gab zu, ihr auf einem Betriebsfest begegnet zu sein. Anscheinend funkte es damals. Trotzdem kochte er die Begegnung herunter. »Ich durfte sie anfassen und sie fasste mich an. Wir haben es genossen.«

Er wollte ihr danach nie mehr so nahegekommen sein, auch wenn er es gern gewollt hätte. Sie habe ihn auf Distanz gehalten. Und dann sei es zu spät gewesen.

Hilpert war bereits im Begriff, das Gespräch zu beenden, als Gärtner einen wichtigen Satz von sich gab: »Sie hat zu der Zeit eindeutig ein Verhältnis gehabt, das ist definitiv. Ich habe nur keine Ahnung mit wem.«

»Doch mit Lüders?«

»Nein, jemand anderes.«

»'ne Idee, wer das gewesen sein könnte?«

»Nicht die Spur, ich war ja nicht Mitarbeiter der Stasi. Aber es war garantiert jemand aus der Firma.«

»Dich wollte sie nicht?«

»Ich vermute, ich war ihr zu jung, zu unabhängig, zu anhänglich und damit zu gefährlich.«

Er spürte, wie Gärtner am anderen Ende schlucken musste, und entschied, das Gespräch zu beenden. »Ich komme zu einem anderen Zeitpunkt auf dich zurück. Danke für deine Offenheit.«

Was sollte er mit diesen Informationen anfangen? Wellner befragen? Anscheinend wollte der dem Thema eine Beerdigung erster Klasse geben. Dann kam ihm wieder Felix Kahrs in den Sinn. Ob der mit Fehlinformationen versorgt in die falsche Richtung gelockt wurde? Aber was sollte der gegen Klaas Lüders haben, zwölf Jahre nach dem Tod seines Vaters und seines Bruders? Und wer hätte ihn dahin gelockt? Spielmann, ein Mann, dem man keine sonderlichen intellektuellen Fähigkeiten nachsagte? So recht wollte er nicht daran glauben. Er landete abermals bei der Person, die hinter allem stand. Existierte sie, musste sie über zwei Eigenschaften verfügen: einen unbändigen Hass und über eine gewisse Intelligenz.

Im weiteren Verlauf des Tages verabredete er sich mit Wellner wie in alten Zeiten im Vierjahreszeiten. Das Hotel hatte seit seinem letzten Besuch nichts von seiner ehrwürdigen Strenge verloren. Hier traute man sich nicht so ohne Weiteres als Tourist hinein, um auf das edle Ambiente einen Blick zu werfen. Selbst ein amerikanischer Milliardär würde es vermutlich nicht wagen, seine Füße auf einen der Beistelltische zu legen, obwohl man denen einiges zutrauen durfte. Der Unternehmer saß bereits an seinem Stammtisch, gelassen bei einem Glas Rotwein. Er lächelte Hilpert zu, als der zu ihm an den Tisch trat.

»Na, was für bösartige Fragen schwirren Ihnen durch den Kopf?«, bemerkte er, nachdem sich Hilpert gesetzt hatte.

Ein Kellner gesellte sich zu ihm. Bevor der ihn befragen konnte, wies er auf den Wein.

»Ich möchte den Flugzeugabsturz abhaken und bräuchte ein paar Bestätigungen von Ihnen.«

»Sie bohren verdammt tief. Ich gehe davon aus, Sie meinen meine damalige Beziehung zu meiner Frau?«

»So in etwa.«

»Hat das wirklich was mit dem Fall zu tun?«

»Vermutlich nicht, aber ich muss noch einen jungen Mann treffen, der möglicherweise mit abstrusen Ideen durch die Gegend läuft. Da ist es wichtig zu wissen, was richtig und was falsch ist.«

Wellner nickte dem Kellner zu, als der nachschenken wollte. Anschließend hob er sein Glas und stieß mit Hilpert an.

»Bevor wir ans Eingemachte gehen, möchte ich mich vergewissern, ob Sie mit mir tatsächlich übereinstimmen, dass wir uns vorerst nicht in meinem Haus treffen und Sie Petra privat aus dem Weg gehen, um sie nicht zu gefährden?!«

»Allerdings sehe ich das so!«

»Fühlen Sie sich von mir ausgegrenzt?«

»Wie sollte ich? Ich stehe voll hinter dieser Entscheidung.«

»Bitte teilen Sie das bei Gelegenheit meiner Tochter mit. Sie hat mir ein Höllentheater und ein noch schlechteres Gewissen gemacht.«

»Das ist ja seltsam. Das Gespräch, das ich mit ihr geführt hatte, verlief recht sachlich. Mir schien, sie würde unserem Vorschlag zustimmen.«

»Teilen Sie ihr bitte Ihre Meinung dazu persönlich mit. Wenn es sich um Sie dreht, geht ihr jegliche intellektuelle Qualität flöten. Sie hat sich hier ein Zimmer genommen und erwartet anschließend Ihren Besuch.«

»Das lässt sich einrichten.«

Wellner grinste ihn verlegen an. »Kommen wir auf Ihr Thema zurück. Ich habe meine Frau zu ihren Lebzeiten schlecht behandelt. Wenn sie mich brauchte, war ich selten an ihrer Seite. Das musste irgendwann schiefgehen. Geld allein reicht nicht.«

»Wie meinen Sie das?«

»Ich weiß, dass sie eine Beziehung zu einem anderen Mann aufgenommen hatte.« Er hüstelte verlegen. »Das teilte sie mir damals selber mit. So war sie eben.«

»War es Lüders?«

»Keine Ahnung, ich kenne den Namen ihres Liebhabers nicht. Wir wollten die Gelegenheit nutzen und uns auf Sylt aussprechen. Wie Sie wissen, ist es dazu nicht mehr gekommen.«

»Sie haben dem Piloten also keine Bombe unter dem Sitz anbringen oder den Kompass beschädigen lassen!?«

»Eher nicht. Und Doris hatte ebenfalls keine Veranlassung dafür.«

»Das habe ich mir schon gedacht.«

Wellner nahm ihn ins Visier. »Ich muss Ihnen nicht sagen, dass Petra sehr an Ihnen hängt. Sollten Sie sie enttäuschen, will ich das mit der Bombe bei Ihnen nicht ausschließen.«

»Jetzt jagen Sie mir Angst ein«, erwiderte er grinsend. »Aber wir können es bei einem friedlichen Austausch unserer Ansichten belassen. Mit einem Menschen wie Petra könnte ich mir durchaus vorstellen, alt zu werden.«

»Wenn nur die Scheißkohle nicht wäre. Ihr Reichtum stört Sie, stimmt's?«

»Sie kennen mich gut, Chef.«

Lachend schlug sich Wellner auf die Schenkel. »Bei Ihnen ticken die Uhren völlig anders als bei den meisten Menschen, die ich kenne.«

Ein Anruf von Petra unterband ihr Gespräch. Es reichte gerade noch, dass Hilpert sich verabschieden konnte. Wellner grinste ihm wissend hinterher, als er das Restaurant verließ. Gemessenen Schrittes ging er zum Fahrstuhl und fuhr hinauf. Sie empfing ihn, als hätten sie sich seit Wochen nicht gesehen. Und er genoss es. Viel zu reden gab es nicht. Ihm war es recht. Ob Wellner sich damit zufriedengeben würde, blieb dahingestellt. Er schaffte es erst spät, sich von ihr zu lösen und zur Isestraße zurückzukehren.

Am nächsten Morgen starrte Hilpert gedankenverloren in den Badezimmerspiegel. Er fühlte sich einigermaßen frisch. Einen ausufernden Weinkonsum hatte Petra mit ihrem Anruf erfolgreich unterbunden. Was lag für ihn an? Nichts Konkretes. Mit einem Anruf im Polizeipräsidium vergewisserte er sich, dass dort keine neuen Fakten vorlagen. Er nahm sich seine Aktionsliste vor. Sie war ausgesprochen dünn geworden. Er hatte die wesentlichen Gespräche geführt. Nach kurzem Überlegen griff er zum Telefon und wählte die Nummer von Ina Kahrs, der Frau des Piloten. Nach reiflichem Zögern stimmte sie einem weiteren Gesprächstermin in Wedel zu. Für den Weg von Harvestehude aus musste man ordentlich Zeit einplanen. Die Strecke war lang und nicht ohne Tücken. Ab Stresemannstraße galt es, besonders aufmerksam zu fahren. Seitdem dort vor einigen Jahren mehrere Kinder tödlich verunglückt waren, wurde auf das Einhalten der Geschwindigkeitsbegrenzung akribisch geachtet, selbstverständlich kompetent durch moderne Technik unterstützt. Ab der Osborner Landstraße schien die Strecke geradezu mit Blitzern bestückt zu sein. Er musste höllisch aufpassen. Wanderten erst einmal die Gedanken durch den Kopf, schenkte man dem Tempolimit weniger Beachtung, gleichzeitig schien das Gaspedal eine geradezu magische Anziehungskraft auszuüben. An diesem Vormittag gehörte er zu den Glücklichen. Kein helles Aufleuchten am Straßenrand bescherte ihm neue Punkte in Flensburg.

Als er das Reihenhaus betrat, spürte er, dass sie nicht allein waren. Vom Wohnzimmer aus ging eine Tür in ein Nachbarzimmer, die nur angelehnt war. Hilpert wies mit dem Kopf in die Richtung. »Sie haben Besuch?«

»Besuch ist der falsche Ausdruck. Bitte komm zu uns, Felix.«

Ein schmächtiger, mittelgroßer junger Mann betrat den Raum. Er trug halblange dunkle Haare. Eine randlose kreisrunde Brille verlieh ihm einen intellektuellen Ausdruck. Letzte Rudimente einer mittelschweren Akne, die ihn in der Pubertät belastet hatte, ließen ihn jünger wirken, als er war.

Das soll der Kopf eines Mordkomplotts sein?, dachte Hilpert, leise über sich lächelnd.

»Oh, so schnell zurück von der großen Skandinavienreise?«, fragte er ihn.

»War 'n Scheißwetter.«

»Warum wurde erzählt, Sie wären nicht mit auf Tour?«

»Warum schon? Wegen Wiebke. Die nervt, weil sie unbedingt nach Malle will. Ich hab überhaupt keinen Bock darauf. Da besuch ich lieber Hagenbeck. Aber das ist es ja wohl nicht, was Sie wissen wollen oder?!«

»Richtig erkannt. Spielmann, wie sind Sie an den geraten?«

»Ganz einfach. Er hat mich in meiner Stammkneipe angesprochen.«

»Ach ja?!«

»Genau, er wusste, wer ich bin, und er kannte seltsamerweise die Geschichte meines Vaters und meines älteren Bruders.«

»Und was erzählte er so?«

»Dass sie ebenso wie die anderen Fluggäste Opfer eines Attentats geworden seien.«

»Nannte er Namen?«

»Ja, er erwähnte einmal einen Dr. Wellner und dessen Cousine, Lüders hieß sie. Und er meinte, dass sie die Initiatorin gewesen sei.«

»Haben Sie ihm das abgenommen?«

»Das frage ich mich bis heute und zwar jeden Tag. Er hat mich regelrecht vergiftet mit diesem Verdacht. Das ist der eigentliche Grund, weshalb ich früher zurückgekommen bin. Ich will mit der Frau und dem Mann reden. Ich ersticke sonst daran.«

»Sie sind der Ansicht, die werden Ihnen den Anschlag gestehen? Die sind doch nicht bescheuert.«

Felix schlug sich mit der geballten Faust in die andere Handfläche. »Das werde ich spüren, ob die schuldig sind oder nicht.«

»Ich will sehen, ob sich das einrichten lässt.«

Ina Kahrs hatte bislang schweigend zugehört. Die Falten auf ihrer Stirn signalisierten, dass sie mit dem Verlauf des Gesprächs nicht einverstanden war. Langsam wie in Zeitlupe ging sie auf Felix zu und legte ihren Arm um seine Schultern. »Ich hätte etwas dazu zu sagen. Ursprünglich wollte ich es bis ans Ende meiner Tage für mich behalten. Die letzte Wartung der Maschine haben wir damals unter den Tisch fallen lassen. Wir waren knapp bei Kasse. Der Shuttle-Service nach Sylt war nicht so richtig erfolgreich. Wir mussten über die Runden kommen. Vermutlich war das der Grund für den Absturz.«

»Mein Gott, warum haben Sie diese Information für sich behalten?«, fragte Hilpert erregt. »All die Verdächtigungen gegen die Ehepartner. Mit Sicherheit haben die darunter gelitten.«

»Ich konnte nicht anders. Die Versicherung hätte keinen Pfennig gezahlt, wäre das an die Öffentlichkeit gelangt. Das hätte uns das Genick gebrochen.«

Der Junge wischte sich die Tränen aus den Augen. Hilpert erhob sich aus seinem Sessel und blickte auf das Paar. »Bei mir ist das Geheimnis sicher. Sie brauchen keine Angst zu haben. Es sei denn, Sie spielen mir etwas vor. Das mit der Versicherung dürfte verjährt sein.«

Er setzte sich genervt ins Auto. Unter Garantie hatte er eine falsche Spur verfolgt. Sie war sehr filigran gelegt worden. Man holte ihn so weit wie möglich weg von dem Fall, weg von den Verantwortlichen. Plötzlich wurde ihm klar, dass das eventuell auch für den Anschlag auf Petra und ihren Vater galt. Selbst wenn die Limousine nicht gepanzert gewesen wäre, hätte man mit einer Pistole nur wenig ausrichten können. Man beschäftigte ihn mit irrelevanten Aktionen und Verdächtigungen. War er jemandem zu nahe gekommen, ohne etwas zu bemerken? Er behielt diese Vermutung vorerst für sich und ließ die Sicherungsmaßnahmen bestehen. Es war nicht auszuschließen, dass er irrte. Die beiden waren ihm zu wertvoll, als dass er ihr Leben leichtsinnig aufs Spiel setzte.

Sein Magen signalisierte ihm, dass es auf die Mittagszeit zuging. Auf dem Weg zurück kehrte er an der Osdorfer Landstraße bei einem Bäcker ein und vertilgte dort, ohne mit der Wimper zu zucken, zwei gewaltige Sandwiches, dazu trank er eine Flasche Wasser. Am Ende bestellte er einen ordentlichen Milchkaffee. Der Tag war gerettet. Es mussten nicht immer die anspruchsvollen kulinarischen Angebote sein, die das Herz erfreuten. Man musste sich nicht ständig finanziell verausgaben, um es sich gut gehen zu lassen. Es ging auch ohne Kaviar und edle Weine. Gut gesättigt und noch besser gelaunt verließ er den Laden. Qualität war relativ.

Hilpert telefonierte mit Petra vom Auto aus. Gemeinsam schwärmten sie von der vergangenen Nacht. Sie machte ihm überdeutlich, dass dies nicht der letzte gemeinsame Hotelaufenthalt gewesen sei. Es sollte ihm recht sein. Einen Anschlag auf das Hotel hielt er für eher unwahrscheinlich. Ganz im Gegenteil, dort konnte man sich relativ sicher zurücklehnen. Wichtiger für ihn war allerdings die Frage, wie er mit seinen Befragungen weitermachen wollte. Dieses Problem löste Doris' Pflegerin für ihn. Ihre Stimme am Telefon klang hektisch und drohte, sich zu überschlagen. »Bitte kommen Sie schnell! Der junge Mann, der Frau Lüders seit Kurzem besucht, hat auf sie eingeschlagen!«

»Ist sie schwer verletzt?«

»Nein, nur eine aufgeplatzte Lippe und ein paar Kratzer auf der Wange. Aber ich weiß nicht, ob er erneut zuschlägt.«

»Sollte man einen Arzt hinzuziehen?«

»Frau Lüders will das nicht. Ich halte es ebenfalls nicht für erforderlich. Er hat wohl nur zweimal mit der flachen Hand zugelangt.«

»Und wie geht es ihr?

»Sie ist seltsam gefasst.«

»Haben Sie die Polizei informiert?«

»Ich dachte, ich spreche erst mit Ihnen.«

»Was ist mit dem Angreifer?«

»Er sitzt in einer Ecke im Schlafzimmer und weint Schnott und Tränen.«

»Gehen Sie in jedem Fall auf Distanz zu ihm. Sprechen Sie ihn nicht an. Niemand weiß, wozu er fähig ist.«

»Eigentlich ist er doch solch ein wohlerzogener junger Mann. Man möchte meinen, er kann keiner Fliege etwas zuleide tun.«

»Das Ergebnis sehen Sie. Sie können niemandem hinter die Stirn schauen. Rufen Sie unbedingt die Polizei an. Lassen Sie sich den Hauptkommissar Stange von der Mordkommission geben.«

»Mordkommission? Ist das nicht etwas übertrieben?!«

»Tun Sie, was ich sage.«

»Ja, ja, natürlich.«

Unter bösem Gehupe der anderen Verkehrsteilnehmer wechselte Hilpert mit dem Wagen die Straßenseite. Die durchzogene Linie zu überfahren und dabei die entgegenkommenden Fahrzeuge zu gefährden, kostete garantiert ein paar Punkte in Flensburg, sah man vom Bußgeld einmal ab. Fortuna stand auf seiner Seite. Die betroffenen Verkehrsteilnehmer wichen ihm geschickt aus. Es gab keine Blechschäden. Er vernahm kein Sirenengeheul, kein Polizeifahrzeug setzte sich auf seine Fährte. Er bog in die Isfeldstraße ab und erreichte kurz darauf die Elbchaussee. Zehn Minuten später stand er vor Doris' Villa in Blankenese. Die Polizei war noch nicht eingetroffen und die Pflegerin war seinen Weisungen gefolgt.

»Warum machen wir solch einen Aufstand?«, fragte sie Hilpert leicht pikiert. »Es ist doch nicht so viel passiert, dass gleich das halbe Präsidium bemüht werden muss.«

»Ach tatsächlich?! Sollte Ihnen entgangen sein, dass der Sohn von Frau Lüders entführt und ermordet worden ist?«

Entsetzt hielt sie die Hand vor den Mund. »Meinen Sie ...?«

»Wir können nichts ausschließen. Alles ist denkbar. Und Sie sehen ja selbst. Eben noch ist Udo der liebe Junge von nebenan, kurz darauf schlägt er auf eine Frau ein.«

»Ich verstehe.«

Er warf einen kurzen Blick auf Doris Lüders. Diese sah ihn ruhig an und wies mit einer Hand auf die Schlafzimmertür. Mit der Schulter drückte Hilpert sie auf und sah direkt auf das Doppelbett. Zerwühlt wie es war, machte es deutlich, dass darin an diesem frühen Nachmittag nicht nur fröhliche Pfänderspiele veranstaltet worden waren. Von Udo war aus einer Zimmerecke nur ein leises Wimmern zu vernehmen. Hilpert hockte sich neben ihn und legte einen Arm um seine Schultern.

»Na, Kleiner, was ist passiert?«

»Sie wollte unbedingt«, er schluckte, »und ich konnte nicht ... Sie war wie meine Mutter, da ist mir die Hand ausgerutscht.«

Viel mehr war ihm nicht zu entlocken. Eine Viertelstunde später trafen die ehemaligen Kollegen und ein Krankenwagen ein. Der Notarzt sah sich Doris oberflächlich an. »Da muss nichts geklammert oder genäht werden. In einigen Tagen sehen Sie aus wie vorher.«

»Das beruhigt mich«, erwiderte sie ungewöhnlich gelassen.

Stange versuchte ebenso vergeblich wie Hilpert einen vernünftigen Satz aus Friedrichs herauszubekommen. Er blieb verschlossen wie eine Auster. Schließlich übernahm der Arzt das Kommando. Er verpasste ihm eine Beruhigungsspritze und wies die Sanitäter an, ihn auf eine Trage zu legen.

»Ich liefere ihn in der Psychiatrischen ab. Der steht unter einem tiefen Schock.« Er nahm den Hauptkommissar ins Visier. »Man möchte fast annehmen, als sei er nicht der Täter, sondern das Opfer.«

Sie sahen dem medizinischen Personal hinterher, wie es sich zum Ausgang begab. Stange wirkte ratlos. »Und was machen wir nun?«

Hilpert klatschte entschlossen in die Hände. »Bringt Udos Mutter ins Präsidium. Die wird uns eine Menge erklären müssen. Komm jetzt, wir interviewen gemeinsam das Opfer.«

Doris gab sich sehr verschlossen. Sie sah von einer Anzeige ab. Gäbe es nicht die Pflegerin als Zeugin, vermutlich hätte sie sogar die Schläge geleugnet. Sie erschien den beiden Männern hellwach, als habe man ihr einen Grauschimmer von den Augen entfernt. Sie meinten sogar, eine Portion Misstrauen zu verspüren. Es musste allem Anschein nach nicht befürchtet werden, dass sie versuchen würde, das Erlebte mit Alkohol oder Medikamenten zu verdrängen. Kurz darauf brachen sie die Befragung ab.

»Geh'n wir«, wandte sich Hilpert an Stange. »Wenn du nichts dagegen hast, begleite ich euch ins Präsidium. Mir gehen da ein paar Fragen durch den Kopf.«

»Das ist gut, dann haben wir wenigstens jemanden, der der Mutter in geeigneter Form entgegentritt.«

»Worauf du dich verlassen kannst. Ich befürchte, wir erfahren Schlimmes.«

Sophie Friedrichs saß zusammengekauert an dem Vernehmungstisch. Von ihrem aggressiven Selbstbewusstsein war wenig verblieben. Hilpert blickte von außen durch die Scheibe in den Vernehmungsraum. Diese Frau war reif für die richtigen Fragen. Baumgartner war zu ihnen gestoßen. Er akzeptierte seinen Vorschlag, eine erste Befragung durchzuführen, ohne Diskussion. Der Expolizist war sofort im alten Fahrwasser. Und er kannte sich auch ohne Lotsen vorzüglich aus. Die Frau nickte, als er sie um die Erlaubnis bat, sie vernehmen zu dürfen. Sie sah ihm an, dass er viel wusste, als er sich ihr gegenübersetzte. Er musste sie nicht weiter befragen, es sprudelte aus ihr heraus.

»Ich weiß nicht, wann es begann. Udo war dreizehn oder vierzehn. Ich nahm ihn zu mir ins Bett und gebrauchte ihn wie einen Mann. Er wehrte sich nicht. Manche Dinge schienen ihm zu gefallen. Ich zeigte ihm, was ich wollte, und er tat es.« Sie schluckte schwer, als würde die Erinnerung sie belasten. »Ich liebte es, wenn er mich mit der Zunge erfreute. Er dagegen schien es zu hassen.«

Sie schluckte abermals und brach in Tränen aus. Hilpert blieb gelassen. Sie würde sich beruhigen und weiterreden. Er sollte richtig liegen.

»Mich reizte dieser Widerstand. Ich zwang ihn immer wieder, mich auf diese Art und Weise zu befriedigen. Bis er siebzehn wurde. Ab dem Zeitpunkt war er zu kräftig für mich. Dann ging es nur noch mit seiner Zustimmung. Kurz darauf war's das. Er verweigerte sich mir. Ich suchte mir gelegentliche Liebhaber. Der letzte war Spielmann.«

»Das heißt also, er hat gelernt sich gegen eine gewisse Spielart der Sexualität zu wehren.«

»Kann man so sagen.« Erneut standen Tränen in ihren Augen. »Ich habe seine gesamte sexuelle Orientierung kaputt gemacht. Damals habe ich meinen Egoismus ausgelebt, ohne an die Konsequenzen zu denken. Ich bin eine Scheißmutter gewesen.«

Dem hatte Hilpert wenig hinzuzufügen. Sexuelle Übergriffe fanden zwar schwerpunktmäßig auf Mädchen und Frauen statt, aber gelegentlich wurden auch Jungen Opfer, insbesondere wenn sie zu jung oder abhängig waren, um sich erfolgreich zu wehren. Die Skandale in den christlichen Kirchen waren eindeutig Beleg dafür. Dass man diese jungen Menschen zerstörte, kam niemandem in den Sinn. Oder es interessierte nicht. Hauptsache, die eigenen Bedürfnisse wurden befriedigt.

»Was ist nun mit Udo?«, fragte sie hektisch. »Sperrt man ihn ein? Das hält er nicht durch.«

»Das haben andere zu entscheiden«, entgegnete er kühl, stand langsam auf und wollte den Raum verlassen. Er verhielt mitten in der Bewegung. »Wie haben Sie das aufgenommen, das mit Udo und Doris Lüders?«

Ihre Augen blitzten, als sie antwortete: »Ich war wütend auf die beiden.«

»Wäre das nicht eine weitere Gelegenheit gewesen, die Kriegskasse anständig aufzufüllen?«

»Die kann ihr Geld behalten. Sie soll meinen Sohn zufriedenlassen.«

Er wollte es nicht glauben, Sophie war eifersüchtig wie ein junges Mädchen. Ihre Emotionen gingen seltsame Wege. Ihm war seine Erschütterung anzusehen, als er den Raum verließ. Ein hilfreicher Beamter drückte ihm einen Becher Kaffee in die

Hand. Er nahm einen kräftigen Schluck des heißen Getränks. Die Wirkung hielt sich in Grenzen, sah man davon ab, dass er sich die Zunge verbrannte.

Baumgartner trat auf ihn zu. »Wussten Sie davon?«

»Ich habe so etwas geahnt. Udo machte vorhin so eine Bemerkung. Fragt sich jetzt, ob er seinen Stiefbruder in solch einem Wutanfall erschlagen hat.«

»Sie meinen, die hatten Sex miteinander?«

»Nein, das ist sehr unwahrscheinlich. Vielleicht gibt es in seinem Kopf einen weiteren Knopf, den man nur drücken muss, und er geht hoch wie bei Frau Lüders.«

Baumgartner schüttelte zweifelnd den Kopf. »Kommen Sie mit zu mir. Ich will Ihnen etwas zeigen, bevor Sie falsche Schlüsse ziehen.« In seinem Zimmer fuhr er fort: »Ich habe kapiert, dass dieser Udo in bestimmten Situationen die Beherrschung verliert und äußerst aggressiv reagiert. Aber im Fall Klaas Lüders bin ich mir mehr als unsicher.«

Er reichte Hilpert ein knappes Dossier, das er aufmerksam las. Der Kriminalrat hatte recht. Hiernach war die Eisenstange von jemandem geführt worden, der Lederhandschuhe trug. Dieser Mord war zweifelsfrei vorbereitet worden. Wer im Affekt jemanden tötete, trug im Sommer keine Handschuhe mit sich herum und streifte sie vorsichtshalber über, bevor er zuschlug. Diese Tat sollte wirken, als sei sie aus einem Affekt heraus geschehen. Sie hatten es mit einem eiskalten Mörder zu tun und einer akribischen Organisation seiner Taten. Diese Erkenntnis kam für ihn nicht überraschend. Er war wieder bei seiner Ausgangsthese angelangt. Klaas' Tod war kühl kalkuliert und nicht spontan ausgeführt worden. Die Stirn in Falten gelegt, gab er die Mappe zurück. Er dachte an das Verhör von Sophie Friedrichs. Was war das für eine Mutter? War sie sich wirklich im Klaren darüber, was sie ihrem Sohn angetan hatte? Seine eigene Mutter kam ihm in den Sinn, die sich vermutlich noch heute vor ihn stellen würde, um eine Bedrohung abzufangen. Sie liebte ihn inständig. Nie hätte sie in ihm etwas anderes gesehen als ihr Kind. Seine Gedanken uferten aus. Er zwang sich zur Disziplin. Es ging um Morde, nicht um die unterschiedlichen Verhaltensweisen von Müttern. Vor seinem geistigen Auge tauchte eine weitere Mutter auf. Welchen Typ verkörperte Ina Kahrs? Würde sie für ihren Sohn lügen? Garantiert! Hatte sie ihn mit der Behauptung, eine Wartung sei unterlassen worden, hinters Licht geführt? Es war ihr zuzutrauen. Das Problem sollte sich lösen lassen. Er bat Baumgartner zu überprüfen, ob für das abgestürzte Flugzeug die erforderlichen Wartungen veranlasst worden waren.

»Ob's da nach so langer Zeit noch Unterlagen drüber gibt? Man wird sehen. Mensch, Hilpert, man darf Sie nicht zu dicht an sich rankommen lassen, schon wird einem Arbeit aufgebrummt. Was steckt dahinter, spucken Sie es aus.«

Er erklärte es ihm mit wenigen Worten.

»Sie sind ein misstrauischer Hund. Das ist in unserer Branche der Schlüssel zum Erfolg. Sollten Sie mal keinen Bock mehr auf Big Business haben, kommen Sie bloß zurück!«

Hilpert blickte seinen Gesprächspartner traurig an. »Hier gehöre ich eigentlich hin.«

Baumgartner nahm ihn in den Arm. »Du bist immer ein Bulle geblieben. Wir könnten dich gut gebrauchen. Von deiner Sorte laufen zu wenige herum. Dein Intimfeind im Rathaus ist weg. Weber ließe die Champagnerkorken knallen, kämst du zurück.«

Sie waren zum Du übergegangen und würden dabei bleiben. Baumgartner sprach ihm aus der Seele.

»Ich denke seit Längerem darüber nach. Aber vergebt ihr mir meinen Pristic?«

»Den Namen haben wir im Zusammenhang mit dir längst vergessen.«

Er war noch nicht so weit, alles hinzuwerfen und den Kopf für kleines Geld zu riskieren. Baumgartners Einladung, zurückzukommen, gefiel ihm. Von seinem ehemaligen Chef Weber wusste er, dass er ihn schätzte. Zu Baumgartner entwickelte sich eine Beziehung, die einen zunehmend freundschaftlichen Charakter erhielt. Das wäre für eine künftige Zusammenarbeit kaum zu toppen. Auf dem Weg zum Aufzug traf er auf Julia Stüven. Die attraktive Staatsanwältin ging strahlend auf ihn zu und begrüßte ihn mit einem Kuss auf die Wange.

»Na, Fabian, du machst dich rar. Wir könnten mal wieder zusammen essen gehen. Hättest du Lust?«

»Warum nicht? Hast du deinen Terminkalender im Kopf?«

»Nee, aber im Handy.«

Sie verabredeten sich für Anfang der folgenden Woche. Er nickte zu dem Italiener in Hittfeld. Das Essen dort war okay. Vielleicht würde er auf dem Rückweg einen Abstecher zu seinen Eltern machen. Als er weiterging, fragte er sich, was sie von ihm wollte. Ihr letztes Treffen war nicht so prickelnd, dass es einer Wiederholung bedurft hätte. An ein erneutes Aufflammen ihrer Beziehung von ihrer Seite aus wollte er nicht glauben. Er war eh nicht interessiert. Petra war ihm zu wichtig, als dass er darüber nachdachte, sie zu hintergehen.

In seinem Fahrzeug starrte er aus dem Fenster. Der Fall um ihn herum hatte eine unerwartete Dynamik entwickelt. Er verfügte über einen Killer, der zwar identifiziert, aber nicht aufzufinden war. Er suchte nach dem Drahtzieher, von dem er nicht einmal wusste, ob er vor seiner Nase herumspazierte oder ebenfalls in der Versenkung verschwunden war. Nach der Attacke auf Doris sah er Udo in einem anderen Licht. Egal, wo die Ursachen für sein Verhalten begründet waren, er konnte unvermutet und brutal zuschlagen. Felix Kahrs war für ihn ein unbeschriebenes Blatt. Wie stand es um die Mütter der beiden? Dass es Ina Kahrs nach einem Dutzend Jahren einfiel, die Rächerin aus Schleswig-Holstein zu spielen, wollte ihm nicht eingehen. Sollte Sophie Friedrichs 25 Jahre nach der Geburt ihres Sohns wie Zorro durch die Gegend reiten und versuchen, die Schuldigen wie die Unschuldigen zu bestrafen? Er weigerte sich, das zu glauben. Abgesehen davon hatte sie sich augenscheinlich mit den Erpressungen ein erkleckliches Zubrot verdient. Sie konnte sich über ihre materielle Situation somit nicht beklagen. War sie gieriger geworden? Vielleicht angestachelt durch Spielmann? Alles, was ihm durch den Kopf ging, wirkte auf ihn wie an den Haaren herbeigezogen, nach dem Motto, reim dich oder ich schlag dich.

28

Hilpert startete seinen Wagen und meldete sich telefonisch bei Böttcher an. Vielleicht konnte er ihm in Sachen Flugzeugwartung weiterhelfen. Wie sich zeigte, freute sich der pensionierte Kriminalbeamte über seinen Besuch. Als er das Haus betrat, wartete bereits eine gut gekühlte Flasche Bier auf ihn. Selbst wenn er gewollt hätte, wäre es unhöflich gewesen, sie auszuschlagen. Tatsächlich aber kam sie im geeigneten Augenblick. Böttcher war offensichtlich wieder im richtigen Fahrwasser gelandet. Voller Entsetzen blickte Hilpert auf weitere Aktenordner, die sich alle auf den Fall Wellner/Lüders bezogen. Was ihm jetzt zu seinem Glück fehlte, war ein stundenlanger Monolog des in Ehren ergrauten ehemaligen Ermittlers. Im Hintergrund vernahm er die Byrds. Diese Gruppe kannte er durch den Vater eines guten Freundes. Er mochte deren mehrstimmigen Gesang.

Geradezu spitzbübisch blickte Böttcher zu seinem Gast herüber. »Na, haben Sie ebenfalls Blut geleckt?«

»Meinen Sie jetzt die Musik?«

»Sie wissen genau, was ich meinte. Also spucken Sie es aus.«

»Nicht wirklich. Eher nerven mich diese in die Vergangenheit zurückgreifenden Geschehnisse. Man dringt in die Intimsphäre von Menschen ein ohne Rücksicht auf Gefühle. Andererseits dürfen wir nichts außer Acht lassen. Es geht um den Absturz. Was hat Sie so sicher gemacht, dass dabei manipuliert wurde?«

»Unter anderem das lockere Sexualverhalten innerhalb der Familie.«

»Getuschelt wird doch überall.«

Böttcher fasste sich an die Nase. »Also hier haben wir es schwarz auf weiß.« Er griff nach einem Aktenordner und begann darin zu blättern. »Die Frau des Konzernchefs hat es auf dem letzten Betriebsfest vor ihrem Tod mit jemandem getrieben. Eine Mitarbeiterin aus dem Marketing hat sie eindeutig dabei beobachtet.«

»Sie haben eine Aussage darüber, dass es Lüders war?«

»Nicht so konkret. Sie will den Mann nicht erkannt haben. Nur wer sollte es sonst gewesen sein? Wohl kaum ihr eigener Mann. Andere Namen sind nicht aufgetaucht.«

Nicht bei Ihnen, dachte Hilpert, dafür bei mir.

»Die Frau des Piloten«, fuhr er unbeirrt fort, »behauptet bei der verunglückten Maschine sei die letzte Wartung versäumt worden. Angeblich aus Geldmangel.«

»Unsinn, in unseren Unterlagen ist Entsprechendes nicht vermerkt worden. Der Flieger war dem Vernehmen nach okay.«

Wer hatte nun recht? Sie diskutierten eine Weile über Wenn und Aber. Tatsächlich verfingen sie sich in einem Gestrüpp aus unbewiesenen Vermutungen und Annahmen. Dies wurde bereits Böttcher während seiner aktiven Zeit zum Verhängnis. Der zuständige Staatsanwalt und sein damaliger Vorgesetzter pfiffen ihn konsequent in konzertierter Aktion zurück. Schließlich langte es Hilpert. Er verzichtete auf ein weiteres Bier und verabschiedete sich während des Konzerts der Spencer Davis Group. Sehr viel weiter war er nicht gekommen. Aber die Musik sprach ihn zusehends an. Dass der Sänger der Gruppe gerade mal 17 Jahre alt war, als die Platte aufgenommen wurde, wollte er nicht glauben. Der Name Steve Winwood sagte ihm selbst heute noch etwas. Mittlerweile war er als Produzent recht erfolgreich. »Keep on running«, summte er leise vor sich hin, als er den pensionierten Polizisten verließ.

Er wollte sich nochmals Jan Gärtner greifen. Ihm schien, als habe er ihm allenfalls ein kleines Stück der vollen Wahrheit mitgeteilt. Stimmte Böttchers Vermutung, so war er bei der Frau seines Chefs erheblich weitergekommen, als er bislang zugegeben hatte. Er versuchte, ihn im Büro zu erreichen. Dort informierte man ihn, dass der Personalchef einen Tag Urlaub genommen hatte. Glücklicherweise hatte er dessen Handynummer gespeichert. Er erreichte ihn beim Joggen um die Alster. Sie verabredeten sich für ein spätes Mittagessen im Alster Cliff Restaurant.

Hilpert benötigte mehr als ein paar Minuten durch Hamburg, bis er endlich den Mittelweg erreicht hatte. Von dort aus bog er in die Alte Rabenstraße ab. Jetzt am frühen Nachmittag erwartete er eigentlich keinen Parkplatz entlang der Außenalster zu finden. Die hatten sich die Mitarbeiter der Gesellschaften gegriffen, die in der Umgebung tätig waren und nicht über das Privileg eines Firmenparkplatzes verfügten. Und die Absperrung des Alsterufers über das amerikanische Konsulat hinaus kostete seit Jahren zusätzliche Stellplätze. Diesmal war Fortuna auf seiner Seite. Eine gute Seele machte ihm am Harvestehuder Weg eine Parkbucht frei. Er nahm es als Zeichen von oben, dass er an diesem Tag weiterkommen würde. Gab es keine neuen Fakten, so musste man ans Übersinnliche glauben, selbst wenn sich die Realität mit Wonne dagegenstemmte. Mit wenigen Schritten überquerte er die Rasenfläche hin zur Alster. In dieser Gegend hatte er sich vor nicht allzu langer Zeit regelmäßig aufgehalten. Damals durfte er ein Appartement mit Alsterblick sein Eigen nennen. Genüsslich hatte er manches Mal die Boote beobachtet, die mitten in einer Millionenstadt ihre Turns machten. Das war nun Historie. Seine Bleibe in der Isestraße konnte man nicht als Sozialwohnung bezeichnen. Dort gab es einen unverbauten Blick auf die U-Bahn. Seine Ansprüche waren relativ bescheiden geblieben. Es ließ sich dort leben.

Gärtner erwartete ihn bereits unter dem Kragdach des großen Pavillons, der seit Jahrzehnten unter unterschiedlichen Namen sein Dasein fristete. Im Sommer ließ es sich hier bei warmer Witterung im Außenbereich des Restaurants gut aushalten. Fand man Platz auf dem Bootssteg, konnte man problemlos ins Wasser spucken. Jetzt im Herbst gehörte eine gewisse sportliche Einstellung dazu, draußen zu hocken. Die Bedienung nahm es mit einem Schulterzucken zur Kenntnis. Gärtner hatte sich eine gesteppte Jacke übergezogen. Hilpert knöpfte seinen Übergangsmantel zu. Glücklicherweise lag im Kofferraum stets ein Pulli bereit. So ausgestattet wollte er dem Herbstwetter gerne trotzen. Gärtner blies gerade in seinen Milchkaffee, als Hilpert sich zu ihm setzte.

Er nahm einen kleinen Schluck und blinzelte ihm zu. »Na, wie bist du mit deinen Ermittlungen vorangekommen?«

»Nicht schlecht. Danke der Nachfrage.«

Sie mussten nicht lange auf den Kellner warten. Der nahm ihre Bestellung auf. Beide entschieden sie sich für eine Currywurst mit Pommes. Sie sollten nicht enttäuscht werden.

»Nun, Jan, was hältst du denn davon, mir die ganze Wahrheit zu erzählen.«

»Was verstehst du darunter?«

»Muss ich dir das tatsächlich erklären?«

»Du bist also auf Claudia und mich gestoßen?«

»Sieht ganz so aus.«

Gärtner schob seine Tasse von sich weg und beugte sich vor. Seine Augen glitzerten verdächtig. »Ich hatte gelogen, als ich von dem geheimnisvollen Fremden sprach, mit dem sie ein Verhältnis hatte. Ich war dieser Mann. Mit der Frau wäre ich gerne zusammengeblieben. Ich knabbere bis heute an ihrem Tod. Der Altersunterschied war völlig bedeutungslos.«

»Nun von Anfang an«, ermunterte ihn Hilpert. »Was war da zwischen euch?«

»Es begann auf diesem Betriebsfest. Irgendwie war ich mit

ihr ein Stück abseits gelandet. Als sie mich berührte, war es vorbei mit meiner Beherrschung.«

»Du hast sie doch nicht etwa ...?«

»Nein, nein, da gab es keinen Widerstand zu brechen. Ich behaupte sogar, dass sie an dem Abend ihren ersten richtigen Orgasmus hatte.«

»Ihr seid dabei beobachtet worden?«

»Das weißt du auch?«

»Es gibt da einen pensionierten Hauptkommissar, der hat sehr akribisch recherchiert. Aber dein Name ist nicht gefallen. Nur der von Claudia Wellner.«

»Da hat sie wohl dichtgehalten.«

»Dichtgehalten?«

»So ist das im Leben. Du tust etwas und wirst dabei beobachtet.«

»Über wen reden wir?«

»Über eine Projektleiterin aus der Marketingabteilung, 'ne ehrgeizige Person. Die Angelegenheit hat uns ein paar Scheine gekostet. Nach Claudias Tod hat sie sich lieber verabschiedet. Ihr Wissen war bedeutungslos geworden.«

»Und gibt es noch Kontakt zu der Dame?«

»Du beliebst zu scherzen.«

Mittlerweile war ihr Essen gekommen. Sie ließen es sich schmecken.

»Geile Pommes, geile Soßen«, lobte Hilpert. Machte er so weiter, lief er Gefahr, Stammgast bei McDonald's oder in Bäckerläden mit belegten Brötchen zu werden. Erzählte er davon seiner Mutter, würde sie vermutlich mit ihm schimpfen und ihm regelmäßig Fresspakete schicken. Er kannte das aus seiner aktiven Zeit bei der Polizei. In heißen Ermittlungsphasen hielten sich die Gelegenheiten, bei denen man sich kulinarisch austoben konnte, in Grenzen. Halbe Hähnchen, Currywurst mit Pommes erwiesen sich da schon als kulinarische Höhepunkte. Da mussten oft genug Müsliriegel, ergänzt um Schokoladentafeln, zumeist in quadratischer Form, herhalten. Gärtner hatte für sich einen weiteren Milchkaffee geordert, während sich Hilpert für ein Wasser erwärmte. Er nahm einen ordentlichen Schluck und stellte das Glas anschließend mit einem energischen Ruck auf den Tisch.

»Jan, ich habe keine Lust, ständig deinen unvollständigen Aussagen hinterherzulaufen. War das jetzt alles, was du mir zu erzählen hast?«

Sein Kollege musste nicht antworten. Sein nonverbales Verhalten sagte mehr als ein Schwall an Worten. Er verrührte den Zucker in seinem Kaffee, als wollte er auf Zeit spielen. »Es gibt da etwas, was garantiert von Interesse ist.«

»Spuck's aus!«

»Sie ist schwanger gewesen. Unsere erste Begegnung war so gesehen ein absoluter Volltreffer.«

»Du meine Scheiße! Da ist bei dir wohl kaum echte Freude aufgekommen?!«

»Kann man so sehen. Das ging mir zu plötzlich.«

»Wie reagierte Frau Wellner?«

»Sie war mit mir einer Meinung, das Kind abzutreiben.«

»Wenn ich richtig rechne, muss sie zur Zeit des Absturzes im dritten Monat gewesen sein. Da wäre es höchste Zeit für eine Abtreibung gewesen.«

»Ich weiß. Das ging nicht so einfach. Schließlich hatte sie Familie. Die wusste ja nicht, was Sache war.«

»Mal eben in Holland vorbeizuschauen, kann doch nicht die Aktion gewesen sein.«

»Das sagst du so in deinem jugendlichen Überschwang. Bei einer Abtreibung geht es um mehr als nur um den medizinischen Teil.«

»Klar, ich verstehe.«

Als sie sich trennten, fragte er sich, ob Gärtner nun tatsächlich mit der ganzen Wahrheit herausgerückt war. Hilpert kannte das bewährte System. Man gab zu, was längst Allgemeingut war, und behielt für sich, was einen belasten könnte. Das galt nicht nur für den Personalmann. Wie war das mit Wellner? Wollte der die Schwangerschaft seiner Frau nicht mitbekommen haben? Wenn er sich an ihr Gespräch in dem Nobelhotel zurückerinnerte, so hatte er ihn schnell vom eigentlichen Thema weggebracht. Er lachte auf. Der Unternehmer war ein cleveres Kerlchen. Nun wollte er versuchen, ihn zu toppen. Da hatte er sich was vorgenommen. Als er noch zur Grundschule ging, führte Wellner bereits wichtige Verhandlungen und musste dabei psychologisches Geschick beweisen. Der wartete geradezu darauf, von ihm vorgeführt zu werden. Doch es gab kein Zurück. Er war wieder einmal am unangenehmen Ende seiner Ermittlungen angelangt. Da musste er durch.

Hilpert hatte an diesem Nachmittag Glück und erwischte seinen Chef im Büro in aufgeräumter Stimmung. Das sollte sich allerdings schlagartig ändern, als er auf sein Thema zu sprechen kam.

»Bitte nicht schon wieder die Umstände dieses schrecklichen Unfalls«, reagierte Wellner gereizt. »Dazu hab ich Ihnen alles gesagt.«

»Darum geht es ja nur indirekt. Mich interessiert, ob Sie von der Schwangerschaft Ihrer Frau wussten.«

Seltsamerweise beruhigte sich Wellner recht schnell. »Sie sind also darauf gestoßen.« Gedankenverloren zupfte er an seiner Krawatte. »Es stimmt, meine Frau war von ihrem Liebhaber schwanger. Sie hatte es mir mitgeteilt. Das war auch der Grund, weshalb sie mich verlassen wollte.«

»Und Sie? Wollten Sie das so hinnehmen?«

»Nein, ich hatte die feste Absicht, sie auf Sylt von einer Abtreibung zu überzeugen. Vor allem aber beabsichtigte ich, sie zum Bleiben zu bewegen.«

»Das heißt, sie wollte das Kind behalten?«

»Sie war fest entschlossen. Wenn meine Frau sich etwas vorgenommen hatte, war sie nicht mit Geld und guten Worten davon abzubringen.«

»Trotzdem hatten Sie geplant, es auf Sylt abermals zu versuchen.«

»Trauen Sie mir nicht zu, dass ich kämpfen kann?«

Er ließ sich auf keine emotionale Diskussion ein, sondern fragte ungerührt weiter: »Wollte sie sich mit dem Vater des Kindes zusammentun?«

Wellner schüttelte den Kopf und grinste ihn schief an. »Das Verrückte war, er wollte das Kind ebenso wenig wie ich.«

»Woher wissen Sie?«

»Dreimal dürfen Sie raten. Sie erzählte es mir während eines Streits. Nach dem Motto, alle Männer sind Schweine.«

»Haben Sie eine Ahnung, mit wem Ihre Frau das Verhältnis hatte?«

»Ich wollte es nicht wissen. Ich hatte mich dagegen gesperrt.

Und dann war Claudia tot. Alles wurde unbedeutend.« Er bedachte ihn mit einem traurigen Blick. »Man weiß einen Menschen immer erst zu schätzen, wenn es zu spät ist. Niemand kann das Rad der Geschichte zurückdrehen. Heute bin ich sicher, ich hätte das Kind akzeptiert, wenn sie geblieben wäre.«

Hilpert erhob sich und bedankte sich für das offene Gespräch. »Sie wissen, dass das Flugzeugunglück durch die letzten Informationen eine neue Qualität bekommt?«

»Sie meinen den Liebhaber meiner Frau, der mit einem Kind nichts anzufangen wusste?«

»Daraus kann durchaus ein Schuh werden. Momentan ist alles denkbar. Mag sein, dass dieses Ereignis gar nichts mit den aktuellen Verbrechen zu tun hat. Es mag ebenso sein, dass es der Auslöser gewesen ist.«

Wellner war aschfahl geworden. »Das hieße, jemand nahm den Tod von vier Menschen billigend in Kauf, nur weil er sich vor der Schwangerschaft seiner Geliebten drücken wollte?! Das macht mir Angst. Schließlich lebt dieser Mensch vermutlich unter uns.«

»So ist es.«

»Sehen Sie eine Verbindung zu der Ermordung von Klaas?«

»Nicht unbedingt. Ich tippe auf zwei unterschiedliche Täter und Motive.«

»Was ist Ihr nächster Schritt?«

»Ich werde mir nochmals jemanden greifen müssen.«

»Sie wissen, wer der Vater des ungeborenen Kindes war?«

»Allerdings.«

»Dann wird er nicht davonkommen. Das ist gut so. Fabian, bitte bleiben Sie am Ball.«

»Worauf Sie sich verlassen können.«

Wellner blickte mit verkniffenem Mund zu ihm herüber. »Ist der für die Toten aus dem Flugzeug verantwortlich, dann Gnade ihm Gott.«

»Nichts Unüberlegtes jetzt! Wir wollen alle Rätsel lösen. Mein Rücken muss frei bleiben.«

»Schon gut, Sie haben den Vortritt.«

Hilpert überlegte einen Moment, ob er Petra einen Besuch abstatten sollte, entschied sich dann dagegen. In ihm hatte sich eine

Art Jagdfieber breitgemacht. Er kannte sich. In solchen Situationen war er nicht sonderlich kommunikationsfähig.

Vom Auto aus rief er Gärtner an. »Du hast mich belogen! Claudia Wellner hatte keineswegs die Absicht, das Kind abtreiben zu lassen.«

»Wer hat dir das erzählt?«

»Wer schon? Wellner!«

Für einen kurzen Moment herrschte Funkstille zwischen ihnen. »Er wusste Bescheid?«, fragte er entsetzt. »Es stimmt«, antwortete er kleinlaut. »Sie war unbeirrt in ihrer Absicht, das Kind zu behalten.«

»Duplizität der Ereignisse, Wellner drängte wie du auf eine Abtreibung.«

»Tja für ihn ging es vermutlich um sein Gesicht. Für mich war die Frage existenziell.«

»Was hast du denn für die Frau damals empfunden? Jetzt mal raus mit der Wahrheit!«

»Du willst die Wahrheit wissen? Wir wollten uns trennen.«

»Der Altersunterschied?«

»Nein, sie nahm es mir übel, dass ich das Kind ablehnte.«

»Wie stellte sie sich denn eine Zukunft vor? Ihr beiden als fröhliche Eltern mit einem Kind. Sie getrennt von ihrem reichen Mann. Du ohne Arbeit?«

»Das Finanzielle wäre kein Problem gewesen. Claudia Wellner war eine wohlhabende Frau. Die brauchte ihren Mann nicht, um Mercedes fahren zu können. Die Villa, in der er bis heute lebt, gehörte ihr. Ihr Vater war ein erfolgreicher Architekt, der das Haus für sie geplant und gebaut hat. Es war sozusagen sein Hochzeitsgeschenk.«

»Und lebt er noch?«

»Nein, er ist vor vier Jahren gestorben. Einzige Erbin war Petra. Er hat seine Enkelin sehr geliebt. Nach dem Tod seiner Tochter war sie sein Ein und Alles. Sie hat an ihm gehangen wie eine Klette. Er war immer da, wenn sie einen Menschen brauchte. Es gab nichts für ihn, das wichtiger war als sie.«

»Zurück zum Kind. Wenn es keine finanziellen Engpässe gab, weshalb wolltest du es nicht?«

»Mir ging alles zu schnell. Ich habe eine Lebensgefährtin gesucht, keine Versorgungsinstitution. Wie sehr ich sie geliebt habe, erkannte ich erst, als es zu spät war.«

Als Petras Name gefallen war, begriff Hilpert, dass es ein Fehler war, sie nicht in ihrem Büro aufgesucht zu haben. Nachdem er das Gespräch mit Gärtner beendet hatte, rief er sie an.

»Nett, dass der Herr gelegentlich an mich denkt«, reagierte sie verschnupft. »Was hast du denn jetzt vor?«

»Ich werde kurz Doris aufsuchen. Anschließend hätte ich nichts mehr auf dem Zettel.«

»Gut, treffen wir uns danach im Büro und entscheiden dann spontan, was wir unternehmen wollen.«

Doris Lüders empfing ihn ähnlich reserviert wie am Vortag. War es ihr peinlich, dass er um ihre sexuellen Vorlieben wusste?

»Nun, was kann ich für Sie tun?«, fragte sie kurz angebunden. »Ich möchte mich eigentlich erholen.«

»Ich habe nur ein paar Fragen. Diese Attacke von Udo ...«

»Ja, was ist damit?«, unterbrach sie ihn.

Er fuhr unbeirrt fort: »Können Sie sich vorstellen, dass er auch Männern gegenüber so reagieren könnte? Sagen wir mal aus anderen Gründen.«

Sie verstand, worauf er hinauswollte. »Möglicherweise, wenn man ihn unter gehörigen Druck setzt. Aber man müsste wissen, wo es anzusetzen gilt. Vielleicht weiß seine Mutter mehr.«

Verärgert über sich stand er vor ihr. Doris hatte recht. Wenn jemand die Psyche eines Menschen kannte, dann seine Mutter. Schließlich trug sie die Verantwortung für seine Deformationen.

»Wollte er Sie verletzen oder einfach nur abwehren?«

»Schwer zu sagen. Nein, wollte er mir wirklich wehtun, hätte er die Fäuste benutzt.«

»Das hieße wiederum, dass er eher auf Abwehr und nicht auf Angriff orientiert ist. Das passt zu dem Bild, das ich mir bislang von ihm gemacht habe. Das war's schon, danke.«

Er ging und war froh, auf ein weiteres Gespräch mit der Mutter des jungen Mannes vorerst verzichten zu können. Auf dem Weg zu seinem Wagen begriff er, erneut einen Fehler begangen zu haben. Die Aussage einer einzelnen Person zu diesem komplexen Thema reichte nicht aus. Wer konnte ihm behilflich sein? Nach wie vor sträubte sich alles in ihm, mit Sophie Friedrichs zu reden. Sie würde eh nur sagen, was ihren Interessen diente. Er blieb stehen und schaute auf das herrschaftliche Haus.

Er musste sehen, ob er ehemalige Klassenkameraden oder Studienkollegen zu fassen bekam. Er grinste in sich hinein. Sollte sich die Polizei einen Kopf machen. Ob sich Baumgartner über ein Mehr an Arbeit freuen würde? Es war ihm gleichgültig. Tatsächlich aber ging der Polizeirat bei seinem Anruf konstruktiv auf seine Idee ein. Offenbar war die Phase eingetreten, in der seitens der Politik Druck gemacht wurde. Eigentlich wartete er täglich auf die ersten Artikel in den Boulevardblättern, die sich mit der Untätigkeit der Ermittlungsstellen befassten. Diese Spielchen kannte er zur Genüge. So gesehen hatte er Glück. Niemand würde auf die Idee kommen, sich mit ihm zu beschäftigen. Für diesen Tag hatte er genug. Es war kurz nach sechs Uhr. Er würde sich nochmals nach City Nord begeben und Petra aufsuchen.

Der Garagenmeister ließ ihn passieren, ohne nach seiner Legitimation zu fragen. Hilperts Gesicht würde er nach dem versuchten Anschlag in diesem Leben nicht mehr aus seinem Gedächtnis verbannen können. Dieser stellte den Wagen in die Parkbucht und fuhr anschließend mit dem Aufzug in seine Etage. Auf dem Weg dorthin fragte er sich, wann er zuletzt im Büro gesessen und sich um seinen Job gekümmert hatte, für den er bezahlt wurde? Er könnte keine erschöpfende Antwort geben, weil es ihn im Grunde nicht interessierte. Wellner, der ihm die Weihen für einen top Job geben wollte, wie würde er seine gleichgültige Haltung bewerten? Er tat das, was er am liebsten tat und am besten verstand. Da wurden ihm die Tage nie zu lang und die Belastung nie zu hoch. Vermutlich lag der Zeitpunkt nicht mehr allzu fern, an dem Wellner der Kragen platzte und er ihm die Gretchenfrage stellte. Nach dessen Auffassung arbeitete er garantiert auf der falschen Baustelle. Wenn er ehrlich mit sich war, wartete er nur darauf, um in aller Gelassenheit zu den Gummibrötchen in der Kantine und den frustrierten Kollegen zurückkehren zu können.

Wirklicher Ärger erwartete ihn allerdings von anderer Stelle. Petra begrüßte ihn eher frostig. Keine Arme umschlangen seinen Hals. Mehr als ein angedeuteter Kuss auf die Wange war ihm an diesem Abend nicht gestattet. Egal, welche Vorstellungen er für eine gemeinsame Abendaktivität entwickelt hätte, sie würden auf keinen fruchtbaren Boden fallen. Folglich hielt er sich zurück.

Ihm war nicht nach Nasenstübern. Die Ursache ihres Unmuts brach geradezu aus ihr heraus wie die Lava aus einem Vulkan. Sie hatte mit ihrem Vater gesprochen.

»Was für unbewiesene Behauptungen stellst du über meine verstorbene Mutter auf? Was hat das mit dem Tod von Klaas zu tun? Was willst du von uns?«

Jetzt kam es auf die richtige Antwort an. Das unpassende Wort, eine falsche Betonung, schon war der Konflikt unausweichlich. Also versuchte er den Befreiungsschlag über eine Frage. Die Wirkung hielt sich in Grenzen.

»Worauf willst du hinaus? Ich verstehe deinen Zorn nicht.«

»Worauf ich hinauswill?«, schrie sie ihn an. »Meine Mutter soll ein Verhältnis gehabt haben. Nun wird ihr zu allem Überfluss sogar eine Schwangerschaft durch diesen großen Unbekannten unterstellt!« Heftig atmend mit blitzenden Augen stand sie vor ihm. »Das sind alles Lügen, die nur das Bild einer großartigen Frau beschädigen sollen! Da mache ich nicht mit!«

Offensichtlich hatte Wellner nicht den Mut aufgebracht, ihr die volle Wahrheit mitzuteilen. Oder sie glaubte ihm ebenfalls nicht. Langsam baute sich in ihm Wut über die Situation auf. Entsprechend schroff reagierte er. Alle vorhergehenden Überlegungen waren hinfällig geworden. Sich von seiner Geliebten als Lügner bezeichnen zu lassen, war für ihn zu viel.

»Ich habe einen Mordfall zu lösen. Da kann ich auf niemandes Gefühle Rücksicht nehmen. Nicht mal auf meine eigenen«, schoss er zurück.

»Und ich bin es dir ebenfalls nicht wert, dass du über mich nachdenkst?!«

»Ich denke pausenlos an dich.«

»Ach wirklich?! Deshalb reicht es gerade noch, dass wir uns in meinem Büro treffen.«

»Es geht um deine Sicherheit. Da gibt es keine Kompromisse. So habe ich das mit deinem Vater abgesprochen.«

»Das scheint eine neue Spezialität zu sein, über meinen Rücken hinweg zu entscheiden und so zu tun, als sei es zu meinem Besten.«

»Blödsinn! Es muss alles vermieden werden, was dich gefährden könnte. Oder meinst du, dein alter Herr will uns auseinanderbringen?«

»Natürlich nicht. Er schätzt dich.« Wütend stampfte sie wie ein ungezogenes Kind mit dem Fuß auf. »Wer behauptet, der Geliebte meiner Mutter gewesen zu sein und sie geschwängert zu haben?«, kam sie auf ihr eigentliches Thema zurück.

»No Comment«, antwortete er entschieden. »Ich habe Diskretion zugesagt.«

»Lügner!«, schrie sie ihn an. »Ich behaupte, es gibt diese Person gar nicht. Du bist genauso ein Lügner wie alle anderen auch. Du spielst nur den gradlinigen Ehrenmann!«

»Was tu ich?«, spie er geradezu aus. Manche Worte wären besser ungesagt geblieben. Diesmal hatte sie die kritische Grenze vollends überschritten. »Das muss ich mir nicht bieten lassen!«

Erbost drehte er sich um und verließ ihr Büro. Diesen Emotionen konnte und wollte er nicht mehr begegnen. Seiner Meinung nach fasste er dieses sensible Thema mit Fingerspitzen an. Was sollte er sich vorwerfen? Dass er jeden Aspekt dieses Falles auszuleuchten versuchte? Er eilte zum Aufzug und fuhr hinunter. Er tat sich schwer damit, sich zu beruhigen. Was für eine Einstellung hatte Petra zu ihm, wenn sie meinte, er könnte sie in solch einer Frage belügen. Er hatte es nicht mehr mitbekommen, dass sie weinend in ihrem Sessel saß. In nicht allzu ferner Zeit würde ihr vermutlich eingehen, dass sie ihm unrecht getan hatte. In diesem Augenblick fühlte sie sich nur enttäuscht.

Hilpert verließ die Tiefgarage mit einem mittleren Kavalierstart. Es war ein Fehler, sich bereit erklärt zu haben, die Aufklärung der Morde zu übernehmen. Er kannte sich. Er würde nicht locker lassen, bis er die Täter zu fassen bekam. Nun lief seine Beziehung zu Petra Gefahr, auf dem Altar der Aufklärung der Morde geopfert zu werden. Das Signal seines Telefons lenkte ihn für einen Moment von seinen Gedanken ab. Wellner versuchte ihn vor den emotionalen Reaktionen seiner Tochter vorzuwarnen, leider eine halbe Stunde zu spät. Er bat ihn, sich trotz aller Widerstände weiter in den Fall zu verbeißen. Was blieb ihm übrig? Im tiefen Inneren seiner Seele wollte er es ebenso, egal, welche Hürden zu überwinden waren, mit welchen Konsequenzen er zu rechnen hatte. Seine Ermittlungsarbeit wirbelte in der Familie Wellner viel Staub auf. Aber nicht nur dort. Nur, was zählten diese Unannehmlichkeiten im Vergleich zu den Morden?

Der Feierabendverkehr bäumte sich ein letztes Mal auf und er geriet in eine rote Ampelphase. Gleichgültig, wie er sich auch mühte, nach wenigen Metern hieß es bereits wieder abstoppen und auf die Rücklichter des Vordermannes zu starren. Das Einzige, das ihn tröstete, war, er hatte kein Einzelschicksal zu beklagen. Vor und hinter ihm gab es genügend Leidensgenossen mit der gleichen ohnmächtigen Wut im Bauch. Das änderte nichts an der Realität, nahm ihm jedoch zumindest ein Stück seines Leidensdrucks. Selbst der Streit mit Petra rückte ein wenig in den Hintergrund. Ein Anruf von Stange unterbrach sein Einerlei von Stop-and-go.

»Baumgartner meinte, du wolltest etwas darüber wissen, ob Kahrs bei seinem Flieger die Regelwartung durchgeführt habe. Offizielle Lesart ist Ja. Es war aber herauszuhören, dass bei der Prüforganisation wohl ein Ingenieur gelegentlich das eine oder andere Hühnerauge zugedrückt hat.«

»Sollte man den befragen?«

»Hätten wir gern getan. Jetzt kommt's: Er verstarb vor einem dreiviertel Jahr an den Folgen eines Autounfalls.«

»Scheiße auch! War das eindeutig?«

»Die Kollegen sagen Ja. Er ist während einer Überlandfahrt bei starkem Regen von der Straße abgekommen. Nicht angepasste Geschwindigkeit wurde als Unfallursache festgehalten. Oder glaubst du, es könnte jemand so weit vorausgeplant haben?«

»Ich lege keine Hand dafür ins Feuer, dass es nicht so war. Hinter allem steckt ein kluger Kopf.«

»Scheiße, da sehe ich nach wie vor viel Arbeit auf uns zukommen. Im Übrigen, viele Grüße von unserem Kriminalrat. Er würde sich gern mal mit uns auf ein Bier treffen.«

»Das hört sich gut an.«

Als hätten einige Leute mitbekommen, dass er sich schleichend durch Hamburg bewegte, erreichte ihn wenig später eine weibliche Stimme. Julia Stüven fragte ihn, ob er nicht Lust habe, sich bereits mit ihr am Wochenende zu treffen. Spätestens nach dem Streit mit Petra verfügte er über alle Zeit der Welt. Er sagte zu. Sie wollte bei dem Italiener vorsichtshalber einen Tisch reservieren. Wieder fragte er sich, ob ihr Interesse an ihm einen eher dienstlichen oder privaten Charakter hatte. Er sollte es bald in Erfahrung bringen. Wie würde er reagieren, wollte sie ihm ihre Briefmarkensammlung zeigen? Erstmals an diesem Abend verirrte sich so etwas wie ein Lächeln in sein Gesicht. In seiner momentanen Verfassung würde er zuschlagen.

Endlich bog er in die Isestraße ein. Sein Kopf war voll mit allen möglichen Gedanken. Tatsächlich hatte sich Petra wieder nach vorne gedrängelt. Er wollte eigentlich nicht mit Julia schlafen, auch wenn er sie damals in Buchholz als ausgesprochen attraktiv empfunden hatte. Er war auf eine Frau orientiert und verspürte kein Interesse, den großen Aufreißer zu spielen. Er brauchte nicht allzu lange zu suchen, um einen Parkplatz zu finden und musste nur wenige Meter gehen, um seine Wohnung zu erreichen.

Mit blockierten Sinnen fehlte einem das Stück an Sensibilität für drohende Gefahren. Aus der Dunkelheit eines Hauseingangs trat ihm jemand entgegen, der eine Waffe auf ihn richtete.

»Mensch, Hilpert«, sprach er ihn an, »wieso behaupten die Idioten nur, es sei so schwierig, dich umzulegen? Ist doch alles ganz einfach.« Er liftete die Pistole ein wenig an. »Ich schlage vor, du gehst mit meinem Kumpel und mir auf Reisen.«

Hilpert starrte den Mann an. Es war exakt die Situation eingetreten, in der er sich schon einmal befunden hatte. Sie endete mit einem Schuss in die Brust, in bedrohlicher Nähe eines seiner Lungenflügel. Erneut war er völlig unkonzentriert und vor allem ohne Rückendeckung vor die Mündung einer Waffe geraten. Wieder einmal wusste er nicht, wie er reagieren sollte. Wenn er sich recht erinnerte, nannte man das einen Anfängerfehler. Dumm nur, dass er sein Leben kosten konnte. Voller Erstaunen vernahm er das ploppende Geräusch. Der Mann vor ihm sank wie in Zeitlupe in sich zusammen. Aus dem Schatten der Dunkelheit trat Kober auf ihn zu. Ein Krimineller hatte sein Leben gerettet, fragte sich nur, warum? Bevor er es ansprechen konnte, erhielt er die entscheidende Antwort: »Du hast mehr Freunde, als du glaubst, und bist immer noch zu leichtsinnig. Komm, lassen wir den Herrn verschwinden. Tote in Türeingängen machen keinen schlanken Fuß.«

Sie nahmen den Leichnam in die Mitte, sodass oberflächlich der Eindruck erweckt wurde, als stützten sie einen betrunkenen Kumpel. Hastig blickten sie sich um. Offenbar war die Aktion unentdeckt geblieben. Sie standen kurz darauf vor einem Ford Kombi. Kober öffnete die Tür. In dem Wagen saß ein weiterer Toter. Dieser war bereits vorsorglich auf den Beifahrersitz platziert worden. Den Erschossenen beförderten sie auf die Rückbank. Kober kam anschließend dicht an ihn heran.

»Wir beseitigen die beiden zusammen.«

Kober fuhr vorweg, Hilpert folgte ihm. Am Mittelweg stellten sie den Wagen mit den beiden Leichen ab. Sie blickten sich um. Nirgendwo entdeckten sie eine Person, die sie hätte beschreiben können. Vermutlich würde sich in den nächsten Stunden niemand darum kümmern. Die wenigen Nachtschwärmer, die an dem Fahrzeug vorbeikämen, hatten andere Probleme. Vielleicht fiel der Wagen mit den bewegungslosen Insassen irgendwann einer aufmerksamen Polizeistreife auf. Kober setzte sich neben Hilpert in seinen Wagen.

»Ich werde Hamburg für die nächste Zeit verlassen. Mein Gesicht ist momentan zu bekannt. Wenn du mich zum Hauptbahnhof fahren würdest?«

Hilpert blickte ihn verstört an. »Ist das nicht etwas überstürzt? Ich habe noch ein prall gefülltes Schließfach für dich.«

Kober grinste ihn an. »Du willst mir wirklich die Kohle geben?«

»Sie gehört doch dir.«

»Ich fürchte, das sieht Pristic etwas anders. Es sind deine Mäuse. Du hast sie dir verdient.«

»Erzähl nicht so 'ne Scheiße. Weißt du, wie viel Geld ich gebunkert habe?«

»Meinst du, ich bin doof? Es gehört dir, niemandem sonst.«

»Aber?!«

»Kein Aber. Verschenk es, verbrenn es oder fang damit was Vernünftiges an. Ich nehme davon keinen Cent. Ich bin ordentlich versorgt.«

Völlig perplex fuhr er an. Er nahm den Weg über die Rothenbaumchaussee, da er ansonsten durch die halbe Innenstand gemusst hätte, um ans Ziel zu gelangen. Eine knappe Viertelstunde später hielt er gegenüber dem Bahnhofseingang ›Spitaler Straße‹ an. Er glaubte keinen Augenblick daran, dass Kober plante, sich mit dem Zug abzusetzen. Letztlich war es ihm gleichgültig. Wer nichts wusste, konnte nichts weitererzählen. Kober reichte ihm zum Abschied die Hand. »Hat mich gefreut, mit dir zu tun gehabt zu haben. Ein letzter Rat. Du bist bei Weitem zu leichtsinnig. Allein hast du keine Chance. Wär echt schade um dich. Wo ich mich so an dich gewöhnt habe.«

Hilpert hielt ihn zurück. »Wir können doch nicht so einfach zur Tagesordnung übergehen.«

»Du meinst die Auftraggeber für diesen Anschlag?« Er warf einen Blick auf seine Armbanduhr. »Das regelt sich in diesem Augenblick. Die Gruppierung um die ehemaligen Kuschelleute herum wird gerade aufgerieben. Wäre für die besser gewesen, sie hätten Pristic und dich geschafft. Den Rest kannst du morgen in der Zeitung lesen.«

»Hoffentlich wird das nicht zu blutig.«

»Keine Angst, wer will schon verbrannte Erde?«

Er öffnete die Beifahrertür und stieg aus. Kober nickte ihm knapp zu und ging mit schnellen Schritten auf den Bahnhof zu. Hilpert startete den Motor. Er wünschte dem Mann alles Glück dieser Welt. Wohin er sich wohl wenden würde? Sollte er fahren, womit und wohin immer er wollte. Hauptsache, er konnte seinen Gegnern aus dem Weg gehen. Die Organisation Pristic musste garantiert neu geordnet werden. Unter normalen Umständen ging er davon aus, beide Männer wiederzutreffen. Er schaute sich nicht um, sondern setzte den Blinker und suchte nach der nächsten Gelegenheit zu wenden. War es eine gute Idee, in seine Wohnung zurückzukehren? Eher nicht. Er orientierte sich Richtung Jungfernstieg. Im Ramada Hotel sollte für ihn ein Zimmer frei sein. Er gähnte herzhaft. Zusehends hatte sich sein Adrenalin abgebaut. Er wollte nur schlafen. Da Menschen, die ohne Gepäck nach Mitternacht ein Hotel aufsuchten, stets suspekt waren, bezahlte er seine Rechnung im Voraus. In seinem Zimmer reichte es gerade noch, sich notdürftig auszuziehen. Kurz darauf waren leise Atemgeräusche von ihm zu vernehmen.

29

Er wachte am nächsten Morgen erst nach neun Uhr auf und frühstückte im Zimmer. Anschließend blieb ihm nichts anderes übrig, als seine Wohnung aufzusuchen. In aller Ruhe zog er sich dort um und fuhr in die Firma. Die Erlebnisse des Vorabends kamen ihm unwirklich vor, als habe er im Kino einen mäßigen Actionfilm gesehen. Spätestens, wenn er die Nachrichten hörte, würde sich dieses Bild vermutlich ändern. Petra hatte ein paar Tage Urlaub eingelegt, sodass eine Fortsetzung ihres Gesprächs unterblieb. Auf den Gängen traf er Thiems. Dieser sprach ihn auf Gärtner an.

»Der sieht schlecht aus. Hast du was gehört? Ist er krank oder hat andere Sorgen?«

Hilpert zuckte mit den Achseln. Er hatte nicht die Absicht, ihn mit seinen letzten Erkenntnissen zu konfrontieren. Der Jurist grinste ihn unverschämt an. »Man hört, du und meine Ex seid in eine Krise geraten?«

»So spielt das Leben, mal verliert man, mal hat man keine Chance. Warum soll es mir besser gehen als dir?«

Thiems schlug ihm mit der flachen Hand sanft auf den Oberarm. »Du weißt selbst, dass wir zwei Jahre miteinander liiert waren. Ich meine, sie zu kennen. Zuweilen ist sie unberechenbar. Aber das legt sich schnell.«

»Danke für dein Mitgefühl. Eigentlich bin ich eher wütend als traurig. Ich frage mich, ob man sich alles bieten lassen sollte. Vielleicht ist es besser, man zieht einen Schlussstrich. Dann hat man's hinter sich und kann unbefangen nach vorne blicken.«

Thiems widersprach: »Nun kipp das Kind nicht gleich mit dem Bade aus.«

»Warten wir es ab. Noch ist alles zu frisch.«

»Ich wünsche dir eine weise Entscheidung.«

Sie trennten sich kurz darauf.

Rundfunk und Fernsehen überschlugen sich an diesem Vormittag. Sie berichteten von einem Bandenkrieg, der insgesamt vier Opfer gekostet habe. Hilpert saß an seinem Schreibtisch, den Kopf aufgestützt. Die Ereignisse des Vorabends wurden für ihn wieder real. Er war kein Darsteller in einem Film gewesen. Vielmehr wäre er beinahe das Opfer seiner eigenen Dummheit geworden. Hätte Pristic nicht weiterhin für seine Bewachung gesorgt, wäre sein Bild mit schwarzem Rand auf NDR 3 zu bewundern gewesen. Kober lag richtig. Er musste sich endlich um einen Bodyguard kümmern. Allein war er überfordert, für seine eigene Sicherheit zu sorgen. Er telefonierte mit Heins und hatte dieses Problem kurz darauf gelöst. Spätestens am Abend würde man ihm einen Schatten zur Seite stellen. Die Worte von Thiems kamen ihm in den Sinn. Er beschloss, den Personalchef aufzusuchen.

Gärtner wirkte auf ihn wie ein alter Mann, den ein schreckliches Schicksal gebeutelt hatte. Die dunklen Ränder unter seinen Augen verrieten eine schlaflose Nacht. Seine fahrigen Bewegungen ließen vermuten, dass er wahrscheinlich eine Flasche Cognac oder Whiskey bemüht hatte.

»Schön, dass du mich besuchst«, begrüßte er ihn überraschend freundlich. Hilpert verzichtete auf den angebotenen Kaffee. Der Personalchef setzte sich zu ihm an den Besprechungstisch.

Übergangslos eröffnete Gärtner das Gespräch. »Ich hab mich entschieden, nach vorne zu blicken.«

»Das heißt?«

»Ich werde Wellner reinen Wein einschenken und danach meine Konsequenzen ziehen.«

»Mutiger Entschluss. Ich bezweifle, ob man ihn als vernünftig bezeichnen kann. Ehrenhaft ist er.«

»Dafür kann man sich nichts kaufen. Aber ich will wieder ruhig schlafen können.«

»Jan, was hättest du gemacht, wenn die Maschine nicht abgestürzt und das Kind gekommen wäre?«

»Das habe ich mich so manches Mal gefragt. Keine Ahnung. Je nach Tagesform schwanke ich zwischen zusammenleben und auswandern. Ich weiß es nicht.« Er verschränkte seine Hände hinter dem Kopf. »Nein, ich wäre nicht gegangen. Sie war eine tolle Frau. Hätte sie mich genommen, wäre ich bei ihr geblieben.«

»Du meinst, sie hätte dich letztlich nicht genommen?«

»Wir hatten kurz vor dem Abflug einen furchtbaren Streit. Sie ist sehr wütend gewesen.«

Hilpert lachte auf. »Ich kann das gut nachvollziehen. Ich kenne ihre Tochter. Worum ging es denn?«

»Worum wohl? Um die Abtreibung. Sie hat mich beschimpft, einen Kindermörder genannt. Es war furchtbar. Manchmal wache ich auf und stelle enttäuscht fest, dass ich ihr nichts mehr erklären kann.«

»Und mich regt es auf, als Lügner bezeichnet zu werden.«

Der Personalmann grinste ihn unverschämt an. »Du bist ja ein Sensibelchen. Ein Vögelchen hat mir gezwitschert, dass du eine Auseinandersetzung mit Petra hattest?!«

»In diesen Räumlichkeiten gibt es anscheinend keine Geheimnisse.«

»Zumindest nicht, wenn man sich zu lautstark unterhält.«

»Darauf hatte ich keinen Einfluss.«

Wie zuletzt schaute Thiems vorbei. Es war Mittagszeit. Grinsend betrachtete er das Duo. »Leckt ihr gegenseitig eure Wunden?«

»Wer hinterm Deich lebt, muss sich keine Sorgen um die Flut machen«, erwiderte Gärtner. »Die Probleme fangen davor an.«

Thiems ließ mit einer geeigneten Antwort nicht auf sich warten. »Wenn ich nicht irre, bin ich 'ne ganze Zeit mit nassen Füßen durch die Gegend gelatscht. Auch ich wurde verlassen. Gönnt mir meinen Triumph. Eigentlich wollte ich euch zum Essen abholen. Allein macht das keinen Spaß.«

»Gute Idee«, lobte ihn Hilpert. Der Stress der letzten Tage hatte keinen Einfluss auf seinen Appetit genommen. Bei den Kalorien, die er Tag für Tag aufnahm, musste er darauf achten, weiter regelmäßig Sport zu treiben. Ansonsten könnte er sich bald zu seiner Arbeitsstätte rollen lassen.

Sie ließen sich den Hamburger Pannfisch schmecken. Trotzdem blieben sie beim Thema.

»Quälst du den armen Jan noch immer?«, bohrte Thiems nach. »Für ihn war damals der Unfall schon schlimm genug.«

»Du kennst die Wahrheit?«

»Frag Jan.«

Dieser nickte.

Hilpert blieb unbeirrt. »Du erinnerst mich ein wenig an Petra, die glaubte, ich wolle ihrer Mutter ans Zeug flicken, Dennis. Es geht nicht darum, Familiengeheimnisse ans Licht der Öffentlichkeit zu kehren oder Menschen bloßzustellen. Ich will wissen, ob die vergangenen Ereignisse mit den aktuellen Morden in Beziehung zu bringen sind.«

»Und sind sie es?«

»Ich glaube es nicht so recht. Nehmen wir uns mal Jan vor. Mal unterstellt, er hätte den Flieger manipuliert. Warum sollte er ein Dutzend Jahre später Klaas umbringen?«

Gärtner reagierte beleidigt. »Danke für die Blumen, werter Kollege. Deine Wertschätzung freut mich.«

Hilpert winkte beruhigend ab. »Ich halte dich nicht für einen eiskalten Mörder, keine Angst. Aber wie ist das mit Wellner? Ist ihm zuzutrauen, die Maschine hochgehen zu lassen? Oder Doris?«

Gärtner tippte mit dem Zeigefinger empört gegen die Stirn. »Alles Blödsinn! Die haben ihre Ehepartner geliebt. Sie musste mit den Eskapaden ihres Mannes leben. Er musste sich damit abfinden, dass seine Frau nicht mehr vernachlässigt im goldenen Käfig leben wollte. Und mit Klaas' Tod haben die gleich gar nichts zu tun.«

»Klar«, stimmte ihm Hilpert zu. »Diese Fährten enden in einer Sackgasse.«

Thiems stocherte weiter: »Wie ist das mit den anderen, zum Beispiel mit Udo? Der hat ja nun bewiesen, dass er keineswegs nur der Softie ist, der keiner Fliege etwas zuleide tun kann.«

»Richtig, er könnte Klaas in einem Wutanfall getötet haben. Wären da nicht die Handschuhe.«

»Handschuhe?«

»Der Täter hat Handschuhe übergezogen, bevor er ihn erschlagen hat.«

»Ja und?«

»Mitten im Hochsommer soll der zufällig die Dinger mit sich rumtragen? Das glaubst du ja wohl selber nicht.«

»Nee, da muss ich dir recht geben. Das hieße, 'ne Spontantat kann ausgeschlossen werden. Damit fällt Udo wohl vorerst aus, oder?«

»Schwer zu sagen. Ist er ein zurückhaltender Mensch mit einem Tick? Oder ist er ein berechnender Egoist, der seine Rolle spielt? Hat er die Morde geplant?«

Thiems ließ sich die Frage auf der Zunge zergehen. »Der ist kein Killer.«

»Da sind wir einer Meinung. Und wenn doch?«

»Was weiß ich, ich bin kein Hellseher.«

Genervt brach Hilpert das Gespräch ab. Wie ein Hamster drehte er sich im Rad, diesmal begleitet von den beiden Kollegen. Er musste sich das nicht mehr antun. Abrupt wechselte er das Thema. »Jan will sich bei Wellner outen.«

Entsetzt ließ Thiems die Gabel fallen. »Bist du des Teufels?! Der schmeißt dich hochkantig raus!«

»Das ist mir gleichgültig. Jetzt, wo alles hochkocht, muss ich es mir von der Seele reden.« Er schnappte sein Tablett und erhob sich mit einem Ruck. »Ich erledige das sofort. Sonst ersticke ich dran.«

Hilpert und Thiems sahen sich erschrocken an.

»So ein feiner Kerl. Und nun macht er alles kaputt.« Der Jurist schob sein Gericht von sich weg. »Mir ist der Appetit vergangen.«

Schweigend räumten sie ihr Geschirr zusammen und trennten sich anschließend.

Am Abend erreichte Hilpert ein Anruf seines Chefs. »Hätten Sie ein paar Minuten Zeit für mich?«

Für Chefs hatte man immer Zeit. Als er dessen Büro betrat, unterstrichen zwei ordentlich gefüllte Cognacgläser den eher privaten Charakter des Gesprächs. Er ließ sich nicht erst bitten, sondern griff zu. Für den Stoff hätte mancher Genießer vermutlich seine Familie verlassen. Er schnalzte mit der Zunge, nahm einen weiteren Schluck und hoffte auf einen Nachschlag. Er würde danach garantiert nicht mehr Auto fahren können. Dafür hatte Wellner zu großzügig eingeschenkt. Das war es ihm wert. Der Unternehmer tat es ihm nach. Anschließend wies er auf die Gläser. Hilpert nickte. Wellner ging wortlos an seinen Barschrank, entnahm ihm eine Karaffe und schenkte nach. Sie blieb vor ihnen auf dem Tisch stehen. Sie ließen die Gläser klingen.

»Was mache ich mit Gärtner?«, fragte er ihn überfallartig.

Hilpert setzte das Glas ab. Seit dem Mittagessen hatte er keine feste Nahrung zu sich genommen. Ein sanftes Wohlgefühl durchflutete ihn, befreite ihn für einen kurzen Moment von seinen individuellen Sorgen. Leider waren sie damit nicht beseitigt.

»Gar nichts«, antwortete er. »Er macht 'nen guten Job und er hat Ihre Frau als junger Mann geliebt.«

Wellner schwenkte den Rest des Alkohols in seinem Glas. »Dann sei es so. Ihr Wille geschehe. Er ist die ganzen Jahre über ein loyaler Mitarbeiter gewesen, auf den man sich verlassen konnte. Wäre sie nicht auf ihn getroffen, hätte sie sich einen anderen genommen. Ich weiß, sie fühlte sich einsam. Damals ging ich drüber weg.«

»Amen«, erwiderte er. »Schon merkwürdig, wie schnell sich die Gläser leeren.«

Ihre Zungen wurden schwerer. Sie schafften die Karaffe beinahe bis zur bitteren Neige. Als sie sich trennten, fanden sie den Weg in die Tiefgarage gerade noch ohne Unterstützung. Heins nahm ihn dort in Empfang. Die Fragen, die er ihm eigentlich hatte stellen wollen, schenkte er sich. Hilpert saß kaum richtig auf dem Beifahrersitz, da sackte sein Kopf nach unten. Als Heins angefahren war, vernahm er neben sich bereits leise Schnarchgeräusche. Der Alkohol forderte unerbittlich seinen Tribut.

Der nächste Morgen startete bitter. Egal, wie alt der Cognac gewesen sein mochte, den sie in sich hineingeschüttet hatten, er enthielt Alkohol und zwar reichlich. Einmal mehr bewies er, dass er, in zu großen Mengen genossen, gesundheitsschädlich war. Wie ihm vor einiger Zeit eine Ärztin erklärt hatte, sei er ein Nervengift. Diese Überlegungen waren ihm gleichgültig. Sein Kopf schien platzen zu wollen. Glücklicherweise hielt sein Magen. Viel hätte eh nicht herauskommen können. Auf ein Abendbrot hatte er wohlweislich verzichtet. Besser, er hatte schlichtweg vergessen zu essen. Heins hatte ihn zu Hause abgeliefert und er war in voller Montur auf seinem Bett eingeschlafen. Er genehmigte sich ein großes Glas Wasser, nahm zwei Tabletten und schwor sich, vorerst auf den Genuss gehaltvoller Getränke zu verzichten. Seine Uhr verriet ihm, dass es nach neun war. Er wollte gerade zum Handy greifen, als ihm einfiel, dass das Wochenende eingeläutet worden war. Es gab keine Veranlassung, seinem Büro die Aufwartung zu machen. Erleichtert ließ er alles gemächlich angehen. Ohne Hektik aufkommen zu lassen, entkleidete er sich. Den Anzug warf er in die Ecke. Eine anständige Reinigung würde ihm guttun. Bis er mit dem Duschen und der sonstigen Morgentoilette fertig war, verging eine gute halbe Stunde. Nur mit einer Unterhose bekleidet warf er einen Blick in den Teletext. Wütend suchte er nach einem festen Gegenstand, um damit den Fernseher zu malträtieren. Der HSV hatte sein Freitagsspiel verloren. Der Fußballgott war nicht auf seiner Seite.

Nach elf war er endlich angezogen. Gegen Mittag genehmigte er sich ein Käseomelette. Damit machte er nie etwas verkehrt. Sein Magen nahm die feste Nahrung wohlgefällig auf. Zusehends stellte sich bei ihm seine Normalform ein. Auch wenn sein Denkapparat noch Ausfallerscheinungen vermeldete, fiel ihm ein, dass er sich am Abend mit Julia in Hittfeld verabredet hatte. Den Termin konnte er beruhigt mit dem Wagen wahrnehmen. An diesem Tag hatte er sich ausschließlich Wasser und bei Gelegenheit einen Kaffee verordnet. Zu einem Gesundheitstee konnte er sich nicht durchringen. Wer wollte schon hundert Jahre alt werden? Er öffnete im Wohnzimmer das Fenster, schaute hinaus und vernahm das Rattern der U-Bahn. Störte sie ihn eigentlich? Nein, eher wäre es für ihn hinderlich, müsste er darauf verzichten. Heute war ein Herbsttag, den man mit der Videokamera aufnehmen und in alle Welt verschicken sollte. Eine der schönsten Städte der Welt präsentierte sich, als habe sie sich fein herausgeputzt. Entschieden schloss er das Fenster, zog sich eine Lederjacke über und verließ seine Wohnung. Vor dem Eingang machte ein kräftiger Mann im mittleren Alter auf sich aufmerksam. Hilpert erinnerte sich. Gemeinsam mit Heins hatte er sich für einen Bodyguard aus seiner Abteilung entschieden. Er winkte ihn zu sich. Zusammen machten sie sich auf den Weg. Am Eppendorfer Baum ließen sie St. Nikolai links liegen und folgten dem Harvestehuder Weg. Endlich erreichten sie die Außenalster. Er liebte das künstliche Binnengewässer. In der HafenCity musste man mit dem Lärm und den Abgasen des Hafenbetriebs leben. Hier war Ruhe angesagt. Unter anderen Umständen hätte er sich zu Bobby Reich begeben, um sich direkt am Wasser ein Bier zu gönnen. Diesem Vorhaben erteilte er eine konsequente Absage. Sein Magen signalisierte Rebellion, wenn er nur an alkoholische Getränke dachte. Hoffentlich funktionierte dieses System noch am Abend, wenn es galt, den leckeren italienischen Weinen zu widerstehen. Eine Stunde später begaben sie sich auf den Heimweg. Den restlichen Nachmittag verbrachte er in liegender Position. Pünktlich zur Sportschau war er wieder fit. Es war nicht der Tag der norddeutschen Fußballvereine. Entnervt schaltete er den Fernseher ab und verließ seine Wohnung. Auf dem Weg zu seinem Wagen entdeckte er Heins, der die Straße überquerte und sich zu ihm gesellte.

»Wie lange haben Sie Schicht?«, fragte er ihn.

»Ich habe gerade erst angefangen.«

»Das trifft sich gut. Nehmen wir ein Auto nach Hittfeld. Ich bin dort beim Italiener mit einer netten Dame verabredet. Sie lassen sich an einem der Nebentische auf meine Kosten bewirten.«

»Das hat Gesicht. Ich bin damit sehr einverstanden.«

Zu dieser Zeit erreichten sie problemlos die Elbbrücken. Kein Stau versuchte sie zu bedrängen.

»Die haben ja sogar 'ne eigene Abfahrt«, stellte Heins verwundert fest, als sie die A1 verließen.

»Nicht nur das. Wir sind in wenigen Minuten da. Den Weg zurück findet man mit verbundenen Augen.«

Julia winkte ihm zu, als er das Restaurant betrat. Für Heins fand sich ein Plätzchen wenige Meter von ihnen entfernt. Sie empfing ihn strahlend. Er gab seine Pflichtküsschen auf beiden Wangen ab. Ihm war nach einem Riesenteller Nudeln mit Scampi. Sie schloss sich ihm an, allerdings reichte ihr eine halbe Portion. Sie bestellte für sich einen Garvi. Er blieb hart gegen sich und orderte ein Wasser. Er versuchte sich gar nicht erst mit Small Talk. Neugierig musterte er ihr hübsches Gesicht.

»Spuck's aus. Was möchtest du von mir?«

»Du bist ein attraktiver Mann, sollte dir das entgangen sein?«

»Das hättest du auch in Hamburg haben können.«

»Hier ist es bequemer für mich.«

»Nun mal raus mit der Wahrheit.«

»Baumgartner hat mich angesprochen. Ich soll meinen Charme einsetzen, um dich in den Polizeidienst zurückzulotsen.«

Er fischte aus seinem Glas die Zitronenscheibe heraus und gönnte sich einen herzhaften Schluck. Diesmal war es ein Genuss ohne Reue. Sein Körper nahm die Flüssigkeit dankbar auf. Er strahlte sie an. »Du und Baumgartner, läuft da was?«

Er konnte sich die Antwort schenken. Ihre aufsteigende Hitze war Antwort genug. »Das tut ja wohl nichts zur Sache«, schlängelte sie sich um ein Outing herum.

»Sag ihm, ich bin auf einem guten Weg. Aber noch habe ich mich nicht entschieden.«

»Wie sieht es mit dem Fall Lüders aus?«

»Wir drehen uns im Kreis, beziehungsweise trampeln auf der Stelle. Such dir aus, was dir besser passt. Ich frage mich manchmal, ob wir an den richtigen Punkten graben.« Er schob sein Wasserglas ein Stück von sich weg, als würde es ihn nerven und begann mit den Fingern auf der Tischplatte zu trommeln.

»Was geht in deinem Kopf vor?«, wollte sie wissen. Im Augenblick fühlte sie sich von seinen Gedanken ausgegrenzt.

»Ich frage mich, ob wir tief genug graben«, erwiderte er angespannt. »Man erzählt uns irgendetwas und wir haben es gefälligst zu glauben.«

»Wie darf ich das verstehen?«

»Jetzt bei unserer Unterhaltung wird mir klar, dass wir uns von den Zeugen und Verdächtigen haben volltexten lassen. Anschließend sind wir zur Tagesordnung übergegangen. Wir müssen wesentlich dichter an die Leute ran, um Dichtung und Wahrheit auseinanderzuhalten.«

»Bist du das nicht?«

»Doch schon. Aber nutze ich diesen Vorteil? Ich denke nicht.«

»Nun zerfleisch dich nicht. Im Übrigen soll ich dir von Baumgartner mitteilen, dass du bezüglich Udo Friedrichs einen guten Riecher gehabt hattest. Tatsächlich war er während seiner Schulzeit in eine üble Schlägerei verwickelt. Es hatte die Beteiligten überrascht, da es für ihn absolut atypisch war.«

»Konnte man die Gründe nennen?«

»Nicht konkret. Er fühlte sich wohl übelst verleumdet.«

»Dachte ich mir. Der junge Mann ist nicht ohne. Andererseits läuft der nicht im Sommer mit Lederhandschuhen durch die Gegend. Er ist kein Killer. Davon lasse ich mich nicht abbringen.«

Sie trennten sich gegen halb elf. Er trank mit Heins noch einen Espresso, bevor sie sich auf den Heimweg machten. Er dachte während der Fahrt angestrengt über die Unterhaltung mit Julia nach. Ihm war aufgegangen, dass er über Wellners Frau ausschließlich wusste, was ihm mehr oder minder gnädig mitgeteilt wurde. Er kannte nicht einmal ein Foto von ihr. Er glaubte nicht mehr so recht daran, dass der Absturz des Flugzeugs in Zusammenhang mit der Ermordung von Klaas zu bringen war. Gäbe es diese Verbindung, kamen nach dem Stand seiner Ermittlungen nur Felix oder Ina Kahrs infrage. Beide schloss er aus. Er glaubte nicht, dass die Witwe des Piloten zwölf Jahre auf ihre Rache wartete, oder dass der einundzwanzigjährige Sohn das Komplott ausgeheckt haben sollte. Weshalb faszinierte ihn das so lange zurückliegende Ereignis? Was trieb ihn, alles über Wellners Frau herauszufinden? Hatte Petra recht? Wollte er der Familie an den Kragen? Nein, ihn beschlich mittlerweile der Verdacht, dass die vier Menschen an Bord der Maschine Opfer eines Mordanschlages geworden waren. Er ging von einem eigenständigen Verbrechen aus, das mit den aktuellen Morden nichts zu tun hatte. Der pensionierte Hauptkommissar verfolgte seiner Meinung nach kein Hirngespinst, sondern war intuitiv auf der richtigen Spur. Nur, wer kam als Täter oder besser als Auftraggeber infrage? Und wie wollte er das nach dieser Zeit beweisen? Die Maschine hatte man längst verschrottet. Die einzigen Zeugen waren gleichzeitig Opfer. Obenan standen die betrogenen Ehegatten, dicht gefolgt von einem hoffnungsfrohen Personalmanager, der nach eigenem Bekunden keine Lust auf ein Kind verspürte. Er hielt die Motive der Verdächtigen für denkbar schwach.

Der Quälgeist Handy riss ihn aus seinen Gedanken. Er vernahm überrascht Baumgartners Stimme. »Wir konnten die Reste der ehemaligen Organisation Kuschel außer Betrieb setzen. Damit müsstest du vorerst Ruhe haben. Die Herrschaften sind in großer Erklärungsnot.«

»Wie seid ihr an die rangekommen?«

»Ein unerwarteter anonymer Anruf heute Vormittag. Man wollte die Auseinandersetzung wohl auf dem einfachsten Weg regeln. Wir haben sie auf dem Kiez einkassiert. Sie haben zugegeben, dass zwei Leute auf dich angesetzt waren. Deren Leichen wurden am Mittelweg in einem Auto gefunden. Sie wurden erschossen. Glück gehabt, Fabian.«

»Es hat schon seine Vorteile, Freunde zu haben. Sie hatten mich an den Eiern. Ohne die Unterstützung eines, wie man so schön sagt, Kriminellen, läge ich jetzt in der Kühlbox.«

»Einer von Pristic' Leuten?«

»Wer sonst sollte mir helfen?«

»Klar, vermutlich haben die uns auch die entscheidenden Informationen für die Festnahme von Kuschels Parteigängern gegeben.«

»Willkommen im Klub. An sich ist das die ideale Form der Verbrechensbekämpfung. Die Bösen merzen sich gegenseitig aus. Die Polizei übernimmt die, die als Letzte übrig bleiben.«

»Großartiger Ansatz. Wir werden ihn in großer Runde diskutieren. Am besten, wenn du wieder bei uns auf der Gehaltsliste stehst, alter Freund. Jetzt bin ich nur froh, dass du gesund und munter bist.«

»Nicht nur du. Ich wünsche dir ein geruhsames Wochenende.«

Eine Frage blieb für Hilpert weiterhin offen. Wer hatte den

Anschlag auf Wellner und seine Tochter verübt? Mit Sicherheit waren das nicht die Kriminellen aus dem Umfeld von Kuschel. Die hatten mit ihnen nichts am Hut. Ließ sich seine These von der Ablenkung halten? Wer sollte abgelenkt werden? Genau genommen kam nur er infrage. Vor seinem Mietshaus schickte er Heins nach Hause und blies die Sonderbewachung ab. Er sah für sich gute Chancen, das Leben etwas normaler genießen zu dürfen als in letzter Zeit. Er sehnte sich danach. Im Grunde fehlte nur noch Petra zu seinem Glück. Nur, von der vernahm er kein Sterbenswörtchen.

Obwohl es spät geworden war, trieb es ihn nicht ins Bett. Er dachte ständig an Petra. Wieder einmal stand er in seinem Liebesleben mit leeren Händen da. Wie Christina gehörte sie in ein Umfeld, in das er letztlich nicht passte. Er hielt dies für den eigentlichen Grund, weshalb er allein war. Die anderen Argumente empfand er als vorgeschoben. Das Dumme war, dass er für kurze Zeit geglaubt hatte, diese Hürden überwinden zu können. Er war sich sicher, diese Frau zu lieben. Zeitweise hatte er gehofft, dass sie die gleichen Gefühle für ihn empfand. Wie man sich irren konnte. Er hatte das Licht in seinem Wohnzimmer heruntergedimmt. Das schwache Grummeln der U-Bahn erreichte ihn trotz der geschlossenen Fenster. Für eine optimale Verkehrsanbindung musste man halt seine Federn lassen. Hilpert hatte sich in einen Sessel fallen lassen und fuhr sich mit beiden Händen durchs Gesicht. Eifersucht keimte in ihm auf. Mit wem war sie gerade zusammen? Wütend auf sich schlug er mit der flachen Hand auf seinen Oberschenkel. Er hatte keine Lust, sich gehen zu lassen und sein Schicksal zu beklagen. Dafür war er nicht tief genug unter die Wasseroberfläche gedrückt worden. Es widersprach auch seinem Temperament. Er presste die Luft zischend durch die Nase, stand auf, ging zum Lichtschalter und verschaffte sich mehr Helligkeit. Damit hatte er den ersten Schritt aus seiner Lethargie erfolgreich geschafft. Seine Beziehungsprobleme mussten warten. Er hatte einen Auftrag angenommen. Dieser ließ keine depressiven Momente zu. Mehrere ungelöste Mordfälle lauerten auf ihn wie der Leopard auf seine Beute. Er überredete sich zu einem Gang auf seinem Crosstrainer. Das Gerät stand fast schon vereinsamt in seinem Schlafzimmer. Er gab sich kein Pardon. Nach einer dreiviertel Stunde lief er Gefahr vom Gerät zu fallen. Aber es ging ihm gut.

Nach der Dusche setzte er sich an seinen kleinen Schreibtisch. Sein Blutdruck war längst wieder im Normalbereich. Er starrte auf sein Notebook. Erfolgreich wehrte er sich dagegen, es aufzuschlagen und die Dateien zu öffnen. Er wollte nichts nacharbeiten, sondern vielmehr seine Emotionen und seinen Geist auf eine Linie bringen. Dazu bediente er sich ganz nach Altvätersitte eines Bleistifts und eines Stapels Papier. Die vielen Gespräche, die er geführt hatte, schossen ihm durch den Kopf. Er schrieb ohne sichtbares Konzept Namen und Ereignisse auf und versuchte, Verbindungslinien herzustellen. Dabei stieß er auf eine Ungereimtheit, die er auflösen musste. Sarah, die Schwester von Klaas, hatte nicht zu erkennen gegeben, dass sie etwas von der vorgetäuschten Entführung gewusst hatte. Ihr Stiefbruder Udo war dagegen ins Vertrauen gezogen worden. Hilpert wollte es nicht glauben und würde sie deshalb darauf ansprechen. Vor allem wollte er ein weiteres Mal Wellner aufsuchen. Dieser musste ihm mehr über seine verstorbene Frau erzählen. Die Informationen, über die er bisher verfügte, waren zu spärlich. Ihm waren nur ein paar Einzelheiten zugeworfen worden, die nicht ausreichten. Sollte das Gespräch nicht ergiebig sein, beabsichtigte er, Doris ebenfalls mit einem Besuch zu beehren. Sie war vermutlich weniger emotional vorbelastet als ihr Cousin. Stetig begann die Müdigkeit, Hilpert einzufangen. Als er ein Gähnen nicht mehr unterdrücken konnte, schob er die Unterlagen beiseite, ging ins Bad und putzte seine Zähne. Der Tag war lang genug gewesen. Die Nacht sollte früh enden. Ehe er in einen unruhigen Schlaf fiel, kehrten seine Gedanken zu Petra zurück. Hatte er den Kampf um sie verloren gegeben, bevor er auch nur einen Versuch unternommen hatte, sie zu sprechen?

Sein Vorstandsvorsitzender staunte nicht schlecht, als Hilpert ihn telefonisch am Vormittag um einen Termin in seinem Haus bat.

»Sie sind jederzeit willkommen, selbst an Sonntagen. Ich muss allerdings darauf hinweisen, dass meine Tochter nicht anwesend ist. Sie hält sich zurzeit bei Freunden in Italien auf. Das bringt sie aus der Schusslinie. Außerdem kann sie dort ihren Kopf neu ordnen.«

»Ich möchte ausschließlich mit Ihnen sprechen. Petra würde dabei nur stören.«

»Es geht somit einmal mehr um meine Frau, richtig?«

»Sie haben es erraten.«

»Manchmal machen Sie es mir schwer, Sie zu mögen. Ich bin trotzdem einverstanden.«

Sie verabredeten sich für den späteren Nachmittag. Anschließend rief er Sarah an. »Nur eine Frage, wusstest du von der geplanten Entführungsaktion?«

Sie antwortete mit zittriger Stimme: »Du hast es also rausgefunden. Ja, Klaas sprach mich darauf an und wollte meinen Rat.«

»Wie ist der denn ausgefallen?«

»Ich hatte ihm davon abgeraten. Noch am selben Abend bin ich bei den beiden gewesen. Ich habe auf die eingeredet wie auf ungezogene Kinder. Vergeblich! Insbesondere Pia beharrte unbeirrt darauf, das Ding durchzuziehen.«

»Hast du mitbekommen, ob jemand, den du vielleicht kennst, darin involviert war?«

»Nein, nichts. Es sind keine weiteren Namen gefallen. Für Klaas war das ein Riesenspaß. Als würden sie Cowboy und Indianer spielen. Pia hatte nur Dollarzeichen in den Augen. Man soll nichts Schlechtes über Tote reden, aber sie war eine grässliche Egoistin.«

»Fandest du das in Ordnung, dass deine Mutter abgekocht werden sollte?«

»Mensch, Fabian, sei nicht so spießig. Mein Bruder hat sich doch nur abholen wollen, was ihm eh irgendwann zustand.«

»Ihr habt schon 'ne seltsame Moral.«

»So ist das, wenn einem die Kohle zum Hals raushängt. Irgendwann fehlt einem das Gespür dafür.«

»Hast du mit anderen darüber gesprochen?«

»Bist du des Teufels? Das hätte Klaas mir nie verziehen.« Mit tränenerstickter Stimme fuhr sie fort: »Hätte ich es nur getan, dann würde er heute vielleicht noch leben.«

Die Unlogik war geklärt. Beide waren informiert, Schwester und Stiefbruder. Sie behauptete, dagegen gewesen zu sein. Udo hielt es für einen witzigen Streich wie sein Bruder. Einen wirklichen Vorteil zog ausschließlich Udo aus den Ereignissen. Er musste ihn auf der Liste der Verdächtigen obenan lassen. Es gab also eine Art inneren Zirkel, dem Klaas sich anvertraut hatte. Befand sich darin auch der Hauptdrahtzieher? Oder war der nachträglich auf den Zug gesprungen? Hilpert schüttelte den Kopf. Gab es einen Initiator hinter allem, so war der Einfall von ihm. Er landete wieder bei Pia. Sie war der treibende Kern gewesen. Über sie war die Idee bei Klaas gelandet. Vermutlich hatte sie diese bei ihm durchgesetzt. Große Widerstände hatte sie anscheinend nicht zu brechen. Er konnte sie nicht mehr befragen, denn sie war tot. In ihrer Wohnung gab es bei der Durchsuchung keinerlei Hinweise auf einen weiteren Mitbeteiligten. Aber es musste jemanden geben, der sie angestachelt hatte.

Die Nachwirkungen des reichlich genossenen Cognacs hatten sich längst verflüchtigt. Er war hungrig. In seinem Vorratsschrank entdeckte er eine einsame Dose Labskaus. Sie war noch weit von ihrem Verfalldatum entfernt. Er öffnete sie und gab den Inhalt in einen Topf. Gewürzgurken fanden sich in seinem Eisschrank an, auf Rote Bete verzichtete er geflissentlich. Er hasste den Nachgeschmack dieses Gemüses. Leider passten in seine Pfanne nur drei Spiegeleier hinein. Er hätte es bequem mit der doppelten Menge aufgenommen. Von der Zubereitung bis zum Verzehr seines Mittagessens vergingen keine zwanzig Minuten. Er war ordentlich gesättigt und konnte dem Rest des Tages gelassen entgegensehen.

Hilpert warf einen Blick ins Internet. Die Sonntagsspiele der Bundesliga interessierten ihn nicht. Über den Teletext von N3 las er voller Freude, dass sich sein Verein Buchholz 08 ordentlich in der Hamburgliga schlug. Sie hatten ihr letztes Auswärtsspiel gegen Concordia gewonnen. Aufsteigen konnten sie nicht. Dafür hätten sie neben dem sportlichen Erfolg im Verein Investitionen zu tätigen, die jeglichen Rahmen sprengen würden. So hielt man die kleineren Klubs auf Distanz und reservierte selbst die unteren Bereiche des bezahlten Fußballs für einen erlauchten Kreis. Demokratie nannte man das, was da seitens des DFB praktiziert wurde. Wie in einem Forst schlug man im Einzugsbereich der großen Bäume das kleinere Gehölz weg, um die Sonnenstrahlen für sie zu reservieren.

Als erfahrener Chef eines Singlehaushalts wusste er, dass Essensreste auf Tellern und in Pfannen die Angewohnheit hatten, hart zu werden, und sich danach nur umständlich beseitigen ließen. Also griff er nach einem Spülmittel und nahm gleichzeitig eine Bürste zur Hand. In wenigen Minuten war der Abwasch erledigt. Er wischte die Spüle sauber und öffnete ein weiteres Fenster zum Lüften. Wusste Petra eigentlich, was für einem perfekten Hausmann sie den Laufpass gegeben hatte? Fragte sich nur, ob sie jemals auf der Suche danach gewesen war. Sie war reich genug, ihre Hausarbeit durch Angestellte erledigen zu lassen, soweit ihr der Sinn danach stand. Er vermisste sie. Die Hoffnung, seine Sehnsucht nach ihr würde sich mit jedem Tag, der verging, legen, trog leider. Unkonzentriert sah er aus dem Küchenfenster. Das sonnige Herbstwetter hatte gehalten. Gedanklich war er auf dem Weg zum Alsterpark. Vielleicht sollte er das Gewässer mal wieder im Dauerlauf umrunden? Das Telefon unterband seine Überlegungen hinsichtlich einer besinnlichen Freizeitgestaltung. Doris' Pflegerin redete hysterisch auf ihn ein. Er benötigte einige Zeit, bis er verstand, worauf sie hinauswollte. Udo habe Doris aufgesucht. Eine halbe Stunde später sei seine Mutter aufgeregt erschienen. Leider habe sie den Fehler gemacht, sie hereinzulassen. Seitdem drängen unflätige Gesprächsfetzen zu ihr durch die geschlossene Tür. Glücklicherweise gäbe es keine Schmerzensschreie zu vermelden. Was nicht ist, könne immer noch werden. Und es sei garantiert besser, wenn er eingreifen würde statt eines Security-Mitarbeiters, der möglicherweise über Kontakte zur Presse verfüge. Er sagte zu, sofort zu kommen.

Irgendwo waren Familiendramen ungleich interessanter als Spaziergänge entlang eines kleinen Binnengewässers. Er setzte sich in seinen Wagen und nahm Kurs auf die Elbchaussee. Wenn er an einem Sonntag nach Blankenese fuhr, wollte er wenigstens einen Blick auf ordentliche Schiffe tun. Er konnte sich an ihnen nicht sattsehen. Gelegentlich beschlich ihn das Bedürfnis, einen Riesensatz hinüber zu machen und auf einem Containerschiff nach Südostasien oder Nordamerika zu dampfen. Nur, was fing die Besatzung mit einem abgehalfterten Kriminalbeamten an, der gerade noch wusste, wo Backbord und wo Steuerbord waren? Außer das Deck zu schrubben, fiel ihm nichts ein.

Er fuhr die Rothenbaumchaussee hoch und orientierte sich hinter dem Dammtorbahnhof Richtung Reeperbahn. Die Max-Brauer-Allee im Rücken vermeinte er den Fluss fast riechen zu können. Als er endlich Doris' Haus erreichte, musste ihm niemand mitteilen, dass sie ungebetenen Besuch erhalten hatte. Egal, was Sophie Friedrichs mit dem Geld anfing, das sie mit ihrem Sohn verdiente, fürs Automobil hatte sie es nicht aufgewendet. Der alte Passat ging vermutlich in gepflegtem Zustand bereits als Oldtimer durch. Wie sie mit solch einer Rostlaube durch den TÜV gekommen war, musste er sich von ihr irgendwann einmal erklären lassen. Die Pflegerin hatte ihn kommen sehen und erwartete ihn bei geöffneter Tür. Sie zitterte am ganzen Körper und wies, ohne einen Ton von sich zu geben, auf die Treppe, die in den ersten Stock führte. Als er den Raum betrat, fühlte er sich wie in einer schlechten Slapstick-Comedy. Doris Lüders hatte sich ausstaffiert, als sei sie auf dem Weg zum Babystrich: schwarze Strapse, ein BH, der mehr freilegte, als er verdeckte, High Heels, mit denen man kaum mehr als zwei Schritte zurücklegen konnte, ohne Gefahr zu laufen, sich die Fußgelenke zu brechen. Sie hockte auf ihrem Bett, die Beine angezogen. Ihre Augen blitzten. Offensichtlich war sie trocken wie Wüstensand. Udo lag neben ihr, nur mit Shorts bekleidet. Sophie stand vor dem Bett, die Hände in die Hüften gestemmt.

»Du stehst sofort auf und kommst mit mir!«, schrie sie gerade ihren Sohn an.

Dieser blickte zu ihr hoch, unsicher darüber, was er tun sollte. Jetzt meldete sich Doris zu Wort. Sie nickte Hilpert zu. »Sie sehen, wie sich diese Frau in meinem Haus aufführt. Seien Sie bitte so freundlich und entfernen Sie sie aus meinem Zimmer. Ansonsten lasse ich die Polizei rufen.«

»Ohne meinen Sohn bewege ich mich keinen Schritt!«, fauchte Sophie.

Hilpert fuhr wütend dazwischen. »Sie haben jegliches Recht verwirkt, sich Ihrem Sohn gegenüber als fürsorgliche Mutter aufzuführen. Aber darüber wird Sie die Staatsanwaltschaft eingehend belehren. Und nun raus!«

Sophie starrte ihn an, als habe er sie geschlagen, drehte sich auf dem Absatz um und ging. In Udo kam Bewegung. Er sprang aus dem Bett, zog sich in Windeseile an und verließ ebenfalls den Raum. Hilpert wandte sich aufgebracht an die Hausherrin. »Sind Sie des Teufels?! Wollen Sie den Jungen so lange provozieren, bis er Sie totschlägt?«

»Das wäre 'ne gute Lösung. Dann käme er jedenfalls dorthin, wo er hingehört.«

Er benötigte mehrere Atemzüge, bis ihm klar war, worauf sie hinauswollte. »Sie glauben, er hat Klaas umgebracht?«

»Ich habe seine Augen gesehen, als er mich geschlagen hat.«

Kopfschüttelnd fasste er sich an die Stirn. »Bei Ihnen muss 'ne Schraube locker sein. Sie wollen den jungen Mann provozieren, damit er sein wahres Gesicht zeigt?«

»Sie sagen es.«

»Wie kommen Sie denn auf so 'ne Scheißidee? Davon abgesehen ist Klaas das Opfer eines kaltblütig geplanten Mordes geworden. Woll'n Sie mir erzählen, das sei Udo gewesen?«

Doris Lüders war aufgestanden und griff nach einem Morgenmantel. »Nein, für einen systematisch vorgehenden Mörder halte ich ihn nicht. Sind Sie wirklich der Meinung, Klaas wurde kaltblütig, sozusagen nach Fahrplan, erschlagen?«

»Dafür gibt es inzwischen eine eindeutige Beweislage. Das Dumme ist, mir gehen langsam die Verdächtigen aus.«

»Mir nicht. Diese Furie, die sich Mutter nennt, käme allemal in Betracht.«

»Wir nähern uns einander an. Ich habe selten einen Menschen getroffen, der so egoistisch ist wie sie und so konsequent in der Durchsetzung seiner Interessen.«

Sie nickte heftig zu seinen Worten. Erst jetzt schien ihr ihr Aufzug bewusst zu werden. »Bitte bleiben Sie noch ein wenig. Ich ziehe mich nur um. So auf Straßennutte zurechtgemacht, fühle ich mich eher unwohl.«

Einige Minuten später saß sie ihm sittsam gegenüber. Jetzt hätte sie durchaus Zugang zu einem Mädchenpensionat gefunden. Bevor er richtig mit ihr schimpfen konnte, gelobte sie Besserung. »Ich habe verstanden, dass meine Idee dumm war, Udo anzurufen und hierher zu locken. Gut, dass meine Pflegerin in dieser Situation richtig reagiert hat.«

Mittlerweile war es vier Uhr geworden. Jetzt zurück nach Hause zu fahren, machte keinen Sinn. Vielleicht ließ sich der Termin mit Wellner vorziehen. Wozu gab es Telefone? Er griff in die Jackentasche und zog sein Handy heraus.

»Klar können Sie früher kommen«, vernahm er dessen Stimme. »Sie sind mir immer willkommen.«

Doris akzeptierte, dass er weitere Gespräche führen wollte. Er war auf dem Weg zu seinem Wagen, als ein roter Sportflitzer auf ihn zukam. In aller Hektik stiegen Sarah Lüders und Dennis Thiems aus. Sie lief auf Hilpert zu und nahm ihn in den Arm. »Hast du es hingekriegt? Beginnt meine Mutter, wieder normal zu werden?«

»Sieht gut aus.«

Thiems war langsam auf ihn zugeschlurft und reichte ihm die Hand. »Wissen diese Superreichen eigentlich, was du für die tust? Ich fürchte eher nicht. Pass auf, dass man sich nicht an dich gewöhnt wie an einen Kamin. Am Ende hat man keine Lust mehr, ihn ständig sauber zu machen und lässt ihn unbenutzt in der Ecke stehen. So etwas passiert leicht auch mit Menschen.«

»Noch kann ich mich nicht beschweren.«

»Dann hoffen wir mal, dass der Wind weiterhin von hinten kommt und dir nicht ins Gesicht bläst.«

»Danke für die guten Ratschläge. Irgendwann benötigt man mich tatsächlich nicht mehr. Dann wird man mich entsorgen. Da gebe ich mich keinen Illusionen hin.«

»Achte darauf, dass du bis dahin ausgesorgt hast.«

»Mein Freund, der Realist.«

»Du lebst im Wolkenkuckucksheim, dich muss man gelegentlich wachrütteln. Wenn die Zeit hier vorbei ist, geht dein Leben dennoch weiter.«

Thiems mochte über eine stark ausgeprägt materielle Ader verfügen, dessen ungeachtet waren seine Überlegungen nicht an den Haaren herbeigezogen. Hilpert hatte Kontakte zu Menschen aufgebaut, die ihm bei der Verwirklichung seiner materiellen Ziele durchaus behilflich sein konnten. Dafür blieb ihm nichts anderes übrig, als sich deren Regelwerk anzupassen. Es stellte sich ihm allerdings die Frage, ob er bereit war, über seinen eigenen Schatten zu springen. Wie war es, wenn er entbehrlich wurde? Konnte er sich in dem Fall deren Sympathie und Zuwendung sicher sein, oder galt es dann, ins Glied zurückzutreten? Musste er sich dieser Gretchenfrage stellen und gegebenenfalls mit der Enttäuschung leben? War es da nicht für ihn günstiger, von vornherein auszubrechen und dorthin zurückzukehren, wo er sich aufgehoben fand, beruflich wie sozial? Er grinste in sich hinein. Feigheit vor dem Feind nannte man das. Also entschied er sich für den goldenen Mittelweg. Er wollte alles auf sich zukommen lassen, ohne großartige Erwartungshaltung. Was sagte sein Großvater in solchen Situationen? Abwarten und Tee trinken.

Wellner empfing ihn grinsend in der Diele. »Na, den Kater gut überstanden?«

»So einigermaßen. Danke der Nachfrage. Es dauerte ein paar Stunden, bis ich feste Nahrung zu mir nehmen konnte. Inzwischen schmeckt es wieder. Trotzdem meide ich seitdem Alkohol. Wie wollte man auch Ihren Cognac toppen?«

»Ja, man merkt den Altersunterschied. Ich habe bis zur Tagesschau in Sauer gelegen. Zum Frühstück gab's heute ein warmes Milchsüppchen. Aber dieser Abend war es wert. Hätte ich nicht zwei großartige Kinder, ich würde Sie geradewegs adoptieren.«

»Das erzählen Sie mal meiner Mutter.«

»Richtig, Sie haben ja Familie.«

Lachend trat er ein. Sie setzten sich gemeinsam in die Bibliothek, wo sie gelegentlich dem Rotwein gefrönt hatten. Diesmal war Gesundheitstee beziehungsweise Kaffee angesagt. Wellner nahm das Gespräch auf. »Sie sagten mir am Telefon, es ginge einmal mehr um meine Frau.«

»Das ist richtig. Ich habe da ein dummes Gefühl in der Magengegend. Sie erinnern sich sicher an den Kommissar, der die Ermittlungen leitete?«

»Wie könnte ich den vergessen. Was hat der uns mit Verdächtigungen traktiert. Dagegen sind Sie ein Waisenknabe.«

»Ich habe ihn kennengelernt. Er ist wie ein Terrier. Verbeißt der sich in eine Sache, lässt er nicht mehr los. Mittlerweile glaube ich nicht mehr, dass die Ermordung von Klaas damit in Zusammenhang gebracht werden kann. Mir fehlt es da einfach an glaubhaften Verdächtigen. Die Motive sind zu schwach. Die Verbindungen zur Gegenwart sind mehr als abstrus.«

»Ich warte auf das Aber.«

»Kann es sein, dass es sich damals um vier Morde handelte, die mit den aktuellen Geschehnissen nichts zu tun haben?«

»Meinen Sie wirklich? Ich ging bislang davon aus, dass die nachträgliche Untersuchung diese These widerlegt hat.«

»Jein. Im Grunde kann nur ein Sprengstoffanschlag ausgeschlossen werden. Es gibt vielfältige Möglichkeiten, solch ein Flugzeug zu sabotieren. Diese sind kaum nachzuweisen. Niemand kann heute sagen, wie sorgfältig damals danach gesucht wurde. Nachträglich sind keine Überprüfungen mehr möglich. Das Wrack wurde längst entsorgt.«

»Ich verstehe. Nur was hat das mit meiner verstorbenen Frau zu tun?«

»Es geht um das Ereignis an sich.«

Wellner blickte ihn zweifelnd an. »Wie darf ich das verstehen?«

»Unterstellen wir mal ein Attentat. Doris hat mir glaubhaft versichert, dass sie nicht über ein Verhältnis ihres Mannes mit Ihrer Frau nachgedacht habe. Ihnen nehme ich einfach ab, dass Sie kein Killer sind.«

»Danke für die Blumen.«

»Dann bliebe nur Gärtner übrig. Mir soll nur niemand erzählen, dass jemand eine finanziell unabhängige Frau tötet, nur weil sie schwanger ist. Und mehr Verdächtige kommen nach unserem Wissensstand nicht infrage.«

Wellner ließ die Worte nachwirken. Es war ihm anzusehen, dass sie ihren Eindruck auf ihn hinterlassen hatten. Fahrig fuhr er durch sein Haar. »Das heißt, Ihr Verdacht zieht ins Leere.«

»Und wenn ich doch richtigliege?«

»Gut, wie kann ich Ihnen behilflich sein?«

»Ich weiß zu wenig über Ihre Frau. Kann es sein, dass in den letzten Monaten vor ihrem Tod zusätzlich etwas geschehen ist außer dem Verhältnis mit Gärtner und der vermutlich unbeabsichtigten Schwangerschaft?«

Es arbeitete in Wellners Gesicht. Mehrmals setzte er zu einer Antwort an, bevor er zu einer Entscheidung kam. »Es gibt eine kleine Truhe. Sie enthält ihre intimsten Geheimnisse. Ich habe es bis heute nicht übers Herz gebracht, sie zu öffnen. Ich hole sie Ihnen.«

Er erhob sich mit einem Stöhnen, als würde er die Last der gesamten Menschheit zu stemmen haben, und verließ den Raum mit schweren Schritten.

Fehlt nur noch, dass er schlurft, dachte Hilpert. Gedanklich schlug er sich mit der Hand auf seinen Mund. Man machte sich nicht über die Gefühle anderer lustig. Kurz darauf stellte Wellner eine edle kleine Truhe aus Teakholz mit Silberbeschlägen vor ihn auf den Abstelltisch. Der Schlüssel steckte. Man hätte das Schloss selbst mit einer Sicherheitsnadel öffnen können. Es besaß eine eher symbolische Funktion. Wellner setzte sich in seinen Sessel und starrte wie unbeteiligt auf die Bücherregale. Schließlich griff er nach einer Zeitung und machte sich über deren Wirtschaftsteil her. Ob er tatsächlich interessiert darin las, musste bezweifelt werden. Hilpert klappte den Deckel hoch und stieß auf einen Stapel privater Briefe, die überwiegend ihr Mann geschrieben hatte. Wie er den Umschlägen entnehmen konnte, reichten diese bis in die Zeit zurück, als sie noch nicht verheiratet waren. Er weigerte sich, diese zu lesen. Sie hatten nun wirklich nichts mit seinen Ermittlungen zu tun. Neugierig nahm er ein Notizbuch zur Hand. Claudia Wellner verfügte über eine relativ steile, ausgeprägte Handschrift. Er fand keine aufschlussreichen Eintragungen, wohl aber einen gefalteten angefangenen Brief, der mit der Anrede ›Lieber Jan‹ begann. Darin teilte sie ihm mit, dass sie sich für eine Abtreibung entschieden habe. Interessanter war, dass sie trotzdem die Beziehung aufzulösen beabsichtigte. Wie es schien, hatte er zu großen Druck auf sie ausgeübt. Den letzten Satz ließ er sich auf der Zunge zergehen. *Mach dir keine Gedanken über das Darlehen. Ich benötige das Geld nicht, weder jetzt noch in Zukunft. Behalte es und werde glücklich damit.* Danach brach sie ab. Wollte sie die Zeilen nach ihrer Rückkehr beenden? Claudia Wellner hatte dem umtriebigen Jungmanager Geld geliehen. Fragte sich nur, wie viel und warum? Konnte ihr Mann ihm helfen? Er schaute zu ihm herüber. Offenbar fesselte ihn ein Artikel in der Zeitung so stark, dass er Hilpert keines Blickes würdigte. Den Brief ließ er in seiner Hosentasche verschwinden, klappte den Deckel zu und schob die Truhe von sich weg. Dies bekam Wellner mit. Er faltete die Zeitung zusammen und blickte ihn erwartungsvoll an. »Nun, sind Sie fündig geworden?«

»Leider nicht. Ich danke Ihnen für Ihr Vertrauen.«

»Wenn ich mich recht erinnere, sind Sie der Geist, den ich gerufen habe.«

»Kommen Sie, Sie sind kein Zauberlehrling.«

»Sind Sie da ganz sicher?«

Er überlegte, wie er es anstellen konnte, seine Frage loszuwerden. Er musste ein wenig tricksen. »Sagen Sie, hatte Ihre Frau in den letzten Wochen vor ihrem Tod über größere Summen Geldes verfügt?«

Wellner rieb sich verwundert das Gesicht. »Wie kommen Sie darauf?«

»Ich habe einen Hinweis in den Unterlagen gefunden«, verzerrte er die Wahrheit.

»Tatsächlich gab es zwei Abbuchungen über insgesamt 250.000 Mark. Das kam mir schon seltsam vor. Ich habe es später aus den Augen verloren.«

»Sie wissen nicht, was damit geschehen ist?«

»Nein. Wurde sie etwa erpresst?«

»Unwahrscheinlich. Eine Frau, die dazu steht, fremdgegangen zu sein, ist wohl kaum erpressbar.«

»Korrekt. Sie hätte sich von niemandem erpressen lassen. Da waren wir uns immer einig. Wurde man ertappt, half nur die Wahrheit.«

Ob er wollte oder nicht, er musste sich von seinem Chef zum Abendessen einladen lassen. Man kredenzte ihnen ein wahres Kontrastprogramm zu seinem einfachen Mittagessen. Hätte man ihn später gefragt, was ihm besser geschmeckt habe, er wäre zu keiner eindeutigen Antwort gelangt.

»Sagen Sie, Fabian«, begann Wellner, ihn auf ein anderes Thema anzusprechen, »wollen Sie gar nicht wissen, was Petra derzeit so treibt?«

»Durchaus, ich denke viel zu viel an sie. Aber wer wollte es mir erzählen?«

»Na, ich zum Beispiel. Ich habe erst heute mit ihr telefoniert.«

»Dann könnten Sie mir nur mitteilen, was sie preisgegeben hat.«

»Nun seien Sie nicht gleich so angefressen. Eine Frage hingegen interessiert mich brennend: Wird das wieder was mit euch?«

»Sie sind sich ganz sicher, dafür mit mir den richtigen Ansprechpartner zu haben? Ich hätte Ihre Tochter nie verlassen.«

»Sie hat Sie schwer beleidigt?«

»Schon, andererseits sollte man Dinge, die in der Wut gesagt werden, nicht überbewerten.«

»Gut zu hören.« Überraschend wechselte er erneut das Thema. »Ich habe übrigens einen Anschlag auf Sie vor. Ich möchte, dass Sie mit Petra Ende der Woche einen Empfang eines Geschäftspartners besuchen. Dunkler Anzug reicht. Es geht um neunzehn Uhr los. Länger als zwei Stunden müssen Sie dort nicht aushalten.«

»Petra weiß von ihrem Glück?«

»Allerdings. Davon abgesehen, hätte ich sie nicht um Erlaubnis gebeten.«

»Für die Firma und fürs Vaterland muss man Opfer bringen.«

»Sie sagen es. Diese Lektion kann man gar nicht früh genug lernen. Wie ich sehe, sind Sie auf einem guten Weg.«

Sie unterhielten sich noch eine ganze Weile, bis sich Hilpert zu seiner Wohnung begab. Petras Vater war in Ordnung. Er war sich sicher, der ließ ihn nicht fallen, wenn der Wind aus einer anderen Richtung wehte.

Zurück in seinem Wohnzimmer griff er sich den entwendeten Brief und las ihn ein weiteres Mal durch. Sein Kollege Gärtner würde ihm ein paar Erklärungen geben müssen. Eine viertel Million DM war damals viel Geld. Verbrechen hatte man schon für weitaus geringere Beträge verübt. War ihm klar, dass Claudia Wellner sich von ihm trennen wollte? Richtig, er hatte eine Andeutung gemacht. Ein Beziehungsdrama gepaart mit viel Geld führte nachgerade zu einer Bündelung von Mordmotiven. War Hilpert Opfer des freundlichen aufgeschlossenen Kollegen? Fing der ihn ebenso ein wie Udo? Er schüttelte den Kopf. Wollte man kriminalistisch erfolgreich vorgehen, so mussten die eigenen Emotionen hintangestellt werden. Wem stand auf die Stirn geschrieben: Nimm mich fest, ich bin ein Massenmörder? Das Kainsmal für Kriminelle war noch nicht erfunden worden. Leider.

Irgendwann landeten seine Gedanken bei Petra. Er lachte lauthals los. Mit Sicherheit wollte Wellner mit der Einladung ein wenig Schicksal spielen. Ihm sollte es recht sein. Fragte sich nur, wie sie sich dazu stellte. Ging das Experiment schief, hatte er wenigstens für klare Fronten gesorgt.

30

Gärtner saß vor Hilpert wie ein kleiner Junge, den man beim Abschreiben erwischt hatte. Mit zittrigen Fingern hatte er den Brief immer wieder gelesen. Mit Tränen in den Augen gab er ihn zurück.

»Claudia war eine großartige Frau. Ich hätte sie nicht so bedrängen dürfen wegen des Kindes. Oh Gott, es tut mir so leid.«

»Wie kam es denn dazu, dass du von ihr Geld bekommen hattest?«

»Eine Fehlspekulation an der Börse. Ich glaubte, den sicheren Tipp in der Hand gehalten zu haben und habe dafür ein fettes Darlehen aufgenommen.« Er stöhnte auf. »Und dann ist mir das Ding in der Hand explodiert. Die Bank stellte den Kredit fällig und ich war mehr oder minder pleite. Das bekam Claudia mit und gab mir das Geld. Sie wollte keinen Schuldschein, keine Sicherheit. So war sie, großzügig und unkompliziert.«

»Wie hättest du reagiert, wäre das Unglück nicht geschehen und Wellners Frau hätte das Darlehen kurzfristig zurückgefordert?«

»Keine Ahnung, es wäre für mich eine Katastrophe gewesen.«

»Hat dich das mit dem Geld nicht belastet?«

»Viele Jahre steckte es mir wie ein Kloß im Hals. Einmal hatte ich es beinahe zusammen. Dann ließ sich meine Frau scheiden und es war weg. Seitdem kann ich eh keine großen Sprünge mehr machen. Ich habe zwei Kinder, vier und sechs Jahre alt. Ich komme einigermaßen über die Runden, aber Sparen ist nicht mehr drin.« Flehentlich blickte er ihn an. »Gib mir einen Rat, Fabian. Bin ich unter diesen Umständen für die Firma noch tragbar?«

»Wer von uns ist der Personalmann? Im Prinzip ist es ganz einfach. Bist du unschuldig, muss das nicht an die große Glocke gehängt werden. 'ne viertel Million DM kratzt die Familie nicht weiter. Hast du an der Sache gedreht, ist eh alles egal. Wellner lässt dir die Eier abschneiden und du wirst keine fröhliche Minute mehr erleben.«

»Du traust mir zu, dass ich einen Anschlag auf ein Flugzeug beauftragt habe?«

»Nein, eigentlich nicht.«

»Und uneigentlich?«

»Ich befürchte, dass vor zwölf Jahren ein furchtbares Verbrechen verübt wurde. Ich suche also einen mehrfachen Mörder. Darf ich da auf Befindlichkeiten achten?« Hilpert beantwortete seine Frage selbst. »Wohl kaum.«

»Da überfällt einen das kalte Grausen, wenn man nur darüber nachdenkt.« Gärtner griff gedankenverloren nach einem Kugelschreiber und spielte damit. Als er nervös damit begann, ihn klackern zu lassen, unterband es Hilpert durch sanften Druck auf seinen Unterarm. Folgsam ließ er das Schreibgerät fallen. Er reagierte verständnisvoll auf Fabians Worte. »Klar, hätte ich mit dem Absturz zu tun, müsste ich dich zwangsläufig belügen. Aber hätte ich dann nicht längst den Laden hier verlassen?«

»Was weiß ich? Die andere Frage, die mich brennend interessiert, ist, wusstest du, dass sie Schluss machen wollte?«

Ein angedeutetes Lächeln umspielte seinen Mund. »Ja und nein. Wir hatten ja einen Tag vor dem Abflug einen dicken Konflikt miteinander wegen der Schwangerschaft. Da drohte sie es mir bereits an. Der unvollendete Brief ist offensichtlich eine Reaktion darauf. Der Streit war sehr unschön. Ich habe gehofft, es nach ihrer Rückkehr richten zu können. Leider war das nicht mehr möglich.« Er ballte seine Hände zu Fäusten. »Ich hätte das Kind akzeptiert, wäre sie bei mir geblieben. Ich hatte keine Gelegenheit mehr, ihr das zu sagen, und hätte es so gern getan.«

Diesmal schaffte er es nicht, seine Tränen zurückzuhalten. Hilpert erhob sich leise von seinem Sitz und ließ den Personalchef allein. War er Täter oder Betroffener? Er war sich unsicher. Er mochte Gärtner und wünschte sich, dass er mit den Ereignissen nichts zu tun hatte. Wie ertappt blieb er auf dem Weg in sein Büro stehen. Ging es ihm bei Udo nicht ähnlich? Hoffte er nicht auch für ihn, dass er unschuldig war? In beiden Fällen war er auf jeweils einen Hauptverdächtigen gestoßen. Und er lehnte die Idee ab, weil ihm die Männer sympathisch waren. Gut, dass er nicht mehr bei der Kripo tätig war. Weber hätte ihm längst den Kopf gewaschen. Man konnte sich keine Täter backen. Man musste nehmen, was kam.

Hinter seinem Schreibtisch blickte er nervös auf sein Telefon. Stimmten die Informationen, die an ihn gelangt waren, hatte möglicherweise die Frau des toten Piloten gelogen, als sie behauptete, dass bei der Maschine auf die letzte Wartung verzichtet worden war. Theoretisch brachte sie sich damit sogar in die Bredouille mit der Lebensversicherung, die anstandslos gezahlt hatte. Woher wusste sie, ob er dichthalten würde? Es gab nur eine Antwort: Sie wollte ihren Sohn schützen. Entschlossen rief er sie an. Nach vielem Hin und Her einigten sie sich auf einen Abendtermin in Wedel zu Beginn der kommenden Woche. Somit blieben

Hilpert ein paar Tage Zeit. Vielleicht fiel ihm bis dahin die eine oder andere kluge Frage ein. Später kam ihm Wellners Bitte in den Sinn, mit Petra am Freitag eine Veranstaltung zu besuchen. Er freute sich darauf, sie wiederzusehen.

Bis zu dem Treffen mit ihr verrannen die Tage relativ ereignislos. Von dem Gesuchten fand sich keine Spur. Es drängten sich keine neuen Ermittlungsergebnisse auf, wer als Kopf hinter den Verbrechen steckte. Jagten sie einem Phantom hinterher? War Spielmann vielleicht intelligenter, als ihm nachgesagt wurde?

* * *

Hilpert zog sich einen tiefblauen Anzug an, den er seinerzeit gemeinsam mit Christina erworben hatte. Allzu häufig hatte er ihn bislang nicht getragen. Eine geeignete Krawatte fand sich ebenso. Er achtete sogar auf die passende Farbe der Socken. Schwarze Schuhe konnte man überall zu tragen. So brauchte sich wenigstens niemand über sein Äußeres zu beklagen. Was Petra wohl sagen würde, hätte er nach seinen Turnschuhen gegriffen? Kurz nach sechs läutete er an Wellners Tür. Eine der Hausangestellten empfing ihn freundlich.

»Oh, der Anzug steht Ihnen sehr gut, Herr Hilpert«, lobte sie ihn und begutachtete ihn eingehend.

»Schwärm nicht zu sehr für ihn«, vernahm er Petras Stimme von der Bibliothek her. »Er hat es nicht verdient.«

Sie war ebenfalls umgezogen. Das halblange, schlichte schwarze Kleid mit dem angedeuteten Ausschnitt kleidete sie ausgesprochen vorteilhaft. Er trat ihr entgegen und musterte sie eingehend.

»Und, musst du dich mit mir schämen?«, fragte sie ihn verunsichert.

»Nein, du bist noch schöner, als ich dich in Erinnerung hatte.«

Sie reagierte eher unwirsch. »Durch den Kakao kann ich mich alleine ziehen. Da bedarf es deiner Mithilfe nicht.«

Sie verhielt sich ihm gegenüber weiterhin distanziert. Er fand sich damit ab. Wellner gesellte sich zu ihnen. »Ich will nicht, dass ihr euch während des Empfangs streitet. Benehmt euch. Das sind wichtige Geschäftspartner von uns. Und denkt dran, euer Gastgeber genießt es, wenn man ihn mit Herr Konsul anspricht.«

»Dies ist nicht mein erster Empfang, Paps. Wir werden uns schon zu benehmen wissen«, erwiderte sie selbstbewusst.

Hilpert ergänzte: »Da ich nur noch auf Spitzencognac abfahre, werde ich mich mit dem Alkohol zurückhalten.«

Der Hausherr grinste ihn wissend an. Dies förderte nicht gerade Petras Laune. Sie fühlte sich ausgegrenzt. Nachzufragen kam ihr nicht in den Sinn. Man hatte seinen Stolz.

Mit erhobenem Kopf ging sie zur Haustür. »Wenn es der Herr einrichten möchte, es ist unhöflich, zu spät zu kommen.«

Was blieb ihm anderes übrig, als ihr zu folgen? Standesgemäß brachte sie Wellners Chauffeur zu der Adresse von Konsul Bornemann. Er hatte nicht weit zu fahren. Sie landeten auf einem Grundstück an der Elbchaussee, das über ausreichend Platz für die Karossen der Geladenen verfügte. Die Villa hatte garantiert hundert Jahre oder mehr auf dem Buckel. Sie befand sich in einem baulichen Zustand, den man nur als vorzüglich bezeichnen konnte. Es war an nichts gespart worden. Nicht an den ausladenden Türmchen, nicht auf ein großzügiges voll überdachtes Portal, selbstverständlich mit Säulen als stützende Elemente. Im Innenbereich setzte sich der Eindruck von hanseatischer Gediegenheit fort. Hier mussten Kohorten an Innenarchitekten und Antiquitätenhändlern tätig geworden sein. Was man nicht alles für eine 25 Jahre jüngere Frau tat. In diesem Haus gab es kein Talmi, alles war echt und vor allem teuer. Mit seinem dunklen Anzug war Hilpert an der Grenze zum Underdog gekleidet. Ihn retteten zu seinem Glück einige superreiche Erben, die sogar auf eine Krawatte verzichtet hatten. Tatsächlich aber war bei den Herren überwiegend Dinnerjacket oder Smoking angesagt. Die Frauen traten mit gewagten Ausschnitten auf, egal, ob sie es sich leisten konnten oder nicht. Und dann erblickte er einen wogenden Busen, den er zur Genüge kannte. Alexandra lächelte ihm wenige Schritte von ihm entfernt erfreut zu. Er tat es ihr nach, froh darüber, jemanden zu treffen, den er kannte. Er überbrückte die kurze Distanz und begrüßte sie herzlich. Petra hatte sich mit einem befreundeten Paar zurückfallen lassen und führte ein vermutlich tiefschürfendes Gespräch.

»Na, Fabian«, begrüßte sie ihn, »bist du auf der Suche nach den Typen, die dich umlegen wollen? Bin ich wieder in deinem Focus gelandet? Einer wie du leidet doch nicht unter Verfolgungswahn.«

»Ich muss zugeben, ich bin auf eine falsche Fährte geschickt worden.« Er betrachtete sie eingehend. »Du hast etwas zugenommen«, konstatierte er fachmännisch. »Es steht dir gut.«

»Stehst du immer noch nicht auf Modelfiguren?«

»Gerade du müsstest meine Vorlieben kennen.«

Sie wies mit dem Kopf in Petras Richtung. »Eine gute Bekannte von dir?«

»Die Tochter meines Chefs.«

»Sie ist hübsch und es scheint alles an ihr dran zu sein.«

»Es gilt das Gerücht.«

Als einer der Ober mit einem Tablett an ihnen vorbeiging, hob sie die Hand und orderte zwei Gläser Rotwein. »Du trinkst doch mit mir ein Glas?«

Warum sollte er ablehnen? Er hatte die Frau vor sich, in die er einst heiß verliebt gewesen war. Er hätte lügen müssen, wollte er behaupten, dass sie ihn nicht mehr beeindruckte. Sie spürte es.

»Ich bin nach wie vor bereit, mit dir die Friedenspfeife zu rauchen, obgleich du böse Dinge über mich verbreitet hast«, turtelte sie. »Besuch mich und bring viel Zeit mit. Am besten ein ganzes Wochenende. Wenn du willst, können wir auch irgendwohin fliegen.«

Sie ließen die Gläser klingen, als hätte nie etwas zwischen ihnen gestanden. Ihn interessierten ihre Angelegenheiten nicht mehr. Genauso wenig würde es ihm einfallen, das frühere Verhältnis mit ihr aufleben zu lassen. Mit einem Brathähnchen konnte man eine Menge anfangen. Aber es war unmöglich, es wieder zum Fliegen zu überreden. Sie spürte, dass zumindest dieser Abend nicht zu einem Neubeginn führen würde. Sie winkte ihm knapp zu und wandte sich an einen Mann mit grau melierten Haaren um die fünfzig, der sich in ihre Nähe gestellt hatte, ohne sich weiter zu äußern. Eine Frau wie sie blieb nicht lange allein. Hoffentlich würde ihr neuer Partner länger leben als ihr Gatte. Als er sich umwandte, stand Petra vor ihm. Ihre Augen blitzten ihn an, als hätte er der Frau des Hauses unbotmäßige Avancen gemacht.

»Eine Freundin von dir? Oder hast du sie gerade erst kennengelernt?«, fragte sie.

»Eine ehemalige gute Freundin.«

»Die ist sexy.«

»Oh ja.«

Traurig schaute sie ihm ins Gesicht. Ihre Augen begannen glasig zu werden. »Gib es zu, du hängst noch an ihr.«

»Blödsinn!«, widersprach er. »Wenn ich wollte, würden wir uns heute noch treffen.« Er grinste sie an. »Soll ich es dir beweisen?«

»Untersteh dich!« Sie hakte sich bei ihm ein. »Schlendern wir durch das prachtvolle Haus und nicken einigen wichtigen Leuten zu.«

Sie spürte, wie sehr ihm diese Form der Repräsentation auf den Geist ging. Petra stellte ihm einige Leute vor, die ihm gleichgültig waren und die ihn offensichtlich ebenfalls nicht prickelnd fanden. Sie dagegen traf auf ungeteiltes Interesse. Zwischendurch verbiss sie sich ein spöttisches Lächeln. Sie wusste genau um seine Gefühlswelt und ließ ihn am langen Arm verhungern. Er begab sich in sein Schicksal und trottete folgsam wie ein gut erzogener Dobermann neben ihr her. Petra sollte ihn in keinem Fall leiden sehen. Die Blöße wollte er sich nicht geben. Das Rollenspiel funktionierte, bis sie seinem ehemaligen Dienstvorgesetzten begegneten. Garantiert war der frühere Staatsrat auch über ihn gestolpert, denn seinem Gesichtsausdruck war zu entnehmen, dass er ihn nicht vergessen hatte.

»Die lassen hier wohl jeden rein!«, giftete er Hilpert an.

Dieser fixierte ihn von oben bis unten. »Das kann man wohl sagen.«

Hinrichs' Gesichtsfarbe wechselte in ein gefährliches Rot. Er holte tief Luft und wollte lospoltern, als sich Petra nach vorne schob. »Sind Sie nicht dieser unmögliche Staatsrat gewesen, der Hamburgs fähigsten Ermittler vergrault hat?«

Das war zu viel für ihn. Er atmete gepresst und stand kurz vor einer mittleren Explosion. »Also das muss ich mir nicht bieten lassen!«

»Ich auch nicht«, antwortete sie mit einer Prise Arroganz und wandte sich Hilpert zu. »Gehen wir?«

»Gute Idee. Nur was sagen wir dem Gastgeber?«

»Ich habe Migräne - kein Wunder bei diesen Gästen.«

»Und wo wollen wir hin?«

»Warte es ab.«

Im Wagen wies sie den Chauffeur an: »Bitte fahren Sie uns zu meiner Wohnung.«

Hilpert war angenehm überrascht, als sie sich an ihn schmiegte und ihre Hand zwischen seinen Beinen verschwand.

»Ich habe dich so vermisst«, flüsterte sie ihm zu. »Ich mag nur dich. Ich will niemand anderen. Und ich will nicht, dass du mit anderen Frauen flirtest.«

»Tu ich doch gar nicht.«

»Tust du doch.«

Er küsste sie und eine Hand verschwand unbotmäßig unter ihrem Rock. Rudimente ihrer Vernunft verhinderten, dass der Fahrer über Gebühr strapaziert wurde. Sie erreichten Petras Appartement auf relativ unsicheren Beinen. Bereits im Aufzug hatte sie wieder ihre Arme um seinen Hals geschlungen und ließ es zu, wie er ihr Kleid nach oben schob. Sie hatte sich bemüht. Sie trug Strapse nach Altmüttersitte. Er wäre allerdings auch zu ihr gekommen, wenn sie wollene Unterhosen getragen hätte. Sie stolperten fast schon in ihre Wohnung, aber fanden dennoch ohne größere Blessuren das Schlafzimmer. Im Bett ließen sie sich anschließend mehr Zeit füreinander. Später fuhr sie mit der Hand über seinen Bauch und versuchte, ihm ihr Verhalten zu erklären.

»In unserem Haus wurde meine Mutter nach ihrem Tod wie eine Heilige behandelt. Eigentlich fehlte nur der Altar und die mystische Show wäre perfekt gewesen. Dann kommst du und reißt sie so einfach von ihrem Sockel runter.«

»Das war nicht meine Absicht. Es hat sich halt so ergeben.«

»Stimmt das denn, was du über sie herausgefunden hast?«

»Was suchst du, eine gute Lüge oder die brutale Wahrheit? Ich habe wenig Lust, von dir heute Abend auf die Straße gesetzt zu werden. Es ist kalt und ich bin mit dir längst nicht durch.«

»Lass die Dinge, wie sie sind. Erzähl mir die Wahrheit zu einem anderen Zeitpunkt. Ich will auch noch was von dir.«

Sie legte sich auf ihn und genoss es, wie er über ihren Rücken strich und bei dessen Verlängerung nicht haltmachte. Erst spät verließen sie das Bett. Im Verlauf des Abends rief sie ihren Vater an, damit er sie von der Vermisstenliste streichen konnte. Sie spürte seine Genugtuung, als sie ihm erzählte, wer wenige Schritte entfernt von ihr in der Küche hantierte. Hilpert war in jeglicher Beziehung für ihn der Wunschkandidat. Ein Mann aus kleinbürgerlichen Verhältnissen, der nicht mal eine akademische Ausbildung nachweisen konnte. Und es war ihm gleichgültig. Seine Tochter liebte ihn und musste aufpassen, dass sie keine Eifersuchtsdramen aus dem Boden stampfte, wenn er sich mit einer attraktiven Frau unterhielt. Mittlerweile hatte Hilpert zwei Cappuccino zubereitet. Sie beendete das Gespräch und setzte sich zu ihm an den Tisch.

»Grüße von meinem alten Herrn. Mir scheint, es freut ihn, dass wir wieder zusammen sind.«

»Er hat schließlich kräftig daran mitgewirkt.«

»Es ist seltsam«, erwiderte sie gut gelaunt, »der hat an dir einen Narren gefressen.«

Hilpert griff nach der Tasse und blinzelte ihr zu. »Prost Kaffee.«

Sie nahm einen vorsichtigen Schluck und holte tief Luft. »Ich möchte jeden Tag neben dir aufwachen«, überraschte sie ihn. »Lass uns zusammenziehen.«

Er schnalzte verblüfft mit der Zunge und antwortete ernsthaft: »Ich könnte mir gut vorstellen, mit dir zusammenzuziehen. Aber ich will mehr als nur guten Sex. Ich will das volle Programm.«

»Und das wäre?«

»Wir schließen 'ne scheiß konservative Ehe. Ich erwarte mindestens zwei Kinder aus unserer Beziehung.«

Erstaunt sah sie ihn an. »War das so was wie ein Heiratsantrag?«

»Kann man so sehen.«

»Du meinst nicht, wir sollten so zur Probe ...?«

»Wenn du drauf bestehst, gerne. Ach bevor ich es vergesse, unsere Kinder sollten nicht in der HafenCity aufwachsen. Hier finden sie ja draußen keine Spielkameraden, sondern stolpern nur über Touristen oder drohen, ins Wasser zu fallen.«

»Gut, tun wir uns in der Isestraße zusammen«, erwiderte sie fröhlich.

Er lachte auf. »Ausgezeichneter Witz. Denk dir einen anständigen Platz aus, wo eine Familie glücklich werden kann.« Er sah sie neugierig an. »Willst du wirklich so weit mit mir gehen?«

»Wenn's sein muss, noch weiter. Was die Kinder betrifft, produzier so viele, wie du möchtest und ich aushalte.«

Er klatschte in die Hände und erhob sich. Anschließend legte er seine Arme um ihren Oberkörper und küsste ihr Haar. »Dieser Aufgabe will ich mich gerne stellen. Du weißt, wir Männer sind leidensfähig. Aber wie ist es mit deinem Job?«

»Kommt Zeit, kommt Rat. Wir müssen ja nicht gleich heute damit beginnen.«

Er beugte sich zu ihr herunter und küsste sie.

Sie atmete tief durch. »Mein Geld stört dich nicht?«

»Doch, sogar ungemein. Andererseits lässt es sich nicht wegdiskutieren. Schließlich kannst du es nicht wegwerfen. Ich werde lernen müssen, damit umzugehen. Wenn wir heiraten, machen wir einen ordentlichen Ehevertrag, dass ich nicht darankomme, sollten wir uns trennen.«

»Deine Sorgen möchte ich haben. Dafür beschäftigt man Anwälte. Am besten lassen wir Dennis den Vertrag aufsetzen, er kennt sich damit aus. Gibt es sonst noch etwas, das ich wissen sollte?«, fragte sie mit leisem Unterton.

»Eine wichtige Sache müssen wir besprechen. Ich fürchte, ich werde zurück zur Polizei gehen. In der Arbeit gehe ich auf. Das ist meine Welt.«

Sie strahlte ihn sanft an. »Ich weiß, mein Vater hat mich bereits darauf vorbereitet.«

»Wie ist er denn darauf gekommen? Ich habe nie mit ihm darüber gesprochen.«

»Er meinte, er habe so ein Bauchgefühl.«

»Dann ist ja gut.«

Er ging in die Küche und bereitete einen weiteren Kaffee zu. Ihr gestattete er allenfalls eine kleine Tasse davon. Kaffee und eine künftige Schwangerschaft passten nach seiner Auffassung nicht zueinander. Koffein war ein Genussgift. Künftige Schwangerschaften sollten mit gesunder Ernährung einhergehen. Einen Pfefferminztee konnte sie im letzten Moment verhindern. Noch war es nicht so weit, noch wirkte die Pille. Aber sie war glücklich. Sie hatte mit Widerstand von seiner Seite gerechnet. Nun lief alles wie geschnitten Brot. Betrachtete sie ihren künftigen Mann, so schien er ähnlich zu fühlen. Dieser fragte sich in einer bangen Minute, ob er nicht übers Ziel hinausgeschossen war. Seine Antwort befriedigte ihn nur teilweise. Er liebte Petra und offensichtlich liebte sie ihn. Von der Seite machte er sich keine

Gedanken. Probleme sah er eher, wenn es um die materiellen Unterschiede ging, um Fragen gesellschaftlicher Verpflichtungen. Da würde er Kompromisse eingehen müssen. Augenblicklich fühlte er sich wohl. Seine Ängste waren wie weggewischt.

Am Sonntagabend besuchten sie Wellner nach einem aufreibenden Wochenende. Zufrieden betrachtete er das Paar. Diese Beziehung fand seinen Segen. Er musste nur darauf achten, dass deren Familienplanung harmonisch mit den Bedürfnissen des Unternehmens abgestimmt wurde. Er hörte ihm aufmerksam zu, als Hilpert über seine Pläne sprach, in absehbarer Zeit zur Polizei zurückzukehren.

»Sie müssen wissen, was für Sie das Beste ist«, reagierte er ruhig. »Trotzdem würde ich Sie gern weiterhin bei uns im Unternehmen sehen. Sie werden Ihren Weg gehen.« Er blickte ihn freundlich an. »Sie können mein Kind auf Dauer nur glücklich machen, wenn Sie es selbst sind.«

»Ich will alles dazu beitragen, die Mordfälle aufzuklären. Erst danach fällt meine endgültige Entscheidung.«

»Das ist okay so.«

Sie hockten lange zusammen und gaben ein Bild der Zufriedenheit ab.

31

Zu Beginn der neuen Woche waren die Vorräte an Harmonie vorerst aufgebraucht. Der Alltag drängte auf sie ein wie eine Meute hungriger Wölfe. Den ganzen Tag über beschäftigte sich Hilpert ausschließlich mit seiner Arbeit im Unternehmen. Es war dringend erforderlich. Nicht alles war in den vergangenen Wochen in seinem Sinne geregelt worden. Vielmehr gab es erste leise Anzeichen, dass sich anarchische Strukturen zu bilden begannen. Er hatte sich eindeutig zu wenig gekümmert. Es waren größtenteils Kleinigkeiten, die ihm missfielen. Es begann bei seiner Assistentin, die es anfing zu genießen, dass er sie nicht mehr bis zum frühen Abend mit Beschlag belegte, und endete bei dem einen oder anderen Mitarbeiter, der meinte, seine eigenen Regeln in Kraft setzen zu können. Noch gelang es ihm, erfolgreich einzugreifen, ohne größeren Flurschaden anzurichten. Am Ende des Tages hatte er die Hierarchie mit klaren Anweisungen wiederhergestellt. Grinsend dachte er an den Satz mit den Mäusen, die auf dem Tisch tanzten, wenn sich die Katze außer Haus aufhielt. Er war gespannt, wie man sich aufstellen würde, wenn er seine künftigen beruflichen Pläne verlautbarte.

Um die Mittagszeit traf er sich wie gewohnt mit Gärtner und Thiems in der Kantine. Diesmal dominierte ein anderes Thema das Mittagessen als die letzten Male. Thiems wies auf seine rechte Hand, an der ein goldener Ring prangte. »Bevor ihr es von anderer Seite erfahrt: Sarah und ich haben geheiratet. Ganz ohne Brimborium. Nur mit einem kleinen Imbiss für ihre Mutter und meine Eltern. Wir werden die eigentlichen Feierlichkeiten im Sommer nachholen. Ich brauche wohl nicht weiter zu betonen, dass 'ne riesige Feier jetzt nicht passt.«

Um große Runden kam er herum. Er musste allerdings für den Kaffee nach dem Essen sorgen.

Nach achtzehn Uhr machte sich Hilpert auf den Weg nach Wedel, um die Frau des verunglückten Piloten zu treffen. Sie sprach genervt auf ihn ein, als sie sich im Wohnzimmer zusammensetzten. »Können Sie uns nicht endlich mit dieser Geschichte zufriedenlassen? Haben wir nicht lange genug darunter gelitten?«

»Das will ich gerne tun«, reagierte er ruhig, »aber beantworten Sie mir eine Frage: Weshalb haben Sie mich hinsichtlich der Wartung des Flugzeugs belogen? Nach meinen Unterlagen ist alles korrekt verlaufen.«

Sie nickte zu seinen Worten. »Sie haben recht. Ich hoffte durch diese Notlüge den Fragenmarathon zu beenden.«

»Nun laufen wir immer noch. Und ich bin wieder bei Ihnen gelandet.«

»Genau das war es, was ich abwürgen wollte.«

»Sie müssen verstehen, es geht um zu viel, als dass man sich mit einer simplen Lüge davonstehlen könnte.«

»Sie haben ja recht, also was kann ich diesmal für Sie tun?«

Hilpert versuchte sich mit einer Erklärung, bevor er sich ans Eingemachte wagte. Wie sich zeigen sollte, trat er voll ins Fettnäpfchen. »Frau Kahrs, es geht um mehr als um die Ereignisse von vor zwölf Jahren. Es geht um mehrere Morde, die erst jüngst geschehen sind. Es sollte somit in Ihrem Interesse sein, dass Ihr Sohn aus allem herausgehalten wird.« Den letzten Satz hätte er sich schenken sollen.

»Mein Sohn?«, schrie sie ihn aufgebracht an. »Was soll der damit zu tun haben? Der ist doch kein Krimineller!«

»Er nicht, aber er hatte direkten Kontakt zu einem der Mordverdächtigen. Es ist nicht auszuschließen, dass dieser ihn mit in ein Komplott einbezogen hat.«

»Mein Junge? Nie und nimmer!«, widersprach sie vehement.

»Man hat ihm eingeredet, dass sein Vater und sein Bruder möglicherweise durch Dr. Wellner oder Frau Lüders zu Tode gekommen sind.«

»Daran glaube ich bis heute«, vernahmen sie von der Wohnzimmertür her eine Stimme.

»Felix, du? Ich dachte, du bist mit Freunden im Kino.«

»Ich habe zufällig mitbekommen, dass du dich mit Herrn Hilpert verabredet hast. Es interessiert mich schon, was du mit ihm zu besprechen hast.«

Aufgebracht erhob sie sich. »Ich sage nichts, wenn du dabei bist.«

»Wollen Sie das wirklich durchziehen?«, mischte sich Hilpert ein. »Sie schaden damit nur Ihrem Jungen.« Er war ebenfalls aufgestanden und schaute sie durchdringend an. »Was behalten Sie für sich? Ich will den Mord an Klaas Lüders aufklären. Anderes interessiert mich nicht. Soll erst die Polizei kommen und Ihren Sohn mitnehmen?«

Wie in Zeitlupe setzte sie sich zurück auf ihren Stuhl. Es arbeitete in ihr. Felix trat näher und beugte sich zu ihr herunter. »Komm, spuck aus, was du weißt.«

Sie griff nach einem Taschentuch und schnäuzte sich die Nase. Anschließend zerknäulte sie es mit zittrigen Fingern zu einer Kugel. »Es ist alles so furchtbar, man kann es unmöglich verdrängen«, begann sie aufgeregt, sich zu erklären. Wieder stand sie auf. »Wartet hier auf mich. Ich bin gleich zurück.« Mit kurzen schnellen Schritten verließ sie den Raum.

Die beiden Männer blickten ihr erstaunt hinterher. Sie erschien kurz darauf mit einem altmodischen Kassettenrecorder. Wortlos steckte sie den Stecker ein und drückte den Wiedergabeknopf. Es erklang die Stimme eines Mannes mittleren Alters. Er sprach von Schulden, die sich für sie ins Unermessliche aufgetürmt hatten. Seltsam sachlich erklärte er, dass er die Absicht habe, sein Flugzeug so zu manipulieren, dass es auf dem Rückflug zu einem Absturz kommen musste. Seinen Sohn wollte er bei Freunden auf der Insel gelassen haben. Er bat um Verständnis für seine Entscheidung.

Offensichtlich war es höhere Gewalt, dass die Maschine zu früh ins Trudeln geriet. Vielleicht hing es mit der Nebelfront zusammen, in die sie überraschend geraten waren. Es war kein Mordanschlag, es war kein Unfall, sondern Selbstmord. Das Schicksal schlug einfach zum falschen Zeitpunkt zu. Mutter und Sohn nahmen einander in die Arme und brachen in Tränen aus. Hilpert schaute ihnen stumm zu, bis er den Blick abwandte und interessiert seine Fingernägel beäugte. Das Paar beruhigte sich unerwartet schnell. Sie waren darauf trainiert, mit Leid umzugehen. Ina Kahrs blickte ihn aufgewühlt an.

»Das müssen Sie für sich behalten. Die Versicherung hätte bei Selbstmord keinen Pfennig gezahlt.«

Hilpert musste ebenfalls seine Fassung zurückgewinnen. Der Mann hatte durch seine unüberlegte Tat vier Menschenleben auf dem Gewissen. Seine Frau musste mit diesem Wissen seit mehr als einem Jahrzehnt weiterleben. Das Ganze mit der Furcht, die Versicherung könnte auf die eigentlichen Ursachen des Absturzes stoßen. Er verstand, dass sie nach so langer Zeit die materiellen Bedürfnisse nach vorne geschoben und sich ihre Emotionen verbraucht hatten. Für das, was ihr Mann drei Familien angetan hatte, gab es keine Entschuldigung. Man konnte ihn nicht mehr zur Rechenschaft ziehen. Seinem Sohn stand nach wie vor das Entsetzen ins Gesicht geschrieben. Vermutlich würde es seine Zeit dauern, diese Informationen zu verarbeiten. Hilpert sammelte sich und unterbrach das Schweigen.

»Felix, gestatten Sie mir noch eine Frage. Dieser Spielmann hatte Sie doch angesprochen. Versuchte er, Sie in irgendetwas hineinzuziehen?«

Er antwortete überraschend konzentriert: »Nicht direkt. Aber er machte zuweilen seltsame Andeutungen, sprach von einer großen Gaudi und vom dicken Geld. Er meinte, es sei mit geringem Risiko verbunden, was da durch seinen Kopf ginge. Das war mir zu suspekt. Da habe ich abgeblockt und er ist auf Distanz zu mir gegangen. Er war mir durch und durch unsympathisch. Außerdem hielt ich ihn nicht gerade für intelligent. Er schmiss mit dummen Sprüchen um sich, plusterte sich auf wie ein Pfau, bezahlte mit großen Scheinen und gab dicke Trinkgelder. Er war ein Prol.«

»Aber bezüglich des Absturzes wollten Sie an seine Mordthese glauben?«

Er stierte nachdenklich in die Luft. »Wollte ich das wirklich oder fand ich sie nur spannend? Im Nachhinein ist das schwer zu sagen. Zumindest hörte sie sich plausibel an. Aber deshalb beteilige ich mich nicht an einer Entführung und lasse zu, dass jemand getötet wird!«

Hilpert musste sich nun vor allem von lieb gewonnenen Theorien abwenden, die ihn in die falsche Richtung führten. Er verließ die beiden wenig später. Diese Fährte war seinem Empfinden nach kalt. Er wollte Mutter und Sohn alleine lassen, damit sie sich in Ruhe austauschen konnten. Ihr Sohn hatte garantiert ein Bündel an Fragen für sie parat. Ina Kahrs überließ Hilpert das Band. Er sollte nach Belieben damit verfahren. Er war sich unsicher, wie er es verwenden wollte. Erneut dachte er über Felix nach. Stimmte seine Geschichte, so war Spielmann auf ihn zugekommen. Das bedeutete, der Plan für die Entführung und die Ermordung von Klaas standen bereits zu dem frühen Zeitpunkt fest. Ihn beschlich das Gefühl, dass man den jungen Mann irgendwie miteinbeziehen wollte, um später einen Sündenbock vorweisen zu können. Das hätte beinahe funktioniert. Glücklicherweise war Felix letztlich schlau genug gewesen, sich mit diesem Menschen auf nichts einzulassen. Mit gemischten Gefühlen verließ Hilpert das Haus.

Er startete sein Auto und fuhr an. Er hatte es nicht weit nach Blankenese. Also beschloss er, Wellner noch an diesem Abend aufzusuchen. Wenn es einen Menschen gab, der es verdient hatte, mit den neuesten Ergebnissen konfrontiert zu werden, dann war er es. Sein Arbeitgeber empfing ihn überrascht, bis es Hilpert klar wurde, dass es 21 Uhr durch war und er ohne Anmeldung vor seiner Haustür aufkreuzte. Manchmal verlor man in gewissen Situationen sein Gefühl für Leben, Zeit und Raum. Trotzdem war er willkommen.

Wellner stammelte leise vor sich hin, nachdem sich sein später

Besucher erklärt hatte. So erschüttert hatte er den Hausherrn noch nie erlebt. Selbst der Anschlag auf ihn und Petra stieß bei ihm auf stärkere Gelassenheit. »Es war kein Unfall, kein Mord, sondern ein Suizid, der aus dem Ruder gelaufen ist? Oh Gott, was für sinnlose Tode.« Mit dem Handrücken wischte er eine Träne weg, die sich in die Ecke eines Auges verirrt hatte. »Die arme Frau, die in der Trauer um die Toten und in der Sorge ums Überleben steckte. Es muss sie ja schier zerrissen haben.« Voller Ernst strich er über den Kassettenrecorder. »Was machen Sie damit, Fabian? Geben Sie das an die Polizei weiter?«

»Damit Frau Kahrs sich unter Umständen mit der Versicherung auseinandersetzen darf? Nein, die hat genug erlitten. Uns würde es ohnehin nicht weiterhelfen.«

»Es ist voll in meinem Sinn. Sie sind und bleiben ein anständiger Kerl. Bei Ihnen ist das Material in guten Händen.«

Sie unterhielten sich bei einer Tasse Tee. Die gemeinsame Flasche Cognac, die sie vor Kurzem geleert hatten, wirkte weiterhin nach. Ihr Gespräch funktionierte ohne Alkohol ebenfalls ganz vorzüglich.

Anschließend machte er sich auf den Weg zurück in die HafenCity zu Petra. Er fuhr die Elbe entlang. In dieser Gegend begriff man, ohne groß nachdenken zu müssen, weshalb die Hansestadt als eine der reichsten Städte Europas galt. Ihn interessierte das weniger. Er liebte den Fluss bei Dunkelheit, wenn die Positionslichter der Boote wie Irrwische über das Wasser huschten. Als er endlich den Wagen in der Garage abstellte, war es bereits elf Uhr durch. Trotzdem erwartete ihn Petra gut gelaunt. Vermutlich hatte sie mit ihrem Vater telefoniert. »Na, großer Detektiv«, empfing sie ihn, »hast du schon Abendbrot gehabt?«

Tatsächlich hatte er es wieder einmal vergessen, sich darum zu kümmern. Bei Wellner hätte eine kurze Anmerkung gereicht. Drei Spiegeleier später war dieses Problem zu seiner vollen Zufriedenheit gelöst. Petra bewies, dass sie durchaus mit der Pfanne umzugehen verstand.

Nach dem Frühstück am nächsten Morgen fuhr er in der Isestraße vorbei. Durchlüften und den Briefkasten leeren waren angesagt. Er dachte ernsthaft darüber nach, seine Wohnung aufzugeben. Er hatte begriffen und verinnerlicht, dass es Unsinn war, sich gegen Petras materielle Möglichkeiten zu stemmen. Sie wollten zusammenleben, also nutzte man ihre Wohnung, da sie ungleich bessere räumliche Alternativen bot als seine. Dennoch musste er mit sich kämpfen. Mit seinem Bild vom Jäger, der das Wild erlegte und seine Familie ernährte, kam er im 21. Jahrhundert nicht mehr so furchtbar weit. In seinem Fall war ihr Köcher sogar überreichlich mit Pfeilen gefüllt, während er mit einer Steinschleuder hantierte. Als er sie einmal auf eine Beteiligung an den Kosten der Wohnung angesprochen hatte, war gerade mal ein mattes Lächeln in ihrem Gesicht erschienen. Seine Überlegungen waren kleinkariert. Also löste er sich von ihnen.

Es hatte sich einiges an Post angehäuft. Die meisten Rechnungen konnte er zur Seite legen, sie würden abgebucht werden. Eine Strafe wegen zu schnellen Fahrens wollte er anstandslos begleichen. Widerspruch einzulegen, machte kaum Sinn. Das Bild konnte er beinahe für seine künftigen Bewerbungsunterlagen verwenden. Was ihn am stärksten wurmte, war, dass er nicht mitbekommen hatte, als er geblitzt wurde. Vermutlich war er wieder mal mit seinen Gedanken ganz woanders gewesen. Gerade der Weg nach Wedel war gnadenlos mit Blitzern gesät.

Die Komplexität des Falls nervte ihn gehörig. Wo hatte sich dieser verdammte Spielmann versteckt? Der konnte garantiert alle Fragen ausführlich beantworten. Hockte er auf irgendeinem Dachboden und wagte sich nicht hinaus? Hilpert ärgerte sich über sich selbst. So, wie die Dinge abliefen, musste er an irgendeiner Stelle in eine falsche Richtung gewankt sein. Ob mit oder ohne Einfluss von außen, vermochte er nicht einzuschätzen. Entnervt öffnete er einen Briefumschlag nach dem anderen. Bis ihm zwei Fotos in die Hand fielen, die ihm anonym zugesendet worden waren. Darauf entdeckte er Doris in inniger Umarmung mit ihrem Cousin Paul Wellner. Insbesondere das zweite Motiv hatte es in sich. Seine Hand ruhte unter ihrem Rock, während sich ihre zwischen seinen Beinen eingerichtet hatte. Hilpert versuchte festzustellen, wo die Bilder aufgenommen worden sein mochten. Er vermutete auf der Terrasse ihres Hauses. Ihm schien, als hätten sich die beiden von einer Feierlichkeit abgesetzt. Zumindest waren sie sorgfältig gekleidet. Einer Küchenschublade entnahm er eine Lupe und untersuchte die Aufnahmen etwas genauer. Die beiden waren erkennbar einige Jahre jünger, als der Auslöser betätigt wurde. Fragte sich nur, ob ihr Techtelmechtel vor oder nach dem Tod ihrer Ehepartner stattgefunden hatte. Gedanklich schlug er sich auf die Finger. Diese Frage war im Prinzip bedeutungslos. Vielmehr hatte ihn zu interessieren, von wem die Bilder gekommen waren und vor allem aus welchem Grund. Wollte jemand mit dem Finger auf die beiden zeigen? Wollte man ihm bei seiner Aufklärungsarbeit behilflich sein? Oder war dies ein weiterer Versuch, ihn in eine falsche Ecke zu locken? Hilpert war verunsichert. Abermals rückte das Pärchen ins Zentrum seiner Betrachtung. Er konnte keinen Gedanken vernünftig zu Ende bringen. Keine Spur versandete, sodass man sich mit gutem Gewissen von ihr abwenden konnte. Ständig eröffneten sich neue Perspektiven.

Am Nachmittag suchte er Wellner in seinem Büro auf und legte ihm die Fotos vor. Dieser starrte sie mit gerunzelter Stirn an. Er äußerte sich völlig unbefangen. »Lange her, dass wir beide einander so nahegekommen sind. Da waren wir noch jung. Unsere Lenden forderten gelegentlich ihren Tribut.«

»Können Sie sich erinnern, wann die Aufnahmen entstanden sein können?«

Er schüttelte den Kopf. »Nein, das muss irgendeine Familienfeier bei Doris gewesen sein. Da haben wir uns in die Büsche geschlagen und die Gelegenheit genutzt, ein paar Minuten zärtlich miteinander zu werden.«

»War das vor dem Tod Ihrer Ehepartner?«

»Eindeutig. Als die beiden starben, war unser Verhältnis längst beendet. Sie hatte angefangen zu trinken. Es war mir zu riskant, dass sie mit zwei Promille über uns reden könnte. Sie wissen, ich liebe einen guten Schluck Wein oder mal etwas Kräftigeres. Ich trinke auch einen über den Durst. Aber nicht jeden zweiten Tag.«

»Und wurde geredet?«

»Nicht dass ich wüsste.«

»Wissen Sie denn, wer die Aufnahmen gemacht hat?«

»Nein, es existieren sogar einige davon. Jemand hat versucht, mich seinerzeit damit zu erpressen. Ich weiß es noch wie heute. Er forderte 300.000 Mark.«

»Und Sie?«

»Da ist kein Pfennig geflossen. Ich lasse mich nicht erpressen. Doris' Mann hätte bei seinen Weibergeschichten eh den Mund halten müssen. Und ich habe es meiner Frau gebeichtet. Irgendwann kam dann die Retourkutsche, wie wir wissen.«

»Hatten Sie jemanden in Verdacht, der die Bilder gemacht haben könnte?«

»Nicht konkret. Ich vermute, es war einer ihrer Hausangestellten. Zu Johns Lebzeiten gab es davon einige. Wer sonst hätte Zugang zu einer Familienfeier gefunden?«

»Sie können sich nicht erinnern, ob vielleicht jemand aus dem Unternehmen Sie dort an dem Tag aufgesucht hatte? Um etwas mit Ihnen abzustimmen oder Ihnen eine wichtige Information mitzuteilen?«

»Ich weiß nicht mal mehr, wann genau die Fotos entstanden sind und was der Anlass der Feier war.«

»Was dagegen, wenn ich Ihre Cousine befrage?«

»Warum sollte ich? Wir müssen herausfinden, weshalb Ihnen jemand so olle Kamellen auftischt. Und das in dieser Situation.«

»Manchmal beschleicht mich das Gefühl, als versuche man, mich krampfhaft in eine bestimmte Richtung zu locken«, merkte Hilpert nachdenklich an.

»Das hieße, Sie sind einer Person fast auf die Füße getreten, ohne es bemerkt zu haben.«

»So sehe ich das. Fragt sich nur, welche Richtung das ist, von der man mich abbringen will. Der Versuch, Sie sozusagen gemeinsam in Verdacht zu bringen, ist schon perfide.«

Wellner nickte zu seinen Ausführungen. »Unser unbekannter Gegner kennt Ihre neuesten Informationen über den Flugzeugabsturz offensichtlich noch nicht.«

»Das sollten wir so beibehalten.«

Doris sah trotz der letzten Ereignisse erstaunlich erholt aus und war sorgfältig geschminkt. Der Alkoholentzug und der Verzicht auf Beruhigungstabletten gaben ihr die alte Ausdruckskraft zurück. Sie bot Hilpert einen Kaffee an, zu dem er gerne nickte. Ihre Pflegerin schien inzwischen vollends den Taktstock zu schwingen. Die Frau war keine vierzig Jahre alt. Trüge sie ihre dunklen Haare weniger streng nach hinten gekämmt und würde sie ihr Gesicht nicht durch eine dicke Brille verunzieren, konnte man sie durchaus als attraktiv bezeichnen. Sie verfügte über eine schlanke Figur. Betrachtete man ihre Hände genauer, verrieten die Adern darauf, dass sie offenbar regelmäßig trainierte. Kraft war in ihrem Metier wohl unerlässlich. Zumindest machte sie einen guten Job.

Ein sanftes Lächeln verlieh Doris' Gesicht eine gewisse Leichtigkeit, als sie die Fotos betrachtete. »Das waren noch Zeiten«, erinnerte sie sich. »Damit sollten wir erpresst werden. Da waren die bei den Richtigen gelandet. Paul und ich haben sofort reinen Tisch gemacht.«

»Wie war die Reaktion Ihrer Ehepartner?«

»Claudia war echt sauer. Sie hat mit mir ein halbes Jahr nicht gesprochen.«

»Und Ihr Ehemann?«

Wütend blickte sie auf. »Es war ihm gleichgültig. Er faselte was von einer offenen Beziehung und ging zur Tagesordnung über.«

»Können Sie die Bilder zeitlich einordnen?«

»Eindeutig. Die müssen vierzehn Jahre alt sein. Wir feierten meinen vierunddreißigsten Geburtstag. Da waren wir noch hübsch und knusprig.« Sie reichte ihm die Abzüge zurück. »Zu der Zeit begann ich zu trinken. Das hat uns leider auseinandergebracht. Paul war ein attraktiver Mann.« Sie strahlte Hilpert an. »Waren wir nicht ein hübsches Paar?«

Er befürchtete schon, sich neuer Angriffe von ihr erwehren zu müssen, doch sie hielt sich zurück. Sie hatte keinen Verdacht, ob einer ihrer damaligen Angestellten den Fotoapparat bemüht hatte. Heute half ihr nur eine Zugehfrau aus. Und die war erst seit sieben Jahren für sie tätig. Er wollte gerade gehen, als sie ihn zurückrief. »Warten Sie, an dem Tag bekam ich Besuch von dem Justiziar der Firma, Dr. Kelling. Es ging um eine Verfügung, die er für mich aufgesetzt hatte.«

»Und ist er danach gleich wieder gegangen?«

»Keine Ahnung. Ich schätze, auf ein Glas Sekt ist er sicherlich geblieben. Mein Mann und ich sahen das nicht so eng. Wir pflegten in unserem Haus Gastfreundschaft.«

»Er ist nicht mehr im Unternehmen tätig?«

»Nein, er ging vor zehn Jahren in Pension. Soviel ich weiß, ist er im letzten Jahr gestorben.«

»Gibt es eine Ehefrau?«

»Ja, sie ist so um die 70 Jahre alt. Sie arbeitet ehrenamtlich in der Jugendfürsorge. Sie ist bei uns mal aufgekreuzt und hat um eine Spende gebeten.«

»Haben Sie ihr was gegeben?«

»Natürlich. Solche Initiativen muss man unterstützen. Es ist ja nicht so, dass man auf den Cent zu achten hat.«

»Würden Sie mir sagen, wie viel Geld Sie ihr gegeben haben?«

»Tausend Euro. Ich hatte das Gefühl, sie war sehr glücklich darüber.«

»Hätten Sie 'ne Adresse oder Telefonnummer von ihr?«

»Tut mir leid, damit kann ich nicht dienen. Aber sie erhält garantiert eine Betriebswitwenrente. Rufen Sie in der Personalabteilung an. Die können Ihnen bestimmt weiterhelfen.«

Auf dem Rückweg ließ er sich mit Gärtner verbinden. Dessen Stimme klang nicht sonderlich dynamisch, als er sich meldete.

»Selbstverständlich kann ich dir die Adresse und Telefonnummer der Witwe von Dr. Kelling besorgen. Kannst du schreiben?«

»Das geht momentan schlecht. Ich bin gerade auf dem Weg ins Büro. Wenn du noch da bist, hole ich sie bei dir ab.«

»Ich habe gleich einen auswärtigen Termin. Ich leg dir einen Zettel auf den Schreibtisch.«

Gärtner hatte Wort gehalten, als Hilpert zwanzig Minuten später eintraf. Ohne langes Federlesen rief er Marianne Kelling an.

»Ob mein Mann vor vierzehn Jahren Fotos auf einer Feier von Frau Lüders gemacht hat?«, wiederholte sie seine Frage einigermaßen erstaunt. »Gott, was weiß ich.«

»Es ist nicht auszuschließen, dass er jemanden damit erpressen wollte. Würde das zu ihm gepasst haben?«

Ihre klare Antwort überraschte ihn. »Allerdings. Zu der Zeit hatte er ein Verhältnis mit einer Mitarbeiterin aus dem Marketing. Leider habe ich das erst Jahre später in Erfahrung gebracht. Solche Damen kosten Geld. Sie sind jung und gierig.«

In seinem Kopf klang eine Saite an. Eine Marketingmitarbeiterin war ihm erst kürzlich untergekommen. Er versuchte sich zu erinnern.

»Können Sie mir einen Namen nennen?«

»Heike Borg. Die hat sich mir in den Kopf eingebrannt. Erst als sie das Unternehmen verließ, beendete er wohl die Beziehung.«

»Befand sich in seinem Nachlass verdächtiges Fotomaterial?«

»Nein, das wäre mir aufgefallen. Ich bin alle Unterlagen sorgfältig durchgegangen.«

»Danke für die Auskünfte.«

Er musste nicht lange nachdenken. Eine Frau aus dem Marketing hatte Gärtner und Frau Wellner erpresst. Dort musste er ansetzen. Für diesen Tag hatte er genug. Gedanklich war er bereits auf dem Weg in die HafenCity, bis ihm einfiel, dass Petra in einem längeren Meeting saß. Allein fühlte er sich wie ein Eindringling in ihrem Appartement. Also nahm er Kurs auf die Isestraße. Die neue Situation lief noch nicht rund. Er musste sich daran gewöhnen, künftig als Untermieter sein Dasein zu fristen. Die Versorgung regelte er über einen Pizzaservice. Vermutlich war es ein Urkampf der Geschlechter, sich den eingebläuten Normen und Erwartungshaltungen entgegenzustemmen.

Nach elf Uhr erreichte ihn Petras Anruf, die ihn vermisste. »Hast du dich in deiner Höhle verkrochen?«, fragte sie ihn mit der Weisheit ihrer Jugend.

»Kann man so sagen«, erwiderte er wahrheitsgemäß. »Hier kenne ich mich aus, wenn ich allein bin.«

Er versprach, sich zu bessern.

Am nächsten Morgen hielt ihn wenig in seiner Wohnung. Nach Eiern, in welcher Form auch immer zubereitet, trieb ihn kein Verlangen. Die Milch im Eisschrank war mittlerweile sauer geworden. In City Nord hingegen erwartete ihn in der Kantine ein Frühstück, das kaum zu schlagen war. Bei frisch gebrühtem Kaffee und knackig frischen Brötchen traf er auf Gärtner, der offensichtlich, ähnlich wie er, nicht dazu gekommen war einzukaufen. Sie setzten sich gemeinsam an einen Tisch.

»Hat das mit der Adresse geklappt?«, fragte ihn der Personalmann.

»Ja, danke für deine Mithilfe. Gut, dass wir uns hier treffen. Ich hätte da ein paar Fragen an dich bezüglich dieser Frau aus dem Marketing, die euch erpresst hat.«

»Immer raus damit.«

»War ihr Name Heike Borg?«

»Du sagst es. Wie bist du denn auf deren Namen gestoßen?«

»Kelling hatte ein Verhältnis mit ihr.«

Ungläubig musterte Gärtner ihn. »Der war doch mehr als doppelt so alt wie sie. Bist du dir da ganz sicher?«

»Ich nicht, wohl aber seine Ehefrau.«

»Hm, das ist 'ne seriöse Dame, die setzt keine falschen Gerüchte in die Welt.«

»Hast du die Adresse oder Telefonnummer der netten Marketingdame?«

»Werfen wir nach dem Frühstück einen Blick in die Personalunterlagen. Ich fürchte nur, das sind olle Kamellen. In zwölf Jahren kann viel geschehen.«

Stumm machten sie sich über ihr Frühstück her. Beide frönten sie ihrer Vorliebe für Brötchen mit frischem Schweinemett. Erst nach dem dritten Brötchen passten sie. Für einen Becher Kaffee fand sich allerdings genügend Platz im Magen. Hilpert hatte insoweit Glück, weil ihn Petra nicht bei seiner Völlerei überraschte. Sie hätte unter Garantie ihren Kommentar dazu abgegeben. Drehte es sich um Mettbrötchen, versagte bei ihm die gesamte Cholesterindiskussion.

Gärtner nahm ihn anschließend mit ins Archiv. Dort entdeckten sie ohne großen Aufstand die Personalakte von Heike Borg. Sie griffen sie sich und begaben sich ins Büro des Personalchefs. Er schob sie Hilpert über den Schreibtisch zu.

»Zieh dir raus, was du brauchst. Bitte mach damit keine Werbung. Der Datenschutz gilt auch für uns.«

Hilpert blätterte die Mappe flüchtig durch, bis er in der Bewegung erstarrte.

»Scheiße, die ist eine geborene Spielmann! Darauf hätte man früher stoßen können.«

Gärtner fasste nach: »Spielmann?! Wird nach dem nicht im Rahmen eurer Ermittlungen gefahndet?«

»Der Mann ist ein Killer und seine Schwester scheint einen nicht gerade positiven Einfluss auf seine Karriere genommen zu haben.« Unruhig trommelte er mit den Fingern auf Gärtners Schreibtischplatte. »Die scheint ja etwas mehr Grips zu haben als er. Steckt die vielleicht hinter allem? Ist sie der Thinktank?«

Gärtner zuckte mit den Achseln. »Ich habe sie als eiskalte

Erpresserin im Kopf. Vielleicht auch nur, weil ich damals schrecklich emotional war. Aber von Erpressung bis zu mehrfachem Mord ist eine lange Wegstrecke.«

»Sie hat ja vermutlich nicht geschossen, sondern ihr bezaubernder Bruder.«

»Trotzdem«, erwiderte Gärtner wenig überzeugt.

In seinem Büro dachte Hilpert über seinen Verdacht nach. Heike Borgs kriminelle Energien vermochte er nicht einzuschätzen. Mit Sicherheit hatte sie gewusst, dass bei Familie Lüders mehr Geld abzukassieren war als 750.000 Euro. Er schnappte sich das Telefon und gab Stange im Telegrammstil seine neuesten Ermittlungsergebnisse auf und bat ihn, vor allem die Adresse der Verdächtigen ausfindig zu machen. Ein inneres Gefühl sagte ihm, dass sie eine gewichtige Rolle in dem gesamten Drama spielte. Eine Stunde später mailte man ihm ein Foto der Frau zu. Langes blondes Haar umwogte ihr fein geschnittenes Gesicht. Sie war hübsch, ohne dass man ständig Gefahr lief, sich nach ihr zu verzehren. Irgendwie bot sie das Bild der kühlen Blonden aus dem Norden. Endlich bekam er einen Bezug von der Vergangenheit bis in die Gegenwart hergestellt. Zu seinem Leidwesen zeigte sich, dass Heike ebenso wie ihr Bruder verschwunden war. In ihrem Fall hatten sie nicht einmal einen konkreten Ansatzpunkt, um nach ihr zu fahnden. In diesem Land würde ihnen niemand einen Haftbefehl für sie ausstellen. Was er in Händen hielt, war vage. Jeder drittklassige Anwalt schlug ihm vermutlich seine Argumente aus der Hand. Sie mussten sehen, wie sie an die Frau herankamen. Irgendwann musste sie, genau wie ihr Bruder, auftauchen.

Hilpert wusste nicht so recht, wie er mit der neuen Situation umgehen sollte. Mit Heike Borg war eine weitere Figur ins Spiel gekommen. Garantiert war sie an der versuchten Erpressung von Wellner und Doris Lüders beteiligt. Beide bestritten, gezahlt zu haben und verwendeten nahezu das gleiche Vokabular, als er mit ihnen darüber gesprochen hatte. Zufall oder abgestimmtes Verhalten? Die Macht des Faktischen? Was wollte er glauben? Stand diese Aktion tatsächlich im Zusammenhang mit einem Verbrechen, das mehr als ein Jahrzehnt später verübt wurde? Warum hatte die ehemalige Marketingmanagerin so lange gewartet? War ihr das Geld ausgegangen? Wieder übte er sich in Spekulationen.

Er musste aufpassen, sich nicht zu verrennen. Oder war dies exakt das Motiv des Versenders der Fotos? Kamen sie von Heike? Je nach Tagesform schwappte er in die eine oder andere Richtung. Folgte er einer Fährte, stieß er unweigerlich auf Eindrücke, die ihn davon abhielten, ausgerechnet an die Schuld dieser Person zu glauben. Er war wütend auf sich und stierte hilflos an die Decke, als erwartete er von oben den alles entscheidenden Hinweis. Diesen Dienst erwies man ihm leider nicht. Dafür befreite ihn das Telefon aus seiner Grübelei. Zu seinem Erstaunen meldete sich Marianne Kelling bei ihm. Die Witwe des verstorbenen Justiziars musste sich offenbar sammeln, bevor sie die richtigen Worte für ihn fand.

»Ich habe mich über Sie erkundigt, Herr Hilpert. Sie sind bis vor Kurzem bei der Hamburger Mordkommission gewesen. Da kann ich sicher sein, es mit einem seriösen Mann zu tun zu haben.«

Er verzichtete auf eine Äußerung seinerseits, sondern verhielt sich ruhig. Die Tatsache Polizist gewesen zu sein, machte aus ihm keineswegs einen guten Menschen. Ganz offensichtlich wollte sie ihm etwas Vertrauliches mitteilen und tat sich schwer damit. Zögerlich nahm sie Fahrt auf.

»Ich habe Ihnen nicht alles erzählt, was den Nachlass meines Mannes betraf.«

»Tatsächlich?!«, antwortete er, darauf bedacht, sein Interesse zu dokumentieren, ohne neugierig zu wirken. In Wirklichkeit war er bis in die letzte Haarspitze angespannt.

»Ja, also ich fand darin einen Schließfachschlüssel.«

»Sie wussten nicht, dass es ein Schließfach gab?«, fragte er vorsichtig nach.

»Unser gemeinsames kannte ich. Dafür hatte ich eine Zugangsberechtigung und die Schlüssel. Hier handelte es sich um einen weiteren Schlüssel. Wie ich einer Unterlage entnehmen konnte, hatte er dieses Fach nicht bei unserer Hausbank eingerichtet.«

»Ich verstehe.«

»Damit bin ich dann zu dem Kreditinstitut gegangen. Da ich die einzige Erbin war, kam ich problemlos daran.« Sie atmete tief durch. Nach wie vor fiel es ihr schwer, alles zu erzählen, was sie wusste. »Darin fand ich neben diversen Wertpapieren und einigen kleineren Goldbarren etwa 400.000 Euro in bar. Ich habe keine Ahnung, woher er das viele Geld hatte. Ein Gefühl sagte mir, es wurde auf unredliche Art und Weise erworben. Und jetzt, als Sie mich auf die Bilder ansprachen, frage ich mich, ob es damit zusammenhängen könnte.«

»Verfügen Sie noch über das Geld?«

»Zum großen Teil. Für mich habe ich davon nichts verwendet. Jahr für Jahr zweige ich etwas davon ab für die Jugendfürsorge.«

»Belassen Sie es so. Niemand wird darauf Anspruch erheben können. Vielleicht gönnen Sie sich davon mal einen schönen Urlaub oder richten sich neu ein.«

»Das habe ich nicht nötig. Mein Mann war zwar ein Schwerenöter, aber er hat mich gut versorgt. Zu meinem Glück war er außerdem ein sparsamer Mensch. Der drehte jedes Geldstück zweimal um, bevor er es ausgab.«

»Warum hat er das Unternehmen damals verlassen?«

»So genau kann ich Ihnen das nicht sagen. Das ist zehn Jahre her. Er war 62, also in einem Alter, in dem man übers Aufhören nachdenken konnte, aber nicht zwangsläufig musste.«

»Sie hatten sich nicht darüber abgestimmt?«

»Zu der Zeit sprachen wir überhaupt nicht miteinander. Wir hatten uns völlig auseinandergelebt. Jeden Tag riefen irgendwelche fremde Frauen bei uns an. Er unternahm nicht einmal den Versuch, seine Weibergeschichten vor mir zu verbergen.«

»Ich verstehe. Wie ist es denn in den letzten Jahren gewesen?«

»Kaum besser. Er ist seine eigenen Wege gegangen. Ich habe mich um die jungen Menschen gekümmert. Unter anderem bin ich für das Einsammeln von Spenden zuständig. Diese Funktion bekleide ich seit Langem. Ich erlebe, wie mit dem Geld viel Gutes geleistet wird. Glauben Sie mir, das ist eine befriedigende Arbeit und entschädigt für manchen Rückschlag im Leben.«

»Richtig, Frau Lüders erzählte mir, dass Sie sie aufgesucht hatten.«

»Oh ja, sie gab mir tausend Euro und verzichtete sogar auf eine Spendenquittung.«

Endlich fand er mal wieder eine Aussage bestätigt. Eine Sache interessierte ihn brennend. »Hatte Ihr Mann auch weiterhin Kontakt zu Heike Borg?«

»Selbstredend. Sie schien es ihm angetan zu haben, diese aufgetakelte Blondine. Sie hätte sein Enkelkind sein können. Na ja, wo die Liebe hinfällt.«

Sie redeten noch ein wenig über ihre Tätigkeit, bis er das Gespräch beendete. Die Frau ruhte in sich. Er hörte ihr gerne zu. Sie erlaubte ihm, sie zu kontaktieren, wann immer er wollte. Er nahm sich vor, ihr eine Spende zu überweisen, denn er ging davon aus, sein Geld würde exakt dort hinkommen, wofür es gedacht war. Gedankenverloren spielte er mit dem Kabel seines Festnetztelefons. Um es zu entwirren, musste er den Hörer abnehmen. Er drehte sich wie ein Brummkreisel, als er das Kabel durch seine Finger zog. Hilpert musste bei Wellner eine weitere Information hinterfragen. Folglich verabredete er sich mit ihm um fünfzehn Uhr. Er glaubte nicht mehr daran, dass damals kein Schweigegeld gezahlt worden war. Kelling finanzierte damit vermutlich seine Frauengeschichten, ohne dass er sein eigenes Vermögen dafür einsetzen musste. Und wie sich zeigte, blieb eine erkleckliche Summe übrig. Das offensichtlich erpresste Geld überlebte ihn in wesentlichen Teilen. Fragte sich nur, wie viel er abkassiert hatte. Das würde der große Vorsitzende zu beantworten haben.

Wellner begrüßte ihn ungewohnt barsch. »Sagen Sie nichts! Diesmal geht es um die kompromittierenden Fotos.«

»Gut geraten.«

»Finden Sie nicht langsam, dass zu dieser leidigen Thematik alle Fragen gestellt worden sind?«

»Da stimme ich Ihnen zu. Leider gilt das weniger für die Antworten.«

»Wie darf ich das verstehen?«

»Was die Zahlung von Schweigegeld angeht, haben Sie mich eindeutig belogen.«

Wellner streckte sein Kinn vor und schloss seine Augen zu Schlitzen. Wäre er eine Großkatze, würde er vermutlich zum Sprung ansetzen. So verblieb für ihn nur eine scharf gestellte Frage. »Ach ja?! Wie kommen Sie darauf?«

Hilpert reagierte ebenso ruppig. »Herr Dr. Wellner, bitte versuchen Sie nicht, mich zum dummen August zu degradieren. Sie selbst haben mich auf die Menschheit losgelassen. Jetzt fängt mich niemand mehr ein. Also Fakt ist, Ihr ehemaliger Justiziar muss vor Jahren eine größere Menge Bargeld erhalten haben, das er in einem Schließfach aufbewahrt hat. Davon ist bis zu seinem Tod ein großer Batzen übrig geblieben. Er war kein Verschwender, galt als knauserig.«

Der Unternehmer hüstelte verlegen. »Und es war ein Zettel daran geheftet, erpresst von ...«

»Das nicht, aber die Sachlage ist eindeutig.«

Wütend schlug Wellner mit der Faust auf den Tisch. »Dieser Scheißkerl hatte jemanden vorgeschoben, der mich ansprach. Das Ganze noch auf einem Empfang im Rathaus. Der war ganz auf Ehrenmann gestylt. Tatsächlich war er ein gemeiner Erpresser. Nur war mir nicht klar, dass mein eigener Syndikus mich ausnehmen wollte.«

Hilpert grinste ihn wissend an. »Tja, trotz seines Alters hatte er ein teures Hobby, er liebte knackige junge Frauen. Das kostet. Womit wollte Sie der Unbekannte erpressen? Mit den Fotos?«

»Blödsinn, die waren bedeutungslos.«

Es war Wellner anzusehen, dass er über das Thema nur ungern sprach. Am liebsten hätte er es wohl im Shredder entsorgt. Das funktionierte mit Papier, weniger mit unliebsamen Themen.

»Als uns die Bilder präsentiert wurden, hatte ich gerade die Geburtswehen einer Gesellschaft in der Türkei hinter mich gebracht. Sie wissen, worum es geht. Es ist die Firma, von der ich mich im letzten Jahr getrennt habe. Kelling war in diese Thematik tief involviert. Ich meinte, ihn großzügig für seine Tätigkeit entlohnt zu haben. Aber da hatte ich mich wohl geirrt.«

Hilpert wusste, worum es ging. Die Gesellschaft in der Türkei war gegründet worden, um Embargobestimmungen elegant umgehen zu können. Es war nicht die Rückkehr zur Moral, die Wellner dazu bewegt hatte, von diesen Geschäften Abstand zu nehmen. Vielmehr wurde im Vorjahr seitens der Amerikaner erheblicher Druck gegen ihn aufgebaut. Das ging bis hin zu Untersuchungen des BKA.

Offensichtlich waren bereits die Umstände der Gründung mehr als dubios. Kelling hielt dabei die Fäden in der Hand. Ohne dass sie jede Einzelheit verstand, war Claudia Wellner tief in ein mehr als unseriöses und vor allem unüberschaubares Dickicht von Verträgen und Abmachungen eingebunden worden. Wäre sie ausgestiegen, hätte es nicht nur zu erheblichen finanziellen Verlusten geführt. Das gesamte Konstrukt war an der Steuer und geltendem Recht vorbei entwickelt und umgesetzt worden.

Folglich sah Wellner für sich keine andere Chance, als zu zahlen. Gefordert wurden 2 Millionen DM. Seine Cousine beteiligte sich mit 500.000 DM. Ihr war genauso daran gelegen, dass die Firma florierte. Hilpert hörte sich die Beichte emotionslos an. Er hatte längst begriffen, dass in der Familie bei aller Jovialität das Geld regierte. Das Wohlergehen der Unternehmensgruppe stand über allem. Und er hatte bis zu einem gewissen Grad Verständnis dafür. Es ging nicht nur um die Millionenerträge der Eigentümer, sondern auch um mehrere Tausend Arbeitsplätze in Deutschland und im Ausland. Unternehmertum war kein Tummelplatz für Altruisten und Weltverbesserer, zumindest nicht im bestehenden System. Um die eigenen Ziele zu erreichen, waren Durchsetzungskraft und konsequentes Handeln gefragt. Moral, Mitleid blieben auf der Strecke. Fragte sich nur, wie weit man dafür ging. Ließ man sogar Menschen ermorden? Vermutlich. Die USA hatten dafür in Mittelamerika sogar Kriege inszeniert. Bis in die Gegenwart wurden Diktaturen gestützt, wenn es darum ging, die eigenen wirtschaftlichen Interessen abzusichern. Hilpert versuchte sich für den Augenblick von diesen Überlegungen zu trennen.

»War Ihnen von Anbeginn klar, dass Kelling dahinterstecken musste?«, hakte er nach.

»Nein, ich wusste anfangs nicht einmal, dass er zeitweise bei der Feier anwesend war. Erst eine Bemerkung von Doris brachte mich auf ihn. Er widersprach selbstverständlich vehement. Ich konnte ihm nichts nachweisen. Er machte einen guten Job.« Betroffen verzog Wellner sein Gesicht, als er fortfuhr: »Zwei Jahre nach dem Tod meiner Frau kündigte er überraschend.«

»Und ist versucht worden nachzukobern?«

»Nein, es gab eine Forderung und eine Zahlung. Anschließend war Ruhe. Wenige Monate später war meine Frau eh aus allen Verträgen raus. Danach hätten die mich kreuzweise.«

»War Kelling in die Konstruktion eingeweiht?«

»Worauf Sie sich verlassen können. Eigentlich war er der Vater des Konstrukts. Vor allem wusste er um die Rolle, die meine Frau zeitweise spielte. Das Timing war perfekt.«

»Sagt Ihnen der Name Heike Borg etwas?«

Wellner runzelte die Stirn, als er nachdachte. »War das nicht so 'ne rausgeputzte Blondine im Marketing?«

»Exakt die meine ich.«

»Die hat gelegentlich auf Betriebsfesten fotografiert. Sie war auch des Öfteren bei uns zu Hause. Die hatte ein gutes Auge für Motive.«

»Wissen Sie, ob die seinerzeit auf der privaten Feier war?«

»Keine Ahnung, fragen Sie Doris.«

Tatsächlich bestätigte ein kurzes Telefonat mit ihr Hilperts Verdacht. Die junge Frau war damals auf dem Fest mit der Kamera anwesend.

Wellner beäugte sein Gegenüber kritisch. »Sind Sie jetzt sauer, dass ich mich mit der Wahrheit zurückgehalten habe?«

»Warum sollte ich? Als Polizist ist das mein täglich Brot gewesen. Dumm ist nur, dass man ständig seine Zeit damit vergeudet, richtige und falsche Informationen zu separieren. Zuweilen gelangt man dann zu falschen Schlüssen und verliert die richtige Spur. Das ist schon ärgerlich.«

Bevor er ging, bat er Wellner, mit niemandem über den Selbstmord des Piloten zu sprechen. Man hatte abermals versucht, ihn als potenziellen Mörder seiner Frau ins Gespräch zu bringen. Gleiches galt für Doris hinsichtlich ihres Mannes. Ihm schien, als sollte er sich weiterhin auf die Aufklärung eines Mordfalls stürzen, der keiner war. Wer immer diese Versuchsballons steigen ließ, kannte die Wahrheit nicht. Sollte derjenige glauben, dass er nach wie vor am falschen Ende ermittelte. Diesen Wissensvorsprung wollte er sich so lange wie möglich erhalten, damit sich der Organisator der Morde in Sicherheit wiegen konnte.

Am frühen Abend besuchte er Petra. Sie saß erschöpft hinter ihrem Schreibtisch, als er ihr Büro betrat. Er ging auf ihren Schreibtisch zu und stützte sich mit beiden Händen auf der Platte ab.

»Du siehst aus, als hättest du in einem sibirischen Gulag gearbeitet.«

Sie sah müde zu ihm hoch. »Gestern war ein langer Tag. Heute Vormittag ging es weiter. Nun sind wir dabei, die Entscheidungen umzusetzen.« Sie wies mit einer Hand auf den Besprechungstisch, der sich unter der Last der vielfältigen Unterlagen durchzubiegen schien. »Die Arbeit an den Broschüren für die Bundeswehr hat viel Kraft gekostet. Die Agentur hat sich nicht gerade mit Ruhm bekleckert. Wir mussten alle Texte selber machen.«

»Die würde ich rausschmeißen.«

»Längst geschehen. Das Kündigungsschreiben ist bereits unterwegs.«

Er ging um den Schreibtisch herum, reichte ihr beide Hände und zog sie zu sich heran. »Wenn du fertig bist, fährst du nach Hause und schläfst dich richtig aus.«

»Und was ist mit dir?«

»Ich übernachte in meiner Wohnung.«

Sie widersprach ohne große Überzeugungskraft. »Das möchte ich nicht. Du sollst neben mir liegen.«

»Ab morgen richten wir das wieder so ein. Ich muss über allerlei Dinge nachgrübeln. Da störe ich dich nur mit meiner Unruhe.«

»Wie kommst du darauf, dass du mich stören könntest? Ich genieße es, wenn du bei mir bist.«

»Gut, dann fahren wir jetzt zu deinem Appartement.«

Abermals wies sie auf die Papierstapel. »Dafür ist es zu früh. Etwas arbeiten muss ich noch.«

»Falsch, es geht auf halb sieben zu. Solltest du zusammenklappen, fällst du länger aus.«

»Meinst du wirklich?«

»Worauf du dich verlassen kannst. Wenn dein Job weiterhin so aufwendig ist, musst du dich verstärken.«

Er hatte sie fast überzeugt, als ihr Telefon klingelte. Bevor sie zugreifen konnte, hatte er den Hörer von der Gabel genommen. Er vernahm die Stimme ihres Vaters, der sie zu sprechen wünschte. Er reichte ihr den Hörer. Er vernahm ein kurzes Ja.

»Tut mir leid, ich muss zu ihm.«

»Ich gebe dir eine Viertelstunde. Ansonsten findest du mich in der Isestraße.«

Hilpert suchte sein Zimmer auf, während sie zu Wellner hinüberging. Selbstredend war sie auch nach einer halben Stunde nicht zurück. Er machte seine Drohung wahr und verließ das Bürohaus. Gegen acht erreichte sie ihn auf dem Handy.

»Entschuldige, es hat länger gedauert. Hättest du nicht Lust zu mir rüberzukommen?«

»Sorry, ich war bereits unter der Dusche«, log er sie an.

Ihr war ihre Enttäuschung anzumerken, als sie kurz darauf das Gespräch beendeten. Seine Zweifel, ob sie das ideale Paar abgeben würden, verstärkten sich. Vor allem war er unsicher, ob sie unter Familienplanung dasselbe verstand wie er. Er überlegte, was er mit dem angebrochenen Abend beginnen sollte, als sich sein Telefon abermals bemerkbar machte. Sie hätte es sich schenken können, sich mit Namen zu melden. Alexandras Stimme hätte er unter Tausenden herausgehört. Sie schien ihm die Umstände, die er ihr in der Vergangenheit bereitet hatte, vollends verziehen zu haben. Sie säuselte geradezu durchs Telefon.

»Was hältst du davon, wenn wir uns demnächst mal treffen und uns in Ruhe unterhalten?«, schlug sie ihm übergangslos vor. Offensichtlich hatte sie etwas getrunken. »Als ich dich in dem feschen Anzug gesehen habe, ist mir aufgegangen, was du mir in der Vergangenheit bedeutet hast.«

»Bist du ganz sicher, dass du mir echte Gefühle entgegengebracht hast?«, hakte er direkt nach.

»Wie kannst du da nur anderer Meinung sein?«

»Soweit ich mich erinnere, hast du einen anderen geheiratet.«

»Komm, das hatte mit dir rein gar nichts zu tun.«

Für eine größere Diskussion mit ihr war er jetzt am Abend nicht aufgelegt. Also kam er auf ihr Anliegen zurück. Er hatte keine Probleme damit, sie zu sehen. Vielmehr fühlte er sich mittlerweile immun gegen ihre Nähe, auch wenn sie nichts von ihrer Ausstrahlung verloren hatte. So lange war es nicht her, dass er sich in ihren Händen wie Wachs fühlte. Ein Fingerschnipsen und sie landeten im Bett. Sie verabredeten sich für den nächsten Abend in der Bar im Elysee. Von dort aus hatte er es nicht allzu weit in seine Wohnung.

Als er das Handy zur Seite legte, erinnerte sich wieder an den Verdacht, den Kuschel in seinen Kopf gepflanzt hatte. Dann fiel ihm ein, dass er ihren Namen nie konkret genannt hatte. Vielmehr sprach er von jemandem aus seinem näheren Umfeld. Ihm war nur niemand anderes als sie eingefallen. Konnte es sein, dass der Ermordete an eine andere Person gedacht hatte? Er fragte sich, welches Umfeld er gemeint haben mochte. Sein privates? Die jetzige Firma? Oder sein ehemaliges? Gab es etwa jemanden bei der Polizei, der ihn aus dem Weg haben wollte? Die verrücktesten Ideen durchzuckten seinen Kopf. Es war keine neue Erkenntnis, dass der eine oder andere ehemalige Kollege gelegentlich sein Gehalt aufbesserte. Aber dass man so weit ging, Anschläge auf frühere Kollegen zu beauftragen, wollte er nicht glauben. Oder war er nur zu naiv und sperrte sich gegen die Realität? Wen könnte er da in Betracht ziehen? Spontan fiel ihm Baumgartner ein. War sein Gesinnungswandel ihm gegenüber ernst gemeint oder reine Schau gewesen? Trachtete er ihm stattdessen nach dem Leben? Hatte das Gesülze, er solle zur Kripo zurückkehren, ausschließlich die Funktion, ihn einzulullen? Entschieden winkte er ab. Was sollte ein Mann, den er erst vor wenigen Monaten kennengelernt hatte, gegen ihn haben, dass er ihn töten lassen wollte? Welche Auftraggeber sollten hinter ihm stehen? Am Ende verdächtigte er auch noch Weber oder den Osterhasen. Nur, wen konnte Kuschel sonst gemeint haben? Vielleicht jemanden aus dem Unternehmen? Wen konnte er kennen? Die Condyt AG gehörte nicht zu den Gesellschaften, über die man ständig in den Medien las. Am ehesten rückte Wellner ins Visier. Über ihn wurde des Öfteren berichtet, insbesondere weil er sich gelegentlich politisch äußerte. Warum sollte der Killer auf ihn hetzen? Nein, die Antwort lag woanders. Er war auf das Gespräch mit Alexandra gespannt. Vielleicht lagen bei ihr ein paar Antworten auf den Wust der Fragen, die er sich stellte. Er fuhr sich mit beiden Händen durchs Gesicht und rieb sich anschließend die Augen, bis sie zu brennen begannen. Plötzlich vernahm er, dass sich jemand an seiner Eingangstür zu schaffen machte. Ein Schlüssel wurde ins Schloss gesteckt. Mit einem Satz sprang er auf und riss seine Pistole aus dem Halfter. Sie war durchgeladen, er musste nur den Hahn spannen und sie entsichern. Er richtete die Waffe auf die Tür, die sich langsam öffnete.

Petra betrat den Flur und lächelte in seine Richtung. »Nicht schießen, ich komme in friedlicher Absicht.«

Grinsend steckte er die Waffe zurück und ging auf sie zu. »Eigentlich hättest du es verdient, von mir erschossen zu werden, da du die Arbeit mehr liebst als mich.«

»Und du bist ein Lügner«, erwiderte sie ungerührt. »Du wolltest bereits geduscht haben. Davon ist nichts zu sehen. Du muffelst genauso wie vorhin.«

Er nahm sie in die Arme und drückte sie an sich. »Hätten wir uns bei dir getroffen, würde ich deinem Erschöpfungszustand Rechnung getragen haben. Jetzt bist du in meinem Bau gelandet.

Hier gebe ich den Takt an. Das heißt, du kommst mit mir unter die Dusche.«

»Da habe ich ja noch mal Glück gehabt. Daran stirbt man schließlich nicht. Oder nimmst du deine Pistole mit?«

»Keine Angst, unter der Brause setze ich andere Waffen ein. Aber ich nutze sie erbarmungslos.«

Sie schlang ihre Arme um seinen Hals. »Dann zeig, was du kannst. Ich hoffe, du machst keine Gefangenen.«

So gesehen beschlossen sie den Tag in tiefer Eintracht und fanden dennoch relativ zeitig ins Bett. All seine Zweifel hinsichtlich ihrer Beziehung zerflossen wie der Eisberg im Ozean.

Erst am frühen Morgen fiel ihm ein, dass er wie so oft vergessen hatte, für ein Frühstück zu sorgen. Als intelligente Frau hatte Petra für frische Kleidung gesorgt, sodass sie direkt das Büro in City Nord oder besser ihre Kantine ansteuern konnten. Wie zu befürchten war, runzelte sie die Stirn, als er mit einer Batterie belegter Brötchen vor ihr stand. In ihrer Not griff sie ebenfalls zu und gestand sich ein, dass die Dinge, die er ausgesucht hatte, durchaus schmackhaft waren. Und eines hatte sie gelernt: Ihr Fabian hatte keine Probleme damit, wenn sie ein paar Pfunde zu viel auf den Rippen trug. Ganz im Gegenteil wusste er es gebührend zu würdigen. Aber ein Brötchen mit gekochtem Schinken verursachte noch kein Übergewicht. Es konnte allenfalls süchtig machen, süchtig nach mehr. Folglich griff sie erneut zu und ignorierte seinen strafenden Blick. Bei seinen Brötchen kannte er keine Verwandten. Glücklicherweise traute sie sich nicht an seine Metthälften.

Ihre gute gemeinsame Stimmung trübte sich allerdings ein, als sie erfuhr, mit wem er sich an diesem Abend in der Hotelbar treffen wollte. Eigentlich kannte sie ihn. Sie wusste, er war ein treuer Mensch. Zu seinem Vorteil kannte sie sich mit Alexandra nicht sonderlich gut aus. Ansonsten wäre sie noch ungehaltener geworden. Seine Erzählungen über ihre gemeinsame Zeit waren aus gutem Grund eher an der Oberfläche geblieben. Also ließ sie ihn am Abend ziehen. Was wollte sie gegen seine Argumente einwenden? Eifersucht? Misstrauen? Vermutlich hätte er darüber gerade mal gekichert.

32

Alexandra hatte sich große Mühe gegeben, im trüben Licht der Bar aufreizend zu erscheinen. Sie trug ein eng geschnittenes, halblanges dunkles Kleid mit herausforderndem Ausschnitt. Sie verstand es schon immer, ihren prächtigen Busen vorteilhaft zur Geltung zu bringen, selbst wenn sie einen Pullover trug. Als Hilpert eintraf, saß sie bereits am Tresen und hatte den ersten leicht beschwipsten Interessenten abgewimmelt. Vor ihr stand ein Glas Weißwein. Er winkte ab, als sie darauf wies und entschied sich für ein Mineralwasser. Da die restlichen Plätze belegt waren, stellte er sich neben sie.

Sie strahlte ihn an. »Dich gestern anzurufen, habe ich mich erst getraut, nachdem ich mir ein wenig Mut angetrunken hatte. Wie geht es dir tatsächlich?«

Er wusste, sie kannte ihn zu gut, als dass sie sich mit einer lapidaren Bemerkung hätte abfrühstücken lassen. »Durchwachsen«, antwortete er wahrheitsgemäß.

»Big Business ist nicht so dein Ding?«

»Du bringst es auf den Punkt. Obwohl ich mich nur millimeterweise vorwärtsbewege, geben mir die aktuellen Ermittlungen mehr als der gesamte Job mit all seinen Perspektiven.«

»Ja, ja, du bist der ewige Bulle.« Sie streichelte liebevoll seine Wangen. »Wir könnten ein großartiges Paar abgeben. Du bei der Mordkommission, ich kaufe die Boutiquen leer. Wir machen Urlaub an den schönsten Stellen der Welt.« Traurig fuhr sie fort: »Aber diese Option haben wir wohl verkackt.«

Er lachte auf und hob sein Glas, das ihm der Barkeeper hingestellt hatte. »Man kann nicht alles haben.«

Sie nahm ebenfalls einen Schluck. »Du hältst mich ja sowieso für eine Schwarze Witwe, die ihren Liebsten direkt nach dem Geschlechtsakt verzehren möchte.«

Er setzte eine nachdenkliche Miene auf. »Ja, so in etwa stimmt der Vergleich.«

Sie entblößte ihre Zähne. »Bei dir würde ich 'ne Ausnahme machen.«

Er spielte ihr Spielchen mit. »Ich werde darüber nachdenken.«

»Gut, erzähl, welcher Fall treibt dich durch die Gegend?«

Er begann zu reden. Zuerst zögerlich. Mit jedem weiteren

Satz, den er von sich gab, wurde er freier. Sie hörte ihm zu, gelegentlich stellte sie eine Verständnisfrage. Es war fast wie in alten Zeiten, als sie noch gemeinsam ermittelten. Am Ende schob sie ihr Glas von sich weg.

»Du bist ja dabei, die gesamte Familie aufzumischen. Schon beachtlich, dass Wellner sich das gefallen lässt.«

»Was bleibt ihm anderes übrig? Er hat mich gerufen. Fortschicken lasse ich mich nicht mehr.«

Unerwartet legte sie einen Arm um seine Taille und ließ die Hand nach unten Richtung Hinterteil wandern. »Ja, ja, der Zauberlehrling. Für einen Geist bist du allerdings recht real. Du mit deinem knackigen Arsch.«

Bevor er reagieren konnte, lagen ihre Hände vor ihr auf dem Tresen, sittsam gefaltet, wie es sich für eine anständige Frau gehörte. Er musste höllisch aufpassen, denn er begann bereits wieder auf sie zu reagieren. Erstaunlicherweise nahm sie zu seinen Ermittlungsergebnissen Stellung.

»Du erscheinst mir wie ein Goldgräber, der dauernd an den gleichen Punkten gräbt. Ständig kommst du zu denselben Löchern zurück. Überleg, wo du noch nicht gegraben hast. Außerdem gehst du viel zu emotional an den Fall heran.« Sie tätschelte die Hand, mit der er sich am Tresen festhielt. »Der eine ist zu nett oder zu jung, der andere ist der Vater deiner Freundin und so weiter und so weiter. Jeder ist verdächtig! Jeder der ein materielles oder emotionales Motiv haben könnte! Sieh dich um. Unter Garantie hast du dich an der einen oder anderen Stelle nur an der Oberfläche bewegt.«

Diesmal griff er nach ihrer Hand und küsste sie sanft. »Du hast recht. An allen Ecken nimmt man Rücksicht.«

Vorsichtig zog sie ihre Hand zurück. »Wenn du nicht aufpasst, vergewaltige ich dich gleich hier an der Bar. Du hast keine Lust, mich auf mein Zimmer zu begleiten? Die Drinks sind auch nicht vergiftet.«

»Du hast ein Zimmer gemietet?«

»Noch nicht, das hab ich mich nicht getraut. Aber das lässt sich zügig nachholen. Die haben so viele davon, dass sie sie vermieten müssen.«

»Momentan wäre das nicht in Ordnung. Doch man sollte nie nie sagen.«

»Hast du Probleme mit deiner hübschen Freundin?«

»Ich bin mir unsicher, ob es mit uns passt. Sie ist durch und durch Managerin. Dem wird alles untergeordnet. Da hinke ich irgendwie hinterher.«

»Du willst Kinder und ein Heimchen am Herd?!«

Er tippte mit dem Zeigefinger gegen ihre Stirn. »Hältst du mich für einen Neandertaler?«

Sie lachte ihn fröhlich an und verzichtete auf eine Antwort. Sie trennten sich nach elf mit dem lockeren Versprechen, sich wiederzusehen. Er war froh, sie in neutraler Umgebung getroffen zu haben. An einer anderen Stelle hätte er alles für sich ins Feuer gelegt, nur nicht seine Hand. Zufrieden mit sich ging er an den Counter und bezahlte seine Parkrechnung. In der Tiefgarage musste er sich erst einmal orientieren. Nach dem Ausbau des Hotels war im Basement eine riesige Fläche für die Fahrzeuge entstanden. Nach mehreren Anläufen entdeckte er seinen Wagen. Es hatte seine Vorteile, wenn man sich die Nummer seines Stellplatzes gemerkt hatte. Auf dem Rückweg versuchte er vergeblich, Petra zu erreichen. Er sprach ihr auf die Mailbox. Sie rief nicht zurück. Dafür überraschte sie ihn in seiner Wohnung. »Na, hast du dir bei der drallen Expolizistin Appetit geholt und wünscht nun ein Dessert?«

Mit blitzenden Augen ging er auf sie zu. »Dich will ich immer vernaschen. Da erübrigt sich ein zusätzlicher Anreiz.«

Sie bekamen einen weiteren Abend zu fassen, an dem ihre Beziehung allem widerstand, was sich ihr in den Weg zu stellen drohte. Dabei mutierte er langsam aber sicher zu ihrem größten Gegner.

Er betrat sein Büro am darauffolgenden Morgen in bester Laune. Sie hatten die letzten Abende genutzt, um ihr Verhältnis neu zu ordnen. Sie verstanden sich nach wie vor hervorragend im Bett. Darüber hinaus nutzten sie die Gelegenheit, miteinander zu reden. In ihm glimmte so etwas wie die Hoffnung auf, dass es tatsächlich etwas mit ihnen auf Dauer werden könnte. Zusehends fiel es ihm leichter, ihre materielle Überlegenheit zu akzeptieren. Seine Fantasie reichte ohnehin nicht aus, sich auszumalen, welche echten Vorteile ihr Reichtum für ihn haben könnte. Es gelüstete ihn nicht danach, einen Flugschein zu machen und sich auf Petras

Kosten ein Privatflugzeug zu gönnen. Er war mit dem, was er sich leisten konnte vollauf zufrieden. Seine künftigen Kinder sollten mit Freunden spielen können, ohne sich hinter hohen Zäunen verstecken zu müssen. Ob er wollte oder nicht, sie würden nicht umhinkommen, von diesem Traum Abstriche zu machen. Das Treffen mit Alexandra kam ihm in den Sinn. Ihm fielen ihre Worte wieder ein, insbesondere die Frage, ob er tief genug gebohrt hatte. Er blätterte seine Gedächtnisprotokolle im PC durch und stieß auf Felix Kahrs. Eigentlich hatte er ihn spätestens nach dem Gespräch mit seiner Mutter abgehakt. In seiner Schreibtischschublade lag immer noch das Band, das er bislang nicht weitergegeben hatte. »Tiefer bohren«, murmelte er vor sich hin. War Felix die letzten Wochen tatsächlich mit Freunden im Urlaub gewesen? Oder hatte er in Hamburg sein Unwesen getrieben? Entschlossen, die Frage zu klären, wandte er sich telefonisch an Stange.

»Du fragst mich, ob wir überprüft haben, wo sich Kahrs die letzten Wochen aufgehalten hat? Glaubst du, wir sitzen auf unseren Ärschen und kauen an unseren Fingernägeln? Nach menschlichem Ermessen war er die ganze Zeit mit seinen Kumpels auf Tour.«

»Danke für die Information. In meiner Verdächtigenliste steht er eh hintan.«

»Vielleicht interessiert dich etwas anderes. Der junge Kahrs und Udo Friedrichs gingen gemeinsam auf das Gymnasium Altona.«

»Die waren in dem altehrwürdigen Kasten?« Hilpert rechnete kurz nach. »Die liegen vom Alter her drei Jahre auseinander. Die könnten sich durchaus begegnet sein. Nur, wie will man das beweisen? Strafbar ist das nicht.« Er warf einen Blick auf seine Armbanduhr. »Elf durch. Weißt du was? Ich besuche unseren Freund Udo. Der müsste längst wieder zu Hause sein. Wurde Anzeige gegen ihn erstattet?«

»Bei uns ist nichts eingegangen.«

»Dann erwisch ich den bei seiner Mutter.«

Bevor er sich auf den Weg machen konnte, erreichte ihn Thiems am Telefon. »Jetzt ist die Kacke richtig am Dampfen. Udo ist bei Frau Lüders aufgeschlagen. Es ist ganz schrecklich. Polizei und Krankenwagen sind auf dem Weg. Es ist besser, du kommst ebenfalls vorbei. Beeil dich!«

Wie kurz zuvor hatte er Probleme, mit seinem Wagen an das Haus heranzukommen. Zwei Rettungswagen und etliche Polizeifahrzeuge versperrten diesmal die Zufahrt. Als Hilpert ausstieg, erkannte er Baumgartner, der sich vor dem Gebäude mit einem Uniformierten unterhielt. Anscheinend hatte die Presse Wind von den Geschehnissen bekommen und war mit großem Aufgebot erschienen. Der Polizeirat erblickte ihn und winkte ihm zu.

»Geh gern rein. Schau dir die Bescherung an. Pass nur auf, dass du den Spurensicherern nicht in die Quere kommst. Dort drüben liegen Plastiküberschuhe und Handschuhe.«

Thiems hatte sich gegen einen Baum gelehnt und musste seine Eindrücke offensichtlich verarbeiten. Irgendein großzügiger Beamter hatte ihm eine Zigarette spendiert. Hustend inhalierte er. Hilpert trat auf ihn zu.

Der Anwalt wies auf seine brennende Zigarette. »Das ist der erste Lungentorpedo seit fünf Jahren. Wenn du drinnen gewesen bist, wirst du mich verstehen.«

Als er das Haus der Familie Lüders betrat, begegnete ihm bereits in der geräumigen Diele der große Jammer. Doris' Pflegerin lag auf einer Trage und wurde von einem Notarzt medizinisch betreut. Soweit er erkennen konnte, behandelte er eine hässliche Platzwunde am Kopf.

Baumgartner war hinzugetreten. »Wir konnten sie bisher nicht befragen. Sie steht voll unter Schock. Wie es aussieht, ist Udo Friedrichs hier eingedrungen und hat ihr mit einem stumpfen Gegenstand eins über den Schädel gezogen. Sie ist mit einer Gehirnerschütterung noch gut bedient. Der Dame des Hauses geht es schlechter.«

Doris lag in einer Blutlache auf dem dicken Teppich des Wohnzimmers. Sie bewegte sich nicht. Neben ihr lag ein blutverschmierter Baseballschläger.

Baumgartner erläuterte den vermutlichen Tathergang: »Ihre Bluse ist zum Teil zerrissen. Wie du siehst, wurde ihr Rock hochgezogen. Sie wollte wohl nicht so wie er. Da hat er gnadenlos zugeschlagen. Die Machart erinnert an die Ermordung ihres Sohnes.«

»Ist sie vergewaltigt worden?«

»Nein, dazu ist er wohl nicht gekommen. Vielleicht hat er unten das Stöhnen der Pflegerin mitbekommen. Frau Lüders war ohne Chance. Offensichtlich hat sie versucht, die Schläge mit den Armen abzufangen. Er hat so lange drauflosgeschlagen, bis sie sich nicht mehr regte. Die Verletzungen sind fürchterlich. Der Arzt hat diverse Brüche und Hämatome festgestellt. Ihr Kopf ist sieben-, achtmal getroffen worden. Insgesamt wurde wohl doppelt so oft auf sie mit unglaublicher Wucht eingeschlagen.«

»Du meinst, er wollte sie unbedingt töten?«

»Es sieht ganz danach aus. Andererseits bin ich mir nicht sicher, ob er Herr über seine Handlungen gewesen ist.«

»Wie das?«

»Udo muss sich vorher gnadenlos vollgedröhnt haben.« Baumgartner reichte ihm einen Kunststoffbeutel mit mehreren leeren Tablettenröhrchen.

»Preludin, ein Teufelszeug! Der muss die dann im Dutzend eingeworfen haben. Kombiniert mit Alkohol ist das die Hölle.«

»Ich kenne den Stoff vom Hörensagen. War sehr beliebt in den Sechzigern, wenn man auf Trab kommen und vor allem bleiben wollte. Gerade in der Szene wurden die Dinger geschluckt wie Gummiteddys, ebenso auf dem Strich. Eigentlich sind die als Appetitzügler auf den Markt gekommen.«

»Wo ist denn Udo überhaupt?«

»Er ist die Treppe heruntergestürzt und mit dem Kopf auf dem Fliesenboden in der Diele aufgeschlagen. Wir vermuten, er wollte sich um die Pflegerin kümmern, die wieder zu sich gekommen war. Er hat einen doppelten Schädelbasisbruch erlitten und ist bereits auf dem Weg ins Krankenhaus. Nach den letzten Informationen ist er noch nicht aus seinem Koma aufgewacht. Es sieht schlecht aus.«

Hilpert starrte den Kriminalrat an, ohne ihn wirklich wahrzunehmen. »Wieso ist Udo hier aufgeschlagen? Kann mir das jemand erklären?«

Es erübrigte sich, auf eine Antwort zu hoffen. Der Beamte war ebenso schlau wie er.

»Wurde sein Handy gefunden?«

Baumgartner schüttelte den Kopf. »Er hat es entweder verloren oder zu Hause vergessen. Worauf willst du hinaus?«

»Alles sträubt sich in mir zu glauben, dass er so ohne Weiteres hierherkommt. Insbesondere nicht nach seinen letzten Erlebnissen. Bislang hat er sich stets verabschiedet, wenn die Frauen ihm etwas abverlangten, was ihn anwiderte.«

»Du meinst, Frau Lüders hat ihn zu sich gebeten?«

»Keine Ahnung. Besorgt euch die Protokolle vom Provider, solltet ihr sein Handy nicht finden. Sucht vorsichtshalber zusätzlich nach ihrem Handy. Überprüft das Festnetz.«

»Dem können wir auch nicht entnehmen, was gesprochen wurde.«

»Richtig, aber wir wissen zumindest, ob er gerufen worden ist. Und ob sie es war.«

Inzwischen war Sarah eingetroffen. Sie lag weinend in den Armen ihres Ehemanns. Es galt die alte Regel: Wie sehr man jemanden geliebt hatte, begriff man erst, wenn man ihn verloren hatte. Thiems sprach mit belegter Stimme für seine Frau. »Sie möchte unbedingt ihre Mutter sehen.«

Hilpert verzog das Gesicht. »Das ist kein schöner Anblick. Wäre besser, sie wartet so lange, bis Gesicht und Körper wieder einigermaßen hergestellt wurden.«

Sarah löste sich aus der Umklammerung. »Ich will sie in ihrem jetzigen Zustand sehen! Ich will dem Hass auf den Täter unendliche Nahrung geben!«

»Hoffen wir, es führt nicht zu einem Trauma, sonst sehe ich dich jeden zweiten Tag beim Psychiater.«

»Fabian hat recht«, mischte sich ihr Mann ein. »Es ist ein furchtbarer Anblick.«

»Ihr sollt nicht über mich bestimmen wollen!«, erwiderte sie mit kreischender Stimme.

Thiems zuckte mit den Achseln. »Dann komm, du musst wissen, was für dich gut ist. Schließlich bist du erwachsen.«

Er schaute zu Hilpert herüber, der abwinkte. Er hatte kein Recht, jemandem etwas zu erlauben oder zu verwehren. Man unterschätzte Menschen leicht. Trotzdem sahen sich viele stärker, als sie waren. Er trat zur Seite und gab damit den Weg frei. Mit unsicheren Schritten betrat das Paar das Haus. Als er kurz darauf Sarah verzweifelt schreien hörte, wusste er, es wäre besser gewesen, sie von ihrem Vorhaben abzubringen. Auf Thiems kam viel Arbeit zu. Vermutlich hatte er sich ihre junge Ehe anders vorgestellt. Sie hatte nicht nur ihren Bruder und ihre Mutter verloren, sondern musste sich von dem Gedanken trennen, einen Stiefbruder zur Seite zu haben, auf den sie sich verlassen konnte, den sie mochte. Es blieb allein ihr Mann zurück. Nun war es an ihm, Stärke zu zeigen.

Am Abend bekam Hilpert die Bestätigung. Udo war aus dem Haus der Toten angerufen worden. Die Dinge passten ineinander wie die Zahnräder einer Uhr. Offenbar hatte Doris versucht, den jungen Friedrichs zu einem Geständnis zu bewegen. Oder ging es ihr um Sex? Diesmal war sie gescheitert. Diesen Fehler konnte sie nicht mehr korrigieren.

33

Sophie Friedrichs saß zusammengesunken vor ihnen am Verhörtisch. Als ginge sie alles nichts an, starrte sie auf den Fußboden.

»Es stimmt, ich habe Udo gelegentlich eine Preludin-Tablette zukommen lassen, wenn er nicht so gut drauf war.«

»Haben Sie so auch später seine Liebesdienste erpresst? Tabletten gegen Sex mit der Mutter?« Hilpert spuckte seine Beschuldigungen aus, als habe er sich mit Kautabak versucht.

»Es waren immer kleine Mengen, die ich ihm verabreicht habe«, versuchte sie sich zu rechtfertigen. »Da konnte nichts passieren.«

Er ließ nicht locker. »Ach, sind Sie medizinisch ausgebildet? Haben Sie mal darüber nachgedacht, dass man von diesem Zeug abhängig werden kann, dass man stetig die Dosis erhöhen muss, um die gewünschten Effekte zu erzielen?«

Sie versteckte ihr Gesicht hinter ihren Händen und schluchzte jämmerlich. Mit rot geweinten Augen blickte sie ihn an. »Ich kenne meinen Sohn. Der erschlägt keinen Menschen mit einem Baseballschläger.«

Wütend schlug er mit der flachen Hand auf die Tischplatte und schrie sie an: »Auch nicht im Drogenrausch? Dass die Pflegerin nicht dran glauben musste, lag vermutlich daran, dass sie ihm nur im Wege stand. Auf sie hat er trotzdem zweimal eingedroschen, Ihr bezaubernder Junge, der keiner Fliege etwas zuleide tun kann!«

Ungehalten stand er auf und baute sich vor ihr auf. »Woher hatten Sie überhaupt das Teufelszeug?«

»Woher schon? Von Spielmann. Er hat mir eine Bombe davon besorgt. Ein Kumpel von ihm verfügt wohl über reichliche Bestände. Der bezieht die aus Südeuropa.«

»Immer wieder dieser Arsch, den die Erde verschluckt hat«, entgegnete er aufgebracht. »Na gut, darüber können Sie sich mit der Drogenfahndung unterhalten. Kommen wir auf unser Thema zurück. Haben Sie 'ne Ahnung, wie Udo darauf gekommen ist, nach den letzten Ereignissen Frau Lüders aufzusuchen?«

»Wie denn? Ich war einkaufen, als er die Wohnung verließ.«

»Und die Tabletten, die er genommen hat, sind die aus Ihrem Bestand?«

»Nein, da kommt er nicht ran. Die liegen warm und trocken in einem Bankschließfach. Ich nehme bei Bedarf nur kleine Mengen heraus.«

»Kann es sein, dass Spielmann ihm ebenfalls welche besorgt hat?«

»Was weiß ich? Der ist ein krimineller Dealer. Wer zahlen kann, wird von ihm beliefert. Der kennt keine Moral oder Loyalität.«

Aber du, dachte Hilpert. Die Frau war ihm zuwider. Er musste sich zusammenreißen. Positive wie negative Emotionen verzerrten leicht die Informationen, die man aufnahm. Plötzlich verlor man sich in eine Gegend, die nichts mit dem Fall zu tun hatte oder ignorierte unbewusst wichtige Hinweise. Sophie Friedrichs rutschte zusehends unruhiger auf ihrem Stuhl herum. Sie wollte unbedingt zu ihrem Sohn ins Krankenhaus. Da konnte er ihr momentan wenig Hoffnung machen. Udo lag auf dem Operationstisch. Ein Ärzteteam kämpfte um sein Leben. Vermutlich war es für ihn besser, er erwachte nicht aus der Narkose. Hilpert verließ grußlos den Raum. Matt winkte er Stange zu und begab sich zum Aufzug. Das Wort Krankenhaus hatte sich bei ihm festgesetzt. Vielleicht konnte er sich mit der Pflegerin unterhalten.

Sie lag mit verbundener Schulter und einem Verband auf dem Kopf vor ihm im Bett. Sie sah schlecht aus und litt offensichtlich unter Höllenkopfschmerzen. Hilpert wollte sich wieder abwenden, als er ihr kleines Gesicht sah.

Sie hielt ihn mit leiser Stimme zurück. »Bleiben Sie. Für ein paar Minuten will ich gern Ihre Fragen beantworten. Glücklicherweise habe ich keine Gedächtnislücken.«

Er nickte. »Wie ist Udo hereingekommen?«

»Wie schon, durch die Haustür«, flüsterte sie angestrengt.

»Sie haben ihn reingelassen?«

»Was sollte ich tun? Hätte ich zu entscheiden gehabt, wäre er draußen vor der Tür geblieben. Doch Frau Lüders bestand darauf.«

»Wäre es nicht besser gewesen, Sie hätten sich an jemanden gewandt?«

»Klar, wenn man aus dem Rathaus kommt. Jetzt bin ich klüger. Aber hätte es mir angestanden, mich gegen meine Auftraggeberin zu wenden? Ich sollte mich nur um ihre Gesundheit kümmern. Man hat mich nicht als ihren Vormund eingestellt.«

Hilpert tätschelte ihre Hand. Sie trug ein kurzärmeliges Nachthemd das ihre hellen Härchen auf dem Arm wie ein Flaum erscheinen ließ. »Sie haben recht. Entschuldigen Sie. Gut dass Thiems vorbeigekommen ist. Wer weiß, wie lange Sie dort ansonsten gelegen hätten.«

»Das kann man wohl laut sagen. In den letzten Tagen hat er regelmäßig bei uns reingeschaut. So auch heute. Herr Wellner hatte ihn anscheinend darum gebeten.«

»Wie ist das Ganze abgelaufen?«

»Herr Friedrichs trat ein. Er wirkte seltsam aufgekratzt. Als ich bemerkte, dass er einen Baseballschläger hinter seinem Rücken versteckt hatte, war es zu spät. Er schlug ohne Vorwarnung zu. Erst traf er meine Schulter, dann meinen Kopf. Ich bin ohnmächtig zusammengebrochen. Von den weiteren Ereignissen habe ich nichts mitbekommen.« Ihre Bewegungen wurden spärlicher. Er wollte bereits das Gespräch abbrechen, als sie mit schwacher Stimme weitersprach: »Irgendwann bin ich zu mir gekommen und habe so gut es ging nach Frau Lüders gerufen. Das muss er gehört haben. Plötzlich sah ich ihn oben auf dem Treppenabsatz. Ich schätze, er wollte runter zu mir. Da muss er gestolpert sein. Wenigstens fiel er krachend die Treppe herunter.«

Sie atmete schwer und war kaum noch in der Lage, die Augen offen zu halten. Diesmal winkte er ab. Erst jetzt ging ihm auf, dass er ein paar Blumen hätte mitbringen können. Er bedankte sich und trat hinaus in den Korridor. Dort traf er auf den behandelnden Arzt. Dieser äußerte sich geradeheraus: »Sie hat ein Riesenglück gehabt, dass sie nur ein Schlag am Kopf getroffen hat. Der Täter muss mit unglaublicher Wucht zugeschlagen haben.«

»Wissen Sie, wie dessen Zustand ist?«

»Die letzte Info war nicht sonderlich positiv. Seine Überlebenschancen sind sehr gering. Sollte er überleben, sind massive Hirnschädigungen wahrscheinlich.«

Am Abend saß Hilpert gemeinsam mit Petra bei ihrem Vater. Den beiden war die Erschütterung über die letzten Ereignisse deutlich anzumerken. Mord und Totschlag in der eigenen Familie. Wer wollte sich damit abfinden und zur Tagesordnung übergehen? Wellner ging an den Barschrank und füllte drei Cognacschwenker. Er reichte den beiden ein Glas und griff selber zu.

»Trinken wir auf Doris. Sie hätte garantiert gerne weitergelebt, genau wie ihr Sohn.« Anschließend fragte er Hilpert: »Hätte man diese Bluttat verhindern können?«

»Theoretisch ja, praktisch nein. Dadurch, dass Ihre Cousine den Täter selber ins Haus beordert hatte, hätte man dem schwer entgegenwirken können. Davon abgesehen konnte niemand mit dieser Bedrohungssituation rechnen.«

»So wird es wohl sein. Meinen Sie, Udo hat auch Klaas getötet?«

»Zumindest lassen sich Parallelen nicht verleugnen. Trotz der Handschuhe.«

»Die Handschuhe deuten auf eine geplante Tat hin. Gilt das nicht auch für den Mord an Doris?«

»Ja und nein. Als Klaas getötet wurde, hat der Mörder seine Täterschaft durch die Handschuhe verwischen wollen. Die Eisenstange, die er verwendete, lag dort herum. In diesem Fall hat er das Mordwerkzeug gleich mitgebracht. Diesmal trug er keine Handschuhe. Es hat ihn wohl nicht gekümmert, als Täter identifiziert zu werden. Wenn ich nur an das Blut an seiner Kleidung und auf dem Baseballschläger denke.«

Wellner dachte angestrengt nach. »Es sei denn, er hat seine Mission erfüllt.«

»Nichts als Vermutungen und Mutmaßungen in diesem Fall. Wie geht es jetzt bei Ihnen weiter?«, wollte Hilpert wissen.

»Meinen Sie wegen der Unternehmensbeteiligung meiner ermordeten Cousine?«

»Unter anderem.«

»Ich gehe davon aus, dass Sarah Alleinerbin ist. Sie kann weitermachen wie bisher oder uns die Anteile zu einem festen Kurs anbieten. Lehnen wir ab, besteht für sie die Möglichkeit, diese frei zu veräußern.«

»Was müsste denn dafür hingeblättert werden?«

»Offiziell 40 Millionen Euro.«

»Das kommt mir recht wenig vor. Auch wenn es viel Geld ist.«

»Das stimmt schon. Ich würde ihr das Doppelte zahlen. Der Preis ist eher angemessen.«

»Was wäre denn auf dem Markt zu erzielen?«

»Schwer zu sagen. 20 Prozent sind und bleiben eine Minderheitsbeteiligung. Die sind nur bedingt lukrativ zu veräußern. Aber ich würde keinen freien Verkauf zulassen. Wir sind ein Familienunternehmen und wollen es bleiben. Fremde stören da nur. Die haben kein Gefühl für die Historie oder die Tradition unserer Firma. Ich würde es begrüßen, wenn alles bliebe, wie es ist.«

»Kann ich verstehen.«

Sie übernachteten an diesem Abend in Blankenese. Auch diesmal blieben die beiden Männer vernünftig und ließen die Karaffe nach dem zweiten Drink geschlossen. In der gegebenen Situation empfahlen sich für den Tag danach klare Köpfe. Hilpert hatte vorsorglich Ersatzunterwäsche und ein frisches Oberhemd in Wellners Haus deponiert. Seinen Anzug bügelte eine gute Fee aus der Runde der Hausangestellten auf. Sie tat es gerne, da er es verstand, sich ordentlich zu bedanken.

Am nächsten Tag fuhren sie zeitig ins Büro und gönnten sich in der Kantine das übliche reichliche Frühstück. Auf dem Weg zu seinem Büro schlug Hilperts Handy zu. Stange redete ohne Punkt und Komma auf ihn ein.

Wellner blickte ihn von der Seite an. »Ist was passiert?«

»Und ob. Sie haben Spielmann gefunden.«

»Wie bitte?!«, schrie er auf. »Die haben endlich diesen verdammten Killer geschnappt?«

»Ja, allerdings in wenig gebrauchsfähigem Zustand.«

»Was heißt das?«

»Er ist tot. Offensichtlich wurde er erschlagen.«

»Dann kann Udo kaum der Täter gewesen sein.«

»Kann er doch. Der Tod ist vermutlich vor zwei Tagen eingetreten. Da war Udo noch fit wie ein Turnschuh.«

»Drei Morde in so kurzer Zeit. Alle von einem Mann begangen, der eher als Softie gilt? Unglaublich!«

Hilpert war stehen geblieben. »Mich verwirrt das ebenso. Nur, die Fakten sprechen gegen ihn. Das gilt zumindest für den Mord an Doris Lüders. Der Rest wird sich zeigen. Doch die Logik sagt, dreimal die gleiche Vorgehensweise deutet auf ein und denselben Täter hin. Bei den engen Verbindungen der Toten miteinander ist ein Nachahmungstäter eher auszuschließen.«

Spielmann war in einem Waldstück in der Nordheide zwischen Holm-Seppensen und Sprötze entdeckt worden. Vor Jahr und Tag war in dieser Gegend bereits der berüchtigte Heidemörder tätig gewesen. Ein älteres Ehepaar hatte den Toten auf einem Spaziergang entdeckt. Diesen Fund würden sie so schnell nicht vergessen. Stange hatte sich mit einer Handvoll Mitarbeiter auf den Weg gemacht. Hilpert war herzlich eingeladen, ihm zu folgen. Er fragte sich, was er dort bewegen wollte. Im Zweifelsfall behinderte er nur die Spurensicherung. Er telefonierte kurz mit Baumgartner und erhielt von ihm die Erlaubnis, sich in Stanges Zimmer mit der Ermittlungsakte Spielmann zu beschäftigen. Ihn beschlich das Gefühl, damit weiterzukommen als am Fundort der Leiche.

Hilpert breitete sich in dem Zimmer des Hauptkommissars aus, als sei es seines. Akribisch ging er die Unterlagen durch, die den Toten betrafen. Es existierte eine eher lockere Beziehung zu Kuschel und seiner Organisation. Er wurde als Mann fürs Grobe eingesetzt. Wie man seinem Bankkonto entnehmen konnte, hatte sich dieses für ihn durchaus gerechnet. Aber reich war er damit nicht geworden. Da musste vermutlich erst die Entführung von Klaas Lüders herhalten. Da winkten höhere Beträge. Ob er wohl zu Lebzeiten gewusst hatte, dass noch die eine oder andere zusätzliche Million möglich gewesen wäre? Hatte ihn seine Schwester darüber nicht informiert? Oder hatte er ihr nicht geglaubt? Ansonsten hätte er den Mord vermutlich verhindert oder je nach Lage der Dinge nicht begangen. Vielmehr hätte er versucht, die Mutter des Toten weiter zu schröpfen. Das hätte allein die reine Logik geboten, insbesondere bei einem

Mann mit der kriminellen Energie, die Spielmann auszeichnete. Er war verunsichert, überschätzte er den Mann oder war er gerissener, als man ihn machte? Stand seine Schwester hinter allem? War sie seine Mörderin?

Spielmann war an der B73 in Neukloster nahe bei Buxtehude aufgewachsen, wo die Hunde mit dem Schwanz bellten. Hilpert grinste in sich hinein. Gelegentlich war er dorthin mit seinen Eltern an einen kleinen See gefahren, der direkt an der Bundesstraße lag. In einem der Restaurants bestellten sie für sich Kaffee und Kuchen. Er durfte sich als Kind über einen ordentlichen Becher Eis mit viel Sahne freuen. Danach gab's immer noch 'ne Cola und am Abend Bauchschmerzen.

Er verwarf vorerst die Idee, bei Spielmanns Eltern aufzukreuzen und dessen ehemaliges Zimmer zu durchsuchen. Seine Kollegen hatten dies bereits in aller Akribie durchgeführt und würden es vermutlich wieder tun. Alle Freunde, Verwandten, Bekannten waren aufgesucht worden, als man auf der Suche nach ihm war - ohne Erfolg. Was wollte er finden, was den Spurensicherern entgangen war? Seine Wohnung in Hamburg blieb bis zum heutigen Tag unentdeckt. Diesmal hatte Hilpert allerdings die Rechnung ohne Baumgartner gemacht, der sich als Stallwache eingeteilt hatte. Gegen Mittag suchte er ihn auf und bestaunte die Ansammlung der Ermittlungsakten.

»Schon weitergekommen?«, fragte er ohne große Erwartungen.

Hilpert winkte verdrossen ab. Im Prinzip war ihm alles bekannt, sah man davon ab, dass Stange über eine Fülle an Details verfügte, die ihm unbekannt, aber nach seiner Auffassung eher unbedeutend für den Fall, waren. Er war gut informiert worden.

Baumgartner nickte verstehend. »Wir kennen endlich die Adresse des Toten. Ich will mir dessen Wohnung ansehen. Weber legt gesteigerten Wert darauf, dass du dabei bist. Hast du ein Problem damit, mich zu begleiten?«

Hilpert war eh genervt, weil er nicht so recht weiterkam. Also stimmte er gern zu.

»Der Herr Kriminaldirektor meint, wir sollten ein Gefühl für den Toten entwickeln«, fuhr der Kriminalrat ironisch fort.

»Ist der auf einem psychologischen Seminar gewesen?«, fragte Hilpert schmunzelnd nach.

»Keine Ahnung. Zuzutrauen wäre es ihm allemal.«

Hilpert stand ächzend auf. »Dann lass uns keine Zeit verlieren. Wenn du mir beim Aufräumen hilfst, kommen wir schneller weg. Und wir müssen uns sputen, heute Abend ist Fußball im Fernsehen.«

»Wo ist das Problem? Spielt der HSV?«

»Nein, Champions League ist angesagt. So weit haben es meine Hamburger seit Längerem nicht mehr in Europa geschafft.«

»So, so. Also bei Fußball muss ich passen«, reagierte Baumgartner eher gleichgültig. »Ich stehe mehr auf Tennis und Golf. Bei Weltmeisterschaften sitze ich selbstverständlich vorm Fernseher, wenn Deutschland spielt.«

Zum Thema Golf schwieg Hilpert wohlweislich. Es sollte ihm wenig nützen. Baumgartner kannte sich aus.

»Du sollst doch ganz passabel Golf spielen.«

»Das war in einem anderen Leben. Mein Interesse hat sich merklich abgekühlt.«

»Schade, ich hätte gern mal mit dir gespielt. Wobei ich erst relativ kurz dabei bin. Weber dagegen gilt als Semiprofi.«

»Wenn der Fall abgeschlossen ist, können wir ja mal auf den Platz gehen.«

»Das hat Gesicht, strengen wir uns an, damit wir nicht so lange warten müssen.« Er warf einen Blick nach draußen. »In diesem Jahr wird das wohl nichts mehr.«

In wenigen Minuten hatten sie das Zimmer so hergerichtet, dass Stange sich darin wieder bewegen konnte.

Spielmanns Dreizimmerwohnung unweit der Reeperbahn hatte man offensichtlich erst vor Kurzem grundsaniert. Er hatte sich modern und vor allem teuer eingerichtet, ohne dass besondere Highlights auffielen. Bad und Küche waren total erneuert worden und würden in jeden modernen Neubau passen. Ein leichter Staubfilm signalisierte, dass der Wohnungsinhaber zu Lebzeiten nicht gerade der große Koch gewesen war. Eher gleichgültig öffnete Hilpert die Schränke im Schlafzimmer. Aus der Rolle fielen ein Jägerhut mit Feder und das dazu passende Jackett mit diversen Orden.

»Ist der auf die Jagd gegangen?«, fragte Baumgartner erstaunt.

»Glaub ich nicht«, widersprach Hilpert. »Das sieht mehr nach Schützenverein aus. Der kommt doch ›vons Land‹.«

»Ist ja Wahnsinn, ein krimineller Schützenbruder.«

»So was soll's geben. Zumindest lernt man in solch einer Vereinigung zu schießen. Was aus dieser Fähigkeit gemacht wird, darauf hat nur der Betroffene Einfluss.«

»Fabian, du kommst ja auch aus der Walachei. Bist du jemals in solch einem Verein gewesen?«

»Nee, das ist an mir vorbeigegangen. Als ich jung war, hatte ich andere Interessen. Die haben mittlerweile eh Nachwuchsprobleme. Im Internetzeitalter spielen die jungen Leute lieber mit ihren Computern oder Handys.«

Hilpert sah sich weiter um. Soweit er es beurteilen konnte, war Spielmann ein ordentlicher Mensch gewesen. Nirgendwo lag etwas herum. Den wenigen Büchern in einem einsamen Bord konnte man entnehmen, dass das Lesen nicht gerade sein bevorzugtes Hobby gewesen war. Damit unterschied er sich allerdings kaum von großen Teilen der deutschen männlichen Bevölkerung. Im Wohnzimmer klopfte er eher gleichgültig die Zierkissen ab, die auf der Couch lagen. Er stutzte und griff sich eines. An der Seite öffnete er einen Reißverschluss und schüttelte es aus. Vor ihm lag ein dickes Notenbündel mit 500-Euro-Scheinen. Selbst die Banderolen waren unverletzt. Er winkte Baumgartner zu sich.

»Wenn du Lust hast, können wir eine anständige Sause machen.«

Das Zählen wurde ihm leicht gemacht. Er war auf 200.000 Euro gestoßen.

Der Kriminalrat blickte erstaunt auf den Geldsegen. »Wie ist die Kohle hierhergekommen? Der Tote trug keine Schlüssel bei sich.«

»Sollte sein Mörder ihm den Schlüssel abgenommen und das Geld versteckt haben?«, fragte Hilpert verwundert. »Wohl kaum. Vermutlich ist ihm der Schlüssel abhandengekommen. Dies war sein Versteck.« Irritiert kratzte er sich am Kopf. »Bald haben wir den gesamten Zaster zusammen und dürfen uns fragen, weshalb die den überhaupt einkassiert haben.«

Nachdenklich nahm er die Geldbündel in die Hand und ließ sie wieder fallen. Eigentlich passte alles ins Bild. Auslöser der

Morde war eben nicht das Geld. Es waren gänzlich andere Motive. Ihm kam erneut Udo Friedrichs in den Sinn, dem vermeintlichen Mörder. Die Mordwaffe, mit der er Spielmann erschlagen hatte, war nicht gefunden worden. Er zog angestrengt seine Stirn in Falten. Drei Menschen werden erschlagen. Einmal trägt der Täter Handschuhe, dann entsorgt er die Tatwaffe, am Ende ist es ihm gleichgültig und er lässt sie blutverschmiert neben dem Opfer liegen. War ihm bei der Ermordung von Doris Lüders die Pflegerin dazwischengekommen? Hätte er den Baseballschläger anschließend verschwinden lassen? Hilpert schüttelte den Kopf. Diese Tat war geplant. Weshalb hätte der Täter sonst den Holzschläger mit sich führen sollen? Die Ausführung des Mordes erfolgte dagegen bis hin zu seinem Sturz von der Treppe emotional, geradezu hasserfüllt. Alles passte und passte doch nicht. Ihm kam Spielmanns Schwester in den Sinn. Sie trat für ihn als Mieterin seiner Wohnung auf. Deshalb wurde sie nicht vorher gefunden. Welche Rolle spielte sie in diesem Drama? Wo hatte er eine Chance, sie zu finden?

Wie standen die Geschwister zueinander? Die Antwort darauf fand er garantiert nicht in Hamburg sondern in der viel gescholtenen Provinz bei den Leuten, die beide kannten. Er klopfte Baumgartner auf die Schulter. »Kommst du mit nach Niedersachsen?«

»Wo soll es denn hingehen, nicht dass uns irgendwelche Urvölker bedrängen.«

»Sieh mal einer an. Feige bist du auch. Aber ein MEK werden die uns garantiert nicht als Geleitschutz mitgeben.«

»Na gut, ich folge dir. Wohin genau zieht es uns?«

»Nach Neukloster.«

»Und du weißt, wo das ist?«

»Ich kenne mich ein wenig um Hamburg herum aus, ob Niedersachsen oder Schleswig-Holstein, ist egal. Das Leben hört nicht an der Stadtgrenze auf, wie ihr Eingeborenen meint.«

»Lass dich trösten, meine Eltern kommen aus Hessen, geboren wurde ich in der Nähe von Wiesbaden.«

»Mutig, dieses Outing.«

»Kann ich davon ausgehen, dass du es für dich behältst?!«

Lachend machten sie Mittag. Hilpert achtete tunlichst darauf, nicht den reichen Onkel aus der HafenCity zu spielen. Er tat gut daran. Baumgartner bestand darauf, die Zeche zu übernehmen.

Hilpert und Baumgartner fuhren in Bahrenfeld auf die A7. Wie es sich gehörte, hielt sie vor dem Elbtunnel ein mittelprächtiger Stau auf. Glücklicherweise war es nicht so furchtbar weit bis zu den Röhren. Als sie durch waren, fragten sie sich nach der Ursache für die Behinderung. Es ging flott weiter. Sie ignorierten die Köhlbrandbrücke, die wie ein Lindwurm über Teile des Hafens kroch ebenso wie die Containerbrücken, die mit hocherhobenem Zeigefinger auf neue Fracht lauerten. In Heimfeld verließen sie die Autobahn und erreichten die B73, auf die sie Richtung Neu-Wulmstorf einschwenkten. Hilpert fuhr vorschriftsmäßig. Auch auf dieser Strecke hatte man die modernen Wegelagerer in Form von Blitzgeräten installiert. Er entdeckte keines, aber das wollte wenig besagen. Die beiden Männer unterhielten sich angeregt über den Fall, ohne Weltbewegendes herauszufinden. Auf der Höhe Ovelgönne folgten sie der Bundesstraße Richtung Buxtehude, ließen die Stadt allerdings rechts liegen. Am Rande der Straße stießen sie auf gewerbliche Betriebe ebenso wie auf eine überraschend dichte Wohnbebauung. Zeitweise gewannen sie den Eindruck, durch ein etwas zu groß geratenes Straßendorf zu fahren. Dann schnitt die Bundesstraße in bewaldetes Gebiet ein. Diverse Kreuze wiesen darauf hin, dass auf der Strecke manches Menschenleben zu beklagen war. Kurz vor dem Ortsschild erblickten sie den Landgasthof, den Spielmanns Eltern bewirtschafteten. Er lag nur wenige Meter von der Straße entfernt und hoffte auf zahlungskräftige Gäste. Im Sommer machten hier vermutlich Touristen auf dem Weg nach Cuxhaven an die Nordsee Station. Jetzt im Herbst musste man mit denen leben, die einem die Ehre gaben.

Sie fühlten sich um Jahrzehnte zurückversetzt, als sie den Schankraum betraten. Schummriges Licht, dunkles abgenutztes Mobiliar, ein Tresen, an dem man sich mit einer Biersorte zufriedengeben musste, vollendeten die Szenerie. An den blank gescheuerten Holztischen saßen einige wenige männliche Gäste, die sie neugierig anstarrten, als sie eintraten. Auf den ersten Blick schien die Welt hier noch in Ordnung zu sein. Nur wollte Hilpert nicht daran glauben. Hinterm Tresen stand ein älteres Paar, vermutlich Spielmanns Eltern. Er schätzte die beiden auf Anfang siebzig. In Rente zu gehen, verbot sich vermutlich von allein. Ein Verkauf der Liegenschaft kam wohl wegen fehlender

Interessenten nicht infrage. Irgendwann wäre die Autobahnverbindung, die momentan wie eine Übungsstrecke zwischen Horneburg und Stade wirkte, zur A7 fertiggestellt. Die lang ersehnte Verkehrsberuhigung würde garantiert diversen Restaurationsbetrieben und Tankstellen den Garaus machen.

Spielmanns Eltern erkannten Baumgartner von seinem letzten Besuch. »Sieh da«, begrüßte ihn der Wirt mit kräftiger Stimme. »Die Polizei beehrt uns wieder mal mit ihrem Besuch. Wollen Sie uns den Tod unseres Sohnes übermitteln? Da sind Sie zu spät dran. Wir wissen es bereits.«

»Wir haben nur ein paar neugierige Fragen«, winkte Baumgartner gelassen ab. Er wusste, dass die Verbindung der beiden zu ihrem Sohn in den letzten Jahren deutlich gelitten hatte. Trotzdem war insbesondere der Mutter anzusehen, dass sie trauerte. Sie stellten sich vor den Tresen.

»Wie standen Ihre Kinder zueinander?«, interessierte sich Hilpert.

»Sie haben erst relativ spät zueinandergefunden«, übernahm die Mutter das Antworten. Sie nickte in Richtung ihres Mannes. »Sie war seine uneheliche Tochter und hat ihre Jugend bei ihrer Mutter in Nürnberg verbracht.«

»Deshalb der Nachname Borg?«

»Nein, den hat sie von ihrem Ehemann. Sie heiratete mit zwanzig und zog nach Stade. Lange hat diese Ehe jedoch nicht gehalten.«

»Und warum ist sie damals zu Ihnen gezogen?«

»Die Mutter starb relativ früh an Krebs.«

»Wie lange hat sie denn bei Ihnen gelebt?«

»Gerade vier Jahre.«

Die Mutter spielte unsicher mit ihren verarbeiteten Fingern. Ihre gutmütigen dunklen Augen blickten Hilfe suchend zu ihrem Mann herüber. Dieser fuhr sich über die schütteren Haare. Seine zusammengepressten Lippen deuteten darauf hin, dass er wohl kaum die Absicht hatte, sich umfassend zu äußern. Da sollten sie sich täuschen. Wie aus einem Vulkan brach es aus ihm heraus: »Unser Scheißkerl von Sohn hat sich meiner Tochter unsittlich genähert. Das war bestimmt der Grund, weshalb sie uns so schnell wieder verlassen hat. Und dieser Lumpenhund hatte noch nicht mal die Traute, sich der Wahrheit zu stellen! Als ich ihn darauf ansprach, hat er mich sogar bedroht.«

»Ist es zum Letzten gekommen?«

»Glücklicherweise nicht. Aber danach war nichts mehr wie früher. Sie hatte das Vertrauen in uns, in ihre neue Heimat verloren.«

»Hat sie ihn danach gehasst?«

»Davon kann man ausgehen.«

Auf leisen Sohlen näherte sich ihnen eine Frau im Alter des Paares. Unaufgefordert stellte sie sich dazu.

»Meine Schwester Ilse«, stellte Spielmann sie vor.

Anscheinend hatte sie die letzten Gesprächsfetzen mitbekommen. »Ihr sprecht über Lutz?« Das Nicken der beiden Gäste reichte ihr als Antwort. »Dann solltet ihr die ganze Wahrheit und nicht nur die Lügengespinste von Heike erzählen.« Sie wandte ihnen ihr waches Gesicht zu. »Sie hatte es dick hinter den Ohren. Schon als Sechzehnjährige ließ sie sich von den Jungen anfassen, wenn die ein wenig Geld locker machten. Dem Lutz war sie an Intelligenz haushoch überlegen. Er tat, was sie sagte. Nie hätte er sich getraut, bei ihr Gewalt anzuwenden.«

»Du lügst!«, schrie Spielmann sie an. »Heike war ein liebes Mädchen!«

»Du und deine kleine Prinzessin. Blind wie ein Maulwurf hast du ihre Fehler übersehen. Eins ist Tatsache: Lutz war ganz vernarrt in sie. Als sie den Sohn des dicken Bauern heiratete, hat er tagelang nur geheult. Er hätte Heike nie etwas angetan.« Ihre Augen füllten sich mit Tränen. »Und nun können wir mit ihm nicht mehr darüber reden.«

Die drei älteren Leute schwiegen sich nach ihren Worten gegenseitig an. Hilpert versuchte diesen gordischen Knoten zu durchschlagen. »Hätten Sie vielleicht ein aktuelles Foto von ihr?«

Wieder antwortete Ilse: »Die werte Dame hat es seit ihrer Scheidung nicht für nötig befunden, sich bei uns sehen zu lassen. Wir verfügen über keine aktuellen Bilder von ihr. Aber sie hatte herrlich blonde Naturhaare. Wenn sie die zurückwarf, waren die Jungen ganz weg.«

»Wie lange ist sie geschieden?«, wollte Baumgartner wissen.

»Seit fünfzehn Jahren.«

»Hat sie Kinder?«

»Fehlanzeige.«

Hilpert kam noch mal auf den Toten zu sprechen. »Wir haben

in seiner Hamburger Wohnung einen Schützenhut gefunden. Hat er im Verein das Schießen gelernt?«

»Nicht nur er«, entgegnete der Vater. »Heike war ebenfalls richtig talentiert.«

»Mit dem Gewehr?«

»Nein, nein, mit der Sportpistole.«

Viel mehr war nicht in Erfahrung zu bringen. Spielmanns ehemaliges Zimmer war längst für Gäste hergerichtet worden, sodass sie sich eine abermalige Durchsuchung schenkten. Es gab dort keine verborgenen Verstecke. Was hätten sie auch finden wollen? Ein Blick auf die Uhr signalisierte ihnen, dass sie den Feierabend einläuten konnten. Jeder gönnte sich einen Milchkaffee. Selbst in diese traditionelle Kneipe hatte sich eine moderne Kaffeemaschine verirrt. Das Ehepaar samt Schwester leistete ihnen weiterhin Gesellschaft, als müssten sie sich um sie wie um besondere VIPs kümmern. Zwischendurch versorgte einer von ihnen die wenigen anderen Gäste. Als sich der Schankraum zu füllen begann, verabschiedeten sich die beiden Männer. Sie verließen ordentliche Menschen, die ihr Leben lang nach Recht und Gesetz gelebt hatten. Leider reichte es nicht für ihre Nachkömmlinge. Zumindest galt das für das Ehepaar. Die Schwester war ehe- und kinderlos geblieben. In der gegebenen Situation sah sie dies vermutlich nicht als Manko an.

Die Sommerzeit war vorbei. Das Tageslicht hatte sich jetzt gegen zwanzig Uhr längst verzogen. Auf dem Weg zu ihrem Fahrzeug bemerkten sie, wie sich zwei Männer aus dem Schatten des Hauses lösten. Das wäre an sich kein Problem gewesen, hätten sie in ihren Händen keine bäuerlichen Arbeitsgeräte gehalten. Der eine hatte eine Mistgabel fest umklammert, der andere eine langstielige Axt. Im schwachen Licht der Außenbeleuchtung registrierten sie einen dritten Mann, der versuchte, in ihren Rücken zu gelangen. Er trug ein Gewehr unterm Arm. Vermutlich eine Schrotflinte, dachte Hilpert. Auf kurze Distanz eine furchtbare Waffe. Er war froh, nicht mehr unbewaffnet die Straße zu betreten. Ohne Hast ließ er die rechte Hand unter sein Jackett verschwinden und liftete die Beretta an. Das Trio bildete eine Art Halbkreis um sie, als sie ihren Wagen erreichten. Sie hielten eine Distanz von etwa drei Metern zu ihnen ein.

Baumgartner blickte gelassen von einem Mann zum anderen.

»Können wir euch behilflich sein?«, fragte er. »Habt ihr euch verlaufen?«

»Das werden wir euch gleich zeigen, was wir von euch wollen«, zischte einer von ihnen.

»Fein, dann fangt mal an«, erwiderte Hilpert ruhig. »Wir wollen nicht ewig hier herumstehen.«

»Deine freche Schnauze werden wir dir augenblicklich stopfen, du Arsch!«, raunzte ihn der Mann mit der Forke an und senkte sie bedrohlich in seine Richtung. »Was wolltet ihr von der Familie Spielmann?«

»Das interessiert euch also? Ich fürchte, da müsst ihr die schon selber fragen«, wies Baumgartner ihn zurecht.

Wie ein römischer Gladiator ging der Mann mit seinem gefährlichen Dreizack einen Schritt auf die beiden zu. »Du bist wohl einer der besonders Mutigen.«

»Gehört ihr einer Sekte an oder seid ihr von Todessehnsucht getrieben?«, blaffte Hilpert. »Ihr wisst sicher, dass einer von uns ein Bulle ist.«

»Na und? Wen juckt das? Wir wollen euch in unserer Gegend nicht haben! Ihr habt hier nichts zu suchen! Worüber habt ihr geredet?«

»Es ist besser, ihr lasst eure Klamotten fallen«, verschärfte diesmal Baumgartner die Tonart, »sonst können wir für nichts garantieren.«

Der Angreifer mit der Schrotflinte wollte den Lauf in seine Richtung bewegen, als Hilpert ihn ein letztes Mal warnte: »Bewegst du den Lauf auch nur einen Millimeter weiter, bist du ein toter Mann!« Endlich wurde es Hilpert zu bunt. Wie durch Zauberhand hatte er plötzlich seine Waffe in der Hand. »Fallen lassen!«, schrie er die drei an.

Baumgartner setzte einen drauf: »Ihr seid verhaftet!«

»Das wollen wir doch mal sehen!«, erklang eine Stimme von der Seite.

Hilpert gewahrte eine Bewegung. Ein weiterer Mann mit angelegtem Jagdgewehr trat auf sie zu. Eine schnelle Drehung von Hilpert und zwei Schüsse sorgten für Ruhe. Aus der Gastwirtschaft stürmten die letzten Besucher. Baumgartner schrie sie an, zu bleiben, wo sie waren. Per Handy verständigte er sich mit seiner Dienststelle und beorderte Unterstützung.

»Das dauert ein paar Minuten. Wo treibt ihr euch eigentlich herum?«, fragte der Wachhabende.

Hilpert ging zu dem am Boden Liegenden und bückte sich zu ihm herunter. Er spürte keinen Pulsschlag. Der Mann war tot. Eine Viertelstunde später erschien die Ortspolizei und versuchte, das Ruder an sich zu reißen. Baumgartner wies sie zurück. »Hier schlagen bald ein paar Spezialisten auf und werden die erforderlichen Untersuchungen vornehmen.«

»Die sollen nur von eurer Mordtat ablenken!«, schleuderte ihnen einer der Angreifer entgegen.

Baumgartner knurrte ihn an: »Wenn ich mich wie ihr an einem Mordkomplott beteiligt hätte, würde ich ganz kleine Brötchen backen.«

Trotz seiner eindringlichen Worte, versuchte sich einer der Uniformierten hervorzutun. »Wir hätten aber auch gerne gewusst, was hier abgegangen ist. Schließlich handelt es sich um bisher unbescholtene Männer.«

»Kommen Sie rüber zu mir. Hier ist mein Ausweis. Jetzt möchte ich gern Ihren Namen erfahren. Ich finde es nämlich sehr eigenartig, dass Sie Personen als unbescholten betrachten, die mit Forke, Axt und Gewehren bewaffnet einen Polizeirat der Hamburger Mordkommission und einen Exkollegen bedrohen«, er warf einen Blick auf die Schulterstücke des Beamten, »Herr Obermeister.«

»Förster, mein Name ist Förster. Ich meinte ja nur.«

»Nehmen Sie jetzt Ihren Kollegen an die Hand und halten die Gäste zurück. Wir haben keine Lust noch jemanden zu erschießen. Einer reicht.«

»Jawohl, selbstverständlich.«

Tatsächlich schien der vorher genossene Alkohol bei dem einen oder anderen die Lust auf eine Mutprobe zu schüren. Und Schusswaffen gab es in ländlichen Gegenden bekanntermaßen zur Genüge. Glücklicherweise konnten sie die aufgebrachte Meute bis zum Eintreffen der Kavallerie in ihre Schranken verweisen. Im Konfliktfall wären ihnen die beiden Kollegen aus dem Ort wenig dienlich gewesen. So wie sie sich verhielten, war klar, wem ihre Sympathie gehörte.

»Kann mir jemand sagen, wer der Tote ist?«, wandte sich Baumgartner an einen der Uniformierten. Diesmal war ihm Förster behilflich.

»Es ist Ralf Benger. Er fährt eilige Arzneimittel aus.«

»Interessant. Wenn ich nicht irre, hat Herr Spielmann mit Preludin gehandelt. Könnte wohl angesagt sein, bei den Herrschaften Hausdurchsuchungen durchzuführen.«

Erst weit nach Mitternacht kehrte Hilpert zurück. Er überlegte, ob er in seine Wohnung fahren sollte, entschied sich dann aber für die von Petra. Er tat recht daran. Sie saß unruhig vor dem Fernseher und schien ihn zu erwarten.

»Woher kommst du so spät?«, zischte sie ihn an.

»Ich habe einen Mann erschossen«, erwiderte er scheinbar aus dem Zusammenhang.

Sie sprang auf und nahm ihn in den Arm. »Erzähl, was ist geschehen?«

Er blieb eher wortkarg. Hatte er zu schnell geschossen? Musste er sich das vorwerfen lassen? Man konnte wenig gegen seine antrainierten Reflexe tun. Ob der Mann mit dem Jagdgewehr wirklich auf sie geschossen hätte, konnte niemand mit Sicherheit sagen. Es war durchgeladen, das stand fest. Es ging ihm weniger um die strafrechtlichen Konsequenzen. Da musste er sich keine Gedanken machen. Vielmehr drehte es sich um seine individuelle Verantwortung. Noch in der Nacht stellte sich heraus, was die Männer bewogen hatte, sie zu bedrohen. Sie fanden in deren Wohnungen ausreichende Mengen an Aufputschmittel, Barbituraten und Tranquilizern, um die gesamte Gegend zwischen Buxtehude und Cuxhaven zu versorgen. Offensichtlich hatten sie gemeinsam mit Spielmann einen schwunghaften Handel aufgezogen. Trotz allem hatten sie es nicht mit professionellen Verbrechern zu tun bekommen, sondern eher mit riesengroßen Hornochsen. Der Polizeiobermeister lag beinahe richtig, als er von unbescholtenen Männern sprach. Das galt allerdings nicht mehr für die Zeit nach Aufnahme ihrer Drogenkarriere. Vielleicht hätten sie besser auf ihren Umgang achten sollen. Der Apotheker, mit dem sie zusammenarbeiteten, wurde in den frühen Morgenstunden festgenommen. Alsbald zeigte sich, dass er nicht der Einzige seiner Zunft war, der sich auf diesem Weg ein Zubrot verdiente. Ihre Lieferanten saßen warm und trocken irgendwo im Ausland. Das schloss nicht aus, dass die Medikamente in Deutschland produziert wurden. Profitgier gab es an allen Stellen der Welt, damit auch vor der eigenen Haustür.

34

Die nächsten beiden Tage nahm Hilpert eine Auszeit. Er zog sich in seine Wohnung zurück. Der Tod des Mannes, den er in Neukloster erschossen hatte, nahm ihn stärker mit, als er sich eingestehen wollte. Es gab Unterschiede, ob man sich gegen Kriminelle erfolgreich zur Wehr setzte oder gegen Amateure, die die Regeln des Spiels kaum verstanden und gnadenlos mit der Realität konfrontiert wurden. Die Drogendealer hatten garantiert nichts mit den Morden in Hamburg und der Heide zu tun. Da waren sie in einen Nebenkanal eingedrungen und mussten sich wieder auf den Weg zum Hauptstrom machen. Eines aber hatten sie mit dem Haupttäter, Udo Friedrichs, gemein. Er war ebenfalls wie sie kein Berufsverbrecher. Dafür hatte er im Gegensatz zu ihnen keine primär materiellen Motive. Irritiert blickte Hilpert auf. Konnte es angehen, dass er mit dieser Annahme irrte? Um ihn herum war die Aura des Menschen entstanden, der Reisegruppen in China mit seinen Sprachkenntnissen begeisterte, ältere Damen beglückte und kein Interesse an Geld zu zeigen schien. Trotzdem wurde er gelegentlich reich beschenkt und er nickte dazu. Ging es um Geld, wurde seine Mutter aktiv. Musste man alles glauben, was einem serviert wurde? Hatten sie alles durchdacht?

Er hatte sich mittlerweile auf die Couch gelegt, die Hände hinter seinem Kopf verschränkt und rollte den Fall gedanklich von Anbeginn an auf. Er rekapitulierte, wie er erstmals von Wellner gebeten wurde, sich um den verschwundenen Sohn seiner Cousine zu kümmern. Kurz darauf versuchten die Leute von Kuschel, ihn zu töten. Das war keine Spontantat, auch wenn die Angreifer nicht sonderlich intelligent vorgegangen waren. Wie waren die auf ihn gekommen? Eine Gruppierung, die bis dahin lieber die EU betrog oder Waffen an den Mann brachte, setzte ein Killerkommando auf ihn an? Hilpert schlug sich mit der flachen Hand gegen die Stirn. Er war genauso von Anfang an als Opfer auserkoren wie Klaas Lüders. Er, der ehemalige Polizist war als gefährlicher Gegner identifiziert worden und sollte eliminiert werden. Beinahe erschrocken setzte er sich auf und spann diesen Faden weiter. Wer von den Verdächtigen wusste oder konnte wissen, dass es ihn gab, dass man ihn aller Voraussicht nach mit in die Ermittlungen einbeziehen würde? Wer konnte erahnen, dass Wellner ihn damit beauftragen würde? Das galt für jeden aus seinem Dunstkreis, dienstlich wie privat. Interessanter war vielmehr die Frage, wer konnte es nicht wissen? Da fiel ihm ausschließlich die Familie des Piloten ein. War Familie Kahrs damit völlig außen vor? Wie sah es mit Udo und seiner Mutter aus? Sie war vielleicht über Klaas oder seine Schwester informiert worden. Mit einem Satz sprang er auf und setzte sich an seinen PC. Er rief seine Dateien auf und ging sie durch. Erst vor Kurzem hatte er eine zusätzliche Information erhalten. Richtig, Udo Friedrichs und Felix Kahrs besuchten dasselbe Gymnasium. Zumindest theoretisch konnten sie sich kennengelernt haben. Vielleicht hatte man sich wieder getroffen und war auf gemeinsame Interessen gestoßen. Verbindender Faktor war allemal Spielmann. Wie war das mit Felix? Warf der ab und an ebenfalls die eine oder andere Tablette ein, um besser drauf zu sein? Diese Spur musste er nochmals neu aufnehmen. Er schaltete den Laptop aus und klappte den Deckel zu. Eine weitere Idee kam ihm in den Sinn. Kuschel kannte ihn nicht und hatte keine Veranlassung, gegen ihn etwas zu unternehmen. In seinem alten Job gab es keine gemeinsamen Berührungspunkte. Folglich musste ihn jemand hinzugezogen haben, vermutlich Spielmann oder seine Schwester - oder jemand, den er bisher nicht im Visier hatte? Ob einer seiner Leute diesen Jemand gesehen hatte? War er recht informiert, saß ein Teil von ihnen in Untersuchungshaft. Lächelnd griff er zum Handy. Die Mordkommission hatte sich längst zu seinem Erfüllungsgehilfen gemausert. Baumgartner versprach, ihm für den nächsten Tag einen Vernehmungstermin zu organisieren. Abermals traktierte Hilpert das Telefon. Er hatte Glück und erwischte Felix. Nach kurzem Geziere stimmte dieser einem erneuten Treffen in Wedel zu. Die Fahrt durch die Stadt war jetzt zu der Zeit, in der der Feierabendverkehr einzusetzen begann, nervig. Vermutlich wäre er auf einem Tretroller schneller gewesen. Dafür lief er keine Gefahr, geblitzt zu werden.

Kahrs begrüßte ihn distanziert, als ahnte er, worauf Hilpert ihn ansprechen wollte. Sie begaben sich gemeinsam ins Wohnzimmer. Die Frau des Hauses war offensichtlich nicht anwesend. Der junge Mann blickte ihn in gespannter Erwartung an. Er sollte nicht enttäuscht werden.

»Wie ich den Unterlagen entnehmen konnte, sind Sie mit Herrn Friedrichs auf dieselbe Schule gegangen.«

»Das entspricht den Tatsachen«, antwortete Felix nervös.

»Und?«

»Wir kannten uns aus dieser Zeit. Er hat mir Nachhilfestunden in Französisch gegeben. Wenn es um Sprachen ging, war er genial.«

»In welche Klasse gingen Sie damals?«

»In die neunte.«

»Trafen Sie sich später nochmals?«

»Ja, vor etwa einem halben Jahr stand er vor unserer Haustür und erzählte wirres Zeugs über den damaligen Flugzeugabsturz. Das war kurz nachdem ich Spielmann kennengelernt hatte.«

»Wollte er etwas Konkretes von Ihnen?«

»Das ist 'ne gute Frage. Wie Sie wissen, hatte Spielmann zu der Zeit ähnliche Andeutungen gemacht. Ich war total verwirrt. Udos Hinweise waren nebulös. Er redete von ausgleichender Gerechtigkeit. Irgendwie wirkte er seltsam aufgekratzt auf mich.«

»Wussten Sie, dass er Aufputschmittel nahm?«

»Ich hatte so eine Ahnung. Spielmann wollte mir ebenfalls solches Zeug besorgen. Er meinte, ich könnte danach stundenlang durcharbeiten. Damals stand 'ne Klausur in Statistik an. Ich habe kurz darüber nachgedacht. Aber ich bin dagegen gewesen. Ich habe Angst vor den Nebenwirkungen. Tatsächlich habe ich gesehen, wie er zwischendurch immer mal 'ne Tablette eingeworfen hat.«

»Eine oder mehrere?«

»Schwer zu sagen. Viele können es nicht gewesen sein. Das hätte ich mitbekommen. Das rafft man schon, ob jemand 'ne Handvoll Gummibärchen nimmt oder nur einzelne.«

»Gummibärchen sind gut.«

»Ich meinte ja nur.«

»Hat er versucht, deren Wirkung mit Alkohol zu verstärken?«

»Nicht dass ich wüsste. In meiner Anwesenheit hat er nur selten Alkohol getrunken. Mal 'n Bier oder ein Glas Wein. Andererseits haben wir uns in der Zeit selten gesehen.«

»Kommen wir auf den gewissen Tag zurück. Was geschah dann?«

»Es war ganz seltsam. Plötzlich sprang er völlig unartikuliert auf und meinte, er müsse gehen. Er wollte irgendeine U-Bahn bekommen und verschwand. Danach habe ich ihn nicht mehr gesehen.«

»Sie wissen, dass er schwer verletzt im Krankenhaus liegt?«

»Ich habe davon gehört, auch dass Spielmann ermordet worden ist.«

Hilpert beugte sich vor und verringerte somit die Distanz zwischen ihnen. »Ich hoffe, Sie haben die Wahrheit gesagt. Sollte herauskommen, dass Sie mit Udo gemeinsame Sache gemacht haben, bekommen Sie richtige Probleme.«

Von dem Vorwurf musste sich Felix erst einmal erholen. Vehement wies er jeden Verdacht von sich. Zu Hilperts Überraschung nahm er Position für Udo ein. »Ein Totschlag im Tablettenrausch mag angehen. Aber gehen Sie wirklich davon aus, Udo hätte gleich drei Menschen auf dem Gewissen? Bringt sogar 'nen Holzschläger mit?« Kahrs legte die Stirn in Falten, als dächte er über ein gewaltiges Problem nach. Danach schüttelte er den Kopf. »Das glauben Sie doch selbst nicht! Können Sie sich tatsächlich vorstellen, ein Mann wie Spielmann lässt sich von ihm mit einem Baseballschläger oder einer Eisenstange töten? Das ist ein kräftiger Kerl gewesen.«

Diesmal schüttelte Hilpert den Kopf. »Nein, das tu ich nicht. Andererseits, wenn man zu zweit gehandelt hätte, wäre die Wahrscheinlichkeit deutlich höher gewesen.«

»Ich und Udo gegen Spielmann?! Da kann ich nur kichern. Und das Ganze mit Baseballschlägern. Das ist absurd!«

Mitten in ihr Gespräch platzte ein Anruf von Stange. Seine Information veränderte die Situation vollkommen. Bei der Obduktion wurde festgestellt, dass Spielmann ein starkes Beruhigungsmittel verabreicht worden war. Somit hätte ihn auch eine Frau problemlos erschlagen können, sogar seine Schwester. Eigentlich zeigte die Erfahrung, gleiche Tötungsart, gleicher Täter. Wie konnte man die Abweichung mit dem Beruhigungsmittel bewerten? Sie wurde erforderlich, da Spielmann viel zu kräftig für Udo mit oder ohne Unterstützung durch Kahrs gewesen wäre. Es gab eine weitere Abweichung. Bei Klaas und Spielmann war akribisch darauf geachtet worden, dass keine Spuren hinterlassen wurden. Der Mord an Doris geschah vor Zeugen. Dessen Ausführung konnte man nur als dilettantisch und überaus brutal bezeichnen.

Hilpert wies mit dem Zeigefinger zum Terrassenfenster. »Sollten Sie die Wahrheit gesagt haben, dann läuft dort draußen ein Mörder herum. Und wir haben keine Ahnung, um wen es sich handeln könnte.«

Kahrs breitete vor ihm die Hände aus. »Dann lasst euch mal was einfallen. Ihr seid die Ermittler. Aber glauben Sie mir, ich habe nichts mit den Morden zu tun.«

Hilpert ließ die Worte auf sich einwirken, stand auf und reichte Felix die Hand. »Ich will Ihnen gern glauben. Ist wohl besser, wir sehen uns nicht mehr.«

»Sehr gute Idee. Ich hoffe, Sie halten sich daran.«

»Warten wir's ab.«

Der Weg zurück war ähnlich schrecklich wie hin. Ihm schien, als hätten sich an diesem Tag alle Autofahrer gegen ihn verschworen. Er schleppte sich durch die Straßen, fuhr im Schneckentempo auf umspringende Ampeln zu oder verharrte dreißig Meter vor dem grünen Licht im Stau. Wieder signalisierte ihm sein Gefühl, dass er den jungen Mann von der Liste der potenziellen Mittäter streichen konnte. Wenn er richtig lag, tat er dies bereits zum dritten Mal. Aber hatte er bei Udo nicht eine ähnliche Empfindung gehabt? Gleichwohl hatte der eine Frau auf brutale Art und Weise getötet, eine andere schwer verletzt. Trotzdem war ihm klar, dieser labile Mensch konnte unmöglich der Kopf des Komplotts sein. Seine Menschenkenntnis sagte ihm, die vorausschauende Planung, die kriminelle Energie, die dafür erforderlich war, passte nicht zu ihm. Nach wem musste er suchen? Spielmanns Schwester! Ihr konnte man durchaus zutrauen, den Plan ausgetüftelt zu haben. Stimmte seine Annahme, dass Udo nicht für alle Morde infrage kam, suchte er einen weiteren Killer. Sie sollte gut mit der Pistole umgegangen sein, meinte ihr stolzer Vater. Hatte sie Pia und Keller erschossen, nicht ihr Bruder? Wütend traktierte er das Steuerrad. Wer kam sonst als Thinktank in Betracht? Ihm gingen ein weiteres Mal die Verdächtigen aus. Musste er abermals Richtung Buxtehude ziehen? Hatte Spielmanns Schwester einen der fröhlichen Landleute für ihre Zwecke eingespannt? Machte es Sinn, die Drogenverteiler zu befragen? Er war so in seine Gedanken vertieft, dass er vor der nächsten Ampel um ein Haar seinen Vordermann gerammt hätte. Erleichtert atmete er aus, als er seinen Wagen knapp vor der Stoßstange des anderen Fahrzeugs zum Stehen brachte. Er setzte seine Überlegungen fort und verpasste beinahe die Grünphase. Glücklicherweise verfügte der Wagen hinter ihm über eine vorzügliche Hupe, die der Fahrer lustvoll einsetzte. Hilpert hatte vor diesen Männern gestanden. Das waren Dilettanten. Seinen Killer und Planer musste er anderswo suchen. Fast automatisch nahm er den Weg Richtung Petra. War sie überhaupt zu Hause? Wollte sie ihn sehen? Auf beide Fragen gab es kurz darauf ein kräftiges Ja.

»Das ist gut, dass du es nicht lange ohne mich aushältst«, begrüßte sie ihn.

Er war zu Hause. An diesem Abend beschloss er endgültig, seine Wohnung zu kündigen. Sie hatte recht, er fühlte sich in ihrer Nähe wohl. Wenn sie ihn sanft streichelte, bekamen seine Fragen und Probleme gleich ein geringeres Gewicht. Er wollte seine einfältigen Bedenken zur Seite schieben. Jetzt war Schluss mit lustig.

Seine frische Unterwäsche war ihm ebenso ausgegangen wie seine Oberhemden. Also musste er am nächsten Morgen in die Isestraße, um sich umzuziehen. Doris Lüders sollte am Nachmittag beerdigt werden. Er musste seinen dunklen Anzug überprüfen. Nicht dass er verknittert war. Ihm kam seine Überlegung vom Vortag in den Sinn, dass ihm die Verdächtigen ausgegangen seien. Das traf nur bedingt zu. Einen hatte er völlig aus den Augen verloren: Nils Meinert, den Freund von Klaas, der in Undeloh die Liegenschaft zur Verfügung gestellt hatte. Nils war eifersüchtig auf Klaas, neidete ihm die Beziehung zu Pia. Im Prinzip verkörperte er den gleichen Typus wie Udo Lüders und Felix Kahrs. Alle waren sie eher intellektuell. Niemand traute ihnen auf den ersten Blick ein Gewaltverbrechen zu. Hilpert setzte den Blinker und bog in die Isestraße ein. Jetzt am Vormittag war es für ihn relativ einfach, seinen Wagen zu parken. Die wertvollen Stellplätze waren von denen geräumt, worden, die nicht mit öffentlichen Verkehrsmitteln zu ihren Arbeitsplätzen gelangten. Glücklicherweise gab es davon noch ein paar. Mit hastigen Schritten eilte er die Treppenstufen hoch.

Beim Umziehen dachte er wieder an den Letzten der Mohikaner. Für Meinert galt das Gleiche wie für die anderen jungen

Leute, die er bislang kritisch beäugt hatte. Sie mochten über einen ausreichenden IQ verfügen, um sich das Komplott ausgedacht zu haben, aber keiner von ihnen wäre in der Lage gewesen, einen Kriminellen wie Spielmann in Schach zu halten. Der ließ niemanden mit einem Holzschläger oder einer Eisenstange so dicht an sich heran, dass er ihn hätte erschlagen können. Er hatte sich Bilder von ihm angesehen. Er war körperlich durchtrainiert und durch ein kriminelles Leben geprägt. Da musste mit dem Beruhigungsmittel nachgeholfen werden. Wen hätte er so dicht an sich herangelassen, dass man es ihm hätte einflößen können? Unter Garantie seine Schwester. Doch hätte er es nicht mitten im Wald eingenommen, selbst wenn es einem Getränk beigemixt worden wäre. Er war an dem Fundort gestorben. Das war durch die Spusi eindeutig festgestellt worden. Also musste jemand den kräftigen Kerl unter einem Vorwand dorthin gebracht und anschließend erschlagen haben. Das Beruhigungsmittel hatte er ihm demnach vorab verabreicht. Die Tat selber wäre für eine zierliche Frau unmöglich gewesen. Es sei denn, jemand hätte sie unterstützt. Er rekapitulierte. Klaas Lüders, dessen Mutter und Spielmann waren auf die gleiche Art und Weise ermordet worden. Hilpert suchte bislang immer nur nach einem Mörder, warum eigentlich nicht nach einem Duo oder Trio? Die Idee begann ihn zu faszinieren. Schon ergab sich ein gänzlich anderes Bild.

Baumgartner befreite ihn mit einem Anruf von seinen Grübeleien. »Du wolltest doch die Männer von Kuschel vernehmen. Wir haben sie bei uns. Du bist jederzeit willkommen.«

Vielleicht brachte ihn das Gespräch weiter.

Aus der Gruppe der Inhaftierten schälte sich schnell ein Mann heraus, Claus Behrens. Er war als Einziger direkt in Kuschels Umfeld an der Palmaille tätig gewesen. Dieser starrte ihn böse an, als er den Verhörraum betrat.

»Du bist dieser Hilpert, der meinen Boss umgelegt hat. Was willst du von mir?«

»Red nicht so 'ne Scheiße! Oder willst du mir erzählen, dass Kuschel ohne Geleitschutz in tiefer Dunkelheit zu mir nach draußen kommt, um sich mit mir zu unterhalten?«

»Du und Pristic hattet ihn aus seinem Büro gelotst. Mit dieser Scheißnummer mit dem Schlaganfall.«

»Das ist richtig, aber wir haben ihn fast wie neu wieder zurückgegeben.«

Der breitschultrige Mann mit der Kurzhaarfrisur und den eng zusammenliegenden Augen nickte zu seinen Worten. Es dauerte seine Zeit, bis er begriff. Garantiert hatte er in jungen Jahren die Schulen nicht über Gebühr mit seiner Anwesenheit erfreut. »Klar, da hättest du ihn ja da schon ohne Risiko umlegen können. Du oder 'n anderer.«

Man sah es in seinem Gesicht arbeiten. Offensichtlich dachte er angestrengt nach. Hilpert spürte, dass er sich damit schwertat. »Aber wer hat ihn dann abgeknallt?«

»Gute Frage, darum bin ich hier.«

»Du meinst ich kenne den Mörder?«

»Überleg mal, mit wem hat sich Kuschel in den letzten Monaten vor seinem Tod getroffen?«

»Schwer zu sagen. Da kommen einige zusammen. Waren viele Ausländer darunter.«

»Vergiss die.«

»Das ist nicht so einfach. Manche hat er in seinem kleinen Büro getroffen. Dafür gab es einen besonderen Eingang. Die wollten von niemandem gesehen werden. Die anderen hat er in seinem Angeberzimmer getroffen.«

Er ließ den bulligen Mann auf sich wirken. Behrens' Souveränität war aufgesetzt. Seine kurzen kräftigen Finger spielten unruhig miteinander. Hilpert passte sich ein wenig seiner Sprache an. »Ich geb dir 'nen Tipp und zwar ganz kostenlos. Du hilfst mir und ich vergesse dein Gesicht.«

»Wieso willst du mein Gesicht vergessen?«

»Na, als auf mich geschossen wurde und ich einen deiner Kumpel getroffen habe, sah ich dich. Du hast auf mich gezielt. Das war eindeutig ein versuchter Mord.«

»Du tickst doch nicht ganz sauber! Ich hab damit nichts zu tun. Ich bin kein Mörder!«

»Dein Wort gegen meines. Woll'n wir mal sehen, wer vor Gericht gewinnt. Ich wünsch dir noch 'nen schönen Tag.«

Er schaffte es bis zur Tür, als Behrens ihn zurückrief. »Da ist mir was eingefallen. Du darfst mir aber keinen Strick draus drehen.«

»Du hast mein Wort.«

Seltsamerweise reichte es ihm. »Also, das war im Frühjahr. Da hatte Kuschel Besuch von einem Mann bekommen. Der hielt sich nicht lange auf. Danach meinte Kuschel, wir müssten uns nach ein paar Killern umsehen.«

»Für mich.«

»Klar.«

»Wieso war das so außergewöhnlich?«

Der Inhaftierte tippte mit dem Zeigefinger gegen die Stirn. »Wir haben unser Geld mit dem Kopf verdient. Nicht wie die Luden mit ihren Muskeln.«

»Ich verstehe. Und wie sah der Kerl aus?«

»Keine Ahnung, der hat sich richtig hochgeschlichen zu meinem Boss. Niemand von uns hat ihn gesehen. Der muss wichtig gewesen sein. Glaub mir, bis dahin war Kuschel voll dagegen, Leute umzulegen. Das war nicht sein Ding. In diesem Fall hat er sich anders entschieden. Das haben wir dann ja richtig verkackt.«

Mehr war offensichtlich nicht aus dem Mann herauszuquetschen. Unzufrieden verließ Hilpert ihn. Auf den ersten Blick schien dieses Gespräch wenig gebracht zu haben. Bereits im Aufzug nach unten schwirrten ihm neue Gedanken durch den Kopf. Auf dem Weg zu seinem Fahrzeug fiel es ihm wie Schuppen von den Augen. Ein Mann wie Kuschel ließ sich nicht mit ein paar Scheinen aus seiner Position locken. Der änderte seine Strategien nur für viel Geld. Klaas hätte dafür eindeutig am Leben bleiben müssen. Doris Lüders hätte mit Sicherheit mehrere Millionen in den Ring geworfen. Nur, an dieser Stelle hatte er schon mehrfach gestanden, ohne weiterzukommen. Wieder einmal lagen die Mordmotive auf einer Drehscheibe. Egal, welchen Verdächtigen er sich gedanklich vornahm, niemand aus diesem Kreis hätte es geschafft, von einem Mann wie Kuschel zu einem Gespräch geladen zu werden. Langsam verstand er. Vor fünfzehn Jahren war er bereits an der Erpressung von Wellner beteiligt gewesen. Nur ein Mann aus dem großen Kreis der Verdächtigen arbeitete zu diesem Zeitpunkt in dessen Firma: Gärtner. Kannte er Kuschel? Was konnte der sich ausgedacht haben, um an das große Geld zu kommen? Er hätte zweifellos eine recht konkrete Vorstellung von Doris' Vermögensverhältnissen geben können. Aber er hätte mit Sicherheit Klaas' Tod verhindert. Er wäre der Garant für das große Geld gewesen, allerdings unversehrt und gebrauchsfähig.

Seine Uhr im Wagen signalisierte ihm, dass er sich sputen musste. Er kam nicht umhin, seinen Anzug mit dem Bügeleisen in Form zu bringen. Glücklicherweise war er darin Spezialist. Hilpert hasste Beerdigungen. Trotzdem konnte er sich nicht verweigern, als Doris unter die Erde gebracht wurde. Anschließend trafen sie sich in kleinem Kreis in ihrem Haus in Blankenese. Es wurden leise Gespräche geführt und man verzichtete gänzlich auf Alkohol.

Spontan nahm er Sarah in den Arm und strich ihr sanft durchs Haar. »Du hast in letzter Zeit viele Menschen verloren, die du geliebt hast. Ich weiß, ich kann dir zurzeit nicht groß helfen, aber gib mir die Chance, wenn dir danach ist.«

»Du bist ein feiner Kerl, Fabian. Du meinst, was du sagst und sagst, was du meinst. Und Geld geht dir am Arsch vorbei. Warum sind nicht alle so wie du?«

»Das ist ganz einfach, weil ich dazu neige, mich immer wieder ans Ende der Warteschlange zurückschleudern zu lassen. Darauf haben manche überhaupt keinen Bock.«

»Hast du etwa Probleme mit Petra?«

»Bloß das nicht. Ich meinte das eher grundsätzlich. Doch jetzt geht es nicht um meine Lebensgeschichte, sondern um dich. Was hast du vor? Könnte es nicht 'ne Idee sein, du schnappst dir deinen Mann und ihr macht einen anständigen Urlaub?«

»Hast du darüber mit Dennis gesprochen?«

»Nein, wie kommst du darauf?«

»Er hatte den gleichen Einfall.«

»Dann kann er nicht ganz schlecht sein.«

Sie verzog ihren Mund zu einem schwachen Lächeln. »Ist denn der Fall inzwischen abgeschlossen?«

»Noch nicht vollständig. Ich fahnde nach einer Dame und unter Umständen einem Herrn.«

»Gibt es da schon Namen?«

»Ich suche Spielmanns Schwester und nach dem Kopf der Aktion.«

»Und wer soll das sein?«

»Wenn ich das wüsste.«

»Solange du nicht mit allem durch bist, werde ich keinen Tapetenwechsel vornehmen.«

»Ich kann dich verstehen. Verlass dich darauf, ich arbeite daran.«

»Ich weiß.«

Eine Stunde später verließ er die Villa. Er musste raus. Er hielt es für angebracht, die engsten Familienmitglieder sich selber zu überlassen. Noch gehörte er nicht dazu. Er respektierte die Trauer der Menschen. Er war dagegen nicht durch mit der Aufklärung der anderen Morde. Leider stellte sich deren Lösung nicht so einfach dar wie im Fall von Doris Lüders' Tod. Er beschloss, in seine Wohnung zu fahren. Jetzt wo klar war, dass er sie kündigen wollte, begann er sie zu vermissen. Manchmal schien ihm, als neige er ein Stück weit zur Schizophrenie.

Wie so häufig in den vergangenen Monaten rief er auf dem Heimweg im Polizeipräsidium an. Er erreichte Stange, der ihn freundlich begrüßte. »Mich graust schon vor dem Tag, an dem ich deine Stimme nicht mehr höre, die mir Sonderaufträge verspricht.«

»Darauf musst du leider ein wenig warten. Ich hoffe, ich nerve euch nicht zu stark.«

»Tust du nicht. Wir schätzen es, dass du für uns mitdenkst. Ohne dich wär'n wir nur halb so weit. Was kann ich für dich tun?«

»Eigentlich wollte ich nur wissen, wie es Udo geht. In den Krankenhäusern stellen die sich so bescheuert an, wenn man kein Verwandter oder Polizist ist.«

»Es steht nicht gut um ihn. Selbst wenn er überlebte, wäre er geistig ein Wrack. Die Medikamente, der Alkohol, die schweren Verletzungen am Kopf. Ich will nicht Gott spielen. Für ihn wäre es garantiert sinnvoller, er würde irgendwann nicht mehr aufwachen.«

»Erzähl das bloß nicht seiner Mutter.«

»Ich weiß, die sitzt stundenlang an seinem Bett und hofft auf Genesung.«

»Die hätte sich besser in früheren Jahren auf ihre Mutterpflichten besonnen. Manches wäre anders gekommen. Aber das hilft uns nicht weiter. Gibt es sonst was Neues?«

»Halt dich fest, ich hätte dich wegen der neuen Nachricht eh angerufen.«

»Nun spann mich nicht auf die Folter.«

»Udo ist unmöglich der Mörder von Klaas. Zu dem Zeitpunkt war er definitiv in Frankfurt.«

»Wer behauptet das?«

»Die Reiseagentur Wagner und Partner. Die organisieren Reisen nach China für Besserverdienende. Die Eigentümerin war ganz begeistert von ihm.«

»Du meinst ...?«

»Sie behauptet es. Er ist erst am folgenden Abend wieder in Hamburg gelandet.«

»Und warum hat er uns das nicht gleich erzählt?«

»Das ist ein Mensch, der lebt ohne Kalender und Armbanduhr. Wir sind durch eine Mail in seinem PC drauf aufmerksam geworden.«

»Interessant, darüber muss ich erst mal nachdenken. Wie geht es denn der Pflegerin?«

»Die ist auf dem Weg der Besserung. Allem Anschein nach hatte er nicht die Absicht, sie zu töten. Zu ihrem Glück wurde sie nur einmal am Kopf getroffen, obwohl das ein ordentlicher Schlag war, den sie abbekommen hat. Der Arzt räumte ein, hätte der Täter sie mit gleicher Wucht ein zweites Mal getroffen, hätte es zum Exitus führen können. Zu ihrem Glück ging vermutlich der erste Schlag an ihrem Kopf vorbei, der ihr das Schlüsselbein zerlegt hat. Das schmerzt zwar, gefährdet aber nicht das Leben.«

Verwirrt beendete Hilpert das Telefonat. Nun war es amtlich. Klaas Lüders war nicht das Opfer von Udo Friedrichs geworden. Diese Information musste er sich langsam auf der Zunge zergehen lassen. Sein Bauch hatte ihm dies bereits in vielfältiger Form mitgeteilt. Je nach Tagesform hatte er daran geglaubt oder das Gefühl verworfen. Er beschäftigte sich zeitweise mit drei relativ jungen Männern als potenzielle Täter. Und eigentlich hatte sich seine Intuition dagegengestellt.

Ihm kam die Aussage des ehemaligen Kuschelmitarbeiters in den Sinn. Danach war es ein Mann, der seine Ermordung beauftragt hatte. Spielmann konnte es nicht gewesen sein. Es hätte keinen Grund gegeben, daraus ein großes Geheimnis zu machen. Wieder dachte er an den Hinweis von Kuschel, der Auftraggeber sei in seinem Umfeld zu suchen. Hatte Alexandra einen Strohmann geschickt? Unsinn, denn das wäre für sie viel zu gefährlich geworden. Vor dem Hintergrund ihres schwebenden Verfahrens wäre ein Mitwisser für sie wenig dienlich gewesen. Er fasste sich an die Stirn. Das galt ebenso für einen Mordauftrag. Wäre dieser erfolgreich gewesen, hätte man automatisch in ihre Richtung ermittelt. Sie war Profi, sie wusste, wie die Polizei tickte. Sein Feind saß tatsächlich an anderer Stelle. Abermals landete er bei den drei jungen Männern. Meinert war an der Scheinentführung beteiligt und ein Freund von Klaas. Friedrichs kam ins Spiel, weil er das uneheliche Kind von Doris Lüders' Mann war. Und Kahrs war der Sohn des Piloten, dessen Maschine vor Sylt abgestürzt war. Hatten sie sich zusammengetan, um den Goldjungen zu schlachten? Sie waren emotional orientiert und verfügten über die besten Motive, die man sich vorstellen konnte, Eifersucht und Rache. Wie war er überhaupt auf diese Leute gestoßen, besser gestoßen worden? Meinert gehörte zu dem Komplott. Auf ihn stieß er automatisch im Rahmen seiner Recherchen. Bei den anderen beiden tat er sich schwerer. Wer von denen könnte Kuschel angesprochen haben? Den Kontakt hätte gegebenenfalls Spielmann herstellen können. Nur, wie hätten die darauf kommen sollen, ihn umbringen zu lassen? Seine gedanklichen Konstrukte wurden zusehends unsinnig. Ihm fiel nur eine Option ein, wie er versuchen konnte, Klarheit zu schaffen. Er musste seine gesamten Gedächtnisprotokolle sichten, die er fein säuberlich im PC gespeichert hatte. Da stand geballte Knochenarbeit an. Er hatte nie die Seiten gezählt, die im Verlauf seiner Ermittlungen zusammengekommen waren. In Buchform gebunden, würden sie allemal einen dicken Wälzer ergeben. Ein beinahe säuerliches Gefühl der Frustration stieg in ihm hoch. Obwohl ihm nicht der Sinn danach stand, musste er sich diesem Frondienst unterziehen. Warum tat er sich das an? Fraglos, weil er an den Ermittlungen beteiligt war. Es gab für ihn aber einen gewichtigeren Grund. Er fühlte sich vorgeführt. Wie einem Tiger im Käfig hatte man ihm den einen oder anderen Knochen hingeworfen. Er hatte sich darauf gestürzt und fleißig daran herumgenagt. Es hingen keine Fleischfetzen mehr dran, das Mark war ebenfalls längst ausgelutscht und er kaute immer noch. Daran konnte man sich allenfalls verschlucken. Er war geschickt hierauf orientiert worden. Waren diese Irrwege die Alternative dazu, ihn töten zu lassen, nachdem alle bisherigen Anschläge misslungen waren? Oder musste er weiterhin vorsichtig sein? Hilpert war unentschieden. Solange er den Hauptmatador nicht identifiziert hatte, konnte er nicht zur Tagesordnung übergehen. Er klopfte an seine Seite. Die Artillerie blieb am Mann. Sein PC schien ihn anzustarren wie ein verärgerter Nachbar, dessen Nachtruhe er gestört hatte. Er ging in die Küche und bereitete sich einen Milchkaffee zu. Vielleicht eignete sich der als Gedankenstütze.

Es ging nichts über eine sinnvolle Ordnung von Ermittlungsakten, vor allem wenn sie nicht in Papierform vor einem lagen sondern in zweckmäßig aufgebauten Dateien schlummerten. Im Gegensatz zu seinem Schreibtisch hatte er diese besser geordnet. Er fand einige Antworten schneller als befürchtet. Nils Meinert hatte ihn auf Udo Friedrichs gestoßen. Böse verdächtigt hatte er ihn. Das Motiv war klar. Die reine Eifersucht sprach aus ihm. Fast schien es, als hätte er jeden halbwegs attraktiven Mann in Pias Umfeld mit diesen Vorwürfen verdächtigt. Auf Kahrs war er durch einen Hinweis von Sarah Lüders gekommen. Garantiert waren der Flugzeugabsturz und dessen Umstände in früheren Zeiten Thema innerhalb der Familie gewesen. So gesehen war es nur logisch, dass ihn Sarah darauf angesprochen hatte. Diese Erkenntnisse brachten ihn ebenfalls nicht weiter. Seinem Fleiß blieb die Anerkennung versagt. Er schaltete seinen PC aus und lehnte sich zurück. Sein Magen signalisierte ihm, dass er seit Längerem nichts mehr gegessen hatte. Der Kaffee hielt nur kurz vor. Die Vorräte in seinem Eisschrank waren grausig. Zum ersten Mal entschied er sich, Petra aufzusuchen, obwohl sie vermutlich noch nicht zu Hause war. Die Versorgungsfrage war dabei zweitrangig. Er wollte da sein, wenn sie ankam.

Er erreichte Petras Appartement eine halbe Stunde, bevor sie eintraf. Erfreut umarmte sie ihn, als sie ihn gewahrte. »Du traust dich ohne Geleitschutz in die Höhle der Löwin?! Es geschehen noch Zeichen und Wunder.«

An diesem Abend musste sie für ihn den Prellblock spielen. Direkt nach dem gemeinsamen Abendessen bat er sie, sich ihm gegenüber hinzusetzen.

»Ich drehe mich im Kreis und benötige einen klaren Kopf, der mir hilft, mich neu zu orientieren.«

»Und da hast du dich für mich entschieden?«

»So in etwa. Du hast mein Vertrauen und du bist klug.«

»Ich bin damit einverstanden, allerdings unter einer Bedingung.«

»Und die wäre?«

»Über die zweite Hälfte des Abends entscheide ich.«

»Das ist okay.«

Er räusperte sich und überlegte, wie er beginnen sollte. Und dann flossen die Worte wie von selbst: »Alles beginnt mit einem ersten Test für eine Entführung. Anschließend folgt der zweite Versuch. Es werden 750.000 Euro abkassiert. Man hat die Absicht nachzulegen, als Klaas ermordet wird. Es gibt damit keine Möglichkeit, noch mehr Geld aus seiner Mutter herauszupressen.«

»Das hieße, der Mord an ihm widerspricht jeglicher Vernunft«, warf Petra ein.

»Richtig. Trotzdem war der Tod von Klaas nach dem jetzigen Erkenntnisstand eindeutig geplant.«

»Was hat er denn anderen angetan, dass man ihn unbedingt töten wollte?«

»Gute Frage. Nach wie vor bleibt die Antwort für mich ein Buch mit sieben Siegeln. Fahren wir fort. Nicht nur er wird getötet, sondern unter anderem auch seine Freundin und ein weiterer Kumpel. Bei denen finden wir einen beachtlichen Teil des Lösegeldes. Dabei wäre es für den Täter ein Leichtes gewesen, dieses an sich zu nehmen. Dessen Versteck war nicht sonderlich intelligent ausgewählt worden.«

»Das hieße, sein Tod hatte nur am Rande damit zu tun, wenn überhaupt?«, intervenierte sie erneut.

»Das sind auch meine Überlegungen gewesen. Ich stoße auf einen Flugzeugabsturz und einen unehelichen Sohn eines der Opfer. Beide hätten zumindest vordergründig keine materiellen Motive für ihre Tat. Es zeigt sich aber, dass die infrage kommenden Personen nichts mit dem Mord an Klaas zu tun haben. Nach dem jetzigen Stand der Dinge verfügen sie jeweils über ein wasserdichtes Alibi.«

»Und wer hat Klaas getötet?«

»Bleibt einmal Meinert übrig, der Freund des Opfers. Mord aus Leidenschaft. Dazu passt wiederum nicht die Ermordung von Pia. Schließlich war sie das Ziel seiner Blütenträume. Sie wollte er haben. Sehen wir uns Gärtner, den Personalchef an.«

Petra winkte ab. »Das glaubst du doch selber nicht. Was hätte der für ein Motiv gehabt, zwölf Jahre nach dem Tod meiner Mutter?«

»Es nicht zu kennen, heißt nicht, dass es nicht vorhanden ist. Tatsächlich bin ich da ebenfalls sehr skeptisch. Es ist einfach an den Haaren herbeigezogen. So bin ich fast zwangsläufig bei Spielmann gelandet. Betrachtet man seine kriminelle Karriere, so ist ihm dieser Mord ohne Weiteres zuzutrauen. Nur, ein Berufsverbrecher wie er hätte garantiert eine andere Tötungsmethode angewandt.« Er massierte mit Daumen und Zeigefinger seine Stirn. »Es sei denn, man wollte den Verdacht auf jemand anderen wie zum Beispiel Udo lenken. War wirklich so weit vorausschauend gedacht worden?«

Petra zuckte mit den Schultern. Sie war mit ihrem Latein am Ende. Sie steckte wie er fest. Hilpert ging immer noch davon aus, dass Spielmann Keller und Pia umgebracht hatte und zwar in der ihm angemessenen Art, mit einer Schusswaffe.

»Theoretisch könnte auch seine Schwester infrage kommen«, fuhr Hilpert fort. »Über die erforderliche kriminelle Energie scheint sie zu verfügen. Darüber hinaus kann sie mit 'ner Waffe umgehen. Bleibt nur die Frage, wer hat ihn anschließend erschlagen? Udo? Und wer hatte zuvor Kuschel getötet? Spielmann oder seine Schwester? Dass er so unbefangen vor seine Haustür gegangen war, könnte durchaus für eine Frau sprechen oder für jemandem, dem er vertraute. Und eine Pistole tötete in jeder Hand.«

Er ging nochmals auf Kuschel ein, der alle nicht materiellen Betrachtungen zum Tatmotiv über den Haufen warf. »Solch ein Mann handelt nicht ohne konkrete Anreize. In seinem Metier spielen Emotionen eine untergeordnete Rolle. Der verfügt über keine sadistischen Neigungen. Mit dem Mordanschlag auf mich hatte er sich auf ein Feld begeben, dem er bislang großräumig ausgewichen war. Da er bereits als wohlhabend galt, handelte der nur für viel Geld. Fragt sich, was war für ihn viel? Er hatte wohl bei der letzten Finanzkrise größere Verluste hinnehmen müssen. Aber er war immer noch reichlich mit materiellen Gütern gesegnet.«

Hilpert stand auf, trat auf den Balkon und atmete tief durch. Er dachte weiter an Kuschel. Dieser Mann wollte ihn umbringen lassen. Irgendwie nahm der eine zentrale Stellung in seinen Überlegungen ein. Er kannte den Drahtzieher. Sie hatten ihn zu fassen bekommen und mehr oder weniger unbehelligt laufen lassen. Zum Glück war es Petra draußen zu kalt, so konnte sie sein entsetztes Gesicht nicht sehen, als es ihm wie Schuppen von den Augen fiel. Es gab noch jemanden, der Kontakt zu ihm hatte, ihr Vater, sein Chef, Dr. Wellner. Und für den ging es um sehr viel Geld. Erwarb er die Lüders-Anteile für den festgelegten Preis, machte er mit Sicherheit einen Riesenreibach. Damit erschien die Ermordung von Klaas Lüders in einem anderen Licht. Jetzt ging es um Millionen im zwei- oder dreistelligen Bereich. Damit stießen sie in Größenordnungen hinein, mit denen sich ein Mann wie Kuschel ohne Zweifel ködern ließ. Andererseits hatte Wellner ihn aufgefordert, sich um die Morde zu kümmern. Selbst das war logisch. Er wusste, er hätte sich in jedem Fall darum gekümmert. Hatte Petras Vater Kuschel beauftragt, ihn zu töten? Der Mann, der ihn seiner Sympathie versichert hatte, mit dem er manches Glas Wein geleert hatte? Der Mann, den er respektierte, den er mochte? Aschfahl betrat er das Wohnzimmer.

Petra schaute erschrocken zu ihm herüber. »Hast du ein Gespenst gesehen?«

»So etwas Ähnliches.« Er atmete tief durch. »Ich muss was Falsches gegessen haben, mir ist übel.«

Ob sie ihm seine Ausrede abnahm, blieb dahingestellt. Zumindest strich sie ihm bedauernd über den Kopf. Leider half das wenig in seiner augenblicklichen Gemütsverfassung. Sie spürte, dass er einen Teil des Abends für sich brauchte und hielt sich zurück. Er würde schon auf sie zukommen. Hoffentlich.

Hilpert starrte Petra an und warf einen Blick in die Runde. Sie hielten sich in einer riesigen Wohnung auf, von dezentem Luxus umgeben. Nur eine verschwindend geringe Minderheit in diesem Lande würde es sich in ihrem Leben leisten können, so teuer zu wohnen. Er nickte zu einer Tasse Tee, die sie ihm anbot. In seinem Kopf verfestigte sich eine Idee, der er bislang keine Bedeutung beigemessen hatte. Neben der Wellner-Karte gab es eine weitere Alternative im Spiel. Er fragte sich, ob er wieder mal alles darangesetzt hatte, sich gegen unpassende Verdachtsmomente anzustemmen. Es ging nur um Geld, um sehr viel Geld. Die ganze Zeit über hatte er in falschen Dimensionen gedacht.

Er erhob sich und begann schwer zu atmen. »Es sei denn ...«, murmelte er.

Petra blickte auf. »Was ist dir in den Sinn gekommen?«

»Es ist unfassbar, was durch meinen Kopf schießt. Vermutlich sind es dumme Ideen, die mir da kommen.«

»Willst du mich daran beteiligen?«

»Garantiert nicht, das wäre viel zu gefährlich für dich, sollten meine Überlegungen greifen.«

»Du machst mich neugierig.«

Er blieb unerbittlich. Gegen 23 Uhr lagen sie nebeneinander im Bett. Er nahm sie in den Arm und streichelte sie sanft. Sie spürte, dass er mit seinen Gedanken ganz woanders war. Hätte sie einen Teil davon lesen können, sie wäre nicht so ruhig eingeschlafen.

Am nächsten Vormittag verabredete er sich mit Gärtner, dem Personalchef. Vorab telefonierte er mit seinem Freund Helge Thiemann. Ihn bat er um eine zurückhaltende Recherche über den Unternehmenswert der Condyt AG. Es interessierte ihn schon, über wie viel Geld geredet wurde. Anschließend beorderte er Heins zu sich und reichte ihm eine kleine Checkliste. »Ich benötige die Informationen so schnell wie möglich. Verdonnern Sie alle Beteiligten, die Sie ansprechen, darüber die Schnauze zu halten. Am besten, Sie kaschieren es mit einer überraschenden Systemprüfung.«

Er sah seinem Mitarbeiter an, dass ihm dieser Auftrag Spaß bereitete. Hilpert erhob sich aus seinem Sessel und suchte Gärtner auf. Mit ihm redete er übergangslos über Kuschel. Was hatte er erwartet? Selbstverständlich wies der Personalmann jegliche Kontakte zu ihm weit von sich. Der Name wollte ihm nichts sagen. Selbst in Zusammenhang mit dem Mord an Klaas Lüders sei er ihm nicht untergekommen.

Gegen 11 Uhr suchte er Udo Friedrichs im Krankenhaus auf. Sein Zustand war unverändert. Seine Mutter saß reglos neben seinem Bett und blickte ihn mit traurigen Augen an. Hilpert verzichtete darauf, sie anzusprechen. Anschließend besuchte er die am Kopf verletzte Pflegerin. Am Vortag war ihr ein kleineres Blutgerinnsel im Gehirn entfernt worden. Sie befand sich in einem Zustand, den die Ärzte mehr oder minder optimistisch betrachteten. Mit Folgeschäden war voraussichtlich nicht zu rechnen. Sie lächelte ihn matt an, als er ihr Zimmer aufsuchte. Das Sprechen fiel ihr schwer. Er strich ihr über die blassen Arme und gönnte ihr ein freundliches Lächeln. Der Verband an der Stirn war durch ein gewaltiges Pflaster ersetzt worden. Wieder hatte er die Blumen vergessen. Vermutlich waren sie ihr in ihrem jetzigen Zustand gleichgültig.

Bevor er ins Büro zurückkehrte, fuhr er zu seiner Wohnung, um den Briefkasten zu leeren. Er musste ein paar Dinge organisieren. Beinahe hätte er den anonymen Briefumschlag als Werbung beiseitegelegt. Wie sich herausstellte, erwies es sich als sinnvoll, ihn zu öffnen. Wieder lagen Fotos darin. Die Motive waren eindeutig. Wellner und Gärtner im trauten Gespräch mit Kuschel. Erneut zeigte sich, wie wenig man sich auf Aussagen von Menschen verlassen konnte, die unter Verdacht standen oder Angst hatten, in Verdacht zu geraten. Gegen Mittag war er zurück im Büro.

Gärtner geriet ins Stottern, als ihm Hilpert die Bilder vor die Nase hielt. Er wand sich wie ein Aal, bis er Farbe bekannte. Er sprach von einem zufälligen Treffen auf einer Veranstaltung, zu der ihn Wellner mitgenommen hatte. Es überraschten nicht die Motive, sondern vielmehr die Tatsache, dass die Aufnahmen allem Anschein nach keine zwei Jahre alt waren. Wellner saß in einem Meeting, sodass er ihn erst später dazu befragen konnte. Dafür erreichte ihn sein Freund Thiemann, für den es als ausgewiesenem Finanzspezialisten kein Problem gewesen war, eine grobe Bewertung von Wellners Konzern zu ermitteln. Man sprach von einem aktuellen Firmenwert zwischen 800 Millionen und einer Milliarde Euro. Theoretisch lag damit der Wert von Doris' Anteil bei 160 bis 200 Millionen Euro. Selbst wenn er Sarah 80 Millionen bieten würde, wäre es das Geschäft seines Lebens. Ein Vorteil von über 100 Millionen Euro. Wurde man dafür zum mehrfachen Mörder oder beauftragte einen dafür? Ihm wurde schlecht, wenn er nur darüber nachdachte.

Hilpert spürte, dass er kurz vor der Aufklärung der Morde stand. Bekam man das richtige Motiv zu fassen, begaben sich die Puzzleteilchen fast von allein in die richtige Position. Im Verlauf des Nachmittags suchte er Petra auf. Sie starrte im Schweiße ihres Angesichts auf mehrere Layouts. Ihrer Miene war anzusehen, dass sie mit der Arbeit nach wie vor unzufrieden war. Sie winkte ihm zu, als er ihr Zimmer betrat.

Sie wies mit beiden Händen auf die bunten Pappen. »Erst versagen meine Texter. Nun liefert meine Agentur eine Arbeit ab, die man nur als saumäßig bezeichnen kann.«

Er grinste sie schief an. »So ist das Leben. Will man nicht alles selber machen, muss man mit der Unzulänglichkeit der anderen rechnen.«

»Du sagst es, weiser Mann. Aber um mir das mitzuteilen, bist du nicht bei mir gelandet, stimmt's?!«

»Ich habe eine Frage an dich und möchte dich bitten, sie zu beantworten, ohne eine Gegenfrage zu stellen.«

»Dann man immer zu.«

»Wie groß ist dein Vermögen, sieht man von deiner Beteiligung an der AG einmal ab?«

»Brauchst du Geld?«

Er drückte den Zeigefinger gegen ihre Lippen. »Keine Fragen.«

»Wenn dir eine grobe Schätzung reicht, es sind gut 200 Millionen Euro. Es kann durchaus etwas mehr sein. Ich zähle mein Geld nicht jeden Tag wie Onkel Dagobert.«

Er musste sie entsetzt angestarrt haben. Zumindest lachte sie schallend auf. »Das hat man davon, wenn man solche Fragen stellt.«

»Und dein Vater?«

»Der besitzt mehr, viel mehr. Aber er hat in den vergangenen Jahren stetig eigenes Geld in den Laden gesteckt. Allein die Produktionsanlage für den großen Bundeswehrauftrag hat mal eben 55 Millionen gekostet. Die hat er einfach so vorgestreckt.«

»Wie viel schätzt du, hat er zusätzlich in den Ring geworfen?«

»120 Millionen, vielleicht 150. Vermutlich sogar mehr. Wir hatten in der Vergangenheit einige schlechte Jahre, da ist er eingesprungen.«

»Warum macht er so was? Die Firma könnte doch 'nen Kredit aufnehmen.«

»Er ist durch und durch Familienunternehmer. Die Unabhängigkeit von den Banken geht ihm über alles. Er sagt immer, wenn du sie nicht brauchst, stehen sie Schlange, um dir dienlich sein zu können. Hast du Probleme, stehen sie dir im Rücken und verlangen dir Schlimmes ab.«

»Bekommt er denn wenigstens ordentliche Zinsen für die eingesetzten Eigenmittel?«

Sie schüttelte den Kopf. »Eher nicht. Wie ich ihn kenne, will er die Liquidität der Gruppe nicht gefährden. Und das Australienabenteuer kostet mittlerweile richtig Geld.«

»Hat er da auch das Portemonnaie gezückt?«

»Worauf du dich verlassen kannst. Ich schätze, wenn wir die Beteiligung am Ende des Jahres aufgeben, hat es ihn 30 Millionen gekostet.«

»Das ist viel Schotter.«

Sie winkte gelassen ab. »Es ist alles relativ.«

Hilpert nahm die großen Summen mit trockenem Mund zur Kenntnis. Seine Geldgeschäfte waren ein Leben lang überschaubar geblieben. Er hatte keine Erfahrungen mit Banken, weder im Positiven noch im Negativen. Sein Konto hatte er zuletzt kurz vor dem Abitur überzogen. Das hatten dann die stolzen Eltern geregelt. Was ihn von den Mitgliedern der Familie Wellner unterschied, waren die fehlenden Millionen.

»Und die Villa an der Elbe gehört dir?«

»Oh ja, die hab ich ganz vergessen mitzuzählen. Dann musst du ein paar Millionen auf meine Vermögenswerte draufpacken.«

Entnervt erhob er sich von seinem Sessel.

»Nimmst du mich nicht mehr, weil es zu wenig ist? Oder ist es dir zu viel?«, fragte sie mit hochgezogener Augenbraue.

»Danke, für den Tagesgebrauch reicht es«, erwiderte er ungerührt. »Ab sofort erwarte ich ausschließlich Kaviar vom Besten auf dem Frühstückstisch.«

»Das geht in Ordnung, solange du nur auf deine Mettbrötchen verzichtest.«

»Das mit dem Kaviar stellen wir zurück. Dann muss Champagner her.«

»Du Heini, wie froh wäre ich, könntest du dich mit meinen finanziellen Möglichkeiten anfreunden.«

Er nahm sie in den Arm. »Ich liebe dich, wie du bist. Dein Geld wird mir von Tag zu Tag gleichgültiger.«

Sie wusste, dass er log, um sie zu beruhigen. Er ließ eine nachdenkliche Freundin zurück. Weshalb interessierte sich Fabian plötzlich für ihr Vermögen und die Geldeinlagen ihres Vaters in ihre Gesellschaft? Unter Garantie wollte er sie nicht um einen Kredit bitten. Dahinter standen andere Interessen. So konnte er nicht mit ihr umspringen! Sie würde ihn am Abend ordentlich mit Fragen traktieren und erst damit aufhören, wenn er ihr Rede und Antwort gestanden hatte.

35

Zusehends formte sich in ihm ein Bild, wie sich die Verbrechen abgespielt haben mochten. Täter und Motive lagen klar und deutlich vor ihm. Es ging ausschließlich um Geld. Was es zu beweisen galt, dachte er, als er wieder an seinem Platz saß. All seine früheren Überlegungen waren falsch gewesen. Endlich bekam Kuschels Hinweis, in seinem Umfeld zu suchen, einen Sinn. Der Täter war ihm durchaus nahe. Neugierig blickte er Heins entgegen, als dieser sein Zimmer betrat und ihm die von Hand beschriebene Liste herüberreichte.

»Es ist drauf, was Sie brauchen. Schwer war es nicht, die Informationen zu besorgen.«

»Und es hat niemand mitbekommen, wie Sie sich die Sachen besorgt haben?«

»Bin ich ein Amateur?«

Hilpert überflog das Blatt und nickte zustimmend. »Sehr gut. Das hilft mir ein ganzes Stück weiter. All das hätte man früher haben können. Man musste nur darauf kommen.«

Heins verstand nichts von dem, was sein Chef sagte. Aber er schien mit seiner Arbeit zufrieden zu sein. Das reichte ihm vorerst.

»Sind Sie eigentlich bewaffnet?«, fragte Hilpert.

Er klopfte an seine Seite. »Worauf Sie sich verlassen können.«

»Das ist gut. Bitte halten Sie sich zu meiner Verfügung. Ich benötige Sie vielleicht noch.«

Nachdem Heins gegangen war, telefonierte er mit Baumgartner und bat ihn um einige Vorkehrungen. Bevor der sich beschweren konnte, unterbrach er ihn. »Es geht nur um ein paar Stunden. Schon bald wird der große Showdown eingeläutet.«

»Und wo genau?«

»Keine Ahnung.«

»Ja, ja immer präzise und kompetent. So stelle ich mir eine erfolgreiche Ermittlungsarbeit vor. Wir können viel von dir lernen.«

»Wenn du das man einsiehst«, antwortete er lachend. Alles was ihm in den Sinn gekommen war, stand auf wackeligen Beinen.

Kurz darauf erreichte ihn ein Anruf von Sarah. Sie teilte ihm mit, dass sie sich nun doch entschlossen habe, mit ihrem Dennis am Ende der Woche in die Südsee zu fliegen.

Er sprach ihr Mut zu. »Richtige Entscheidung, die Abwechslung wird dir guttun. Die letzte Zeit war schwer genug für dich.«

»Nicht nur für mich, auch für Dennis.«

»Wohl wahr.«

Wieder griff er zum Telefonhörer. Er drückte den Kurzwahlknopf für Gärtner. »Jan, ich brauche bis morgen Nachmittag von dir eine Liste aller männlichen Mitarbeiter der Zentrale ab dreißig Jahren. Ich will deren Adressen wissen, Geburtsort, Familienstand, Hobbys.«

Der Personalchef fragte nicht weiter nach. »Wird umgehend erledigt. Ich sitze hier mit Dennis Thiems zusammen. Wir sind bei unserem Feierabendplausch. Hast du Lust dazuzustoßen?«

»Hätte ich schon, leider muss ich heute Abend einen wichtigen auswärtigen Termin wahrnehmen.«

Anschließend informierte er Petra darüber, dass es spät werden könnte. Hilpert verschränkte die Hände hinter dem Kopf und lehnte sich in seinem Sessel, so weit es ging, zurück. Er starrte gegen die Decke und überlegte seinen nächsten Schritt. Es wollte ihm keine neue Idee einfallen. Eigentlich hatte er alles vorbereitet. Ein sanftes Klopfen an seiner Tür ließ ihn hochfahren.

Thiems betrat den Raum und schaute sich um. »Du bist allein«, stellte er wenig intelligent fest. »Warum bist du nicht zu uns herübergekommen. Jan hat einen Grappa ausgegeben.«

»Ich muss gleich los.« Er beugte sich vor, die Unterarme auf seiner Schreibtischplatte abgestützt. »Was kann ich für dich tun?«

»Mein Wagen ist in der Werkstatt. Ich wollte wissen, ob du heute Richtung HafenCity fährst und mich mitnehmen könntest. Ich habe dort einen Termin.«

»Tut mir leid. Es geht ganz woanders hin. Danach fahre ich in die Isestraße. Petra ist längst weg, sonst hätte sie dich mitnehmen können.«

»Kein Problem, ich krieg das schon anders gebacken. Ich hoffe, du lässt sie nicht allein herumkutschieren?!«

»Keine Angst, ein Anschlag reicht mir. Sie bewegt sich keinen Schritt ohne Bodyguard durch die Gegend.«

»Dann ist ja gut. Bevor ich es vergesse, Jan sagte mir, du suchst nach gewissen Informationen, die männlichen Mitarbeiter der Zentrale betreffend?«

»Das entspricht den Tatsachen.«

»Was interessiert dich denn so brennend?«

»Neugierig bist du gar nicht. Aber es ist kein großes Geheimnis. Ich will wissen, wer aus dem Einzugsgebiet der B73 kommt. Außerdem interessiert mich, wer gut schießen kann.«

»Denkst du an einen Schützenbruder wie Spielmann?«

»Zum Beispiel. Weißt du, wir stoßen laufend auf irgendwelche Sündenböcke. Ich bin mir nicht mehr sicher, ob Spielmann der eigentliche Killer ist, auch wenn er kein Musterknabe war.«

Thiems winkte ihm zu. »Das wird mir zu kriminalistisch. Ich muss los, sonst komme ich zu spät. Ich nehme am besten ein Taxi. Wir sehen uns morgen.«

Für Hilpert war es ebenfalls Zeit zu gehen. Er räumte seinen Schreibtisch auf und verließ, Heins im Schlepptau, seine Arbeitsstätte.

Gegen 22 Uhr verabschiedete er seinen Leibwächter, der nur noch ein Ziel hatte, nach Hause zu kommen. Der Arbeitstag war lang genug gewesen.

Hilpert war gerade dabei, die Haustür zu öffnen, als er neben sich eine Bewegung wahrnahm. Eine Hand an der Pistole erkannte er Gärtner, der wie ein Phantom aus der Dunkelheit auf ihn zutrat. Hilpert drehte sich ihm zu.

»Na, Jan, was kann ich für dich tun?«

»Es geht um dieses Foto, auf dem ich mit diesem Kuschel im Gespräch bin. Ich möchte nicht, dass du einen falschen Eindruck von mir bekommst. Er stand plötzlich neben Wellner und mir und sprach uns an. Wir redeten nur kurz miteinander. Keine Ahnung, wie das Bild zustande kam.«

»Und danach hast du Kuschel nie mehr gesehen?«

»Nein.«

»Dann wird es wohl so gewesen sein.«

»Mehr hast du dazu nicht zu sagen?«, fragte Gärtner erstaunt.

»Wenigstens nicht heute. Ich bin müde und hungrig.«

»Du hast recht, wir sehen uns morgen«, verabschiedete sich der Personalchef und ging auf die andere Straßenseite zu seinem Wagen. Hilpert schloss seine Haustür auf, betrat das Treppenhaus und stieg die wenigen Stufen hinauf zu seinem Appartement. Als er die Wohnungstür öffnen wollte, trat eine dunkel gekleidete Person auf ihn zu. Das war nicht das Problem, sondern eher die Pistole, die sie auf ihn richtete. Er hatte keine Chance mehr, selbst zur Waffe zu greifen.

Hilpert blieb ruhig. »Sieht aus wie 'ne Makarov und dann noch mit Schalldämpfer. Die könnte passen, wenn man den Verdacht in die richtige Richtung lenken will.«

»Gut erkannt. Die Bösen aus dem Osten passen immer. Du bist ein kluger Junge, Fabian, das muss der Neid dir lassen. Aber andere sind auch nicht doof. Und du redest zu viel. Das bricht dir das Genick.« Thiems liftete den Lauf der Pistole an. »Geh'n wir rein zu dir. Hier im Hausflur ist es mir zu ungemütlich. Außerdem sollten wir Rücksicht auf die Nachbarn nehmen.«

»Einverstanden, was stehen wir uns die Beine in den Bauch.«

Er drehte den Schlüssel endgültig um und drückte die Tür mit der Schulter auf. Nacheinander traten sie ein. Hilpert schaltete die Deckenbeleuchtung im Wohnzimmer an.

Thiems sah sich kopfschüttelnd um. »Da hast du so 'ne reiche Freundin, die dir die Sterne vom Himmel holen könnte, und du lebst wie ein Almosenempfänger.«

»Ich war dabei, es zu ändern. Eigentlich habe ich mich hier wohlgefühlt. Ich brauche für mich nicht mehr.«

Thiems lachte gehässig auf. »Jetzt ist es dafür ein bisschen zu spät, über deine Bedürfnisse zu plaudern. Bald hast du keine mehr.«

»Findest du?«

Thiems blickte zweifelnd zu ihm herüber. »Du hast dein verdammtes Messer irgendwo stecken und wartest auf deine Gelegenheit, stimmt's? Deshalb bist du so entspannt.«

»Nur bedingt, vielleicht habe ich gute Nerven.«

»Leg beide Hände auf den Kopf, sonst drück ich sofort ab.«

Hilpert tat wie ihm geheißen.

Thiems starrte ihn mit flackernden Augen an. »Das musste alles nicht so weit kommen. Ich hatte mein Leben so wunderbar durchgeplant. Hättest du nicht dazwischengefunkt, wäre es mit Petra wieder was geworden. Wir hätten geheiratet und ich könnte leben wie die Made im Speck.«

»Da könntest du danebenliegen. Petra hatte mit dir abgeschlossen. Das hatte mit mir gar nichts zu tun.«

»Totaler Blödsinn, die hätte ich mir schon hingebogen. Aber nein, du musstest sie dir ja greifen. Du wirst das süße Leben nicht genießen können. Versprochen!«

»Wer sagt dir, dass ich das überhaupt will?«

»Ach richtig, du bist ja der gute Junge aus der Provinz, der resistent ist gegen Geld und Besitz. Ich glaube dir kein Wort, du Pharisäer.«

Hilpert zuckte mit den Achseln. »Wenn du meinst. Ich habe keine Lust, mich vor dir zu erklären. Viel schlimmer sind die Morde an den vielen Leuten, für die du verantwortlich bist.«

»So ist es eben im Leben. Wer große Ziele hat, muss sich dafür anstrengen. Von nichts kommt nichts.«

»Sind dir die Toten denn vollkommen gleichgültig?«

»Du sagst es, sie sind mir scheißegal, genau wie du.« Er blickte Hilpert, der gelassen vor ihm stand, nachdenklich an. »Dafür dass du gleich weg bist vom Fenster, wirkst du sehr gefasst.« Seine Augen verengten sich. »Du wusstest vorher, dass ich dich erwarten würde, stimmt's? Du bist mir längst auf die Schliche gekommen. Das mit dem Adressmaterial war 'ne Finte.«

»Stimmt.«

»Steht Heins bereits vor der Wohnungstür und wartet darauf, dir zu helfen?«

»Das musst du selbst herausfinden. Es war schwierig genug, dir auf die Spur zu kommen. Jetzt darfst du Rätsel raten.«

»Welchen Fehler habe ich gemacht?«

»Eigentlich keinen. Zumindest ist mir nichts Gravierendes aufgefallen.«

»Trotzdem bist du auf mich gekommen.«

»Dein Problem ist ein anderes. Niemand kann seiner Vergangenheit entgehen. Bevor ich Gärtner offiziell gebeten habe, Nachforschungen über die männlichen Angestellten ab einem bestimmten Alter anzustellen, habe ich Heins beauftragt, dich zu überprüfen. Der öffnet jede Tür und muss nicht lange um die Schlüssel bitten. Und siehe da, du stammst aus Stade und im Schützenverein warst du auch. Mit Sicherheit kanntest du Spielmann und seine Schwester.« Kopfschüttelnd raunzte er ihn an: »War es wirklich nötig, ihr solch einen Schlag zu verpassen, dass sie für mehrere Tage ins Krankenhaus musste? Es wäre besser gewesen, ich hätte keine Gelegenheit gehabt, sie mir genauer anzusehen.«

»Wieso das?«, fragte Thiems verblüfft.

»Eine schwarzhaarige Frau mit hellen Augenbrauen und hellen Härchen auf den Armen, der helle Haaransatz. Das passt schlecht. Aber du hattest so hart zugeschlagen, dass sie sich um solche Feinheiten nicht kümmern konnte.« Er grinste den Juristen an. »Sie musste etwas mit den Haaren machen. Die wären jedem sofort aufgefallen. Ich gebe zu, das hab ich erst mit einer gewissen Verzögerung gerafft. Wir sind halt Männer, wir müssen Zeit zum Nachdenken haben, bis wir begreifen, worum es geht.«

»Du bist ein guter Beobachter.«

»Das mag so sein. Sicher hat mir geholfen, dass wir wie blöd eine blonde Frau gesucht haben. Weißt du, das sensibilisiert einen.« Hilperts Tonfall verschärfte sich. »So, wir haben genug geplauscht. Was hältst du davon, wenn du mir deine Waffe reichst?«

Hinter seinem Rücken vernahm Thiems eine feste Stimme. »Ich würde es tun! Bevor du Hilpert erwischt, bist du tot!«

Stange war aus dem Bad auf leisen Sohlen hinter Thiems getreten und drückte ihm seine Waffe ins Kreuz. Dieser begriff, dass er keine Chance hatte. Er senkte die Hand und ließ sich widerspruchslos entwaffnen.

Er drehte Hilpert den Kopf zu. »Ich hab gewusst, weshalb ich dich aus dem Weg räumen wollte. Aber du verfügst ja über mehr Leben als eine Katze.«

»Und über gute Freunde«, erwiderte Hilpert.

Anstandslos ließ sich Thiems abführen. Er wusste, wann er verloren hatte. Aus dem Schlafzimmer trat Baumgartner in den Raum und strahlte Hilpert an. »Das hast du fantastisch hingekriegt, Alter. Das nächste Mittagessen geht auf meine Rechnung.«

»Nur eines?«

»Nun übertreib nicht gleich, wo ich ein armer Beamter bin. Aber was hältst du davon, den netten Herrn gemeinsam mit uns zu vernehmen?«

Baumgartners Einladung lehnte Hilpert wohlweislich ab. Thiems war Anwalt. Unter Umständen drehte der ihnen einen Strick daraus, wenn ein unbefugter Zivilist wie er sich daran beteiligte. Die Beamten zeigten Verständnis für seine Ablehnung. Sie baten ihn, im Verlauf des Tages bei ihnen vorbeizuschauen und mit ihnen das Protokoll aufzunehmen. Wenig später verließen sie ihn. Hilpert fühlte sich einsam und verlassen. Er überlegte, was er tun sollte. Jetzt ins Bett zu gehen, hieße mindestens eine Stunde wach zu liegen. Das Adrenalin in seinem Körper baute sich nur zögerlich ab. Durch seinen Kopf schwirrten Gedanken, die ihn zusätzlich aufwühlten. Nach den Geschehnissen fühlte er sich in seinen eigenen vier Wänden nicht mehr wohl. Er empfand ein tiefes Gefühl der Erleichterung, dass es ihm gelungen war, die Verbrechen aufzuklären. Doch nun steckte er in einem emotionalen Loch, aus dem er allein nicht herauskam. Dies nahm ihm zu seinem Glück Petra ab. Sie rief ihn an und vernahm erleichtert seine Stimme. Sie bat ihn nach Blankenese zu kommen, wo sie im Haus ihres Vaters nächtigte. In ihrer Wohnung hatte man ebenfalls Kriminalbeamte abgestellt, falls es Thiems eingefallen wäre, sie dort aufzusuchen. Hilpert musste nicht lange nachdenken und stimmte ihrem Vorschlag zu. Er griff nach seiner Reisetasche, die er unter dem Bett im Schlafzimmer liegen hatte, packte die notwendige Kleidung für den nächsten Tag ein und eilte die Treppe herunter. Er setzte sich in seinen Wagen und machte sich auf den Weg nach Blankenese. Jetzt weit nach Mitternacht kam er problemlos durch die Stadt. Petra und ihr Vater empfingen ihn wie einen verlorenen Sohn. Wellner schlug ihm anerkennend auf die Schultern.

»Ich wusste, Sie würden es schaffen, den Mörder zu fassen. Wenn man bedenkt, dass Thiems und meine Tochter einmal fest liiert waren. Schreckliche Vorstellung. Kommen Sie, erzählen Sie, was geschehen ist.«

»Nichts da«, mischte sich Petra ein. »Der Mann gehört jetzt mir! Morgen ist auch noch ein Tag.«

Bevor ihr Vater widersprechen konnte, nahm sie Hilpert bei der Hand. Im ersten Stock bugsierte sie ihn in ihr kleines Appartement. »Du bist mir noch was schuldig, Sherlock Holmes.« Nach anfänglichem Zögern fanden sie heftig zueinander. Petra war genau die richtige Medizin für ihn.

Am Frühstückstisch vermochte Wellner seine Neugier kaum mehr zu zügeln. Er spielte aufgeregt mit seinem Messer und sah Hilpert gleichzeitig erwartungsfroh an. »Nun mal raus damit, wie sind Sie Thiems auf die Schliche gekommen?«

»Die Frage ist gar nicht so einfach zu beantworten«, entgegnete er, während er sein Brötchen dick mit Butter bestrich und gleichzeitig nach dem frischen Mett schielte, das eine aufmerksame Mitarbeiterin offensichtlich für ihn organisiert hatte. Die gemeinsame Nacht hatte ihm gutgetan. Petra schaffte es mit Leichtigkeit, ihn auf andere Gedanken zu bringen.

»Im Vorfeld waren zwei Ereignisse entscheidend, die dicht beieinanderlagen«, ging er auf die Worte seines Chefs ein. »Petra beendete ihre Beziehung zu Thiems. Damit waren ihm vorerst alle Felle davongeschwommen, vor allem, als er begriff, dass es ihr bitterernst gewesen war.«

»Und was geschah dann?«, fragte Petra.

»Die eigentliche Katastrophe wurde erst durch Sarah losgetreten, als sie sich in ihn verliebte. Das gab vermutlich den Startschuss für seinen Plan.«

Petra starrte ihn leichenblass an. »Willst du damit andeuten, er hätte ansonsten versucht, mich zu töten, um an mein Geld zu gelangen?«

Er zuckte die Achseln und hob gleichzeitig die Hände. »Keine Ahnung. Zuzutrauen ist ihm einiges.«

Entsetzt fasste sie sich an den Hals. »Wir sind 'ne ganze Zeit zusammen gewesen. Ich wäre nie auf die Idee gekommen, welche kriminelle Energie in ihm steckte.«

Diesmal mischte sich Wellner ein. »Wie war das mit den Entführungen? Handelte es sich anfangs um einen Dummejungenstreich oder steckte von Anbeginn an Thiems dahinter?«

»Schwer zu sagen, aber wie sich mir die Situation darstellt, hatte er schon zu Beginn seine Finger im Spiel. Beim ersten Mal wollte er wohl die Reaktion der Mutter testen. Vermutlich interessierte ihn, ob die Polizei eingeschaltet und ob ich involviert würde.«

Aufgeregt, wie Petra war, bekam sie kaum ihr Brötchen geschmiert. »Er muss dich sehr ernst genommen haben, wenn er dich im gleichen Atemzug ausschalten wollte.«

»Sieht ganz so aus. Mir scheint, es steckte auch ein wenig Rachegefühl in ihm, weil er glaubte, du würdest durch mich daran gehindert, zu ihm zurückzukehren.«

»Blödsinn, ich war durch mit ihm.«

Wellner spielte nervös mit seinem Besteck. »Ich komme auf meine Ausgangsfrage zurück. Mir wäre es nie in den Sinn gekommen, Thiems zu verdächtigen. Ich hatte stets das Gefühl, er stände auf unserer Seite.«

»Das ging uns allen so«, antwortete Hilpert. »Sie wissen vielleicht, ich schlängelte mich wie an einer Sinuskurve entlang zwischen den materiellen und emotionalen Motiven der Morde. Es ging rauf und runter. Entschied ich mich für die eine Seite, gab es kurz darauf garantiert vorzügliche Argumente, die dagegen sprachen und umgekehrt. Zeitweise sah es aus, als gelte beides. Aber es gibt keine weißen Rappen. Ständig gelangten neue Verdachtsmomente und damit Verdächtige in mein Blickfeld.«

Er griff nach der Gabel und belegte die beiden Hälften reichlich mit Mett. Pfeffer und Salz folgten. Er ignorierte Petras strafenden Blick. Wellners Hand zuckte ein Stück nach vorn, als wolle er es ihm gleichtun. Seine Tochter widmete ihm ganz ihre Aufmerksamkeit. »Untersteh dich, Papa. Deine Cholesterinwerte sind gerade eben mit deinen Tabletten hinzubekommen.«

»Da muss ich mir von meiner eigenen Tochter Vorschriften machen lassen, was ich essen darf und was nicht.«

»Du sagst es.«

Folgsam begnügte er sich mit Diätmargarine und Diätmarmelade. Solidarisch folgte Petra seinem Beispiel. Hilpert hingegen ließ sich nicht beeindrucken. Wer so viel Sport trieb wie er, durfte gern ordentlich sündigen. Zumindest hatte er es für sich so entschieden. Und sein Arzt widersprach ihm bislang nicht. Er grinste in sich hinein. Der einzige Nicht-Millionär am Tisch leistete sich das prächtigste Gericht. Die Reichen mussten darben. Gelegentlich war der liebe Gott gerecht. Er musste an sich halten, wollte er nicht bei jedem Bissen wohlig aufstöhnen.

Wellner drängelte: »Fahren Sie fort. Sie lassen sich doch sonst nicht so lange bitten.«

»Nur nicht hetzen, Chef, außerdem bin ich hungrig.« Trotzdem sprach er weiter: »Letztendlich brachte mich die Tatsache, dass dieser Kuschel mit im Spiel war, auf die rechte Fährte. Irgendwann begann ich, ihn im richtigen Licht zu betrachten.«

»Kuschel, wer ist noch mal dieser Kuschel?«, fragte Wellner nach.

»Der Waffenhändler von der Palmaille.«

»Ach ja, stimmt. Der ist doch ebenfalls ermordet worden.«

»Genau. Thiems hatte ihn beauftragt, mich aus dem Weg zu räumen. Ich habe erst spät kapiert, dass der nur fürs große Geld bereit war mitzumachen. Der war kein armer Mann. Den lockte man nicht mit 'ner Banane aus dem Urwald. Das musste sich für ihn lohnen.«

»Aber damit bist du nicht automatisch bei Dennis gelandet«, mischte sich Petra ein.

»Das ist zutreffend. Es dauerte, bis ich erfasste, wo mein gedanklicher Fehler war. Ich hatte es anfangs tatsächlich versäumt, mich auf die finanziellen Dimensionen einzustellen. Deren Größenordnung blieb mir lange Zeit unklar. Ich glaubte an die scheinbare Unlogik der Ermordung von Klaas Lüders. Dabei war es Fakt, dass Thiems ihn aus dem Weg räumen musste, um an das große Geld von Doris Lüders zu gelangen. Und ich rede nicht von einer Million mehr an Lösegeld.« Hilpert hatte sich in Rage geredet und lief Gefahr den Faden zu verlieren. »Moment, ich bin zu schnell, kommen wir auf Kuschel zurück. Für den waren ein, zwei Millionen Euro als Anteil nicht ausreichend. Um den zu motivieren, musste es um andere Beträge gehen. Ich benötigte meine Zeit, bis ich erkannte, dass mit Klaas' Tod die Tür zum großen Geld nicht etwa geschlossen, sondern im Gegenteil aufgestoßen werden sollte.« Er zuckte mit den Achseln. »Die Bedingungen, unter denen Kuschel vermutlich bereit war mitzumachen, sind mir leider viel zu spät klar geworden. Das begriff ich erst nach dem Verhör eines seiner Männer.«

»Das kann dich doch nicht automatisch zu Thiems geführt haben«, warf Petra ein.

»Richtig. Bis zu seiner Eheschließung mit Sarah wäre er in keinster Form Nutznießer der Verbrechen geworden. Deren Heirat habe ich anfangs gerade mal zur Kenntnis genommen. Zu diesem Zeitpunkt gehörte er eindeutig zu den Guten. Er rettete sogar Doris' Leben. Zumindest glaubten wir das. Heute bin ich davon überzeugt, dass er ihr etwas von dem Beruhigungsmittel ins Getränk getan hat, um sie anschließend vor dem Schlimmsten zu bewahren.«

»Sie sollte eh sterben. Warum bewahrte er sie davor?«, fragte Wellner.

»Er war noch nicht mit ihrer Tochter verheiratet. Und er konnte vor uns seine Show vom guten Samariter abziehen. Geben wir uns keinen Illusionen hin. Es funktionierte hervorragend. Wir hatten völlig andere Verdächtige im Visier, sahen ganz andere Motive.«

Diesmal legte er eine längere Pause ein und nutzte sie, um ganz in Ruhe den Rest seines Brötchens zu vertilgen. Als er abermals nach seinem Messer griff, wurde ein voller Teller vor ihn gestellt. Pfeffer- und Salzstreuer waren schon zum Einsatz gekommen, die Zwiebeln fehlten ebenso wenig. Er blickte sich um. Die für das Frühstück zuständige Dame hatte sich strategisch günstig in seine Nähe gestellt und vorgearbeitet. Offensichtlich interessierten sie seine Ausführungen ebenso wie Vater und Tochter.

Grinsend langte er zu und sprach mit vollem Mund weiter: »Nachdem ich endlich verstanden hatte, dass es ums große Geld ging, ergab sich anfangs vor allem ein Verdächtiger.« Er blickte in Wellners Richtung. »Sie, werter Hausherr. Über Gärtner dachte ich gleichfalls nach. Aber ich fand bei ihm partout kein Mordmotiv für Klaas. Also habe ich ihn fallen lassen.«

Petra wollte aufbegehren. Ihr Vater winkte gelassen ab. »Daran musste ich mich gewöhnen, ständig von Ihnen verdächtigt zu werden. Nur, was hat mich entlastet?«

»Ganz einfach, der Reichtum Ihrer Tochter und Ihre privaten Einlagen ins Geschäft.«

»Wie bitte?«

»Schaun wir aufs Motiv. Nehmen wir an, Sie wollten sich Doris' Anteile möglichst preisgünstig greifen. Da ist es nur logisch, dass man sie aus dem Weg räumte, nachdem einer der Erben bereits dran glauben musste.«

»Kapiert«, erwiderte Wellner unterkühlt. »Meine Cousine hätte unter normalen Umständen nicht verkauft. Da ist sie genauso konservativ wie ich. Bei ihren Erben sähe das vermutlich anders aus.«

»Davon ging ich auch aus. Jetzt kommt der Faktor Geld ins Spiel. Sie meinten einmal, Sie würden für den Anteil etwa 80 Millionen auf den Tisch des Hauses blättern. Unterstellt man einen Unternehmenswert von 1 Milliarde, wäre das fraglos ein Schnäppchen. Unterm Strich läge Ihr Vorteil bei 100, 120 Millionen Euro.«

»Und dafür, meinen Sie, kann man durchaus ein paar Leute über die Klinge springen lassen, selbst liebe Verwandte.«

»Richtig, aber nur, wenn man arm ist oder nicht genug hat. Petra hat mir vor Kurzem erzählt, wie groß ihr Vermögen ist.

Wenn sich Ihre Tochter schon im dreistelligen Millionenbereich tummelt, was muss da erst bei Ihnen rumliegen? Anschließend teilte sie mir mit, dass Sie in der Vergangenheit in die Firma höhere Beträge eingeschossen haben, ohne die Mitgesellschafter um einen eigenen Obolus zu bitten. Das hieß für mich, dass Geld als solches für Sie keine besondere Rolle spielt. Über die Macht im Unternehmen verfügen Sie eh, da konnte Ihnen niemand reinreden.«

Petra begann seine Überlegungen nachzuvollziehen. »Es ist alles relativ. Besitzt du bereits 'ne Milliarde, ist es unsinnig für 100 Millionen jemanden zu töten.«

»Siehst du, auf der anderen Seite ist es für einen Normalsterblichen nachgerade unmöglich, so viel Geld anzuhäufen. Also hieß es, nach jemandem Ausschau zu halten, der sich seine Träume auf normalem Weg nicht erfüllen konnte. Leider galt das für viele. Thiems stand da nicht in erster Reihe.«

Wellner grinste ihn an. »Kühle Analyse, aber sie trifft den Kern.«

Petra drohte zu platzen. »Dass mein Vater für solche Untaten nicht infrage kommt, der Gedanke ist dir nicht gekommen?«

»Ich habe zeitweise zu viele Gefühle gelten lassen und meinte zu irren. Schließlich ließ ich nur noch die kalte Rationalität zu. Wenigstens war dein Vater am Ende dieser Überlegungen ebenfalls aus dem Schneider.«

Wellner nickte ihm mit gerunzelter Stirn zu. »Ich verstehe Ihre Logik. Nur wie sind Sie dann auf Thiems gestoßen? Auf den ersten Blick bot er sich ja nicht an, wie Sie vorhin feststellten.«

»Da bin ich zugegebenermaßen Umwege gegangen. Es war Doris' Pflegerin, die ich im Krankenhaus besuchte, ihre hellen Haare auf den Armen, die hellen Augenbrauen, der Haaransatz. Im Krankenbett konnte Sie nichts mehr kaschieren und hatte dafür anfangs vermutlich auch keinen Kopf. Sie war eindeutig blond und nicht dunkelhaarig. Das ist mir spät aufgefallen, aber immerhin.«

Endlich schob er seinen Teller von sich und griff nach der Kaffeetasse. Die helfende Hand hatte nachgeschenkt. Er nahm einen kräftigen Schluck und sprach weiter, bevor er dazu aufgefordert werden musste: »Es gab so viele Hinweise auf eine blonde attraktive Frau, dass mir klar wurde, auf Spielmanns Schwester gestoßen zu sein. Vom Alter her passte sie ebenfalls. Thiems hätte bei ihr nicht ganz so brutal zuschlagen sollen.«

»Da ging es ihm wohl um Glaubwürdigkeit«, sinnierte Wellner.

»Kann man so sehen.«

Zweifelnd hob der Hausherr seinen Zeigefinger. »Wäre es nach seiner Logik nicht vorteilhafter für ihn gewesen, sie wie ihren Bruder zu töten?«

»Garantiert nicht, irgendjemand musste seine Geschichte mit Udo schließlich glaubhaft bestätigen.«

»Klar.«

Petra starrte ihn verständnislos an. »Mag sein, dass ich zu dumm bin für deine Ausführungen. Was hat das mit Dennis zu tun? Wieso bist du auf ihn gekommen?«

Ruhig ging Hilpert auf sie ein. »Es geht um Doris' Tod. Für Udos Täterschaft gab es eine einzige Aussage, nämlich ihre. Gab es daran Zweifel, konnte nur der dafür in Betracht gezogen werden, der vor allen anderen das Haus betreten hatte, Thiems, was ja auch stimmte. Er schlug die Pflegerin nieder, er tötete Doris. Irgendwie flößte er Udo die Aufputschtabletten ein, vermutlich in Alkohol aufgelöst. Anschließend stieß er ihn die Treppe hinunter. Das Ergebnis kennen wir.«

»Wie kam der Kontakt zu Spielmann zustande?«

»Diese Information hat mir Heins aus der Personalabteilung besorgt. Thiems stammt aus Stade und war in jungen Jahren im Schützenverein. Er galt als vorzüglicher Pistolenschütze. Er hat sogar an den Juniorenwettkämpfen in Niedersachsen teilgenommen. Und das mit ordentlichem Erfolg. In der Region pflegen die Vereine ein reges Miteinander. Von Neukloster nach Stade kann man beinahe herüberspucken. Diese Verbindung muss die Polizei beweisen. Ich behaupte, er kannte aus dieser Zeit Spielmanns Schwester.«

»Und Pia?«, fasste Petra nach.

»Die hat er bestimmt über Spielmann kennengelernt. Gleiches gilt für den Kontakt zu Kuschel.«

»Warum mussten sie sterben?«

»Sie hätten ihn identifizieren können. Möglicherweise war auch Erpressung mit im Spiel.«

»Wie wäre das denn weitergegangen?«, wollte Wellner wissen.

»Vor dem großen Geld gab es nur noch eine Hürde: Sarah, seine Ehefrau. Die wollte er letztendlich beerben.«

»Sie meinen ...?«

»Garantiert wäre er allein aus dem Urlaub zurückgekehrt. Im Meer finden genügend Unfälle statt.«

»Der Mann muss ein Psychopath sein.«

»Er kam offensichtlich aus seinem Mordgeflecht nicht mehr heraus. Und er suchte ein Leben in Luxus. Dafür war er bereit, alles zu tun.«

Petra stand auf und umarmte ihn von hinten. »Da habe ich mit dir ja richtig Glück gehabt.«

»Vielleicht lüge ich ja und möchte ebenfalls Ferrari fahren.«

»Den schenke ich dir freiwillig.«

»Das ist langweilig. Außerdem bin ich zu lang dafür.«

»Dann bekommst du ein Sondermodell.«

Endlich war die Neugier befriedigt. Sie beendeten ihr Frühstück und fuhren gemeinsam ins Büro. Die Normalität des Lebens holte sie wieder ein, obwohl es seine Zeit dauern würde, bis die Wunden, die die Verbrechen geschlagen hatten, vernarbten.

Udo Friedrichs, der einen großen Teil seines Lebens Opfer gewesen war, verlor auch seinen letzten Kampf. Er sollte nicht mehr aus seinem Koma erwachen. Sarah fuhr allein in den Urlaub. Sie hatte eine Menge zu verdauen. Zumindest lebte sie und kam gesund zurück. Sie war jung genug, um einen neuen Anfang zu suchen.

Epilog

Petra und Hilpert überstanden den Winter ohne Blessuren und verabschiedeten sich im Februar für drei Wochen nach Neuseeland. Er gab seine Wohnung tatsächlich auf und gewöhnte sich an ein Leben in der HafenCity. Heins griff zu, als er ihn darauf ansprach, ihm als Nachmieter in die Isestraße zu folgen.

Ihre gemeinsame Beziehung behielt ihren stabilen Charakter. Er lebte damit, dass sie in diesem Leben über die besseren finanziellen Ressourcen verfügte.

Mit der Lösung des Falles durfte er sich wieder voller Elan auf seinen angestammten Job stürzen. Wellner nahm abermals seine Pläne in Angriff, ihm die letzten Weihen für das Topmanagement in seinem Unternehmen angedeihen zu lassen. Er kämpfte vergeblich um Hilpert. Dieser war entschlossen, wieder als Polizist zu arbeiten.

Jörg von Bargen
Elbtrauma

Trotz aller beruflichen Erfolge gerät Hauptkommissar Fabian Hilpert zwischen die Mühlsteine der Politik. Um ihn vorerst aus der Schusslinie zu nehmen, stellt ihn sein direkter Vorgesetzter in eine Sonderkommission ab. Diese ermittelt gegen einen Sexualmörder, der eine Spur des Grauens durch Deutschland zieht.

Principal Verlag, 2012; 433 S.; Pb.
ISBN 978-3-89969-144-3

Jörg von Bargen
Alsterrausch

Nach einem längeren Aufenthalt im Kosovo muss sich Hauptkommissar Fabian Hilpert in Hamburg nicht nur um die Aufklärung mehrerer Morde in der besseren Gesellschaft kümmern. Vielmehr holen ihn Geschehnisse vom Balkan ein, die ihm nicht nur seinen Schlaf rauben, sondern auch sein Leben bedrohen.

Principal Verlag, 2011; 389 S.; Pb.
ISBN 978-3-89969-127-6

Jörg von Bargen
Heidjer Blut

Mehrere Kriminalromane hat der Henning Mankell der Nordheide bereits erfolgreich veröffentlicht. Überregional ist er mit der Veröffentlichung seiner „Gastro-Krimi-Serie“ im Magazin „Schönes Leben“ bekannt geworden.

Wellcon Verlag, 2008; 459 S.; Pb.
ISBN 978-3-00-025987-6

Jörg von Bargen
Im Schatten des Regenbogens

Die Mitarbeiter eines kleinen Anwaltsbüros werden von zwei professionellen Killern kaltblütig erschossen. Sie sollen nicht die einzigen Opfer bleiben. Da die Mörder bei dem Anschlag selbst ums Leben kommen, steht Frank Payton hinsichtlich des Tatmotivs vor einem schier unlösbaren Rätsel. Auf der Suche nach den Hintermännern ermittelt er in verschiedene Richtungen. Die Spuren führen von der Mafia bis in die Geschäftswelt von Clanston.

Principal Verlag, 2006; 316 S.; Pb.
ISBN 3-89969-032-X

Jörg von Bargen
Wo das Licht sich bricht

Gerade dem Teenageralter entwachsen, stellen Jenny Mandry, Steve Garnett, Roy Baker und Pierre Marat außerordentliche Fähigkeiten an sich fest. Ihre Wege kreuzen sich in London, wo sie zu einer verschworenen Gemeinschaft zusammenwachsen. Sie sind einander vorher nie begegnet und wurden dennoch in ihren Heimatländern, USA, Frankreich und England auserwählt, als Wächter der Kraft zu dienen. Die ihr innewohnende Gewalt sprengt alle menschlichen Maßstäbe und Vorstellungen.

Principal Verlag, 2004; 498 S.; Pb.
ISBN 3-89969-019-2

Jörg von Bargen
So far away

Eine unerwartete Erbschaft führt Frank Payton nach zwanzig Jahren der Abwesenheit in seine Heimatstadt zurück. Die Hoffnung auf eine kurze Stippvisite schwindet, als ein enger Mitarbeiter von ihm brutal ermordet wird. Er soll nicht das einzige Opfer bleiben.
Payton begreift, daß sich im Spiel um viel Geld hinter der Fassade bürgerlicher Normalität eine hohe kriminelle Gewaltbereitschaft verbirgt.

Principal Verlag, 2003; 270 S.; Pb.
ISBN 3-89969-003-6